BASTEI LÜBBE

VICTORIA HOLT

TREIBSAND

Aus dem Englischen
von Ursula Michaelsen

BASTEI
LÜBBE

BASTEI-LÜBBE-TASCHENBUCH
Band 25305

Titel der englischen Originalausgabe:
The Shivering Sands

Lizenzausgabe für die Gustav Lübbe Verlag GmbH,
Bergisch Gladbach
mit freundlicher Genehmigung der
S. Fischer Verlag GmbH, Frankfurt am Main
Printed in Great Britain
Einbandgestaltung: C.C.G., Köln
Satz: hanseatenSatz-bremen, Bremen
Druck und Bindung: Cox & Wyman, Ltd.
ISBN 3-404-25305-1

Der Preis dieses Bandes versteht sich einschließlich
der gesetzlichen Mehrwertsteuer.

1

ICH FRAGE MICH, wo ich mit meiner Geschichte beginnen soll. An dem Tage, als Napier und Edith in der kleinen Kirche von Lovat Mill getraut wurden? Oder als ich im Zug saß und auszog, die Wahrheit hinter dem Verschwinden meiner Schwester Roma zu ergründen? Vor diesen beiden bedeutungsvollen Ereignissen geschah so vieles, was wichtig ist; und doch sollte ich vielleicht mit dem zweiten anfangen, denn das war der Punkt, an dem es für mich kein Zurück mehr gab.

Roma – meine vernünftige, zuverlässige Schwester – war verschwunden. Man hatte nachgeforscht; man hatte Theorien aufgestellt; doch nirgends ein Hinweis, wo sie geblieben sein könnte. Ich glaubte, daß der Schlüssel zu dem Geheimnis dort zu finden sein würde, wo sie zuletzt gesehen wurde; und ich war entschlossen herauszufinden, was mit ihr geschehen war. Meine Sorge um Roma half mir über einen schweren Abschnitt meines eigenen Lebens hinweg, denn was dort im Zug saß, war eine einsame trauernde Frau – mit gebrochenem Herzen, hätte ich gesagt, wäre ich sentimental veranlagt gewesen. Doch das war ich ja nicht. Im Gegenteil, ich war eine Zynikerin – jedenfalls redete ich mir das ein. Das Leben mit Pietro hatte mich dazu gemacht. Jetzt war ich also ohne Pietro, einem Stück Treibholz gleich – ziellos und verloren – und mit einem so winzigen Einkommen, daß ich unbedingt zugreifen mußte, es zu verbessern, als mir diese Gelegenheit geboten wurde – aus der Hand eines gütigen Schicksals, wie mir schien.

Als es mir klar geworden war, daß ich etwas tun mußte, wenn ich mich sattessen und ein regendichtes Dach über dem Kopf haben wollte, hatte ich versucht, Privatstunden zu geben, und ich hatte auch ein paar Schüler, doch was sie an Geld einbrachten, reichte nicht aus. Ich hatte geglaubt, daß ich mir mit der Zeit einen festen Schülerstamm heranziehen, vielleicht sogar ein junges Genie entdecken würde, was mir das Leben lebenswert gemacht hätte; bisher jedoch hatten sich meine Ohren nur ständig verzweifelt gegen holpernd vorgetragene »Blue Bells of Scotland« gewehrt, und kein künftiger Beethoven hatte je auf meinem Klavierstuhl gesessen.

Ich war eine Frau, die das Leben gekostet und es bitter gefunden hatte, nein, bittersüß, so wie das Leben immer ist; doch die Süße war dahin und die Bitternis geblieben. Gesetzt war ich und erfahren; der breite Goldreif am Ringfinger meiner Linken bewies es sichtbar. So jung und so verbittert? Ich war zwar schon achtundzwanzig, doch um verwitwet zu sein, war das sehr jung, wie jeder zugeben wird.

Der Zug war durch Kent gefahren, diesen »Garten Englands«, der bald in der rosa und weißen Pracht blühender Kirsch-, Pflaumen- und Apfelbäume stehen würde, vorüber an Hopfenfeldern und Darren mit tiefgezogenen Kapuzendächern, er glitt nun in einen Tunnel, um wenige Augenblicke später wieder aufzutauchen in den zögernden Sonnenschein des Märznachmittages. Der Küstenstreifen von Folkestone nach Dover hob sich blendend weiß gegen die graugrüne See ab, und ein launischer Ostwind jagte ein paar graue Wolken über den Himmel. Er trieb das Wasser klatschend gegen die Klippen, daß es silbern aufsprühte.

Vielleicht tauchte auch ich – wie der Zug – aus meinem dunklen Tunnel auf in den Sonnenschein.

Das war die Art von Bemerkung, über die Pietro gelacht hätte.

Er hätte mir vorgehalten, was ich doch für eine Romantikerin sei hinter der völlig irreführenden nüchternen Fassade.

Was für ein unsteter Sonnenschein, bemerkte ich gleich darauf, und in dem Wind ein Hauch von Grausamkeit – dazu die ewig unberechenbare See.

Da war er wieder, der vertraute Schmerz, die Sehnsucht, die Enttäuschung, und aus der Vergangenheit tauchte Pietros Gesicht auf, als wollte er sagen: Ein neues Leben? Du meinst ein Leben ohne mich. Glaubst du wirklich, daß du mir je entrinnen wirst?

Nein, lautete die Antwort. Niemals. Du wirst immer da sein, Pietro. Es gibt kein Entrinnen . . . nicht einmal im Grabe. »In der Gruft«, berichtigte er mich spöttisch, das würde viel besser klingen. Viel theatralischer. Pietro hätte das so ausgedrückt – Pietro, mein Geliebter und Rivale, der umgarnte und einlullte, der spottete, anfeuerte und zerstörte. Es gab kein Entrinnen. Schattenhaft würde er immer dasein – der Mann, mit dem und ohne den es nicht möglich war, glücklich zu sein.

Doch ich hatte mich nicht auf diese Reise begeben, um an Pietro zu denken. Ihn wollte ich vergessen. Ich mußte an Roma denken.

*

Jetzt sollte ich wohl etwas über die Ereignisse sagen, die diesem Augenblick vorausgingen, wie Roma nach Lovat Mill kam und wie ich Pietro traf.

Roma war zwei Jahre älter als ich. Geschwister hatten wir keine. Unsere Eltern waren beide leidenschaftliche Archäologen gewesen, denen das Entdecken historischer Überreste wesentlich wichtiger gewesen war als ihre Elternschaft. Sie waren ständig irgendwo zum »Buddeln« unterwegs, und uns gegenüber legten sie eine Art von vagem Wohlwollen an den Tag, das zumindest unaufdringlich und daher nicht unwillkommen war. Mutter war so etwas wie ein Phänomen gewesen, denn damals war es für eine Frau noch höchst ungewöhnlich, an archäologischen Expeditionen teilzunehmen, und durch ihr Interesse für die Sache lernte sie Vater kennen. Sie heirateten, zweifellos in Erwartung eines Lebens voller Forschung und Entdeckungen; sie begannen auch, sich dessen zu erfreuen, bis es erst durch Romas und dann meine Ankunft unterbrochen wurde. Unser Erscheinen kann ihnen nicht gerade sehr willkommen gewesen sein, doch sie waren entschlossen, uns gegenüber ihre Pflicht zu tun, und schon in frühesten Jahren zeigte man uns Bilder von in England gefundenen Waffen aus der Stein- und Bronzezeit, für die wir das Interesse zeigen sollten, das die meisten kleinen Kinder wohl einem Puzzlespiel entgegengebracht hätten. Sehr bald schon wurde deutlich, daß Roma dieses Interesse tatsächlich besaß. Mich entschuldigte mein Vater mit meiner Jugend. »Das wird schon noch kommen«, sagte er. »Roma ist schließlich zwei Jahre älter. Sieh, Caroline, ein ganzes römisches Bad. Fast vollständig erhalten. Was sagst du dazu?«

Roma war bereits ihr Liebling. Nicht, daß sie es darauf angelegt hätte. Ihr war diese große Passion angeboren, sie brauchte nicht zu heucheln. Vielleicht reichlich abgebrüht für mein jugendliches Alter, versuchte ich, meinen eigenen Wert in den Augen meiner Eltern abzuschätzen. War ich ihnen soviel wie ein zusammengestückeltes Halsband aus der Bronzezeit? Nicht ganz. Gewiß nicht so viel wie ein römischer Mosaikfußboden. Ein Feuerstein aus der Steinzeit? Vielleicht, denn die gab es ziemlich häufig.

»Ich wollte, wir hätten *gewöhnlichere* Eltern«, pflegte ich zu Roma zu sagen. »Ich wollte, daß sie manchmal böse wären . . . vielleicht könnten sie uns auch prügeln – natürlich nur zu unserem Besten –, womit alle Eltern sich entschuldigten. Das wäre doch mal lustig.«

Roma in ihrer nüchternen Art erwiderte: »Sei nicht albern. Du wärest wütend, wenn sie dich schlagen würden. Du würdest brüllen und treten. Ich kenne dich doch. Du willst nur das, was du nicht hast. Wenn ich etwas größer bin, nimmt Papa mich mit zum Ausgraben.«

Ihre Augen leuchteten. Sie konnte den Tag kaum erwarten.

»Sie sagen uns immer, daß wir erwachsen werden müssen, um etwas *Nützliches* zu tun.«

»Ja, sicher.«

»Aber das heißt immer nur eines: Wir müssen erwachsen werden, um Archäologen zu sein.«

»Wir haben Glück«, stellte Roma fest. Sie traf dauernd Feststellungen; sie war so sicher, daß das, was sie sagte, richtig war; sie hätte es in der Tat nicht gesagt, wenn sie sich nicht sicher gewesen wäre. Das war Roma.

Die Verrückte war ich, die Leichtfertige, die lieber mit Worten als mit Überresten der Vergangenheit spielte, die immer dann etwas amüsant fand, wenn sie hätte ernst sein sollen. Ich paßte im Grunde nicht in meine Familie.

Roma und ich waren oft im Britischen Museum, mit dem mein Vater eng zusammenarbeitete. Wir sollten gehen und uns amüsieren, wurde uns gesagt mit einem Unterton, der bedeutete, daß uns Einlaß an einen sakralen Ort gewährt wurde. Ich erinnere mich, wie ich über die geheiligten Steine ging, stehenblieb, die Nase gegen kaltes Glas gepreßt, um Waffen, Tonwaren und Schmuck zu betrachten. Roma war völlig entrückt; und später trug sie immer irgendwelche seltsamen Perlen, meist aus rohen, unbearbeiteten Türkisen oder Bernsteinbrocken und roh geschliffene Karneole – ihr Schmuck sah immer prähistorisch aus, als ob er aus irgendeiner alten Gruft stammte. Deshalb gefielen ihr die Dinge wahrscheinlich.

Dann entdeckte ich ein mir eigenes Interessengebiet. So weit ich zurückdenken konnte, hatte ich mich für Töne interessiert. Ich liebte das Geräusch plätschernden Wassers, das Rauschen von Springbrunnen, das Klapp-Klapp von Pferdehufen auf dem Pflaster, den Ruf der Straßenhändler; den Wind in dem Birnbaum in unserem winzigen, mauerumschlossenen Garten in der Nähe des Museums, das vergnügte Geschrei spielender Kinder, Vögelgezwitscher im Frühling, das plötzliche Bellen eines Hundes. Für mich war selbst ein tropfender Wasserhahn voller Musik, der andere zur Verzweiflung trieb. Mit fünf Jahren konnte ich auf dem Klavier eine Melodie zusammenfinden. Stunden verbrachte ich auf dem Hocker und entdeckte mit Händen, die kaum ihre Babyspeckfalten verloren hatten, das Wunder der Töne. »Wenn es sie beschäftigt . . .«, meinten die Kindermädchen achselzuckend.

Als die Eltern meine Leidenschaft bemerkten, waren sie milde entzückt. Natürlich war es keine Archäologie, doch immerhin ein guter Ersatz; und im Hinblick auf die spätere Entwicklung schäme ich mich zu sagen, daß mir jede Möglichkeit der Entfaltung geboten wurde.

Roma machte ihnen Freude; sogar ihre Schulferien verbrachte sie mit den Eltern beim »Buddeln«. Ich hatte meine Musikstunden und blieb in der Obhut unserer Haushälterin zurück, um Klavier zu üben. Ich machte stetige Fortschritte und bekam die besten Lehrer, obwohl wir nicht gerade wohlhabend waren. Vaters Gehalt reichte nur eben, da er einen großen Teil seiner eigenen Einnahmen in die Ausgrabungen steckte. Roma studierte Archäologie, und unsere Eltern pflegten zu sagen, daß sie es viel weiter bringen werde, als sie selbst es konnten, da Forschung nicht nur dem Wissen um die Vergangenheit, sondern auch dem um die Arbeitsmethoden zugute komme.

Manchmal hörte ich ihnen zu, wenn sie sich unterhielten. Für mich war das ein völliges Kauderwelsch, doch war ich kein Außenseiter mehr, denn jeder sagte, daß ich in der Musik Erfolg haben würde. Die Unterrichtsstunden waren für mich und meine Lehrer eine Freude. Wann immer ich heute Finger über Tasten holpern sehe, denke ich an jene Zeiten der Entdeckung – diese erste Wonne, diese völlige Hingabe an das Entzücken. Ich wurde tolerant meiner Familie gegenüber. Ich verstand, was ihre Feuersteine und

Bronzen ihnen bedeuteten. Das Leben hatte auch mir etwas zu geben. Es gab mir Beethoven, Mozart und Chopin.

Mit achtzehn ging ich zum Studium nach Paris. Roma war auf der Universität, und da sie die Ferien beim »Graben« verbrachte, sah ich sie nur wenig. Wir waren immer gute, wenn auch nicht sehr enge Freundinnen gewesen, dafür lagen unsere Interessen zu weit auseinander.

In Paris traf ich dann Pietro, den feurigen Südländer, halb Franzose, halb Italiener. Unser Musikprofessor besaß ein großes Haus nicht weit von der Rue de Rivoli, und da wohnten wir Studenten. Madame, seine Frau, hatte das Ganze als Pensionsbetrieb aufgezogen, so daß wir alle unter einem Dach vereint waren.

Was für glückliche Zeiten, als wir durch den Bois streiften, draußen vor den Cafés saßen und von der Zukunft sprachen. Jeder von uns glaubte, daß wir die Auserwählten seien und unser Ruhm eines Tages um die ganze Welt gehen würde. Pietro und ich waren zwei der meistversprechenden Schüler, und beide waren wir ehrgeizig und zielstrebig. Anfangs waren es Rivalengefühle, die wir füreinander hegten, doch sehr bald schon waren wir voneinander völlig fasziniert. Wir waren jung. Paris im Frühling ist der ideale Hintergrund für Liebende, und ich hatte das Gefühl, bis dahin noch nie richtig gelebt zu haben. Die Ekstase und die Verzweiflung, die ich durchlebte, waren das wahre Leben, pflegte ich mir zu sagen. Ich hatte Mitleid mit jedem, der nicht in Paris Musik studierte und einen Mitstudenten liebte.

Pietro war der vollendete und mit Leib und Seele engagierte Musiker. Tief im Innern wußte ich, daß er mich übertraf, und das machte ihn mir noch bedeutender. Er war anders als ich. Ich täuschte eine Distanziertheit vor, die ich nicht empfand, und obwohl er wußte, daß ich anfangs ebenso engagiert, ebenso zielstrebig war wie er, machte es ihn gleichzeitig wildwütend und zog ihn magisch an, daß ich es so zu verbergen verstand. Er war völlig aufrichtig in seiner Hingabe; ich konnte so tun, als nähme ich die meine nicht ernst. Ich geriet selten aus dem Gleichgewicht; er war selten etwas anderes, und meine Gelassenheit bildete eine ständige Herausforderung für ihn, dessen Stimmungen fast stündlich wechselten. Er konnte höchstes Entzücken empfinden, das seine Wurzeln in dem Glauben an sein eigenes Genie hatte; und gleich darauf konnte ihn tiefste Verzweiflung überkommen, weil er an der Vollkommenheit und Unwandelbarkeit seiner Gaben zweifelte. Wie so viele Künstler war er völlig rücksichtslos und nicht in der Lage, seinen Neid zu zügeln. Wurde ich gelobt, war er tief im Innern erbost und suchte nach einer verletzenden Bemerkung; doch wenn ich schlecht abschnitt und Trost brauchte, war er der mitfühlendste aller Gefährten. Niemand hätte zu solchen Zeiten liebevoller mit mir sein können, und es waren dieses absolute Verstehen, sein uneingeschränktes Mitgefühl, die mich ihn lieben ließen. Hätte ich ihn nur damals so klar gesehen wie seinen Geist, der ständig neben mir auftauchte!

Wir begannen uns zu zanken. »Wunderbar, Franz Liszt«, rief ich, wenn er eine der Ungarischen Rhapsodien spielte, mit Macht in die Tasten griff und sein Löwenhaupt in trefflicher Nachahmung des Meisters zurückwarf.

»Neid ist der Ruin aller Künstler, Caro.«

»Wie du ja sehr wohl wissen mußt.«

Das gab er zu. »Schließlich muß dem größten Künstler unter uns einiges nachgesehen werden. Das wirst du noch herausfinden.« Er hatte recht. Ich fand es heraus. Er sagte, ich sei eine hervorragende Interpretin. Ich könne ausgezeichnete Klaviergymnastik betreiben, ein Künstler jedoch sei ein Schöpfender.

Ich hielt ihm entgegen: »Warst du es denn etwa, der das komponiert hat, was du eben spieltest?«

»Wenn der Komponist meine Wiedergabe gehört hätte, würde er wissen, daß er nicht vergeblich gelebt hat.«

»Einbildung«, machte ich mich lustig.

»Nein, vielmehr die Sicherheit des Künstlers, liebe Caro.«

Das war nur halber Scherz. Pietro glaubte an sich. Er lebte für die Musik. Ich war diejenige, die ständig neckte; ich hielt an unserer Rivalität fest, unbewußt vielleicht, weil ich wußte, daß es diese Rivalität war, die ihn zuerst angezogen hatte. Es war nicht so, daß ich ihm, da ich ihn liebte, nicht allen Erfolg der Welt gewünscht hätte. Ich war sogar bereit, um seinetwillen meinen eigenen Ehrgeiz aufzugeben – wie ich zu beweisen haben sollte. Doch unsere Streitereien waren eine Art Liebesspiel; und manchmal schien es, daß sein Bestreben, mir seine Überlegenheit zu zeigen, ein wichtiger Bestandteil seiner Liebe zu mir war.

Sinnlos, nach Entschuldigungen suchen zu wollen. Alles, was Pietro über mich sagte, traf zu. Ich war eine Interpretin, ich betrieb Klaviergymnastik. Ich war keine Künstlerin, denn Künstler lassen sich durch keine anderen Wünsche und Impulse ablenken. Ich arbeitete nicht; an einem entscheidenden Punkt meiner Karriere geriet ich ins Straucheln, kam zu Fall, und mein Versprechen gehörte zu jenen, die sich nie erfüllten; und während ich von Pietro träumte, träumte Pietro vom Erfolg.

Mein Leben war plötzlich aus den Fugen. Später nannte ich das, was geschah, Pech. Meine Eltern waren zu Ausgrabungen in Griechenland. Roma hatte sie begleiten sollen, da sie zu der Zeit bereits eine fertig ausgebildete Archäologin war, doch sie schrieb mir, sie habe einen Auftrag am Hadrianswall und daß sie nicht mit den Eltern fahren könne. Hätte sie es getan, wäre ich vielleicht nicht nach Lovat Mill gereist; denn ich wäre nie auf die Idee gekommen, daß es dort etwas Lohnendes geben könnte. Meine Eltern kamen beide bei einem Eisenbahnunglück auf dem Wege nach Griechenland ums Leben. Ich fuhr zur Trauerfeier nach Hause, und Roma und ich waren ein paar Tage zusammen in dem alten Haus in der Nähe des Britischen Museums. Ich war verstört, doch die arme Roma hatte unseren Eltern so besonders nahe gestanden und würde sie bitter vermissen. Sie war wie immer philosophisch. Sie waren zusammen gestorben, sagte sie, und es wäre doch viel tragischer gewesen, wenn einer von ihnen zurückgeblieben wäre; sie hatten ein glückliches Leben gehabt. Trotz ihrem Kummer tat sie alles, was nötig war, und ging dann zurück an ihre Arbeit am Wall. Sie war praktisch und genau, sie würde sich nie so von ihren Gefühlen leiten lassen, wie dies bei mir immer mehr der Fall war. Sie sagte, wir würden das Haus verkaufen und uns den Erlös und das Mobiliar teilen. Viel war es nicht, doch würde mein Anteil genügen, um mich mein Musikstudium beenden zu lassen, und dafür sollte ich dankbar sein.

Der Tod ist immer etwas Aufwühlendes, und ich fuhr recht benommen und verstört zurück nach Paris. Ich dachte viel an meine Eltern und war dankbar für so vieles, das ich ohne Nachdenken hingenommen hatte. Später sagte ich, daß dieser Verlust es war, der mich so handeln ließ, wie ich es tat. Pietro erwartete mich; er hatte jetzt die Führung; er überrundete uns alle; er war im Begriff, jene tiefe Kluft zwischen uns und sich zu legen, die den wahren Künstler stets von den nur Begabten trennt.

Er bat mich, ihn zu heiraten. Er liebe mich, sagte er; wie sehr, das sei ihm während meiner Abwesenheit klargeworden. Und als er sah, wie tief mich der Tod meiner Eltern getroffen hatte, war sein großer Wunsch, mich zu beschützen, mich wieder glücklich zu machen. Pietro zu heiraten! Mein ganzes Leben mit ihm zu verbringen! Dieser Gedanke erfüllte mich trotz der tiefen Trauer um die Eltern mit himmelhoch jauchzendem Entzücken.

Unser Musiklehrer wußte, was vorging, da er uns alle aufmerksam beobachtete. Er war zu jener Zeit zu dem Schluß gekommen, daß ich zwar sicher eine nicht unbeträchtliche musikalische Laufbahn vor mir hatte, Pietro jedoch einer der strahlenden Sterne am Musikhimmel zu werden versprach; und ich weiß heute, daß er sich fragte, ob diese Ehe Pietro in seiner Karriere ein Hindernis bedeuten oder ihr förderlich sein würde. Und meine? Völlig natürlich, daß ein begabter Pianist hinter einem Genie zurückstehen muß.

Madame, seine Frau, war gefühlvoller. Sie ergriff eine Gelegenheit, mit mir unter vier Augen zu sprechen.

»Sie lieben ihn also?« sagte sie. »Lieben Sie ihn genug, um ihn zu heiraten?«

Voll Inbrunst erklärte ich, ihn uneingeschränkt zu lieben.

»Warten Sie ein wenig. Sie haben einen schweren Schock hinter sich. Sie sollten sich Zeit lassen zu überlegen. Ist Ihnen klar, was dies für Ihre Karriere bedeuten könnte?«

»Was sollte es bedeuten? Es wird ihr guttun. Zwei Musiker zusammen.«

»Solch ein Musiker«, erinnerte sie mich. »Er ist wie alle Künstler. Unersättlich. Ich kenne ihn gut. Er ist ein sehr großer Künstler. Der Meister glaubt, wir haben da ein Genie. Ihre Karriere, mein Kind, würde an zweiter Stelle nach der seinen stehen, und es ist gefährlich für jeden Künstler, sich mit dem zweiten Platz zufriedenzugeben. Wenn Sie ihn heiraten, ist es durchaus möglich, daß Sie eine gute Pianistin werden . . . eine sehr gute sogar, zweifellos. Doch vielleicht heißt das auch Abschied nehmen von den Träumen vom großen Erfolg, von Berühmtsein und großem Geldverdienen. Haben Sie daran gedacht?«

Ich glaubte ihr nicht. Ich war jung und verliebt. Es mochte schwierig für zwei ehrgeizige Menschen sein, harmonisch miteinander zu leben; doch wir würden schaffen, woran andere gescheitert waren.

Pietro lachte, als ich ihm von Madames Warnung erzählte, und ich lachte mit ihm. Das Leben werde wunderbar sein, versicherte er mir. »Wir werden bis ans Ende unserer Tage zusammen arbeiten, Caro.«

So heiratete ich Pietro und merkte schnell, daß Madames Rat besser nicht so leicht hätte abgetan werden sollen. Mir war es einerlei. Mein Ehrgeiz hatte sich gewandelt. Ich verspürte nicht mehr den tiefinneren Drang nach eigenem Erfolg. Mir ging es nur noch darum, daß Pietro ihn hatte; und einige Monate lang war ich sicher, Inhalt und Zweck meines Lebens gefunden zu haben: bei Pietro zu sein, mit Pietro zu arbeiten, für Pietro zu leben. Wie hatte ich nur so töricht sein können zu glauben, das Leben lasse sich auf einen so einfachen Nenner bringen, wie Papiere, die gut und sicher abgelegt sind mit der Aufschrift »Verheiratet und glücklich lebend bis an das Ende ihrer Tage«?

Pietros erstes Konzert entschied seine Zukunft; er wurde begeistert gefeiert; und es waren beglückende Zeiten, als er von Erfolg zu Erfolg eilte – obwohl das Zusammenleben mit ihm deswegen nicht eben leichter wurde. Er verlangte dienende Aufmerksamkeit; er war der Künstler, und ich war Musikerin genug, daß er mir seine Pläne erzählte, daß ich seinen Berichten zuhören durfte. Sein Erfolg übertraf seine kühnsten Träume. Heute sehe ich, daß er zu jung war, um mit dem Maß an Aufmerksamkeit fertig zu werden, in deren Brennpunkt er plötzlich stand. Unvermeidlich diejenigen, die ihn mit Schmeicheleien überhäuften – Frauen, schöne und reiche. Doch immer wollte er mich dahaben, im Hintergrunde, als diejenige, zu der er stets zurückkehren konnte, diejenige, die selbst eine Beinahe-Künstlerin war und der die ständigen Forderungen des künstlerischen Selbst nicht unverständlich waren. Niemand konnte ihm so nahe stehen wie ich. Außerdem liebte er mich auf seine Weise.

Wäre ich von anderem Temperament gewesen, wären wir vielleicht zurechtgekommen. Doch Demut war noch nie meine Sache. Ich besitze nicht das Zeug zur Sklavin, erklärte ich ihm, und ich bedauerte sehr bald zutiefst meine Dummheit, meine eigene Karriere an den Nagel gehängt zu haben. Ich übte wieder. Pietro lachte mich aus. Glaubte ich etwa, man könne die Muse entlassen und sie dann nach Belieben zurückholen? Wie recht er hatte. Ich hatte meine Chance gehabt und sie vertan und würde nun niemals mehr sein als eine gute Pianistin.

Wir zankten uns ständig. Ich sagte, daß ich ihn verlassen werde. Ich erwog es auch, wohl wissend, daß ich es niemals tun würde; und leider wußte er das auch. Ich sorgte mich um seine Gesundheit, mit der er Raubbau trieb, und ich hatte gemerkt, daß er nicht sehr widerstandsfähig war. Mir war eine gewisse Atemnot aufgefallen, die mich in Schrekken versetzte, doch als ich davon sprach, zuckte er nur die Achseln.

Pietro gab Konzerte in Wien, Rom, London und Paris, und man begann, von ihm als einem der größten Pianisten seiner Zeit zu sprechen. Er nahm alles Lob als natürlich und selbstverständlich hin; er wurde immer arroganter; er weidete sich an allem, was über ihn geschrieben wurde. Er sah mir mit Freuden zu, wenn ich Zeitungsausschnitte in ein Album klebte. Das war der mir zustehende Platz in seinem Leben – die ergebene Favoritin, die ihre eigene Karriere fortgeworfen hatte, um die seine zu fördern. Doch wie alles andere war auch das Album nur ein halber Segen, da die leiseste Kritik ihn in eine solche Wut versetzte, daß ihm die Schläfenadern schwollen und er kaum atmen konnte.

Er arbeitete hart und feierte die Erfolge seiner Konzerte bis spät in die Nacht; und dann stand er wieder früh auf, um zu üben. Er war von Speichelleckern umgeben. Es war, als brauchte er sie, um den Glauben an sich selbst zu bewahren. Ich war die Kritische, ohne mir klarzumachen, wie jung er war, und daß es oft mehr tragisch als segensreich ist, wenn ein Erfolg dieser Größe zu früh kommt. Es war ein unnatürliches, ein unausgeglichenes Leben; und ich lernte begreifen, daß ich mit Pietro nie würde glücklich sein können, mir ein Leben ohne ihn jedoch auch nicht vorstellen konnte.

Wir kamen für eine Reihe von Konzerten nach London, und ich hatte Gelegenheit, Roma zu sehen. Sie hatte eine Wohnung in der Nähe des Britischen Museums genommen, wo sie jetzt arbeitete, wenn sie nicht zu Ausgrabungen unterwegs war.

Sie war unverändert, zuverlässig und sachlich; klirrte mit ihren sonderbaren prähistorischen Armbändern und trug eine Kette aus ungleichmäßigen, ziemlich trüb aussehenden Karneolen um den Hals. Von unseren Eltern sprach sie zwar mit Trauer, doch in recht knappen Worten, und sie fragte mich nach meinen Angelegenheiten. Natürlich erzählte ich ihr nicht sehr viel. Ich merkte sehr wohl, sie fand es reichlich merkwürdig, daß ich meine Karriere aufgab, nachdem ich soviel Zeit und Kraft dafür aufgewendet hatte – und das alles um der Ehe willen. Doch Roma hatte noch nie jemanden kritisiert. Sie war einer der vernünftigsten und tolerantesten Menschen, die mir je begegnet sind.

»Ich bin froh, daß ich noch hier war, als du kamst. Eine Woche später wäre ich fort gewesen. Lovat Mill heißt der Ort, wo ich hingehe.«

»Eine Mühle?«

»Nein, der Ort heißt nur so. Liegt an der Küste von Kent . . . gar nicht so sehr weit von Cäsars Lager entfernt, also im Grunde nicht überraschend. Wir haben das Amphitheater entdeckt, und ich bin sicher, daß dort noch mehr zu finden ist, denn, wie du weißt, befanden sich diese Amphitheater immer am Rande von Städten.«

Ich wußte das zwar nicht, verkniff mir jedoch eine entsprechende Bemerkung.

Roma fuhr fort: »Das bedeutet, daß wir auf dem Grund und Boden des dortigen Feudalherrn ausgraben müssen. Es war ein rechtes Stück Arbeit, seine Genehmigung zu bekommen.«

»Wirklich?«

»Diesem Sir William Stacy gehört das meiste Land in der Gegend . . . ein schwieriger Herr, das kann ich dir versichern. Er stellte sich mächtig an wegen seiner Fasanen und seiner Bäume. Ich bin persönlich bei ihm gewesen. ›Sie wollen doch nicht sagen, daß Ihre Fasanen und Bäume wichtiger sind als Geschichte?‹ fragte ich ihn. Und schließlich hatte ich ihn soweit. Er hat erlaubt, daß wir auf seinem Land ausgraben. Es ist ein ganz altes Haus . . . mehr wie eine Burg.

Er hat wirklich genug Grund und Boden. Dies kleine Stückchen kann er uns ruhig lassen.«

Ich war nicht sehr bei der Sache, denn ich hörte den zweiten Satz des 4. Klavierkonzertes von Beethoven, das Pietro am Abend spielen sollte, und ich fragte mich, ob ich zu dem Konzert gehen sollte oder nicht. Ich litt Höllenqualen, wenn er auf dem Podium saß, spielte in Gedanken jede Note mit und stand Todesängste aus, daß er stolpern würde. Als ob ihm das je passieren könnte. Seine einzige Sorge würde sein, womöglich weniger als sein Bestes zu geben.

»Interessanter alter Besitz«, sagte Roma gerade. »Ich glaube, Sir William hofft insgeheim, daß wir etwas von Bedeutung auf seinem Grund und Boden finden.«

Sie redete weiter von dem Gelände, und was sie dort zu tun hoffte, dann und wann eine kleine Bemerkung über die Bewohner des großen Hauses in der Nähe einstreuend; und ich hörte nicht zu. Wie sollte ich wissen, daß dies Romas letzte Expedition sein würde und daß es so unendlich wichtig war, alles nur mögliche über den Ort zu wissen.

Tod! Wie dicht er über uns lauert, wenn wir es am wenigsten ahnen. Ich habe erlebt, wie er in schneller Folge in die gleiche Richtung schlagen kann. Bis meine Eltern unerwartet starben, hatte ich nie einen Gedanken an den Tod verschwendet.

Pietro und ich fuhren von London nach Paris. An diesem Tage geschah nichts Ungewöhnliches; keine Vorahnung, die mich gewarnt hätte. Pietro sollte einige Ungarische Tänze und die Rhapsodie Nr. 2 spielen. Er war erregt – doch das war er immer vor einem Konzert. Ich saß in der ersten Logenreihe, und dort war ihm meine Gegenwart sehr bewußt. Manchmal hatte ich den Eindruck, daß er für mich spielte, als wollte er sagen »Siehst du, diese Ebene hättest du nie erreichen können. Du konntest nichts als Klaviergymnastik betreiben.« Und so war es auch an jenem Abend.

Dann ging er in seine Garderobe und brach mit einem Herzanfall zusammen. Er starb nicht sofort, doch es blieben uns nur noch zwei Tage. Ich wich nicht von seiner Seite, und ich glaube, er wußte um meine Gegenwart, denn manchmal blickte er mich mit seinen dunklen, ausdrucksvollen Augen halb spöttisch, halb liebevoll an, als wollte er sagen, daß er mir wieder den Rang abgelaufen hatte. Dann starb er, und ich war der Fesseln ledig, nur um mich auf ewig trauernd nach ihnen zu sehnen.

Roma, gute Schwester, die sie war, ließ ihre Ausgrabungen im Stich und kam zum Begräbnis nach Paris. Es war ein großes Ereignis. Musiker aus aller Welt bezeigten ihr Beileid; und viele kamen persönlich. Nie war Pietro zu Lebzeiten so berühmt gewesen wie nach seinem Tode. Wie er das genossen hätte!

Doch die Reden und die Unruhe waren vorüber und hatten mich in einem Abgrund zurückgelassen, so dunkel und einsam, daß ich eine Verzweiflung empfand, wie ich sie in diesem Ausmaß nie für möglich gehalten hätte.

Liebe Roma! Was für ein Trost sie mir zu jener Zeit war! Sie zeigte so deutlich, daß sie alles für mich getan hätte, und ich war zutiefst gerührt. Ich hatte mich manchmal ausgeschlossen gefühlt, wenn ich sie und meine Eltern über ihre Arbeit sprechen hörte; dieses Empfinden hatte ich nun nicht mehr. Es war unendlich tröstlich, zu jemandem zu gehören, diese Familienbande zu spüren; und ich war Roma dankbar dafür.

Sie bot mir den größten Trost, den sie sich vorstellen konnte. »Komm nach England«, sagte sie, »komm mit zur Ausgrabung. Unsere Funde übertreffen alle Erwartungen – eine der besterhaltenen römischen Villen neben Verulamium.«

Ich lächelte sie an und hätte ihr gern gesagt, wie wohl sie mir tat. »Ich würde völlig nutzlos sein«, protestierte ich. »Wäre nur im Wege.«

»Unsinn!« Da war sie wieder ganz die ältere Schwester, die mich unter ihre Fittiche nahm, ob ich wollte oder nicht. »Jedenfalls kommst du.«

Also fuhr ich nach Lovat Mill und fand Trost im Zusammensein mit meiner Schwester. Ich war stolz auf sie, wenn sie mich mit Freunden an der Ausgrabungsstätte bekannt machte, denn es war deutlich zu sehen, welche Hochachtung man für sie empfand. Sie erzählte mir mit der ihr eigenen Begeisterung, und weil ich so froh war über ihre Gegenwart und die Zuneigung, die sie immer versucht hatte, nicht zu zeigen, die jedoch ganz offenbar vorhanden war, begann ich, mich etwas für die Arbeit zu interessieren. Diese Menschen waren mit so viel Inbrunst bei der Sache, daß man unmöglich ganz unberührt davon zu bleiben vermochte. Da war ein Häuschen, nicht weit von der römischen Villa, das Sir William Stacy Roma als Wohnung überlassen hatte und das ich mit ihr teilte. Es war primitiv: kaum mehr als einige Betten, ein Tisch und ein paar Stühle. Der untere Raum war übersät mit archäologischem Werkzeug – Schaufeln, Äxte, Spaten und Blasebälge. Roma war beglückt über das Häuschen, denn es lag so nahe an der Ausgrabungsstätte, sagte sie, und die anderen mußten weitverstreut in kleinen Bauerngehöften oder im Gasthaus wohnen.

Sie zeigte mir die Fundstätten, besonders den Mosaik-Fußboden, der ihre ganze Wonne war; sie erklärte mir die geometrischen Muster aus weißem Kalk- und rotem Sandstein; sie bestand darauf, daß ich mir die drei Bäder ansah, die sie entdeckt hatten und die bewiesen, daß das Haus einem Edelmann von gewissem Reichtum gehört hatte, wie sie mir erklärte. Da gab es ein Tepidarium, ein Calidarium und ein Frigidarium. Die lateinischen Bezeichnungen rollten ihr wie in Ekstase von der Zunge, und ihren begeisterten Worten zuzuhören gab mir wieder das Gefühl, am Leben zu sein.

Wir machten gemeinsame Spaziergänge, und ich kam meiner Schwester näher als je zuvor. Sie fuhr mit mir nach Folkestone, um mir Cäsars Lager zu zeigen; und ich ging mit ihr nach Sugar Loaf Hill und St. Thomas' Well, wo die Pilger auf dem Wege zum Schrein des heiligen Thomas à Becket Rast gemacht und getrunken hatten. Wir stiegen zusammen die ungefähr einhundertfünfzig Meter bis zum Gipfel von Cäsars Lager hinauf, und ich werde nie vergessen, wie sie dort stand, das feine Haar vom Wind zerzaust und mit strahlenden Augen, während sie mir die Erdarbeiten und ausgehobenen Gräben zeigte. Es war ein klarer Tag, und als ich über die wohl zwanzig Meilen ruhige, durchsichtige See schaute, konnte ich deutlich das Land Cäsars, Gallien, erkennen, und man konnte sich gut die Legionen auf dem Marsch vorstellen.

Ein andermal fuhren wir nach Richborough Castle, einem der bemerkenswertesten Überreste des römischen Britannien, wie Roma mir erklärte. »Rutupiae« nannten sie es.

»Hier ließ Claudius den größten Teil seiner Legionen von Boulogne aus landen. Diese Mauern geben dir eine Vorstellung davon, was für eine mächtige Festung es gewesen sein muß.«

Es machte ihr unendliche Freude, mir die Weinkeller, die Kornspeicher und die Überreste der Tempel zu zeigen, und es war unmöglich, nicht mitgerissen zu sein von ihrer Begeisterung, als sie mir diese Wunderdinge wies – die Reste der massiven Mauern aus Portland-Gestein, die Bastei mit ihrer Ausfallpforte, den unterirdischen Gang.

»Du solltest Archäologie als Hobby betreiben«, sagte sie halb nachdenklich, halb hoffnungsvoll. Sie glaubte wirklich, daß, wenn ich das täte, ich den Ausgleich im Leben finden würde, den ich so bitter nötig hatte. Ich wollte ihr sagen, daß sie selbst dieser Ausgleich war; ich wollte, daß sie wußte, wie sehr ihre Fürsorge und Zuneigung mir geholfen hatten, gaben sie mir doch das Gefühl, nicht allein zu sein.

Über solche Dinge jedoch konnte man mit Roma nicht sprechen; »Unsinn« hätte sie gesagt, würde ich versucht haben, ihr zu danken. Doch ich nahm mir fest vor, sie künftig mehr zu sehen; ich würde mich für ihre Arbeit interessieren; ich würde sie wissen lassen, wie froh ich war, eine Schwester zu haben.

Und in dem Versuch, mich sachte vergessen zu lassen,

gab sie mir etwas zu tun, ließ mich helfen, eine an der Ausgrabungsstätte gefundene Mosaikplatte zu restaurieren. Das war etwas für Fachleute, und meine Aufgabe bestand lediglich darin, die benötigten Pinsel und Lösungen zu holen. Es handelte sich um eine gelbliche Scheibe mit einem Bildmotiv, das soweit wie möglich originalgetreu wiederhergestellt werden sollte. Die einzelnen Stücke waren zu brüchig, um sie zu transportieren, erklärte Roma mir, doch wenn die Platte fertig war, würde sie einen Platz im Britischen Museum bekommen. Ich war fasziniert von der Sorgfalt und Genauigkeit, mit der die Restaurierung betrieben wurde, und wieder übertrug sich etwas von der allgemeinen Aufregung auf mich, als die Stücke zusammengesetzt wurden.

Und dann entdeckte ich Lovat Stacy selbst – das große, seine ganze Umgebung beherrschende Haus, dessen Besitzer es zu verdanken war, daß Roma und ihre Freunde die Ausgrabungserlaubnis erhalten hatten.

Als ich das Haus eines Tages unvermutet vor mir hatte, verschlug es mir vor Staunen fast den Atem. Der große Wachturm mit dem Tor war das Wahrzeichen der Landschaft. Er bestand aus einem Turm in der Mitte und zwei höheren, vorspringenden Seitentürmen. Der Anblick dieser Festung und ihr Ausdruck trotziger Kraft und Stärke beeindruckten mich tief. Der Turm hatte lange, schmale Fenster. Durch das Tor konnte ich hohe Steinmauern zu beiden Seiten sehen, zwischen denen ein mit Moos und Flechten bewachsener Weg zum Tor führte. Ich war hingerissen, und zum ersten Mal seit Pietros Tod löste ich meine Gedanken einmal ein paar Minuten von ihm, während ich einen fast unwiderstehlichen Drang verspürte, durch das Tor und diesen Weg hinaufzugehen, um zu sehen, wie es auf der anderen Seite aussah. Ich machte sogar den Ansatz dazu, doch dann bemerkte ich die aus Stein gehauenen Wasserspeier über dem Tor – bösartig und grausam aussehende Kreaturen – und zögerte. Fast schienen sie mich zu warnen, ich möge draußen bleiben, und ich verhielt rechtzeitig den

Schritt. Man ging nicht einfach in fremder Leute Häuser, nur weil sie einen anzogen.

Voll von dem, was ich gesehen hatte, kam ich in unser kleines Häuschen zurück.

»Oh, das ist Lovat Stacy«, erklärte Roma. »Dem Himmel sei Dank, daß sie das Haus nicht über der römischen Villa gebaut haben.«

»Gibt es eigentlich eine Familie Stacy?« erkundigte ich mich.

»O ja.«

»Ich möchte gern wissen, was das für Leute sind, die in einem solchen Haus wohnen.«

»Ich hatte mit Sir William zu tun – dem alten Herrn. Er ist der Herr und Meister, deshalb war er derjenige, der die Erlaubnis geben mußte, die wir brauchten.«

Liebe Roma. Von ihr würde ich nichts erfahren. Sie sah das Leben einzig aus dem Blickwinkel des Archäologen.

Aber ich fand Essie Elgin.

Zu Beginn meiner musikalischen Laufbahn war ich auf einer Musikschule gewesen, und dort war Miß Elgin eine meiner Lehrerinnen. Als ich eines Tages durch die kleine Ortschaft Lovat Mill schlenderte, knapp zwei Kilometer von der Ausgrabungsstätte entfernt, traf ich Essie in der Hauptstraße. Ein paar Sekunden starrten wir uns verdutzt an, bis sie in ihrem typisch schottischen Tonfall sagte: »Das ist doch wohl tatsächlich Klein Caroline.«

»So klein nicht mehr«, erwiderte ich. »Und das ist doch – Miß Elgin.«

»Was machen Sie denn hier?« erkundigte sie sich.

Ich sagte es ihr. Sie nickte bekümmert, als ich Pietro erwähnte. »Eine schreckliche Tragödie«, sagte sie. »Ich hörte ihn, als er das letzte Mal in London war. Bin extra deswegen hingefahren. Was für ein großes Talent!«

Traurig sah sie mich an. Und ich wußte, daß sie an mich dachte, mit dem Bedauern, das Lehrer für Schüler empfinden, die nicht hielten, was sie versprachen.

»Kommen Sie mit in mein Häuschen«, sagte sie. »Ich mache uns einen Tee, und dann können wir schwatzen.«

So ging ich mit, und sie erzählte mir, wie sie nach Lovat Mill kam, weil sie in der Nähe des Meeres sein wollte und noch nicht bereit war, ihre Selbständigkeit aufzugeben. Sie hatte eine jüngere Schwester in der Nähe von Edinburgh, die gern wollte, daß sie zu ihr zog, und dazu würde es wohl auch eines Tages kommen, meinte sie; inzwischen genoß sie das, was sie ihre letzten Jahre in Freiheit nannte.

»Unterrichten Sie?« fragte ich.

Sie schnitt ein Gesicht. »Was aus einigen von uns so wird, meine Liebe. Ich habe mein kleines Haus hier, und das ist hübsch und angenehm. Und ich gebe den jungen Damen von Lovat Mill ein paar Stunden. Viel bringt das nicht ein, doch es ist besser geworden, seitdem ich die jungen Damen aus dem großen Haus habe.«

»Das große Haus? Meinen Sie Lovat Stacy?«

»Was sonst? Das ist unser großes Haus, und der liebe Gott hat dafür gesorgt, daß dort drei junge Damen sind, die Musik lernen wollen.«

Essie Elgin war die geborene Schwatztante, und ich brauchte sie nicht sonderlich zu ermuntern. Wohl wissend, daß meine eigene musikalische Laufbahn ein schmerzliches Thema war, plapperte sie munter von ihren Schülerinnen im großen Haus.

»Das ist ein Haus! Immer gibt es da irgendein Drama, kann ich Ihnen sagen. Und jetzt haben wir bald die Hochzeit. Wunsch von Sir William. Er möchte, daß die beiden Mann und Frau werden. Dann wird er glücklich sein.«

»Welche beiden?« fragte ich.

»Mr. Napier und die kleine Edith ... obwohl ich finde, daß sie noch zu jung ist. Erst siebzehn, glaube ich. Einige Menschen mit siebzehn sind natürlich ... aber nicht Edith ... nein, doch nicht Edith.«

»Ist Edith die Tochter des Hauses?«

»Sozusagen. Sie ist aber nicht Sir Williams Tochter. Oh,

es ist ein komplizierter Haushalt, in dem die jungen Damen alle nicht miteinander verwandt sind. Edith ist Sir Williams Mündel. Sie lebt seit fünf Jahren in der Familie ... seitdem sie ihren Vater verlor. Ihre Mutter starb, als sie noch ganz klein war, und sie wurde von Haushälterinnen und Dienstboten aufgezogen. Ihr Vater war mit Sir William eng befreundet. Er hatte einen großen Besitz drüben in der Gegend von Maidstone ... als er starb, wurde der verkauft, und Edith bekam alles. Sie ist eine wirklich reiche Erbin, und deshalb ... Na ja, ihr Vater hatte Sir William zum Vormund eingesetzt, und so kam sie nach seinem Tode nach Lovat Stacy und lebte hier wie Sir Williams Tochter. Und jetzt hat er natürlich Napier heimgeholt, damit er sie heiratet.«

»Ist Napier ...?«

»Sir Williams Sohn. Verbannter Sohn! Das ist eine Geschichte für Sie. Und dann ist da noch Allegra. Irgendwie mit Sir William verwandt, habe ich gehört. Sie nennt ihn ihren Großvater. Ein richtiger kleiner Wildling, und gibt sich wunder wie vornehm. Den Haushalt führt Mrs. Lincroft, die Haushälterin, und sie ist Alices Mutter. Das sind meine drei jungen Damen: Edith, Allegra und Alice. Denn obwohl Alice nur die Tochter der Haushälterin ist, darf sie an den Unterrichtsstunden der anderen teilnehmen, so auch an meinen. Sie wird wie eine richtige kleine Dame erzogen.«

»Und dieser ... Napier?« fragte ich. »Was für ein seltsamer Name.«

»Ach, irgendein Familienname. Sie haben etliche seltsame Namen von Familien, die in ihre hineingeheiratet haben, soweit ich weiß. Napier hat eine merkwürdige Geschichte. Die näheren Umstände sind mir nie ganz klargeworden, doch sein Bruder Beaumont starb ... und Beaumont ist auch ein Familienname. Er kam zu Tode, und Napier sollte schuld haben. Er ging fort, und jetzt ist er zurückgekommen, um Edith zu heiraten. Das war die Bedingung, glaube ich.«

»Inwiefern hatte er schuld?«

»Die Leute hier reden nicht viel über die Stacys«, sagte sie bedauernd. »Sie haben Angst vor Sir William. Er ist auch ein ziemlicher Hitzkopf, und die meisten hier sind seine Pächter. Der ist hart wie Stein, sagen sie. Muß er wohl, wenn er Napier fortschickte. Ich möchte zu gern genau wissen, was wirklich hinter der Geschichte steckt, doch mit den jungen Damen kann ich nicht darüber sprechen.«

»Das Haus hat mich sehr beeindruckt. Irgendwie hat es etwas Drohendes. Aus der Entfernung sah es so wunderschön aus, und als ich dann dicht vor dem großen Tor stand . . . uh.«

Essie lachte. »Ihre Phantasie geht mit Ihnen durch«, sagte sie. Dann bat sie mich, ihr etwas vorzuspielen, ich setzte mich ans Klavier, und es war wie in alten Zeiten, als ich jung war, ehe ich zum Studium ins Ausland ging, ehe ich Pietro traf, ehe ich meine Chance vertat.

»Ja«, meinte sie, »Sie haben einen schönen Anschlag. Wie sind Ihre weiteren Pläne?«

Ich schüttelte den Kopf.

»Komm, komm, Kindchen«, meinte sie. »Das ist nicht das Richtige. Gehen Sie wieder nach Paris auf diese Schule, und sehen Sie zu, ob Sie da wieder anfangen können, wo Sie aufgehört haben.«

»Wo ich aufgehört habe . . . vor meiner Heirat?«

Sie antwortete nicht. Vielleicht wußte sie, daß ich zwar eine gute Pianistin war, daß ich eine gute Lehrerin abgeben würde, doch daß mir der göttliche Funke fehlte. Den hatte Pietro mir genommen; doch, nein, hätte ich ihn gehabt, hätte ich mich niemals für die Ehe statt für eine Karriere entschieden.

Schließlich sagte sie: »Denken Sie darüber nach . . . und kommen Sie bald wieder.«

Auf dem Wege zurück in unser kleines Haus dachte ich an Essie und an die alten Zeiten und die Zukunft; doch immer wieder tauchte vor meinem inneren Auge das große Haus auf, bevölkert von schattenhaften Gestalten, die für mich nicht mehr waren als Namen und denen dennoch ein eigenes Leben innezuwohnen schien.

Ich erinnere mich lebhaft an jene Tage; wie ich dabeisaß und zusah, wie unter den geschickten Fingern der Restaurateure das Mosaik wiedererstand; wie ich manchmal auf eine Tasse Tee und vielleicht eine Stunde am Klavier zu Essie hinüberging. Ich glaube, Essie wollte gern, daß ich mich aufraffte und die alten Fäden wieder aufnahm; sie sagte mehrmals, daß ich mich doch nicht eines Tages in der gleichen Lage wiederfinden wolle wie sie.

Einmal sagte sie zu mir: »Am Samstag ist die Hochzeit. Möchten Sie sie sehen?«

So ging ich in die Kirche und sah, wie Napier und Edith getraut wurden. Sie kamen das Kirchenschiff herunter – sie blond und zerbrechlich, er hager und dunkel, obwohl mir die blauen Augen in dem braunen Gesicht auffielen. Ich saß mit Essie in den hinteren Bänken, als sie vorüberkamen und die Orgel Mendelssohns Hochzeitsmarsch spielte. Mich überkam ein seltsames Gefühl dabei – fast möchte ich es Vorahnung nennen. Doch das war es nicht. Vielleicht kam es daher, daß ich empfand, wie wenig diese beiden Menschen zueinander paßten; sie gehörten nicht zusammen, diese zwei, das lag auf der Hand. Das Mädchen sah so jung aus, so zart, und spiegelte sich da nicht etwas wie Furcht auf ihrem Gesicht? Sie hat Angst vor ihm, dachte ich. Und ich erinnerte mich an den Tag, als Pietro und ich geheiratet hatten, wie wir zusammen gelacht, uns geneckt, uns geliebt hatten. Armes Kind, dachte ich. Und er hatte auch nicht überströmend glücklich ausgesehen. Wie sollte man seinen Ausdruck nennen? Resigniert, gelangweilt ... zynisch?

»Edith ist eine hübsche Braut«, sagte Essie. »Und sie wird ihre Stunden nach den Flitterwochen fortsetzen. Sir William möchte es so.«

»Tatsächlich?«

»O ja. Sir William ist sehr für Musik ... jetzt. Obwohl es

eine Zeit gab, da wollte er sie nicht im Hause haben. Und Edith ist recht begabt. Kein großes Talent, aber sie spielt gut, und es wäre schade, das brachliegen zu lassen.«

Ich ging mit zu Essie auf eine Tasse Tee, und sie redete über die jungen Damen von Lovat Stacy und ihre Musik ... wie gut Edith war, wie faul Allegra und wie gewissenhaft Alice.

»Arme kleine Alice, sie meint, sie muß. Weil ihr so vieles geboten wird, muß sie es ausnutzen.«

Roma war mit Essie der Meinung, daß ich zurückgehen sollte nach Paris und mein Musikstudium fortsetzen. »Ich finde, es ist das Rechte für dich, deine Studien zu beenden«, sagte sie. »Ob allerdings in Paris, weiß ich nicht ganz. Schließlich hast du dort ...« Sie fingerte fast ungeduldig an ihren Türkisen und beschloß, meine Ehe nicht zu erwähnen. »Wenn dir das unmöglich erscheint, können wir eine andere Lösung finden.«

»O Roma«, rief ich, »du bist so gut. Ich kann dir gar nicht sagen, was für eine Hilfe du mir gewesen bist.«

»Unsinn!« knurrte sie.

»Ich weiß jetzt, wie schön es ist, eine Schwester zu haben.«

»Ist nur natürlich, daß wir in solchen Zeiten zusammenhalten. Du mußt öfter herkommen.«

Ich lächelte und küßte sie. Dann ging ich zurück nach Paris. Es war eine Dummheit. Ich hätte wissen müssen, daß ich es nicht ertragen würde an einem Ort, der so voller Erinnerungen an Pietro war. Es zeigte mir nur, wie anders Paris war ohne ihn, und wie töricht ich war zu denken, daß ich wieder ganz von vorn anfangen könne. Nichts würde wieder so sein wie früher, denn das Fundament, auf dem ich meine Zukunft bauen mußte, würde die Vergangenheit sein.

Wie recht Pietro gehabt hatte, als er sagte, man kann der Muse nicht winken und erwarten, daß sie zurückkehrt, nachdem man sie fortgeschickt hat.

Ich war ungefähr drei Monate in Paris, als die Nachricht kam, daß Roma verschwunden war.

*

Es war unglaublich. Die Ausgrabung war beendet. Sie standen im Begriff, einzupacken und in einigen Tagen abzuziehen. Roma hatte am Vormittag die Vorbereitungen für die Abreise überwacht, und erst am Abend wurde sie vermißt. Keine Spur von ihr – als hätte sie sich in Nichts aufgelöst.

Es war alles sehr rätselhaft. Sie hatte keine Nachricht hinterlassen, war einfach verschwunden. Bestürzt, tieftraurig und schwer bedrückt kehrte ich nach England zurück. Immer wieder mußte ich daran denken, wie gut sie zu mir gewesen war, wie sie versucht hatte, mir über meinen Kummer hinwegzuhelfen. Während der vergangenen schweren Wochen in Paris hatte ich mir dauernd gesagt, daß ich ja immer Roma haben würde und daß ich durch meinen Schmerz eine ganz neue Beziehung zu meiner Schwester gewonnen hatte.

Ich wurde von der Polizei vernommen. Man dachte, Roma habe das Gedächtnis verloren und irre womöglich umher; dann kam die Idee auf, daß sie schwimmen gegangen und ertrunken sei, da die Küste an jener Stelle als gefährlich bekannt war. Ich klammerte mich an die erste Version als die tröstlichere, obwohl ich mir eine an Amnesie leidende Roma nicht vorzustellen vermochte. Jeden Tag wartete ich auf Nachricht – vergebens.

Einige ihrer Freunde kamen mit der Vermutung, daß sie womöglich plötzlich von einem neuen, geheimen Projekt gehört und schnurstracks nach Ägypten oder irgendwohin gefahren sein könnte. Ich versuchte mich zu zwingen, mich dieser tröstlichen Theorie anzuschließen, doch im Grunde wußte ich, daß so etwas der ordentlichen und vernünftigen Roma nicht entsprach. Irgendwas hatte sie daran gehindert, mich wissen zu lassen, was geschehen war. Irgend etwas? Was, außer dem Tod, hätte sie hindern können?

Ich sagte mir, daß ich vom Gedanken an den Tod besessen sei, weil ich meine Eltern und Pietro binnen so kurzer Zeit verloren hatte. Roma auch zu verlieren, das durfte nicht sein.

Ich war zutiefst unglücklich, und nach einer Weile fuhr ich zurück nach Paris, um meine Zelte dort abzubrechen, denn ich wußte, daß ich dort nicht bleiben konnte. Darauf kehrte ich wieder nach London zurück, nahm mir ein Zimmer in einem Haus in Kensington und annoncierte, daß ich Klavierstunden gebe.

Vielleicht war ich keine gute Lehrerin; vielleicht war ich ungeduldig mit den mäßig Begabten. Schließlich hatte ich hochfliegende Träume für mich selbst gehabt und war Pietro Verlaines Frau gewesen. Ich verdiente nicht genug, um davon leben zu können. Mein Geld schmolz beängstigend schnell dahin. Jeden Tag hoffte ich auf Nachricht von Roma. Ich fühlte mich so hilflos, weil ich nicht wußte, was ich tun sollte, um meine Schwester zu finden. Und dann kam meine Gelegenheit.

Essie schrieb, sie komme nach London und würde mich gern sehen. Schon gleich bei ihrer Ankunft merkte ich, daß etwas sie sehr beschäftigte. Sie war der geborene Plänemacher für andere, wesentlich mehr als für sich selbst, soweit ich mich erinnere.

»Ich gehe fort von Lovat Mill«, sagte sie, »es ist mir letzthin nicht sonderlich gutgegangen, und ich glaube, es ist an der Zeit, daß ich zu meiner Schwester nach Schottland ziehe.«

»Das ist weit fort«, erwiderte ich.

»O ja, weit weg; doch gekommen bin ich wegen folgendem: Wie wäre es, wenn Sie dort hinuntergingen?«

»Nach . . .«, stammelte ich.

»Ja, nach Lovat Stacy. Die Mädchen unterrichten. Hören Sie zu. Ich habe mit Sir William gesprochen. Er war ein klein wenig verstimmt, als ich ihm von meinen Plänen erzählte. Wissen Sie, er möchte gern, daß Edith ihre Stunden fortsetzt ... und die anderen auch. Vor Jahren hatten sie musikalische Abende dort, und da nun eine junge Frau im Hause ist, möchte er die wieder aufnehmen. Es war seine Idee, eine Musiklehrerin zu haben, die mit im Hause wohnt, die für ihn und seine Gäste spielen und auch die Mädchen hin und wieder unterrichten könnte. Er brachte das Thema zur Sprache, als ich ihm sagte, daß ich fortgehe; und ich dachte sofort an Sie und sagte ihm, daß ich Pietro Verlaines Witwe kenne, die selbst eine ausgezeichnete Pianistin sei. Wenn Sie also wollen, möchten Sie ihm schreiben, und dann würde sich etwas arrangieren lassen.«

Etwas schien mir die Kehle zuzuschnüren. »Warten Sie einen Augenblick!« sagte ich.

»Nun sind Sie also die spröde junge Dame, die sagt, ›Das kommt zu plötzlich‹. Das ist mit einigen der besten Dinge im Leben so, und man muß sich entweder sofort entschließen oder die Gelegenheit verpassen. Sagen Sie nein, wird Sir William um eine Hauslehrerin für die Mädchen annoncieren, denn nachdem ich gesagt hatte, daß Sie womöglich kommen würden, war er sehr erpicht darauf.«

Ich sah alles so deutlich vor mir: die Ausgrabungsstätte; das kleine Häuschen; das große Haus, und die beiden Menschen, die das Kirchenschiff herunterkamen. Und natürlich Roma ... Roma, die mir ans Herz legte, sie nicht zu vergessen.

Abrupt fragte ich: »Glauben Sie, daß Roma noch am Leben ist?«

Ihre Züge spannten sich. Sie wandte den Kopf ab und sagte: »Ich ... ich glaube nicht, daß sie davongegangen wäre, ohne jemandem vorher davon zu sagen.«

»Dann wurde sie weggehext ... oder sie ist irgendwo, von wo sie uns nicht erreichen kann. Ich möchte es herausfinden ... ich muß.«

Miß Elgin nickte.

»Ich habe Sir William nicht gesagt, daß Sie ihre Schwester sind. Er ist verärgert wegen der ganzen Angelegenheit, weil es soviel Wirbel in der Öffentlichkeit gegeben hat. Ich hörte, er hat erklärt, er hätte die Ausgraberei niemals erlauben sollen. Das machte schon genügend Unruhe, und als dann Ihre Schwester verschwand . . .« Sie zuckte die Achseln. »Also habe ich nicht gesagt, daß Sie Roma Brendons Schwester sind. Ich sagte lediglich, Sie sind Caroline Verlaine, die Witwe des großen Pianisten.«

»Ich könnte also . . . inkognito dorthin gehen, soweit es meine Verbindung zu Roma betrifft?«

»Wenn er davon wüßte, würde er Sie nicht haben wollen, glaube ich. Er würde denken, daß Sie noch einen anderen Grund haben herzukommen – neben dem Unterrichten.«

»Wenn ich hingehe, hätte er damit durchaus recht«, sagte ich.

Ich wollte mir das Ganze überdenken, und so wanderten Essie und ich durch die Gärten von Kensington, wo Roma und ich als Kinder unsere Segelschiffchen schwimmen ließen. In der Nacht träumte ich von Roma; sie stand in dem runden Teich und streckte die Hände nach mir aus, während das Wasser höher und höher stieg. »Tu etwas, Caro«, rief sie.

Vielleicht war es dieser Traum, der mich den endgültigen Entschluß fassen ließ, nach Lovat Stacy zu gehen.

Ich verkaufte meine wenigen Möbelstücke an die Besitzerin des Hauses, in dem ich die beiden Zimmer gemietet hatte. Ich gab mein Klavier auf Lager und packte die Koffer.

Ich hatte endlich einen Lebenszweck gefunden. Pietro war mir auf immer genommen, doch ich würde versuchen, Roma zu finden.

2

DER ZUG HATTE in Dover Priory gehalten, und eine ganze Reihe Leute waren ausgestiegen. Wir hatten fünf Minuten Aufenthalt, während die Post eingeladen wurde, und als die letzten der Ausgestiegenen durch die Sperre gingen, sah ich eine Frau den Bahnsteig entlangeilen, ein zwölf- oder dreizehnjähriges Mädchen neben sich. Sie sah mich im Vorübergehen, da ich aus dem Fenster schaute; sie hielt an, kam zurück, öffnete die Tür, und die beiden kamen in mein Abteil.

Sie und das Mädchen musterten mich verstohlen, als sie sich mir gegenüber setzten. Die Frau seufzte und sagte: »Oje, Einkaufen macht mich immer so müde.«

Das Mädchen sagte nichts, doch ich merkte, wie sie mich beide voller Neugier studierten. Warum? fragte ich mich. Sah Ich so merkwürdig aus? Dann fiel mir ein, daß der Zug nach Dover Priory nur an kleinen Stationen hielt und daß die Leute, die jetzt noch diesen Zug benutzten, wahrscheinlich aus der Gegend waren und sich untereinander kannten. Dann würde ich als Fremde natürlich sofort auffallen.

Die Frau legte einige kleine Pakete auf den Sitz neben sich, und als eines davon herunterfiel, direkt vor meine Füße, und ich es aufhob, war damit der Anstoß für ein Gespräch gegeben.

»So ermüdend, diese Züge«, sagte die Frau. »Und man wird so schmutzig. Fahren Sie bis Ramsgate?«

»Nein, ich steige in Lovat Mill aus.«

»Oh, tatsächlich? Wir auch. Gott sei Dank ist es nicht mehr weit . . . noch zwanzig Minuten, dann sind wir da . . . das heißt, wenn wir pünktlich sind. Wie merkwürdig, daß Sie dahin fahren. Allerdings ist bei uns ja in der letzten Zeit allerhand losgewesen. Wissen Sie, diese Leute, die die römischen Überreste gefunden haben.«

»Ach ja?« meinte ich gleichgültig.

»Sie haben wohl nichts mit denen zu tun?«

»O nein. Ich fahre in ein Haus namens Lovat Stacy.«

»Ach je. Dann müssen Sie die junge Dame sein, die den Mädchen Musikunterricht geben soll.«

»Ja.«

Sie war entzückt. »Das dachte ich mir schon gleich, als ich Sie sah. Hierher kommen so wenig Fremde, wissen Sie, und wir hatten gehört, daß Sie heute kommen sollten.«

»Gehören Sie auch zum Hause?«

»Nein . . . nein. Wir wohnen in Lovat Mill . . . etwas außerhalb natürlich. Im Pfarrhaus. Mein Mann ist der Pastor. Wir sind mit den Stacys befreundet. Mein Mann unterrichtet die Mädchen bei uns im Hause. Wir wohnen nur ungefähr eine Meile vom Haus entfernt. Sylvia hat mit ihnen zusammen Stunden, nicht wahr, Sylvia?«

Sylvias »Ja, Mama« klang sehr leise. Und ich hielt es für nicht ausgeschlossen, daß Mama das Regiment zu Hause führte – den Herrn Pastor eingeschlossen.

Sylvia wirkte zwar sehr sanftmütig, doch ihre Kinnpartie und der Zug um den Mund straften diese Sanftmut Lügen, und ich konnte mir vorstellen, daß es aus sein würde mit der Demut, sobald Mama außer Sicht war.

»Ich glaube sicher, daß der Pastor Sie fragen wird, ob Sie Sylvia zusammen mit den Stacy-Mädchen unterrichten wollen.«

»Interessiert Sylvia sich denn für Musik?« fragte ich und lächelte Sylvia an, die ihre Mutter anblickte.

»Das wird sie«, antwortete die Dame fest.

Sylvia lächelte einigermaßen matt und warf den Zopf zurück, der ihr über die rechte Schulter hing. Ich bemerkte ihre recht groben Finger, die mir nicht aussahen wie die einer Pianistin. In Gedanken hörte ich bereits Sylvias jammervolle Klavierübungen.

»Ich bin so froh, daß Sie nicht zu diesen Archäologen-Leuten gehören. Ich war sehr gegen diese Invasion bei uns.«

»Sie billigen diese Art von Forschung nicht?«

»Forschung!« gab sie zurück. »Zu was ist die nutze? Wenn wir hätten wissen sollen, daß diese Sachen da waren, wären sie doch nicht zugedeckt worden, oder?«

Diese erstaunliche Logik widersprach meiner ganzen Erziehung, doch die energische Dame mir gegenüber erwartete ganz offenbar eine Antwort, und da ich sie nicht verärgern wollte, weil sie mir wahrscheinlich eine ganze Menge über Lovat Stacy erzählen konnte, lächelte ich nichtssagend, während ich innerlich meine Eltern und Roma um Verzeihung bat.

»Sie kamen hierher . . . brachten *alles* durcheinander. Du liebe Güte, auf Schritt und Tritt fiel man über sie. Eimer, Spaten . . . gruben die Erde um, weite Flächen im Park sind *völlig ruiniert* . . . und wozu? Um diese römischen Überreste aufzudecken! ›Es gibt so viele davon, überall im Lande‹, sagte ich zum Pastor. ›Wir wollen sie hier nicht haben.‹ Eine von diesen Leuten hat ein merkwürdiges Ende gefunden . . . oder vielleicht war es auch kein Ende. Wer will das sagen. Jedenfalls verschwand sie.«

Ich fühlte ein Prickeln im Rücken. Wie leicht konnte ich meine Verbindung zu derjenigen verraten, die verschwunden war; und eben das wollte ich um jeden Preis vermeiden. Also sagte ich schnell: »Verschwand?«

»O ja. Das war alles sehr merkwürdig. Am Morgen war sie noch da . . . und danach hat niemand sie mehr gesehen. Sie verschwand während des Tages.«

»Wo ist sie geblieben?«

»Eben das möchten viele Leute wissen. Sie hieß . . . wie hieß sie noch, Sylvia?«

Sylvias eckige Finger mit den abgebissenen Nägeln krampften sich zusammen, verrieten ihre innere Spannung, und einen Augenblick lang dachte ich, sie sei verstört, weil sie etwas über Romas Verschwinden wisse; dann merkte ich jedoch, daß sie sich vor ihrer Mutter fürchtete, besonders wenn sie ihr eine Frage stellte, auf die sie vielleicht die Antwort nicht wußte.

Diese wußte sie allerdings. »Es war Miß Brandon ... Miß Roma Brandon.«

Die Frau nickte. »Stimmt. Eine von diesen *unweiblichen* Frauen ...« Sie schauderte. »Graben! Umherkraxeln! Unnatürlich nenne ich so was. Es war sicher die Strafe für die Schnüffelei. Manche sagen, das war so. Es gibt einen Aberglauben. Dies ... was immer ihr zugestoßen sein mag ... geschah, weil sie ihre Nase in Dinge steckte, die man ruhen lassen sollte. Eine Art Fluch. Ich glaube, es wird diesen Leuten eine Lehre sein.«

»Und jetzt sind sie alle fort?« fragte ich.

»O ja, ja. Sie waren schon im Aufbruch, als es passierte. Als dann das Theater losging, verzögerte sich ihre Abreise natürlich noch. Ich glaube, sie ist zum Baden gegangen und von der Unterströmung erfaßt worden. Eine sehr unanständige Angewohnheit, diese Baderei. Es ist ein leichtes, ins Meer hinausgetrieben zu werden. Eine Art Gottesurteil. Die Menschen sollten vorsichtiger sein. Aber die Leute im Ort werden Ihnen erzählen, daß das so was wie die Rache war. Einer dieser römischen Götter oder jemand, dem es nicht paßte, daß sein Haus aus der Ruhe aufgestört wurde und sagte: Das hast du davon. Der Pastor und ich versuchen ihnen zu erklären, daß das Unsinn ist, doch gleichzeitig scheint es wirklich eine Art harter Gerechtigkeit zu sein.«

»Haben Sie die ... Frau gekannt, die verschwunden ist?«

»Gekannt? O nein. Wir sind nicht mit diesen Leuten zusammengekommen, obwohl sie oben im Haus recht freundlich mit einigen von ihnen waren. Aber Sir William ist ein bißchen seltsam. Verstehen Sie mich richtig, das ist eine großartige Familie, und wir sind natürlich befreundet. Leute unserer Art schließen sich in einer so kleinen Gemeinde selbstverständlich zusammen; und wegen der Mädchen sehen wir uns auch ständig. Ich habe Sie übrigens noch gar nicht nach Ihrem Namen gefragt glaube ich.«

»Caroline Verlaine. Mrs. Verlaine.«

Ich beobachtete sie gespannt, ob sie mich mit Roma in Verbindung bringen würde. Obwohl Essie mir versichert hatte, Sir William wisse nicht, daß ich Romas Schwester sei, hatte es zu der Zeit ihres Verschwindens einen großen Wirbel in der Presse gegeben. Schließlich war Roma Pietros Schwägerin; er war berühmt; und es konnte sein, daß die Verbindung erwähnt worden war. Ich hatte eine lächerliche Angst. Doch meine Besorgnisse waren umsonst. Mein Name bedeutete der Frau Pastor offensichtlich nichts.

»Ja, ich hörte, daß Sie Witwe sind«, sagte sie. »Ich hatte, ehrlich gesagt, mit einer viel älteren Dame gerechnet.«

»Ich bin seit einem Jahr verwitwet.«

»Oh, traurig, traurig.« Sie gönnte sich zum Zeichen ihres Mitgefühls eine kleine Pause. »Ich bin Mrs. Rendall . . . und dies ist natürlich Miß Rendall.«

Ich neigte grüßend den Kopf.

»Ich habe gehört, Sie haben eine Menge Diplome und dergleichen.«

»Ja, einige.«

»Das muß sehr schön sein.«

Ich senkte den Kopf, um mein Lächeln zu verdecken.

»Sie werden mit Allegra sicherlich viel Mühe haben. Der Pastor sagt, sie kann mit den Gedanken nie länger als ein paar Sekunden bei einer Sache bleiben. Ein Fehler, sie auf diese Weise aufzuziehen. Schließlich ist sie ein Dienstbotenkind . . . und das Ganze ist höchst abstoßend. So ein komplizierter Haushalt . . . alle nicht miteinander verwandt. Sehr merkwürdig von Sir William, daß er die kleine Alice Lincroft auch teilhaben läßt. Aber sie ist ein so ruhiges Mädchen – gegen sie kann man wirklich nichts haben. Sie wird behandelt wie die anderen . . . Sylvia darf mit ihnen allen zusammen sein.« Sie zuckte die Achseln. »Es ist *sehr* schwierig, doch da Sir William sie alle akzeptiert, was können wir da schon machen?«

Sylvia schien sehr wach und mit gespitzten Ohren zuzuhören. Arme Sylvia! Sicher eines jener Kinder, die nur sprechen, wenn sie gefragt werden. Wieder überkam mich Dankbarkeit für meine eigenen Eltern.

»Und wer ist Alice Lincroft genau?«

»Die Tochter der Haushälterin, bitte schön. Damit Sie wissen, Mrs. Lincroft ist eine Haushälterin von *sehr hohem Rang*. Und sie war schon vor ihrer Heirat bei der Familie. Sie war Gesellschafterin von Lady Stacy, dann ging sie fort und kam zurück, nachdem sie ihren Mann verloren hatte ... kam mit Alice zurück. Das Kind war damals erst zwei Jahre alt ... es hat also fast sein ganzes Lehen in Lovat Stacy verbracht. Natürlich wäre es unerträglich, wenn sie nicht ein so *ruhiges* Kind wäre. Aber es ist keine Last – nicht wie Allegra. Das war allerdings ein schwerer Fehler. Mit dem Mädchen wird es eines Tages noch Sorgen geben. Das habe ich dem Pastor schon oft gesagt, und er ist ganz meiner Meinung.«

»Und Lady Stacy?«

»Sie ist schon lange tot ... sie starb schon, bevor Mrs. Lincroft als Haushälterin zurückkam.«

»Und da ist doch noch eine weitere junge Dame, die ich unterrichten soll.«

Mrs. Rendall schmunzelte. »Edith oder vielmehr jetzt Edith Stacy. Ich muß schon sagen, das ist alles sehr merkwürdig. Eine verheiratete Frau ... das arme Ding.«

»Weil sie verheiratet ist?« bohrte ich.

»Verheiratet!« schnaubte Mrs. Rendall. »Das war eine sehr eigenartige Sache, finde ich. Das habe ich dem Pastor gesagt und werde es auch weiterhin sagen. Mir ist es natürlich klar, warum Sir William das arrangiert hat.«

»Sir William?« warf ich ein. »Hatte das junge Paar denn nichts dazu zu sagen?«

»Liebe junge Dame, wenn Sie einen Tag in Lovat Stacy gewesen sind, werden Sie wissen, daß es dort nur einen gibt, der etwas zu sagen hat, und das ist Sir William. Sir William hat Edith ins Haus genommen und sie zu seinem Mündel gemacht, und dann hat er beschlossen, Napier zurückzuholen und die beiden miteinander zu verheiraten.« Sie senkte die Stimme. »Natürlich«, entschuldigte sie ihre Indiskretion, »werden Sie ja in Kürze zum Haushalt gehören und diese Dinge selbst feststellen. Es war nur das Geld der Cowans, das Sir William veranlassen konnte, Napier zurückkommen zu lassen.«

Mit einem fragenden »Oh« versuchte ich sie zum Weitersprechen zu veranlassen, doch sie merkte wohl, daß sie ein wenig zu mitteilsam gewesen war. Sie setzte sich auf ihrem Sitz zurück, und, die Lippen geschürzt, die Hände im Schoß gefaltet, sah sie aus wie eine Rachegöttin.

Der Zug rüttelte dahin, im Abteil herrschte Schweigen, und ich überlegte gerade, wie ich es anstellen könnte, um den Redeschwall der Dame erneut zum Fließen zu bringen, als Sylvia schüchtern sagte: »Wir sind gleich da, Mama.«

»Tatsächlich«, rief Mrs. Rendall, sprang auf und verstreute Pakete um sich. »Oje, wenn ich nur wüßte, ob diese Wolle die richtige Dicke für die Socken vom Pastor hat.«

»Ganz sicher, Mama. *Du* hast sie ja ausgesucht.«

Ich besah mir das Mädchen genau. Hatte da eine leichte Ironie mitgeklungen? Mama schien sie jedenfalls nicht bemerkt zu haben. »Hier«, sagte sie zu dem Mädchen, »nimm das.«

Ich war ebenfalls aufgestanden und nahm meine Koffer aus dem Gepäcknetz. Ich sah, daß Mrs. Rendall sie einer ebenso genauen Musterung unterzog wie vorher mich.

»Sie werden sicher abgeholt«, sagte sie und gab Sylvia einen kleinen Stoß, worauf sie ihrer Tochter auf den Perron folgte und, zu mir zurückgewandt, fortfuhr: »O ja, da ist Mrs. Lincroft.« Mit ihrer reichlich schrillen und durchdringenden Stimme rief sie: »Mrs. Lincroft. Hier ist die junge Person, die Sie suchen.«

Ich war ausgestiegen und stand da, die beiden großen Koffer neben mir. Die Frau Pastor nickte mir kurz zu, bedachte mit einem zweiten Nicken die näher kommende Frau und segelte davon, Sylvia dicht hinter sich.

»Sie sind Mrs. Verlaine?« Sie war eine große, schlanke Frau von ungefähr Mitte Dreißig. Über ihrer ganzen Erscheinung lag etwas wie ein Hauch verblaßter Schönheit, der mich sofort an die Blumen erinnerte, die ich früher zwischen Buchseiten zu pressen pflegte. Ein großer Strohhut war mit einem hellen Schleier unter dem Kinn festgebunden; die großen Augen waren blaßblau; das Gesicht ein wenig hager, da sie im ganzen sehr schlank war. Zum grauen Rock trug sie eine kornblumenblaue Bluse, die ihre Augen wohl dunkler erscheinen ließen, als sie eigentlich waren. Furchteinflößend sah sie ganz gewiß nicht aus.

Ich sagte ihr, wer ich war.

»Ich bin Amy Lincroft«, erwiderte sie, »die Haushälterin in Lovat Stacy. Ich habe den Wagen draußen. Ihre Koffer können zum Haus heraufgeschickt werden.«

Sie winkte einem Gepäckträger, gab ihm einige Anweisungen, und wenige Minuten später führte sie mich durch die Sperre vor den Bahnhof.

»Wie ich sehe, haben Sie bereits die Frau Pastor kennengelernt.«

»Ja, sie erriet merkwürdigerweise, wer ich war.«

Mrs. Lincroft lächelte. »Das kann Berechnung gewesen sein. Sie wußte, daß Sie mit dem Zug kommen würden, und wollte Sie eher kennenlernen als wir übrigen.«

»Ich fühle mich sehr geschmeichelt, falls ich sie dazu veranlaßt haben sollte.«

Wir waren beim Wagen angekommen, stiegen ein und sie nahm die Zügel auf.

»Wir liegen gut zwei Meilen vom Bahnhof entfernt«, erklärte sie. Ich bemerkte ihre feinknochigen Handgelenke und die langen, schmalen Finger. »Ich hoffe, Sie mögen das Landleben, Mrs. Verlaine.«

Ich sagte ihr, daß ich bisher nur in der Stadt gelebt habe und es deshalb erst feststellen müsse.

»Große Städte?« fragte sie.

»Aufgewachsen bin ich in London. Mit meinem Mann habe

ich im Ausland gelebt, und nach seinem Tode kehrte ich nach London zurück.«

Sie schwieg, und da sie auch Witwe war, mochte sie wohl an ihren Mann denken. Ich versuchte, ihn mir vorzustellen und ob sie wohl glücklich gewesen war. Ich glaubte nicht.

Wie anders war sie als die Pastorin, die kaum je mit Reden aufhörte und mir in so kurzer Zeit so viel erzählt hatte. Mrs. Lincroft würde wahrscheinlich eher fast geheimnistuerisch sein.

Sie sprach in etwas vagen Worten von London, wo sie einmal kurz gelebt hatte; und dann erwähnte sie die Ostwinde, die so typisch für diese Küste seien. »Wir bekommen sie hier mit voller Kraft. Ich hoffe, Ihnen ist nicht kalt, Mrs. Verlaine? Aber es ist schon beinahe Frühling, und der ist hier ganz wunderschön. Ebenso der Sommer.«

Ich fragte sie nach meinen Schülerinnen, und sie bestätigte, daß ich ihre eigene Tochter Alice sowie Allegra und Edith, das heißt Mrs. Stacy, unterrichten sollte.

»Mrs. Stacy und Alice sind gute Schülerinnen, wie Sie sehen werden. Allegra ist nicht wirklich schlecht – nur recht wild und vielleicht ein wenig geneigt, Unsinn zu machen. Ich denke, Sie werden sie alle leiden mögen.«

»Ich freue mich darauf, sie kennenzulernen.«

»Das wird sehr bald der Fall sein, denn sie sind alle sehr gespannt auf Sie.«

Der Wind war frisch, und ich meinte, das Meer zu riechen; und wir waren an den römischen Ausgrabungen angelangt. Mrs. Lincroft sagte: »Das hier ist erst vor kurzem entdeckt worden. Wir hatten Archäologen hier, und Sir William erlaubte ihnen zu graben. Später wünschte er, daß er das nicht getan hätte. Es kamen so viele Leute, die die Überreste sehen wollten, und dann gab es noch einen unglückseligen Vorfall. Vielleicht haben Sie davon gehört. Es war viel Wirbel damals. Eine Dame, eine von den Archäologen, verschwand, und soweit ich weiß . . . hat man nie wieder etwas von ihr gehört.«

»Mrs. Rendall erwähnte es.«

»Es wurde damals von nichts anderem gesprochen. So viele Neugierige ... es war alles sehr beunruhigend. Ich habe die junge Dame einmal gesehen, als sie zu Sir William kam.«

»Sie verschwand also«, sagte ich. »Haben Sie irgendwelche Vorstellungen, wie es geschehen sein könnte?« Sie schüttelte den Kopf.

»So eine gradlinige junge Dame. Man kann sich nicht vorstellen, daß sie so etwas getan haben sollte.«

»Was ... getan haben sollte?«

»Einfach davongegangen sein, ohne jemandem etwas zu sagen. So muß es aber gewesen sein.«

»Das hätte sie doch sicher nicht getan. Sie hätte ihre Schwester verständigt.«

»Oh, ... sie hatte eine Schwester?«

Ich errötete leicht. Wie töricht ich war. Wenn ich mich nicht in acht nahm, würde ich mich verraten.

»Oder ihren Bruder oder ihre Eltern«, fuhr ich fort.

»Ja«, gab Mrs. Lincroft zu. »Das hätte sie sicherlich getan. Es ist alles sehr rätselhaft.«

Ich hatte wohl schon zu viel Interesse gezeigt, also wechselte ich schnell das Thema.

»Ich kann das Meer riechen.«

»O ja, Sie werden es gleich sehen. Und das Haus auch.«

Ich hielt bewundernd den Atem an, denn da lag es, genauso, wie ich es in der Erinnerung hatte – das eindrucksvolle Torhaus mit seinen Gesimsen, Pfosten und gewölbten Querbalken.

»Es ist prachtvoll«, sagte ich.

Sie sah erfreut aus. »Die Gärten sind sehr schön. Ich gärtnere selbst ein bißchen. Ich finde es so ... beruhigend.«

Ich hörte kaum zu. Mich hatte eine große Erregung gepackt. Dieses Haus zog mich gleichzeitig an und stieß mich ab. Die Türme mit ihren Schießscharten und Zinnen schienen jene zu warnen, die achtlos durch das Tor eintreten wollten. Ich sah Pfeile und kochendes Pech aus jenen Türmen auf die Feinde des großen Hauses herunterkommen.

Mrs. Lincroft merkte, welche Wirkung das Haus auf mich hatte, und lächelte. »Wir, die wir hier leben, nehmen das alles wahrscheinlich ganz selbstverständlich«, sagte sie.

»Ich fragte mich eben, wie man sich wohl fühlt, wenn man in einem solchen Hause lebt.«

»Das werden Sie bald wissen.«

Wir waren jetzt auf dem Kiesweg, der, zu beiden Seiten von der moosbewachsenen Mauer begrenzt, direkt auf das Torhaus zuführte. Ein eindrucksvoller Augenblick, als wir unter dem Bogen hindurchfuhren und ich die Tür zum Wachraum sah mit dem Guckloch, durch das die Besucher des Hauses beäugt wurden.

Ich fragte mich, ob jetzt auch jemand dort Wache hielt.

In einem Hof mit Kopfsteinpflaster hielt Mrs. Lincroft die Kutsche an. »Es gibt zwei Höfe«, erklärte sie, »den unteren und den oberen.« Sie wies mit der Hand auf die vier hohen Mauern, die den Hof umschlossen. »Dies sind zumeist die Dienstboten-Wohnungen«, fuhr sie fort. Sie wies mit dem Kopf auf einen Torbogen, durch den ich aufwärts führende Steinstufen erkennen konnte. »Die Kinderzimmer liegen über dem Tor; und im oberen Hof sind die Räume der Familie.«

»Wie riesengroß«, sagte ich.

Sie lachte. »Sie werden noch feststellen, wie groß. Hier sind die Stallungen. Wenn Sie also aussteigen möchten, werde ich einen Pferdeburschen rufen und Sie dann mit ins Haus nehmen und bekannt machen. Ihre Koffer werden bald hier sein ... wenn Sie Ihren Tee getrunken haben, nehme ich an. Ich werde Sie mit ins Unterrichtszimmer nehmen, und da können Sie die Mädchen kennenlernen.«

Sie fuhr den Wagen in die Ställe und ließ mich im Hof stehen. Um mich herum lautlose Stille – und als ich jetzt allein war, spürte ich, daß ich urplötzlich zurückgeglitten war in die Vergangenheit. Ich versuchte, das Alter der Mauern zu schätzen, die mich umgaben. Vierhundert Jahre ...

fünfhundert? Ich blickte auf; zwei bizarre Wasserspeier dort oben schienen mich finster anzuglotzen. Das gotische Maßwerk in der Bleiarbeit der Wasserspeier stand in seiner Feinheit in seltsamem Gegensatz zu den grotesken Figuren. Die Türen – vier von ihnen Eiche mit massiven Nägeln beschlagen. Ich sah mir die bleiverglasten Fenster an und dachte darüber nach, wie die Menschen sein mochten, die hinter ihnen lebten.

Als ich da stand, verspürte ich wieder – bei aller Faszination für meine Umgebung – dieses seltsame Gefühl der Abneigung. Ich konnte es nicht verstehen, doch am liebsten wäre ich davongelaufen, zurück nach London, hätte meinem Musiklehrer in Paris geschrieben und ihn um noch eine Chance gebeten. Vielleicht war es der böse Ausdruck auf den steinernen Gesichtern dort oben an den Wänden. Vielleicht war es die Stille, diese überwältigende Atmosphäre der Vergangenheit, die mir eine Art Zwangsvorstellung vermittelte – als würde ich aus der Gegenwart fortgezogen in ein früheres Jahrhundert. Deutlich sah ich Roma vor mir, wie sie durch das Tor den Hof betrat, Sir William zu sprechen verlangte und ihn fragte, ob er meine, daß sein Park und die Bäume wichtiger seien als die Geschichte. Arme Roma. Hätte er die Genehmigung nicht erteilt – ob sie dann heute noch am Leben wäre?

Das Haus schien zu leben, die grotesken Köpfe schienen nicht nur Steinfiguren zu sein. War da ein Schatten am Fenster über dem zweiten Tor? Die Kinderzimmer, hatte Mrs. Lincroft gesagt. Vielleicht. Doch was war natürlicher, als daß meine Schülerinnen genügend Interesse für ihre neue Musiklehrerin aufbrachten, um einen schnellen Blick im voraus auf sie zu riskieren, wenn sie es ihrer Meinung nach nicht bemerkte?

Ich war noch nie in einem so alten Haus gewesen, hielt ich mir selbst vor. Und es waren die Umstände, unter denen ich hierherkam, die mich so empfinden ließen, wie ich es tat.

»Roma«, flüsterte ich vor mich hin, »wo bist du, Roma?«

Ich konnte mir vorstellen, daß die Wasserspeier hinter mir mich auslachten. Es war, als sage mir irgend etwas, ich möge nicht hierbleiben, und täte ich es doch, würde ich dabei auf geheimnisvolle Weise zu Schaden kommen. Und gleichzeitig mit diesem Gefühl erwuchs mir die Sicherheit, daß das Rätsel um Romas Verschwinden irgendwo in diesem Hause verborgen lag.

Das sind reine Spinnereien, rief ich mich zur Ordnung mit einer Stimme, die genau wie Romas klang. Wie sie über solche Ideen gelacht haben würde. Und Pietro hätte hinzugefügt: Das ist wieder die Romantikerin, die hinter der Fassade von Gelassenheit und weltlicher Sicherheit hervorlugt.

Da erschien Mrs. Lincroft und sah so beruhigend aus, daß die Wahnbilder zerrannen.

Schließlich, so sagte ich mir weiter, war ich ja nicht in erster Linie hierhergekommen, um das Rätsel um Romas Verschwinden zu lösen, sondern um meinen Lebensunterhalt zu verdienen und ein Dach über dem Kopf zu haben. Je eher ich vor mir selbst zugab, daß dies das Ende meiner hochfliegenden, ehrgeizigen Pläne war und das ganze Unternehmen als eine praktische und vernünftige Lösung ansah, je nüchterner würde ich meine Situation sehen.

Mrs. Lincroft ging voran durch das zweite Tor, über dem sich die Fenster des Schulzimmers befanden. Ich blieb stehen, um die Inschrift zu lesen.

»Es ist kaum zu verstehen«, sagte sie, »das ist mittelalterliches Englisch und heißt ›Fürchte Gott und ehre den König‹.«

»Welch edle Gesinnung«, bemerkte ich.

Lächelnd sagte sie: »Vorsicht mit den Stufen. Sie sind steil und an manchen Stellen ausgetreten.«

Es waren zwölf Stufen, die in den oberen Hof führten, er war größer und von hohen, grauen Mauern umschlossen. Ich bemerkte ähnliche bleiverglaste Fenster wie unten, die Dachrinnenenden und die verschlungenen Muster auf den Köpfen der Wasserspeier.

»Hier herüber«, sagte Mrs. Lincroft und stieß eine schwere Tür auf.

Wir befanden uns in einer riesigen, wohl zwanzig Meter langen Halle mit hoch gewölbter Decke und vier Fensternischen. Die Fenster selbst waren zwar groß, doch die Scheiben klein und bleigefaßt, so daß in dem Raum trotz der frühen Nachmittagsstunde dunkle Schatten lagen. An einem Ende befand sich eine Estrade, auf der ein Flügel stand, an dem anderen eine Galerie. Gleich daneben war eine Treppe und zwei bogenförmige Öffnungen, durch die ich in einen dunklen Korridor sah. An den weißgetünchten Wänden hingen Waffen, und am Fuß der Treppe stand eine Ritterrüstung.

»Die Halle wird jetzt nur noch selten benutzt«, sagte Mrs. Lincroft. »Früher fanden hier Bälle statt . . . und musikalische Veranstaltungen. Doch seit Lady Stacys Tod und seit, hmm . . . nun seit der Zeit hat Sir William wenig Gäste gehabt. Gelegentlich ein Essen . . . jetzt, da eine junge Frau im Hause ist, werden wir die Halle natürlich wieder mehr benutzen. Und sicher werden wir auch Musikabende haben.«

»Wird man von mir erwarten, daß ich . . .?«

»Aber sicher.«

Ich versuchte mir vorzustellen, wie ich an dem Flügel auf der Estrade sitzen würde. Ich konnte Pietro lachen hören. »Endlich doch eine Konzertpianistin. Durch die Hintertür, könnte man sagen . . . nein, durchs Burgtor.«

Als Mrs. Lincroft mir voranging zur Treppe, legte ich die Hand auf das geschnitzte Geländer und sah die eingeschnitzten Drachen und wild dreinblickenden Kreaturen.

»Es hat sicher niemals Tiere gegeben, die so aussahen«, sagte ich. Mrs. Lincroft lächelte wieder ihr stilles Lächeln, und ich fuhr fort: »Warum nur wollten sie die Menschen immer in Angst und Schrecken versetzen. Menschen, die anderen Angst einjagen wollen, haben oftmals selber Angst. Das ist die Antwort. Sie müssen sich tatsächlich gefürchtet haben . . . deshalb diese grimmig aussehenden Geschöpfe.«

»Sie waren dafür gedacht, Eindringlingen Entsetzen einzuflößen, sagt man.«

»Das würde ihnen sicher bestens gelingen. Es sind diese langen Schatten ... sie wirken mindestens ebenso drohend wie diese Schnitzereien, die im Grunde viel zu phantastisch sind, um wirklich zu sein.«

»Sie sind sehr empfänglich für Atmosphäre, Mrs. Verlaine. Sicher hoffen Sie, daß es hier im Hause keine Gespenster gibt. Sind Sie abergläubisch?«

»Das leugnen wir wohl alle bis zu dem Augenblick, da wir auf die Probe gestellt werden, und dann erweist es sich, daß die meisten von uns es sind.«

»Hier sollten Sie es aber nicht sein. In Mauern wie diesen, wo seit Jahrhunderten Menschen gelebt haben, gehen Geschichten um. Jemand vom Hauspersonal sieht seinen eigenen Schatten und schwört, es sei ein graues Gespenst gewesen. In einem Hause wie hier ist das leicht der Fall.«

»Ich glaube kaum, daß ich mich vor meinem eigenen Schatten fürchten werde.«

»Ich weiß, wie mir zumute war, als ich zuerst herkam. Ich erinnere mich gut, daß ich in der Halle stand und eine Todesangst hatte.«

Sie schauderte leicht bei der Erinnerung.

»Und dann war sicher alles in bester Ordnung, nicht wahr?«

»Ich habe in diesem Hause ... einen Platz gefunden ... mit der Zeit.« Sie schüttelte sich ein wenig, wie um Langvergangenes loszuwerden. »Zuerst gehen wir wohl am besten ins Unterrichtszimmer. Ich lasse Tee hinaufschicken. Sie können ihn sicher vertragen.«

Wir befanden uns jetzt in einer Galerie, in der mehrere Porträts hingen, und ich bemerkte einige schöne Wandteppiche, die genauer anzusehen ich mir für später vornahm, da sie höchst interessante Motive zu haben schienen.

Sie öffnete eine Tür und sagte: »Mrs. Verlaine ist da.«

Ich folgte ihr in einen großen luftigen Raum, und da waren die drei Mädchen. Sie boten ein anmutiges Bild, eine in der Fensternische sitzend, die andere am Tisch, während die dritte mit dem Rücken zum Kamin stand, der zu beiden Seiten von großen Hundefiguren flankiert wurde.

Die Gestalt aus der Fensternische kam auf mich zu, und ich erkannte sie sofort, hatte ich sie doch am Arm ihres frischangetrauten Ehemannes das Kirchenschiff herunterkommen sehen. Sie sah so schüchtern aus – fühlte sich wohl noch sehr unsicher als Herrin des Hauses; und es erschien auch widersinnig, sie sich als solche vorzustellen. Sie sah aus wie ein Kind.

»Guten Tag, Mrs. Verlaine, wie geht es Ihnen?« Die Worte klangen wie sorgsam einstudiert. Sie streckte mir die Hand entgegen. Als sie wenige Sekunden schlaff in der meinen lag, fühlte ich Mitleid in mir aufsteigen und den Wunsch, sie zu beschützen.

»Wir freuen uns, daß Sie gekommen sind«, fuhr sie in der gleichen, steifen Art fort.

Ihr schönster Schmuck war fraglos ihr Haar. Es hatte die Farbe reifen Kornes, und auf ihrer niedrigen weißen Stirn und im Nacken krauste es sich in kleinen Löckchen. Sie waren das einzig Lebendige an ihr.

Ich sagte, daß auch ich glücklich sei, da zu sein und mich auf die Arbeit freue.

»Und ich freue mich sehr, mit Ihnen zu arbeiten«, sagte sie mit einem lieben Lächeln. »Allegra! Alice!«

Allegra kam vom Kamin zu mir herüber. Ihre dichten, dunklen Locken waren mit einem roten Band zusammengehalten; sie hatte dunkle, dreiste Augen und eine blasse Haut.

»Sie sind also gekommen, um uns Musik beizubringen, Mrs. Verlaine«, sagte sie.

»Ich hoffe, ihr seid lerneifrig«, antwortete ich nicht ohne eine gewisse Schroffheit, denn meine Erfahrung mit Schülern, ebenso wie Mrs. Rendalls Warnung sagten mir, daß es mit diesem Mädchen Schwierigkeiten geben würde.

»Sollte ich das sein?« O ja, sie würde schwierig werden.

»Wenn du Klavierspielen lernen möchtest, allerdings.«

»Ich glaube nicht, daß ich irgend etwas lernen möchte ... jedenfalls nichts von dem, was Lehrer einem beibringen.«

»Wenn du älter und vernünftiger geworden bist, wirst du deine Meinung vielleicht ändern.« Oje, dachte ich, sich so bald schon in Wortgefechte einzulassen, war ein schlechtes Zeichen.

Ich wandte mich ab und sah mir das dritte Mädchen an, das am Tisch gesessen hatte.

»Komm her, Alice«, forderte Mrs. Lincroft sie auf.

Alice stand vor mir und knickste bescheiden. Ich schätzte sie auf ebenso alt wie Allegra – ungefähr zwölf oder dreizehn – doch da sie kleiner war, wirkte sie jünger. Sie sah ungeheuer adrett aus und trug eine weiße Kräuselschürze über ihrem grauen Gabardinekleid; das lange, hellbraune Haar wurde von einem blauen Samtband aus dem ziemlich strengen, kleinen Gesicht zurückgehalten.

»Alice wird eine gute Schülerin sein«, sagte ihre Mutter liebevoll.

»Ich will mir Mühe geben«, antwortete Alice mit schüchternem Lächeln. »Aber Edith ... eh, Mrs. Stacy ... ist sehr gut.«

Ich lächelte Edith an, die ein wenig errötete und sagte: »Hoffentlich wird Mrs. Verlaine das auch finden.«

Mrs. Lincroft sagte zu Edith: »Ich habe den Tee hier herauf bestellt. Ich weiß nicht, ob Sie bleiben möchten und ...«

»Aber ja«, erwiderte Edith. »Ich möchte mich mit Mrs. Verlaine unterhalten.«

Es kam mir vor, als ob sie alle noch ein wenig verlegen waren ob des neuen Status, den Edith nach ihrer Heirat innerhalb der Hausgemeinschaft erworben hatte.

Der Tee wurde gebracht und erinnerte mich in der Art, wie er serviert wurde, an unser Unterrichtszimmer zu Hause – eine große braune Steingutkanne und Milch in einem Porzellantopf. Dazu Brot, Butter und Gebäck.

»Vielleicht könntet ihr Mrs. Verlaine erzählen, wie weit

ihr mit dem Klavierspielen seid«, schlug Mrs. Lincroft vor.

»Das interessiert mich sehr.«

»Miß Elgin hat Sie empfohlen, nicht wahr?« erkundigte sich Allegra.

»Das ist richtig.«

»*Sie* sind also auch Schülerin gewesen.«

»Stimmt.«

Sie nickte lachend, als ob ihr der Gedanke, daß auch ich einst Schülerin war, widersinnig vorkomme. Mir begann klarzuwerden, daß Allegra sich gern in den Vordergrund schob. Doch mich interessierte Edith – nicht nur, weil ich neugierig war, etwas über ihr Leben zu erfahren, und weil sie, dieses junge Mädchen, Herrin dieses großen Hauses war, sondern weil sie ganz offenbar Musikalität besaß. Ich spürte es an der Art, wie sich ihr ganzes Wesen veränderte, wenn sie von Musik sprach. Dann blühte sie auf und zeigte beinahe so etwas wie Sicherheit.

Während wir uns unterhielten, kam ein Hausmädchen und richtete aus, daß Sir William nach Mrs. Lincroft verlange.

»Danke, Jane«, sagte sie. »Sagen Sie ihm bitte, daß ich gleich komme. Alice, nach dem Tee kannst du Mrs. Verlaine ihr Zimmer zeigen.«

»Ja, Mama«, erwiderte Alice.

Kaum daß Mrs. Lincroft gegangen war, veränderte sich die Atmosphäre fast unmerklich. Ich fragte mich, wieso, denn die Hausdame hatte auf mich den Eindruck einer ausnehmend freundlichen Frau gemacht; sie strahlte eine gewisse Festigkeit aus, doch ich hielt sie kaum für jemanden, der ein junges Mädchen mit dem Gewicht der eigenen Persönlichkeit erdrücken würde – besonders nicht ein so temperamentvolles Wesen, wie Allegra es zu sein schien.

Allegra sagte gerade eben: »Wir hatten Sie uns älter vorgestellt. Für eine Witwe sind Sie noch nicht sehr alt.«

Drei Augenpaare musterten mich eingehend. Ich sagte: »Ja, ich verlor meinen Mann nach wenigen Jahren Ehe.«

»Woran ist Ihr Mann gestorben?« bohrte Allegra weiter.

»Mrs. Verlaine möchte vielleicht lieber nicht darüber sprechen«, warf Edith ruhig ein.

»So ein Blödsinn!« gab Allegra zurück. »Jeder spricht gern vom Tod.«

Ich zog die Augenbrauen hoch. »Das ist wahr«, fuhr Allegra unbeirrt fort. »Guck doch die Köchin an. Man braucht sie nur zu fragen – oder nicht mal das – und schon erzählt sie einem die grausigen Einzelheiten von ihrem lieben Verblichenen (so sagt sie immer). Sie schwelgt darin. Also ist es Blödsinn zu sagen, daß Menschen nicht gern vom Tod sprechen, denn sie tun es doch.«

»Mrs. Verlaine ist vielleicht nicht so wie die Köchin«, meinte Alice mit einem kaum hörbaren, kleinen Stimmchen. Arme, kleine Alice, dachte ich, als Tochter der Haushälterin wird sie von den anderen nicht so ganz für voll angesehen, obwohl sie an ihrem Unterricht teilhaben darf.

Zu ihr gewandt, sagte ich: »Mein Mann starb an einem Herzanfall. So etwas kann jederzeit geschehen.« Allegra blickte ihre beiden Gefährtinnen mit einem Blick an, als erwarte sie, sie in der nächsten Sekunde zusammenbrechen zu sehen.

»Natürlich kündigt sich ein solcher Anfall manchmal durch gewisse Anzeichen an«, fuhr ich fort. »Bei Menschen, die zu hart arbeiten, sich Sorgen machen . . .«

»Vielleicht sollten wir das Thema wechseln«, meinte Edith schüchtern. »Unterrichten Sie gern, Mrs. Verlaine, und haben Sie schon viele Schüler gehabt?«

»Ich unterrichte gern, wenn meine Schüler mitgehen . . . sonst nicht; und ich habe eine ganze Reihe von Menschen unterrichtet.«

»Wie macht man das – mitgehen?« fragte Allegra.

»Indem man gern spielt?« meinte Edith.

»Genauso ist es«, sagte ich. »Wenn man Musik liebt, wenn

man den Wunsch hat, anderen die Freude zu geben, die man selbst durch die Musik empfängt, dann wird man gut spielen und Freude am eigenen Spiel haben.«

»Selbst wenn man kein Talent hat?« fragte Alice fast begierig.

»Wer von Natur kein Talent hat, kann durch harte Arbeit zumindest Fertigkeit erwerben. Ich glaube allerdings, daß Musikalität eine Gabe ist, mit der man auf die Welt kommt. Ich schlage vor, daß wir morgen mit den Stunden beginnen. Ich werde euch alle der Reihe nach nehmen, und wir werden sehen, wer diese Gabe hat.«

»Warum sind Sie hierhergekommen?« fuhr Allegra mit ihrem Verhör fort. »Was haben Sie vorher getan?«

»Unterrichtet.«

»Und was ist mit Ihren bisherigen Schülern? Werden die Sie nicht vermissen?«

»Es waren nicht sehr viele.«

»Nun, hier sind wir nur drei. Kein sehr glücklicher Ort hier für Menschen.«

»Wie meinst du das?«

Allegra sah die anderen mit Verschwörerblick an. »Da waren Leute, die kamen und buddelten unseren Park auf. Das waren . . .«

»Archäologen«, ergänzte Alice.

»Stimmt. Und die Leute sagten, es war nicht richtig, die Toten zu stören. Jetzt sind sie weg, und die Toten haben Frieden, und sie wollen nicht, daß andere ihre Gräber und ihre Häuser ausgraben. Wer sie stört, den verfluchen sie, heißt es, und dann nehmen sie Rache. Glauben Sie das, Mrs. Verlaine?«

»Nein, das ist ein Aberglaube. Wenn die Römer schöne Häuser gebaut haben, dann möchten sie meiner Meinung nach sicher gern, daß wir wissen, was sie für kluge und fortschrittliche Leute waren.«

»Wußten Sie«, sagte Alice schnell, »daß sie ihre Häuser mit Röhren heizten, in denen heißes Wasser war? Die junge

Dame, die gestorben ist, hat uns das erzählt. Sie freute sich, wenn wir sie nach etwas fragten, was mit den Ruinen zusammenhing.«

»Alice versucht immer, es allen recht zu machen«, sagte Allegra. »Das kommt, weil sie die Tochter der Haushälterin ist und meint, sie muß es.«

Ich zog die Augenbrauen hoch ob dieser Unverschämtheit und warf Alice einen Blick zu, der ihr hoffentlich sagte, daß ich keine Unterschiede zu machen gedachte. »Um also dieser . . . Archäologin eine Freude zu machen, tatest du so, als seist du interessiert?« fragte ich.

»Aber wir *waren* interessiert«, sagte Alice, »und Miß Brandon hat uns eine Menge von den Römern erzählt, die früher hier gelebt haben. Aber als sie von dem Fluch hörte, bekam sie Angst, und dann überkam es sie.«

»Hat sie euch gesagt, daß sie Angst hatte?«

»Ich glaube, das hat sie gemeint. Sie sagte: ›Schließlich stören wir die Toten. Kein Wunder, daß es diesen Fluch gibt.‹«

»Sie meinte sicher, es sei kein Wunder, daß es ein Gerücht über diesen Fluch gab.«

»Vielleicht glaubte sie daran«, meinte Allegra. »Das ist wie mit dem Glauben überhaupt – in der Bibel wurden die Menschen geheilt, weil sie glaubten. Vielleicht war es hier anders herum, und Miß Brandon verschwand, weil sie glaubte.«

»Du meinst also, wenn sie nicht an den Fluch geglaubt hätte, wäre sie nicht verschwunden?« fragte ich.

Einem Augenblick war Schweigen im Schulzimmer. Dann sagte Alice: »Vielleicht habe ich auch nur hinterher gemeint, daß sie Angst hatte. Man bildet sich so leicht Dinge ein, wenn etwas passiert.«

Alice war offenbar ein gescheites junges Mädchen, trotz ihrer Bescheidenheit – oder vielleicht gerade deswegen. Ich konnte mir gut vorstellen, wie Allegra sie behandelte, wenn sie allein waren. Ihr Leben war wahrscheinlich eine einzige Reihe von Demütigungen – die arme Verwandte, der man ein Dach über dem Kopf gibt und nach außen hin fast die gleichen Rechte dafür, daß sie geringe Arbeit tut und sich herablassend behandeln läßt von denjenigen, die sich besser dünken als sie selbst.

Ich begann, mich für Alice zu erwärmen, und es kam mir vor, als gehe es ihr ähnlich.

»Alice hat sehr viel Phantasie«, höhnte Allegra. »Pfarrer Rendall sagt das jedesmal, wenn sie ein Gedicht schreibt.«

Alice errötete, und ich sagte: »Das ist eine schöne Gabe.«

Ich lächelte dem jungen Mädchen zu. »Ich freue mich wirklich darauf, dir Klavierstunden zu geben.«

Der Diener kam und verkündete, daß meine Koffer angekommen und in das gelbe Zimmer gebracht worden seien, das für mich gerichtet worden war.

Ich dankte ihm und Alice sagte sofort: »Soll ich Sie jetzt hinbringen, Mrs. Verlaine?«

Ich stimmte ihr gern zu.

Sie stand auf, die anderen folgten ihr mit Blicken, woraus ich entnahm, daß Gäste auf ihre Zimmer bringen eine Aufgabe für die gehobene Dienerschaft war, der Klasse, zu der Alice gehörte.

Sie sagte höflich: »Darf ich bitte vorangehen, Mrs. Verlaine«, und begann die Treppe hinaufzusteigen.

»Dies ist schon seit langem dein Zuhause, nicht wahr?« bemerkte ich leichthin.

»Ich habe eigentlich nie ein anderes Zuhause gekannt. Mutter kam hierher zurück, als ich ungefähr zwei Jahre alt war.«

»Es ist wirklich ein beeindrückendes Haus.«

Alice legte die Hand auf das Geländer und blickte auf das Schnitzwerk. »Es ist ein wunderschönes altes Haus, nicht wahr, Mrs. Verlaine. Ich möchte nie von hier fortgehen.«

»Vielleicht änderst du deine Meinung, wenn du älter wirst. Vielleicht heiratest du, und das wird dir dann wichtiger sein, als hier zu bleiben.«

Sie wandte sich um und sah mich mit einem regelrecht

entsetzten Blick an. »Ich glaube, ich werde hierbleiben und so was wie eine Gesellschafterin für Edith sein.«

Sie seufzte, wandte sich ab und fuhr fort, die Treppe hinaufzugehen. Etwas wie Resignation schien sie zu umgeben, und ich stellte sie mir vor – als junge Frau, als Frau in mittleren Jahren, als alte Frau – nicht Mitglied der Familie und nicht zur Dienerschaft gehörend, jemand, der immer gerufen wurde, wenn in der Familie irgendwo Not am Manne war. Kleine Alice, die immer springen mußte, wenn einer mit dem Finger winkte, die aber nur dann zählte, wenn es galt, etwas Unangenehmes aus dem Wege zu räumen.

Plötzlich drehte sie sich um und lächelte mir zu. »Schließlich möchte ich das ja.« Sie zog die Schultern in die Höhe. »Ich liebe dieses Haus. Es gibt hier so viele interessante Dinge.«

»Das glaube ich gern.«

»Ja«, sagte sie fast atemlos. »Da gibt es ein Zimmer, wo ein König gewohnt haben soll. Es war Charles I., glaube ich, während des Bürgerkrieges. Er hatte wohl Angst, nach Dover Castle zu gehen, und so kam er hierher. Jetzt ist es das Brautgemach. Da soll es spuken, aber Mr. Napier macht das nichts aus. Den meisten Leuten würde das wohl etwas ausmachen. Edith auch. Edith ängstigt sich halbtot . . . doch das tut sie oft. Napier meint aber, es ist zu ihrem eigenen Besten, wenn sie den Dingen ins Gesicht sieht, vor denen sie Angst hat. Sie muß lernen, mutig zu sein.«

»Erzähl mir mehr davon«, sagte ich in der Hoffnung, mehr über Napier und seine junge Frau zu hören, doch sie fuhr fort, das Zimmer zu beschreiben.

»Es ist eines der größten hier im Hause. Dem König gaben sie natürlich das größte, nicht wahr? Da ist ein Kamin aus Ziegeln, von dem der Pastor sagt, er hat ein Gewölbe mit mehreren Kammern. Der Pastor interessiert sich für alles Alte . . . alte Häuser, alte Möbel und so.«

Wir waren eine Galerie hinuntergegangen, ähnlich der unteren, als Alice stehenblieb und eine Tür öffnete.

»Dies ist das Zimmer, das meine Mutter für Sie ausgesucht hat. Es heißt das gelbe Zimmer wegen der gelben Vorhänge und Teppiche. Die Bettdecke ist auch gelb. Sehen Sie mal.«

Sie öffnete weit die Tür. Ich sah meine Koffer auf dem Parkettfußboden stehen und bemerkte sofort die gelben Vorhänge an dem großen Fenster, die Teppiche und die Decke auf dem Himmelbett. Der Raum hatte eine hohe Decke, von der ein Kandelaber hing, doch in den Ecken lagen dunkle Schatten, da das Fenster, wie fast alle in diesem Haus, bleigefaßte Scheiben hatte, die einen großen Teil des Lichtes aussperrten. Ein großartiges Gemach für jemanden, der nur gekommen war, um Musikstunden zu geben, dachte ich; und ich fragte mich, wie der Raum aussehen mochte, in dem Napier wohnte – der, welcher einst einen König beherbergt hatte.

»Da ist noch ein kleiner Nebenraum, das wird Ihr Ankleidezimmer. Soll ich Ihnen beim Auspacken helfen?«

Ich dankte ihr und sagte, daß ich damit allein fertig werden könne.

»Sie haben eine wunderschöne Aussicht«, sagte sie und ging hinüber zum Fenster. Ich folgte ihr und blickte über die Rasenflächen zu einem Kieferngehölz, hinter dem das Meer gegen die weißen Klippen brandete.

»Da!« Sie trat zurück und sah mich an. »Gefällt es Ihnen, Mrs. Verlaine?«

»Ich finde es zauberhaft.«

»Es ist wunderschön – das Ganze, meine ich. Aber sie sagen hier, es sei ein Unglückshaus.«

»Warum? Weil eine junge Frau auf rätselhafte Weise verschwand, als . . .?«

»Sie meinen die Frau von den Ausgrabungen. Sie hatte ja im Grunde gar nichts mit dem Haus zu tun.«

»Aber du hast sie gekannt, und sie arbeitete auf dem Gelände ganz in der Nähe des Hauses.«

»An sie dachte ich nicht.«

»Ist denn da noch etwas?«

Alice nickte. »Als Sir Williams ältester Sohn starb, sagten sie alle, daß es ... ein Unheil war.«

»Aber Napier ist doch noch da.«

»Napier war sein Bruder. Ich meine Beaumont. Sie nannten ihn Beau. Das paßte zu ihm, wissen Sie, weil er so schön war. Dann starb er ... und Napier wurde fortgeschickt und blieb fort, bis er zurückkam, um Edith zu heiraten. Sir William kam nie darüber hinweg, und Lady Stacy auch nicht.«

»Wie starb er denn? War es ein Unfall?«

»Es könnte ein Unfall gewesen sein. Oder aber auch nicht.« Sie legte den Finger auf die Lippen. »Mutter sagt, ich darf nie darüber sprechen.«

Da konnte ich nicht weiter in sie dringen, doch sie fügte hinzu: »Deshalb nennen sie es wohl ein Unglückshaus. Es spukt, sagen sie, und das ist Beau. Aber ob sie meinen, daß er ein richtiges Gespenst ist, das nachts umhergeistert, oder ob sie nur meinen, daß man die Erinnerung an ihn nicht los wird, das weiß ich nicht. Aber es wäre auf jeden Fall eine Art Spuk, nicht wahr? Mutter würde aber böse sein, wenn sie wüßte, daß ich von ihm gesprochen habe. Bitte, erzählen Sie ihr nichts, Mrs. Verlaine, und vergessen Sie es, ja?«

Sie sah so rührend aus, als sie ihre Bitte vorbrachte, daß ich ihr versprach, nichts davon zu sagen.

Dann sagte sie: »Es ist klar heute. Nicht so klar, daß man die französische Küste sehen könnte, aber wenn Sie gute Augen haben, können Sie die Goodwin-Sandbänke sehen. Das heißt, die Sandbänke selbst kann man nicht erkennen, nur die Wracks, die da liegen.« Ich folgte mit den Augen der Richtung, die sie mir wies.

»Ich sehe etwas, das wie Stöcke aussieht.«

»Das ist es – mehr kann man nicht sehen. Das sind die Masten von Schiffen, die vor langer Zeit auf den Sandbänken gestrandet sind. Sie haben sicher von dem Sand gehört, Mrs. Verlaine. Treibsand ... Quicksand. Wenn Schiffe da hineingeraten, sitzen sie fest und kommen nicht mehr heraus. Sie werden so festgehalten, daß nichts sie mehr freibekommt . . . und langsam sinken sie immer tiefer in den Treibsand.« Sie blickte mich an.

»Schrecklich!« sagte ich.

»Ja, nicht wahr? Und die Masten sind immer da, um uns daran zu erinnern. An klaren Tagen kann man sie gut erkennen. Da draußen ist ein Feuerschiff, um die Schiffe zu warnen. Nachts kann man den Lichtschein sehen. Einige geraten aber trotzdem in den Treibsand.«

Ich trat vom Fenster zurück, und Alice sagte: »Sie werden jetzt auspacken wollen. Zu Abend essen werden Sie wohl mit Mutter und mir. Ich werde Mutter fragen, wie sie es eingerichtet hat. Und dann wird Sir William wohl nach Ihnen schicken. Ich bin in einer Stunde wieder da.«

Sie schlüpfte lautlos aus dem Zimmer. Ich begann auszupacken, während meine Gedanken von Mrs. Lincroft zu ihrer Tochter wanderten und weiter zu Allegra, die mir wahrscheinlich Schwierigkeiten machen würde, und zu der blassen Edith, Napiers junger Frau, und dem Geist von Beau, der einen Unfall gehabt hatte und nun hier umherspuken sollte . . . auf die eine oder andere Weise.

Ich lauschte auf das Wasser, das gegen die Klippen geworfen wurde, und im Geiste sah ich die Masten aus dem heimtückischen Sand ragen.

Nach einer Viertelstunde, nachdem ich mich gewaschen und meine Sachen ausgepackt hatte, war ich abrufbereit. Ich betrachtete mein Zimmer nun genauer. Die Wände waren mit gelbem Brokat bespannt, der viele Jahre alt sein mußte, denn er war an einigen Stellen etwas verblaßt; dann die Nische mit dem Rundbogen, die Teppiche auf dem Parkettfußboden, die Wandleuchter mit den Kerzen. Ich trat ans Fenster und blickte hinaus über die Garten, über das Gehölz bis zum Meer. Ich hielt nach den Masten jener gesunkenen Schiffe Ausschau und konnte sie nicht sehen.

Ich hatte noch ungefähr drei Viertelstunden vor mir. Also

beschloß ich, mir den Garten anzusehen. Ich würde sicher rechtzeitig wieder in meinem Zimmer sein.

Ich zog einen Mantel über, fand den Weg in die Halle und hinaus in den oberen Hof. Durch den Torbogen ging ich eine Steintreppe hinunter und hatte vor mir eine Terrasse, die auf eine von Blumen gesäumte Rasenfläche führte, die im Frühling und Sommer zauberhaft sein mußte: ein Steingarten voll blauer und weißer Gewächse.

Bäume gab es nicht außer knorrigen Eiben, die aussahen, als stünden sie schon Jahrhunderte am selben Fleck; dagegen viele Büsche. Im Augenblick blühten nur die gelben Forsythien – sonnenfarben waren sie, dachte ich, doch sie wirkten wohl nur so, weil es erst der Beginn des Frühlings war. Später würde hier ein Meer von Farben sein.

Hinter den Büschen war ein steinerner, grünbewachsener Torbogen. Ich ging hindurch und befand mich in einem mauerumschlossenen Hof – einem Rechteck – mit Kopfsteinen gepflastert, zwei sich gegenüberstehenden Holzbänken und einem Lilienteich dazwischen. Es war ungemein reizvoll, und ich stellte mir vor, wie ich an heißen Sommertagen und in den Unterrichtspausen hierherkommen würde. Ein gewisses Maß an Freizeit würde ich wohl haben, denn obwohl ich mir einen Stundenplan für die Mädchen zu überlegen begann und vorhatte, jede von ihnen täglich am Klavier zu haben, würde sicher einige freie Zeit für mich übrigbleiben. Doch da war dieser Vorschlag, daß ich für Sir William spielen sollte. Was konnte das im einzelnen bedeuten? Es gab so viele Möglichkeiten. Ich sah mich in der Halle, wie ich auf dem Podium spielte . . . vor einer großen Gesellschaft.

Ich verließ den Hof mit der Mauereinfriedung und ging zurück über die Terrasse, vorbei an den mächtigen Strebepfeilern; und als ich an jenen grauen Mauern emporsah, mit ihren Nischen und Erkern und auch hier diesen scheußlichen Wasserspeiern, mußte ich denken, wie leicht man sich hier verirren konnte.

In dem Versuch, zurückzufinden in die Höfe, landete ich bei den Ställen. Gerade als ich am Aufsteigeblock vorüberkam, der, nach seinem abgewetzten Aussehen zu urteilen, jahrhundertelang von den Damen des Hauses benutzt worden sein mußte, kam Napier Stacy aus den Ställen, ein Pferd am Zügel führend. Es war mir peinlich, daß er mich so beim Umherwandern erwischte, und ich wäre ihm gern ausgewichen. Doch es war zu spät, er hatte mich bereits gesehen.

Er blieb stehen und sah mich an, offenbar verwundert, daß jemand es gewagt hatte, in sein Reich einzudringen. Groß, hager, arrogant und feindselig, so stand er breitbeinig da. Mir fiel sofort die zerbrechliche Edith ein, die mit einem solchen Mann verheiratet war. Armes Kind, dachte ich. Armes, *armes* Kind. Ich mochte ihn nicht. Die dichten, dunklen Brauen über den erstaunlich blauen Augen waren zusammengezogen. Die haben gar kein Recht, blau zu sein in einem so dunklen Gesicht, dachte ich völlig unlogisch. Er hatte eine lange, leicht vorspringende Nase; sein Mund war zu schmal, als betrachte er die Welt voller Hohn. Nein, ich konnte ihn ganz und gar nicht leiden.

»Guten Tag«, sagte ich herausfordernd – wohl die natürliche Haltung gegenüber einem solchen Mann.

»Ich glaube nicht, daß ich das Vergnügen hatte . . .«

Das klang so zynisch, als meine er genau das Gegenteil – oder vielleicht bildete ich mir das auch nur ein.

»Ich bin die Musiklehrerin, ich bin gerade angekommen.«

»Musiklehrerin?« Er zog die schwarzen Brauen hoch. »O ja, jetzt erinnere ich mich. Ich habe etwas davon gehört. Sie . . . Sie wollten also die Ställe inspizieren?«

Sein Ton ärgerte mich. »Diese Absicht hatte ich nicht«, sagte ich scharf. »Ich kam unabsichtlich hierher.«

Er wippte ein wenig auf den Hacken, seine Haltung hatte sich verändert. Ich war mir nicht sicher, ob zum Besseren oder Schlechteren.

»Ich fand nichts dabei, über das Gelände zu gehen.«

»Hat denn jemand gesagt, daß etwas dabei wäre – bei einer so harmlosen Sache?«

»Ich dachte, daß Sie vielleicht ...« Ich geriet ins Stammeln. Er wartete und genoß, ja, er genoß mein Unbehagen. Kühn fuhr ich fort: »Ich dachte, daß es *Ihnen* vielleicht nicht recht sei.«

»Ich kann mich nicht erinnern, das gesagt zu haben.«

»Nun, da Sie keine Einwände haben, werde ich meinen Spaziergang fortsetzen.«

Ich begann mich zu entfernen, dabei ging ich hinten am Pferd vorbei. In Sekundenschnelle war Napier Stacy neben mir; er hatte mich grob am Arm gepackt und zog mich heftig zur Seite, als das Pferd ausschlug. Seine blauen Augen flammten; das Gesicht war starr vor Verachtung. »Herr im Himmel, Sie wissen es wohl nicht besser?«

Ich sah ihn ungehalten an; er hielt meinen Arm noch immer gepackt, und sein Gesicht war so dicht vor meinem, daß ich das Weiß seiner Augen und das Blitzen der starken weißen Zähne sehen konnte.

»Was denken Sie sich denn ...«, setzte ich an.

Doch er brachte mich sofort zum Schweigen. »Beste Frau, wissen Sie nicht, daß Sie nie dicht hinter einem Pferd vorbeigehen dürfen. Sie hätten einen tödlichen Schlag abbekommen können ... oder zumindest schwer verletzt werden ... binnen einer Sekunde.«

»Ich ... ich hatte keine Ahnung ...«

Er ließ meinen Arm los und tätschelte dem Pferd den Kopf. Sein Gesichtsausdruck veränderte sich. Wie sanft er mit dem Tier umging! Wieviel anziehender fand er ein Pferd als eine neugierige Musiklehrerin!

Dann wandte er sich mir wieder zu: »An Ihrer Stelle würde ich nicht allein in die Ställe gehen, Miß, eh ...«

»Mistreß«, sagte ich würdevoll. »Mrs. Verlaine.« Ich wartete ab, welche Wirkung dieser Hinweis auf ihn haben würde, doch ganz offenbar machte es nicht den geringsten Eindruck auf ihn.

»Nun, kommen Sie jedenfalls um Himmels willen nicht in die Nähe der Ställe, wenn Sie derart ungeschickt sind. Wenn ein Pferd hinter sich eine Bewegung hört, schlägt es ganz natürlich aus. Tun Sie das nie wieder.«

»Ich nehme an, Sie wollen mich daran erinnern, daß ich mich bei Ihnen bedanken sollte«, bemerkte ich kühl.

»Ich erinnere Sie lediglich daran, in Zukunft etwas gesunden Menschenverstand an den Tag zu legen.«

»Sie sind sehr freundlich. Vielen Dank für die Lebensrettung – so ungnädig sie auch geschah.«

Langsam breitete sich ein Lächeln über seine Züge, doch ich wartete nicht, was noch weiter kommen mochte. Ich schickte mich zum Gehen an, entsetzt darüber, daß ich zitterte.

Ich fühlte noch immer seinen harten Griff an meinem Arm und würde wohl tagelang blaue Flecken haben, die mich an ihn erinnerten. – Wie sollte ich wissen, daß das elende Pferd ausschlagen würde. Gesunder Menschenverstand, würde er sagen. Nun, es gab Zeitgenossen, die sich mehr für ihre Mitmenschen als für Pferde interessierten. Der Ausdruck auf dem Gesicht des Mannes, als er sich dem Pferd zugewandt hatte – und dann mir, welcher Unterschied! Ich mochte ihn nicht. Ich mußte immerfort an Edith denken, an ihren Hochzeitstag, wie sie an seinem Arm das Kirchenschiff heruntergekommen war. Sie hatte Angst vor ihm. Was war das für ein Mann, der einem jungen Mädchen Angst einflößte? Ich konnte es mir ausmalen und hoffte, Mr. Napier Stacy nicht häufig begegnen zu müssen. Ich würde nicht mehr an ihn denken. Pietro hätte ihn auf Anhieb abgelehnt. Diese starke . . . ja, was war es . . . Männlichkeit, Kraft . . . hätte ihn irritiert. Ein Spießbürger, hätte Pietro gesagt – ein Wesen ohne jede Musik in der Seele.

Trotzdem kam ich mit meinen Gedanken nicht von ihm los.

Ich fand den Weg zurück in mein Zimmer, saß auf dem breiten Fensterbrett und blickte hinaus; doch ich sah nicht das graugrüne Wasser, sondern die Verachtung in diesen überraschend blauen Augen.

Und dann kam Mrs. Lincroft, um mir zu sagen, daß Sir William mich erwarte.

*

Sofort auf den ersten Blick, als ich vor Sir William stand, fiel mir die Ähnlichkeit zwischen ihm und Napier auf. Die gleichen durchdringend blauen Augen, die lange, etwas habichtähnliche Nase, der schmale Mund und – etwas hintergrundig – der Blick arroganter Weltverachtung.

Auf dem Wege hatte Mrs. Lincroft mir erklärt, daß Sir William seit einem Schlaganfall vor ungefähr einem Jahr halbseitig gelähmt sei. Er konnte sich deshalb nur mit großer Mühe bewegen. Langsam begannen die Dinge für mich etwas Gestalt anzunehmen, und ich dachte mir, daß dieser Schlaganfall wahrscheinlich ein Grund mit gewesen war, Napier heimzuholen.

Er saß in einem ledernen Armsessel, in Reichweite einen Stock, dessen Griff meiner Meinung nach aus Lapislazuli war, und er trug einen Hausrock aus Tuch mit dunkelblauem Samtkragen und Manschetten; er war anscheinend sehr groß, und es berührte mich, einen solchen Mann so hilflos zu sehen, der ganz offenbar einst so stark und männlich gewesen war wie sein Sohn. Schwere Veloursvorhänge waren halb vor die Fenster gezogen, und er saß mit dem Rücken zum Licht, als wolle er sich auch der wenigen, verbleibenden Helligkeit unbedingt entziehen. Der dicke Teppich verschluckte meine Schritte, als ich näher trat. Die Möbel – die große Goldbronze-Uhr, der Boule-Sekretär, die Tische und Stühle, alles war schwer und wirkte in seiner Gesamtheit bedrückend.

Mrs. Lincroft sagte auf ihre ruhige, aber bestimmte Weise: »Sir William, dies ist Mrs. Verlaine.«

»Ah, Mrs. Verlaine.« Er sprach etwas stockend und undeutlich, was mich irgendwie rührte. Wahrscheinlich wurde mir bewußt – vielleicht weil ich kurz zuvor seinen Sohn gesehen hatte –, wie sehr die Krankheit diesen Mann verändert haben mußte. »Bitte, nehmen Sie Platz.«

Mrs. Lincroft setzte einen Stuhl unmittelbar vor Sir William, woraus ich schloß, daß auch seine Sehkraft nachließ.

Ich setzte mich, und er sagte: »Sie bringen gute Qualifikationen mit, Mrs. Verlaine. Das freut mich. Ich glaube, Mrs. Stacy ist nicht ohne Talent. Das möchte ich gern entwickelt sehen. Sie haben noch nicht die Zeit gehabt, sich selbst zu überzeugen, nehme ich an . . .«

»Nein«, antwortete ich, »aber ich habe mich mit den jungen Damen unterhalten.«

Er nickte. »Als ich hörte, wer Sie sind, war ich sofort interessiert.«

Ich merkte, wie mein Herz zu klopfen begann. Wenn er wußte, daß ich Romas Schwester war, würde er sich denken können, warum ich gekommen war.

»Ich habe nie die Freude gehabt, Ihren Mann spielen zu hören«, fuhr er fort, »aber ich habe gelesen, welch großes Talent er besaß.«

Natürlich, er sprach von Pietro. Wie nervös ich war! Ich hätte es mir doch denken können.

»Er war ein großer Musiker«, sagte ich und versuchte, die Bewegung zu verbergen, die mich stets überkam, wenn ich von ihm sprach.

»Das wird Mrs. Stacy kaum sein.«

»Es gibt wenige Menschen in unserer Zeit, die sich mit ihm vergleichen lassen«, sagte ich voller Würde. Und er neigte den Kopf in kurzem, achtungsvollem Gedenken für Pietro.

»Ich möchte, daß Sie von Zeit zu Zeit für mich spielen«, fuhr er dann fort. »Das wird zu Ihren Aufgaben gehören. Und vielleicht gelegentlich für unsere Gäste.«

»Ich verstehe.«

»Ich möchte Sie jetzt gern spielen hören.« Plötzlich war Mrs. Lincroft neben mir.

»Nebenan ist ein Klavier«, sagte sie. »Sie finden dort auch die Noten für das Stück, das Sir William hören möchte.« Mrs. Lincroft zog einen schweren Vorhang beiseite und öffnete die dahinterliegende Tür. Das erste, was ich sah, als ich ihr in das Nebenzimmer folgte, war der Flügel. Er war geöffnet, und ich sah Noten aufgestellt. Der Raum war in den gleichen Farben gehalten wie der, den ich gerade verlassen hatte; auch hier herrschte der Eindruck, daß der Bewohner das Licht auszusperren wünschte.

Ich ging zum Flügel und warf einen Blick auf das Musikstück. Ich kannte jede einzelne Note auswendig. Es war Beethovens *»Für Elise«*, für mich eine der schönsten Kompositionen, die je geschrieben wurden.

Mrs. Lincroft nickte mir zu, ich setzte mich an das Instrument und begann zu spielen. Ich war zutiefst bewegt, denn das Stück rief Erinnerungen an das Haus in Paris und Pietro wach. Er hatte von diesem Stück einst gesagt: »Romantisch ... einprägsam ... geheimnisvoll. Du kannst mit einem solchen Stück gar nicht fehlgehen. Damit kannst du dich selbst in die Vorstellung hineinhypnotisieren, eine große Pianistin zu sein.«

So spielte ich, wurde ruhiger und vergaß den bemitleidenswerten alten Mann im Nebenzimmer und den unhöflichen jungen, den ich bei den Ställen getroffen hatte. Musik übt diese Wirkung auf mich aus. In mir leben zwei Menschen – die Musikerin und die Frau. Die letztere ist vernunftbetont, ein wenig linkisch in ihrer trotzigen Verachtung gegenüber einer Welt, die sie verletzte und der sie das nicht noch einmal gestatten will; sie unterdrückt ihre Gefühle und tut so, als gäbe es sie nicht, weil sie sie fürchtet.

Doch die Musikerin ist ganz Gefühl, ganz Empfindsamkeit; wenn ich spiele, kann ich mir einbilden, der Welt völlig entrückt zu sein, einen besonderen Sinn zu besitzen, eine Feinheit der Sinne, die gewöhnlichen Menschen abgeht. Und während ich spielte, hatte ich das Gefühl, daß dieser Raum, der lange Zeit dunkel und traurig gewesen war, plötzlich wieder lebendig wurde; daß ich etwas zurückbrachte, wonach er seit langem gedarbt hatte.

Phantastisch, gewiß. Aber Musik ist nicht von dieser irdischen Welt. Große Musiker beziehen ihre Inspiration aus göttlichen Quellen ... und wenn ich auch nicht groß bin, so bin ich doch Musikerin.

Ich beendete mein Spiel, und der Raum fiel zurück in die Alltäglichkeit – der Zauber war vorbei. Ich meinte, *Für Elise* noch nie so gerecht geworden zu sein, und wenn der Meister selbst seine Taubheit hätte abstreifen und mir zuhören können, wäre er nicht unzufrieden gewesen.

Um mich war Stille. Ich saß am Klavier und wartete. Dann, als sich nichts rührte, stand ich auf und ging durch die Tür zum Nebenzimmer, den Vorhang beiseite haltend, der nicht ganz zugezogen war. Sir William lag mit geschlossenen Augen in seinem Stuhl. Mrs. Lincroft, die neben ihm gestanden hatte, kam mit schnellen Schritten zu mir herüber.

»Das war wunderschön«, flüsterte sie. »Er war sehr bewegt. Meinen Sie, daß Sie allein zurückfinden können in Ihr Zimmer?«

Ich nickte und fragte mich im Hinausgehen, ob die Musik Sir William so mitgenommen haben konnte, daß sie ihn krank gemacht hatte. Mrs. Lincroft hatte zumindest das Gefühl, bei ihm bleiben zu müssen. Welche Hilfe mußte sie ihm sein – weit mehr als eine Haushälterin im üblichen Sinne! Kein Wunder, daß er es ihr damit vergelten wollte, daß er ihrer Tochter Alice alle Möglichkeiten der Erziehung und Ausbildung angedeihen ließ.

Mit meinen Gedanken bei Sir William, Mrs. Lincroft und natürlich dem Zusammentreffen mit Napier Stacy fand ich den Weg in mein Zimmer nicht so leicht, wie ich es mir vorgestellt hatte. Das Haus war riesengroß, es gab so viele Korridore und Treppen, die sich alle ähnlich sahen; verständlich, daß ich mich verlief.

Ich kam an eine Tür, und in dem Gedanken, daß sie mich

vielleicht in den Teil des Hauses zurückführen würde, in dem mein Zimmer lag, öffnete ich sie. Als erstes sah ich den Klingelzug und überlegte bereits, daß ich damit einen dienstbaren Geist herbeirufen könnte, der mich in mein Zimmer zurückbringen würde.

Doch sobald ich in dies Zimmer trat, spürte ich, daß es irgendwie seltsam war. Es hatte eine – ich kann es nicht anders ausdrücken – künstliche Natürlichkeit, als habe der Bewohner es gerade vor kurzem verlassen. Auf dem Tisch lag ein aufgeschlagenes Buch. Ich trat näher und sah, daß es eine Briefmarkensammlung war; auf einem Stuhl lag eine Reitpeitsche, und an den Wänden hingen Bilder von Soldaten in verschiedenen Uniformen. Über dem Kamin hing das Gemälde eines jungen Mannes. Ich trat näher, um mir diese faszinierende Studie anzusehen. Sein Haar war kastanienbraun, die Augen leuchtend blau; die Nase war lang und etwas habichtähnlich, der Mund lächelte. Es war eines der bestaussehenden Männergesichter, die ich je gesehen hatte. Natürlich wußte ich, wer das war. Jener schöne verstorbene Bruder, und ich stand in dem Zimmer, das einst das seine gewesen war. Ich war zutiefst beklommen, wußte ich doch, daß ich kein Recht hatte, dieses heiligste aller Heiligtümer zu betreten; und doch konnte ich kaum die Augen von dem Gesicht auf der Leinwand über mir wenden. Das Bild war so gemalt, daß die Augen einem überallhin zu folgen schienen; und als ich zurücktrat, den Blick auf das Bild geheftet, hielten die blauen Augen mich fest, in der einen Sekunde traurig, lächelnd in der nächsten.

»Ha, ha«, hörte ich ein hohes Kichern hinter mir, das mir einen Schauder durch die Glieder jagte. »Suchen Sie Beau?«

Ich wandte mich um und dachte einen Augenblick lang, es sei ein kleines Mädchen, das da hinter mir stand. Doch dann sah ich, daß sie keineswegs jung war. Sie mußte über siebzig sein. Doch sie trug ein blaßblaues Batistkleid und um die Taille eine blaue Atlasschärpe. Das Haar war weiß, doch sie hatte zwei kleine blaue Schleifen rechts und links der Stirn, von der gleichen Farbe wie die Schärpe; der angekräuselte Rock hätte Edith besser angestanden als dieser Frau.

»Ja«, sagte sie fast schüchtern, »Sie suchen *wirklich Beau*. Ich weiß es . . . also streiten Sie es nicht ab.«

»Ich bin die neue Musiklehrerin«, sagte ich.

»Ich weiß. Ich weiß alles, was in diesem Hause vorgeht. Aber das beweist noch nicht, daß Sie nicht nach Beau Ausschau hielten, oder doch?«

Ich besah sie mir genauer; sie hatte ein kleines, herzförmiges Gesicht und mußte in ihrer Jugend außerordentlich hübsch gewesen sein. Sie war gewiß sehr feminin und entschlossen, diese Eigenschaft zu bewahren – wie das Kleid und die Haarschleifen bewiesen. Sie hatte hellblaue Augen, die voller Mutwillen aus ihrem verrunzelten Gesicht blitzten, und eine platte, kleine Nase wie ein Kätzchen.

»Ich bin gerade erst angekommen«, erklärte ich. »Ich versuchte . . .«

»Nach Beau zu suchen«, vollendete sie. »Ich weiß, daß Sie gerade erst angekommen sind, und ich wollte Sie kennenlernen. Aber Sie hatten von Beau gehört, natürlich; jeder hat von ihm gehört.«

»Würden Sie bitte so freundlich sein, sich vorzustellen.«

»Aber natürlich, natürlich. Wie nachlässig von mir.«

Sie kicherte. »Ich dachte, Sie hätten vielleicht von mir gehört . . . wie von Beau. Ich bin Miß Sybil Stacy – Williams Schwester, und ich habe mein Leben lang in diesem Hause gelebt; deshalb habe ich auch alles gesehen und weiß genau, wie es sich mit allem verhält.«

»Das muß sehr befriedigend für Sie sein.«

Sie fixierte mich scharf. »Sie sind Witwe«, sagte sie. »Also sind Sie eine erfahrene Frau. Sie waren mit diesem berühmten Mann verheiratet, nicht wahr? Und der starb. Das war traurig. Tod ist traurig. Wir haben den Tod hier im Hause gehabt . . .«

Ihre Lippen zitterten, und ich dachte, nun würde sie anfangen zu weinen. Doch plötzlich erhellte sich ihre Miene wieder, wie bei einem Kind. »Aber jetzt ist Napier wieder da; er ist mit Edith verheiratet; es wird Kinder geben. Und dann wird es besser werden. Die Kinder werden alles in die Reihe bringen.« Sie blickte hinauf zu dem Bild. »Vielleicht geht Beau dann fort.«

Ihr Gesicht verzog sich.

»Er ist tot, nicht wahr?« fragte ich tastend.

»Die Toten gehen nicht immer fort, nicht wahr? Manchmal bleiben sie auch. Sie können sich nicht losreißen von denen, mit denen sie gelebt haben. Manchmal ist es Liebe, die sie hält . . . manchmal ist es Haß. Beau ist noch immer hier. Er findet keine Ruhe, der arme Beau. Alles war so wunderbar für ihn, wissen Sie. Er hatte alles, Schönheit, Charme und einen glänzenden Verstand; er spielte Klavier, daß einem die Tränen über die Wangen liefen. Beau hatte alles. Ist doch klar, daß er sich nicht von einem Leben trennen mag, das so vollkommen war, nicht?«

»Vielleicht hat er eine größere Vollkommenheit gefunden.«

Sie schüttelte den Kopf und stampfte mit dem Fuß wie ein Kind. »Gar nicht möglich«, sagte sie ärgerlich. »Beau könnte nirgendwo glücklicher sein . . . weder auf Erden noch im Himmel. Was meinen Sie, weshalb Beau sterben mußte?«

»Weil seine Zeit gekommen war«, erklärte ich. »Das geschieht . . . hier und da. Daß junge Menschen sterben.« Pietro, Roma, dachte ich. Ich fühlte meine Lippen beben.

»Oh, er war so schön«, sagte sie. Sie hob die Augen zu dem Bild wie vor einem Gott. »Das war er . . . wie er leibte und lebte. Das Bild scheint zu sprechen. Und ich werde nie den Tag vergessen. Das Blut . . . das viele Blut . . .«

In ihren Zügen arbeitete es, und ich sagte: »Bitte, denken Sie nicht daran. Es muß sehr schmerzlich für Sie sein, auch heute noch.«

Sie rückte näher an mich heran, und aller Kummer war aus ihren blauen Augen verschwunden; sie glitzerten in dem Mutwillen, der viel erschreckender war als ihr Schmerz.

»Sie haben seine Aussage aufgenommen, auf dem Sterbebett. Der Doktor bestand drauf. Beau sagte, es war nicht Napiers Schuld. Sie haben mit den Gewehren gespielt, wie Jungen das so tun. ›Hände hoch, oder ich schieße‹, sagte Napier. Und Beau antwortete: ›Ich krieg dich als erster.‹ Zumindest hat Napier es uns so erzählt. Aber es war niemand dabei. Sie waren im Gewehrzimmer. Beau hat dann nach seinem Gewehr gelangt und Napier drückte seines ab. Napier sagte, daß sie beide dachten, die Gewehre seien nicht geladen. Aber sie waren es doch, wissen Sie.«

»Was für ein schrecklicher Unfall.«

»Nichts war seither wieder wie zuvor.«

»Aber es war doch ein Unfall.«

»Sie sind sehr sicher, Mrs. . . . Mrs. . . .«

»Verlaine.«

»Ich werde es behalten. Ich vergesse keinen Namen. Und ich vergesse auch kein Gesicht. Sie sind sehr sicher, Mrs. Verlaine. Und Sie sind noch nicht mal einen Tag hier. Also müssen Sie wirklich sehr sicher sein.«

»Ich kann natürlich nicht alles wissen«, sagte ich, »aber ich sehe durchaus, wie zwei Jungen beim Spielen einen Unfall haben können. Das wäre nicht zum ersten Mal passiert.«

Sie flüsterte mit Verschwörermiene: »Napier war eifersüchtig auf Beau. Jeder wußte das. Wie hätte es auch anders sein können? Beau war so hübsch; er konnte alles so gut. Er forderte Napier auf viele Weisen heraus.«

»Dann kann er nicht so wunderbar gewesen sein«, entgegnete ich scharf, während ich mich gleichzeitig fragte, warum ich Napier eigentlich verteidigen wollte. Es war der Junge, dem ich Gerechtigkeit widerfahren sehen wollte, nicht der arrogante Mann bei den Ställen.

»Nur wie Jungen so sind. Er war so jungenhaft . . . Und Napier, nun der war ganz anders.«

»Inwiefern?«

»Schwierig. Er ging allein los. Er ging immer ganz allein los. Wollte auch nicht Klavier üben.«

»Musik hat in diesem Haus schon immer eine Rolle gespielt?«

»Die Mutter der beiden spielte wunderbar Klavier. So gut wie Sie. O ja, ich habe Sie eben spielen gehört. Es hätte Isabella sein können, die da spielte. Isabella hätte eine große Pianistin werden können, wurde gesagt. Aber sie studierte nicht weiter, als sie heiratete. William wollte es nicht. Er wollte, daß sie nur für ihn spielen sollte. Können Sie das verstehen, Mrs. Verlaine?«

»Nein«, sagte ich hitzig. »Ich finde, sie hätte Gelegenheit haben müssen, ihr Studium fortzusetzen. Wenn wir Talent haben, sollen wir es nicht verstecken.«

»Das Gleichnis von den Gaben«, rief sie, helle Freude in den Augen. »Das dachte Isabella auch. Sie . . . haderte.«

Ich verspürte Sympathie für Isabella. Zweifellos hatte sie eine Karriere um der Ehe willen aufgegeben . . . ungefähr so wie ich.

Ich fühlte die kindischen doch durchdringenden Augen auf mir ruhen.

Dann wandte sie sich noch einmal dem Bild zu. »Ich werde Ihnen ein Geheimnis verraten, Mrs. Verlaine. Das Bild stammt von mir.«

»Dann sind Sie ja eine Künstlerin.«

Sie verschränkte die Hände hinter dem Rücken und nickte langsam.

»O ja. Ich habe das Bild gemalt.«

»Wie lange vor seinem Tode hat er Ihnen dafür gesessen?«

»Gesessen! Er saß nie still, für nichts. Allein der Gedanke, Beau zum Hinsetzen zu bewegen! Und warum sollte ich? Ich kannte ihn. Ich sah ihn damals so klar vor mir . . . ebenso wie jetzt. Er brauchte mir nicht zu *sitzen*, Mrs. Verlaine. Ich male nur die Menschen, die ich kenne.«

»Sehr klug von Ihnen.«

»Möchten Sie einige meiner Bilder sehen?«

»Das würde mich sehr interessieren.«

»Isabella war eine begabte Musikerin, aber nicht die einzig begabte. Kommen Sie mit in mein Zimmer. Ich habe meine eigene kleine Suite. Schon mein ganzes Leben lang. Es gab eine Zeit, da wäre ich beinah fortgegangen. Ich war im Begriff zu heiraten . . .« Ihr Gesicht verzog sich, und ich erwartete, sie in Tränen ausbrechen zu sehen. »Aber ich hab's nicht getan . . ., und so bin ich hiergeblieben, wo ich mein ganzes Leben lang war. Ich hatte mein Zuhause und meine Bilder . . .«

»Das tut mir leid«, sagte ich.

Sie lächelte. »Vielleicht male ich Sie eines Tages, Mrs. Verlaine. Aber erst, wenn ich Sie wirklich kenne. Dann werde ich sehen, wie ich Sie male. Und jetzt kommen Sie mit mir.«

Ich war fasziniert von dieser seltsamen kleinen Frau. Sie hüpfte leichtfüßig dahin und ich sah ihre schwarzen Atlasslipper unter dem blauen Rock hervorlugen. In ihrem Lächeln lag etwas Koboldhaftes; sie war wie ein aufgewecktes kleines Mädchen, und das zusammen mit dem faltigen Gesicht war anziehend und ein wenig unheimlich zugleich. Ich war gespannt, was ich in ihrem Zimmer zu sehen bekommen würde und ob sie wirklich für das Bild über dem Kamin in Beaus Zimmer verantwortlich zeichnete.

Wir gingen treppauf und lange Korridore entlang. Sie blickte über die Schulter zurück und sagte in der Art eines neckenden Kindes: »Jetzt sind Sie sicher ganz verloren, Mrs. Verlaine, nicht wahr?«

Das bestätigte ich, fügte jedoch hinzu, daß ich es mit der Zeit schon lernen würde, mich zurechtzufinden.

»Mit der Zeit . . .«, flüsterte sie. »Vielleicht. Doch die Zeit lehrt nicht alles, oder? Die Zeit heilt Wunden, sagen sie, aber es stimmt nicht alles, was sie sagen, oder?«

Ich wollte mich im Augenblick in keine Diskussion mit ihr einlassen, also machte ich keinen Versuch zu widersprechen; und sie ging lächelnd weiter.

Schließlich kamen wir bei dem an, was sie ihre Suite nannte. Wir befanden uns in einem der Türme, und sie zeigte mir fröhlich ihre Wohnung. Der große Turm hatte drei Räume. »Es ist ein Kreis«, erklärte sie mir. »Sie können rundherum gehen – die Zimmer führen eins ins andere – und Sie landen wieder da, wo Sie angefangen haben. Ist das nicht ungewöhnlich, Mrs. Verlaine? Aber ich möchte Ihnen mein Atelier zeigen. Das liegt nach Norden. Das Licht ist für Maler so wichtig. Kommen Sie herein, damit ich Ihnen einige meiner Arbeiten zeigen kann.«

Ich trat ein. Die Fenster waren hier größer als in den anderen Räumen, und das Licht fiel grell herein. Es ließ nichts übrig von dem jugendlichen Aussehen der kleinen Dame. Die Haarschleifchen, das blaue Kleid mit der Atlasschärpe, die kleinen schwarzen Slipper, sie alle konnten nicht die Runzeln, die braunen Flecken auf den mageren, klauenähnlichen Händen verdrängen; doch ihre Lebhaftigkeit war unverändert. Der Raum war einfach möbliert, an jedem Ende befand sich eine Tür, die, wie ich wußte, in das angrenzende Zimmer führte; an der Wand hingen mehrere Bilder, und in einer Ecke lagen Leinwände gestapelt. Auf dem Tisch sah ich eine Palette liegen, und auf einer Staffelei stand ein halbfertiges Bild von drei Mädchen, in denen ich sofort Edith, Allegra und Alice erkannte. Sie folgte meinem Blick.

»Ah«, sagte sie im Verschwörerton. »Kommen Sie näher.«

Ich stellte mich dicht neben sie, die mich genau beobachtete, um meine Reaktion zu sehen. Ich vertiefte mich in das Bild; da war Edith mit ihrem blonden Haar, Allegra mit den dicken schwarzen Locken und Alice adrett mit einem weißen Band, das ihr glattes, langes, hellbraunes Haar zurückhielt.

»Erkennen Sie sie?«

»Natürlich. Es ist sehr ähnlich.«

»Sie sind jung«, sagte sie, »ihre Gesichter sagen gar nichts, nicht wahr?«

»Jugend . . . Unschuld . . . Unerfahrenheit.«

»Sie sagen gar nichts«, wiederholte sie. »Aber wenn man

sie kennt, vermag man durch das Gesicht hindurchzusehen, das sie der Welt zeigen. Das ist die Gabe des Künstlers, finden Sie nicht? Zu sehen, was sie zu verbergen trachten.«

»Das macht den Künstler beinahe beängstigend.«

»Macht ihn zu jemandem, dem man aus dem Wege gehen sollte.«

Sie kicherte wie ein Schulmädchen. Dabei sah sie mich mit diesen kindlichen Augen an, und mir wurde unbehaglich zumute. Versuchte sie, in meine Geheimnisse einzudringen? Sah sie mein stürmisches Leben mit Pietro? Würde sie auch versuchen, hinter meine Motive zu kommen? Und wenn sie entdeckte, daß ich Romas Schwester war?

»Das dürfte ganz davon abhängen, ob man etwas zu verbergen hat«, erwiderte ich.

»Jeder Mensch hat etwas zu verbergen, Mrs. Verlaine, oder nicht? Womöglich nur eine ganze Kleinigkeit ... und doch gehört sie nur einem ganz allein. Ältere Menschen sind interessanter als junge. Die Natur ist eine Künstlerin. Sie malt auf die Gesichter der Menschen so viele Dinge, die sie lieber verbergen würden.«

»Die Natur malt aber auch die angenehmen Dinge.«

»Sie sind eine Optimistin, Mrs. Verlaine. Das kann ich sehen. Sie sind wie die junge Frau, die hierherkam ... zum Ausgraben.«

Mein Unbehagen wuchs. »Wie ...«, setzte ich an.

Sie fuhr fort: »William wollte die Unruhe hier nicht haben, aber sie war so hartnäckig. Sie ließ ihm keine Ruhe, und so gab er nach. Dann kamen sie und suchten nach den Überresten aus der Römerzeit. Seitdem ist es nie wieder geworden wie vorher.«

»Haben Sie die junge Frau gekannt?«

»O ja. Ich möchte immer gern wissen, was um mich herum vorgeht.«

»War sie diejenige, die verschwand?«

Sie nickte begeistert und verlor dabei fast alle Runzeln um die Augen.

»Wissen Sie, warum«, fragte sie.

»Nein.«

»Weil sie sich eingemischt hat. Das mochten sie nicht.«

»Wer?«

»Die Toten, die Vergangenen. Sie gehen nicht ... nicht ganz, verstehen Sie. Sie kommen zurück.«

»Sie meinen die ... Römer?«

»Die Toten«, sagte sie. »Man spürt sie doch überall.« Sie rückte näher und flüsterte: »Ich glaube, Beau wird es nicht mögen, daß Napier zurückgekommen ist. Ich weiß es sogar ganz sicher. Er hat es mir gesagt.«

»Beau ... hat es Ihnen gesagt?«

»Im Traum. Wir standen uns sehr nahe ... Er war mein kleiner Junge. Der, den ich womöglich gehabt hätte. Ich hatte ihn mir vorgestellt ... genau wie Beau. Es war alles in Ordnung, solange Napier nicht hier war. Es war gut und richtig, daß er fortgeschickt wurde. Warum sollte Beau fort sein und Napier hierbleiben? Das wäre ungerecht gewesen. Aber jetzt ist er wieder da, und das ist schlecht, sage ich Ihnen. Einen Moment.«

Sie ging an den Stapel Leinwände und holte ein Bild heraus. Sie lehnte es gegen die Wand, und mir stockte vor Entsetzen der Atem. Es war das lebensgroße Gemälde eines Mannes. Ein böses Gesicht, die Hakennase betont, die Augen zusammengekniffen, der Mund geringschätzig verzogen – ich erkannte Napier.

»Erkennen Sie es?« fragte sie.

»Es sieht ihm aber im Grunde nicht ähnlich«, sagte ich.

»Das habe ich gemalt, nachdem er seinen Bruder umgebracht hatte.«

Ich fühlte Arger in mir aufsteigen. Um des Jungen willen, sagte ich mir hitzig von neuem. Sie beobachtete mein Gesicht und lachte.

»Ich sehe, Sie nehmen für ihn Partei. Sie kennen ihn nicht. Er ist böse. Er war eifersüchtig auf seinen Bruder, auf den schönen Beau. Er wollte das haben, was Beau hatte ... also brachte er ihn um. Er ist so. Ich weiß es. Andere wissen es auch.«

»Ich bin sicher, daß es Leute gibt, die . . .«

Sie unterbrach mich: »Was macht Sie so sicher, Mrs. Verlaine? Was wissen Sie? Sie meinen, weil William ihn zurückholte und mit Edith verheiratete? William ist auch ein harter Mann, Mrs. Verlaine. Die Männer dieses Hauses sind alle hart . . . ausgenommen Beau. Beau war schön. Beau war gut. Und er mußte sterben.«

Sie wandte sich ab. »Verzeihen Sie. Es schmerzt immer noch. Ich werde es niemals vergessen.«

»Ich verstehe.« Ich kehrte dem Porträt des jungen Napier den Rücken zu. »Es ist sehr freundlich von Ihnen, mir Ihre Bilder zu zeigen. Ich versuchte, zurückzufinden in mein Zimmer. Ich glaube, ich werde gebraucht.«

Sie nickte. »Ich hoffe, daß Sie sich eines Tages noch mehr von meinen Bildern ansehen werden.«

»Gern«, erwiderte ich.

»Bald?« Sie bettelte wie ein Kind.

»Wenn Sie so freundlich sind, mich einzuladen.«

Sie nickte glückstrahlend und zog an einer Klingelschnur. Als ein Hausmädchen erschien, bat sie es, mich in meine Räume zu führen.

*

In meinem Zimmer fand ich Alice.

»Ich kam, um Ihnen zu sagen, daß Sie heute mit Mutter und mir zu Abend essen werden und daß ich Sie um sieben Uhr hier abholen und zu ihr bringen werde.«

»Danke«, antwortete ich.

»Sie sehen so erschrocken aus. War Sir William nett mit Ihnen?«

»Ja. Ich habe ihm vorgespielt, und ich glaube, es hat ihm gefallen. Aber dann verirrte ich mich und traf Miß Stacy.«

Alice lächelte verstandnisvoll. »Sie ist etwas . . . merkwürdig. Sie hat Sie hoffentlich nicht in Verlegenheit gebracht.«

»Sie nahm mich mit in ihr Atelier.«

Alice schien überrascht. »Dann müssen Sie sie interessiert haben. Hat sie Ihnen ihre Bilder gezeigt?«

Ich nickte. »Eines von dir mit Mrs. Stacy und Allegra.«

»So? Sie hat uns gar nicht erzählt, daß sie uns malt. Ist es gut?«

»Es scheint mir hervorragend ähnlich zu sein.«

»Ich würde es gern sehen.«

»Sie wird es euch sicher zeigen.«

»Manchmal ist sie etwas seltsam. Das kommt daher, weil sie in der Liebe betrogen wurde. Ist Ihnen übrigens an unserem Namen etwas aufgefallen, Mrs. Verlaine?«

»An euren Namen?«

»An uns dreien . . . Ihren Schülerinnen.«

»Alice, Edith, Allegra – Allegra ist ungewöhnlich.«

»O ja, aber ich meine, alle drei zusammen, sie kommen in einem Gedicht vor. Ich mag Gedichte gern. Sie auch?«

»Manche mag ich«, antwortete ich. »Welches Gedicht meinst du jetzt?«

»Es ist von Longfellow. Soll ich Ihnen das Stück aufsagen, das mir gefällt? Ich kann es auswendig.«

»Ja, bitte.«

Sie stand neben mir, die Arme auf dem Rücken verschränkt, die Augen gesenkt, als sie aufsagte:

Im Lampenschein, aus meinem Studierzimmer,
Sehe ich sie die breite Treppe herabkommen,
die ernsthafte Alice, die lachende Allegra,
und Edith mit dem goldenen Haar.
Ein Flüstern erst, dann Schweigen,
doch ihre blitzenden Augen verraten mir,
daß sie etwas aushecken,
mich zu überrumpeln.

Sie blickte mich an, mit strahlenden Augen. Und sie sagte: »Sehen Sie, die *lachende* Allegra, Edith mit dem *goldenen Haar*, und ich bin doch *ernst*, nicht wahr? Das sind *wir*.«

»Und ihr habt vor, jemanden zu überrumpeln?«

Sie lächelte ihr stilles, kleines Lächeln.

Dann sagte sie mit unüberhörbarem Ernst: »Ich glaube, jeder findet sich manchmal vom anderen überrascht, Mrs. Verlaine.«

3

ICH ASS AN jenem Abend mit Mrs. Lincroft und Alice – Mrs. Lincroft kochte selbst in der kleinen Küche neben ihren beiden Zimmern. »Ich fand es bequemer, wenn die Familie Gäste hatte«, erklärte sie mir, »und jetzt tue ich es häufig. Dem Personal erspart es Arbeit, und mir macht es Freude. Jetzt, da Sie hier sind, Mrs. Verlaine, wäre es vielleicht das beste, wenn Sie Ihre Mahlzeiten hier mit uns einnehmen würden. Alice wird auch dabeisein, wenn sie nicht mit der Familie ißt. Sir William lädt sie freundlicherweise dann und wann ein. Ihnen wird er das wohl auch gelegentlich vorschlagen.«

Das Essen verlief angenehm und war sehr gut zubereitet. Alice saß still dabei. Ich würde sie künftig wohl immer in Gedanken als die *ernste Alice* bezeichnen.

Mrs. Lincroft erzählte von Sir Williams Krankheit und wie sehr er sich seit seinem Schlaganfall vor etwas über einem Jahr verändert hatte.

»Seine Frau hat ihm früher auf dem Klavier vorgespielt. Als Mr. Napier zurückkam, erinnerte ihn das sicher an die alten Zeiten, und deshalb möchte er wohl wieder Musik im Hause haben.«

Ich schwieg und dachte daran, wie sehr Sir William seine

Frau geliebt haben mußte, da er nach ihrem Tode alle Musik aus dem Hause verbannte.

»Jetzt ändert sich manches«, fuhr Mrs. Lincroft fort.

»Und das wird noch weitergehen, wo Mr. Napier und Edith verheiratet sind.« Sie lächelte. Das Mädchen, das serviert hatte, war zurückgegangen in die Küche. Mrs. Lincroft fuhr fort: »Es wird mehr wie ein normaler Haushalt sein. Und es ist gut zu wissen, daß Mr. Napier nach seiner Rückkehr die Verwaltung des Besitzes übernommen hat. Er ist sehr aktiv, ein erstklassiger Reiter; er kümmert sich um alles – ganz hervorragend. Sogar Sir William muß das zugeben.«

Ich wartete, doch sie schien zu merken, daß sie schon zuviel gesagt hatte. »Möchten Sie noch etwas von dieser Pastete?«

Ich lehnte dankend ab, nicht ohne gleichzeitig zu bemerken, wie ausgezeichnet sie sei.

»Reiten Sie, Mrs. Verlaine?« fragte sie dann.

»Meine Schwester und ich waren in einer Reitschule, und wir sind gelegentlich in der Abteilung geritten. In London hatten wir nicht die Gelegenheit zum Reiten wie auf dem Lande, und außerdem hatten wir beide andere Interessen, die uns sehr gefangennahmen.«

»Ist Ihre Schwester auch Musikerin?«

»O nein . . . nein.« In der folgenden, erwartungsvollen Pause merkte ich, wie leicht ich verraten konnte, wer ich war, und ich fragte mich, wie sie wohl reagieren würden, wenn sie wüßten, daß ich die Schwester der Frau war, die auf so rätselhafte Weise verschwunden war.

Etwas lahm fügte ich hinzu: »Mein Vater war Professor, und meine Schwester half ihm bei seiner Arbeit.«

»Was für eine begabte Familie«, sagte sie.

»Meine Eltern hatten recht fortschrittliche Ideen, was die Erziehung angeht, und obwohl wir Mädchen waren, wurden wir wie Jungen erzogen. Bei uns in der Familie gab es nämlich keine Jungen. Sonst wäre es vielleicht anders gewesen.«

Jetzt sagte Alice etwas: »Ich würde gern so erzogen werden wie Sie und Ihre Schwester, Mrs. Verlaine. Sicher wären Sie lieber bei ihr als bei uns.«

»Sie ist tot«, erwiderte ich kurz.

Alice sah aus, als wollte sie weitere Fragen stellen, doch Mrs. Lincroft brachte sie mit einem Blick zum Schweigen. Sie selbst sagte:

»Oh, das tut mir aber leid; wie traurig.« Es folgte ein kurzes, mitfühlendes Schweigen, das ich mit der Frage unterbrach, ob die Mädchen gute Reiterinnen seien.

»Mr. Napier will Edith um jeden Preis dazu machen. Er läßt sie jeden Morgen reiten. Sie ist wahrscheinlich schon sehr viel besser geworden.«

»Überhaupt nicht«, warf Alice ein. »Schlechter geworden ist sie. Denn jetzt hat sie Angst.«

»Angst?« wiederholte ich.

»Edith ist schüchtern, und Mr. Napier versucht, sie mutig zu machen«, erklärte Alice. »Ich glaube, Edith würde bestimmt lieber auf dem armen, alten Silver dahinzotteln als das fabelhafte Pferd zu reiten, das Mr. Napier ihr ausgesucht hat.«

Wieder warf Mrs. Lincroft ihrer Tochter einen Blick zu, und ich fragte mich, ob Alice deshalb so sanftmütig und bescheiden wirkte, weil sie unterdrückt wurde.

Nach der Mahlzeit blieb ich noch ungefähr eine Stunde und unterhielt mich mit Mrs. Lincroft. Als sie dann meinte, ich müßte wohl sehr müde sein, verabschiedete ich mich und ging ins Bett. Doch ich schlief sehr unruhig. Meine krausen Gedanken, die immer wieder zu den Ereignissen des vergangenen Tages zurückkehrten, hielten mich wach, doch ich sagte mir, sobald ich mir einen festen Tagesplan ausgearbeitet haben würde, würde ich ruhiger werden.

Das Frühstück wurde mir aufs Zimmer gebracht, und kaum war ich fertig, als Edith klopfte und fragte, ob sie hereinkommen dürfe.

Sie sah sehr hübsch aus in einem mitternachtsblauen Reitanzug mit steifem, rundem Hut.

»Gehen Sie reiten?« fragte ich.

Sie schauerte fast unmerklich zusammen. Gefühle zu verbergen, lag ihr nicht, das merkte ich sehr wohl. »Noch nicht«, sagte sie, »wahrscheinlich erst später, aber dann habe ich womöglich keine Zeit mehr zum Umziehen. Ich wollte mit Ihnen über meinen Unterricht sprechen.«

»Aber gern.«

»Und dann nehme ich Sie mit ins Pfarrhaus, wo die Mädchen ihre Stunden haben. Sie möchten Ihren Unterricht zeitlich doch sicher mit dem abstimmen, den der Pastor ihnen gibt, nicht wahr? Ich hoffe, Sie nicht zu enttäuschen, Mrs. Verlaine.«

»Das glaube ich nicht. Ich merke durchaus, daß das Klavier Ihnen viel bedeutet.«

»Ich spiele sehr gern. Es hilft mir, wenn ich . . .«, ich wartete, und sie fuhr fort, »wenn ich ein wenig niedergeschlagen bin.«

»Das freut mich sehr. Sollen wir gleich beginnen?«

Sie führte mich ins Unterrichtszimmer, an das sich ein kleinerer Raum anschloß, den sie als Musikzimmer bezeichnete. Darin stand ein Klavier.

Sie spielte mir vor, wir sprachen von ihren Fortschritten, und ich bekam sehr schnell eine Vorstellung davon, was sie konnte. Sie würde eine gute Schülerin sein – eifrig und fleißig –, und ihr Talent war nicht sonderlich groß, aber entschieden vorhanden. Edith würde viel Freude an ihrem eigenen Spiel haben, ohne jedoch eine große Pianistin zu werden. Es war so, wie ich es erwartet hatte, und mit ihr würde ich zu arbeiten wissen.

Wenn sie von Musik sprach, wurde sie lebhaft.

»Schauen Sie«, sagte sie plötzlich zutraulich werdend, »das ist das einzige, was ich je wirklich gekonnt habe.«

»Und ich glaube, wenn Sie tüchtig arbeiten, werden Sie sehr gut sein.«

Sie schien erfreut; dann schlug sie vor, zum Pfarrhaus zu gehen.

»Es ist nur eine Viertelstunde Weg, Mrs. Verlaine. Mögen Sie zu Fuß gehen, oder möchten Sie lieber den Wagen nehmen?«

Ich sagte, der Fußweg würde sehr schön sein, und so gingen wir los.

»Heute morgen unterrichtet sicher Mr. Jeremy Brown die Mädchen. Das tut er häufig.« Wie oftmals, war sie leise errötet. »Das ist der Vikar«, fügte sie hinzu.

»War er auch Ihr Lehrer?«

Lächelnd nickte sie. Dann wurde sie plötzlich ernst. »Seit . . . seit meiner Heirat habe ich natürlich keinen Unterricht mehr gehabt. Mr. Brown ist ein sehr guter Lehrer.« Sie seufzte. »Ich glaube, Sie werden ihn mögen und den Pastor auch.«

Wir hatten das Pfarrhaus erreicht, einen schönen, alten, grauen Steinbau direkt neben der Kirche mit ihrem großen, grauen Turm.

Mrs. Rendall begrüßte mich wie eine gute, alte Bekannte und sagte, sie werde mich zum Pastor ins Studierzimmer führen.

Sie warf Edith einen fragenden Blick zu. Mir fiel auf, daß man allgemein unsicher zu sein schien, wie man Edith behandeln sollte; wahrscheinlich deshalb, weil sie weder ein junges Mädchen noch eine verheiratete Frau zu sein schien. Edith sagte: »Um mich brauchen Sie sich nicht zu kümmern, Mrs. Rendall. Ich werde ein Weilchen ins Unterrichtszimmer gehen und dort zuhören.«

Mrs. Rendall hob die Schultern, was anzudeuten schien, daß sie Ediths Verhalten etwas merkwürdig fand. Dann ging sie voraus zum Studierzimmer des Herrn Pastor.

Es war ein sehr reizvoller Raum mit großen Fenstern, die auf einen gepflegten Rasen gingen, der zum Friedhof hinüber sanft abfiel. In der Ferne konnte ich die Grabsteine sehen, und bei Mondschein mußte das etwas gespenstisch wirken, dachte ich. Doch mir blieb keine Zeit, das auszuspinnen, denn der Pastor erhob sich, die Brille hoch auf die Stirn geschoben, wo sie ein sehr zweifelhaftes Gleichgewicht zu halten schien. Das schütter werdende graue Haar war sorgsam über den Kopf verteilt, um die fehlende Dichte zu ersetzen, und er hatte insgesamt etwas Weltentrücktes, das mir sehr gut gefiel und in starkem Gegensatz zu der Energie seiner Frau stand.

»Dies ist Pastor Arthur Rendall«, stellte Mrs. Rendall in aller Förmlichkeit vor. »Und Arthur, Mrs. Verlaine.«

»Erfreut ... hocherfreut«, murmelte der Pastor; er blickte nicht auf mich, sondern auf den Tisch, und der Grund wurde mir klar, als Mrs. Rendall herausbellte: »Auf deiner Stirn, Arthur.«

»Danke dir, meine Liebe, danke.« Damit rückte er die Brille an den ihr gebührenden Platz und sah mich an.

»Es ist eine große Freude, Sie hier zu begrüßen«, sagte er. »Es befriedigt mich außerordentlich, daß Sir William entschieden hat, die musikalische Ausbildung der Mädchen fortzusetzen.«

»Ich möchte mich orientieren, wann es mit den Stunden am besten passen würde, damit es keine Überschneidungen gibt.«

»Oh, das werden wir uns gemeinsam überlegen«, sagte der Pastor freundlich lächelnd.

»Bitte, nehmen Sie doch Platz«, warf Mrs. Rendall ein.

»Wirklich, Arthur ... Mrs. Verlaine so stehen zu lassen. Der Herr Pastor will sicher mit Ihnen über Sylvia sprechen. Ich lege großen Wert darauf, daß auch sie ihre Musik weiter pflegt.«

»Das läßt sich gewiß ohne weiteres einrichten«, antwortete ich.

Der Pastor begann mir dann zu erklären, wann die Schulstunden lagen, und wir kamen überein, daß ich meinen Unterricht ebenfalls im Pfarrhaus geben sollte, wo ein gutes Klavier zur Verfügung stand, das die Mädchen schon früher benutzt hatten. Edith, Allegra und Alice konnten außerdem in Lovat Stacy üben und Sylvia im Pfarrhaus. Es ließ sich alles sehr zufriedenstellend regeln.

Mrs. Rendall hatte uns verlassen, während wir dies alles planten, und als sie fort war, sagte der Pastor: »Ich weiß nicht, was ich ohne meine liebe Frau tun würde. Sie versteht so gut zu organisieren ...« Als wollte er sich dafür entschuldigen, daß er sich ihr so unterordnete. Als wir das Erforderliche besprochen hatten, begann er mir von den antiken Schätzen der Gegend zu erzählen und wie sehr ihn die Entdeckung der römischen Überreste kürzlich interessiert habe.

»Ich bin häufig an den Ausgrabungsstätten gewesen«, sagte er, »und ich war dort stets willkommen.« Er warf einen unsicheren Blick zur Tür, während mir die Bemerkungen seiner Frau einfielen, und ich mir den Herrn Pastor bei seinen heimlichen Besuchen vorstellte. »Ich hatte immer schon geglaubt, daß hier etwas Interessantes zutage gefördert werden würde. Das Amphitheater wurde schon vor langer Zeit gefunden, und wie Sie wissen, wurden Amphitheater in der Regel außerhalb der Stadt gebaut ... es schien also sehr wahrscheinlich, daß sich nicht weit davon noch weitere Überreste befinden müßten.«

Ich fühlte mich lebhaft an Roma erinnert, und mein Herz schlug merklich schneller, als ich fragte: »Kannten Sie die Archäologin, die auf so rätselhafte Weise verschwand?«

»O du meine Güte, was für eine schreckliche Sache ... so ganz und gar außergewöhnlich! Wissen Sie, daß es mich nicht überraschen würde, wenn sie fortgegangen wäre, irgendwohin, weit fort ... ins Ausland ... um ein Projekt ...«

»Aber wenn es so ein Projekt gegeben hätte, wäre das nicht bekannt gewesen? Sie wäre doch auch nicht allein gegangen, sondern mit einer Gruppe. Diese Dinge werden oftmals vom Britischen Museum organisiert und ...«

Ich geriet ins Stammeln, und er sagte: »Ich sehe, Sie sind sehr gut über diese Dinge informiert, Mrs. Verlaine. Wesentlich besser als ich.«

»Oh, sicher nicht. Aber ich habe mir Gedanken gemacht um dieses ... Verschwinden.«

»So eine vernünftige junge Dame«, meinte der Pastor sinnend.

»Das macht alles so seltsam.«

»Wegen Ihres gemeinsamen Interesses für die römischen Überbleibsel müssen Sie sich doch häufig mit ihr unterhalten haben. Meinen Sie, daß sie zu den Frauen gehörte, die ...«

»Die sich das Leben nehmen würden?« Der Pastor blickte entsetzt. »Die Möglichkeit wurde auch angeführt. Ein Unfall? Das muß es gewesen sein. Aber sie war nicht der Typ, der einen Unfall hat ... einfach so. Ich weiß nicht, was ich davon halten soll. Und ich kehre zu meiner Ansicht zurück, daß sie dringend abgerufen wurde ... irgendwohin ... daß keine Zeit blieb zu erklären ...«

Ich spürte wohl, daß er sich seine angenehme Lösung des Rätsels durch mich nicht erschüttern lassen wollte, und da er mir wohl kaum etwas Neues über Roma würde sagen können, nahm ich bereitwillig sein Angebot an, mir die Kirche zu zeigen.

Wir verließen das Haus und gingen durch den Garten, und auf einem Weg zwischen den Grabsteinen hindurch zum Kirchenportal, wo vergilbende Anschläge auf einem mit grünem Filz überzogenen Brett hingen. Drinnen herrschte die übliche kühle Stille. Der Pastor war sichtlich stolz auf die gemalten Glasfenster, Geschenke der Familie Stacy an die Kirche, wie er mir erzählte. Die Stacys waren die Gutsherren der Gegend und die Wohltäter, von denen viele abhingen.

Er zeigte mir den Altar, damit ich dessen herrliches Schnitzwerk bewundere.

»Das ist wirklich einmalig«, strahlte er.

An einer Wand bemerkte ich eine Gedächtnistafel und darüber in einer Nische die Statue eines jungen Mannes in langen Gewändern, die Hände gefaltet.

Der Text darunter lautete:

»Von uns gegangen, doch unvergessen
Beaumont Stacy.
Er verschied am . . .«

Während ich noch versuchte, das in römischen Zahlen geschriebene Datum zu entziffern, sagte der Pastor: »Ach ja. Traurig, sehr traurig.«

»Er starb sehr jung«, sagte ich.

»Im neunzehnten Lebensjahr. Es war eine Tragödie.«

Mit verschleierten Augen fuhr er fort: »Er wurde erschossen . . . aus Versehen . . . von seinem Bruder. Er war ein so hübscher Junge. Wir alle mochten ihn gern. Nun, das ist lange her, und jetzt, da Napier wieder daheim ist, wird alles gut werden.«

Ich hatte mich inzwischen schon an den Optimismus des Pastors gewöhnt und fragte mich daher innerlich, ob dem wirklich so sein werde. Ich war erst seit einem Tag im Hause und spürte deutlich eine Art dumpfer Melancholie, den bleibenden Hauch einer vergangenen Tragödie.

»Wie schrecklich für den Bruder.«

»Ein großer Fehler . . . ihm die Schuld zu geben. Ihn so fortzuschicken.« Der Pastor schüttelte mit betrübter Miene den Kopf. Doch gleich darauf erhellten sich seine Züge: »Aber nun ist er ja wieder da.«

»Wie alt war . . . Napier, als es geschah?«

»Ungefähr siebzehn, glaube ich. Er war wohl zwei Jahre jünger als sein Bruder. Ganz anders als Beaumont – der hatte Charme, er strahlte, jeder liebte ihn. Und so . . . Aber Jungen dürften nie mit Gewehren spielen. Es kann so leicht etwas geschehen. Der arme Napier, er tat mir leid. Ich habe Sir William damals gesagt welch schlimme Wirkung es auf den Jungen haben könnte, ihm diesen Vorwurf zu machen. Doch er wollte nicht hören. Er konnte Napiers Anblick einfach nicht mehr ertragen, nachdem es geschehen war. So mußte Napier gehen.«

»Was für eine schreckliche Tragödie! Nachdem er einen

Sohn verloren hatte, hätte der andere ihm doppelt lieb sein müssen, meine ich.«

»Sir William ist ein ungewöhnlicher Mann. Er war vernarrt in Beaumont, und Napier erinnerte ihn ständig an das Unglück.«

»Sehr, sehr seltsam«, sagte ich. Und ich konnte die Augen nicht abwenden von der jugendlichen Gestalt in der Nische, von den gefalteten Händen und den himmelwärts gerichteten Augen.

»Ich war zutiefst erfreut, als ich hörte, daß Napier zurückerwartet wurde. Und da er jetzt mit Edith Cowan verheiratet ist, wird alles in glücklichen Bahnen verlaufen. Eine Zeitlang sah es so aus, als wollte Sir William Edith zu seiner Erbin machen. Das hätte viel Wirbel gegeben. Aber er war eng befreundet mit Ediths Eltern, und sie war sein Mündel. Doch dies ist die glücklichste Lösung. Edith *wird* erben . . . durch ihre Heirat mit Napier.«

Der Pastor strahlte wie die gute Fee, die mit einer Handbewegung alles zum Guten gewendet hat.

In diesem Augenblick erschien ein Hausmädchen in der Kirchentür und meldete, daß der Kirchenvorsteher den Pastor in einer dringenden Angelegenheit zu sprechen wünsche und im Wohnzimmer warte. Ich versicherte dem Pastor, daß ich mich gern noch ein wenig allein in der Kirche umsehen würde, und er verließ mich.

»Den Weg zurück zum Haus werden Sie finden, Mrs. Verlaine. Meine Frau wird Ihnen gern eine Erfrischung anbieten . . . und dann können Sie meinen Vikar, Jeremy Brown, kennenlernen und mit ihm über den Unterricht der jungen Damen sprechen.«

Allein gelassen ging ich zurück zu jener Statue in der Wandnische und dachte an den jungen Mann, der mit neunzehn Jahren von seinem Bruder erschossen wurde. Doch in erster Linie dachte ich an den Bruder, der um dieses Unfalles willen mit siebzehn Jahren von zu Hause fortgeschickt wurde. Wie konnten sich Eltern einem Sohn gegenüber so verhalten, wie sehr auch immer sie den Bruder geliebt haben mochten, es sei denn, daß ... O nein, es war gewiß ein Unfall gewesen.

Ich wandte mich ab und ging hinaus auf den Friedhof. Die Stille um mich herum berührte mich zutiefst. Da stand ich inmitten der Gedenksteine für die Toten und sah aus einigen der Inschriften, daß sie dort seit mehr als hundertfünfzig Jahren standen – einige sogar noch länger; sie sahen hinfällig aus vor Alter, und auf einigen von ihnen hatte die Zeit Namen und Inschriften zum Teil ausgelöscht.

Ich fragte mich, ob Beaumont auch hier begraben lag. Wohl so gut wie sicher; und sein Grab würde ich gewiß finden können, denn den Stacys würde mit Sicherheit das prächtigste aller Grabmäler hier gehören.

Ich blickte mich um, und siehe da, dort war eines, das alle anderen an Größe weit hinter sich ließ. Es war mit einem schmiedeeisernen Geländer umgeben, und als ich den Namen Stacy las, wußte ich, daß dies die Familiengruft war. Marmorne Engelsfiguren mit gezogenen Schwertern standen an den vier Ecken, als wollten sie Eindringlinge abwehren; und da war ein mit einem Vorhängeschloß verschlossenes Tor, das in die Gruft hinabführte. Innerhalb der Einfriedung stand eine große Tafel mit den Namen, Geburts- und Todesdaten derer, die hier begraben lagen. Der letzte auf der Liste war Beaumont Stacy.

Schon im Gehen begriffen, fiel mir Isabella Stacy ein, in deren Zimmer ich gesessen und Klavier gespielt hatte, Beaumonts und Napiers Mutter. Sie lebte nicht mehr, doch wo war ihr Name? Er stand nicht auf der Tafel. Gewiß lag sie doch auch hier begraben?

Noch einmal studierte ich die Tafel; ich ging um das Grabmal herum; ich blickte mich um, als könnte ich des Rätsels Lösung hier auf dem Friedhof finden. Ich war von dem brennenden Wunsche erfüllt zu wissen, wo sie begraben lag und warum nicht hier.

Und auf dem Wege zurück zum Pfarrhaus wurde mir wiederum bewußt, daß die Seltsamkeiten dieser neuen Welt, in die ich so plötzlich hineingeraten war, mich mindestens ebenso stark beschäftigten wie das Rätsel um Romas Verschwinden.

Mrs. Rendall erwartete mich in der Diele des Pfarrhauses.

»Ich fragte mich bereits, was aus Ihnen geworden sei«, verkündete sie. »Ich habe dem Pastor gesagt, er solle Sie suchen.«

Ich erwiderte schnell: »Ich hatte ihn gebeten, mir allein die Kirche ansehen zu dürfen.«

»Allein!« Mrs. Rendall schien zwar überrascht, jedoch beruhigt. »Hoffentlich haben Ihnen unsere Fenster gefallen, Mrs. Verlaine. Sie gehören zu den schönsten im ganzen Land.«

Hastig versicherte ich, daß dies außer Frage stehe, und fügte hinzu, daß ich über den Friedhof gegangen sei und das Grabmal der Familie Stacy gesehen habe. War Lady Stacy nicht dort begraben? Ich hatte ihren Namen nicht entdecken können.

Mrs. Rendall sah erschrocken aus, was meiner Meinung nach bei ihr ein seltener Zustand sein mußte.

»Meiner Seel', Mrs. Verlaine«, sagte sie mit einem Anflug von Schärfe, »Sie sind ja ein regelrechter Detektiv.«

In jenem Augenblick war ich sicher, daß bei ihr der Verdacht wachgeworden war, daß ich nicht nur hergekommen war, um Musikstunden zu geben.

»Ich interessiere mich natürlich für alles, was mit der Familie zusammenhing«, sagte ich kühl.

»Und das spricht nur für Sie«, gab sie zurück. »Ich sage Ihnen folgendes: Lady Stacy ist nicht in der Gruft beigesetzt. Sie wissen wahrscheinlich, daß Selbstmörder nicht in geweihter Erde begraben werden.«

»Selbstmörder?« rief ich.

Sie nickte gemessen, während sich ihre Lippen mißbilligend zu einem schmalen Strich verkniffen. »Kurz nach Beaumonts Tod hat sie sich umgebracht. Alles sehr schrecklich. Sie ging mit einem Gewehr in den Wald ... und starb auf die gleiche Weise wie er ... nur, daß sie sich die Wunde selbst beibrachte.«

»Was für eine Tragödie.«

»Sie konnte das Leben ohne Beaumont nicht ertragen. Der Junge war ihr ein und alles. Ich glaube, sein Tod brachte sie um den Verstand.«

»Also war es eine doppelte Tragödie.«

»Alles ist oben im Haus dadurch anders geworden. Beaumont und Lady Stacy tot und Napier fortgeschickt. Und die Schuld an allem wurde Napier gegeben,«

»Aber es war doch ein Unfall.«

Mrs. Rendall nickte düster. »Er führte immer etwas im Schilde. Ein böser Junge ... so anders als sein Bruder. Fast schien es, als glaubten sie, es sei kein Unfall gewesen. Aber Blut ist dicker als Wasser, und Sir William wollte letzten Endes doch nicht, daß all das außerhalb der Familie bekannt wurde. Obwohl wir eine Zeitlang beinahe glaubten, er würde Napier enterben. Aber nun ist der ja wieder da und mit Edith verheiratet, so, wie Sir William es wünschte; es scheint also, daß Napier seinem Vater endlich zu Gefallen sein wollte ... um der Erbschaft willen natürlich.«

»Nun, ich hoffe, daß er glücklich wird«, sagte ich. »Er muß sehr gelitten haben. Was immer er getan hat, er war erst siebzehn zu der Zeit, und ihn auf diese Weise zu verbannen, erscheint mir eine entsetzliche Strafe.«

Mrs. Rendall schniefte. »Wenn Beau am Leben geblieben wäre, hätte Napier natürlich nicht geerbt. Das ist ein Gesichtspunkt.« Ich war einigermaßen empört für Napier – obwohl ich wirklich nicht wußte, warum ich ein derartiges Gefühl für jemanden hegen sollte, den ich auf Anhieb nicht gemocht hatte – es sei denn, aus Gerechtigkeitssinn. Ich entschied, daß Sir William ein Rabenvater war, dem ich ebensowenig Sympathie entgegenbringen würde, wie ich sie bereits seinem Sohn gegenüber verspürte.

Ich sagte jedoch nichts, und Mrs. Rendall bemerkte, vielleicht möchte ich ins Klassenzimmer kommen und Mr. Jeremy Brown kennenlernen.

Das Schulzimmer im Pfarrhaus war ein langgestreckter Raum mit ziemlich niederer Decke. Auch hier, wie oben im großen Haus, die kleinen, bleigefaßten Scheiben, die zwar reizend aussahen, jedoch wenig Licht hereinließen.

Ein bezauberndes Bild bot sich mir, als Mrs. Rendall ohne anzuklopfen die Tür aufstieß. Sie war wohl so ein Mensch, der meistens ohne Vorwarnung plötzlich dastand. An dem großen Tisch saßen die Mädchen – Edith unter ihnen – über ihre Arbeit gebeugt; als vierte war Sylvia hinzugekommen. Und am Kopfende des Tisches saß ein hellblonder, schmächtig wirkender junger Mann.

»Ich möchte Sie mit Mrs. Verlaine bekanntmachen«, dröhnte Mrs. Rendall. Der junge Mann stand auf und kam auf uns zu.

»Dies ist unser Vikar, Mr. Jeremy Brown«, fuhr Mrs. Rendall fort.

Ich tauschte einen Händedruck mit Mr. Brown, dessen Haltung beinahe etwas um Verzeihung Heischendes auszudrücken schien. Noch einer, der in Furcht vor dieser überwältigenden Dame lebt, mußte ich denken.

»Und was haben wir heute morgen, Mr. Brown?« fragte Mrs. Rendall.

»Latein und Geographie.«

Ich sah die Karten auf dem Tisch ausgebreitet und die Hefte der Mädchen daneben. Edith sah fröhlicher aus, als ich sie bisher gesehen hatte.

Mrs. Rendall bemerkte: »Mrs. Verlaine möchte sich von den Mädchen vorspielen lassen. Einzeln, nehme ich an?«

»Das wäre eine ausgezeichnete Idee.« Ich lächelte dem Vikar zu. »Wenn es Ihnen recht ist.«

»O ja, aber sicher«, antwortete er. Da bemerkte ich den entrückten Ausdruck in Ediths Augen.

Wie die Jungen sich verraten! Ich wußte also jetzt, daß

zwischen Edith und diesem Jeremy Brown eine – wenn auch vielleicht ganz zarte – romantische Anziehung bestand.

Wie hatte Mrs. Rendall gesagt: Ich war wie ein Detektiv.

*

Im Verlaufe der nächsten ein bis zwei Tage kam es zu einer regelmäßigen Tageseinteilung. Mahlzeiten mit Mrs. Lincroft, an denen oftmals Alice teilnahm; die Klavierstunden für die Mädchen – zum Teil im Pfarrhaus, wo es oftmals bequemer war, weil ich die Mädchen einzeln drannehmen konnte, während die anderen ihren Unterricht beim Pastor oder Jeremy Brown hatten. Da war auch Sylvia in Betracht zu ziehen. Sie war eine sehr gleichgültige Schülerin, die sich jedoch große Mühe gab – wahrscheinlich, weil sie Angst vor ihrer Mutter hatte für den Fall, daß sie versagte.

Die vier Mädchen interessierten mich, weil sie alle so grundverschieden waren; und wenn sie alle zusammen waren, hatte ich unwillkürlich das Gefühl, daß sie etwas Außergewöhnliches an sich hatten. Ich wußte nicht, ob dies in ihnen selbst oder in ihrem Verhältnis zueinander lag. Und ich sagte mir, es müsse wohl ihr ungewöhnlicher Hintergrund sein, die einer jeden von ihnen eigene Geschichte; die einzig durchschnittliche war Sylvia, und deren überwältigend dominierende Mutter konnte durchaus eine Wirkung auf ein Kind ausüben.

Allegra und Alice gingen jeden Morgen um halb neun hinüber ins Pfarrhaus, wo sie um neun Uhr mit dem Unterricht begannen.

An einigen Tagen folgte ich eine Stunde später. Manchmal ging Edith mit, nur um den Spaziergang, wie sie sagte. Doch ich hatte das Gefühl, daß es mehr war als das, was sie anzog. Mir gab es die Gelegenheit, die junge Mrs. Stacy kennenzulernen.

Sie war freundlich und unkompliziert, und ich hatte oftmals das Gefühl, als würde sie sich mir gern anvertrauen.

Ich wünschte, daß sie es tun möge, doch irgendwie schien sie immer dann zurückzuscheuen, wenn ich erwartete, etwas Wichtiges zu hören.

Ich hatte den Verdacht, daß sie sich vor ihrem Manne fürchtete; doch im Pfarrhaus, mit Jeremy Brown, wandelte sich ihr Wesen, und sie schien glücklich auf eine geheime Weise, wie ein Kind, das nach einer verbotenen, jedoch unwiderstehlichen Leckerei hascht. Vielleicht war ich zu neugierig, was die Angelegenheiten anderer Menschen anging; ich entschuldigte mich vor mir selbst. Ich war hier, um herauszufinden, was mit Roma geschehen war, und mußte deshalb alles über die Menschen meiner Umgebung herauszufinden suchen. Aber was hatten die Beziehungen zwischen Edith und ihrem Mann und dem jungen Vikar mit Roma zu tun? Nein, das war blanke Neugierde, hielt ich mir selbst vor, das ging mich überhaupt nichts an. Und dennoch . . .

Ich kann nur sagen, daß der Wunsch, um diese Dinge zu wissen, zu tief saß, um sich unterdrücken zu lassen; und ich hatte das Gefühl, daß Edith, arglos und leicht durchschaubar, wie sie war, meine beste Informationsquelle sein würde.

Als sie anbot, mich nach Walmer und Deal, der einige Meilen entfernten Zwillingsstadt an der Küste, zu fahren, war ich hocherfreut, und wir machten uns eines Morgens auf den Weg, als die Mädchen zum Pfarrhaus gingen.

Es war ein zauberhafter Apriltag; das Meer schimmerte in vielerlei Farben, und eine leichte Brise wehte vom Wasser her. Die Ginsterbüsche waren flammendgelbe Bälle; und unter den Hecken sah ich hie und da wilde Veilchen und Sauerklee. Und weil es Frühling war, ich den guten Geruch der Erde roch und die sanfte Wärme der Sonne spürte, war ich hochgestimmt. Ich weiß eigentlich nicht recht, wieso, außer, daß die knospenden Büsche und Sträucher, das Vogelgezwitscher und der Sonnenschein etwas wie eine Verheißung zu enthalten schienen, und ich erfuhr das Frühlingsfieber, das mich glauben ließ, daß im Erwachen der

Natur zu neuem Leben etwas Symbolisches liegt. Immer wieder klang Vogelgesang auf – Grasmücken und Schwalben, Uferschilfsänger und andere Singvögel. Keine Spur von den Möwen, deren melancholisches Geschrei ich bei düsterem Wetter schon gehört hatte.

»Sie kommen landeinwärts, wenn es stürmt«, bemerkte Edith. »Daß sie nicht da sind – könnte also für heute schönes Wetter bedeuten.«

Ich sagte, daß ich noch nie so viel und so schönen Ginster gesehen habe, worauf Edith mich fragte, ob ich das alte Sprichwort kenne, »wenn der Ginster blüht, ist Küssenszeit«.

Mit einem sehr reizenden Lächeln fuhr sie fort: »Das ist ein Ulk, Mrs. Verlaine, weil irgendwo in England zu jeder Jahreszeit der Ginster blüht.«

Sie war lebhaft geworden, und es machte ihr ganz offenbar Spaß, mir die Gegend zu zeigen. Mir wurde wieder einmal sehr klar, was für ein Stadtmensch ich war. Die Londoner Parks, die Tuilerien und der Bois de Boulogne waren für mich »Natur« gewesen. Dies jedoch war etwas ganz anderes, und ich genoß es.

Sie brachte den leichten Wagen zum Stehen und erklärte mir, wo ich die Zinnen von Walmer Castle sehen konnte. »Es gab drei Kastelle«, erzählte sie, »alle nur ein paar Meilen voneinander entfernt. Nur zwei sind noch erhalten. Sandown ist eine Ruine. Sie wurde vom Meer unterspült. Die Kastelle Deal und Walmer sind dagegen tadellos erhalten. Aus der Luft könnten Sie sehen, daß sie beide in der Form der Tudor-Rose angelegt sind. Es sind nur kleine Kastelle ... eigentlich Befestigungen zum Schutz der Küste und der Schiffahrt in den Downs – das sind die vier Meilen zwischen der Küste und den Goodwins.«

Ich blickte auf die grauen Steinmauern des Kastells, Heim des Hafenmeisters der *Cinque Ports,* und dann zurück aufs Meer.

»Sie suchen nach den Wracks auf den Goodwins«, sagte

Edith. »Heute müßte man sie sehen können. O ja, da ...« Sie zeigte, und da sah ich sie – die traurigen Masten, die auf die Entfernung nur wie dünne Stifte aussahen.

»Die Sandbänke werden Schiffsfresser genannt«, sagte Edith zusammenschauernd. »Ich war einmal dort. Mein ... mein Mann hat mich mitgenommen. Er fand, ich sollte ... ich sollte lernen, meine Angst vor Dingen zu überwinden. Er hat natürlich recht«, fügte sie halb entschuldigend hinzu.

»Sie sind also tatsächlich dort draußen gewesen.«

»Ja, er ... er sagte, es sei durchaus sicher ... zur richtigen Zeit.«

»Und wie war es?«

Sie schloß halb die Augen. »Verlassen«, sagte sie und fuhr schnell fort: »Bei Flut sind die Sandbänke ganz überspült ... selbst die höchste Stelle liegt dann zwischen zwei und drei Meter unter Wasser. Man kann sich einfach nicht vorstellen, daß sie da sind. Deshalb sind sie auch so gefährlich. Stellen Sie sich vor, die Seeleute früher, die keine Ahnung hatten, daß knapp drei Meter unter Wasser diese schrecklichen Sandbänke darauf lauerten, sie zu verschlingen.«

»Und als Sie dort waren?« bohrte ich weiter.

»Das war bei Ebbe«, sagte sie; und ich hatte das Gefühl, daß sie gegen ihren Willen davon erzählte und weil sie nicht anders konnte. »Das ist doch die einzige Zeit, um sie zu sehen, nicht wahr, denn wenn sie unter Wasser sind, kann man ja nichts sehen, dann weiß man nur, daß sie da sind. Das wäre noch viel schrecklicher gewesen – finden Sie nicht, Mrs. Verlaine? Dinge, die man nicht sehen kann, sie sind viel unheimlicher als solche, die man sieht.«

»Ja«, stimmte ich zu, »das ist richtig.«

»Aber ... es war Ebbe, und ich sah die Sandbänke ... wunderschöner, heller, sauberer Sand, über und über gerippt. Dazwischen tiefe Löcher, die waren voller Wasser; und man sieht, wie der Sand in Bewegung ist; wie er ganz seltsame Formen bildet, ... manche sehen aus wie Ungeheuer mit Krallen ... die nur darauf warten, jeden zu pakken und hinabzuziehen, der seinen Fuß dorthin setzt. Möwen kreisten darüber. Ihr Schreien hörte sich so traurig an, Mrs. Verlaine. Ach, es war zum Fürchten, so einsam, so verlassen. Auf den Sandbänken soll es spuken, wird gesagt. Ich habe mit einem der Männer vom Feuerschiff Goodwin-Nord gesprochen, und er sagt, manchmal, wenn er auf Wache ist, hört er wilde, herzzerreißende Schreie von den Sandbänken. Das sollen wohl die Möwen sein, aber er war nicht so sicher. Schreckliche Dinge sind dort passiert, und so kann es durchaus sein . . .«

»An einem solchen Ort hat man wahrscheinlich die seltsamsten Vorstellungen.«

»Ja, aber es ist etwas so Grausames um die Sandbänke. Mein Mann hat mir davon erzählt. Er sagt, je mehr man versucht, sich zu befreien, desto tiefer sinkt man ein. Ganz früher gab es kein Feuerschiff. Aber jetzt ist es da, und die Leute sagen, das Feuerschiff Goodwin ist das Beste, was für die Seeleute auf allen Meeren je getan wurde. Wenn Sie die Sandbänke sehen könnten, Mrs. Verlaine, würden Sie das glauben.«

»Ich glaube es schon jetzt.«

Sie zog sacht an den Zügeln, und das Pferd trottete weiter. Ich dachte an Napier, der sie mitgenommen hatte nach den Goodwins. Ich konnte mir ihr Widerstreben vorstellen. Sicher hatte er gelacht über ihre Feigheit und sich selbst eingeredet, er müsse sie lehren, mutig zu sein, während es im Grunde nichts weiter war als die Befriedigung eines sadistischen Wunsches in ihm, ihr weh zu tun.

Sie wechselte das Thema und erzählte mir, wie ihr Vater sie als ganz kleines Mädchen nach Lovat Stacy zu bringen pflegte. Damals mußte es eine Art Eldorado gewesen sein.

»Alles in Lovat Stacy erschien mir aufregend«, sagte sie. »Aber damals lebte natürlich Beau noch.«

»Sie erinnern sich gut an ihn?«

»O ja, Beau kann man nicht vergessen. Er war wie ein Ritter . . . wie ein Ritter in schimmernder Rüstung. In einem meiner Bücher hatte ich ein Bild – und der Ritter sah wirklich genauso aus wie Beau. Ich war erst ungefähr vier Jahre alt, und er setzte mich auf ein Pony und hielt mich fest.«

Ihre Züge verklärten sich ein wenig. »Damit ich keine Angst hatte. Manchmal setzte er mich auch auf ein Pferd und hielt mich fest. ›Keine Angst, Edith‹, sagte er dann. ›Ich bin ja da.‹«

Arme Edith, deutlicher konnte sie es gar nicht zum Ausdruck bringen, daß sie die beiden Brüder miteinander verglich.

»Sie . . . mochten Beau also gern«, drang ich unbarmherzig weiter in sie.

»Jeder mochte ihn. Er war so liebenswürdig . . . nie böse.« Wieder arbeitete es in ihren Zügen. Also war Napier häufig böse, war ungeduldig ob ihrer Einfachheit und Unerfahrenheit.

»Beau lachte immer«, fuhr sie fort. »Er lachte über alles. Er schien an die drei Meter groß zu sein, und ich war so klein. Plötzlich kam ich dann nicht mehr zu Besuch nach Lovat Stacy und war todtraurig. Als ich schließlich wiederkam, hatte sich alles verändert.«

»Aber früher, als Sie zu Besuch kamen, war Ihr Mann doch auch da.«

»Sicher war er da. Nur nahm er nie Notiz von mir. Ich erinnere mich nur wenig an ihn. Nach langer Zeit – mir schien es eine sehr lange Zeit – brachte mein Vater mich wieder her, und da war keiner von beiden da. Alles hatte sich verändert. Doch Alice und Allegra waren da, und so waren wir zu dritt – obwohl die beiden so sehr viel jünger schienen.«

»Zumindest hatten Sie jemanden zum Spielen.«

»Ja.« Sie blickte zweifelnd drein. »Ich glaube, Papa machte sich Sorgen meinetwegen. Er wußte, daß er nicht mehr lange leben würde, weil er die Schwindsucht hatte; deshalb machte er Sir William zu meinem Vormund, und ich kam hierher, als Vater starb.«

Arme Edith, die nie die Möglichkeit gehabt hatte, über ihr eigenes Leben zu bestimmen.

»Nun, jetzt sind Sie die Herrin des Hauses, und das muß Sie sehr stolz machen.«

»Ich habe das Haus schon immer geliebt«, nickte sie.

»Sie sollten glücklich sein, nun alles so geordnet ist.«

Was für eine dumme und banale Bemerkung, denn ganz offenbar war sie weder glücklich, noch waren die Dinge auch nur im entferntesten geordnet.

Wir waren jetzt heruntergekommen ans Meer, das sich gegen den steinigen Strand sanft hob und senkte.

»Dies ist die Stelle, wo Julius Cäsar landete«, sagte Edith. Und sie hielt den Wagen einen Augenblick lang an, damit ich es mit Bewußtsein in mich aufnehmen konnte.

»Sehr viel anders sah es damals auch nicht aus«, fuhr sie fort. »Wie hätte es auch. Natürlich, die Kastelle waren nicht da. Was er wohl dachte, als er Britannien zuerst sah.«

»Eines dürfte so gut wie sicher sein: Er wird kaum viel Zeit gehabt haben, die Landschaft zu bewundern.«

Vor uns lag jetzt die Stadt Deal, deren Häuserreihen bis fast herunter an den steinigen Strand reichten, auf dem viele Boote so dicht vor den Häusern lagen, daß ihre Besanbäume sich beinahe in sie hineinzubohren schienen.

Edith erzählte mir, daß die gelben »Katzen«, die kleinen Logger, dazu benutzt wurden, die großen Schiffe, die in den Downs vor Anker lagen, mit Treibstoff zu versorgen.

Wir fuhren am Kastell Deal vorüber – eine Rundanlage mit vier Bastionen, schmalen, in die Mauern gehauenen Guckscharten, Zugbrücke, Tor mit Zinnen und dick beschlagener Tür – so lag es tief hinter dem grasüberwucherten Festungsgraben. Und weiter ging es in die Stadt.

Sie bot an diesem herrlichen Frühlingsmorgen einen geschäftigen Anblick. Einige Fischerboote waren gerade hereingekommen und verkauften ihren Fang. Ein Fischer brachte Hummerkörbe herein – ein anderer flickte seine Netze. Ich sah im Vorüberfahren Seezungen und Schellfisch, und der Geruch von Fischen und Seetang mischte sich in die salzige Meeresluft.

Edith wollte Einkäufe machen, und sie fuhr mich vom Wasser landeinwärts zu einem Gasthaus, wo sie den Wagen lassen wollte. Sie schlug mir vor, ein wenig auf eigene Faust durch die Stadt zu streichen, während sie durch die Geschäfte ging.

Da ich das Gefühl hatte, daß sie gern allein sein wollte, willigte ich ein und verbrachte eine vergnügliche Stunde, mich durch ein Gewirr enger Straßen mit reizenden Namen zu winden – Goldstraße, Silberstraße, Delphinstraße. Ich wanderte am Meer entlang bis zu den Ruinen des Kastells Sandown, jener Festung, die der Zeit und dem Meer nicht standgehalten hatte, und dann saß ich eine Weile auf einer Bank, die geschickt in eine durch den ausbröckelnden Fels auf natürliche Weise entstandene Nische eingepaßt war. Von dort blickte ich über die glatte See und suchte mit den Augen die Masten auf jenen die Schiffe ins Verderben ziehenden Sandbänken – Mahnung daran, wie schnell sich die Dinge ändern können.

Als ich zurückkam zum Gasthaus, wo ich Edith wieder treffen sollte, war sie nicht dort, und so setzte ich mich draußen in einen der Korbstühle, um auf sie zu warten. Um ja nicht zu spät zu kommen, war ich zehn Minuten zu früh dagewesen, doch ich hatte einen angenehmen Vormittag verbracht und fühlte mich rundherum befriedigt.

Dann sah ich Edith. Sie war nicht allein. Jeremy Brown war bei ihr, und ich fragte mich, ob sie wohl verabredet gewesen waren. Mir schoß der Gedanke durch den Kopf, daß ich womöglich aufgefordert worden war, Edith zu begleiten, um jeden Verdacht auszuräumen, daß sie sich mit dem Vikar traf – falls ein solcher Verdacht bestand.

Sie waren anscheinend gerade im Begriff gewesen, sich zu verabschieden, als Edith mich bemerkte. Nicht zu übersehen, daß sie leicht verlegen war.

Ich stand auf und ging zu ihnen hinüber. »Ich war etwas

zu früh da«, sagte ich. »Ich befürchtete, mich in den Entfernungen zu täuschen.«

Jeremy Brown erklärte mit seinem offenen und entwaffnenden Lächeln: »Heute morgen hat der Pastor den Unterricht bei den Mädchen übernommen. Er meint, das ab und zu tun zu müssen. Ich hatte ein paar Besuche zu machen . . . und da bin ich also.«

Ich fragte mich, warum er meinte, mir das erklären zu müssen.

»Wir . . . haben uns ganz zufällig getroffen«, sagte Edith in der immer etwas peinlichen, atemlosen Weise von Menschen, die nicht gewöhnt sind, die Unwahrheit zu sagen.

»Wie nett.« Ich bemerkte, daß sie keine Pakete trug, doch vielleicht lagen ihre Einkäufe bereits im Wagen.

»Mrs. Verlaine«, fuhr Edith fort, »Sie sollten den hiesigen Apfelwein probieren. Er ist sehr gut.«

Sie blickte bittend auf den Vikar, der seinerseits erklärte: »Ja, ich bin auch durstig. Trinken wir alle ein Glas.« Er lächelte mich an. »Sehr stark ist der Wein nicht, und ich nehme an, Sie haben ebenfalls Durst.«

Ich würde den Apfelwein gern versuchen, versicherte ich, und da die Sonne schien und wir im Windschatten saßen, beschlossen wir, unser Glas draußen zu trinken. Während Jeremy Brown hineinging, um zu bestellen, lächelte Edith mir fast entschuldigend zu, doch ich wich ihrem Blick aus.

Sie sollte keinesfalls denken, daß ich ihrem Zusammentreffen mit dem Vikar irgendwelche besondere Bedeutung beimaß. Es war auch in der Tat lediglich ihr Verhalten, das Argwohn weckte, als gäbe es hier etwas zu verbergen.

Der Vikar kam zurück, und gleich darauf wurden uns drei Zinnkrüge gebracht. Es fühlte sich gut an, hier draußen in der Sonne zu sitzen. Ich bestritt die Unterhaltung fast allein, erzählte, wo ich überall gewesen war, wie reizend ich die Stadt fand, und stellte alle möglichen Fragen über die Boote, die am Strand lagen. Der Vikar wußte sehr viel über die Lokalgeschichte, wie es häufig bei Nichteinheimischen der Fall ist. Er sprach über den Schmuggel und daß viele der Boote vierzig Fuß lang und hohl waren; daß sie riesige Segel hatten, mit denen sie den Zollbooten entkommen und ihre Schmuggelware in Gestalt von Brandy, Seide und Tabak in Sicherheit bringen konnten. Viele der alten Gasthäuser hatten geheime Kellergewölbe, wo die Waren gelagert wurden, bis die Gefahr von seiten der Steuerbeamten vorüber war.

Solche Machenschaften waren hier keineswegs selten. Ich fand das alles sehr anregend, faul in der Sonne zu sitzen, während Edith vor Freude glühte, schwatzend und lachend, so daß sie ein ganz anderer Mensch zu sein schien.

Warum konnte sie nicht immer so sein? Die Antwort fand ich noch an demselben Morgen, denn noch während wir vergnügt zusammensaßen und plauderten, klapperten Pferdehufe in dem mit Kopfsteinen gepflasterten Hof nebenan, und eine Stimme sagte: »Ich komme in ungefähr einer Stunde wieder.« Eine wohlbekannte Stimme, die Edith erblassen ließ und meinen eigenen Herzschlag beschleunigte.

Edith war halb von ihrem Sitz aufgestanden, als Napier in Sicht kam.

Er sah uns sofort.

»Nanu«, sagte er und streifte Edith mit kaltem Blick. »Welch unerwartetes Vergnügen.« Dann sah er mich: »Und Mrs. Verlaine ist auch da . . .«

Ich blieb sitzen und sagte kühl: »Mrs. Stacy und ich sind zusammen gekommen. Wir trafen Mr. Brown.« Im selben Moment fragte ich mich, warum ich mich bemüßigt fühlte, solche Erklärung zu geben.

»Ich hoffe, ich störe kein fröhliches Beisammensein.«

Ich schwieg, und Edith sagte mit unsicherer Stimme: »Es ist, es ist nicht in diesem Sinne ein Beisammensein. Wir haben zufällig . . .«

»Das hat Mrs. Verlaine mir eben bereits gesagt. Ich hoffe, du erlaubst, daß ich mich auf einen Krug Apfelwein zu euch setze.« Er blickte mich an. »Er ist hervorragend, Mrs. Verlaine. Aber das wissen Sie sicher bereits.« Er winkte einem der Kellner, die lange, dunkle Mönchskutten mit Kordeln um die Mitte trugen, und bestellte seinen Apfelwein.

Als er sich mir gegenübersetzte, Edith zur einen und den Vikar auf der anderen Seite, war ich sicher, daß er die Verlegenheit der beiden spürte, und ich fragte mich, ob er die Ursache erriet.

»Es überrascht mich, Sie hier zu sehen«, sagte er zum Vikar. »Ich meinte immer, Sie seien so überarbeitet. Aber vorm Gasthaus sitzen und Apfelwein trinken . . . nun, das ist eine sehr angenehme Art von Arbeit, finden Sie nicht auch, Mrs. Verlaine?«

»Wir alle brauchen Augenblicke der Entspannung und arbeiten danach meiner Ansicht nach um so besser.«

»Sie haben recht . . . das haben Sie wahrscheinlich immer. Dennoch muß ich gestehen, daß es mich erfreut, Sie alle *so entspannt* zu finden. Was halten Sie von der Umgebung?«

»Faszinierend«, erwiderte ich.

»Mrs. Verlaine hat die Gegend bis Sandown erkundet«, sagte der Vikar.

»Was . . . allein?«

Der Vikar errötete; Edith schlug die Augen nieder. »Ich hatte einige Einkäufe zu machen . . .«

»Aber natürlich. Und Mrs. Verlaine konnten unsere Geschäfte nicht reizen. Warum auch? Soweit ich weiß, wohnten Sie bisher in London, Mrs. Verlaine, deshalb werden unsere kleinen Läden Ihrer Aufmerksamkeit kaum wert sein. Mit Edith ist das anders. Sie fährt durch die Gegend, um . . .«, er machte eine Pause und lächelte von Edith zum Vikar, »sich in den Geschäften umzusehen. Was hast du denn heute gekauft?«

Edith sah aus, als wollte sie jeden Moment in Tränen ausbrechen. »Ich konnte nicht finden, was ich suchte.«

»Nein?« Er sah überrascht aus, und wieder bezog sein Blick den Vikar ein.

»N . . . nein. Ich wollte ein . . . ein passendes Band haben.«

»Ach so«, sagte er.

»Es ist so schwierig, die Farben aufeinander abzustimmen«, warf ich ein.

»In diesen Kleinstädten sicher«, pflichtete er mir bei. Und ich dachte: Er weiß, daß sie hergekommen ist, um sich mit Jeremy zu treffen, und er ist verärgert darüber. Oder nicht? Ist es ihm einerlei? Will er die beiden nur in Verlegenheit setzen? Und warum hackt er so darauf herum, daß ich aus London komme? Warum sollte er böse auf *mich* sein?

»Nun, Mrs. Verlaine«, sagte er jetzt, »was halten Sie von unserem Apfelwein?«

»Er ist ausgezeichnet.«

»Ein großes Lob.«

Er trank seinen Krug leer, stellte ihn auf den Tisch und stand auf.

»Sie werden entschuldigen, wenn ich mich davonmache. Ich habe zu tun. Ihr seid nicht hergeritten?«

Edith schüttelte den Kopf. »Wir sind in der Kutsche gekommen.«

»Ach ja, natürlich. Du wolltest alle deine Einkäufe unterbringen. Und Sie?« Damit hatte er seinen geringschätzigen Blick auf den Vikar gerichtet.

»Ich bin mit dem Dienstwagen hier.«

Er nickte. »Wohlüberlegt. Sie wollten bei den Einkäufen helfen. Aber nein, Sie haben sich ja zufällig getroffen, nicht wahr?«

Er ließ seine Augen kurz auf mir verweilen.

»Au revoir«, sagte er.

Und damit ging er.

Wir saßen stumm am Tisch. Es gab nichts zu sagen.

Während der Rückfahrt war Edith sehr nervös, und ein paarmal sah ich uns fast im Graben landen.

Was für eine explosive Situation, dachte ich; und ich fühlte tiefes Erbarmen mit dem jungen Mädchen neben mir, das kaum dem Schulzimmer entwachsen war. Wie würde sie mit der Katastrophe fertig werden, auf die sie möglicherweise zutrieb? Ich wünschte sie zu beschützen, doch ich wußte nicht, wie.

*

Ich saß im Wohnzimmer des Pfarrhauses, Allegra neben mir, und hörte mir in einiger Qual ihre Tonleiterübungen an.

Allegra gab sich nicht die geringste Mühe zu lernen. Edith besaß zumindest etwas Talent, Sylvia lebte in der Furcht vor ihren Eltern, und Alice war von Natur aus gewissenhaft. Doch Allegra war ohne jeden Ansporn; und sie würde sich um nichts und niemanden anstrengen.

Sie drückte in einem mißtönenden Finale auf die Tasten und wandte sich mir mit einem kleinen Grinsen zu.

»Werden Sie Sir William berichten, daß ich ein gänzlich hoffnungsloser Fall bin und daß Sie sich weigern, mir weiter Stunden zu geben?«

»Aber ich finde dich gar keinen hoffnungslosen Fall. Und ich weigere mich auch nicht, dich weiter zu unterrichten.«

»Sie haben wahrscheinlich Angst, daß Sie hier nicht mehr genügend Arbeit haben, wenn Sie eine Ihrer Schülerinnen gehen lassen.«

»Daran hatte ich noch gar nicht gedacht.«

»Warum sagten Sie dann, ich sei kein hoffnungsloser Fall?«

»Weil kein Fall hoffnungslos ist. Mit dir ist es schwierig – zugegeben –, und das liegt großenteils an dir selbst – doch hoffnungslos ist es nicht.«

Sie musterte mich interessiert. »Sie sind ganz anders als Miß Elgin«, sagte sie.

»Und warum sollte ich das nicht sein?«

»Sie unterrichten beide Musik.«

Ich zuckte ungeduldig die Schultern, nahm ein Notenblatt auf und stellte es auf den Ständer. »Los jetzt!« sagte ich.

Sie lächelte mich an. Sie war von einem herausfordernden Liebreiz. Trotz ihrer dunklen, fast schwarzen Haare hatte sie auffallend blaugraue Augen unter dunklen Brauen, und dichte schwarze Wimpern. Sie war zweifellos die Schönheit des Hauses, doch es war eine schwüle Schönheit, vor der es sich in acht zu nehmen galt. Sie war sich ihrer Wirkung auch zweifellos bewußt; sie trug eine grellrote Korallenkette – schmale lange Korallen, so eng aufgezogen, daß sie aussahen wie Dornen.

Lachend sagte sie jetzt: »Sie brauchen gar nicht erst zu versuchen, wie Miß Elgin zu sein, denn Sie sind es nicht. Sie haben *gelebt.*«

»Nun«, sagte ich leichthin, »das hat sie auch.«

»Sie wissen doch, was ich mit leben meine. *Ich* habe vor zu leben. Ich werde wohl so sein wie mein Vater.«

»Dein Vater?«

Wieder dies Lachen, leise, spöttisch – wie ich es bereits an ihr kannte.

»Hat niemand Ihnen von meiner unglaublichen Herkunft erzählt? Sie kennen meinen Vater – Mr. Napier Stacy.«

»Du willst sagen, daß er . . .«

Sie nickte übermütig, sich offenbar an meinem Unbehagen weidend.

»Deshalb bin ich hier. Sir William konnte schlecht seine eigene Enkelin fortschicken, nicht wahr?« Der spöttische Gesichtsausdruck verschwand. Angst wurde sichtbar. »Das würde er nicht tun. Einerlei, was ich täte. Ich bin schließlich seine Enkelin, oder nicht?«

»Wenn Napier Stacy wirklich dein Vater ist, dürfte das zweifellos zutreffen.«

»Sie sagen das so, als ob Sie es bezweifeln, Mrs. Verlaine. Das müssen Sie nicht tun, denn Napier selbst erkennt mich als sein Kind an.«

»In dem Falle müssen wir die Tatsache akzeptieren«, sagte ich.

»Ich bin il-le-gi-tim.« Sie dehnte das Wort, als koste sie jede Silbe einzeln aus. »Und meine Mutter . . . möchten Sie von ihr hören? Sie war eine halbe Zigeunerin und hat hier gearbeitet . . . in der Küche. Ich glaube, ich sehe ihr sehr ähnlich, nur daß sie dunkler war als ich . . . mehr wie eine Zigeunerin. Sie ging fort, nachdem ich geboren war. Sie konnte nicht in einem Haus leben.« Mit einer angenehmen, etwas rauhen Stimme begann sie zu singen:

»Sie zog mit dem Zigeunergesindel, Zigeunergesindel . . .«

Sie ließ mich nicht aus den Augen, um die Wirkung ihrer Worte zu sehen, und schien sich diebisch zu freuen, daß ich sichtbar überrumpelt war von diesen weiteren Enthüllungen zu Napiers Charakter.

»Ich habe etwas Zigeunerblut, aber ich bin auch eine Stacy. Ich würde niemals mein Federbett aufgeben oder meine hochhackigen Schuhe ausziehen – die ich ja vorläufig noch nicht tragen darf. Aber ich werde sie tragen, und ich werde Juwelen im Haar haben, und ich werde auf Bälle gehen, und ich werde nie, nie . . . nie von Lovat Stacy fortgehen.«

»Es freut mich«, erwiderte ich kühl, »daß du dein Zuhause zu schätzen weißt. Und jetzt wollen wir dieses Stück versuchen. Es ist ganz einfach. Spiele es erst ganz langsam und versuche zu fühlen, was die Musik sagen will.«

Mit einer Grimasse wandte sie sich wieder dem Klavier zu. Doch sie war unaufmerksam und mit den Gedanken weit fort; mir ging es ebenso. Ich dachte an Napier, den bösen Jungen, der so viel Unheil über sein Heim gebracht hatte, daß er fortgeschickt werden mußte.

*

»Ich frage mich oft«, sagte Allegra völlig unvermittelt, »was wohl aus dieser Frau geworden ist, die verschwand.«

Wir tranken Tee im Schulzimmer – die vier Mädchen und ich, denn Sylvia war bei uns.

Ich ließ beinahe meine Teetasse fallen. Ich hatte zwar versucht, die Leute zum Reden über Roma zu bringen, und doch war es ein Schock, wenn jemand es von sich aus tat.

»Welche Frau?« fragte ich – genügend arglos, wie ich hoffte.

»Nun, die Frau, die hier war und Sachen ausgrub«, sagte Allegra. »Die Leute sprechen jetzt nicht mehr viel davon.«

»Zu jener Zeit wurde von kaum etwas anderem geredet«, warf Sylvia ein.

»Nun, es verschwindet nicht jeden Tag jemand.« Ich sprach in beiläufigem Ton. »Was ist denn nach eurer Meinung passiert?«

Sylvia sagte: »Meine Mutter meint, sie haben das alles mit Absicht so gemacht, damit geredet wurde. Es gibt solche Leute.«

»Zu welchem Zweck?« fragte ich.

»Um sich wichtig zu machen.«

»Aber dann wäre sie doch nicht im verborgenen geblieben. Wie hätte sie sich dann wichtig machen können?«

»Meine Mutter sagt das aber«, beharrte Sylvia.

»Alice hat eine Geschichte darüber geschrieben«, sagte Edith ruhig.

Alice errötete und senkte die Augen.

»Die war sehr gut«, fügte Allegra hinzu. »Uns standen die Haare zu Berge . . . das heißt, sie hätten es getan, wenn sie es könnten. Haben Ihnen die Haare schon einmal zu Berge gestanden, Mrs. Verlaine?«

»Nicht daß ich wüßte«, sagte ich.

»Mrs. Verlaine erinnert mich an Miß Brandon«, sagte Alice.

Vor Schrecken begann mein Herz wie wild zu klopfen.

»Wieso?« fragte ich. »In welcher Beziehung?«

»Weil Sie so *genau* sind, und das sind nur wenige Menschen«, erklärte Alice. »Die meisten Menschen würden sagen ›Nein, mir haben die Haare noch nicht zu Berge gestanden‹ oder ›Ja, mir haben sie zu Berge gestanden‹, und dann würden sie irgendeine ganz übertriebene Geschichte erzählen. Sie sagen, ›nicht daß ich wüßte‹, und das ist ganz präzise. Miß Brandon war auch so. Sie sagte, bei ihrer Arbeit müsse sie das sein.«

»Du scheinst dich ja recht oft mit ihr unterhalten zu haben.«

»Das haben wir alle von Zeit zu Zeit getan«, sagte Alice. »Auch Mr. Napier. Er war sehr interessiert. Sie hat ihm immer alles mögliche gezeigt.«

»Ja«, sagte Sylvia. »Ich erinnere mich, wie meine Mutter es bemerkte.«

»Deine Mutter bemerkt alles . . . besonders nicht sehr nette Dinge«, warf Allegra ein.

»Was war denn nicht nett daran, daß Mr. Napier sich für die römischen Überreste interessierte?« fragte ich. Die Mädchen blieben stumm, obgleich Allegra den Mund geöffnet hatte, um etwas zu sagen.

Plötzlich erklärte Alice: »Es ist sehr schön, sich für die römischen Überreste zu interessieren. Die Römer hatten Katakomben, Mrs. Verlaine, wußten Sie das?«

»Ja.«

»Natürlich wußte sie das!« schalt Allegra. »Mrs. Verlaine weiß sehr viel.«

»Ein Labyrinth von Gängen«, sagte Alice mit verträumten Augen. »Da versteckten sich Christen, und ihre Feinde konnten sie nicht finden.«

»Sie wird eine Geschichte darüber schreiben«, kommentierte Allegra.

»Wie könnte ich das, ich habe sie nie gesehen.«

»Aber du hast doch über das Verschwinden von Miß Brandon geschrieben«, bemerkte Edith. »Das war eine wunderbare Geschichte. Sie sollten sie auch lesen, Mrs. Verlaine.«

»Sie handelt davon, wie die Götter böse wurden und sie in etwas anderes verwandelten«, erläuterte Sylvia. »Und das stimmt«, ereiferte sich Alice. »Sie haben Menschen in Sterne und Bäume und Ochsen und Büsche verwandelt, wenn sie zornig waren, und deshalb ist es nur natürlich, daß sie Miß Brandon in etwas verwandelten.«

»In was wurde sie in deiner Geschichte denn verwandelt?« fragte ich.

»Das ist das Merkwürdige«, sagte Edith. »Wir wissen es nicht. Alice sagt es uns nicht. In der Geschichte rächen die Götter sich und verwandeln sie in etwas, aber Alice will einfach nicht sagen, in was.«

»Das muß der Phantasie des Lesers überlassen bleiben«, erklärte Alice. »*Jeder* kann Miß Brandon in das verwandeln, was er möchte.«

»Ich habe ein merkwürdiges Gefühl dabei«, rief Allegra. »Man stelle sich doch bloß vor: Miß Brandon ist in etwas verwandelt, und wir wissen nicht, in was.«

»Oh ... wie aufregend!« quietschte Sylvia.

»Sogar deine Mutter weiß nicht, in was«, neckte Allegra sie. Dann rief sie: »Und wenn es Mrs. Verlaine wäre?«

Vier Augenpaare studierten mich eingehend.

»Wenn ich es mir recht überlege«, sagte Allegra spöttisch und voller Mutwillen, »sieht sie ihr ähnlich.«

»Wie meinst du das?« fragte ich.

»Vielleicht ist es Ihre Art zu reden. Aber irgendwas ...«

»Ich glaube, wir setzen Mrs. Verlaine in Verlegenheit«, beendete Edith das Thema.

*

Ich war gerührt, daß Edith sich in meiner Gesellschaft wohl zu fühlen schien. Es war für sie aber wohl natürlich, sich an mich anzuschließen. Im Alter stand sie zwar den Mädchen näher, doch ich war verheiratet gewesen, und das verband uns. Sie erschien mir zutiefst bemitleidenswert, und ich wünschte sehr, ihr helfen zu können.

Eines Nachmittags wollte sie wissen, ob ich reiten könne, und als ich erklärte, daß ich zwar etwas geritten sei, jedoch keine sehr große Fertigkeit in dieser Kunst besitze, fragte sie mich, ob ich mit ihr ausreiten würde. »Ich habe aber nicht die entsprechende Kleidung.«

»Ich könnte Ihnen etwas leihen. Wir haben fast die gleiche Figur, nicht wahr?«

Ich war größer als sie und nicht so schlank, doch sie bestand darauf, daß eines ihrer Reitkleider mir gewiß passen würde.

Sie legte einen rührenden Eifer an den Tag. Warum? Ich wußte es wohl. Sie war eine schlechte Reiterin; sie wollte besser werden, und dafür mußte sie üben. Warum also nicht mit mir trainieren, damit sie beim Ausreiten mit ihrem Mann sicherer im Sattel saß.

Ich willigte ein – nicht ohne Zögern – und sie nahm mich mit auf ihr Zimmer, wo ich sehr bald in einer Reiterausrüstung dastand – ein langer Rock, eine olivgrüne, enganliegende Jacke und ein schwarzer Reithut.

»Wie sehen Sie elegant aus«, rief sie erfreut, und ich war auch nicht gerade unzufrieden mit meinem Spiegelbild. »Ich freue mich so.« Ihre Augen bettelten. »Wir könnten oft zusammen ausreiten, nicht wahr?«

»Nun, ich bin hier, um Musikstunden zu geben – vergessen Sie das nicht.«

»Aber doch nicht den ganzen Tag. Und Sie brauchen Bewegung.« Sie schlang die Hände umeinander. »O Mrs. Verlaine. Ich freue mich so, daß Sie gekommen sind.«

Ich war ein wenig ratlos ob dieses Gefühlsausbruches. Ganz sicher war der Grund nicht darin zu suchen, daß sie eine besonders große Zuneigung für mich verspürte. Sie fühlte mein Interesse an Menschen; sie glaubte an meine Welterfahrung, und sie wollte sich gern jemandem anvertrauen. Arme Edith, sie war wirklich eine sehr mit Sorgen belastete junge Frau.

Wir gingen gemeinsam hinunter zu den Ställen, wo einer der Stallburschen Pferde für uns aussuchte.

Ich erklärte, daß ich eine rechte Anfängerin sei. »Ich bin nur in einer Londoner Reitschule geritten, gelegentlich auch in der Abteilung.«

»Nun, dann nehmen Sie *Honig*. Die ist so sanft wie ihr Name. Und Mrs. Stacy – Madam, für Sie nehmen wir wohl *Venus*.«

Edith sagte nervös: Nein, lieber nicht. Sie möchte ein Pferd, das ebenso sanft sei wie *Honig*.

Während wir aus den Ställen ritten, sagte Edith: »Mein Mann möchte, daß ich *Venus* reite. Er sagt, *Zuckerpuppe* ...«, dabei tippte sie ihrer Stute leicht auf den Hals, »ist für Kinder zum Üben. Die Mädchen lernen auf ihr. Sie hat ein völlig unempfindliches Maul. Aber ich fühle mich sehr wohl auf ihr.«

»Dann wird Ihnen der Ritt auch Spaß machen.«

»Es macht mir Spaß, mit Ihnen zu reiten, Mrs. Verlaine. Manchmal denke ich, daß ich nie eine gute Reiterin werde. Ich fürchte, ich bin eine große Enttäuschung für meinen Mann.«

»Nun, Reiten macht nicht das ganze Leben aus, nicht wahr?«

»Nein ... nein, sicher nicht.«

»Bitte, wählen Sie den Weg. Sie kennen sich besser aus als ich.«

»Ich werde Sie in Richtung Dover führen. Die Aussicht dort finde ich ganz besonders schön. Am Horizont das Kastell und dann der steile Abhang zum Hafen.«

»Mit Vergnügen«, sagte ich.

Es war ein herrlicher Tag; und ich sah Dinge um mich herum, die ich noch nie wahrgenommen hatte. Ich war hingerissen vom satten Purpur der Nesseln in einem Feld und den gelben Butterblumen auf den Wiesen.

»Von hier aus können Sie die römischen Überreste sehen«, sagte Edith. »Wenn Sie sich umdrehen.«

Ich tat es und dachte an Roma.

»Wir hätten es sicher gehört, wenn sie herausgefunden hätten, was mit dieser Frau passiert ist«, fuhr Edith fort. »Es ist entsetzlich, nicht wahr ... zu denken, daß jemand ... einfach so verschwindet. Ich frage mich, ob es vielleicht jemanden gab, der ... der sie aus dem Wege haben wollte.«

»Völlig ausgeschlossen«, erwiderte ich viel zu heftig.

Ich wandte mich ab von den Ruinen, und wir ritten weiter auf dem Küstenweg.

Das Meer war durchsichtig grün, und am Himmel zeigte sich kaum eine Wolke; die Luft war so klar, daß ich fern am Horizont die französische Küste erkennen konnte.

»Wie ist es schön«, sagte ich. Kurz vor Dover wies Edith auf ein Haus an der Straße, in dem es spuken sollte. »Wenn sie Pferdehufe hört, kommt eine Dame in Grau heraus. Die Leute sagen, sie wollte von zu Hause davonlaufen und eine vorüberfahrende Kutsche anhalten. Der Kutscher sah sie nicht und überfuhr sie . . . sie war tot. Sie hatte vor ihrem Mann fliehen wollen, weil er versuchte, sie zu vergiften.«

»Meinen Sie, daß sie herauskommen wird, wenn sie unsere Pferde hört?«

»Es muß Nacht sein. Nachts geschehen die schrecklichsten Dinge, nicht wahr? Obwohl sie sagen, daß diese Archäologin am hellichten Tage verschwand.«

Ich antwortete nicht. Meine Gedanken gingen zurück zu jenem Tage, als ich mit Roma nicht weit von dieser Stelle gestanden und auf das stolze Kastell geblickt hatte – Schlüssel und Festung Englands zugleich, wie es genannt wurde. Achthundert Jahre stand es dort, hatte der Zeit und den Elementen getrotzt, grimmige Warnung für jeden unwillkommenen Eindringling. Stolz auf den grasbewachsenen Hängen thronend war es ein Meisterwerk aus grauem Stein, gekrönt von der Zitadelle – so hielt es die Wacht über die schmale Stelle des Ärmelkanals. Die rechteckige Zitadelle, der Konstablerturm, verteidigt von der Zugbrücke und Fallgittern, die mittelalterlichen, halbrunden Türme, der tiefe Wallgraben, die mächtigen Strebepfeiler, die dicken Mauern – das alles war so eindrucksvoll, daß ich meine Augen nicht abwenden konnte.

»Sehr mächtig, nicht wahr?« sagte Edith beinahe zaghaft. »So furchterregend.«

»Prachtvoll«, erwiderte ich.

»Der Turm mit der gewölbten Toreinfahrt ist *Peverels Tower*, und drüben, an der Nordostmauer, das ist *Avran-*

ches Tower. Dort ist eine Plattform, von der die Bogenschützen ihre Pfeile abschossen. Im *St. Johns Tower* gibt es Falltüren und Plattformen mit allen möglichen Vorrichtungen, um geschmolzenes Blei und kochendes Öl hinabzugießen.« Sie schauerte zusammen. »Alles sehr schrecklich – aber faszinierend.«

Auch ich konnte Edith etwas zeigen – die Reste des römischen Leuchtturmes, der älter war als das Kastell selbst. Pharos hatte Roma ihn genannt.

»O ja«, sagte Edith, »dies ist wirklich eine Römergegend.«

»Könnte man nicht ganz England so bezeichnen?«

»Schon, aber hierher kamen sie zuerst. Denken Sie doch nur! Dieser Leuchtturm zeigte ihnen den Weg übers Meer.« Sie lachte etwas nervös auf. »Ich habe nie an die Römer gedacht, bis diese Leute kamen, die Archäologen, und weil all das in unserem eigenen Park entdeckt wurde.«

Während wir noch schauten, kam ein Reiter den Berg herauf auf uns zugeritten. Ich erkannte ihn ungefähr eine Sekunde eher als Edith. Später hörte ich, daß sie kurzsichtig war – und so konnte ich verfolgen, welche Veränderung mit ihr vorging.

Sie wurde erst sichtbar blaß, um gleich darauf tief zu erröten.

Napier zog den Hut und rief: »Welch unerwartetes Vergnügen!«

»Oh!« sagte Edith. Der Ausruf verriet Furcht und Schrekken; ich spürte, daß er es bemerkte – und sie daraufhin mit einem hämischen Blick bedachte. »Welches Pferd haben sie dir denn gegeben?« erkundigte er sich. »Den alten *Dobbin* aus der Kinderstube?«

»Es ist ... es ist *Zuckerpuppe*.«

»Und Mrs. Verlaine? Oh, warum haben Sie mir nicht gesagt, daß Sie reiten möchten. Ich hätte darauf gesehen, daß Sie ein Ihnen würdiges Pferd bekämen.«

»Und dessen wäre ich sicher in keiner Weise würdig gewesen. Ich bin keine gute Reiterin, Mr. Stacy. Dieses Pferd ist genau das richtige für mich. Mir wurde gesagt, die Stute sei so sanft wie ihr Name, und das ist es, was ich brauche.«

»O nein, da sind Sie durchaus im Unrecht. Ich werde darauf bestehen, daß Sie ein richtiges Pferd bekommen.«

»Ich glaube, Sie verstehen mich nicht. Ich bin nur selten geritten.«

»Eine Unterlassung, gegen die Sie etwas tun müssen. Reiten ist ein Vergnügen, dem Sie sich möglichst oft hingeben sollten. Die Bewegung ist gesund, und Freude macht es obendrein.«

»Ihrer Ansicht nach. Andere Leute ziehen vielleicht andere Beschäftigungen vor.«

Edith schien sich unbehaglich zu fühlen, ihr Selbstvertrauen war dahin.

»Waren Sie auf dem Rückweg?« fragte er. »Dann könnten wir gemeinsam zurückreiten.«

Der Heimweg war kein so angenehmes Dahinschlendern mehr, denn er gab sich nicht damit zufrieden, sein Pferd ruhig auf den Wegen dahingehen zu lassen. Er führte uns querfeldein; er ließ sein Pferd im kurzen Galopp gehen, und wir taten desgleichen. Als er in langgestreckten Galopp fiel, zog mein Pferd nach, und ich war durchaus nicht sicher, daß ich es hätte zurückhalten können, wenn ich es gewollt hätte. Ich sah, wie Edith sich totenblaß an ihre Zügel klammerte, und in mir stieg eine tiefe Erbitterung auf gegen diesen Mann, der sie unglücklich machte.

Wir waren in der Nähe des Hauses herausgekommen, in dem die graue Dame spukte, und Napier warf Edith einen prüfenden Blick zu, wie um festzustellen, welche Wirkung dies auf sie hatte. Ich merkte, daß sie sich dicht an meiner Seite gehalten hatte, und wußte, wie nervös sie war. Er wußte es auch und demütigte sie absichtlich. Er sorgte dafür, daß sie mit ihm ein Pferd ritt, vor dem sie sich fürchtete. Ich konnte mir gut vorstellen, wie er dann plötzlich einen langgestreckten Galopp vorlegte, dem sie folgen mußte.

Mir kam ein entsetzlicher Gedanke. Vielleicht war es der

Anblick des verlassenen, halbverfallenen Hauses, aus dem die graue Dame gekommen sein sollte. Ihr Mann hatte versucht, sie zu vergiften. Was war, wenn Napier sich Ediths zu entledigen suchte. Wenn er sie zu diesen Ritten mitnahm, auf denen er sie – geübter Reiter, der er war – an Orte führen konnte, die für eine so nervöse Reiterin gefährlich waren. Und wenn er dann an solcher gefährlichen Stelle seinem Pferd plötzlich die Sporen gab, daß er davongaloppierte, und Ediths Pferd folgte . . . und sie war nicht in der Lage, es zu halten . . .

Ein furchtbarer Gedanke, und doch . . .

Ich war vorgeritten und jetzt dicht neben ihm. Er sagte: »Mit mehr Übung würden Sie eine gute Reiterin abgeben. Aber Sie würden wohl alles gut machen, was Sie anpacken.«

»Ihre hohe Meinung ehrt mich.«

Von hinten rief Edith: »Wartet . . . bitte, wartet auf mich . . .«

Zuckerpuppe hatte den Kopf in die Hecke gesenkt und angefangen, Blätter abzurupfen. Edith zog an den Zügeln, doch das Pferd rührte sich nicht. Es hatte beinahe den Anschein, als ob es, von Mutwillen gepackt, genauso erpicht darauf war, Edith aus der Fassung zu bringen wie ihr Mann.

Napier wandte sich um und lächelte.

Arme Edith. Sie war dunkelrot vor Verlegenheit.

Dann sagte er: »Komm, *Zuckerpuppe*.«

Und brav ließ *Zuckerpuppe* die Blätter los und begann in die Richtung zu traben, aus der die Stimme kam, als wollte sie sagen: Seht ihr, wie zugänglich ich bin.

»Du solltest nicht dies Übungspferd reiten«, sagte Napier. »Du solltest bei *Venus* bleiben.«

Edith schien den Tränen nahe.

Ich hasse ihn, dachte ich. Er ist ein Sadist. Es bereitet ihm Vergnügen, sie zu verletzen.

Er schien meine Gefühle zu erraten und sagte: »Für Sie werde ich auch ein besseres Pferd aussuchen, Mrs. Verlaine, einerlei, was Sie sagen. Sie werden feststellen, daß *Ho-*

nig nur zu geneigt ist, Ihnen ähnliche faule Streiche zu spielen. Sie ist von zu vielen Kindern geplagt worden.«

Die Freude, die über diesem Vormittag gelegen hatte, war erloschen. Ich war froh, als Lovat Stacy in Sicht kam.

*

Seltsam, meine Abwehr gegen Napier Stacy bewirkte, daß ich mir meines Aussehens bewußt wurde, etwas, das mich seit Pietros Tod nicht mehr interessiert hatte. Ich stellte fest, daß ich mich fragte, wie ich in den Augen dieses Mannes wohl aussah. Wie eine Frau, welche die erste Jugend hinter sich hat – eine Frau mit einiger Lebenserfahrung, da Witwe. Groß, schlank, von blasser, wenn auch gesunder Gesichtsfarbe, die Pietro einst mit einer Magnolie verglichen hatte – ein Vergleich, der mich so entzückte, daß ich die Erinnerung daran wie einen Schatz bewahrte. Ich hatte eine kurze, recht kecke Nase, die ein klein wenig himmelwärts zeigte, und sich wenig vertrug mit meinen großen, dunklen Augen, die fast schwarz werden konnten, wenn ich sehr böse oder von Musik gefangengenommen war. Ich hatte dichtes, glattes, braunes Haar. Ich war keine Schönheit, doch keineswegs unattraktiv. Darüber war ich doch recht froh; die richtigen Farben und die richtigen Kleider wirkten im übrigen bei mir Wunder. Wie Essie Elgin es einst ausdrückte, bei mir »zahlte sich das Anziehen aus«.

Daran mußte ich denken, als ich ein blaßlila Kleid an mir glattstrich – eine der Farben, die mir am besten stehen – und meinen grauen Mantel anzog. Ich wollte spazierengehen. Ich hatte über viele Dinge nachzudenken. Da war zuerst meine Stellung hier. Ich hatte kein weiteres Mal für Sir William gespielt, und es war auch keine Rede davon gewesen, es für seine Gäste zu tun; und die Stunden für die Mädchen füllten mich wirklich nicht voll aus. Ich fragte mich, ob man zu dem Schluß kommen würde, daß ich mein täglich Brot nicht wert sei. Mrs. Lincroft hatte mir erzählt, daß Sir William gewisse Pläne habe, daß er sich jedoch seit meiner Ankunft nicht sehr wohl gefühlt habe. Wenn es ihm etwas bessergehe, würde ich mehr zu tun bekommen.

Ich wollte nicht zuviel an Napier Stacy denken. Es ist ein unerfreuliches Thema, sagte ich mir; doch ich machte mir viel Gedanken um seine Beziehung zu Edith. Und ich dachte ständig an Roma. Es drängte mich, meine Nachforschungen intensiv fortzusetzen, doch ich fürchtete, damit sofort Verdacht zu erregen. Ich hatte Bedenken, mein Interesse an ihr bereits zu offenkundig zur Schau getragen zu haben.

Die Gedanken an meine Schwester zogen mich an jenem Tage zu den Ruinen. Ich wanderte umher, die Erinnerung an sie so lebendig, daß ich sie fast neben mir zu fühlen meinte. Der Ort lag verlassen. Romas Entdeckungen waren wahrscheinlich geringfügig, verglichen mit vielen anderen im Lande; und nachdem die erste Aufregung abgeflaut war, kamen nur wenige Menschen, um sich die Ausgrabungen hier anzusehen. Ich sah mir die Bäder an und die Überreste der Heizungsanlagen unter den Fußböden, und ich meinte Romas Stimme zu hören und den Stolz, mit dem sie mir diese Dinge gezeigt hatte.

»Roma«, flüsterte ich vor mich hin. »Wo bist du, Roma?«

Ich sah sie so lebhaft vor mir – die vor Begeisterung leuchtenden Augen, die Kette aus rohen Steinen, die sich auf dem dunklen Kleid hob und senkte.

Als ob sie fortgegangen sein könnte, ohne mir zu sagen, wohin. Sie konnte nur tot sein.

»Tot!« flüsterte ich; und vor meinem inneren Auge standen unzählige Bilder aus unserer Kindheit auf. Die liebe, zuverlässige Roma, die nie auch nur einen Funken Bosheit in sich gehabt hatte und deren einziger Fehler eine gewisse, mitleidige Toleranz gegenüber jenen gewesen war, die sich außerstande sahen, die Freuden der Archäologie gebührend zu würdigen.

Ich ging zu dem kleinen Haus, in dem sie während jener Zeit, als die Ausgrabungen im Gange waren, gewohnt und das ich mit ihr geteilt hatte. Damals hatte ich keinen von den Menschen je zu Gesicht bekommen, die mir jetzt so vertraut wurden. Hatte Roma erwähnt, daß sie eine Schwester besaß? Kaum anzunehmen. Zufallsbekanntschaften gegenüber war sie nie sehr mitteilsam gewesen – es sei denn, es handelte sich um Archäologie; und falls mich jemand damals gesehen und jetzt erkannt hätte, wäre mir das gewiß aufgefallen. Als ich zuletzt hier war, liefen so viele Fremde an der »Buddelstelle« umher. Warum sollte einer davon besonders aufgefallen sein?

Die Hütte sah noch verwahrloster aus als früher. Ich stieß die unverschlossene Tür auf, die widerwillig in den Angeln quietschte. Warum sollte es mich erstaunen, daß sie nicht verschlossen war? Hier gab es nichts zu schützen.

Da war der wohlbekannte Raum . . . der Tisch, an dem ich gesessen und der Restaurierung des Mosaiks zugesehen hatte. Einige Pinsel lagen umher, eine Hacke, eine Schaufel und ein Eimer. Da war der alte Ölofen, auf dem Roma ihre schnellen Mahlzeiten gekocht hatte – und eine große Tonne, in der sie das Öl aufbewahrte. Alles gerade genug, um zu zeigen, daß hier Archäologen am Werke gewesen waren.

Und aus dieser Hütte war Roma eines Tages davongegangen, um nie mehr zurückzukehren.

Wohin, Roma, *wohin*?

Ich versuchte, mir vorzustellen, wohin sie gegangen sein konnte. Spazieren? Sie ging nie um des Gehens willen . . . nur, um von einem Ort zum anderen zu kommen. War sie schwimmen gegangen? Sie schwamm nur selten, da sie eigentlich nie Zeit dafür hatte.

Was war an jenem Tag geschehen, als sie ihre Sachen gepackt hatte und aus der Hütte gegangen war?

Irgendwo gab es die Antwort, und hier würde ich sie mit größerer Wahrscheinlichkeit finden als irgendwo sonst.

Ich begann die Treppe hinaufzugehen, die sich aus dem Zimmer nach oben wand und dort vor einer schweren Tür endete. Dahinter lag ein kleiner Abstellraum, aus dem wiederum eine Tür in ein Schlafzimmer führte, das auch nicht viel größer war als der Abstellraum. Es hatte ein winziges Fenster mit bleigefaßten Scheiben, und ich erinnerte mich, wie dunkel es drinnen selbst zur Mittagszeit gewesen war. Ich hatte auf einem Feldbett in diesem Schlafzimmer kampiert, und Roma hatte ihr Feldbett in dem Abstellraum aufgestellt.

Ich stieß die schwere Tür auf und blickte hinein. Die Betten waren fort. Roma hatte sie sicher fertig zum Abholen zusammengepackt, als sie davonging.

Ich schauderte zusammen. Die Steinwände waren dick, und es war kalt.

Und doch fühlte ich mich hier in dieser Hütte Roma sehr nahe.

Wieder und wieder murmelte ich ihren Namen. »Roma! Roma, was ist an jenem Tage geschehen?«

Ich sah sie in Gedanken an dem kleinen Fenster stehen und zur Ausgrabungsstätte hinüberschauen. Sie war völlig gefangengenommen gewesen von ihrer Arbeit hier. Sie sprach sogar davon, während sie sich eilig in dem auf dem alten Ölofen unten erwärmten Wasser wusch. Woran hatte sie an jenem letzten Tage gedacht? An ihre bevorstehende Abreise? An neue Pläne?

Und dann hatte sie ihren einfachen Mantel über ihr einfaches Kleid gezogen, als einzigen Schmuck eine Kette aus Karneolen oder seltsam geformten Türkisen . . . und war hinausgegangen in die frische Luft, die sie so liebte. Sie war über die Ausgrabungsstätte gegangen und weiter . . . ins dunkle Nichts.

Ich schloß die Augen. Ich sah sie so deutlich vor mir. Wohin? Warum?

Die Antwort konnte sich hier in dieser Hütte befinden. In diesem Augenblick hörte ich unten ein Geräusch. Mich fröstelte plötzlich, und mir lief ein Kribbeln den Rücken entlang. Ich dachte an Allegras Worte: »Haben Ihnen schon einmal die Haare zu Berge gestanden?«

Dabei schoß mir durch den Kopf, wie einsam die Hütte lag, und flüchtig mußte ich denken: Du bist hergekommen, um herauszufinden, was mit Roma geschah. Vielleicht erfährst du es, wenn dir das gleiche begegnet.

Schritte in der Stille, eine knarrende Diele. Jemand befand sich in der Hütte.

Ich blickte auf das Fenster. Ich wußte nur zu gut, wie klein es war. Es bot keine Fluchtmöglichkeit. Aber warum hatte ich ein so unheilvolles Gefühl, nur weil irgend jemand anders auch einen Blick in eine leere, unbewohnte Hütte werfen wollte?

Vielleicht ging meine Phantasie mit mir durch; doch mir war, als sei Roma ganz in meiner Nähe . . . mich zu warnen.

Ich preßte mich an die Wand und lauschte. Meine plötzliche Angst war die Folge überhitzter Einbildungskraft. Alles kam daher, daß Roma hier gewesen und ihr Geist noch gegenwärtig war, wie das bei gewaltsam aus dem Leben Geschiedenen der Fall sein soll. Ja, es war Romas Geist, der warnte: Gefahr.

Und dann hörte ich eine Stufe knarren, einen Schritt auf der Treppe. Jemand kam hinauf ins Schlafzimmer. Ich beschloß, dem Betreffenden, wer immer es sein mochte, kühn entgegenzutreten; also bohrte ich meine zitternden Hände in meine Manteltaschen und ging hinüber in den Abstellraum. Währenddessen wurde die schwere Tür vorsichtig geöffnet. Vor mir stand Napier. Er schien mich weit zu überragen: Er erschien so groß in diesem kleinen Raum, und mein Herz begann wie wild zu hämmern. Er lächelte, wohl wissend um meine Angst.

»Ich sah Sie in die Hütte hineingehen«, sagte er, »und fragte mich, was Sie hier wohl Interessantes finden könnten.« Als ich nicht antwortete, fuhr er fort: »Sie scheinen erstaunt, mich hier zu sehen.«

»Das bin ich auch.« Ich rang um Haltung, während ich mich voller Wut fragte, warum ich mich so albern anstellte – und warum ich auch noch so töricht war, es mir anmerken zu lassen. Dieser Mann war ein Grobian, dachte ich; und es machte ihm Vergnügen, anderen Menschen Furcht einzujagen. Deshalb war er so leise in die Hütte gekommen und verstohlen die Treppe heraufgeschlichen.

»Hielten Sie sich für die einzige, die sich für unsere Schätze der Vergangenheit interessiert?« Er sprach die Worte mit einer ganz besonderen Betonung – als wisse er, daß Romas Geist hier war, und als mache er sich darüber lustig.

»Keineswegs. Ich weiß, daß sich viele Leute dafür interessieren.«

»Aber nicht die Stacys. Wußten Sie, daß mein Vater anfangs versuchte, die Arbeiten zu verhindern?«

»Und er konnte es nicht?«

»Er wurde überredet. Und so ... im Namen der Kultur ... willigten die Philister ein.«

»Wie erfreulich für die Nachwelt, daß er überredet wurde.«

In seinen Augen erschien ein kleines Glitzern. »Der Triumph des Wissens über die Unwissenheit«, sagte er. »Eben.«

Ich machte einen Ansatz, an ihm vorbei auf die schwere Tür zuzugehen, und obwohl er mir nicht direkt den Weg versperrte, rührte er sich nicht, so daß ich dicht an ihm hätte vorüber müssen, um zur Tür zu gelangen. Ich zögerte also, um meinen Wunsch nach Flucht nicht deutlich werden zu lassen.

»Was veranlaßte Sie, hierherzukommen?« fragte er.

»Neugierde wahrscheinlich.«

»Sie sind sehr wißbegierig, Mrs. Verlaine?«

»So wißbegierig wie die meisten Menschen, denke ich.«

»Ich denke oftmals«, fuhr er fort, »daß die Wißbegierigen ein wenig verleumdet werden. Schließlich ist es im Grunde doch eine Tugend, sich für seine Mitmenschen zu interessieren. Finden Sie nicht?«

»Wenn Tugenden übertrieben werden, können sie zu Lastern werden.«

»Da haben Sie sicher recht. Wußten Sie, daß eine der Archäologinnen in diesem Häuschen wohnte?«

»Oh?« machte ich.

»Diejenige, die dann verschwand.«

»Was geschah mit ihr?«

»Ich schließe mich nicht der Lesart an, daß irgendein Römergott sie ergrimmt von der Erdoberfläche verschwinden ließ. Sie etwa?«

Er trat einen Schritt näher auf mich zu. »Sie erinnern mich an diese Archäologin.«

Er hielt die Augen fest auf mich gerichtet, und einen Moment lang dachte ich: Er weiß es. Er weiß, warum ich hierhergekommen bin. Es wäre ein leichtes, dahintergekommen zu sein, daß ich Romas Schwester war, Pietro Verlaines Frau . . . Womöglich hatte es sogar in den Zeitungen gestanden. Vielleicht wußte er, daß ich gekommen war, um herauszufinden, was hinter Romas Verschwinden steckte. Vielleicht . . .

Die wilden Gedanken, die einem in einer einsamen Hütte kommen, wenn man allein ist mit einem Mann . . . einem Mann, der seinen Bruder umgebracht hat . . .

Mühsam sagte ich: »Ich erinnere Sie . . . an sie?«

»Sie sehen ihr nicht ähnlich. Sie war nicht schön.« Ich errötete. »Ich wollte natürlich nicht . . .« Er hob die Hände in gespielter Verlegenheit. Er gab mir zu verstehen, ich habe sehr vorschnell geschlossen, daß er mir sagen wollte, ich sei schön. Welch Vergnügen es ihm bereitete, andere Menschen zu demütigen! »Sie wirkte so hingebungsvoll, so sicher, daß sie recht hatte.«

»Aha, und ich sehe ebenso aus?«

»Das habe ich nicht gesagt, Mrs. Verlaine. Ich sagte lediglich, daß Sie mich an diese arme Unglückliche erinnern.«

»Kannten Sie sie gut?«

»Ihre Hingabe lag auf der Hand. Man brauchte sie nicht sonderlich gut zu kennen, um das zu bemerken.«

Brüsk fragte ich: »Was ist mit ihr geschehen?«

»Fragen Sie mich um meine Theorie?«

»Wenn Sie nichts Besseres zu bieten haben.«

»Aber warum sollten Sie meinen, daß ich mehr als eine Theorie anzubieten hätte?«

»Sie kannten sie. Sie haben sie gesehen. Vielleicht wissen Sie deshalb etwas darüber, was für eine Art Mensch sie war ...«

»Oder ist«, sagte er. »Es besteht kein Grund, von ihr in der Vergangenheit zu sprechen. Wir wissen keineswegs mit Sicherheit, daß sie tot ist. Ich neige zu der Ansicht, daß sie davonfuhr zu irgendeinem Ausgrabungsobjekt. Aber es ist ein Rätsel. Und vielleicht wird es immer eines bleiben. Es gibt viele ungelöste Rätsel auf der Welt, Mrs. Verlaine. Und dieses ... es ist vielleicht eine Warnung, die Vergangenheit ruhen zu lassen.«

»Eine Warnung, die jeder Archäologe gewiß in den Wind schlagen wird.«

»Ihrem Ton nach zu urteilen, sind Sie durchaus der gleichen Meinung. Sie halten es also für gut und richtig, in der Vergangenheit zu stöbern?«

»Sie werden doch sicher zugeben, daß Archäologen wertvolle Arbeit leisten?«

Er lächelte – dieses träge Lächeln, das einen rasend machen konnte und das ich zu hassen begann.

»Also nicht«, sagte ich hitzig.

»Ich habe es nicht bestritten. Ich war mit meinen Gedanken gar nicht bei Archäologen. Sie sind besessen von dieser jungen Frau und ihrem Geschick. Ich sagte nur, ob Sie es für gut halten, in der Vergangenheit zu stöbern? Wir alle haben unsere Vergangenheit. Sie sind nicht das Privileg dieser Sandbuddler.«

»Unsere persönliche Vergangenheit ist unsere eigene Sache, finde ich. Nur die historische Vergangenheit sollte aufgedeckt werden.«

»Eine feine Unterscheidung – denn wer macht denn die historische Vergangenheit aus, wenn nicht einzelne Individuen? Ich war unverschämt – eine meiner nicht eben seltenen Angewohnheiten – und deutete an, daß Sie, ebenso wie ich, zweifellos vorziehen würden, die Vergangenheit zu vergessen. Ah, Sie finden mich . . . grob. Ich hätte das nicht sagen sollen. Das tut man nicht unter höflichen Menschen. Da sagt man ›Schönes Wetter heute, Mrs. Verlaine. Der Wind ist nicht mehr so kalt wie gestern‹. Dann reden wir über das Wetter der letzten Wochen und gehen angenehm unberührt auseinander, doch ebensogut hätten wir überhaupt nichts zu sagen brauchen. Sie haben also etwas gegen ungeschminkte Worte.«

»Sie ziehen voreilige Schlüsse, nicht wahr? Was die ungeschminkten Worte angeht, so wenden diejenigen, die sich etwas auf ihre angebliche Offenheit zugute halten, den Ausdruck meistens für ihre eigene Freimütigkeit an. Bei anderen Menschen nennen sie sie oftmals Rücksichtslosigkeit.«

Er lachte, und in seinen Augen glitzerte es auf. »Ich werde Ihnen beweisen, daß dies auf mich nicht zutrifft. Ich werde ganz offen über mich sprechen. Was haben Sie über mich gehört, Mrs. Verlaine? Ich weiß. Ich habe meinen Bruder umgebracht. Das haben Sie gehört.«

»Ich habe von einem Unfall gehört.«

»So etwas nennt man im allgemeinen eine diplomatische Formulierung.«

»Ich versuchte keineswegs, diplomatisch zu sein. Ich habe ganz offen gesprochen. Ich hörte, daß es einen tödlichen Unfall gab; und ich weiß, daß solche Dinge vorkommen.«

Er zog die Schultern in die Höhe, den Kopf schiefgeneigt.

»Und«, sagte ich, »obwohl sie sehr traurig sind, sollten sie vergessen werden.«

»Dies war aber kein gewöhnlicher Unfall, Mrs. Verlaine. Hier starb der Erbe des Hauses – und er war hübsch, charmant, von allen geliebt. Erschossen von seinem Bruder – der nunmehr der Erbe wurde und weder hübsch noch charmant noch von allen geliebt war.«

»Vielleicht hätte er es werden können . . . wenn er es versucht hätte.«

Er lachte, ich hörte die schreckliche Bitterkeit in diesem

Lachen, und meine Meinung von ihm änderte sich ein wenig in diesem Augenblick. Er war grausam, war ein Sadist, weil er sich an einer Welt rächte, die ihn so schlecht behandelt hatte. Der Mann tat mir wirklich leid.

Vermutlich recht sanft sagte ich: »Niemand sollte für etwas verantwortlich gehalten werden, das zufällig geschah.«

Er trat näher auf mich zu – die leuchtendblauen Augen, die in so seltsamem Kontrast zu dem tiefgebräunten Gesicht standen, bohrten sich in die meinen. »Wieso können Sie sicher sein, daß es ein Zufall war? Wie können die anderen sicher sein?«

»Aber natürlich war es das«, erwiderte ich.

»Derart mit Nachdruck geäußerte Gefühle einer gescheiten jungen Frau sind sehr schmeichelhaft.«

Ich öffnete meinen Mantel, um auf die Uhr zu sehen, die ich auf dem Kleid trug.

»Es ist fast halb vier.«

Damit bewegte ich mich in Richtung auf die Tür, doch er blieb unbeweglich dazwischen stehen.

»Sie wissen soviel über unsere Familie«, sagte er. »Und ich weiß so wenig von Ihnen.«

»Ich glaube nicht, daß Sie das interessiert. Und was mein Wissen angeht – es ist kaum mehr als das, was Sie mir eben erzählt haben. Ich bin hier in meiner Eigenschaft als Musiklehrerin, nicht als Familienhistorikerin und nicht als Biographin.«

»Das wäre aber sehr interessant. Vielleicht sollte ich es meinem Vater vorschlagen. Was für eine Chronik Sie schreiben könnten. Vom Erschießen meines Bruders . . . nun, und sogar vom Verschwinden unserer Archäologin. Das ist alles hier geschehen.«

»Mein Beruf ist die Musik.«

»Aber Sie nehmen ein so lebhaftes Interesse an allem, was uns betrifft. Sie sind fasziniert von jener verschwundenen Dame . . . einfach deshalb, weil sie hier verschwand.«

»Nein . . .«

»Nein? Würde es Sie ebenso bewegen, wenn sie irgendwo anders verschwunden wäre?«

»Rätsel üben immer eine Anziehungskraft aus.«

»Gewiß, eine sehr viel größere als ein einfaches Erschießen. Da kann es wenig Zweifel über die Motive geben.«

»Unfälle haben keine Motive. Sie . . . geschehen einfach.«

»Sie haben sich also freundlicherweise davon überzeugt, daß es ein Unfall war. Später werden Sie Ihre Meinung vielleicht ändern, wenn Sie zugehört haben, was gewisse Leute Ihnen erzählen werden.«

Er war mir unverständlich. Warum um alles in der Welt sollte meine Meinung für ihn von Bedeutung sein. Ich hatte nicht mehr den geringsten Wunsch zu gehen. Ich wollte hierbleiben und mit ihm reden. Er erinnerte mich auf seltsame Weise an Pietro, der sich manchmal in eine nervöse Verzweiflung hineinsteigerte . . . über eine kritische Beurteilung seiner Arbeit zum Beispiel, die er nicht teilte.

Es war mir wohl anzusehen, daß ich weicher wurde im Gedanken an Pietro, denn Napier fuhr fort: »Ich bin lange Zeit fortgewesen, Mrs. Verlaine. Ich war auf dem Besitz eines Vetters im entferntesten Winkel Australiens. Sie müssen es mir also nachsehen, wenn ich Ihre englische Diplomatie nicht beherrsche. Ich möchte Ihnen meine Version dieses . . . Unfalles erzählen. Wollen Sie mir zuhören?«

Ich nickte.

»Stellen Sie sich zwei Jungen vor . . . nun, eigentlich schon fast keine Jungen mehr. Beaumont war nahezu neunzehn, ich bald siebzehn. Alles, was Beaumont tat, war vollkommen; alles, was ich tat, war verdächtig. Und durchaus zu Recht. Er war das weiße Schaf und ich das schwarze. Schwarze Schafe werden aufsässig – sie werden so schwarz, wie die Leute meinen, daß sie sind . . . und dieses schwarze Schaf hier wurde immer schwärzer, bis es eines Tages ein Gewehr nahm und seinen Bruder erschoß.«

Mir wäre leichter ums Herz gewesen, wenn er etwas innere Bewegung gezeigt hätte, doch er sprach ruhig und kaltblütig, und in mir stieg der Gedanke auf: Es war kein Unfall.

»Es liegt schon so lange zurück ...«, begann ich voller Unbehagen.

»Es gibt Ereignisse im Leben, die nie vergessen werden. Ihr Mann starb. Er war sehr berühmt. Ich bin, wie Sie so freundlich bemerkten, ein Philister ohne Salonerfahrungen, und sogar ich habe den Namen Ihres verstorbenen Mannes gehört. Und Sie haben ebenfalls Talent.« Seine Augen glitten schnell und prüfend über mein Gesicht, während er spöttisch sagte: »Das muß ein Idyll gewesen sein.«

Und während er sprach, sah ich Pietro mit zornlodernden Augen, weil jemand sein Genie schmähte. Ich hörte seine Stimme, wie er mich bespöttelte ... Und ich dachte: Dieser Mann weiß, wie meine Ehe war, und er versucht, mir die Erinnerungen zu verderben. Er ist doch ein Rohling. Zerstören macht ihm Vergnügen. Er will meinen Traum besudeln ... und Edith will er verletzen. Mich würde er auch verletzen, wenn er könnte, doch ich bin außerhalb seiner Reichweite, mit Ausnahme meiner Ehe, über die er sich lustig macht.

»Ich hätte das nicht sagen sollen«, bemerkte er und deutete damit an, daß er wußte, was ich empfand. Es war, als luge er in meine Vergangenheit, als höre er Pietros spöttisches Lachen. »Ich habe Sie an etwas erinnert, das Sie vergessen möchten.«

Die ruhige Stimme, mit der er das sagte, war beinahe noch verletzender, als sein Sticheln es gewesen wäre, war ich mir doch des zynischen Untertones bewußt.

»Ich muß jetzt wirklich gehen«, sagte ich. »Ich muß mich auf Stunden vorbereiten.«

»Ich begleite Sie zurück zum Haus«, erklärte er.

»Oh ... das ist nicht nötig.«

»Ich gehe sowieso in die Richtung – es sei denn, Sie möchten nicht, daß ich Sie begleite.«

»Dafür sehe ich keinen Grund.«

»Danke, Mrs. Verlaine«, er bedachte mich mit einer kleinen, ironischen Verbeugung. »Innigsten Dank.«

Er öffnete die Tür und trat beiseite, um mich die Treppe hinuntergehen zu lassen. Mein albernes, unbehagliches Gefühl blieb. Der Gedanke, daß er dicht hinter mir ging, mißfiel mir. Es war mir an die Nerven gegangen, dies Fast-Geständnis, daß er seinen Bruder ermordete. Er schien sich dessen zu rühmen. Oder nicht? Ich war nicht sicher. Der Mann war ein Rätsel. Doch das ging mich nichts an. Wirklich nicht? Er war gleichzeitig mit Roma hiergewesen. Er hatte sie gekannt, mit ihr gesprochen. »Sie erinnern mich an sie, Mrs. Verlaine«, hatte er gesagt.

Ich konnte freier atmen, als wir die Hütte verlassen hatten.

Als wir nahe an der Ausgrabungsstätte vorüberkamen, sagte er plötzlich: »Über die Familie haben wir nicht viel gehört. Die Eltern sollen ja wohl im Dienste der Archäologie ums Leben gekommen sein.«

»Wie?«

»Ich meine natürlich unsere geheimnisvolle Dame. Würde es Sie überraschen, wenn sie eines Tages auftauchte, ganz in Gedanken, sozusagen? Es zog die Aufmerksamkeit der Offentlichkeit auf ihre Entdeckungen, wissen Sie. Die Leute kamen, um den Ort zu sehen, wo die Dame verschwand, nicht der Reste der römischen Besatzungszeit wegen.«

Voll Wärme sagte ich: »Derartige Absichten sollten Sie ihr nicht unterstellen. Das hat sie nicht verdient.«

»Wie können Sie dessen so sicher sein?«

»Ich . . . ich glaube, derartige Leute sind nicht so.«

»Sie haben ein gutes Herz und glauben von jedem das Beste. Was für eine angenehme Hausgenossin!«

Dann begann er von den Ausgrabungen zu erzählen, über die er gut Bescheid zu wissen schien. Er erwähnte besonders den Mosaik-Fußboden. Die Farben, meinte er, waren so leuchtend wie alles, was in England in dieser Art je gefunden wurde.

Ohne nachzudenken, sagte ich: »Bepinseln mit Leinsamenöl und Sonneneinwirkung hilft viel dabei.« Ganz unbewußt zitierte ich Roma. »Obwohl die Farben natürlich noch leuchtender wären, wenn sie tropischer Sonne ausgesetzt gewesen wären.«

»Was Sie alles wissen!« Wieder ein falscher Schritt. Dieser Mann zerrte auf seltsame Art an meinen Nerven. Er lächelte, und ich sah seine Zähne aufblitzen die in ihrem leuchtenden Weiß ebenso auffallend waren wie die blauen Augen in dem braunen Gesicht. »Sie sind doch nicht etwa eine verkappte Archäologin?«

Ich lachte . . . wenn auch voller Unbehagen.

»Sie sind nicht in geheimer Mission hier, oder?« verfolgte er das Thema weiter. »Sie werden nicht bei Nacht umherkriechen und unter den Fundamenten unseres Hauses zu graben beginnen?«

Weiß er es? dachte ich. Und wenn, was wird er tun? Er hat seinen Bruder getötet. Was weiß er über Romas Verschwinden?

So ruhig ich konnte, erwiderte ich: »Wenn Sie auch nur das Geringste von Archäologie verstünden, würden Sie sehr schnell merken, daß ich so gut wie nichts weiß. Es ist allgemein bekannt, daß Sonne und Leinsamenöl Farben auffrischen.«

»So allgemein nun auch wieder nicht. Ich wußte es nicht. Vielleicht bin ich aber auch nur ungewöhnlich schlecht unterrichtet.«

Vor uns in der Ferne ragte das Haus auf, ein prachtvoller Anblick vor dem Hintergrunde der blauen See.

»Eines hatte meine Familie mit den Römern gemeinsam«, sagte er. »Sie verstanden, an den richtigen Stellen zu bauen.«

»Es ist wunderbar«, sagte ich, durch den Anblick besänftigt.

»Ich freue mich, daß Ihnen unsere Behausung gefällt.«

»Sie müssen stolz sein, zu einem solchen Hause zu gehören.«

»Ich möchte lieber sagen, daß das Haus uns gehört. Sie denken an die Geschichten, die diese Steine erzählen könnten, wenn sie der Sprache mächtig wären. Sie sind eine Romantikerin, Mrs. Verlaine.« Wieder Pietro. Die Romantikerin hinter der nüchternen Fassade . . . War das wirklich so deutlich zu sehen, trotz all meiner Anstrengungen, es zu verbergen, seit ich Pietro verloren hatte? »In Wirklichkeit«, fuhr er fort, »ist es jedoch ein Segen, daß die Steine nicht reden. Es könnte sehr erschreckend sein, was sie erzählen. Aber Sie glauben ja stets das Beste von den Menschen, nicht wahr, Mrs. Verlaine?«

»Ich versuche es . . . bis das absolute Gegenteil bewiesen ist.«

»Philosophin und Musikerin zugleich. Was für eine Kombination!«

»Sie lachen mich aus.«

»Lachen zu können, ist manchmal sehr angenehm. Ich kann allerdings kaum hoffen, daß Ihre menschenfreundliche Haltung sich auch auf mich erstreckt. Wenn jemand einmal als Rohling abgestempelt ist, müssen sogar die wohlmeinendsten Philosophen das akzeptieren.«

»Als Rohling abgestempelt . . .«, wiederholte ich.

»O ja, diesen Stempel bekam ich, als ich meinen Bruder tötete.« Er legte die Hand an die Stirn. »Da sitzt er, wissen Sie . . . von niemandem zu übersehen. Auch von Ihnen nicht, wenn Sie genau hinschauen, Mrs. Verlaine. Und wenn Sie ihn nicht sehen, gibt es genügend Leute, die ihn Ihnen zeigen werden.«

»Sie sollten nicht so reden«, sagte ich. »Sie klingen . . . bitter.«

»Ich?« Er riß die Augen auf und lachte. »Nein . . . nur realistisch. Sie werden sehen. Wenn jemand einmal als roh abgestempelt ist, ob Mann, ob Frau . . . kann nur ein Wunder dieses Mal entfernen.«

Die Sonne lag auf dem Wasser, und es sah aus, als habe eine Riesenhand Diamanten darüber hingestreut. Hinter dem funkelnden Wasserstreifen konnte ich gerade die Masten auf den Goodwins erkennen. Ich blickte hinunter auf die Städte in der Ferne, und von meinem Standort sah es aus, als fielen die Häuser ins Meer.

Keiner von uns sprach.

Im Hof verließ er mich, und ich ging hinauf in mein Zimmer, einigermaßen durcheinander von diesem Zusammentreffen.

*

Am späteren Nachmittag, als ich eine halbe Stunde Zeit hatte, ging ich in die Gärten. Ich hatte bereits Gelegenheit gehabt, sie zu erforschen, und obwohl ich die Terrassen und großzügigen Anlagen mit ihren Rasenflächen und Blumenbeeten bewunderte, war mein Lieblingsplatz der kleine, eingefriedete Garten, den ich am ersten Tage entdeckt hatte. Die eine Wand war mit üppigem wildem Wein bedeckt, und ich stellte mir vor, welch leuchtendroter Farbfleck das im Herbst sein würde. In diesen vier Mauern war Frieden, und ich hatte das Gefühl, allein sein zu müssen, um nachzudenken, denn Napier Stacy hatte mich mehr aus dem Gleichgewicht gebracht, als ich es mir selbst eingestehen wollte.

Ich hatte einige Sekunden auf der Bank gesessen und in den Teich mit den Wasserlilien geschaut, als ich plötzlich merkte, daß ich nicht allein war.

Miß Stacy stand neben den grünen Büschen am anderen Ende des Gartens so still, daß ich sie nicht gesehen hatte; sie trug ein grünes Kleid, das mit den Büschen zu verschmelzen schien. Mir war es beinahe unheimlich, als mir klar wurde, daß sie mich die ganze Zeit schweigend beobachtet haben mußte.

»Einen guten Nachmittag, Mrs. Verlaine«, krähte sie vergnügt. »Dies ist Ihr Lieblingsplatz, ich weiß.« Sie kam auf mich zugetrippelt, mit schelmisch erhobenem Finger. Ich sah, daß sie kleine, grüne Schleifen im Haar trug – in der gleichen Farbe wie ihr Kleid.

Sie mußte meinen Blick bemerkt haben, denn sie berührte sie leicht. »Für jedes neue Kleid lasse ich mir gleich die Schleifen mitmachen. So habe ich sie für jedes Kleid.« Ihr Gesicht zeigte einen hochbefriedigten Ausdruck, als fordere sie mich auf, eine Bemerkung zu machen, wie klug sie sei. Ihre Bewegungen und ihre Stimme waren so jugendlich, daß es ein Schock war, wenn sie nahe genug kam, daß man die braunen Flecke an Hals und Händen und die Fältchen um die blauen Augen sehen konnte. Dann sah sie älter aus, als sie in Wirklichkeit war.

»Sie haben sich verändert seit Ihrer Ankunft«, verkündete sie.

»So? Ist das möglich? In so kurzer Zeit?«

Sie setzte sich neben mich. »Es ist friedlich hier. Es ist ein entzückender kleiner Garten, finden Sie nicht? Aber natürlich finden Sie es. Sonst würden Sie doch nicht herkommen, nicht wahr? Man hat hier das Gefühl, weit fort zu sein von der Welt. Aber das ist man überhaupt nicht, wissen Sie.«

»Natürlich nicht.«

»*Sie* wissen so etwas natürlich. Ich finde, Sie sind sehr klug, Mrs. Verlaine. Ich glaube, Sie wissen noch eine ganze Menge anderer Dinge außer Musik.«

»Vielen Dank.«

»Und ... ich freue mich, daß Sie gekommen sind. Ich habe mich definitiv entschlossen, Sie zu porträtieren.«

»Das ist sehr freundlich von Ihnen.«

»Oh, es könnte auch sehr unfreundlich sein.« Sie lachte. »Manche Künstler *sind* unfreundlich. Zumindest meinen ihre Modelle das ... weil sie malen, was sie sehen, und es kann sehr wohl etwas sein, das der Betreffende nicht sehen möchte.«

»Zumindest würde es mich interessieren zu wissen, was Sie in mir sehen.«

Sie nickte. »Jetzt aber noch nicht ... ich muß noch etwas warten.«

»Wir haben uns nur einmal gesehen.«

Sie begann zu lachen. »Aber ich habe Sie viele Male gesehen, Mrs. Verlaine. Sie interessieren mich sehr.«

»Wie reizend von Ihnen.«

»Auch hier kann ich nur sagen: Womöglich ist das gar nicht reizend. Bleibt alles abzuwarten.«

Sie klatschte in die Hände wie ein junges Mädchen, das ein Geheimnis für sich behält. Noch ein Mitglied dieses Haushaltes, das mir Unbehagen verursachte.

»Ich sah Sie heute zurückkommen«, sagte sie. Und dann nickte sie mehrmals wie ein Mandarin. »Mit Napier«, fügte sie schließlich hinzu.

Ich war froh, daß ich nicht rot wurde und dadurch meine Verlegenheit bekundete.

»Wir trafen uns zufällig ... bei den römischen Ausgrabungen«, sagte ich reichlich hitzig, während ich mich gleichzeitig recht töricht fand, mehr oder weniger eine Entschuldigung vorzubringen.

Wieder nickte sie ein paarmal, was wohl ein Zeichen von Weisheit sein sollte.

»Sie interessieren sich sehr für diese Ausgrabungen, Mrs. Verlaine.«

»Wer würde das nicht tun. Sie sind von nationalem Interesse.«

Sie wandte sich mir zu und blickte mich unschuldig unter den welken Lidern heraus an. »Einige Menschen in dieser Nation interessieren sich jedoch mehr als andere. Da werden Sie mir recht geben, nehme ich an.«

»Natürlich.«

Sie stand auf, die Hände zusammenschlagend. »Ich könnte Ihnen einige Überreste zeigen ... die näher liegen. Möchten Sie sie sehen?«

»Überreste?« fragte ich.

Sie nickte mit zusammengepreßten Lippen.

»Kommen Sie.« Sie streckte eine Hand aus, und ich konnte nicht umhin, sie zu ergreifen. Sie war kalt und sehr weich. Sobald ich konnte, ließ ich sie los.

»Ja«, sagte sie. »Wir haben einige Ruinen hier. Sie müssen sie sehen, nun Sie sich so für uns alle zu interessieren beginnen.«

Sie trippelte zu dem schmiedeeisernen Tor, öffnete es und verharrte regungslos wie eine Fee aus dem Märchen, mit Verschwörermiene. Ihre Aufregung übertrug sich auf mich, und ich fragte mich, warum in diesem Hause nichts normal zu sein schien. »Überreste«, murmelte sie vor sich hin. »Ja, so könnte man sie nennen. Wenn auch keine römischen. Immerhin, warum sollen die Stacys keine Überreste haben, wenn die Römer sie hatten.« Dazu ließ sie ihr hohes, zwitscherndes Lachen hören.

Ich ging durch das Tor; sie schloß es, holte mich ein, trippelte an mir vorbei, vor mir her, sich von Zeit zu Zeit mit ihrem Kleinmädchenlächeln umdrehend.

Durch Buschwerk ging sie in einen Teil des Gartens, in dem ich noch nie gewesen war. Wir gingen einen Pfad entlang und kamen an ein kleines Kieferngehölz, dichtes, buschiges Immergrün.

Zwischen den Bäumen führte ein Weg, und als sie vorantrippelte, ich hinterher, fragte ich mich, ob sie nicht doch mehr als nur ein wenig verrückt war.

Doch schließlich sah ich das Ziel dieses Besuches. Es sah aus wie ein weißer, runder Turm; sie lief behende voraus.

»Kommen Sie, Mrs. Verlaine«, rief sie. »Dies sind die Überreste.«

Ich eilte ihr nach und sah, daß der Turm eine leere Höhle mit innen feuergeschwärzten Wänden war. Er war nicht groß – nur eine runde Wand; das Dach war teilweise zerstört, und der Himmel schien hindurch.

»Was ist das?« fragte ich.

»Eine Hülle«, sagte sie mit Grabesstimme. »Eine ausgebrannte Hülle.«

»Wann hat es hier gebrannt?«

»Vor kurzem erst.« Und bedeutsam fügte sie hinzu: »Nachdem Napier heimkam.«

»Was sollte es vorstellen?«

»Es war eine kleine Waldkapelle ... eine wunderschöne kleine Kapelle, die zu Ehren Beaumonts errichtet wurde.«

»Als eine Art Gedenkstätte, meinen Sie?«

Ihre Augen leuchteten auf. »Wie klug Sie sind, Mrs. Verlaine. Es *war* eine Gedenkstätte, zur Erinnerung an Beau. Nach seinem Tode baute sein Vater diese Kapelle, so daß er hierherkommen konnte ... oder auch jeder von uns ... und still sein, allein hier im Wald, wo wir an Beaumont denken konnten. Sie hat jahrelang hier gestanden, und dann ...«

»Brannte sie ab«, fügte ich hinzu.

Sie kam ganz nahe und wisperte: »Nachdem Napier nach Hause gekommen war.«

»Wie entstand der Brand?«

Ihre Augen flammten plötzlich. »Durch Unfug. Nein ... nicht Unfug ... Bosheit.«

»Wollen Sie damit sagen, daß jemand es absichtlich tat? Warum? Zu welchem Zweck?«

»Weil sie Beau haßten. Weil sie es nicht ertragen konnten, daß Beau schön war und gut. Deshalb.«

»Wollen Sie andeuten, daß ...« Ich zögerte, und sie sagte listig: »Weiter. Mrs. Verlaine. Will ich was andeuten?«

»Daß jemand es mit Absicht tat. Ich kann mir das nicht vorstellen.«

»Aber da ist vieles, was Sie sich nicht vorstellen können, Mrs. Verlaine. Ich möchte es Ihnen sagen ... um Sie zu warnen.«

»Warnen?«

Wieder dieses alberne, weise Nicken.

»Napier hat die Kapelle niedergebrannt, nachdem er heimgekommen war, weil wir gern hierherkamen, um an Beaumont zu denken. Das konnte er nicht ertragen. So hat er die Stätte beseitigt ... ebenso wie er Beaumont beseitigt hat.«

»Wie können Sie dessen so sicher sein?« fragte ich fast böse.

»Ich erinnere mich gut daran. Eines Abends ... es war gerade dunkel geworden. In meinem Zimmer roch ich das Feuer. Ich entdeckte es als erste. Ich kam aus dem Hause, und zuerst wußte ich nicht, woher der Geruch kam. Dann sah ich es ... und ich rannte ... ich rannte durchs Wäldchen, und da war die schöne Kapelle ... und die Funken flogen ... es war schrecklich. Ich rief alle zusammen, aber es war zu spät, um sie zu retten. Nun ist sie also nur noch eine Hülle ... eine leere Hülle.«

»Es muß hier früher sehr hübsch gewesen sein«, sagte ich.

»Hübsch! Wundervoll war es. So friedlich und ruhig. Mein schöner Beau war *hier*. Wirklich. Und das konnte Napier nicht ertragen. Deshalb brannte er die Kapelle nieder.«

»Es gibt keinen Beweis ...«, setzte ich an, unterbrach mich jedoch. Recht hastig fügte ich hinzu: »Ich habe Arbeit vorzubereiten, und es ist wohl besser, ich mache mich daran.«

Sie lachte. »Es sieht so aus, als ob Sie ihn verteidigen möchten. Ich sagte Ihnen schon, Sie fangen an, seine Partei zu nehmen.«

Kühl erklärte ich: »Es steht mir nicht zu, Partei zu nehmen, Miß Stacy.«

Wieder lachte sie und sagte: »Aber wir tun oftmals Dinge, die uns nicht zustehen, nicht wahr? Sie sind Witwe. In gewisser Beziehung bin ich das auch.« Ihr Gesicht wirkte plötzlich älter und kummervoll. »Ich verstehe. Und er ... nun, manche Menschen zieht das Böse an.«

Scharf sagte ich: »Ich verstehe absolut nicht, Miß Stacy, und ich muß jetzt wirklich arbeiten. Vielen Dank, daß Sie sie mir gezeigt haben ... die Ruine.«

Damit wandte ich mich um und ging schnellen Schrittes davon. Ich fand die Unterhaltung mit ihr nicht nur abstoßend, sondern entschieden unbehaglich.

Zwei Tage später ereignete sich etwas noch Beunruhigenderes. Auf der Suche nach Edith ging ich zum Unterrichtszimmer, und als ich im Begriff stand, die Tür zu öffnen, hörte ich sie mit erhobener Stimme und wie in höchster Qual sprechen. Ich blieb stehen und hörte sie im selben Moment rufen: »Und wenn ich es nicht tue, wirst du es sagen. Oh . . . wie kannst du nur.« Es war nicht nur die Bedeutung der Worte, sondern ihr gequälter Ton, der mich entsetzte.

Ich zögerte, unsicher, was ich tun sollte. Ich wollte nicht lauschen. Ich war neu in diesem Haus, und vielleicht maß ich dieser Situation zu viel Gewicht bei. Die Mädchen schienen mir ohne Ausnahme fast noch Kinder zu sein.

Es war dies ein bedeutsamerer Augenblick, als es mir zu dem Zeitpunkt klar war. Wie sehr ich später wünschte, daß ich unerschrocken hineingegangen wäre ins Unterrichtszimmer. Statt dessen eilte ich lautlos davon.

Edith stritt sich mit jemandem im Unterrichtszimmer, jemandem, der ihr drohte.

Meine Entschuldigung ist, daß ich sie für Kinder hielt. Eine halbe Stunde später gab ich Edith ihre Stunde. Sie spielte so schlecht, daß ich dachte, sie mache überhaupt keine Fortschritte.

Aber natürlich war sie mit ihren Gedanken woanders.

4

ICH SASS IN dem Zimmer neben Sir Williams und spielte für ihn. Zuerst *Für Elise* und danach einige Nocturnos von Chopin. In diesem Raum spielte ich meinem Gefühl nach am besten, weil ich dort eine sympathische Atmosphäre spürte, die vielleicht in erster Linie in meiner Einbildung bestand, weil ich wußte, daß dies Zimmer einem Menschen gehört hatte, der Musik liebte. Pietro hätte mich ausgelacht ob meiner phantastischen Vorstellungen. Ein Künstler braucht keine Atmosphäre, hätte er zu mir gesagt.

Pietros Bild verblaßte, als ich an diese Isabella dachte, die Napiers Mutter war und Musik liebte und die eine große Pianistin hätte werden können, wenn sie nicht ihre Karriere um der Ehe willen aufgegeben hätte. O ja, zwischen uns bestand Harmonie. Aber sie hatte zwei Söhne gehabt und mehr Liebe an den einen verschwendet als an den anderen – und als ihr Lieblingssohn starb, hatte sie ein Gewehr genommen und war in den Wald gegangen . . .

Nachdem ich eine Stunde gespielt hatte, hielt ich inne und ging zur Tür. Mrs. Lincroft, die bei Sir William war, forderte mich auf, hereinzukommen und mich zu setzen. »Sir William möchte mit Ihnen sprechen«, sagte sie.

Ich setzte mich neben ihn, und langsam wandte er mir das Gesicht zu.

»Ihr Spiel geht sehr zu Herzen«, sagte er.

Mrs. Lincroft verließ auf Zehenspitzen das Zimmer und ließ uns allein.

»Es erinnert mich daran, wie meine Frau spielte«, fuhr er fort. »Ich könnte jedoch nicht mit Bestimmtheit sagen, daß sie so hervorragend war wie Sie.«

»Vielleicht hatte sie weniger Übung.«

»Zweifellos. Ihre Pflichten hier . . .«

»Ja, sicher«, sagte ich hastig.

»Wie finden Sie Ihre Schülerinnen?«

»Mrs. Stacy hat ein gewisses Talent.«

»Ein recht geringes, was?«

»Ein angenehmes Talent. Ich glaube, das Klavier wird ihr viel Freude schaffen.«

»Aha. Und die anderen?«

»Sie können . . . ausreichend spielen lernen.«

»Und das ist etwas durchaus Gutes.«

»Etwas sehr Gutes.«

Wir schwiegen, und ich fragte mich, ob er eingeschlafen sei und ich mich davonschleichen solle.

Gerade als ich im Begriff stand, sagte er: »Ich hoffe, Sie fühlen sich wohl hier, Mrs. Verlaine.«

Ich bejahte es.

»Wenn Sie irgend etwas benötigen, müssen Sie Mrs. Lincroft fragen. Sie hat hier alles in der Hand.«

»Danke.«

»Sie haben die Bekanntschaft meiner Schwester gemacht?«

»Ja.«

»Und Sie haben sie wahrscheinlich etwas seltsam gefunden.« Ich wußte nicht recht, was ich antworten sollte, doch er fuhr bereits fort: »Arme Sybil, in ihrer Jugend hatte sie eine unglückliche Liebesgeschichte. Sie stand kurz vor der Heirat, als etwas schiefging. Seither ist sie nie wieder dieselbe gewesen. Wir waren erleichtert, als sie begann, sich für die Familienangelegenheiten zu interessieren, doch Sybil konnte noch niemals etwas in vernünftigen Grenzen tun. Sie wurde besessen. Sie hat Ihnen wahrscheinlich auch von unseren Familiengeschichten erzählt. Sie sollten das alles nicht zu ernst nehmen.«

»Ja, sie hat mit mir gesprochen.«

»Das dachte ich mir. Der Verlust meines Sohnes ging ihr sehr nahe. Wie uns allen. Doch in ihrem Falle . . .«

Seine Stimme verlor sich. Er dachte ganz offenbar an jenen schrecklichen Tag, als Beaumont starb . . . und an später, als seine Frau mit dem Gewehr in den Wald gegangen war. Eine doppelte Tragödie. Er tat mir leid. Selbst Napier tat mir leid.

Sir William sprach jetzt von Napier, und in seiner Stimme schwang keine Spur von Gefühl. »Da mein Sohn jetzt verheiratet ist, werden wir etwas mehr Gäste hier haben als vorher. Wie Sie wissen, Mrs. Verlaine, möchte ich gern, daß Sie für meine Gäste spielen.«

»Mit dem größten Vergnügen. Was schlagen Sie vor?«

»Das werden wir später entscheiden. Meine Frau pflegte auch für unsere Gäste zu spielen . . .«

»Ja«, sagte ich leise.

»Nun, jetzt werden Sie das gleiche tun, und es wird sein wie . . .«

Er schien nicht zu merken, daß er nicht weitersprach. Er beugte sich vor, drückte auf eine Klingel, und Mrs. Lincroft erschien so schnell, daß ich den Eindruck hatte, sie müsse draußen vor der Tür gestanden und gelauscht haben.

Ich verstand, was von mir erwartet wurde, und empfahl mich.

*

Ich begann, mich wieder lebendig zu fühlen – nicht unbedingt glücklich, aber interessiert an dem, was um mich herum vorging. Eine brennende Neugierde begann in mir Platz zu greifen, deren Kern Napier Stacy war, so wie in Paris Pietro Mittelpunkt aller Dinge gewesen war. Damals war es Liebe gewesen, jetzt war es Haß. Nein, das war ein zu starkes Wort. Abneigung, nicht mehr. – Doch eines wußte ich sicher – daß meine Gefühle Napier gegenüber niemals sanft sein würden. Abneigung konnte leicht zu Haß auflodern. Er hatte gelitten um jenes schrecklichen Unfalles willen – und tief im Herzen weigerte ich mich zu glauben, daß es etwas anderes als ein Unfall gewesen sein könnte – doch das war kein Grund, seine arme kleine Frau zu quälen. Er war ein Mann, der – selbst verletzt – Befriedigung darin fand, andere zu verletzen, und deswegen verachtete ich ihn; ich traute ihm nicht; ich mochte ihn nicht; doch zumindest sollte ich ihm dankbar dafür sein, daß er mich überhaupt wieder etwas fühlen ließ. Vielleicht war aber auch gar kein Gefühl besser als diese heftige Abneigung.

In den letzten Wochen hatte ich weniger an Pietro gedacht. Es konnte mehrere Stunden hintereinander geben, in denen ich überhaupt nicht an ihn dachte. Das entsetzte mich, wurde ich doch damit der Erinnerung an ihn untreu, wie ich mir vorhielt.

Eines Nachmittags – während meiner Freizeit – beschloß ich, allein einen langen Spaziergang zu machen, um über diesen Wandel in mir nachzudenken. Meine Schritte führten mich zum Meer. Es war ein heller Tag mit frischem Wind. Es tat gut, die Lungen mit dieser würzigen Luft zu füllen.

Wohin steuerte ich? fragte ich mich. Ich sollte nicht für immer in Lovat Stacy bleiben. Meine Position dort schien auch im Grunde sehr unsicher. Drei Mädchen, denen ich Musikunterricht zu geben hatte . . . und keine davon, Edith ausgenommen, war musikalisch. Sie war eine verheiratete Frau, die womöglich bald Familie haben würde. Der Gedanke schien höchst abwegig. Napier als Vater . . . und der Vater von Ediths Kindern! Aber sie waren verheiratet, warum also nicht. Und wenn sie Mutter war, würde sie dann noch Musikstunden nehmen wollen? Ich sollte für Sir Williams Gäste spielen – doch niemand hielt sich einen ständigen Pianisten im Hause für gelegentliche Musikabende. Nein, meine Stellung war sehr unsicher, und ich würde bald entlassen werden. Und was dann? Ich stand allein. Ich hatte wenig Geld. Ich war nicht mehr jung. Sollte ich nicht meine Zukunft planen? Aber wie konnte irgend jemand wissen, was die Zukunft bringen würde? Einst hatte ich geglaubt, daß Pietro und ich für den Rest unseres Lebens zusammensein würden. Man konnte natürlich nichts genau wissen, doch weise Leute planen für die vor ihnen liegenden Jahre, so daß sie nicht, den törichten Jungfrauen gleich, ohne Öl in ihren Lampen dastanden.

Ich hatte einen gewundenen Pfad hinunter zum Meer eingeschlagen und war auf Sandstrand gestoßen. Über mir ragte die blendend weiße Klippe auf; oben lag Lovat Stacy, doch es war meinem Blick entzogen, da die vorragende Klippe eine Art Balkon über meinem Kopf bildete.

Der melancholische Schrei einer Möwe durchbrach den Frieden, und dann hörte ich eine Stimme rufen: »Mrs. Verlaine. Mrs. Verlaine. Wo gehen Sie hin?«

Ich wandte mich um und sah Alice auf mich zulaufen; das hellbraune Haar wehte hinter ihr her.

Atemlos, das Gesicht leicht gerötet, kam sie angerannt.

»Ich sah Sie hier heruntergehen«, keuchte sie. »Und da kam ich hinterher, um Sie zurückzuholen. Es ist gefährlich hier.«

Ungläubig blickte ich sie an.

»O ja«, bekräftigte sie. »Es ist gefährlich. Schauen Sie.« Sie wies mit den Armen in die Runde. »Wir sind in einer kleinen Bucht. Das Wasser kommt direkt herein . . . und lange vor der Flut können Sie hier abgeschnitten werden. Was würden Sie dann machen?«

Sie verschränkte die Arme auf dem Rücken und blickte hinaus zu der überhängenden Klippe. »Da hinauf könnten Sie nicht. Sie wären ganz bestimmt abgeschnitten. Hierher sollten Sie nur bei Ebbe kommen.«

»Danke für die Warnung.«

Sie sagte: »Jetzt ist es noch in Ordnung, aber in zehn Minuten oder so sähe das anders aus. Kommen Sie jetzt bitte, Mrs. Verlaine.«

Sie führte mich den Weg zurück, den ich gekommen war, und als ich um einen Felsen bog, sah ich, wie weit die Flut schon hereingekommen war. Sie hatte recht; dieser Teil des Strandes würde gänzlich abgeschnitten sein.

»Sehen Sie«, sagte sie.

»Ja, das tue ich.«

»Es kann gefährlich sein. Es sind schon Menschen ertrunken.«

Ich sagte plötzlich: »Vielleicht war es das, was mit Ro . . . mit der Archäologin passierte.«

»Nun, das könnte eine Erklärung sein. Sie interessieren sich sehr für sie, nicht wahr?«

»Es *ist* doch auch von Interesse, wenn jemand verschwindet.«

»Ja, natürlich.« Sie streckte eine Hand aus, um mir über den Felsen zu helfen. »Das könnte die Antwort sein«, fuhr sie fort. »Sie kam hierher und ertrank. Ja, das könnte die Erklärung sein.«

Ich blickte hinaus auf das Wasser und stellte mir vor, wie es immer höher gekrochen kam. Roma war keine gute Schwimmerin. Sie konnte durchaus aufs Meer hinausgetrieben sein.

»Dann wäre aber die Leiche wohl angespült worden.«

»Ja«, pflichtete Alice mir bei. »Aber manchmal, glaube ich, treiben sie auch hinaus aufs Meer. Die Leute sollten vorsichtig sein; besonders solche, die sich hier noch nicht auskennen.«

Ich lachte. »Das werde ich«, sagte ich; und sie schien erleichtert, was ich sehr lieb fand.

»Möchten Sie weiter allein spazierengehen?« fragte Alice.

»Soll das heißen, daß du mitkommen willst?«

»Nur wenn Sie es möchten.«

»Ich würde mich freuen.«

Sie strahlte, und ich begann, mich für sie zu erwärmen. Ich fragte mich, wie deutlich Allegra es sie wohl fühlen ließ, daß sie nur die Tochter der Haushälterin war.

Sie ging ruhig neben mir her und zeigte mir einige Blumen am Wegrand.

»Ist das Blau nicht wunderschön, Mrs. Verlaine? Das ist Ehrenpreis und kriechender Efeu. Mr. Brown gibt uns Unterricht, und dann geht er mit uns spazieren, damit wir die Blumen in Wirklichkeit sehen können, von denen er uns erzählt. Finden Sie das nicht eine gute Idee?«

»Ausgezeichnet.«

»Das ist Botanik. Edith mochte das Fach besonders gern. Sie wird es jetzt sicher vermissen. Manchmal glaube ich, daß sie gern weiter Unterricht nehmen würde. Aber eine verheiratete Dame kann wohl schlecht ins Pfarrhaus in die Schule gehen, nicht? Oh, schauen Sie, Mrs. Verlaine, da ist ein Turmsegler. Sehen Sie ihn? Ich gehe gern nach draußen, wenn es dunkel wird. Dann sieht man manchmal eine Eule. Mr. Brown hat uns von ihnen erzählt. Sie machen ein

Geräusch wie ein altes Spinnrad, das sich dreht und dreht, und sie jagen Nachtfalter in den Feldern.«

»Mir scheint, die Botanikstunden machen dir Spaß.«

»O ja, aber seit Edith nicht mehr kommt, nicht mehr so. Ich glaube, Mr. Brown machten sie früher auch mehr Freude.«

Wieder hatte ich dies unbehagliche Gefühl, und wieder fiel mir mein Verdacht ein.

»Die Möwen fliegen landeinwärts, Mrs. Verlaine. Das bedeutet stürmisches Wetter auf See. Sie kommen zu Hunderten, und wenn ich sie sehe, denke ich immer an die Seeleute draußen.« Mit ihrer hohen, klaren jungen Stimme begann sie zu singen:

Lord hear us when we cry to Thee
For those in peril on the sea.

Sie schauerte zusammen. »Ertrinken muß schrecklich sein, Mrs. Verlaine. Es heißt, daß man sein ganzes Leben noch einmal erlebt, während man ertrinkt. Glauben Sie das?«

»Ich weiß es nicht und möchte es auch um Himmels willen nicht erleben.«

»Ja«, fuhr sie nachdenklich fort, »diejenigen, die ertrunken sind, können uns nicht erzählen, ob es stimmt. Wenn sie zurückkämen ... Aber es heißt, nur diejenigen, die gewaltsam gestorben sind, kehren zurück. Sie finden keine Ruhe. Glauben Sie das?«

»Nein«, sagte ich fest.

»Die Dienerschaft glaubt, daß Beaumont zurückkehrt.«

»Ganz gewiß nicht.«

»Aber ja, doch. Und die glauben, er kommt jetzt häufiger, nachdem Mr. Napier zurück ist.«

»Ach, und warum?«

»Weil er böse ist, daß Napier wieder da ist. Napier hat ihn doch fortgeschickt, und deshalb will er, daß Napier verbannt bleibt.«

»Ich denke, Beaumont war ein so guter Mensch. Es klingt aber nicht so, wenn er seinen Bruder für etwas bestrafen will, was ein Unfall war.«

»Nein«, sagte sie langsam, »das stimmt. Aber vielleicht kann er nicht anders. Vielleicht müssen Menschen, die so sterben, als Geist umgehen. Halten Sie das für möglich?«

»Ich halte das für ganz großen Unsinn.«

»Aber wie ist das mit den Lichtern in der ausgebrannten Kapelle? Sie sagen, da spukt es. Und da *sind* wirklich Lichter. Ich habe sie selbst gesehen.«

»Du hast sie dir eingebildet.«

»Das glaube ich nicht. Mein Zimmer ist ganz oben im Haus, über dem Unterrichtszimmer. Ich kann von dort weit sehen, und ich habe die Lichter gesehen. Ganz gewiß.«

Ich schwieg, und sie fuhr eindringlich fort:

»Sie glauben mir nicht. Sie meinen, das ist Einbildung. Wenn es wieder einmal ist, soll ich es Ihnen dann zeigen? Aber vielleicht *wollen* Sie das gar nicht sehen?«

»Wenn es die Lichter tatsächlich gibt, schon«, sagte ich.

»Dann *werde* ich sie Ihnen zeigen.«

Ich lächelte. »Du überraschst mich, Alice. Ich hielt dich für ein sehr vernünftiges Mädchen.«

»Oh, das bin ich auch, Mrs. Verlaine, aber wenn etwas tatsächlich existiert, wäre es doch kaum vernünftig, so zu tun, als gäbe es das nicht, oder?«

»Das Vernünftige würde sein zu versuchen, die Ursache herauszufinden.«

»Die Ursache wird sein, daß Beaumont keine Ruhe findet.«

»Oder daß jemand einen Schabernack spielt. Ich werde abwarten und das Licht mit eigenen Augen sehen, ehe ich mir über die Ursache den Kopf zerbreche.«

»*Sie* sind ganz gewiß sehr vernünftig, Mrs. Verlaine«, sagte Alice.

Ich bestritt es nicht, ließ das Thema fallen und sprach den ganzen Rückweg über von Musik und Musikern.

»Ich muß schon sagen«, erklärte Mrs. Rendall, »ich finde das höchst lästig. Nach allem, was wir getan haben ... es überrascht mich. Und was den Herrn Pastor angeht ...«

Ihre runden Wangen bebten vor Entrüstung, als ich neben ihr den Weg zum Pfarrhaus hinaufging. Ich war herübergekommen, um Sylvia eine Klavierstunde zu geben, während Allegra und Alice beim Vikar Unterricht hatten.

Mrs. Rendall setzte ihre Litanei noch einige Minuten fort, bis ich endlich den Grund ihrer Entrüstung heraus hatte.

»Er ist ein so guter Vikar ... und was stellt er sich bloß vor, was er da in dieser fremdländischen Umgebung machen wird. Manchmal gibt es in der Heimat wesentlich *nützlichere* Arbeit zu tun. Meiner Meinung nach ist es an der Zeit, daß einige dieser eifrigen jungen Leute dies begreifen.«

»Sie wollen doch nicht etwa sagen, daß Mr. Brown fortgeht?«

»Eben das hat er vor. Was *wir* tun werden, weiß ich beim besten Willen nicht. Er geht in irgendein Dorf in Afrika, nun *bitte* ich Sie, um Heiden zu unterrichten! Wunderbar. Ich habe ihm schon gesagt, daß er dort sicher im Kochtopf enden wird.«

»Wahrscheinlich fühlt er sich berufen.«

»Berufen – Unsinn! Er sollte sich lieber berufen fühlen, hier zu arbeiten. Warum will er da irgendwo in die Ferne. Ich habe zu ihm gesagt: ›Die Hitze wird Sie umbringen, Mr. Brown, wenn die Kannibalen das nicht besorgen.‹ Und ich habe ihm unverblümt gesagt, daß ich zumindest das für seine eigene Schuld halten würde.«

Ich mußte an den stillen jungen Menschen denken ... und an Edith. Und ich fragte mich, ob sein Entschluß fortzugehen in irgendeiner Beziehung stand zu seinem Gefühl für sie. Sie taten mir leid, alle beide; sie erschienen mir wie zwei hilflose Kinder, gefangen und verstrickt im Gewirr ihrer Gefühle.

»Ich habe dem Pastor gesagt, er soll mit ihm *reden*. Gute

Vikare sind rar, und der Pastor hat viel zuviel zu tun. Ich habe auch schon daran gedacht, dem Pastor zu sagen, daß der Bischof vielleicht helfen kann. Wenn der Bischof veranlaßt werden könnte, Mr. Brown zu sagen, daß es seine *Pflicht* ist, hierzubleiben . . .«

»Möchte Mr. Brown sehr gerne gehen?« fragte ich.

»Gern! Dieser junge Idiot ist fest entschlossen. Seit er dem Pastor seinen Entschluß mitgeteilt hat, ist er von Tag zu Tag trauriger geworden. Ich kann mir einfach nicht vorstellen, wie er auf diese törichte Idee gekommen ist. Und gerade, als der Pastor . . . und ich . . . ihm beigebracht hatten, wie er sich wirklich nützlich machen kann.«

»Und Sie können ihn nicht überreden zu bleiben?«

»Ich werde es weiter versuchen«, sagte sie entschieden. »Und der Herr Pastor?«

»Meine liebe Mrs. Verlaine, wenn ich ihn nicht überreden kann, dann kann es niemand.«

Und was wird aus Edith? fragte ich mich, während ich zurückging zum Haus.

Als ich Edith an diesem Vormittag sah, fiel mir auf, wie niedergeschlagen sie aussah. Sie stolperte durch das Klavierstück von Schumann, mit falschen Tempi und mehrfachem Danebengreifen.

Arme Edith – so jung und vom Schicksal so schwer geschlagen.

Wenn ich ihr doch helfen könnte.

*

Nachdem ich für Sir William gespielt hatte, kam Mrs. Lincroft herein und sagte, er wolle mich sprechen.

Ich setzte mich neben ihn, und er sagte mir, daß er ein Datum festgelegt habe für eine Festlichkeit, auf der ich vor seinen Gästen spielen solle.

»Ich dachte, daß Sie ungefähr eine Stunde lang spielen, Mrs. Verlaine, und ich werde die Stücke aussuchen. Ich werde Ihnen rechtzeitig Bescheid geben, so daß Sie sie ein paarmal durchspielen können, wenn Sie das für erforderlich halten.«

»Das würde ich gern tun.«

Er nickte. »Meine Frau pflegte bei solchen Anlässen recht nervös zu sein. Sie machten ihr Freude, gewiß, . . . aber das war später. Sie hätte niemals in der Öffentlichkeit spielen können. Schon im Familienkreise war es schwierig.«

»Ich glaube, man ist immer etwas nervös, wenn man vor Zuhörern spielen soll. Mein Mann war es auch, und er . . .«

»Oh, er war ein Genie.«

Er schloß die Augen, für mich das Zeichen, mich zu entfernen. Mrs. Lincroft sagte mir, daß er ganz plötzlich zu ermüden pflegte, und der Arzt hatte ihr gesagt, daß er, sobald er Anzeichen von Müdigkeit erkennen lasse, absoluter Ruhe bedürfe.

Also erhob ich mich und ging. Im Hinausgehen traf ich auf Mrs. Lincroft. Sie lächelte ihr warmes Lächeln. Ich hatte das Gefühl, daß sie mich mochte und anerkannte, und das war erfreulich.

*

Der musikalische Abend war offenbar ein großes Ereignis.

Die Mädchen redeten ständig davon.

Allegra sagte: »Es wird sein wie früher . . . ehe ich auf der Welt war.«

»Wir werden also wissen, wie es hier war, bevor wir alle hier waren«, bemerkte Alice ernsthaft.

»Nein«, widersprach Allegra, »denn es wird ganz anders sein. Anstelle von Lady Stacy wird Mrs. Verlaine spielen. Und außerdem ist niemand erschossen worden, keiner hat Selbstmord begangen und keiner das Zigeuner-Dienstmädchen in andere Umstände gebracht.«

Ich tat, als hörte ich es nicht.

Sie waren aufgeregt, denn obwohl sie beim Essen nicht

dabeisein würden, hatten sie die Erlaubnis, herunterzukommen in die Halle, um mich spielen zu hören, was zwischen neun und zehn Uhr stattfinden sollte.

Sie bekamen neue Kleider für diese Gelegenheit, was sie mächtig freute.

Ich hatte mich für ein Kleid entschieden, das ich seit Pietros Tod nicht getragen hatte. Ich hatte es nur einmal angehabt – bei seinem letzten Konzert. Ein besonderes Kleid für eine besondere Gelegenheit. Es war aus burgunderfarbenem Samt – ein langer, fließender Rock, ein enganliegendes Oberteil, das die Schultern teilweise freiließ. Am Ausschnitt steckte eine künstliche Blume – eine lila Orchidee – so zartfarbig, so hervorragend gemacht, daß sie aussah wie eine echte Blüte. Pietro hatte sie im Fenster einer der Boutiquen in der Rue St-Honoré gesehen und für mich gekauft.

Ich hatte nicht gedacht, daß ich dies Kleid noch einmal tragen würde. Ich hatte es in einem Karton aufbewahrt und bis jetzt nicht wieder angesehen. Der Anblick würde zu schmerzlich sein, hatte ich mir gesagt. Doch als ich erfuhr, daß ich vor diesen Leuten spielen sollte, hatte ich an das Kleid gedacht, und ich wußte, daß es genau das Richtige für die Gelegenheit sein und mir das Zutrauen geben würde, das ich brauchte.

Ich nahm das Kleid aus dem Karton, entfernte die vielen Schichten Seidenpapier und breitete es auf meinem Bett aus. Wie alles wieder lebendig wurde . . . Pietro, wie er aufs Podium kam, diese beinahe arrogante Verbeugung, der schnelle Blick, mit dem er mich suchte, mich fand und lächelte, beruhigt, weil ich da war, wußte er doch, daß ich jeden Triumph mit ihm teilte und daß mir sein Erfolg ebenso am Herzen lag wie ihm selbst – während er mir gleichzeitig zu verstehen gab: *Du* hättest es niemals so weit gebracht.

Als ich an jenen Abend dachte, hätte ich mich am liebsten auf den Samt geworfen und um die Vergangenheit geweint.

Leg es wieder fort. Vergiß es. Trage etwas anderes.

Nein – ich würde dieses Kleid tragen, und nichts sollte mich daran hindern.

Da sah ich, wie meine Zimmertür vorsichtig geöffnet wurde und Miß Stacy hereinlugte.

»Oh, da sind Sie.« Sie kam ans Bett getrippelt. »Oh, wie wunderschön. Ist das Ihr Kleid?«

Ich nickte.

»Ich wußte nicht, daß Sie etwas so Großartiges besitzen.«

»Das habe ich . . . schon lange.«

»Ah, noch aus der Zeit, als Ihr berühmter Mann lebte.« Wieder nickte ich.

Sie blinzelte zu mir auf und sagte: »Ihre Augen glänzen so. Als ob Sie gleich weinen wollten.«

»Ich habe nicht die Absicht«, erklärte ich, und um meine Bewegung zu erklären, setzte ich hinzu: »Ich trug es bei seinem letzten Konzert.«

Wieder ihr nun schon bekanntes Chinesen-Nicken. Doch ich spürte ihre Anteilnahme.

»Ich habe auch gelitten«, sagte sie. »Es war um das gleiche . . . in gewisser Weise. Ich verstehe.«

Dann ging sie ans Bett und strich über den Samt.

»Schleifen aus demselben Samt würden hübsch aussehen in Ihrem Haar«, sagte sie. »Ich glaube, ich werde mir ein neues Samtkleid machen lassen. Allerdings nicht diese Farbe . . . Blau, Taubenblau. Würde das nicht hübsch sein?«

»Sehr«, sagte ich.

Sie nickte und ging, und mit ihren Gedanken war sie sicher bei dem taubenblauen Samtkleid, das sie sich machen lassen wollte, mit passenden Schleifchen fürs Haar.

*

Einige Tage darauf ging es Sir William schlechter, und Mrs. Lincroft war in Sorge. Einen ganzen Tag und eine Nacht verließ sie kaum sein Zimmer, und als ich sie sah, sagte sie, es gehe ihm ein wenig besser.

»Wir müssen sehr vorsichtig sein«, erklärte sie mir. »Noch ein Schlaganfall könnte das Ende bedeuten, und natürlich ist er anfällig.«

Es war deutlich zu merken, wie tief bewegt sie war, und ich dachte, wie glücklich er doch daran sei, eine so gute Haushälterin zu haben, die von einem Moment zum nächsten zur ausgezeichneten Krankenpflegerin zu werden verstand.

Ich sagte ihr dies, und sie wandte sich leicht ab, um ihre Rührung zu verbergen, wie ich annahm. »Ich werde nie vergessen, was er für Alice getan hat«, sagte sie.

Da sie so von ihren Gefühlen übermannt schien, suchte ich möglichst schnell das Thema zu wechseln und sagte: »Die Abendgesellschaft wird nun wahrscheinlich abgesagt werden?«

»O nein.« Sie hatte sich sofort wieder in der Gewalt. »Sir William hat schon gesagt, daß er das keinesfalls will. Die Vorbereitungen sollen weitergehen. Er hat auch Mr. Napier kommen lassen und es ihm gesagt.« Sie runzelte die Stirn. »Ich machte mir schon Sorgen«, fuhr sie fort, »weil Napier ihn jedesmal aufregt. Es ist nicht seine Schuld«, setzte sie schnell hinzu. »Er braucht ihn nur – zu sehen. Deshalb hält er sich auch nach Möglichkeit fern. Doch dieses. . . . ging es sehr gut.«

»Es ist ein Jammer . . .«, hob ich an.

»Familienstreitigkeiten sind das Schlimmste, was es gibt«, sagte sie. »Und doch glaube ich, daß mit der Zeit . . .« Ihre Stimme verlor sich. »Wenn erst Kinder da sind . . . Sir William möchte so sehr gern Kinder hier sehen.«

*

Es klopfte an meine Tür, und Alice kam herein. Sie lächelte schüchtern und sagte: »Mr. Napier möchte Sie sprechen, Mrs. Verlaine. Er ist in der Bibliothek.«

»Jetzt?« fragte ich.

»Wann es Ihnen paßt, hat er gesagt.«

»Danke, Alice.«

Sie zögerte, und Ich wünschte, sie würde gehen, denn ich wollte mein Haar überkämmen, ehe ich hinunterging in die Bibliothek, und ich wollte nicht, daß Alice es sah. Sie bemerkte alles.

»Freuen Sie sich darauf, vor all den Leuten zu spielen, Mrs. Verlaine?«

»Nun, in gewisser Weise schon.«

Ich musterte verstohlen mein Haar. Es war unordentlich. Ich wünschte, ich hätte es höher gekämmt, weil mich das größer machte; außerdem sah ich dann würdiger aus. Ich strich mein Kleid glatt. Ich wünschte, ich hätte das lavendelblaue mit dem weißen Streifen an. Das stand mir so gut. Ich hatte es in einem der kleinen Geschäfte in der Rue de Rivoli gekauft. Pietro liebte es, mich gut angezogen zu sehen – als er berühmt war, natürlich –, doch auch früher hatte ich schon das beste aus meinen Kleidern zu machen verstanden . . . ganz im Gegensatz zu Roma.

Jetzt blickte ich an meinem braunen Gabardinekleid hinunter. Es war gut geschnitten, zweckmäßig, doch es gehörte nicht zu meinen besten; und ich wünschte, ich hätte gewußt, daß diese Gesprächsaufforderung kommen würde.

Mein Kleid konnte ich keinesfalls mehr wechseln, doch die Frisur konnte ich richten. Ich tat es, während Alice dabeistand.

»Sie sehen . . . erfreut aus, Mrs. Verlaine«, bemerkte sie.

»Erfreut?«

»Ja . . . und noch mehr als das. Irgendwie anders als sonst.«

Man mußte mir wohl die Erregung vor dem Kampf ansehen, denn das war es . . . eine Streitbegegnung mit Napier Stacy.

Ich ging an Alice vorbei und hinunter in die Bibliothek. Ich war bisher nur einmal dort gewesen, beeindruckt von dem Charakter der Eichentäfelung in diesem Raum. Sie bestand aus Bögen, getrennt jeweils durch Wandpfeiler, die oben durch einen Fries und eine Kranzleiste abgeschlossen wurden. Die geschnitzte Decke war die schönste im ganzen Haus – die Wappen der Familien Stacy, Beaumont und Napier zu einem reichen Muster verschlungen.

Über die eine ganze Wand zog sich ein herrlicher Wandteppich, der mich sofort interessiert hatte, nicht nur wegen der wunderbaren Webarbeit in Wolle und Seide auf Leinen, sondern wegen der Darstellung – die Landung Julius Cäsars an der britischen Küste. Als sie mir den Raum zeigte, hatte Mrs. Lincroft mir erzählt, daß der Wandteppich bald nach dem Bau dieses Hauses begonnen wurde und dann beiseite gelegt und vergessen worden war über hundert Jahre lang. Als dann ein weibliches Familienmitglied wegen irgendeines Mißverhaltens bei Hofe verbannt wurde, hatte sie die unvollendete Arbeit entdeckt und sich die Zeit im Exil damit vertrieben, den Teppich fertigzumachen. In einem Hause wie diesem stieß man auf Schritt und Tritt auf solche Dinge – Verbindungen zur Vergangenheit.

Die drei übrigen Wände waren mit Büchern bedeckt, einige davon, in Leder gebunden mit goldenem Aufdruck, hinter Glas. Orientteppiche lagen auf dem Parkettfußboden, in den Fensternischen befanden sich die üblichen Sitze, und in der Zimmermitte stand ein Eichentisch mit mehreren Armsesseln.

In der Bibliothek herrschte eine Atmosphäre feierlichen Ernstes. Unwillkürlich drängte sich mir der Gedanke an all die gewichtigen Familienkonferenzen auf, die hier über die Jahrhunderte getagt haben mochten. Hier war auch sicher Napier verhört worden, nachdem er seinen Bruder erschossen hatte.

Napier, der am Tisch gesessen hatte, erhob sich bei meinem Eintritt.

»Ah, Mrs. Verlaine«, sagte er. In seinen Augen schienen Lichter aufzuflammen, die sie noch verwirrender blau werden ließen als sonst; ich nannte sie mutwillig – aber sie waren mehr als das. Er freute sich ganz offenbar auf eine bevorstehende Viertelstunde, die er so unangenehm wie möglich für mich machen würde. »Bitte, setzen Sie sich.« Seidenweich die Stimme. Gefährlich, sagte ich mir.

»Sie werden sich sicher schon gedacht haben, daß ich mit Ihnen über Ihre musikalische Darbietung sprechen möchte. Die Stimmer versicherten mir, daß der Flügel in der Halle jetzt in tadellosem Zustand ist, so daß in der Beziehung alles in Ordnung sein sollte. Ich bin sicher, Sie werden uns alle mit Ihrem Spiel entzücken.«

»Danke vielmals.« Diese Höflichkeit, dachte ich. Wo sitzt der Haken?

»Haben Sie schon einmal auf einem Konzertpodium gespielt, Mrs. Verlaine?«

»Nicht ... im Ernst.«

»Aha. Haben Sie nie den Ehrgeiz dazu gehabt?«

»Doch«, sagte ich, »sehr sogar.« Er zog die Brauen in die Höhe, und ich fuhr fort. »Aber anscheinend nicht genug.«

»Wollen Sie sagen, daß Sie sich nicht so qualifizierten, wie es erforderlich war?«

»Eben das wollte ich sagen.«

»Sie waren also nicht ehrgeizig genug.«

So kühl ich konnte, antwortete ich: »Ich heiratete.«

»Das ist doch keine Antwort. Es gibt verheiratete Genies, soweit ich weiß.«

»Ich habe nie behauptet, ein Genie zu sein.«

Seine Augen glitzerten. »Sie haben Ihre Karriere um der Ehe willen aufgegeben«, sagte er. »Ihr Mann hatte es besser. Er brauchte seiner Karriere nicht zu entsagen.«

Ich wußte nicht, was ich antworten sollte. Und ich fürchtete, meine Stimme würde meinen inneren Aufruhr verraten, wenn ich jetzt sprach.

Wie ich diesen Mann verabscheute!

Er sprach weiter. »Ich habe die Stücke ausgesucht, die Sie für uns spielen werden. Ich bin sicher, daß Sie meine Auswahl gut finden werden. Es sind sehr beliebte Stücke ... und ich weiß, daß Sie ihnen gerecht werden.«

»Vielen Dank, Mr. Stacy«, sagte ich.

Ich warf einen Blick auf die Notenblätter in meiner Hand. Ungarische Tänze. Rhapsodie Nr. 2. Die Musik, die Pietro in jenem letzten Konzert gespielt hatte.

Ich meinte, ersticken zu müssen. Ich mußte hier heraus, sofort.

Ich wandte mich um; der Wandteppich mit Julius Cäsar verschwamm mir vor den Augen. Ich tastete blindlings nach dem Türgriff und war draußen.

Er weiß es, dachte ich. Er hat diese Stücke absichtlich ausgesucht. Er wollte mich aufwühlen; wollte mich quälen, mich aus der Reserve locken; er wollte seinen Spaß haben wie ein Junge, der zwei Spinnen zusammen in ein Glas tut und beobachtet, wie sie aufeinander reagieren.

Auf diese gleiche Weise quälte er Edith. Und jetzt war ich dran. Offenbar interessierte ich ihn. Warum? Konnte es sein, daß er mehr von mir wußte, als ich für möglich hielt?

Er hatte sich die Mühe gemacht herauszufinden, was Pietro an jenem Abend gespielt hatte. Vielleicht war es in einigen Zeitungen von damals erwähnt.

Was wußte er sonst noch von mir?

Am Tage vor der geplanten Gesellschaft kam Alice, um mir zu sagen, daß Edith krank sei. Ich ging zu ihr in ihr Zimmer. Dies waren die Räume, die Charles I. während des Bürgerkrieges bewohnt hatte. Das eigentliche Wohnzimmer lag hinter dem großen Schlafzimmer und wurde von Napier bewohnt, während Edith das letztere benutzte. In ihm stand ein riesiges Bett mit einem von vier geschnitzten Pfosten getragenen Himmel darüber. Kopfteil und Himmel waren mit vergoldeten Figuren geschmückt, und die Vorhänge waren aus blauem Samt. Es war ein sehr üppiges Bett – und mir fiel ein, daß dies die Brautsuite war. Beim Blick durch die Tür ins Nebenzimmer – den Raum, in dem ein König gewohnt hatte – erschien mir dieser wesentlich bescheidener, soweit ich sehen konnte. Da stand ein holzgeschnitztes Himmelbett mit einem hölzernen Stufentritt daneben, wie er benutzt wurde, um ins Bett zu steigen. Das Zimmer war sicherlich noch so wie es zur Zeit des Bürgerkrieges gewesen war – hier nebenan war das Mobiliar späteren Datums und gehörte einer üppigeren Periode an.

Es war das erste Mal, daß ich die Brautsuite betrat, und ich kämpfte mit einem Gefühl der Peinlichkeit, als ich mir Napier hier mit Edith vorstellte und mich fragte, wie ihre Beziehung wohl aussehen mochte, bei so viel Angst auf ihrer und soviel Verachtung auf seiner Seite. An einer Wand stand eine venezianische Konsole, darüber hing ein großer Spiegel im Goldrahmen. Ich bemerkte den Schreibsekretär aus Seidenholz und goldenem Honduras-Mahagoni mit ausgekehlten Säulchen. Dies war sicher der eleganteste Raum im ganzen Haus – und das strenge Zimmer nebenan bildete einen seltsamen Kontrast dazu.

Mein schneller Blick in die Runde dauerte nur einige Sekunden, denn ich war um Ediths willen gekommen.

Sie saß in dem reichverzierten Bett und sah klein und verloren aus. Das schöne Goldhaar hing ihr in zwei Zöpfen über die Schultern.

»O Mrs. Verlaine, mir ist . . . entsetzlich schlecht.«

»Was ist denn los?« fragte ich.

Sie biß sich auf die Lippen. »Es ist wegen morgen abend. Ich muß Gastgeberin sein, und es werden so schreckliche Leute kommen. Ich kann das nicht.«

»Warum sollten sie schrecklich sein? Es sind doch nur Gäste.«

»Aber ich werde nicht wissen, was ich reden soll. Ich wünschte so sehr, daß ich nicht hinzugehen brauchte.« Sie blickte mich hoffnungsvoll an, als wollte sie mich bitten, ihr einen Grund zu geben, daß sie abwesend sein konnte.

Ich sagte: »Sie werden sich daran gewöhnen. Es hat keinen Zweck, sich dieses Mal herauszuwinden. Dann werden Sie es das nächste Mal durchstehen müssen. Und ich bin sicher, Sie werden es gar nicht so schlimm finden.«

»Ich dachte, Sie könnten ... Sie würden vielleicht vorschlagen ... daß Sie es für mich übernehmen.«

»Ich?« Ich war erstaunt. »Aber ich bin ja nicht einmal beim Essen dabei. Ich komme lediglich herunter, um für die Gäste zu spielen.«

»Sie würden es so viel besser machen als ich.«

»Vielen Dank«, erwiderte ich, »aber ich bin nicht die Herrin des Hauses, ich bin hier nur angestellt.«

»Ich dachte, vielleicht könnten Sie mit Napier sprechen.«

»Und vorschlagen, Ihre Stelle einzunehmen? Sie werden sicher einsehen, wie unmöglich das ist.«

»Ja, wahrscheinlich haben Sie recht«, sagte Edith. »Oh, ich hoffe so sehr, daß ich mich besser fühle. Aber auf Sie würde er hören.«

»Wenn jemand mit Ihrem Mann sprechen soll, dann würden Sie das doch sicher am besten können.«

»Nein«, antwortete Edith und legte einen Augenblick die Hand über die Augen. Dann fügte sie hinzu: »Auf Sie hört er, Mrs. Verlaine ... und es gibt kaum Leute, auf die er hört.«

Ich lachte, doch innerlich war mir alles eher als wohl. Er interessierte sich für mich. Warum?

Betont munter sagte ich: »Sie sollten jetzt aufstehen und einen langen Spaziergang machen. Hören Sie auf, sich Sorgen zu machen. Wenn es vorüber ist, werden Sie sich fragen, wieso Sie sich überhaupt Gedanken gemacht haben.«

Edith ließ die Hände sinken und blickte mich ernst an.

Was für ein Kind sie war. Meine Worte hatten offenbar Eindruck auf sie gemacht.

»Ich werde es versuchen«, sagte sie.

*

Wie still es in der großen Halle war! Da stand der Flügel auf dem Podium. Aus den Treibhäusern würden Blumenarrangements hereingebracht werden, wahrscheinlich Tulpen und Nelken. Die Stühle standen bereits da. Wie ein Konzertsaal sah es aus . . . allerdings in einem einzigartigen Rahmen, mit der Rüstung, die am Fuße der Treppe Wache hielt – den Waffen an den Wänden, den Wappen der Stacys verschlungen mit denen der Napiers und Beaumonts.

Ich würde dort sein – in meinem burgunderfarbenen Samtkleid – und würde so aussehen wie an jenem verhängnisvollen Abend.

Nein, anders. Ich würde nicht unter den Zuhörern sitzen; diesmal würde ich dort auf dem Podium sein.

Ich ging hinüber, setzte mich an den Flügel. Nicht an Pietro denken. Pietro war tot. Wenn er unter den Zuhörern wäre, würde ich Angst haben zu versagen, würde Angst haben vor seinen abfälligen Bemerkungen. Ich würde mir ständig seiner Gegenwart bewußt sein, würde wissen, daß er die Ohren spitzte, die falsche Note herauszuhören, die fehlende Sicherheit . . . und ich würde wissen, daß er zwar um mich zittern, jedoch gleichzeitig hoffen würde, daß ich weniger vollkommen spielen möge als er.

Ich spielte. Ich hatte diese Stücke seit jenem Abend nicht mehr gespielt, hatte mir gesagt, daß ich es nicht ertragen würde. Doch als ich jetzt spielte, riß mich die Erregung mit, die der Meister gespürt hatte, als er sie komponierte. In aller Macht und Fülle war sie da, die Inspiration, die von außerhalb dieser Welt kommt. Es war wunderbar. Und als ich spielte, sah ich nicht Pietros lange Haare zurückgeworfen in der Erregung schöpferischer Interpretation. Für mich wurde die Musik zu dem, was sie mir in jener Zeit gewesen war, ehe ich Pietro kennenlernte. Ich war mitgerissen und erhoben durch das Spiel.

Als ich aufhörte, kam alles so lebendig zurück; ich sah ihn sich vor dem Publikum verbeugen. Er hatte ein wenig müde und erschöpft ausgesehen, wie er es für gewöhnlich nicht tat nach dem Spielen . . . jedenfalls nicht unmittelbar danach. Das pflegte erst später zu kommen, wenn er das Podium verlassen hatte, wenn die Schmeichler und Speichellecker gegangen waren, wenn wir allein waren. Dann begannen sich die Spuren all dessen zu zeigen, was er in so einen Abend hineingegeben hatte.

Ich sah ihn vor mir, zurückgelehnt in den Stuhl in seiner Garderobe . . . Pietro . . . der nie wieder spielen würde.

Ein leises Kichern hinter mir ließ mich hochfahren. Einen Moment lang dachte ich, er sei zurückgekommen, und er sei es, der mich auslachte. Wenn es etwas gab, das seinen Geist zurückzubringen vermochte, so sicher die Musik.

Auf einem der Stühle saß Miß Stacy. Sie trug ein mattrosa Kreppkleid, dazu kleine rosa Haarschleifen.

»Ich bin hereingeschlüpft, als Sie mittendrin waren«, sagte sie. »Sie spielen wunderbar, Mrs. Verlaine.«

Ich antwortete nicht. Und sie fuhr fort: »Es erinnert mich so sehr an alte Zeiten. Isabella war immer so nervös. Sie nicht. Und hinterher weinte sie in ihrem Zimmer, weil sie nicht zufrieden war mit ihrem Spiel und wußte, daß sie es besser gemacht haben würde, wenn sie ihre Stunden fortgesetzt hätte. Als ich da saß und zuhörte, dachte ich . . . es sollte mich nicht wundern, wenn dies die Geister rufen würde. Es ist genau wie früher. Angenommen, Isabella findet keine Ruhe. Angenommen, sie käme zurück . . . Nun, die Halle würde genauso aussehen wie an den Abenden, als sie spielte . . . alles genau so . . . nur jemand anders am Klavier. Ist das nicht aufregend, Mrs. Verlaine? Meinen Sie nicht auch, daß es die Geister beschwören könnte?«

»Wenn es sie gäbe, sicher. Aber ich glaube nicht, daß es sie gibt.«

»Das ist ein gefährliches Wort. Sie könnten es hören.«

Ich antwortete nicht. Statt dessen schloß ich den Flügel. Dabei dachte ich: O ja, es wäre eine Gelegenheit für Geister. Und ich dachte nicht an Isabella Stacy, sondern an Pietro.

*

Mein Spiegelbild gab mir Selbstvertrauen – der rote Samt

und dazu die Orchidee. Es stand mir wie nie ein Kleid zuvor. Pietro hatte es nicht gesagt, doch es war in seinen Augen zu lesen.

Er hatte hinter mir gestanden, mir die Hände auf die Schultern gelegt und uns beide im Spiegel betrachtet. Dieses Bild würde für immer unauslöschlich in meiner Erinnerung leben.

»Du siehst würdig ... meiner würdig aus«, sagte er mit der für ihn bezeichnenden Aufrichtigkeit; und ich hatte gelacht und erwidert, wenn er das meine, müsse ich ja wirklich sehr gut aussehen.

Wir waren zur Musikhalle gegangen, wo ich ihn verließ, um meinen Platz unter den Zuhörern einzunehmen.

Doch was sollte es, sich das alles wieder ins Gedächtnis zu rufen. Ich durfte heute abend nicht an ihn denken. Ich rieb meine Hände, massierte die Finger. Sie waren locker ... ausreichend, sagte ich mir. Doch innerlich wußte ich es besser. Sie waren heute abend wie mit Zauberkraft begabt, und das würde ihnen niemand nehmen, nicht einmal Pietros Geist.

Ich war froh, daß man mich nicht zum Essen mit der Gesellschaft aufgefordert hatte. Mrs. Lincroft hatte gesagt, sie finde es etwas unrecht von Napier, denn Sir Williams Absicht sei es sicher gewesen. Ich antwortete, daß es mir so lieber sei.

»Ich verstehe«, antwortete sie, »Sie möchten ganz frisch sein, wenn Sie spielen.«

Ich fragte mich, wer die Gäste sein mochten. Napiers oder Sir Williams Freunde? Napiers wohl kaum, denn er war noch nicht lange genug wieder zu Hause, um viele Freunde gewonnen zu haben. Wie fühlte man sich wohl, wenn man in der Verbannung gelebt hatte und heimgekehrt war? Ein wenig würde es für mich heute abend so sein. Auch ich hatte in gewisser Weise in der Verbannung gelebt, und heute abend würde ich auf das Podium gehen und Menschen würden meinem Spiel zuhören. Es würden unkritische Zuhörer sein, sagte ich mir, anders als die, vor denen Pietro zu spielen pflegte. Ich hatte nichts zu fürchten.

Um neun Uhr ging ich hinunter in die große Halle. Sir William war da in seinem Stuhl. Mrs. Lincroft in einem langen, grauen Chiffonrock mit kornblumenblauer Chiffonbluse schob ihn herein. Sie gehörte nicht zur Gesellschaft, war wie ich eine Art gehobene Bedienstete. Ich erinnerte mich, daß ich das bei ihrem Anblick dachte.

Sir William winkte mich heran und sagte, es tue ihm leid, daß ich beim Essen nicht dabeigewesen sei. Ich antwortete, daß ich mich vor dem Spiel gern ausruhe.

Napier kam herüber zu mir, Edith zur Seite. Sie sah sehr hübsch, doch höchst nervös aus. Ich lächelte ihr beruhigend zu.

Dann setzten sich alle, und ich ging zum Podium.

Ich begann mit den Tänzen, ebenso wie Pietro; und als meine Finger die Tasten berührten und jene magischen Töne aufklangen, vergaß ich alles außer der Freude, die sie mir bereiteten. Und als ich weiterspielte, sah ich Bilder, welche die Musik heraufbeschwor; und mich überkam dieses wundervolle Gefühl des Entrücktseins. Ich vergaß, daß ich vor Fremden in einem Herrenhaus spielte; ich vergaß sogar, daß ich Pietro verloren hatte; für mich gab es nichts mehr außer der Musik. Der Applaus kam spontan; ich lächelte meinem Publikum zu, das fortfuhr zu klatschen. Ich ließ meinen Blick leicht über sie hingehen; Sir William war offenbar tief bewegt; Napier saß aufrecht und klatschte wie die anderen; Edith neben ihm lächelte beinahe glücklich; und irgendwo hinten in der Halle sah ich Allegra und Alice – Allegra vor Aufregung auf ihrem Stuhl auf und nieder hüpfend, Alice ernsthaft in die Hände klatschend. Ich spürte ihre Freude – nicht so sehr über die Musik. Mehr über meinen Erfolg.

Der Applaus verebbte, und ich begann die Rhapsodie. Das war Pietros Stück, doch mir war es einerlei. Mir hatte es stets eine ganze Welt voller Farbe und Entzücken geöffnet.

Ich konnte eine weite Skala verschiedener Gefühle durchlaufen, während ich diese Rhapsodie spielte. Ebenso war es Pietro ergangen. Einmal hatte er mir erzählt, daß er sich während eines Teiles immer vorstellte, beim Zahnarzt auf dem Stuhl zu sitzen und einen Zahn gezogen zu bekommen, worüber wir beide damals sehr lachten.

»Es ist Schmerz«, hatte er ausgerufen, »schierer Schmerz ... und dann diese alles andere auslöschende Freude.«

Ich litt, ich erlebte Entzücken; und nichts existierte für mich außer der Musik. Und als ich schloß, wußte ich, daß ich noch nie so gut gespielt hatte.

Ich erhob mich; der Applaus war ohrenbetäubend.

Napier erschien neben mir. Er sagte: »Mein Vater möchte Sie sprechen.«

Ich folgte ihm zu Sir Williams Rollstuhl. Der alte Mann hatte Tränen in den Augen.

»Ich brauche es Ihnen nicht zu sagen, Mrs. Verlaine«, sagte er, »das war hervorragend. Es übertraf ... meine Erwartungen.«

»Danke, vielen Dank.«

»Ich bin sicher, daß man uns bitten wird, dies oft zu wiederholen. Es ... es erinnerte mich ...«

Er brach ab, und ich sagte: »Ich verstehe.«

»Unsere Gäste wollen Sie sicher beglückwünschen.«

»Ich glaube, ich möchte jetzt auf mein Zimmer gehen.«

»O ja. Sie sind erschöpft, ich weiß; nun, wir verstehen das.«

Napier blickte mich an, ich konnte den Ausdruck in seinen Augen nicht deuten.

»Triumph«, flüsterte er.

»Danke.«

»Ich hoffe, Sie billigen meine Wahl der Stücke.«

»Sie waren hervorragend.«

Lächelnd neigte er den Kopf, während Gäste herandrängten, um mir zu sagen, wie sehr sie mein Spiel genossen hatten. Eine ganze Zeit gelang es mir nicht zu entkommen. Ich bemerkte Miß Stacy – mit lavendelfarbenen Schleifen im

Haar –, aufgeregt und entzückt aussehend, als wäre sie in Verbindung mit den Geistern, die nach ihrer festen Meinung an diesem Abend unter uns sein mußten; ich sah, wie Mrs. Lincroft die Mädchen auf ihre Zimmer schickte, und ich ließ mir Komplimente machen; mehrere Leuten erwähnten meinen Mann. Wenige hatten ihn spielen hören, doch sie kannten seinen Namen.

Es dauerte einige Zeit, ehe ich flüchten konnte.

*

In meinem Zimmer stand ich vor meinem Spiegelbild und konnte mich nicht trennen. Der Hauch von Farbe auf meiner Haut, meine strahlenden Augen; mein Haar schien dunkler, und meine Haut schimmerte magnolienfarben aus dem tief burgunderroten Samt.

»Ich hab's geschafft«, flüsterte ich. »Pietro, ich hab's geschafft.«

In einem Landhaus. Vor einem unkritischen Publikum. Was verstehen sie schon von Musik?

»Sie waren begeistert.«

Pah! Sie wären auch begeistert gewesen, wenn Essie Elgin gespielt hätte. Sie hätte das ebensogut gekonnt. Klaviergymnastik, meine liebe Caro.

Und meine ganze Sehnsucht war, daß Pietro da sein möge und ich mich mit ihm streiten könnte . . . alles, wenn er nur da wäre.

Meine Wangen brannten; ich meinte zu ersticken in dem geschlossenen Raum, also machte ich impulsiv kehrt und lief über eine Hintertreppe hinunter in die Gärten.

Die Juninacht war warm, eine Nacht, wie sie schöner nicht sein konnte, mit einem fast vollen Mond hoch am Himmel. Ich ging in mein Mauergärtchen und saß da, voller Sehnsucht an jene Tage denkend, als Pietro und ich vor Pariser Cafés gesessen und geredet hatten. Ich hätte beides haben müssen, Pietro und meine Musik, wieviel besser wäre das für uns beide gewesen. Ich wäre ihm näher gewesen; er hätte mich respektiert; ich hätte mich besser um ihn kümmern sollen, hätte ihm nicht erlauben sollen, mich zu unterdrükken; fest und unbeirrt hätte ich über seine Gesundheit wachen sollen.

Ich vergrub das Gesicht in den Händen und weinte um die Vergangenheit und wünschte mir, sie noch einmal durchleben zu können.

So saß ich einige Zeit, die Hände vor dem Gesicht; und schrie dann erschrocken auf, weil sich neben mir etwas regte. Jemand saß dicht neben mir auf der Bank.

»Ich hoffe, ich habe Sie nicht erschreckt«, sagte Napier.

Ich wich ein Stück zurück. Er war der letzte, den ich sehen wollte. Ich erhob mich halb, doch er packte mein Handgelenk mit festem Griff. »Bleiben Sie«, sagte er.

»Ich . . . ich habe Sie nicht kommen hören.«

»Sie waren sehr mit Ihren eigenen Gedanken beschäftigt«, sagte er.

Ich war entsetzt. Mein Gesicht zeigte wahrscheinlich Tränenspuren, und daß er sie sehen sollte, war mir unerträglich.

Er erschien anders als sonst, weicher. Das müßte mich warnen.

»Ich sah Sie hierherkommen, und ich wollte mit Ihnen sprechen«, sagte er.

»Sie . . . sahen mich?«

»Ja, meines Vaters Gäste langweilten mich etwas.«

»Das haben Sie ihnen hoffentlich nicht gesagt.«

»Nicht direkt.«

»Sie sind . . .«

»Bitte, fahren Sie fort. Bei mir brauchen Sie Ihre Worte nicht mit Bedacht zu wählen. Mir ist es lieber, genau zu wissen, was Sie denken.«

»Dann denke ich, daß Sie etwas . . . unhöflich sind.«

»Was können Sie anderes erwarten, so, wie ich aufwuchs. Doch genug von mir. Sie sind sehr viel interessanter.«

»Es gibt doch sicher für Sie niemand Interessanteres als Sie selbst?«

»Im Augenblick – so sehr Sie das überraschen mag – doch.«

Er wandte mir plötzlich das Gesicht zu und fuhr fort: »Lassen wir doch dies Geplänkel. Reden wir ernsthaft miteinander.«

»Bitte, fangen Sie an.«

»Wir haben etwas Gemeinsames, Sie und ich. Und Sie wissen es.«

»Ich wüßte nicht, was.«

»Dann denken Sie nicht richtig nach. Unsere Vergangenheit natürlich. Beide müssen wir sie bewältigen. Sie heute abend . . .« Plötzlich hob er die Hand und berührte erstaunlich sanft meine Wange. »Sie trauern um Ihren Genius. Das hat keinen Sinn. Er ist tot. Sie müssen ihn vergessen. Sie müssen einen neuen Anfang machen. Wann werden Sie das lernen?«

»Und Sie?«

»Auch ich habe viel zu vergessen.«

»*Sie* machen keinen Versuch dazu.«

»Sie etwa?«

»Ja, o ja.«

»Heute abend?«

»Diese Stücke, die ich gespielt habe.«

»Ich weiß, ich habe sie mit Absicht ausgesucht.«

»Sie wußten es.«

»Ich las es in einer Zeitung. Er spielte sie am letzten Abend.«

»Das sieht ihnen ähnlich, mich daran zu erinnern.«

»Aber Sie sind Ihrem Kummer heute abend um einen Schritt ferner gerückt. Wußten Sie das? Sie haben sich dem Leben gestellt. Ich möchte schwören, daß Sie diese Stücke seit seinem Tode nicht einmal spielten.«

»Nein, bis heute abend nicht.«

»Jetzt werden Sie sie oft spielen. Es ist ein Zeichen, daß Sie ein Stückchen vorangekommen sind.«

»Und Sie haben sie zu meinem Besten ausgewählt?«

»Sie werden mir nicht glauben, wenn ich ja sage. Wenn ich sage, daß ich sie auswählte, um Sie aus der Fassung zu bringen, werden Sie es mir eher glauben.«

»Ich meine«, sagte ich, »daß ich glauben sollte, was Sie mir heute abend sagen.«

Er wandte sich mir mit einem Ruck zu. Ich wollte abweisend sein und ihn doch gleichzeitig fortfahren lassen. Ich verstand nicht, was mit ihm geschehen war ... oder auch mit mir. Er war anders.

Ich war anders. Ich war meiner nicht sicher. Ich wußte, daß ich hier nicht länger mit ihm bleiben sollte. Irgend etwas war böse an dieser Nacht ... diesem Mond ... dem Garten, und an ihm.

»Warum heute abend?« fragte er.

»Weil ich glaube, daß Sie die Wahrheit sagen ... heute abend.«

Er hob die Hände; ich erwartete, daß er mich berühren würde; doch er tat es nicht. Er sagte: »Ich wählte die Stücke absichtlich aus. Ich wollte, daß Sie sie spielen, weil es besser ist, sich dem Leben zu stellen und nicht vor ihm davonzulaufen.«

»Und Sie tun das?«

Er nickte.

»Deshalb erinnern Sie alle Menschen daran, daß Sie Ihren Bruder erschossen haben?«

»Sie sehen«, sagte er, »wir haben wirklich etwas Gemeinsames. Wir müssen der Vergangenheit entfliehen.«

»Warum sollte ich zu entfliehen wünschen?«

»Weil Sie sich weiter grämen werden, bis Sie das tun. Weil Sie sich ein Idealbild aufgebaut haben, das mit jedem Jahr rosiger und der vergangenen Wirklichkeit unähnlicher wird.«

»Wie wollen Sie wissen, wie es in Wirklichkeit war?«

»Ich weiß eine ganze Menge über Sie.«

»Was?«

»Was Sie mir erzählt haben.«
»Sie scheinen sich sehr für mich zu interessieren.«
»Das tue ich. Wußten Sie das noch nicht?«
»Ich dachte, daß Sie mich nicht zu dem zählen, was Sie für beachtenswert halten.«
Da lachte er, und es war das alte Lachen – spöttisch, aufreizend.
Plötzlich sagte er: »Das Haus hier fasziniert Sie, nicht wahr?«
Ich gab es zu.
»Und die Menschen darin?«
»Menschen sind mir immer interessant.«
»Aber wir sind ein wenig . . . ungewöhnlich, nicht wahr?«
»Menschen sind zumeist ungewöhnlich.«
»Haben Sie schon einmal jemanden gekannt, der seinen Bruder umgebracht hat?«
»Nein.«
»Macht mich das nicht einzigartig?«
»Unfälle können jedem zustoßen.«
»Sie sind entschlossen, sich nicht der allgemeinen Ansicht anzuschließen, daß es kein Unfall war?«
»Ich bin sicher, es war einer.«
»Ich sollte jetzt Ihre Hand nehmen . . . so . . . und sie an meine Lippen führen.« Er tat es. »Ich sollte sie dankbar küssen . . .« Seine Lippen brannten auf meiner Haut, der Kuß war heftig, furchteinflößend.
Ich zog meine Hand so unauffällig wie möglich zurück.
»Sollte ich das?« fragte er.
»Ganz gewiß nicht. Es besteht nicht der geringste Grund für Dankbarkeit. Mir schien es eine durchaus logische Erklärung. Ein Unfall.«
»Und Sie denken immer so logisch, Mrs. Verlaine?«
»Ich versuche es zumindest.«
»Und teilen Sympathie aus, wo sie geboten erscheint.«
»Ist das nicht die richtige Art, Sympathie zu verteilen?«
»Sie wissen natürlich, daß ich nach Australien geschickt

wurde ... zu einem Vetter meines Vaters. Er konnte meinen Anblick nicht ertragen ... mein Vater, meine ich ... nach dem Unfall. Meine Mutter nahm sich das Leben. Sie sagten, es war um meines toten Bruders willen. Zwei Tode, an denen ich beteiligt war. Nun, Sie verstehen das, nicht wahr? Ich war die lebendige Erinnerung daran. Also ab mit mir zu Vaters Vetter, der Viehzüchter ungefähr achtzig Meilen nördlich von Melbourne war. Ich dachte, ich sollte dort bis an mein Lebensende bleiben.«

»Und Sie waren es zufrieden?«

»Niemals. Hier gehöre ich her, und als sich die Gelegenheit bot, zögerte ich nicht. Ich nahm Vaters Vorschlag an.«

»Nun, jetzt sind Sie wieder da, und alles ist gut.«

»Ist es das, Mrs. Verlaine?« Er rückte ein Stückchen näher.

»Wie seltsam, hier im Garten im Mondlicht zu sitzen und sich ernsthaft mit Mrs. Verlaine zu unterhalten. Ich weiß, daß Sie Caroline heißen. Caro hat Ihr Genius Sie genannt.«

»Wieso wissen Sie das?«

»Ich habe es gelesen. Es stand in der Zeitung. Daß er mit Ihnen sprach, als Sie in seine Garderobe kamen. Und daß er nur sagen konnte: ›Es ist alles in Ordnung, Caro ...‹«

Ich fühlte, wie meine Lippen zitterten. Und es brach aus mir heraus: »Versuchen Sie absichtlich, mich zu ...«

»Verletzen? Ich möchte, daß Sie den Dingen ins Gesicht sehen ... Caro. Ich möchte, daß Sie sich stellen, denn dann können Sie es hinter sich lassen. Das müssen wir beide tun.«

In seiner Stimme war ein seltsames Beben, und ich wandte mich ihm zu. Er streckte die Hände aus, als wollte er sagen: Hilf mir. Und ich wollte sagen: Wir werden uns gegenseitig helfen. Denn merkwürdigerweise glaubte ich ihm. Und ich war froh ... froh, mit ihm hier im Garten im Mondlicht zu sitzen, das mit seinem Zauber das Böse vertrieben zu haben schien.

Plötzlich nahm er meine Hände in die seinen. Und ich zog sie nicht zurück. Wir saßen auf der Bank, blickten uns an, und ich wußte, daß zwischen uns etwas gewachsen war, das keiner von uns ableugnen konnte.

Und plötzlich hatte ich Angst, Angst vor meinen Gefühlen – und vor den seinen.

Ich stand auf.

Ich sagte: »Es ist kühl geworden. Ich glaube, ich sollte zurückgehen ins Haus.«

Er war verwandelt; die Arroganz war von ihm abgefallen. Oder täuschte ich mich? War das Mondlicht schuld?

Ich wußte nichts mehr, außer dem einen: Ich mußte schleunigst fort von ihm.

5

ICH HATTE MIT Alice und ihrer Mutter zu Abend gegessen und war in mein Zimmer gegangen, um die Stunden für den nächsten Tag vorzubereiten. Ich hatte Napier seit dem Abend, an dem ich vor den Gästen gespielt hatte, nicht mehr gesehen, und ich konnte kaum glauben, daß die Szene in dem mondbeschienenen Garten sich wirklich und wahrhaftig so abgespielt hatte, daß ich nicht in irgendeiner Weise übertrieb. Ich war an jenem Abend übermäßig erregt gewesen, und er hatte das natürlich gewußt. Ich durfte nicht vergessen, daß er Ediths Mann war und daß er sehr wohl eine leichte Ader haben mochte – war doch Allegra der beste Beweis dafür. Und wie töricht hatte ich mich an dem Abend benommen! Sicher, ich hatte mich nicht übermäßig lange im Garten aufgehalten, doch zurückblickend war ich sicher, daß ich drauf und dran gewesen war, einer Selbsttäuschung zu verfallen. Ich fragte mich, ob er sich wohl amüsierte in der Erinnerung an die Szene.

Wirklich, ich mußte mit meinen Gedanken von dem Mann loskommen und mich auf meine Arbeit konzentrieren.

Es klopfte an meine Tür. Alice stand da; sie sah im Gegensatz zu ihrer sonstigen ernsthaften Ruhe aufgeregt oder angstvoll aus.

»Sie haben gesagt, ich soll Ihnen Bescheid sagen, Mrs. Verlaine. Ich – ich habe das Licht in der Kapelle gesehen. Sie wollten doch gern Bescheid wissen . . .«

»Wo?« fragte ich und ging zum Fenster.

»Aus meinem Zimmer können Sie es besser sehen«, sagte sie. »Bitte, kommen Sie mit.«

Sie ging voran zum Unterrichtszimmer, das in der Nähe der Räume lag, die sie und ihre Mutter bewohnten. Wir stiegen eine kurze Wendeltreppe hinauf, und sie führte mich in ein adrettes kleines Zimmer mit niedlichen Vorhängen und einem kleinen Bett mit Chintzdecke – ein anmutiges Zimmer, das Alices Persönlichkeit widerspiegelte. Sie ging ans Fenster, und wir standen nebeneinander und blickten über die freie Fläche vor uns bis in die Dunkelheit des Wäldchens.

»Sie könnten es von Ihrem Zimmer aus auch erkennen«, erklärte sie. »Aber von hier aus können Sie sehen, daß es wirklich in der Kapelle ist.«

Ein fast voller Mond tauchte die Szene in ein stetes, kühles Licht. Es war völlig windstill.

»Was für eine ruhige, klare Nacht«, sagte ich.

»So eine Nacht, in der die Geister wandern«, flüsterte Alice. Ich warf ihr einen Blick zu; die grauen Augen waren weit geöffnet, die kleine Gestalt angespannt.

»Du hast doch keine Angst?« fragte ich sie.

Sie schauerte zusammen. »Ich weiß nicht. Ich würde wohl welche haben, wenn ich . . . Beaus Geist sähe.«

»Das wirst du nicht«, beruhigte ich sie. »Hab' keine Angst, Alice.«

»Aber wenn er . . . wandert.«

»Das tun die Toten nicht, ich bin ganz sicher.«

»Aber wenn sie böse sind, wenn sie einen von den Lebenden hassen . . . wenn jemand die Kapelle angezündet hat . . .«

»Alice«, sagte ich, »deine Phantasie geht mit dir durch.«

»Aber da *ist* das Licht, Mrs. Verlaine.«

»Vielleicht hast du es dir eingebildet.«

»Ich habe es mehrfach gesehen. In der Kapelle *ist* ein Licht. Das bilde ich mir nicht ein.«

»Es könnte jemand auf der Straße sein.«

»Die ist zu weit weg. Außerdem ist es direkt in der Kapelle . . . Von diesem Fenster aus können Sie es sehen. Es bewegt sich in der Kapelle, und dann geht es aus. Seit Mr. Napier wieder hier ist, habe ich es mehr als einmal gesehen.«

»Es kann viele Erklärungen dafür geben. Vielleicht treffen sich Menschen dort.«

»Liebesleute meinen Sie, Mrs. Verlaine?«

»Irgend jemand. Warum nicht?«

»Es spukt dort. Außerdem hätten Fremde dort nichts zu suchen, und wenn sie trotzdem dort wären, würden sie kein Licht anmachen und sich damit verraten, nicht wahr? Oh, da, schauen Sie! Da ist es!«

Sie hatte recht. Ich sah das Licht deutlich. Es sah aus, als werde es unbeweglich gegen das Fenster gehalten, an das ich mich in der ausgebrannten Ruine erinnerte.

Ich starrte und konnte einen Schauder nicht ganz unterdrücken. Wer war dort mit dem Licht? Wer war nach Dunkelheit zu der Ruine im Gehölz gegangen, um dort umherzuspuken? Ich war entschlossen, es herauszufinden.

Alice neben mir flüsterte: »Das ist Beaus Geist.«

»Nein, nein . . . das ist absurd. Aber es könnte jemand sein, der so tut, als wäre er es.«

»Wer würde das denn tun? Wer würde das . . . wagen?«

Ich antwortete nicht. Dann sagte ich: »Möchtest du jetzt mit mir dort hinuntergehen?«

Sie wich zurück. »Oh . . . nein, Mrs. Verlaine. Er – er könnte böse werden. Er könnte uns etwas Schreckliches antun. Er könnte –«

»Wer?«

»Beau.«

»Das glaube ich nicht«, sagte ich. »Beau ist tot. Und wer immer das Licht dort zeigt, ist sehr lebendig. Ich möchte wissen, wer es ist. Du nicht?«

Sie senkte die Augen, dann blickte sie mich an. »Ja, ich auch, aber wenn wir dorthin gingen, könnte uns etwas Schreckliches geschehen.«

»Und was, meinst du, würde uns geschehen?«

»Wir könnten in Stein verwandelt werden. Er könnte uns womöglich in eine dieser Figuren auf dem Altar verwandeln. Ich finde immer, sie sehen so aus, als ob sie einmal lebendige Menschen waren.«

»O Alice«, schalt ich sie.

Sie gab ein kleines, nervöses Lachen von sich. »Ich weiß, ich bin albern, aber ich würde solche Angst haben.« Sie schien zu glauben, daß ich mich auf den Weg machen wollte, denn sie ergriff meine Hand und rief: »Mrs. Verlaine, bitte, gehen Sie nicht dorthin. Bitte . . . *Bitte*!«

Es tat mir wohl, daß sie sich so um mich sorgte. Freundlich sagte ich: »Aber Alice, so eine Sache sollte untersucht werden. Derartigen Unfug darf sich niemand erlauben.«

»Ja, aber gehen Sie nicht jetzt, Mrs. Verlaine. Vielleicht könnten einige von uns mit Ihnen gehen. Aber nicht jetzt . . . bitte.«

»Na schön. Aber Alice, diesen Gedanken, daß es sich um einen Geist handeln könnte, nehme ich nicht hin. Ich bin sicher, daß wir eine absolut logische Erklärung finden werden, wenn wir genau hinsehen.«

»Sind Sie das wirklich?«

»Aber ganz gewiß.«

»Was für ein Trost.«

»Und jetzt, Alice, solltest du das Licht vergessen, meine ich.«

»Ja«, seufzte sie, »sonst denke ich heute nacht im Bett noch dran und kann nicht schlafen.«

»Hast du etwas Gutes zum Lesen?«

Sie nickte. »*Evelina*. Das ist sehr spannend, Mrs. Verlaine. Es handelt von den Abenteuern einer jungen Dame in der Gesellschaft.«

»Nun, Alice, ich glaube gar, du würdest auch gern eine junge Dame der Gesellschaft sein.«

Sie lächelte, und ich freute mich, weil ich merkte, wie die Furcht und die durch das Licht in der Kapelle entstandenen krankhaften Vorstellungen verblaßten. »Nun«, sagte sie, »ich kann es mir vorstellen, Mrs. Verlaine, obwohl mir das nie passieren wird. Allegra erinnert mich ständig daran, daß ich zwar in einem großen Haus wohne und einige der Vorteile der Familie mit genießen darf, aber doch nur die Tochter der Haushälterin bin.«

»Und wenn schon, Alice. Was du *bist*, zählt, sonst nichts.«

»Glauben Sie das?«

»Ich bin ganz sicher. Nun geh wieder an deine *Evelina* und denke nicht mehr an das mysteriöse Licht, das nicht mehr sehr viel länger ein Rätsel sein wird, das verspreche ich dir.«

»Rätselhafte Dinge mögen Sie nicht, wie?«

»Wer möchte sie nicht enträtseln?«

»Viele Leute kümmern sich nicht darum. Vielleicht sind sie so wie ich und bilden sich ein, was geschehen ist. Sie aber wollen immer *wissen*. Zum Beispiel, was mit Miß Brandon geschehen ist.«

»Das wollen sicher eine ganze Reihe von Leuten wissen.«

»Sie werden es jetzt wohl kaum mehr erfahren.«

»Man kann nie wissen, was entdeckt wird.«

»Nein.« Sie schien in Gedanken. Dann sagte sie: »Das macht es alles so aufregend, nicht wahr?«

Ich pflichtete ihr bei und ging zurück in mein Zimmer.

*

In Wirklichkeit ließ mich das rätselhafte Licht gar nicht so kalt, wie ich es Alice glauben gemacht hatte. Es schien kein Zweifel zu bestehen, daß jemand einen Schabernack spielte; es war jemand, der so tun wollte, als sei der Ort verhext, jemand, der die Erinnerung an Beaumont Stacy wachhalten wollte. Als ob das nötig gewesen wäre! Nein, das war wohl kaum die Antwort. Der Spuk sollte zum Ausdruck bringen, daß Beaumonts Geist sich gegen Napiers Rückkehr auflehnte.

Es war töricht, kindisch, jämmerlich und rachsüchtig; und ich war ärgerlicher, als die Situation es rechtfertigte.

Napier hatte zweifellos seine Feinde – und das überraschte mich nicht.

In mein Zimmer zurückgekehrt, ging ich zum Sitz in der Fensternische und blickte hinaus über die Rasenfläche. Der Mond hatte seit dem Konzertabend etwas abgenommen. Ich dachte an den Garten im Mondlicht und an Napier, der versuchte, die Vergangenheit hinter sich zu lassen, und ich fragte mich, wer es sein mochte, der so entschlossen war, dies nicht zuzulassen. Wer würde in das Gehölz gehen und ein Licht schwenken in der Hoffnung, daß man glauben würde, der schöne Bruder sei zurückgekommen, weil er böse war. Das war kindisch. Und doch war es ein sicheres Mittel, die Geschichte nicht in Vergessenheit geraten zu lassen.

Ich blickte über die Rasenflächen hinüber zum Wäldchen. Alice hatte recht, es war gar nicht leicht, die Ruine von hier aus zu sehen, da sie höher lag. Die Kapelle selbst sah ich überhaupt nicht, nur die undeutlichen dunklen Umrisse des Wäldchens.

Die Kapelle war nach Napiers Rückkehr durch Feuer zerstört worden. Wer hatte das getan? War es derselbe Mensch, der es dort jetzt »spuken« ließ, indem er nach Dunkelheit ein Licht schwenkte?

Ich verspürte den Wunsch, dem Gespenst das Handwerk zu legen, diesem kindischen Tun ein Ende zu bereiten – und der Grund war, daß ich wissen wollte, wie Napier sein würde, wenn er nicht mehr im Schatten der Vergangenheit lebte. Kaum anders als jetzt, lautete die Antwort darauf. Nur wegen einiger Augenblicke im Garten, in denen ich ganz entschieden nicht ich selbst war – die nüchterne, vernünftige Person –, nur deshalb war ich bereit, ihm alle möglichen Qualitäten zuzuschreiben, die er zweifellos nicht besaß.

»Dein mütterlicher Instinkt, liebe Caro«, hätte Pietro gesagt. Damit hatte er mich einmal aufgezogen, als ich mich ängstigte, weil er stundenlang im Regen durch die Straßen gelaufen war und über eine Kadenz nachdachte, mit der er nicht zufrieden gewesen war.

»Nicht daß ich ihn dir abgewöhnen möchte, Caro. Aber er sollte sparsam und im geheimen angewendet werden. Mach dir Sorgen um mich, aber laß es mich nicht merken. Halte dich zurück. Kleine Aufmerksamkeiten sollten so unauffällig angebracht werden, daß sie unbemerkt bleiben. Ich würde mich mit Grausen von einem betulichen, besitzheischenden Weibswesen abwenden.«

Geh fort, Pietro. Laß mich in Ruhe. Laß mich dich vergessen. Laß mich entfliehen.

Über die Jahre hinweg konnte ich seine spöttische Stimme hören: »Niemals, Caro. Niemals.«

Und dann vergaß ich Pietro augenblicklich, denn ich sah eine dunkle Gestalt aus dem Wäldchen kommen. Einige Sekunden erschien sie im Mondlicht, und ich erkannte Allegra.

Sie lief schnell über das Gras und hielt sich dicht an der Hecke; dann verschwand sie im Haus.

Allegra? fragte ich mich. War sie der Geist, der in der Waldkapelle spukte?

*

Ich beobachtete sie genau, während sie mühsam durch die Etüde von Czerny stolperte.

»O Allegra!« stöhnte ich.

Sie grinste mich an, blickte dann mit gerunzelter Stirn auf die Noten, machte eine Pause und fuhr fort.

Am Ende des Stückes seufzte sie und legte die Hände in den Schoß. Auch ich seufzte. Dann brach sie in Lachen aus.

»Ich habe es Ihnen doch gesagt, daß ich Ihnen nie Ehre machen werde, Mrs. Verlaine.«

»Du konzentrierst dich nicht. Kannst du nicht, oder willst du es nicht?«

»Versuchen tue ich es schon«, sagte sie und blickte mich spitzbübisch an.

»Allegra«, fuhr ich fort, »gehst du jemals nach Dunkelwerden in die Ruine im Wäldchen?«

Sie sah bestürzt aus und warf mir einen schnellen Blick zu, ehe sie den Kopf abwandte und auf die Tasten starrte.

»O Mrs. Verlaine, ich ... ich würde eine Todesangst haben. Sie wissen doch, daß es dort spukt, nicht wahr?«

»Ich weiß, daß jemand dort ein Licht bewegt.«

»Manchmal ist dort ein Licht. Ich habe es auch gesehen.«

»Weißt du, wer diesen Unfug treibt?«

»Oh ... hm ... ja. Ich denke schon.«

»Wer ist es, Allegra?«

»Sie sagen, es ist der Geist von Onkel Beau.«

»Sie? Wer ist sie?«

»Oh ... fast alle.«

»Aber was sagst *du*, Allegra?«

»Was sollte ich denn sagen?«

»Du könntest sagen, daß dort jemand Unfug treibt.«

»O nein, Mrs. Verlaine, das sage ich nicht.«

»Aber du denkst es.«

Sie blickte mich an, ehrlich verstört. »Ich verstehe Sie nicht.«

»Gestern abend war in der Kapelle ein Licht, und Alice machte mich darauf aufmerksam. Etwas später sah ich dich ins Haus kommen.«

Sie biß sich auf die Unterlippe und schlug die Augen nieder.

»Du gibst zu, Allegra, daß du gestern abend draußen warst.«

Sie nickte.

»Dann ...«

»Sie können doch nicht meinen, daß *ich* . . . ?«

»Was ich meine, ist, daß wenn hier jemand törichte Streiche macht, Sir William das sicher gern hören möchte.«

Sie war aufgeschreckt. Sie sagte: »Mrs. Verlaine, ich kann Ihnen sagen, wo ich war. Ich hatte mir Mrs. Lincrofts Schal ausgeliehen. Den vergaß ich im Pfarrhaus und ging zurück, um ihn zu holen. Wenn Mrs. Lincroft ihn vermißt hätte, würde sie es meinem Großvater erzählt haben. Da ging ich und holte ihn.«

»Hast du den Pastor oder Mr. Brown oder Mrs. Rendall gesehen, als du dort warst?«

»Nein, aber ich habe Sylvia gesehen.«

»Warum hast du nicht bis zum Morgen gewartet, wo du sowieso hinübergingest?«

»Mrs. Lincroft hätte es merken können, und sie hatte gesagt, wenn ich mir noch einmal etwas ausleihen würde, ohne sie zu fragen, würde sie es Großvater sagen. Er war scharlachrot«, fügte sie schwärmerisch hinzu. »Meine Lieblingsfarbe.«

Ich blätterte weiter in den Etüden von Czerny.

»Versuchen wir dies«, sagte ich. Ich war zu dem Schluß gekommen, daß ich Allegra nicht glaubte und sie von nun an beobachten würde.

*

Ich verlor keine Zeit, mit Sylvia zu sprechen. Sylvia war dasjenige von den Mädchen, das ich naturgemaß am wenigsten sah. Sie schien mir etwas verschlagen zu sein. Ich wußte eigentlich nicht genau, wie ich zu diesem Eindruck gekommen war: vielleicht lag es daran, daß sie in Gegenwart ihrer Mutter so überbescheiden war und sich fast unmerklich zu verändern schien, sobald Mrs. Rendall nicht dabei war. Ich war ungerecht, schalt ich mich selbst. Das arme Kind! Wer würde nicht in Furcht erstarren vor der überwältigenden Mrs. Rendall, insbesondere jemand, über den sie so viel Kontrollmöglichkeit besaß wie über ihre eigene Tochter.

Sylvia war eine mehr als gewissenhafte Schülerin und tat nach meinem Eindruck ihr Bestes – ein armseliges Bestes, gewiß, doch zu mehr war sie nicht fähig.

»Hast du Allegra gestern abend gesehen?« fragte ich sie, nachdem sie ihre Tonleitern heruntergehackt hatte.

»Allegra? Wieso . . .?«

»Ist sie zu dir gekommen?« drang ich weiter in sie. »Versuche, dich zu erinnern. Ich möchte das sehr gern wissen.«

Sylvia blickte auf ihre abgebissenen Fingernägel. Sie machte den Eindruck, als versuche sie verzweifelt sich vorzustellen, was sie jetzt antworten müsse.

»Wenn du sie gestern abend gesehen hättest, würdest du dich doch erinnern, nicht wahr?«

»O ja«, sagte Sylvia. »Sie war im Pfarrhaus.«

»Kommt sie oft abends?«

»Hm . . . nein.«

»Was haben deine Eltern denn gesagt, als sie kam?«

»Sie . . . sie wußten nichts davon.«

»Es war also ein heimlicher Besuch?«

»Ja, es – es war wegen dem Schal. Allegra hatte ihn sich ausgeliehen. Er gehört Mrs. Lincroft, und sie hatte Angst, Mrs. Lincroft könnte es merken und Sir William erzählen; also kam sie, den Schal zu holen, und ich ließ sie herein, und die anderen haben nichts davon gewußt.«

Es stimmte also. Die Geschichte paßte, und wenn Allegra im Pfarrhaus gewesen war, konnte sie unmöglich zu der Zeit in der Kapelle gewesen sein, als dort das Licht erschien.

Ich mußte woanders nach dem irdischen Spaßvogel suchen.

Ich hatte mit Mrs. Lincroft und Alice zu Abend gegessen, und die letztere hatte mich mit ihrer Mutter allein gelassen.

»Bleiben Sie noch ein wenig«, hatte Mrs. Lincroft gesagt, »ich mache uns einen Kaffee.«

Ich sah ihr zu, wie sie den Kaffee aufbrühte. »Ich mache ihn gern selbst«, sagte sie. »Mit meinem Tee und Kaffee bin ich sehr eigen.«

Ich beobachtete sie, wie sie sich im Zimmer bewegte – eine elegante Frau in einem der fließenden Röcke, die sie bevorzugte – diesmal grau – und der femininen Chiffonbluse von der gleichen Farbe, mit winzigen rosa Knöpfen. Sie bewegte sich lautlos und anmutig; und ich dachte, was für ein schönes Mädchen sie gewesen sein mußte. Sie war noch nicht alt, doch auch nicht mehr jung; wieder einmal fiel mir auf, daß sie irgendwie etwas verblaßt aussah, und ich fragte mich, wie der verstorbene Mr. Lincroft wohl gewesen sein mochte.

Als der Kaffee fertig war, brachte sie das Messingtablett zu einem kleinen Tisch und setzte sich neben mich.

»Ich hoffe, Sie mögen ihn so, Mrs. Verlaine. Da Sie in Frankreich gelebt haben, wissen Sie ja sicher, wie guter Kaffee schmecken muß. Was für ein aufregendes Leben Sie und Ihr Mann gehabt haben müssen.«

Ich nickte.

»Und so jung schon verwitwet zu sein!«

»*Sie* wissen doch, wie das ist.«

»O ja . . .« Ich hatte gehofft, daß sie nun etwas Persönliches erzählen würde, doch ich hatte mich getäuscht. Mrs. Lincroft gehörte zu den wenigen Frauen, die nicht über sich selbst sprechen. »Sie sind jetzt einige Wochen bei uns«, fuhr sie fort. »Hoffentlich beginnen Sie, sich zu Hause zu fühlen.«

»Ich denke schon.«

»Sie fangen auch an, etwas von der Familie zu wissen. Übrigens, wie finden Sie Edith aussehend?«

»Ich finde, sie sieht gut aus.«

Mrs. Lincroft nickte. »Sie hat sich verändert. Haben Sie es bemerkt? Aber . . . Sie haben sie vorher nur wenig gesehen. Ich würde sagen, sie bekommt ein Kind.«

»Oh.«

»Da sind Anzeichen – ich hoffe es sehr. Alle würden so glücklich sein. Wenn es ein Junge wird . . . ich hoffe sehr, es wird ein Junge . . . dann wird Sir William versöhnt sein.«

»Es würde sicher sehr erfreulich sein.«

Mrs. Lincroft lächelte. »Das wird alles ändern. Die Vergangenheit wird vergessen sein.«

Ich nickte.

»Ich werde um einen Jungen beten, einen, der aussieht wie Beaumont. Ich bin sicher, Sir William würde das Kind Beaumont nennen wollen. Ja, wenn wir wieder einen Beaumont im Hause hätten, wäre der Geist damit völlig gebannt.«

»Es ist ein Jammer, daß er nicht schon lange gebannt wurde.«

»Oh, er war aber auch ein so liebenswerter Junge. Wenn er etwas weniger hübsch gewesen wäre, etwas weniger liebenswürdig, dann wäre alles viel leichter gewesen. Die einzige Möglichkeit zu vergessen, ist, ihn zu ersetzen, und das ist durch ein Enkelkind möglich.«

»Allegra ist doch schon da.«

»Napiers uneheliche Tochter! Sie erinnert Sir William doch nur an ein unseliges Vorkommnis.«

»Das ist wohl kaum ihre Schuld.«

»Gewiß nicht. Doch ihre Gegenwart trägt in keiner Weise dazu bei, Sir William vergessen zu lassen. Ich glaube sogar, daß es eine Zeit gab, als er erwog, Allegra fortzuschicken.«

»Das scheint er gern zu tun – Menschen fortzuschicken«, platzte ich heraus.

Mrs. Lincroft blickte mich kalt an. Ich sah es klar – sie fand es höchst anmaßend von mir, Sir William zu kritisieren.

»Sie werden sicher verstehen, daß Allegras Anwesenheit ihn schmerzt.«

»Es ist traurig für das Mädchen, wenn es diesen Eindruck vermittelt.«

Wieder schien ich Sir William zu kritisieren, und sie erklärte ziemlich kurz: »Allegra war schon immer ein schwieriges Kind. Vielleicht wäre es besser gewesen, wenn sie nicht hier aufgewachsen wäre.«

»Es muß hart für sie gewesen sein. Eine Mutter, die sie im Stich ließ, ein Vater, den sie nicht kannte, und ein Großvater, der Anstoß an ihr nahm.«

Mrs. Lincroft zuckte die Achseln. »Ich habe mein Bestes getan«, sagte sie. »Es ist nicht einfach mit einem Mädchen wie Allegra. Wenn sie etwas mehr wie Alice gewesen wäre ...« Sie blickte mich forschend an. »Ist Alice ... gehorsam?«

»Ich finde, sie ist ein reizendes Mädchen – klug und wohlerzogen.«

Mrs. Lincrofts gute Stimmung war wiederhergestellt. »Ach«, seufzte sie, »ich wünschte, Allegra hätte mehr von ihr. Das Kind ist ein wenig zu fingerfertig, fürchte ich.« Ich dachte sofort an den Schal. »Oh, nichts Schwerwiegendes«, setzte Mrs. Lincroft hastig hinzu. »Aber sie neigt dazu zu denken, daß man sich anderer Leute Eigentum ausleihen kann, ohne vorher um Erlaubnis zu fragen, solange sie die Gegenstände nur später zurückbringt.«

»Sie scheint Angst vor ihrem Großvater zu haben.«

»Natürlich fürchtet sie ihn. Edith auch. Aber sie ist so gefügig. Nicht daß das an sich ein Fehler wäre, aber sie ist so nervös, um alles um jedes ist sie nervös. Hat Angst vor Donner und Blitz ... hat Angst, irgendwo anzuecken. Es wird ein wahrer Segen für sie sein, ein Kind in die Welt zu setzen.«

Ich fragte: »Was steckt nach Ihrer Ansicht hinter all diesem Gerede über das geheimnisvolle Licht in der Kapelle?«

Sie zuckte die Achseln. »Die gesamte Dienerschaft redet darüber. Ich glaube, jemand, der die Vergangenheit lebendig erhalten möchte, erlaubt sich einen üblen Scherz.«

»Aber weshalb?«

»Vielleicht jemand, der einen Groll gegen Napier hat. Vielleicht ist es aber auch reiner Schabernack.«

»Bei einer Ruine denkt man wahrscheinlich an einen Geist.«

»Das Licht wurde schon gesehen, ehe die Kapelle ausbrannte. Gleich nachdem Napier zurück war, um es genau zu sagen. Und dann war eines Nachts die Feuersbrunst, und seither ist das Licht immer wieder gekommen.«

»Was denkt Napier davon?«

Sie sah mich durchdringend an. »Das werden Sie wahrscheinlich ebensogut wissen wie ich, Mrs. Verlaine.«

Diese stille, rätselhafte Frau wußte also, daß Napier mir nicht gleichgültig gegenüberstand – ebensowenig wie ich ihm. Voller Unbehagen wechselte ich das Thema. Ich sprach von den Gärten, und sie war sehr bereit, über Blumen zu reden, die ihre Leidenschaft waren. Bis ich sie verließ, floß die Unterhaltung mühelos dahin.

*

Es war kurz nach Dunkelwerden. Ich durchlitt eine peinvolle Sitzung mit Allegra am Klavier, als Alice hereinkam.

»Ich wollte gleich zur Hand sein, wenn ich an die Reihe komme«, sagte sie.

Sie saß in der Fensternische, während ich Allegras Stunde beendete, und plötzlich rief sie: »Da ist es wieder. Ich habe es gesehen.«

Allegra hüpfte auf und lief zum Fenster. Ich folgte ihr. »Das Licht ist wieder da«, sagte Alice. »Ich habe es deutlich gesehen. Warten Sie einen Augenblick. Sehen Sie! Da ist es wieder.«

Kein Zweifel, das Licht war da. Es flammte einen Moment auf, leuchtete unbewegt wie ein Leuchtturm und verlosch.

»Sie haben es gesehen, Mrs. Verlaine«, sagte Alice. »Ja, ich habe es gesehen.«

»Niemand könnte behaupten, daß es nicht da war, nicht?«

Ich schüttelte den Kopf, die Augen starr auf das dunkle

Wäldchen geheftet. Dann war es wieder da. Es leuchtete hell durch die Dunkelheit, blieb einige Sekunden und war verschwunden.

Allegra neben mir atmete tief. Ich schuldete ihr Abbitte, hatte ich sie doch verdächtigt, den Schabernack mit dem Licht angezettelt zu haben; und jetzt war sie reingewaschen.

*

Ich hatte beschlossen, der Sache auf den Grund zu gehen, und so schlüpfte ich eines Nachts aus dem Haus und machte mich auf den Weg über die Rasenflächen zum Wäldchen.

Als ich es erreicht hatte, zögerte ich, von dem fast unwiderstehlichen Impuls ergriffen umzukehren; es war so unheimlich, und so sehr man sich bei Tage und in Gesellschaft anderer über gespenstische Vorgänge lustig machen kann, allein und bei Dunkelheit ist man wesentlich weniger mutig. Der Gedanke, zur Kapelle zu gehen – wie ich ursprünglich beabsichtigt hatte – und dort zu warten, erschien jetzt beängstigend. Ich blieb unter einem Baum stehen und versuchte, die Dunkelheit mit den Augen zu durchdringen.

Es würde wahrscheinlich vergeblich sein, sagte ich mir. Geister kommen nicht regelmäßig. Das war natürlich eine Entschuldigung. Dann fragte ich mich, warum ich nicht zurückging und Mrs. Lincroft oder Alice bat, mich zu begleiten. Sie könnten denken, ich sei übereifrig zu beweisen, daß sich jemand einen üblen Scherz erlaubte. Ich konnte Mrs. Lincrofts Bemerkung über Napier nicht vergessen. Ein plötzlicher Gedanke zuckte in mir auf. Ob Roma vielleicht eines Nachts in die Kapelle gegangen war? Ob sie da etwas gesehen hatte, was nicht gesehen werden sollte? Ein Schauder überlief mich bei dem Gedanken. Ich konnte mir gut vorstellen, wie Roma skeptisch und entschlossen ausgezogen war, ein Rätsel zu lösen.

»Geister!« hörte ich in Gedanken ihre etwas schneidende Stimme.

»Was für ein ungeheuerlicher Blödsinn.«

Aber sie wäre unbefugt eingedrungen, wäre sie hierhergekommen, denn obwohl sie Sir Williams Erlaubnis zu Ausgrabungen auf seinem Gelände hatte, erstreckte sich diese Erlaubnis nicht auf die Gärten. Sie gehörte allerdings nicht zu denen, die auf Erlaubnis warten, wenn sie etwas tun wollen. Aber Geister! Als ob sie daran Gedanken verschwendet hätte! »Was haben Lichter in Kapellen mit Archäologen zu tun«, hörte ich sie fragen.

Ich begann, mich vorsichtig durch das Wäldchen voranzutasten; und jetzt konnte ich den dunklen Schatten sehen – die Kapelle. Ich ging bis nahe heran, streckte die Hand aus und berührte den kalten Stein. Ich werde nur schnell hineinsehen, versprach ich mir selbst, und dann gehe ich zurück. Schließlich würde ich womöglich den ganzen Abend hier verbringen. Ich würde später mit jemandem wiederkommen. Allegra und Alice würden sicher gern die Wache mit mir teilen.

Plötzlich hörte ich ein zischendes Flüstern. Der Wind strich durch die Bäume, sagte ich mir. Doch es ging kein Wind. Es waren zweifellos Stimmen; sie kamen aus der Kapelle und ließen mich am ganzen Körper zittern.

Mein erster Impuls war, den Weg zurückzulaufen, den ich gekommen war; doch wenn ich das täte, würde ich mich selbst verachten. Ich war der Lösung des Rätsels dicht auf den Fersen und mußte fortfahren.

In dem Bemühen, mich zu beruhigen, schlich ich bis zu der Öffnung, wo die Tür gewesen war, die ganze Zeit angespannt lauschend.

Wieder Stimmen – zwei Stimmen, eine sehr hoch, die andere tiefer . . . und sie flüsterten miteinander.

Dann begriff ich. Diese beiden waren nicht hergekommen, um als Gespenster durch die Kapelle zu geistern. Sie hatten diesen Platz gewählt, um ein paar Augenblicke ungestört beieinander sein zu können.

Ediths Stimme: »Du *darfst* nicht fortgehen.«

Und die andere Stimme erwiderte: »Liebling, es ist der einzige Weg. Wenn ich fort bin, wirst du mich vergessen. Du mußt versuchen, glücklich zu werden . . .«

Ich wollte nicht ungebetener Ohrenzeuge dieser zärtlichen Szene zwischen zwei Liebenden werden und ging davon.

Edith hatte die Kapellenruine ausgesucht, um sich dort mit ihrem Geliebten zu treffen; und dies war sicher eines ihrer letzten Treffen, denn es waren nur noch wenige Tage, bis Jeremy Brown nach Afrika reiste.

Lautlos ging ich durch das Wäldchen und dachte, daß dies sehr wohl die Lösung sein konnte. Die Kapelle war der Treffpunkt zweier Liebender. Hatten sie das Licht geschwenkt, um andere Menschen fernzuhalten? Ich konnte mir das kaum vorstellen – aber wer hätte geglaubt, daß Edith Ihrem Mann untreu sein würde? Wenn man unter die Oberfläche blickte, fand man oftmals Dinge, die man am wenigsten erwartet hatte.

Blitzartig dachte ich daran, wie Alice vor mir gestanden und ernsthaft zitiert hatte:

»Sie hecken ihre Pläne aus,
mich zu überrumpeln.«

Ich war fast am Rande des Wäldchens angelangt, jedoch noch von Bäumen umgeben, als plötzlich eine hohe Gestalt hinter mir erschien. Ich wandte mich mit einem Ruck um und hatte einen Augenblick lang die völlig abwegige Vorstellung, mich Beaumonts Geist gegenüberzusehen.

Es war Napier, wie ich sofort feststellte, und meine Erleichterung war nicht zu übersehen.

»Es tut mir leid, wenn ich Sie erschreckt habe.«

»Ich war nur im Augenblick überrascht, das ist alles.«

»Sie sehen aus, als hätten Sie Geister gesehen. Einer soll in diesem Wäldchen herumspuken.«

»Das glaube ich nicht.«

»Vor ein paar Sekunden haben Sie es aber geglaubt. Gestehen Sie.«

»Nur eine Sekunde lang.«

»Ich glaube, Sie sind direkt etwas enttäuscht. Sie hätten sich gern einem Geist von Angesicht zu Angesicht gegenübergesehen, nicht wahr ... dem Geist meines toten Bruders, denn er ist es, der hier umgehen soll.«

»Wenn er mir erschienen wäre, hätte ich ihn sehr streng gefragt, was er wohl meine, hier Gutes zu tun.«

Er lächelte. »Sie sind mutig«, sagte er. »Hier draußen ... im Wäldchen, bei Nacht. Und Sie bieten dem Gespenst Trotz. Würden Sie es wagen, jetzt zur Ruine zu gehen und zu wiederholen, was Sie eben sagten?«

»Ich würde dort das gleiche sagen wie hier.«

»Dann fordere ich Sie heraus.«

Im fahlen Mondlicht sah ich das Glitzern in seinen Augen und die spöttisch geschürzten Lippen; und ich dachte an die Liebenden in der Ruine und fragte mich, wie er reagieren würde, wenn er sie dort fand. Die Antwort darauf interessierte mich sehr, doch ich wußte mit größter Bestimmtheit, daß ich ihn unter allen Umständen daran hindern mußte, jetzt zur Ruine zu gehen. Meiner Meinung nach waren Edith und Jeremy Brown zwei unschuldige Kinder, die in einer Situation gefangen waren, derer sie nicht Herr zu werden vermochten; schon allein die Tatsache, daß Jeremy Brown sich anschickte, auf sie zu verzichten und fortzugehen, bewies das. Ich fühlte mich dringend aufgerufen, ihr Geheimnis zu schützen und zu wahren, also sagte ich: »Ich nehme die Herausforderung nicht an.«

Er lächelte teuflisch. Sollte er mich ruhig für einen Feigling halten. Was machte das aus, solange Edith nicht bloßgestellt wurde.

»Aber wer weiß, was Sie herausfinden würden, wenn Sie dorthin gingen?« fragte er listig.

»Ich habe keine Angst vor Geistern.«

»Weshalb wollen Sie dann nicht mit mir dorthin gehen . . . jetzt?«

Ich wandte mich ab, doch als ich dem Rande des Gehölzes zustrebte, kam er hinter mir her und legte eine Hand auf meinen Arm.

»Sie fürchten sich vor etwas«, sagte er. »Gestehen Sie.«

»Es ist kühl.«

»Angst vor einem Schnupfen?«

Ich wollte ihn stehenlassen, doch wenn ich das tat und er ging zu der Kapelle und fand die Liebenden . . . was würde er tun? Ich mußte versuchen, das zu verhindern. Also rührte ich mich nicht; er auch nicht; er stand neben mir und blickte über die Gärten zum Haus hinüber.

Schließlich sagte er leichthin: »Sie sollten keine Angst haben, wissen Sie. Und andere auch nicht. Ich bin derjenige, den er heimsuchen kommt.«

»Was für ein Unsinn.«

»Im Gegenteil – hat man die Existenz von Gespenstern einmal akzeptiert, ist alles ganz logisch. Ich habe ihn aus diesem Hause verbannt. Meine Rückkehr ergrimmt ihn. Sehen Sie nicht, wie folgerichtig das ist?«

»Das ist alles lange vergangen«, sagte ich ungeduldig. »Es sollte vergessen sein.«

»Können Sie vergessen, wie Sie wollen? Können Sie das?«

»Es ist nicht leicht, aber man kann es versuchen.«

»Sie müssen mir ein gutes Beispiel geben.«

»Ich?«

»Sie, die Sie . . . auch so viel zu vergessen haben.« Er kam einen Schritt näher. »Sehen Sie nicht, daß uns das so viel Gemeinsames gibt?«

»So viel?« sagte ich. »Ich sollte meinen, daß wir sehr wenig Gemeinsames haben.«

»Sollten Sie . . . sollten Sie tatsächlich. Wissen Sie was, Mrs. Verlaine, ich werde ganz kühn sein und Ihnen widersprechen.«

»Dazu braucht es ganz gewiß nicht sehr viel Mut.«

»Und wenn ich den Beweis dafür antreten will, daß ich recht habe, werden Sie ein gewisses Maß an Geduld brauchen.«

»Warum?«

»Weil Sie dann von Zeit zu Zeit meine Gegenwart dulden müssen, damit ich beweisen kann, was ich behaupte.«

»Ich kann kaum glauben, daß Ihnen an meiner Gesellschaft gelegen sein könnte.«

»Da muß ich Ihnen erneut widersprechen, Mrs. Verlaine.«

Beunruhigt wich ich ein wenig vor ihm zurück. »Ich verstehe Sie nicht«, sagte ich.

»Es ist ganz einfach. Sie interessieren mich.«

»Höchst merkwürdig.«

»Sicherlich haben andere Sie auch schon interessant gefunden. Ein Mensch zumindest – ich meine Ihren Genius.«

Hastig sagte ich: »Dann wünschte ich, Sie würden nicht auf diese Art und Weise von ihm sprechen. Er besaß ein geniales Talent, und Sie brauchen sich nicht darüber lustig zu machen, nur weil . . .«

»Nur weil mir alle jene Gaben abgehen, die er sein eigen nannte. Das meinen Sie doch. Was für eine armselige Figur muß ich daneben machen.«

»Es ist mir nie auch nur eine Sekunde in den Sinn gekommen, Sie beide zu vergleichen.«

Mir war unbehaglich zumute. Was meinte er? Sollte dies eine Art Flirt mit verkehrten Vorzeichen sein? Es wirkte wie eine Szene aus einer französischen Posse, die Pietro und ich einst in der Comédie Française gesehen hatten. Seine Frau befand sich mit Ihrem Liebhaber in einem Teil des Wäldchens; er unterhielt sich auf rätselhafte Weise mit mir in einem anderen Teil.

Ich hätte über den Rasen zum Haus gehen und ihn stehenlassen sollen. Doch wenn er zurückging ins Wäldchen . . . Das war vielleicht zum Teil eine Entschuldigung. Vielleicht wollte ich bleiben. Vielleicht fühlte ich mich nur zum Teil abgestoßen – und andererseits sehr stark angezogen.

Die reichlich komplizierten Angelegenheiten dieser Menschen waren nicht meine Sache, hielt ich mir immer wieder vor. Und doch war ich von tiefem, echtem Mitleid für Edith erfüllt, und ich wußte, daß ihr nichts Schlimmeres passieren konnte, als in einer kompromittierenden Situation mit ihrem Liebhaber entdeckt zu werden. Diesem Manne hier war sie gleichgültig, doch wie würde er reagieren, wenn er feststellte, daß sie ihm Hörner aufgesetzt hatte? Und wenn Edith ein Kind bekam, das er nicht anerkannte . . . dann würde dieses Haus eine neue Tragödie erleben.

»Sie müssen mir meine Plumpheit verzeihen«, sagte er wieder wie schon einmal, und seine Stimme war plötzlich weich und zärtlich. »Sehen Sie, ich war siebzehn, als ich meinen Bruder erschoß und meine Mutter sich deswegen das Leben nahm.« Er schien sich an den eigenen Worten fast zu weiden, dachte ich, so langsam und genießerisch sprach er. »Und dann ging ich ans andere Ende der Welt. Es war ein völlig anderes Leben . . . ein rauhes Leben. Die Gesellschaft von Damen wie Sie gab es dort nicht.«

»Und Ihre Frau?« fragte ich.

»Edith ist ein Kind«, tat er dies Thema ab.

Doch ich wollte es nicht abgetan sein lassen. »Sie ist noch jung. Das sind wir alle einmal gewesen, und es geht schnell vorüber.«

»Wir haben keine gemeinsamen Interessen.« Es war das zweite Mal, daß er diesen Satz benutzte. Entsetzt dachte ich: Er vergleicht uns. Er gibt mir zu verstehen, daß er mich vorzieht. Ich dachte an Allegras Mutter – die wilde Zigeunerin –, wie mochte sein Werben um sie ausgesehen haben?

»Die gemeinsamen Interessen eines Ehepaares wachsen erst im Laufe von Jahren«, sagte ich steif.

»Sie haben eine idealisierte Vorstellung von der Ehe, Mrs. Verlaine. Aber Ihre eigene war natürlich auch vollkommen, nicht wahr?«

»Ja«, sagte ich hitzig. »Ganz recht.«

Und wieder spürte ich seinen Spott.

»Ich hätte Sie gern ... vorher ... gekannt.«

»Warum um alles in der Welt?«

»Um zu sehen, wie die Ehe Sie verändert hat. Sie waren Musikstudentin, ruhmeshungrig. Das sind sie wohl ausnahmslos. Alle Herrlichkeiten dieser Welt sind in Reichweite. Ich möchte wetten, daß Sie im Geiste den Beifall eines hingerissenen Publikums hörten, während Sie an Ihrem Klavier saßen.«

»Und Sie ... was haben Sie erlebt, ehe ...?«

Ich brach ab, und er fuhr für mich fort: »Ehe ich den unheilvollen Schuß abfeuerte. Oh, Neid, Bosheit, Haß und viel Lieblosigkeit.«

»Warum wollen Sie sich mir gegenüber unbedingt als Bösewicht hinstellen?«

»Weil ich es ihnen lieber selbst sagen möchte, als darauf zu warten, daß andere es tun ... Caroline.«

Ich wich zurück.

»Ah, jetzt habe ich Sie verletzt. Ich darf Sie nicht beim Vornamen nennen. ›Guten Tag, Mrs. Verlaine, wie geht's, Mrs. Verlaine. Was für ein schöner Tag heute. Es wird aber regnen.‹ So sollte ich mit Ihnen reden. Wie öde, wie unglaublich öde. In Australien machten wir nie Konversation. Dazu schien nie die Zeit zu sein. Ich stellte mir vor, ich wäre zu Hause ... in einem glücklichen Zuhause, wie es gewesen wäre, wenn Beau am Leben geblieben wäre. Mit ihm konnte ich reden. Er war witzig, amüsant; er wußte sich am Leben zu freuen. Deshalb, hieß es, war ich neidisch auf ihn. Neid ist die tödlichste der sieben Todsünden, wußten Sie das?«

»Es ist vorüber, vergangen. Mein Gott, warum können Sie sich nicht überwinden zu sagen, es ist vorüber.«

»Aus dem gleichen Grunde, aus dem Sie die Vergangenheit nicht vergessen können. Zwecklos, daß Sie mir das sagen. Sie denken immerfort daran. Sie vergolden die Vergangenheit. Sie war ein vollkommenes Idyll. Das glauben Sie, und das werden Sie weiter glauben. Ich versuche zumindest, die Dinge so zu sehen, wie sie sind.«

»Es war ein Unfall . . .«

»Hören Sie zu. Hätte man diese Dinge von mir geglaubt, wenn ich anders gewesen wäre? Nein, ich hatte meinen unangenehmen Charakter gezeigt, mein mürrisches Wesen . . . meine Temperamentsausbrüche . . . Wenn Beau mich erschossen hätte – glauben Sie mir, dann wären alle bereit gewesen, es einen Unfall zu nennen.«

»Sie sind noch immer neidisch auf ihn«, sagte ich.

»Bin ich das? Sie sehen, wie es mir hilft, mich selbst zu erkennen . . . wenn ich mit Ihnen spreche.«

»Es könnte alles so schön sein«, sagte ich, »wenn Sie die Vergangenheit hinter sich ließen. Wenn Sie einen neuen Anfang machten.«

»Und Sie?« fragte er.

»Ich auch. Ich versuche, mir ein neues Leben aufzubauen.«

»Das werden Sie«, sagte er. Und fügte sinnend hinzu: »Vielleicht werden wir das beide.«

Ich wich seinem Blick aus. Ich hatte Angst vor dem, was dort womöglich zu lesen stand. Ich mußte fort.

»Gute Nacht«, sagte ich und ging schnell über den Rasen und ins Haus. Er blieb an meiner Seite; und als das dunkle Steingebäude vor uns aufragte, dachte ich an Edith und ihren Geliebten im Wäldchen, während ich mit ihrem Mann zusammen war.

6

ALS ICH DAS nächste Mal ins Pfarrhaus kam, fand ich dort eine höchst entrüstete Mrs. Rendall vor. Jeremy Brown war fort und der Herr Pastor überarbeiteter denn je. Sie wußte wirklich nicht, wie er es schaffen sollte, die Mädchen zu unterrichten und seinen pfarramtlichen Pflichten gerecht zu werden, solange er keinen neuen Vikar zu Hilfe hatte, und ich sollte Mrs. Lincroft erklären, daß der Herr Pastor bis dahin außerstande sei, den Mädchen ihre Stunden zu geben.

Ich erklärte mich bereit, unverzüglich mit Mrs. Lincroft zu sprechen, und fragte, ob ich die Mädchen sofort mit zurücknehmen solle, so daß der Pastor sich gleich wieder seiner kirchlichen Arbeit widmen könne. »Ich könnte ihnen ihre Musikstunden in Lovat Stacy geben«, sagte ich.

Sie war etwas besänftigt. »Kommen Sie herein, und trinken Sie ein Glas von meinem Holunderbeerwein. Heute vormittag wollen wir sie besser nicht stören ... sofern Sie mit Mrs. Lincroft sprechen und unverzüglich eine neue Regelung gefunden wird.«

Ich blickte auf meine Uhr. Bis die erste Klavierstunde fällig war, blieben noch zehn Minuten Zeit.

Mrs. Rendall nahm mich mit in ihr Wohnzimmer, schloß einen Schrank auf und holte die Flasche hervor, die ein Schildchen in ihrer eigenen, sauberen Handschrift trug.

»So gut ist mir selten ein Gebräu gelungen«, sagte sie befriedigt, »obwohl auch mein Schlehenschnaps hervorragend war ... vielleicht sogar noch besser. Ich möchte jedoch annehmen, daß Sie den Holunder vorziehen.«

Ich stimmte ihr zu, sie füllte zwei Gläser und reichte mir das eine, während sie mir erzählte, daß sie ihren Wein stets selbst gemacht habe, da man dem Personal ja heutzutage nicht mehr trauen könne. Ein Glas hin und wieder tat dem Herrn Pastor so gut, und sie bestand oftmals darauf, wenn er es wieder auf der Brust hatte.

»Das ist besser als jede Medizin vom Doktor«, erklärte sie voller Stolz, während sie ihren Wein genüßlich schlürfte und genau aufpaßte, ob ich ihn gebührend würdigte, was ich auch tat.

»Ja«, faßte sie noch einmal befriedigt zusammen, »es muß eine andere Regelung gefunden werden ... vorübergehend.«

»Meinen Sie, daß vorübergehend eine Erzieherin eingestellt werden müßte?«

»Das dürfte kaum nötig sein. Erzieherinnen sind heutzutage wenig ersprießlich. Mrs. Lincroft war meines Wissens früher Erzieherin. Sie könnte sicherlich einspringen, bis wir hier wieder einen geordneten Betrieb haben.«

»Es scheint nichts zu geben, das Mrs. Lincroft nicht kann.«

»Eine kluge Frau. Lassen Sie sich da nicht täuschen. Sie hat den Haushalt geführt . . . sogar als die arme Lady Stacy noch lebte. Es hat Leute gegeben, die sagten, daß Sir William sie sehr gern hatte . . . lieber, als er durfte.«

»Zweifellos wußte er ihre Fähigkeiten zu schätzen.«

Mrs. Rendalls Lachen klang abrupt und unangenehm. »Fähigkeiten, sicher! Jedenfalls ging sie eine Zeitlang fort, und dann kam sie mit Alice wieder, und sie schien an ihren alten Platz zu schlüpfen – sie führte das Haus und war für alles zur Hand, was gebraucht wurde. Und jetzt ist sie natürlich beinahe so was wie die Herrin des Hauses, und Alice lebt da wie zur Familie gehörig.«

»Es würde kaum angehen, einen Unterschied nach außen in der gesellschaftlichen Stellung der Mädchen zu machen.«

»Und warum nicht, bitteschön? Alice ist die Tochter der Haushälterin, und ich für mein Teil finde es etwas merkwürdig, daß sie so mit Edith auf die gleiche Stufe gestellt wird – mit Allegra ist es etwas anderes, ich weiß, aber sie ist schließlich Sir Williams Enkelin. Ich habe Sylvia gestattet, sich mit Alice zu befreunden. Was konnte ich anderes tun?«

»Sie konnten gar nichts anderes tun, wenn Sie wünschen, daß Sylvia zusammen mit den anderen unterrichtet wird.«

»Eben, doch das ändert nichts an der Tatsache, daß . . . Übrigens, was für Fortschritte macht Sylvia im Unterricht?«

»Ich fürchte, sie hat wenig Talent zum Klavierspielen.«

Mrs. Rendall seufzte. »Zu meiner Zeit – wer da kein Talent zeigte, der bekam Prügel, bis er welches hatte.«

»Ich fürchte, es ist unmöglich, einem Kind Talent anzuprügeln, das nicht da ist.«

»Wenn ich den Eindruck hätte, daß sie nicht arbeitet, würde ich sie bestrafen. Prügel wären gar nicht nötig. Ein paar Tage Wasser und Brot, Mrs. Verlaine, und das Kind würde schon Klavier spielen. Ich habe noch nie einen solchen Appetit gesehen. Das Mädchen ist ständig hungrig.«

»Sie wächst.«

»Ich hoffe, Sie werden es mich wissen lassen, wenn sie ihre Aufgaben nicht macht.«

»Sie gibt sich große Mühe«, sagte ich schnell.

Ich warf einen Blick auf die Uhr, die an meiner Bluse steckte. »Oh, es ist höchste Zeit für die erste Stunde.« Damit stand ich auf. »Sofort, wenn ich zurück bin in Lovat Stacy, werde ich mit Mrs. Lincroft sprechen.«

*

Mrs. Lincroft zeigte sich der Lage bewundernswert gewachsen. Sie würde den Mädchen Aufgaben geben und ein Auge aufs Unterrichtszimmer haben, bis ein neuer Vikar gefunden war.

»Ich wäre dankbar, wenn Sie mir dabei zur Hand gehen würden, Mrs. Verlaine«, sagte sie.

»Ich werde gern helfen«, erwiderte ich, gab jedoch gleichzeitig zu bedenken, daß ich keine ausgebildete Lehrerin sei.

»Du meine Güte«, erwiderte sie, »ich auch nicht. Wie viele Erzieherinnen sind das schon. Meist handelt es sich doch um verarmte Adlige, die sich irgendwie ihr Brot verdienen müssen. Und ich würde sagen, daß Sie mehr Vorbildung haben als die meisten. War Ihr Vater nicht Professor?«

»O ja . . . ja.«

»Und ich bin sicher, daß Sie und Ihre Geschwister eine bessere Ausbildung erhielten als der Durchschnitt sonst.«

»Ich hatte nur eine Schwester.«

Sie bemerkte sofort, daß ich in der Vergangenheit gesprochen hatte. »Hatte?« fragte sie.

»Sie . . . lebt nicht mehr.«

»Oh, wie tut mir das leid. Jetzt fällt es mir auch wieder ein – Sie erwähnten es bereits. Doch wie ich schon sagte, es ist unverkennbar, daß Sie eine gute Ausbildung genossen haben, und besonders im Französischen würden Sie den Mädchen sehr helfen können. Ich wäre so dankbar, wenn Sie mir zur Seite stehen würden, bis der neue Vikar kommt.«

Ich versicherte, daß ich mein Bestes tun werde.

*

Edith war nicht zur Stunde erschienen. Ich sah auf die Uhr. Fünf ... zehn Minuten Verspätung.

Sylvia war mit Allegra und Alice im Unterrichtszimmer.

Ich zögerte, Edith in ihrem Zimmer zu suchen. Seit meinem Zusammentreffen mit Napier an jenem Abend in der Nähe der Kapelle war ich ihm aus dem Wege gegangen, und ich sträubte mich innerlich, das Zimmer zu betreten, das er mit Edith teilte; doch als weitere fünf Minuten vergangen waren, beschloß ich, mein Widerstreben zu bekämpfen.

Ich klopfte an die Tür und hörte ein schwaches »Herein«.

Unter dem gewölbten Betthimmel lag Edith mit blassem Gesicht und angsterfüllten Augen. »O du meine Güte«, rief sie, als sie meiner ansichtig wurde. »Meine Stunde! Das hatte ich völlig vergessen.«

»Edith«, sagte ich, »was ist los?«

»Gestern morgen war es das gleiche. Mir ist so schlecht.«

»Vielleicht sollten Sie zum Arzt gehen.«

Sie blickte mich mit jammervollen Augen an. »Ich bekomme ein Baby«, sagte sie.

»Das ist doch ein Grund zur Freude.«

»O Mrs. Verlaine ... Sie sind zwar verheiratet gewesen, aber Sie haben keine Kinder gehabt, nicht wahr?«

»Nein«, sagte ich.

Sie blickte mich ernsthaft an und sagte dann: »Sie scheinen traurig darüber zu sein.«

»Ich wäre beglückt gewesen, Kinder zu haben.«

»Aber es ist schrecklich, Mrs. Verlaine. Ich habe gehört, als die Köchin davon erzählte, wie sie ihre Tochter bekam. Das war grauenhaft.«

»Sie sollten auf solches Gerede nicht hören. Im übrigen bekommen Frauen jeden Tag Kinder.«

Sie schloß die Augen. »Ich weiß«, sagte sie.

»Sie sollten sehr glücklich sein.«

Sie vergrub das Gesicht im Kissen, und an ihren zuckenden Schultern sah ich, daß sie weinte.

»Edith«, sagte ich. »Edith, stimmt sonst etwas nicht ... außer diesem?«

Ruckartig wandte sie den Kopf und blickte mich an.

»Was sollte sonst nicht stimmen?« fragte sie.

»Ich frage mich, ob ich Ihnen irgendwie helfen könnte?«

Sie schwieg, und ich dachte an die Worte, deren Ohrenzeuge ich in der Kapelle geworden war. Und ich dachte an noch etwas, das ich zufällig gehört hatte, eine hingeworfene Bemerkung, aus der ich schloß, daß sie erpreßt wurde.

Wie konnte das sein? Sie war eine reiche Erbin, sicher, doch ich bezweifelte, daß sie Zugang zu ihrem Geld hatte. Es war wahrscheinlich inzwischen in den Besitz ihres Mannes übergegangen – eine unangenehme Vorstellung.

Arme kleine Edith, um ihres Geldes willen mit Napier Stacy verheiratet, obwohl sie Jeremy Brown liebte, der fortgegangen war, als einzig mögliche Lösung ihrer traurigen kleinen Liebesgeschichte.

Doch ehe er davongegangen war, hatten sie sich da ihrer Liebe hingegeben, und war das Kind, das sie erwartete, das Ergebnis? Ich hegte diesen Verdacht, denn sie war so jung, so unfähig, mit ihrem Leben fertig zu werden. Ich war erfüllt von dem Wunsche, sie zu beschützen, und ich wollte es sie wissen lassen. »Edith«, sagte ich daher, »wenn ich Ihnen irgendwie helfen kann ... bitte, lassen Sie es mich tun ... wenn Sie meinen, daß es möglich ist.«

»Ich weiß nicht, was ich sagen soll, was ich tun soll, Mrs. Verlaine. Ich bin ganz ... durcheinander.«

Ich nahm ihre Hand und drückte sie; ihre Finger klammerten sich an die meinen, und ich war sicher, daß meine Gegenwart ihr ein wenig Trost war.

Dann schien sie zu einem Entschluß zu kommen, denn sie schloß die Augen und murmelte: »Ich möchte nur etwas ruhen.«

Ich verstand. Es mochte sein, daß sie sich mir eines Tages anvertraute, doch im Augenblick konnte sie sich noch nicht überwinden.

»Wenn Sie irgendwann mit mir sprechen möchten ...«, setzte ich an.

»Danke, Mrs. Verlaine«, erwiderte sie mit geschlossenen Augen.

Ich hatte nicht die Absicht, mit Gewalt in ihr Vertrauen einzudringen. Sie tat mir leid, denn wenn ich je ein verängstigtes Mädchen gesehen hatte, so war es Edith.

*

Sir William war überglücklich. Er ließ mich kommen, um ihm etwas vorzuspielen, und vorher forderte er mich auf, mich eine Weile zu ihm zu setzen.

»Sicher haben Sie die Neuigkeit schon gehört«, sagte er. »Wir sind alle hocherfreut.«

Ich fand, er sah jünger und sehr viel wohler aus, als ich ihn bisher erlebt hatte.

»Ihr Spiel neulich abend war ein solcher Erfolg«, fuhr er fort, »daß wir bald wieder so einen Abend haben müssen. Sie sind eine sehr gute Pianistin, Mrs. Verlaine, ich möchte sogar sagen: eine große.«

»O nein. Das geht zu weit«, protestierte ich. »Doch ich freue mich sehr, daß mein Spiel Ihnen und Ihren Freunden gefallen hat.«

»Es ist ein Genuß, wieder Musik im Hause zu haben. Mrs. Stacy wird sicher noch einige Zeit mit dem Üben fortfahren.«

»Wenn ihr Kind erst da ist, wird sie vielleicht ihre Stunden nicht fortsetzen wollen.«

»Wir werden Sie bitten, ihn auch zu unterrichten.«

Lachend sagte ich, daß bis dahin noch einige Jahre vergehen dürften.

»Nicht sehr viele ... war es nicht Händel, der entdeckt wurde, wie er mit vier Jahren in einer Bodenkammer Klavier spielte? Musik liegt in der Familie, Mrs. Verlaine. Die Großmutter dieses Kindes wäre eine große Pianistin geworden. Sie war, wie Sie sagen würden, sehr gut.«

Ja, dachte ich, die Atmosphäre dieses Hauses veränderte sich. Er konnte ohne Bedrückung von seiner Frau sprechen. Und all das rührte von dem Kind her, das Edith haben würde, ein Kind, das womöglich nicht der Enkel dieses Mannes war.

Ich hatte mir die Möglichkeit der Zweifel eingestanden, die mir seit einiger Zeit im Kopf spukten. Arme Edith, was für ein Dilemma für sie. Und wenn sie es ihrem Manne nun beichtete ... Meine Phantasie ging mit mir durch, und ich sah eine schreckliche Tragödie über Edith hereinbrechen. Ich hörte ihre angstvolle Stimme, wie sie mit einem Erpresser sprach. Sie sah auf den ersten Blick so unschuldig aus, und sie war unschuldig, daran zweifelte ich nicht. Das Leben war grausam.

Sir William saß eine Zeitlang schweigend, und ich fragte ihn, ob ich ihm nun vorspielen solle.

Er stimmte zu und sagte, die Noten stünden auf dem Klavier, denn er habe die Stücke bereits ausgesucht.

Es waren leichte, fröhliche Weisen; Mendelssohns *Lieder ohne Worte* waren darunter und, wie ich mich insbesondere erinnere, das *Frühlingslied*, fröhliche, schwebende Musik, voller Versprechen auf ein unbeschwertes, neues Leben.

Ich hatte eine Stunde gespielt, als Mrs. Lincroft erschien. Leise schloß sie beim Hereinkommen die Tür.

»Er schläft«, flüsterte sie. »Er ist so froh.« Sie lächelte, als sei Sir Williams Zufriedenheit die ihre; und ich dachte an das, was Mrs. Rendall über die Beziehungen zwischen beiden angedeutet hatte.

»Es ist wirklich eine Genugtuung ... und so bald schon«, fuhr sie in ihrer ruhigen Weise fort. »Ich persönlich hielt Edith für nicht kräftig genug, doch oft bekommen gerade Mädchen, die so zart aussehen, leicht Kinder. Und dann Napier ... er hat sehr deutlich gezeigt, daß er ... Nun, ich meine, man kann ihn wirklich nicht als liebenden Gatten bezeichnen. Aber er weiß, daß Sir William von ihm den Erben erwartet. Dafür wurde er zurückgeholt.«

Ziemlich empört bemerkte ich: »So wie ein Zuchtbulle.«

Mrs. Lincroft sah sehr entsetzt aus ob meiner Unfeinheit, und ich schämte mich etwas. Ich hatte keine Veranlassung, so heftig zu sein. Napier war aus freien Stücken nach Hause gekommen, wohl wissend, was es bedeutete.

»Zumindest muß er seine Pflicht tun«, sagte Mrs. Lincroft.

»Die er getan zu haben scheint.«

»Das festigt seine Stellung hier.«

»Aber als Sir Williams Sohn, sein einziger Sohn, hat er doch sicher ...«

»Sir William hätte das Haus und einen beträchtlichen Teil seines Vermögens anderweitig hinterlassen, wenn Napier nicht heimgekommen wäre. Aber er kam ... natürlich kam er. Er war schon immer ehrgeizig; er wollte schon immer der Erste sein. Deshalb war er auch eifersüchtig auf Beau. Nun, das ist jetzt alles vorbei. Er hat die Bedingungen seines Vaters akzeptiert, und wenn das Kind erst geboren ist, wird Sir William Napier sicher wohlwollender gegenüberstehen.«

»Sir William ist ein harter Mann.«

Mrs. Lincroft sah schmerzlich berührt aus. Ich hatte wieder meine Grenzen überschritten. Das war Napiers Einfluß. Warum nur drängte es mich, diesen Mann in Schutz zu nehmen?

»Die Umstände haben ihn dazu gemacht«, erwiderte sie kühl, und etwas in ihrem Ton bedeutete mir, daß ich schlechten Geschmack bewies, indem ich eine negative Meinung über meinen Brotgeber äußerte. Sie war eine seltsame Frau, doch ich war tief beeindrückt von ihrer uneingeschränkten Hingabe an zwei Menschen – Alice und Sir William. Sie schien ihre Kühle mir gegenüber zu bedauern, denn in verändertem Ton fuhr sie fort: »Sir William ist beglückt über die Neuigkeit. Wenn der Junge geboren ist, wird in diesem Haus alles wieder gut werden, dessen bin ich sicher.«

»Und wenn es gar kein Junge wird?«

Sie sah etwas erschrocken aus. »Söhne zu bekommen, liegt in der Familie. Miß Sybil Stacy war seit mehreren Generationen die einzige Tochter. Sir William wird das Kind Beaumont nennen – und dann, glaube ich, wird er sehr zufrieden sein.«

»Und die Eltern des Kindes? Vielleicht möchten sie ihr Baby ganz anders nennen.«

»Edith wird sehr bemüht sein, Sir Williams Wünschen nachzukommen.«

»Und Napier?«

»Er, meine liebe Mrs. Verlaine, könnte keine Einwände erheben.«

»Ich sehe nicht, warum. Vielleicht möchte er diesen ... traurigen Unfall vergessen.«

»Er würde sich Sir Williams Wünschen nie widersetzen. Wenn er es täte, könnte es sehr wohl sein, daß er wieder sein Bündel schnüren müßte.«

»Wollen Sie damit sagen, nachdem er seine Pflicht getan, ein Kind gezeugt und der Familie wieder einen Beaumont gegeben hat, würde er noch einmal den Laufpaß erhalten?«

»Sie sind heute in einer sehr merkwürdigen Stimmung, Mrs. Verlaine. Das sieht Ihnen ganz unähnlich.«

»Ich fange wahrscheinlich an, mich zu sehr für die Familienangelegenheiten zu interessieren. Bitte, entschuldigen Sie.«

Sie neigte leicht den Kopf. Dann sagte sie: »Napiers Bleiben hier hängt von Sir William ab. Ich glaube, das weiß er.«

Ich sah auf die Uhr. Mir lag die alte Entschuldigung auf den Lippen, daß es Arbeit vorzubereiten gab. Ich wollte nichts mehr hören. Ich hatte ihn für kühn und offen gehalten – zumindest dafür. Der Gedanke, daß er sich vor seinem Vater duckte wegen der Erbschaft, gefiel mir nicht.

*

Auf dem Weg zurück in mein Zimmer traf ich Sybil Stacy. Ich hatte den Eindruck, daß sie umhergestanden hatte, um mich abzufangen.

»Hallo, Mrs. Verlaine«, begrüßte sie mich. »Wie geht es Ihnen?«

»Danke, gut, und Ihnen?«

Sie nickte. »Es ist lange her, seit Sie mich gesehen haben, nicht wahr? Aber es ist nicht lange her, daß ich Sie gesehen habe. Ich sah Sie mit Napier sprechen ... in der Tat habe ich Sie sogar mehrmals gesehen. Eines Abends sah ich Sie nach Dunkelwerden hereinkommen.«

Ich fühlte Arger in mir aufsteigen. Die Frau spionierte mir nach!

Sie schien es zu fühlen und sich darüber zu amüsieren.

»Die Familie interessiert Sie sehr, nicht wahr? Ich finde das sehr freundlich von Ihnen. Ich habe festgestellt, daß Sie überhaupt ein sehr freundlicher Mensch sind, Mrs. Verlaine. Und ich muß Sie doch beobachten, wenn ich Sie malen will, nicht?«

»Malen Sie jeden, der herkommt, um hier zu arbeiten?«

Sie schüttelte den Kopf. »Nicht ohne weiteres. Und nur, wenn es sich um Menschen handelt, die zu malen es sich lohnt. Sie werden dazugehören, glaube ich. Kommen Sie mit in mein Atelier. Das wollten Sie doch tun, nicht? Als Sie das erste Mal dort waren, haben Sie schließlich nicht sehr viel gesehen.«

Ich zögerte, doch sie legte mir mit ihrer Kleinmädchenbewegung die Hand auf den Arm. »O bitte, *bitte* ...«

Dann klatschte sie in die Hände, und als ich sie so dicht im grellen Tageslicht vor mir sah, mußte ich wieder denken, wie grotesk die blauen Schleifen in dem weißen Haar wirkten, wie jammervoll wenig ihre kindische Einfalt zu dem runzligen Gesicht paßte.

Aber sie faszinierte mich, wie das alle in diesem Hause zu tun schienen, und so ließ ich mich in ihr Atelier führen.

Das Bild der drei Mädchen stand noch auf der Staffelei. Meine Augen hefteten sich sofort darauf, während sie neben mir stand und vor Freude von einem Fuß auf den anderen trippelte.

»Es ist sehr ähnlich«, sagte ich.

»Es ist sehr gut.«

»Aber die Zeit hat noch nichts in ihre Gesichter geschrieben.« Sie machte einen Schmollmund, als zürne sie der Zeit. »Das macht es dem Künstler sehr schwer. In diesen Gesichtern steht nichts zu *lesen*, nicht wahr?«

Ich stimmte ihr zu. »Sie sehen so jung und unschuldig aus.«

»Und doch sind wir alle in Sünden geboren.«

»Manche Leute bringen es trotzdem fertig, ein gutes Leben zu führen.«

»Oh, Sie gehören zu diesen Optimisten, Mrs. Verlaine. Sie glauben immer das Beste von allen.«

»Ist das nicht besser, als das Schlimmste zu glauben?«

»Nicht, wenn das Schlimmste vorhanden ist.« Sie verzog das Gesicht. »Ich war wie Sie, ich glaubte . . . ich glaubte an Harry. Sie sehen erstaunt aus. Sie wissen nicht, wer Harry ist. Harry ist der Mann, den ich im Begriff stand zu heiraten. Ich werde Ihnen ein Bild von ihm zeigen . . . zwei Bilder von ihm, soll ich? Im Augenblick arbeite ich an einem Bild von Edith.«

Ich ließ sie nicht aus den Augen. Sie war hinübergetrippelt zu einem Stapel Keilrahmen; und mir fiel auf, daß ihr Schritt nicht zu hören war. Ich stellte mir vor, wie sie lautlos das Kommen und Gehen der Menschen in diesem Hause beobachtete . . . mich eingeschlossen. Warum beobachtete sie? Nur damit sie unsere geheimen Regungen kennenlernen und hier heraufkommen konnte, um sie auf der Leinwand festzuhalten? Der Gedanke bereitete mir Unbehagen; sie bemerkte es und amüsierte sich darüber. Hinter ihrem Kleinmädchengehabe steckte ganz offenbar ein Charakter, den sie zu verbergen suchte.

»Edith!« sinnierte sie. »Sie sehen sie hier auf dem Bild mit den Mädchen. Wie reizend sie aussehen. Nun schauen Sie sich dieses an . . .« Mit einer schnellen Bewegung zog sie eine Leinwand hervor und stellte sie auf die Staffelei vor das Bild des Trios.

Die Gestalt war kaum zu erkennen – eine Edith kurz vor der Niederkunft, das Gesicht verzerrt in einer Mischung aus Angst und Verschlagenheit. Es war gräßlich.

»Es gefällt Ihnen nicht.«

»Nein«, sagte ich. »Es ist . . . unschön.«

»Wissen Sie, wer das ist?«

Ich schüttelte den Kopf.

»Oh, Mrs. Verlaine, und ich hielt Sie für aufrichtig.«

»Es erinnert etwas an Edith . . . aber ich bin überzeugt, sie hat nie so ausgesehen.«

»Sie wird aber so aussehen. Sie fürchtet sich jetzt sehr. Und sie wird sich mit jedem Tage mehr fürchten. Sie wird nie aufhören, sich zu fürchten – bis zum Tage ihres Todes.«

»Ich hoffe, niemand hat das Bild gesehen.«

»Nein. Ich werde es später zeigen . . . vielleicht.«

»Doch mir haben Sie es gezeigt.«

»Ja, weil Sie ebenso interessiert sind wie ich. Sie sind auch Künstlerin. Sie hören Musik, die andere nicht hören. Ist es nicht so?

Sie hören Musik im Seufzen des Windes, in den Bäumen und im dahinplätschernden Wasser eines Flusses. Ich finde das, was ich möchte, in den Gesichtern der Menschen. Landschaften habe ich noch nie malen wollen. Die waren mir immer gleichgültig. Immer war ich auf Menschen aus.

Früher, im Kinderzimmer, nahm ich einen Bleistift und zeichnete unsere Erzieherin. William war das unheimlich. Aber damals hatte ich noch nicht diese Gabe. Das kam erst, nachdem Harry ...« Ihr Gesicht verzog sich, und ich sah sie schon in Tränen ausbrechen. »Manchmal stehe ich unter einem inneren Zwang, einen Menschen zu malen. Noch verspüre ich nicht den Zwang, Sie zu malen, Mrs. Verlaine, aber ich weiß, daß er kommen wird ... deshalb umschleiche ich Sie ... wie der Löwe seine Beute. Löwen fressen aber auch erst, wenn sie hungrig sind, nicht wahr?« Sie kam dicht an mich heran und blickte lachend zu mir empor. »Ich hungere noch nicht nach Ihnen, aber ich bin in Verbindung.« Sie hob eine Hand, und über ihr Gesicht breitete sich ein engelhaftes Lächeln. »Ich bin in Verbindung mit ... Kräften. Die Menschen verstehen das nicht.« Sie berührte ihren Kopf. »Wissen Sie, was die Leute im Dorf sagen? Jedem fehlen ein paar Tassen im Schrank – das heißt, er ist nicht ganz da. Das sagen sie von mir. Ich weiß es. Die Dienerschaft sagt es. William sagt es, und ebenso seine Mrs. Lincroft. Sollen sie. Ich bin sehr viel mehr da als sie, denn ich habe die Verbindung zu Kräften, von denen sie nichts wissen.«

Mir war, als müßte ich im nächsten Augenblick erstikken; sie hielt noch immer meinen Arm umklammert und blieb mit ihrem grotesken Kleinmädchengesicht dicht vor dem meinen ... und ich konnte nur denen zustimmen, die behaupteten, sie sei nicht ganz bei Trost.

Ich warf einen Blick auf meine Uhr und sagte: »Die Zeit ... Ich vergesse ganz ...«

An ihrer rosa Bluse mit den vielen Volants steckte eine kleine emaillierte Uhr. Sie konsultierte sie und drohte mir dann mit dem Finger.

»Sie haben Sylvia erst um halb – also sind noch zwanzig Minuten Zeit.«

Mit Erstaunen stellte ich fest, wie genau sie über meinen Tagesplan im Bilde war.

»Und Sie haben gestern den ganzen Nachmittag die Stunden für die Mädchen vorbereitet«, fuhr sie fort.

Ich fühlte mich sehr unbehaglich.

»Jetzt, da im Pfarrhaus kein Vikar mehr ist –«, setzte ich an.

». . . arbeiten sie alle an den Aufgaben, die Mrs. Lincroft ihnen gestellt hat. Was ist sie doch für eine kluge Frau.« Sie begann zu lachen. »Ich weiß, wie klug. Und daß ihr Kind hier aufgezogen wird, hat sie auch erreicht. Das war natürlich eine ihrer Bedingungen. Alice ist ihr ein und alles.«

»Es ist nur natürlich, daß sie viel von ihrer eigenen Tochter hält.«

»Oh, sicher, sehr natürlich; da haben wir nun Miß Alice, die in Lovat Stacy aufgezogen wird, und vor der Welt sieht es so aus, als wäre sie eine Tochter des Hauses.«

»Sie ist ein gutes Kind und arbeitet sehr eifrig.«

Sybil nickte ernsthaft. »Aber jetzt interessiert mich Edith.«

»Nun, ich glaube nicht, daß sie je so aussehen wird.«

»Entsetzt, entsetzt, entsetzt!« Kindlicher Singsang, ein ausgestreckter Finger, der auf mich wies – sie war wieder ganz das kleine Mädchen. Dann spannten sich ihre Züge. »Sie werden das Kind Beaumont nennen«, fuhr sie fort. »Als ob sie meinen Beau dadurch ersetzen könnten, daß sie einem Kind seinen Namen geben. Niemals. Nichts wird Beau zurückbringen. Mein liebster Junge . . . er ist für uns verloren.«

»Sir William ist glücklich in dem Gedanken, ein Enkelkind zu bekommen.«

»Ein Enkelkind.« Sie begann zu kichern. »Und es Beaumont zu nennen!«

»Alle sind ein wenig voreilig. Das Kind ist noch nicht geboren, und jeder scheint anzunehmen, daß es ein Junge wird.«

»Beaumont können sie nie ersetzen«, sagte sie heftig. »Geschehen ist geschehen.«

»Ein Jammer, daß es nicht vergessen werden kann«, sagte ich.

»Napier denkt das auch. Und Sie teilen natürlich seine Ansicht.« Halb Vorwurf, halb Spott.

»Ich bin erst sehr kurze Zeit hier, und da ich nicht zur Familie gehöre, steht es mir nicht zu, Ansichten zu haben.«

»Und doch haben Sie sie. O ja, ich werde Sie ganz gewiß malen, Mrs. Verlaine. Doch noch nicht ... ich warte noch etwas. Hat Ihnen übrigens schon jemand von Harry erzählt?«

»Nein.«

»Sie sollten es wissen. Sie möchten doch gern alles von uns wissen, nicht wahr? Also sollten Sie natürlich auch über Harry Bescheid wissen.«

»Er war der Mann, den Sie heiraten wollten.«

Sie nickte, und ihr Gesicht verzog sich. »Ich dachte, er liebte mich ... und das tat er auch. Alles wäre in bester Ordnung gewesen, doch sie machten dem ein Ende. Sie nahmen mir Harry weg.«

»Wer?«

Eine vage Armbewegung. »William, mein Bruder. Er war mein Vormund, weil unsere Eltern tot waren. Und er sagte: ›Nein. Warte. Es wird nicht geheiratet, ehe du einundzwanzig bist. Du bist zu jung.‹ Ich war neunzehn. Neunzehn war nicht zu jung, um verliebt zu sein. Sie hätten Harry sehen sollen, Mrs. Verlaine. Er sah so gut aus, war so klug, so witzig. Er brachte mich immer zum Lachen mit seinen Späßen. Wunderbar war es. Er war sehr aristokratisch, aber er hatte kein Geld, und das war der wahre Grund, warum William sagte, ich sei zu jung. William denkt zuviel ans Geld. Er hält es für das wichtigste auf Erden. Er bestrafte Napier durchs Geld, wissen Sie. Geh fort ... du bist verbannt. Du bekommst meine irdischen Güter nicht. Und dann wollte er einen Enkel, also wird Napier zurückbeordert, und er kommt auch brav. Der Köder heißt ... Geld!«

»Es könnte auch etwas anderes sein.«

»Nun, was sollte es sonst wohl sein, Mrs. Verlaine?«

»Der Wunsch, dem Vater etwas zuliebe zu tun, der

Wunsch, wiedergutzumachen, alte Feindschaften zu vergessen.«

»Sie sind wirklich gefühlvoll. Keiner, der Sie ansieht, würde das glauben ... außer mir natürlich. Sie betrachten die Welt mit so kühlen Augen ... scheinbar. Aber ich konnte gleich sehen, daß Sie hinter dieser Fassade so sentimental sind wie – wie – Edith.«

»Gefühl ist kein Nachteil.«

»Solange man nicht die Wahrheit damit zudeckt. Das ist wie ein Nierentalgauflauf mit Zuckerguß. Da sieht man nur den Zuckerguß.«

»Sie waren dabei, mir von Harry zu erzählen.«

»O ja ... Harry! Er hatte Schulden. Blaues Blut zahlt nicht die Schulden, nicht wahr? Aber Geld tut es. Und ich hatte das Geld. Vielleicht wollte William, daß es in der Familie blieb. Halten Sie es für möglich, daß das der Grund war? Aber Sie können das nicht wissen, wie sollen Sie auch. William sagte also ›warte‹, und wollte seine Einwilligung erst geben, wenn ich einundzwanzig war. Das bedeutete zwei Jahre Warten. Wir verlobten uns also; mit einer großen Verlobungsfeier. Isabella war auch da, damals noch nicht mit William verheiratet. Auf dem Podium, wo jetzt der Hügel steht, war ein Orchester. Wir tanzten, Harry und ich, und er sagte: ›Zwei Jahre gehen schnell vorbei, Liebling.‹ Das taten sie, und am Ende hatte ich Harry verloren, weil er ein Mädchen getroffen hatte, das mehr Geld hatte als ich; da wurden seine Schulden sofort bezahlt, und anscheinend drängte es sehr. Die andere war nicht so hübsch wie ich, aber sie hatte viel, viel mehr Geld.«

»Vielleicht war das also für Sie das beste.«

»Was meinen Sie damit ›für mich das beste‹?«

»Weil es ihm um das Geld ging, wäre er Ihnen vielleicht kein guter Ehemann geworden.«

»Das versuchten sie mir zu erzählen.« Sie stampfte mit dem Fuß auf. »Es ist nicht wahr. Ich hätte ihn geheiratet. Dann hätte er mich am meisten geliebt. Harry wünschte sich nur ein unbeschwertes Leben. Er wäre glücklich mit mir geworden, wenn sie uns gleich hätten heiraten lassen. Ich hätte meine Kinderchen gehabt . . .« Ihr Gesicht verzerrte sich, und sie sah aus wie ein Kind, das um ein heißbegehrtes Spielzeug weint. »Aber nein«, rief sie hitzig, »sie ließen mich nicht. William verhinderte es. Wie konnte er es wagen! Wissen Sie, was er sagte: ›Er ist ein Glücksritter. Du bist besser dran ohne ihn.‹ Und dabei sah er brav und tugendhaft aus, als wäre Harry schlecht und er selbst so gut. Und er – oh, ich könnte Ihnen erzählen . . .«

Ich blickte sie so traurig an, daß sie lächelte und sich zusammennahm. »Sie haben ein gutes Herz, Mrs. Verlaine«, sagte sie, »und Sie wissen, was es heißt, einen geliebten Mann zu verlieren, nicht wahr? Sie haben auch gelitten. Deshalb erzähle ich Ihnen diese Dinge. Ich hatte einen Ring . . . einen herrlichen Opalring. Aber Opale bringen Unglück, heißt es. Harry brachte es nicht über sich, mir die Wahrheit zu sagen, und ich war fast einundzwanzig und setzte den Hochzeitstermin fest, und es kamen auch schon die ersten Geschenke. Und dann . . . eines Tages . . . kam der Brief. Er konnte es mir nicht selbst sagen, nur schreiben. Er war seit Monaten verheiratet. Ich hätte meinem Bruder Trotz bieten und mit Harry davonlaufen sollen, als er mich zuerst bat, ihn zu heiraten. William brach mir das Herz, Mrs. Verlaine. Ich haßte ihn. Eine Zeitlang haßte ich auch Harry. Ich nahm den Opalring und warf ihn hinaus aufs Meer . . . und dann nahm ich meine Farben und malte Harrys Gesicht an die Wände. Harrys Gesicht . . . schrecklich . . . schrecklich . . . doch es tröstete mich.«

»Ich kann es Ihnen nachfühlen«, war alles, was ich herausbrachte.

»Das tun Sie wirklich.« Sie lächelte mich gramvoll an. »Aber sagen Sie nicht, daß Dinge vergessen sind. Sie sind niemals vergessen. Meinen geliebten Beau . . . Ich wurde wieder viel froher, als er geboren wurde. Er war mir von Anfang an zugetan. Immer verlangte er nach Tante Sib. Er durfte mit meinen Farben spielen, und das gefiel ihm. Er war immer bei mir, er war ein so sonniges Kind und so schön. Beau! Natürlich nannten wir ihn so, weil er Beaumont hieß. Aber es bedeutete auch etwas – nämlich, daß er schön war.«

»Sie hatten also Ihren Trost.«

»Bis zu jenem Tage ... an dem er ermordet wurde.«

»Es war ein Unfall. Wo immer zwei Jungen zusammen waren, hätte es passieren können.«

Sie schüttelte verärgert den Kopf. »Aber dies war Beau ... mein schöner, mein wunderschöner Beau.«

Ruckartig wandte sie sich mir zu: »Irgend etwas ist an diesem Haus ... etwas *Böses*, ich weiß es.«

»Ein *Haus* kann nicht böse sein«, erwiderte ich.

»Das kann es wohl, wenn die Menschen, die darin leben, es so machen. In diesem Hause sind böse, schlechte Menschen. Geben Sie acht.«

Ich versprach es, und weil ich spürte, daß jetzt ein Angriff auf Napier kommen und ich mich dann gezwungen sehen würde, ihn zu verteidigen, sagte ich, nun müsse ich gehen.

Sie blickte auf ihre Uhr und nickte zustimmend.

»Kommen Sie wieder«, sagte sie. »Kommen Sie, und unterhalten Sie sich mit mir. Ich unterhalte mich gern mit Ihnen ... und eines Tages werde ich Sie malen müssen.«

*

Alice spazierte neben mir durch die Gärten, wo ich mir etwas Bewegung machen wollte. Es hatte den ganzen Vormittag geregnet, und nun war die Sonne herausgekommen; die Blumen dufteten jetzt besonders köstlich, und die Bienen summten bereits eifrig in den Lavendelbüschen.

Alice sprach mit mir über das Präludium von Chopin, das ihr einige Schwierigkeiten bereitete, und ich versuchte ihr zu erklären, daß es oftmals am schwersten ist, den Eindruck von Schlichtheit zu vermitteln.

»Wie gern ich am Klavier sitzen und so spielen würde wie Sie, Mrs. Verlaine. Bei Ihnen sieht das immer so einfach aus.«

»Das ist jahrelanges Üben«, bedeutete ich ihr. »Du hast nicht Jahre und Jahre geübt und doch schon riesige Fortschritte gemacht.«

»Erkundigt sich Sir William je nach unseren Stunden?« fragte sie.

»Ja, er hat es getan.«

»Erwähnt er mich auch?«

»Er erwähnt euch alle.«

Sie errötete vor Freude. Dann sagte sie plötzlich, das Gesicht ganz ernst: »Edith war es heute morgen wieder schlecht.«

»Es kommt manchmal vor, daß Frauen, die ein Baby erwarten, sich morgens elend fühlen; mit der Zeit wird das besser werden.«

»Wie ist das doch schön. Alle freuen sich auf das Baby. Jeder sagt, dann wird alles gut.«

»Wodurch soll alles gut werden?« Das war Allegra, die neben mir aufgetaucht war.

»Wir sprachen von dem Baby«, erklärte Alice.

»Jeder redet über dieses Kind. Man könnte denken, daß noch nie einer ein Kind gekriegt hat. Schließlich sind sie doch verheiratet, oder? Warum sollen sie dann kein Kind kriegen ... Ist doch normal. Deshalb heiraten die Leute schließlich ... zum Teil wenigstens.«

Allegra musterte mich hinterhältig, als wollte sie einen Verweis herausfordern.

»Hast du geübt?« fragte ich kühl.

»Noch nicht, Mrs. Verlaine. Ich tue es noch ... später. Nur – es war ein so scheußlicher Vormittag, und jetzt ist die Sonne da, und es wird bald wieder regnen. Gucken Sie die Wolken an.« Sie lächelte mich verschmitzt an, doch fast in derselben Sekunde verdunkelten sich ihre Züge. »Das Gerede von diesem Kind hängt mir zum Halse heraus. Mein

Großvater ist wie verwandelt. Das hat mir einer der Diener heute morgen erzählt. Er sagte: ›Miß Allegra, dieses Kind wird für Ihren Großvater alles verändern. Es wird sein, als hätten wir Mr. Beau wieder.‹«

»Ja, das stimmt«, fiel Alice ein. »Es wird sein, als wäre Mr. Beau wieder da. Ob dann wohl keine Lichter mehr in der Kapelle erscheinen?«

»Für das Licht in der Kapelle gibt es eine durchaus logische Erklärung«, sagte ich; und als sie mich erwartungsvoll anblickten, setzte ich hinzu: »Dessen bin ich sicher.«

Allegra blieb stehen und schnitt Gesichter, um ihre Erbitterung auszudrücken. »All dies Gehabe. Mir wird übel davon. Warum soviel Getue um ein Baby? Vielleicht wird es ein Mädchen, das geschähe ihnen recht. Sie scheinen zu vergessen, daß ich da bin. Um mich wird nie ein solcher Wirbel gemacht. Ich bin Napiers Tochter, und Sir William ist mein Großvater. Aber er sieht mich kaum an, und wenn er es tut, sieht er . . . angewidert aus.«

»O nein, Allegra!« beruhigte ich sie.

»O *ja*, Mrs. Verlaine. Warum drum herumreden? Früher dachte ich, das komme daher, daß Napier mein Vater ist und Großvater meinen Vater haßte. Aber das ist es nicht, denn dies neue Kind wird auch Napiers sein, und sie machen alle schon Wirbel, bevor es überhaupt auf der Welt ist.«

Sie rannte voraus und begann, eine Rose zu zerpflücken.

»Allegra«, warnte Alice, »das ist eine von denen, die dein Großvater am liebsten hat.«

»Weiß ich«, zischte Allegra. »Darum tue ich es ja gerade.«

»Das ist nicht die beste Art, deinen Gefühlen Luft zu machen«, sagte ich.

Allegra grinste mich an. »Es ist eine Art, Mrs. Verlaine. Die beste, die gerade zur Hand ist.«

Damit hatte sie noch eine der kostbaren Blüten abgerupft und begann ihr Zerstörungswerk.

Ich wußte, daß es keinen Sinn hatte, Einspruch zu erheben, und daß sie aufhören würde, sobald sie kein Publikum mehr hatte. Also verließ ich den Weg und ging quer über den Rasen davon.

*

Mrs. Lincroft hatte vor einiger Zeit vorgeschlagen, ich möge die Mädchen beim Ausritt begleiten, und ich hatte mir in London Reitzeug bestellt, da ich es haßte, mir Kleider zu leihen, und Ediths mir nicht gut genug saßen. Ich gestand mir selbst, daß dies eigentlich Verschwendung war, doch als ich die Sachen hatte, ritt ich häufiger als zuvor.

Mein Reitkleid war von hübschem, dunklem Blau – nicht ganz marineblau; es war sehr gut geschnitten, und kaum daß ich es sah, tat mir das Geld nicht mehr leid, das ich dafür ausgegeben hatte. Die Mädchen versicherten mir alle, daß ich sehr elegant darin aussehe, und sie bewunderten es ständig.

Als Mrs. Lincroft ihren Vorschlag machte, fuhr sie fort: »Ich kann Ihnen nicht sagen, wie es mich freut, daß Sie hier sind, Mrs. Verlaine. Es ist uns allen eine große Hilfe, jetzt, da wir diese zusätzliche Belastung haben. Ich werde sehr froh sein, wenn der neue Vikar erst da ist. Doch dann, nehme ich an, werden wir warten müssen, bis er nach Mrs. Rendalls Ansicht so weit ist, daß er mit dem Unterricht helfen kann.«

Ich meinte, daß ich doch sehr wenig beigetragen habe und mir das außerdem Spaß machte, weil meine größte Angst sei, zuwenig zu tun zu haben.

Es stimmte, ich war hocherfreut darüber, wie die Dinge sich entwickelten, denn so war ich nicht nur voll ausgelastet und hatte das Gefühl, mein Gehalt zu verdienen, ich war auch mehr mit den Mädchen zusammen und lernte sie besser kennen . . . Allegra, Alice und Sylvia. Edith sah ich weniger – das Reiten hatte sie jetzt aufgegeben –, wenngleich sie gelegentlich um eine Klavierstunde bat; doch selbst dann schien sie sich vor mir zu verschließen, als bedaure sie den Impuls, der sie beinahe verleitet hatte, sich mir anzuvertrauen.

Eines Nachmittags, als ich mit den drei jüngeren Mädchen ausritt, sahen wir Napier auf uns zukommen.

»Hallo«, begrüßte er uns, »macht's Spaß, das Reiten?«

Ich bemerkte, wie er es vermied, Allegra anzusehen – und sie ihn – und daß sie den verdrossenen Mund machte, den ich inzwischen kannte. Warum mochte er sie nicht? Dachte er an ihre Mutter, für die er doch zu einer Zeit immerhin eine Zuneigung empfunden haben mußte. Wie mochte sie gewesen sein? Was mochte er wirklich für sie gefühlt haben? Und was ging mich das an? Ausgenommen natürlich, daß ich hier war, um Allegra zu unterrichten, und daß ich ihr, wenn möglich, gern geholfen hätte. Ein Mädchen mit soviel Bitterkeit im Herzen war auf dem besten Wege, sich unglücklich zu machen.

»Es ist ein herrlicher Tag«, sagte ich. Und gleichzeitig dachte ich: Was für eine abgedroschene Feststellung. Und gesagt hatte ich es in einem Ton, als handele es sich um meine neueste Entdeckung.

Ich war mir bewußt, wie drei Augenpaare Napier und mich wesentlich intensiver beobachteten, als mir angenehm war.

»Ich werde mit euch reiten«, sagte Napier, wendete sein Pferd, und wir ritten weiter, er etwas vor uns auf dem schmalen Pfad. Während ich seinen geraden Rücken und die stolze Kopfhaltung betrachtete, mußte ich denken, daß Allegra alles in sich aufnehmen würde, was er sagte, daß sie sicher auf jeden Unterton seiner Stimme achtete. Arme Allegra! Ihr fehlte nur Zuneigung, überlegte ich – und die bekam sie nicht im geringsten. Sylvia hatte einen Vater, der ganz sicher liebevoll und zärtlich mit ihr war, ein wie strenger Zuchtmeister auch immer die Mutter sein mochte, und daß Mrs. Lincroft mit aller Liebe an Alice hing, stand fest; ja, die arme Allegra war die vom Schicksal Benachteiligte. Ich mußte versuchen, etwas für sie zu tun. Ich wandte mich um und wollte etwas zu ihr sagen, als ich sah, daß sie versuchte, Sylvia aus dem Sattel zu stoßen.

»Allegra«, sagte ich scharf, »wirst du das sofort lassen.«

»Sylvia hat mich aufgezogen«, gab Allegra zurück.

Napier nahm keine Notiz von den Mädchen und sagte zu mir: »Es freut mich zu sehen, wie Sie sich der Reiterei verschrieben haben, Mrs. Verlaine.« Wir hatten den engen Feldweg hinter uns gelassen, und er ritt jetzt dicht neben mir.

»Ich hätte nie gedacht, daß Sport im Freien mir so viel Freude machen würde.«

»Und was Sie anpacken, machen Sie gut.« Seine Augen straften seinen respektvollen Ton Lügen.

»Ich wünschte, ich könnte dessen sicher sein.«

»Aber Sie sind sicher. Deshalb gelingt es Ihnen ja. Man muß an sich selbst glauben, ehe man es von anderen erwarten kann, . . . Pferde nicht ausgenommen. Das Pferd weiß, daß es einen sehr energischen Reiter trägt.«

»Wie Sie das sagen, klingt es sehr einfach.«

»Das ist Theorie immer. In der Praxis liegen die Schwierigkeiten.«

»Das klingt sehr tiefsinnig. Wenden Sie diese These auch auf Ihr Leben an?«

»Oh, da haben Sie mich erwischt, Mrs. Verlaine. Natürlich tue ich es nicht. Wie die meisten Menschen bin ich groß darin, Ratschläge zu geben . . . anderen. Aber es stimmt. Sie müssen es zugeben. Ich weiß, was Sie denken. Sie träumten davon, die größte Pianistin der Welt zu werden, und nun sind Sie hier und geben vier gleichgültigen Schülerinnen Musikstunden – ist es nicht so?«

»Meine kleinen Angelegenheiten sind eine derart detaillierte Analyse kaum wert.«

»Im Gegenteil, sie bilden ein sehr gutes Beispiel.«

»Für Sie kaum von Interesse.«

»Sie sind heute absichtlich halsstarrig, Mrs. Verlaine.«

Mein Impuls, mein Tempo zu verlangsamen und auf die

Mädchen zu warten, erschien mir vernünftig; doch ich hatte nicht die geringste Absicht, es zu tun.

»Sie wissen sehr gut«, fuhr er fort, während er mich durchdringend ansah, »daß Ihre . . . Vergangenheit mich brennend interessiert.«

»Ich wüßte nicht, warum.«

»Sie täuschen sich selbst, aber mich täuschen Sie nicht.«

Wir konnten über das Land bis zum Meer sehen. Das Kastell zeigte deutlich seine der Tudor-Rose nachgebauten Umrisse: Unter uns lag der steinige Strand, über den sanft die Wellen auf und ab rollten mit leisem, beinahe zufrieden klingendem Gemurmel.

Da waren die Häuser, dicht am Wasser. Fischerboote waren hoch auf den Strand gezogen; es roch nach Fisch und Seetang.

Hastig sagte ich: »Es sieht beinahe aus, als ob die Häuser im Wasser stehen.«

»Das Meer frißt sich höher herauf . . . sehr schnell: In hundert Jahren werden sie weggespült sein. Sie stehen jetzt schon häufig unter Wasser. Man könnte eine Parallele ziehen. Sie und ich, wir sind wie diese Häuser; die Vergangenheit ist wie das Meer . . . droht, uns zu überfluten . . . und uns zu hindern, ein freies, volles Leben zu führen.«

»Ich hatte keine Ahnung, daß Sie zu so phantastischen Vorstellungen neigen.«

»Oh, es gibt viel, das Sie nicht von mir wissen, Mrs. Verlaine.«

»Das habe ich nie bezweifelt.«

»Und Sie scheinen nicht sehr neugierig darauf zu sein.«

»Wenn Sie es mich wissen lassen wollten, würden Sie es mir zweifellos erzählen.«

»Das würde Sie doch um das Vergnügen bringen, es selbst herauszufinden. Um auf meine poetischen Vorstellungen zurückzukommen: Ich dachte daran, daß eine feste Mauer zum Meer hin die Häuser vor dem Untergang bewahren könnte.«

»Warum baut man sie dann nicht?«

Er zuckte die Achseln. »Das würde sehr viel Geld kosten; und Menschen sind gegen Neuerungen. Es ist so viel einfacher, auf die alte Weise weiterzumachen, bis man nicht mehr umhinkam, etwas zu tun. Ich weiß, daß eines Tages Menschen hier stehen und auf die Stadt blicken werden, und sie werden diese Häuserreihe nicht mehr sehen, weil das Meer sie geschluckt haben wird. Und doch hätte eine Mauer am Meer sie retten können. Mrs. Verlaine, Sie und ich müssen diese Mauer bauen . . . bildlich gesprochen. Wir müssen uns gegen das heranflutende Meer der Vergangenheit schützen.«

Ich wandte mich ihm zu und fragte: »Wie?«

»Das müssen wir herausfinden. Wir müssen kämpfen . . . wir müssen diese umklammernden Hände abschütteln . . . wir müssen die Ketten zerreißen . . .«

»Ihre Bilder geraten ein wenig durcheinander«, sagte ich aus dem Gefühl, einer Unterhaltung eine leichtere Note geben zu müssen, die voll versteckter Andeutungen war.

Er lachte laut auf.

»Na schön«, meinte er. »In Ordnung. Ohne Umschweife . . . frei und deutlich gesagt: Ich glaube, daß Sie und ich einander helfen könnten zu vergessen.«

Oh, dachte ich, wie konnte er es wagen! Bildete er sich ein, daß er mich verführen konnte, wie er Allegras Mutter verführt hatte? Eine Witwe, überlegte ich im stillen. Leichte Beute. Konnte das seine Absicht sein, war das möglich? Vielleicht sollte ich fortgehen von hier. Innerlich schauderte es mich bei dem Gedanken, zurückzukehren in mein Zimmer nach Kensington und um Schüler zu inserieren. Nein, ich war kein unerfahrenes junges Mädchen mehr. Ich konnte auf mich achtgeben.

Aber ich mußte ihm zeigen, daß er sich irrte, wenn er meinte, sich mit mir amüsieren zu können.

Ich blickte über die Schulter. Die Mädchen, Allegra an der Spitze, ließen die Pferde Schritt gehen und hielten genügend Abstand zwischen Napier und mir.

Ich zog die Zügel an und wartete, bis die Mädchen herangekommen waren. Ich atmete tief die würzige Luft und blickte auf das Meer, das Schaumkräusel über die glitzernden Kiesel sprühte.

»Wir haben uns gerade überlegt, was Julius Cäsar wohl sagte, als er dies alles zuerst sah«, erklärte Allegra.

»Die armen alten Briten damals!« flüsterte Alice. »Stellt sie euch bloß vor.« Ihre Augen waren rund vor Grauen, das sie trotz Napiers Gegenwart nicht zu unterdrücken vermochte. »Sie sahen die Schiffe herankommen, und sie rannten nach ihrem Färberwaid, um sich blau anzumalen, damit sie furchterregend aussahen. Und dabei waren sie es, die Angst hatten. Und die Römer kamen, sahen und siegten.«

»Und bauten hier Häuser«, schrie Allegra, entschlossen, nicht ins Hintertreffen zu geraten. »Und wenn sie das nicht getan hätten, wäre Miß Brandon niemals hergekommen und verschwunden.«

»Wie die Erinnerung an diese Frau weiterlebt«, murmelte Napier.

Alice fuhr wie hypnotisiert fort: »Und sie bauten eine Stadt hier und ihre Villen und ihre Bäder.«

»Glücklicherweise nicht unter Lovat Stacy«, fuhr Allegra fort. »Denn sonst hätten sie unser Haus abreißen wollen, um die Überreste der Römer zu finden.«

»Ich bezweifle sehr, daß das erlaubt worden wäre«, sagte Napier.

Sylvia, die sich bis dahin abseits gehalten hatte, murmelte jetzt: »Vielleicht hätte sie gar nicht um Erlaubnis gefragt. Solche Leute tun das gar nicht, sagt meine Mutter. Vielleicht versuchte sie das gerade, als . . .«

Napier seufzte auf, wie gelangweilt, und schickte sich an, weiterzureiten. Wir schlossen uns an, und nach kurzer Zeit war er schon wieder neben mir.

»Sie denken immer noch an die verschwundene Dame«, sagte er vorwurfsvoll. »Sie interessieren sich sehr für sie. Geben Sie es zu.«

»Das Rätselhafte daran reizt mich.«

»Sie mögen gern, wenn alles klipp und klar und ordentlich zu Ende geführt ist und ›Finis‹ darunter steht.«

»Wenn das möglich wäre. Aber ist das jemals so?«

»Natürlich nicht. Nichts ist je zu Ende. Was vor hundert Jahren geschah, wirkt bis heute weiter. Selbst wenn wir eine Mauer bauten, würden wir die Brandung dahinter hören.«

»Nur, daß sie nicht in die Häuser kriechen und sie mit der Zeit davonspülen könnte.«

»Ah, Mrs. Verlaine . . . Caroline . . .«

Ich wandte mich nach den Mädchen um; sie hielten immer noch Abstand.

»Die Masten sind heute deutlich zu sehen«, sagte ich. »Und da habe ich noch ein Gleichnis für Sie«, fuhr er fort. »Vielleicht ist das besser als die Mauer.«

»Bitte, ersparen Sie es mir«, erwiderte ich mit einem Anflug seiner eigenen Spöttelei.

»Wer die Rute schont, verzieht das Kind, sagt man.«

»Sie vergessen, daß ich kein Kind bin.«

»In mancher Beziehung sind wir alle Kinder. Doch dies ist viel besser als der Vergleich mit der Mauer zum Meer. Ich versuche Ihnen tatsächlich klarzumachen, daß ich nicht ein solcher Philister bin, wie Sie glauben. Ich habe meine phantasievollen Höhenflüge. Sie und ich, wir sind wie diese Schiffe. Wir stecken im Treibsand der Vergangenheit fest. Entkommen werden wir nie, weil wir festgehalten werden, festgehalten durch unsere Erinnerungen und die Meinung der anderen Menschen von uns.«

»Das ist zuviel der Phantasterei.«

»Haben Sie sie schon einmal bei Nacht angesehen? Haben Sie das immer wiederkehrende Aufblitzen vom Feuerschiff gesehen, die Warnung für die Seeleute? Haltet euch fern. Hier sind die Sandbänke. Wagt es nicht, näher zu kommen . . .«

»Mr. Stacy«, sagte ich, »ich lehne es ab, die geringste Verbindung zwischen meinem Schicksal und den Goodwin Sands zu sehen.«

»Weil Sie eine Optimistin sind, und die Sandbänke schlagen jeden Optimismus. Sie sind bösartig ... so golden und so schön ... so trügerisch. Haben Sie sie je aus der Nähe gesehen? Ich werde Sie einmal mit hinausnehmen.«

Ich schauerte in mich zusammen.

»Es würde völlig sicher sein. Dafür würde ich sorgen.«

»Danke«, erwiderte ich.

»Was, genau gesagt, ›nein, danke‹ heißen soll.« Er lachte laut. »Aber vielleicht gelingt es mir, Ihren Sinn zu ändern ... hierüber und auch in bezug auf andere Dinge. Ändern Sie Ihren Sinn leicht, Mrs. Verlaine? Sicher tun Sie das. Sie sind viel zu vernünftig, um eine Entscheidung zu treffen und dann allen Argumenten zum Trotze an dieser Meinung festzuhalten.«

»Hätte ich eine falsche Entscheidung getroffen und sähe dann die Wahrheit vor mir, so hoffe ich sehr, daß ich meinen Irrtum unumwunden zugeben würde.«

»Wußt' ich es doch.«

»Wir sind weit genug geritten«, sagte ich. »Wir sollten uns auf den Heimweg machen.« Damit machte ich kehrt und ritt zu den Mädchen.

»Zeit, nach Hause zu kommen«, sagte ich; gehorsam wendeten sie ihre Pferde, und eine Zeitlang ritten wir alle zusammen. Napier schwieg: Nach kurzer Zeit waren die Mädchen wieder zurückgeblieben, und er erzählte mir von dem Vorwerk, an dem wir gerade vorüberkamen, und das zum Besitz der Familie Stacy gehörte.

Ich merkte schnell, daß dies etwas war, was ihm am Herzen lag. Wie er sich danach gesehnt haben mußte, als er im Ausland war! Ich fragte mich, wie ihm als jungem Menschen zumute gewesen sein mochte, als er wußte, daß Beaumont der Erbe sein würde. Er mußte neidisch auf seinen Bruder gewesen sein. Neid – die Todsünde, die so viele andere im Gefolge hatte ... vielleicht auch Mord.

»Wir führen jetzt Verbesserungen im Betrieb ein«, sagte er. »Bis vor kurzem fehlte noch das Geld.«

Bis zur Heirat mit Edith, womit das Vermögen der Cowans in den Besitz der Stacys kam, dachte ich. Arme Edith, vielleicht, wenn sie keine reiche Erbin gewesen wäre, hätte sie Jeremy Brown heiraten und Pastorenfrau werden können – und mit der Zeit wäre sie eine gute geworden – und hätte glücklich gelebt bis an ihr seliges Ende.

Und nun . . . was für eine Zukunft winkte ihr an Napiers Seite? Was für eine Zukunft würde jeder Frau mit einem solchen Manne beschieden sein? Einige würden damit fertig werden. Einige würden es vielleicht auf widerwärtige Weise aufregend finden.

Ich beeilte mich, von dieser Art Gedanken loszukommen.

»Viele dieser kleinen Häuser müssen dringend ausgebessert werden«, fuhr er fort. »Schritt für Schritt bringen wir das in Ordnung. Es ist höchste Zeit. Ich könnte es Ihnen zeigen, wenn Sie einmal mit mir hinausreiten möchten.«

»Ich bin die Musiklehrerin hier.«

»Das ist doch kein Grund, warum Sie sich nicht das Gut ansehen sollten, oder? Wer weiß, vielleicht finden Sie ein unentdecktes Genie in einem unserer Bauernhäuser.«

»Interessiert sich Ihre Frau für den Betrieb?«

Sein Lächeln war etwas trübe. »Es ist mir bisher nicht gelungen festzustellen, wofür sie sich interessiert.«

»Aber schließlich . . .« Ich stand im Begriff zu bemerken, daß es ihr Vermögen sei, das dazu benutzt werden sollte, den Besitz zu verbessern, doch das würde zu weit gehen. Vielleicht sah man mir den Gedanken an, denn er runzelte leicht die Stirn, und ich rief wieder nach den Mädchen. Sie sollten nicht den Eindruck bekommen, daß ich nur mit Napier allein ausritt. Wir bildeten eine Gruppe, und das wollte ich betont sehen.

»Kommt«, rief ich.

»Ja, Mrs. Verlaine«, antwortete Alice, und sie ritten heran.

»Sind die Wracks heute nicht deutlich zu sehen?« sagte sie in höflichem Gesprächston.

»Ja«, erwiderte ich. Und ich bedeutete Allegra mit einer Handbewegung, den Platz neben Napier einzunehmen, doch sie verhielt mürrisch ihr Pferd, und ich wollte nichts erzwingen; also wendete ich mein Pferd, wir setzten unseren Weg fort und kamen nach kurzer Zeit an ein kleines Haus mit einem langgestreckten Garten davor, in dem das Unkraut üppig wucherte.

Ich hörte Sylvias schrille Stimme: »Das sind die Brancots. Ihr Garten ist eine Schande. Das Unkraut weht in anderer Leute Gärten und verdirbt deren Blumen und Gemüse. Einige haben sich schon beklagt.«

»Der arme Mr. Brancot«, sagte Alice leise. »Er ist so alt. Wie kann er da noch in seinem Garten arbeiten? Das kann doch wirklich niemand von ihm erwarten.«

»Aber die Pächter sind *verpflichtet,* sich um ihre Gärten zu kümmern, sagt meine Mutter.«

Sylvia riß nur ihren Mund auf, wenn sie ihre Mutter zitierte.

Wir setzten unseren Ritt fort, und schon nach kurzer Zeit merkte ich, wie die Mädchen wieder zurückblieben. Sie hielten Abstand, weil sie meinten, daß wir dies so wünschten, und die Bedeutung, die darin lag, erweckte Unbehagen in mir.

*

Einige Tage später geschah etwas, das mich noch mehr beunruhigte.

Als ich aus dem Hause kam, traf ich auf Mrs. Lincroft und Alice, die im Begriff standen, mit dem leichten Einspänner fortzufahren.

»Wir wollen nur schnell in den kleinen Laden, um ein paar Dinge einzukaufen«, sagte sie. »Brauchen Sie irgend etwas?«

Ich überlegte kurz, und mir fiel ein, daß ich eine Rolle blaues Garn brauchte.

»Warum kommen Sie nicht mit uns?« schlug sie vor. »Dann können Sie selbst die richtige Farbe aussuchen.« Während der Fahrt erinnerte ich mich an den kleinen Laden, in den Roma und ihre Freunde zu gehen pflegten und in den ich meine Schwester einmal begleitet hatte. Es war im Grunde nicht mehr als ein Häuschen, dessen Wohnzimmerfenster als Auslage diente, in die so viel hineingestopft war, wie nur hineingehen wollte. Roma hatte gesagt, der Laden sei ein Geschenk des Himmels und ersparte ihnen, daß sie um jede Kleinigkeit den Weg nach Lovat Mill machen mußten. Die Inhaberin war eine dicke Frau, und ich wußte nur noch, daß sie sehr viel redete und eine Figur hatte wie eine Acht.

Einige Stufen führten hinunter in den Laden, wo viele Bündel Brennholz an einer Wand aufgestapelt lagen, daneben stand ein Kanister Petroleum, dessen Geruch das Halbdunkel drinnen erfüllte. Es gab dort Kekse, Käse, Obst, Kuchen und Brot ebenso wie Kurzwaren. Meiner Meinung nach mußte der Laden ein einträgliches Geschäft machen, da er vielen Leuten aus der Nachbarschaft – ebenso wie damals Roma und ihren Freunden – die Reise nach Lovat Mill ersparte.

Kaum daß ich eintrat, war die Erinnerung an Roma da. Ich sah sie wieder da stehen und in ihrem bestimmten Ton Klebstoff oder Pinsel oder Brot und Käse verlangen.

Mrs. Lincroft machte ihre Einkäufe, und ich fragte nach meinem Garn; und als die rundliche Dame, die Mrs. Lincroft Mrs. Bury nannte, ihren Kasten mit Garnrollen herbeibrachte, warf sie mir einen prüfenden Blick zu und sagte: »Oh, ihr Leute seid also tatsächlich wieder da!?«

Bestürzt verstand ich sofort. Sie hatte mich wiedererkannt.

Mrs. Lincroft sagte: »Dies ist Mrs. Verlaine, die den Mädchen Musikstunden gibt.«

Ein langgezogenes, erstauntes »Oh«. »Stell sich einer so was vor. Ich hätte schwören können ... ich meinte, Sie seien eine von *denen* ... Die waren eine ganze Zeitlang hier ... kamen immer herein um dies und das.«

»Mrs. Bury meint die Leute, die an den römischen Ruinen arbeiteten«, erklärte Alice.

»Stimmt«, fuhr Mrs. Bury fort. »Und der einen sind Sie wie aus dem Gesicht geschnitten. Ich hätte schwören können ... Sie kam nicht sehr häufig ... ein- oder zweimal nur ... aber ich habe ein Gedächtnis für Gesichter. Einen Augenblick lang dachte ich: Hallo, die sind wieder da. Dies ist ein hübsches Blau. Es kommt natürlich drauf an ...«

Während sie das von mir ausgewählte Garn in eine kleine braune Papiertüte tat, murmelte sie leise kopfschüttelnd vor sich hin: »Sonderbar ... da dachte ich doch wirklich eben ... ich hätte schwören können, daß Sie eine von denen waren.«

Sie gab mir das Wechselgeld heraus.

»Denken Sie nur nicht«, sagte sie dabei, »daß ich etwas dagegen hätte, wenn sie wiederkämen und weitermachten. Manche hier mögen das nicht. Aber sie kamen immer bei mir kaufen. Manche haben was dagegen, daß sie überall rumbuddeln, aber fürs Geschäft ist es gut, sage ich. Nun, Menschen sind eben verschieden. Merkwürdig, die eine, die verschwand. Wir haben nie gehört, was aus ihr wurde. Es wird aber wohl in der Zeitung gestanden haben, und ich hab's übersehen. Aber, wenn es Mord gewesen wäre ...«

»Das werden wir jetzt nicht mehr erfahren«, schloß Mrs. Lincroft die Unterhaltung. »Vielen Dank, Mrs. Bury.«

»Ich hab' zu danken.« Ihre warmen, braunen Augen folgten mir, als ich aus der Tür ging; und ich wußte, daß sie sich an einen bestimmten Nachmittag zu erinnern versuchte, als Roma, eine Gefährtin neben sich, in den Laden gekommen war.

»Ich mußte ihr das Wort abschneiden«, sagte Mrs. Lincroft, als wir in den Wagen stiegen. »Sonst würde sie endlos weiterreden.«

*

Ich war einigermaßen fassungslos darüber, daß Mrs. Bury mich wiedererkannt hatte, und ich fragte mich, wie die Stacys es aufnehmen würden, falls sie herausfanden, daß ich Romas Schwester war. Bestenfalls würden sie mich für recht verschlagen halten. Meine einzige Entschuldigung würde darin bestehen, daß ich der Meinung war, ihr Verschwinden könnte in irgendeiner Beziehung zu dem Haus und seinen Bewohnern stehen, und das konnte sie kaum freuen.

Vielleicht wäre es das beste, jetzt die Wahrheit zu gestehen. Ich konnte mir vorstellen, daß ich es Napier sagen würde.

Ich wollte allein sein, fort vom Haus, um die Dinge zu überdenken. Welch bessere Möglichkeit zum Alleinsein, als durch die Wiesen zu reiten.

Ich ging zu den Ställen, und als ich gerade abreiten wollte, kam Napier zurück. Beim Absteigen warf er einen Sack auf die Erde, in dem es klapperte. Auf meinen überraschten Blick sagte er: »Das sind nur ein Spaten, eine Schaufel und ein paar Gartenwerkzeuge.«

»Haben Sie damit gearbeitet?«

»Sie sehen erstaunt aus. Ich kann eine ganze Menge Dinge mit den Händen tun. Das habe ich drüben auf der Farm gelernt.«

»Das kann ich mir vorstellen«, erwiderte ich.

»Jetzt haben Sie wieder diesen ›Was-geht's-mich-an‹-Blick. Bitte nicht. Ich möchte mir gern vorstellen können, daß es Sie etwas angeht, was ich tue.«

»Das«, erwiderte ich kühl, »erstaunt mich mehr denn je.«

»Sie sagen das zwar, aber Sie wissen sehr wohl, daß es dafür eine sehr einfache Erklärung gibt. Mir liegt an Ihrer Anerkennung, folglich werde ich sagen, was ich getan habe.«

»Das ist nicht nötig, und es tut mir leid, wenn ich den Anschein erweckte, als wolle ich es gern wissen.«

»Den Anschein haben Sie allerdings erweckt . . . sehr deutlich sogar. Das finde ich ja so unterhaltsam an Ihnen. Sie wollen immer alles wissen. Eines ist mir in tiefster Seele verhaßt, und das ist Gleichgültigkeit. Wappnen Sie sich, Sie werden sehr überrascht sein: Ich war bei den Brancots und habe ihnen den Garten in Ordnung gebracht. Na, das hat Sie wohl erschüttert.«

»Ich ... ich finde das sehr nett von Ihnen.«

Er verbeugte sich leicht. »Welch angenehmes Gefühl, sich im Glanze Ihres Lobes zu sonnen.«

»Sie hätten natürlich auch einen der Gärtner hinschikken können.«

»Sicher hätte ich das.«

»Ihre Pächter werden es sehr ungewöhnlich finden, daß der Gutsherr in ihrem Garten arbeitet.«

»Ein Pächter – ein Garten – und ich habe es nicht als Gutsherr getan.« Er sprang wieder in den Sattel. »Eine so günstige Gelegenheit darf nicht verpaßt werden. Wir reiten jetzt zusammen aus.«

»Ich habe nur eine Stunde Zeit.«

Wieder lachte er, und da mir nichts anderes übrigblieb, als anzureiten, folgte er mir hinaus in den Sonnenschein.

Als wir die Pferde im Schritt die engen Wege entlanggehen ließen, sagte er ernst: »Was die Brancots angeht ... ja, ich hätte einen der Gärtner schicken können, aber der alte Brancot wollte das nicht. Es gibt hier ein paar recht böswillige Leute. So selbstherrlich. Zum Beispiel die Frau unseres lieben Pastors. Sie glaubt an Gerechtigkeit. Einerlei, wie unbequem es für alle ist, Gerechtigkeit muß sein. Sie würde sagen, wenn der alte Brancot seinen Garten nicht mehr bestellen kann, muß er in ein Häuschen ohne Garten ziehen; er hat aber sein Leben lang dort gewohnt.«

»Ich verstehe.«

»Und Sie haben nun eine etwas bessere Meinung von mir?«

»Natürlich.«

Er blickte mich sonderbar an. »Wer will behaupten, daß ich es um Ihrer Anerkennung willen tat und nicht, um dem alten Brancot zu helfen.«

»Das steht ganz sicher außer Frage.«

»Sie kennen mich nicht. Ich habe ganz gemeine, hinterhaltige Motive. Ich bin abwegig in meinem Tun. Sie sollten sich hüten vor mir.«

»Das könnte sehr leicht wahr sein.«

»Es freut mich aufrichtig, daß ihnen das klar ist, denn aus eben dem Grunde werden Sie sich sehr viel mehr für mich interessieren.«

Ich dachte: Kein Zweifel, worauf er abzielt. Ich muß ihm sehr deutlich zeigen, daß er sich irrt. Ich würde nicht davonlaufen, nur weil der Herr des Hauses – nun, solange Sir William lebte, war er das noch nicht ganz – versuchte, mir mit Gewalt den Hof zu machen. Ich würde ihm zeigen, daß er bei mir nicht weiterkam und daß er mich auch nicht vertreiben konnte. Der Gedanke, daß er mich womöglich vertreiben wollte, kam mir in diesem Moment zum ersten Mal.

Wir hatten jetzt freies Gelände vor uns, und er setzte zum Galopp an. Ich folgte, und als er schließlich verhielt, war ich dicht hinter ihm.

Ich brachte mein Pferd zum Stehen, und wir blickten zusammen hinunter aufs Meer. Vor uns lag das Kastell von Dover, grau, unüberwindlich und großartig, so stand es als Wächter für die weißen Klippen wie seit Jahrhunderten. Dubris – wie Roma es genannt haben würde – das Tor von England; und da waren die Überreste der Pharusse – wieder Roma – die sie so begeistert hatten, auf dem sogenannten *Devil's Drop,* aus grünem Sandstein und römischen Ziegeln erbaut, gedichtet mit römischem Mörtel, der, wie meine Schwester mir erzählt hatte, fast zweitausend Jahre dem Wetter Trotz geboten hatte. Drüben im Westen lag das wundersame Gebilde, das unter dem Namen »Cäsars Lager« bekannt war. Es war jetzt nicht zu sehen, doch ich erinnerte mich, wie meine Schwester mir diesen Küstenstreifen gezeigt und frohlockt hatte über die Beweise römischer Besetzung.

Napiers Gedanken waren offenbar nicht bei den Römern, denn er wandte sich mir zu und fragte: »Sollten wir nicht offen miteinander reden?«

Mit einem Schlage war ich zurück in der Gegenwart. »Das würde davon abhängen, was es nach sich zieht.«

»Ist Offenheit nicht immer wünschenswert?«

»Nein, nicht immer.«

»Ihr Mann würde es nicht wollen, daß Sie immer weiter um ihn trauern.«

»Wie wollen Sie das wissen?« erwiderte ich hitzig.

»Wenn er das wollte, sollten Sie leichter vergessen. Es würde nämlich klar zeigen, daß er es nicht wert war, in der Erinnerung fortzuleben.«

Ich war gereizt – ungerechterweise vielleicht, da er meine Augen gewaltsam auf etwas richtete, das ich nicht sehen wollte. Natürlich würde Pietro wollen, daß ich mich bis an mein Lebensende an ihn erinnerte.

Dabei fiel mir etwas anderes ein. In unserer Pension in Paris hatte es eine Studentin gegeben, die an einer unheilbaren Krankheit litt. Sie hatte einen Geliebten, und plötzlich standen ihre beiden melancholischen Gesichter vor meinem inneren Auge. Sie waren bei mir in meinem Pensionszimmer, wir tranken Kaffee zusammen und sprachen von der Liebe, und sie zitierte das Gedicht, das sie, wie sie sagte, ihrem Geliebten gegeben habe, damit er es nach ihrem Tode lese, wenn er an sie denke und traurig sei.

»No longer mourn for me when I am dead
Than you shall hear the surly sullen bell
Give warning to the world that I am fled ...
Far I love you so
Whilst in your sweet thoughts would be forget
If thinking an me then should make your woe!«

»Wehklage länger nicht,
Wenn ich gestorben bin,
Und du die Glocke hart und düster hörst,
Die weithin kündet, daß die Welt ich floh ...«

Und weiter hieß es:

»... ich lieb dich innig so,
Daß ich mir wünsch,
du möchtest meiner nicht
so süß gedenken,
Wenn dies Gedenken dich mit Leid erfüllt ...«

Tränen stiegen mir in die Augen: Ich versuchte, sie wegzublinken, doch er hatte sie gesehen.

»Er war ein ungewöhnlich selbstsüchtiger Mann«, sagte er brutal.

»Er war ein Künstler.«

»Und Sie nicht?«

»Mir fehlte etwas. Sonst hätte ich mich nicht zurückhalten lassen.«

Er beugte sich zu mir herüber. »Caro ... nein, nicht Caro ... so hat er sie genannt. Caroline, manchmal haben Sie vergessen ... seit Sie hier sind.«

»Nein«, sagte ich fest. »Ich vergesse niemals.«

»Sie sagen nicht die Wahrheit. Dann und wann vergessen Sie, und die Zeiten des Vergessens mehren sich.«

»Nein, nein«, beharrte ich.

»Doch, Caroline, doch«, fuhr er fort. »Denn es gibt hier jemanden, der sie vergessen läßt. Warum nur waren Sie nicht hier, als ich zurückkam. Ehe ...«

Ich maß ihn mit einem kühlen Blick, berührte mein Pferd mit der Gerte und ritt davon.

Sofort war er an meiner Seite.

»Sie haben Angst«, sagte er vorwurfsvoll.

»Da irren Sie sich«, erwiderte ich. Voller Entsetzen stellte ich fest, daß meine Hände zitterten. Nie würde ich wieder allein mit ihm ausreiten.

»Sie wissen, daß ich mich nicht irre. Was hat es für einen Sinn zu tun, als wären die Dinge so, wie sie nicht sind?«

»Manchmal ist es nötig, sich ... zu schicken.«

»Das täte ich niemals.« Seine Stimme war klar und deutlich. »Und Sie sollten es auch nicht tun, Caroline.«

Er hieb mit seiner Reitgerte in die Büsche neben sich. »Es muß einen Weg geben«, sagte er.

In diesem Augenblick hörte ich eine Stimme aus dem Gebüsch. Es war Allegra, die zu uns herüberrief. Ich wandte mich um und sah die drei Mädchen.

»Wir sind eine ziemlich lange Strecke gekommen«, sagte Alice fast entschuldigend. »Und dann meinte Allegra, Sie zu sehen.«

»Solltet ihr nicht einen Reitknecht mithaben?« fragte ich.

Alice blickte Allegra an, die sagte: »Ich hab' sie überredet.«

Napier hatte kein Wort gesagt. Er schien die Mädchen kaum zu bemerken.

»Es ist Zeit umzukehren«, sagte ich.

Und so ritten wir heim, Napier und ich voran; die Mädchen hielten wieder diesen diskreten Abstand, der mich so beunruhigte.

*

»Es ist eine wundersame Geschichte«, sagte Alice. »Mir war, als *kenne* ich die Menschen alle . . . besonders Jane.«

Sie hatten *Jane Eyre* gelesen – eine Aufgabe, die Mrs. Lincroft ihnen gestellt hatte, und sie mußten einen Aufsatz über das Buch schreiben und es mit anderen vergleichen.

Mrs. Lincroft hatte zu mir gesagt: »Sir William hat eine schlechte Nacht gehabt und ist heute morgen etwas reizbar. Ich habe das Gefühl, ich muß mich um ihn kümmern. Könnten Sie für ungefähr eine Stunde das Unterrichtszimmer übernehmen?«

Ich hatte bereitwillig zugestimmt, dankbar dafür, etwas zu tun zu haben. Meine Unterhaltung mit Napier hatte mich aus dem Gleichgewicht gebracht. Er interessierte sich sehr für mich, kein Zweifel; was ich jedoch bezweifelte, war die Tiefe seines Gefühls. Ich wußte so wenig von ihm. Aber ich mußte zugeben – wäre er frei gewesen, hätte es mich gereizt, mehr zu entdecken. Wenn Edith nicht wäre, hätte ich nichts dagegen gehabt, mir von ihm zeigen zu lassen, ob die Vergangenheit sich vergessen ließ.

»Seid ihr fertig mit euren Aufsätzen?« fragte ich.

Alice legte mir ihren vor, drei sauber beschriebene Seiten. Allegra hatte eine halbe Seite zustande gebracht und Sylvia knapp eine.

»Ich werde sie für Mrs. Lincroft lassen«, sagte ich, »da sie euch die Aufgabe gegeben hat.«

»Wir sollten gemeinsam über das Buch und die Charaktere sprechen«, erläuterte Alice.

»Mir hat's gefallen«, sagte Allegra.

»Allegra gefiel der Teil mit dem Feuer, nicht?« sagte Alice, und Allegra nickte mit plötzlich verdüsterter Miene.

»Was gefiel dir sonst noch?« fragte ich das Mädchen.

Sie zuckte die Achseln und sagte: »Das mit dem Feuer gefiel mir. Geschah ihnen recht. Er hätte sie nicht einschließen sollen, nicht wahr . . . und dann wurde er blind.«

»Jane war sehr brav«, sagte Alice. »Sie lief davon, als sie hörte, daß er verheiratet war.«

»Er war danach sehr aufgeregt«, sagte Sylvia, »aber das geschah ihm recht, nicht? Schließlich hatte er ihr nicht gesagt, daß er eine Frau hatte.«

»Ob sie das nicht im Grunde wußte und nur so tat, als wisse sie es nicht«, meinte Allegra.

»Das hätte der Verfasser uns aber zu verstehen gegeben«, machte ich geltend.

»Aber *sie* ist doch die Verfasserin«, warf Alice ein. »Jane schreibt das Buch. Sie sagt immer ich . . . ich . . . Vielleicht wollte sie so tun, als ob.«

»Und sie wollte es vielleicht nicht sagen«, fügte Sylvia triumphierend hinzu.

»Aber als es alles herauskam, daß er eine Frau hatte, die verrückt war, da ging sie fort.« Allegras dunkle Augen waren auf mich geheftet.

»Und das war das Rechte, nicht wahr, Mrs. Verlaine?« sagte Alice.

Drei Augenpaare musterten mich eindringlich. Fragend? Anklagend? Warnend?

*

Einige Tage später saß ich beim Abendessen mit Mrs. Lincroft und Alice, als die Glocke in Mrs. Lincrofts Wohnzimmer heftig zu läuten begann.

Sie fuhr hoch. »O du meine Güte, was kann nur los sein?« sagte sie. Sie warf einen Blick auf die Uhr über dem Kamin. »Sie sollten halb mit dem Abendessen fertig sein. Bitte, lassen Sie sich nicht stören, Mrs. Verlaine. Omelette muß sofort gegessen werden.«

Sie ließ mich allein mit Alice, die weiteraß.

»Für gewöhnlich klingelt er nicht während des Abendessens«, sagte Alice nach kurzer Pause. »Was er heute bloß hat. Manchmal frage ich mich, was er ohne meine Mutter anfangen würde.«

»Er verläßt sich gewiß sehr auf sie.«

»O ja«, stimmte Alice mir auf ihre fast altbackene Weise zu. »Ohne sie wäre er gänzlich verloren.« Sie blickte mich besorgt an: »Ob er das anerkennt, Mrs. Verlaine?«

»Das tut er gewiß.«

»Ja, und ich auch.« Sie schien zufrieden und wandte sich wieder ihrem Omelette zu.

Nach einer Weile sagte sie: »Und Sir William ist auch zu mir sehr gut. Er nimmt großes Interesse an mir. Aber obwohl meine Mutter eine gute Haushälterin ist, so bleibt sie doch bloß die Haushälterin. Einige Leute vergessen das nicht. Mrs. Rendall zum Beispiel.«

»Darüber würde ich mir nicht den Kopf zerbrechen.«

»Nein, *Sie* nicht, denn Sie sind klug und vernünftig.« Sie seufzte. »Ich finde, meine Mutter ist ebensogut eine Dame wie Mrs. Rendall. Nein, noch mehr.«

»Ich freue mich, daß du sie so hoch schätzt, Alice«, sagte ich.

Da öffnete sich die Tür, und herein kam eine besorgt blikkende Mrs. Lincroft.

»Hat einer von euch Edith gesehen?«

Alice und ich sahen uns verständnislos an.

»Sie ist noch nicht zum Abendessen erschienen«, dabei warf Mrs. Lincroft einen Blick zur Uhr. »Zwanzig Minuten zu spät. Sie haben noch nicht servieren lassen. Es sieht ihr so gar nicht ähnlich. Wo könnte sie nur sein?«

»Wahrscheinlich ist sie in ihrem Zimmer«, sagte Alice. »Soll ich nachsehen gehen, Mama?«

»Da ist schon jemand gewesen, Kind. In ihrem Zimmer ist sie nicht. Keiner kann sich erinnern, sie seit dem Mittagessen gesehen zu haben. Eines der Mädchen brachte ihr um vier Uhr den Tee hinauf. Sie trinkt ihn immer um diese Zeit . . . und sie war nicht da.«

Alice war aufgestanden. »Soll ich sie suchen gehen, Mama?«

»Nein, iß zu Ende. Oje, das ist wirklich beängstigend.«

»Wahrscheinlich ist sie spazierengegangen und hat die Zeit vergessen«, meinte ich.

»So muß es sein«, stimmte Mrs. Lincroft mir zu. »Und doch muß ich sagen, es sieht ihr nicht ähnlich. Sir William ist wirklich ärgerlich. Er kann Unpünktlichkeit nicht vertragen, und Edith weiß das.«

»Dein Essen wird kalt, Mama«, sagte Alice besorgt.

»Ich weiß, aber ich muß sehen, ob ich sie finden kann.«

»Vielleicht hat sie den Einspänner genommen und ist jemanden besuchen gefahren«, überlegte ich weiter.

»Allein nicht«, sagte Alice. »Sie hatte Angst vor Pferden.«

Wir führen beide erschrocken hoch, Mrs. Lincroft und ich. Es war das Wort »hatte«, das Alice benützte.

Hastig sagte Mrs. Lincroft: »Ja, sie *hat* Angst vor Pferden, immer schon. Ich wünschte, ich wüßte, wo ich sie suchen soll.«

Ziemlich viel Aufregung, fand ich, nur weil sie sich zum Abendessen verspätet hatte. Aber anscheinend war es noch nie vorgekommen. Warum aber sollte sie nicht auf Besuch zu Freunden gefahren sein und die Zeit vergessen haben, brachte ich noch einmal vor.

»Sie geht nicht auf Besuch zu Freunden. Wen sollte sie besuchen? Ich nehme an, sie ist spazierengegangen ... hat sich irgendwo hingesetzt und ist eingeschlafen. Sie war letzthin etwas zerstreut. Das muß es sein. Sie wird bald auftauchen und in helle Aufregung geraten, weil sie Sir William gekränkt hat.«

Aber sie tauchte nicht auf, und wir mußten begreifen, daß Edith verschwunden war – wie Roma.

7

NIE WERDE ICH die steigende Spannung im Hause vergessen, als die Stunden vergingen und Edith nicht auftauchte. Napier war gefaßt – der Ruhigste von uns allen. Er sagte, sie müsse einen Unfall gehabt haben, und je eher wir die Umstände herausfänden, um so besser.

Er bildete einen Suchtrupp, bestehend aus sich selbst und fünf Dienern. Zu zweit schwärmten sie in verschiedene Richtungen aus. Wir durchsuchten das Haus – die großen Keller, die Vorratsräume, Anrichten und Nebengebäude, von deren Vorhandensein ich bisher keine Ahnung gehabt hatte. Zusammen mit Alice und Allegra ging ich durch die Bodenräume; staubige Spinnweben hingen an unseren Kleidern und Gesichtern, während Spinnen eilig davonhuschten, erschreckt und aufgescheucht durch die unerwarteten Eindringlinge.

Alice hielt die Kerze hoch, und ihr beleuchtetes Gesicht war von unirdischem Reiz; Allegras dunkle Augen waren riesengroß vor Aufregung.

»Glauben Sie, daß sie sich vielleicht in einem der Koffer versteckt hat?« fragte Alice.

»Versteckt? Vor was?«

»Vor wem?« fragte Allegra, einen Anflug von Hysterie in der Stimme.

Wir öffneten die Koffer. Geruch von Mottenkugeln; altmodische Gewänder; Kleider, Schuhe, Hüte; aber keine Spur von Edith.

Von hoch oben nach ganz unten ins Haus, in die Keller, wo Sir Williams Weine nach Alter und Güte gelagert waren. Noch mehr Spinnweben – manchmal flitzte ein Kakerlak über den Steinfußboden –, aber noch immer keine Edith.

Dann waren wir alle in der Halle versammelt, eine seltsame und schweigende Gesellschaft, die Hausmädchen mit aufgerissenen Augen, die Häubchen verrutscht. So etwas war gewiß nicht dagewesen seit dem Tage, als sie Lady Stacy aus dem Wäldchen brachten . . . und kurz davor, als der schöne Beau, von der Hand seines Bruders hingestreckt, im Sterben lag.

Aber noch war niemand bereit, an eine solche Tragödie zu glauben. Edith war verschwunden – das war alles. Sie war, so Mrs. Lincroft, spazierengegangen, gestolpert und hatte sich den Knöchel verletzt. Nun lag sie irgendwo. Der Suchtrupp würde sie finden.

Doch die Suchtrupps kamen einer nach dem anderen zurück, und keiner hatte Edith gefunden.

*

Wir warteten die ganze Nacht. Wieder ging die Suchmannschaft hinaus. Ich hörte, wie sie Ediths Namen riefen; es klang schaurig in der nächtlichen Stille.

Mrs. Lincroft hatte Kaffee gekocht, den sie den Suchern beim Hereinkommen aufzwang, bevor sie von neuem hinausgingen. Sachlich wie immer war sie entschlossen, uns nicht mutlos werden zu lassen. Man würde Edith finden, betonte sie immer und immer wieder.

»Sollten die Mädchen nicht schlafen gehen?« fragte ich.

Stumm wies sie mit dem Kopf auf Alice und Allegra, die, gegeneinandergelehnt, auf einer der tiefen Fensterbänke saßen und fest schliefen.

»Lassen wir sie in Ruhe«, sagte sie.

Also störten wir sie nicht und berieten flüsternd, was wir noch tun könnten.

Sir William saß zurückgelehnt in dem Stuhl, den Mrs. Lincroft mit Kissen gepolstert hatte. Sie sagte zu ihm: »Meinen Sie, daß wir die Polizei verständigen sollten, Sir William?«

»Noch nicht, noch nicht«, sagte er hitzig. »Sie werden sie finden. Sie müssen sie finden.«

Und wir saßen und warteten; als Napier ohne sie zurückkam, konnte ich die Augen nicht von seinem Gesicht wenden. Was dort geschrieben stand, vermochte ich jedoch nicht zu entziffern.

*

Edith war fort, und niemand wußte, wohin. Es war das große Rätsel von Lovat Mill. Man sprach von nichts anderem.

Gewißheit bestand jetzt darüber, daß sie sich nirgends in der näheren Umgebung befand, die gründlich durchsucht worden war, ohne eine Spur erbracht zu haben. Doch ihre Zofe hatte ihre Kleider durchgesehen, und es schien nichts zu fehlen außer dem, was sie an dem betreffenden Tage getragen hatte.

Als im Laufe des nächsten Tages keine neue Wendung eintrat, stimmte Sir William zu, daß die Polizei verständigt wurde. Wachtmeister Jack Withers, der gleich neben der kleinen Polizeiwache wohnte, kam ins Haus. Er stellte Fragen, wann wir sie zuletzt gesehen hatten und ob sie für gewöhnlich lange, einsame Spaziergänge zu machen pflegte. Als zur Sprache kam, daß sie ein Kind erwartete, setzte Jack eine sehr weise Miene auf und sagte, Damen in Umständen hätten oftmals merkwürdige Anwandlungen. Das war des Rätsels Lösung. Mrs. Stacy würde wieder auftauchen, dessen war er ganz sicher. Sie hatte nur eine merkwürdige Anwandlung gehabt.

Sir William war geneigt, sich dieser Meinung anzuschließen, weil – daran bestand für mich kein Zweifel – er wollte, daß dem so war.

Am folgenden Tag ging es ihm schlechter, und Mrs. Lincroft war vollauf damit beschäftigt, sich um ihn zu kümmern. Der Arzt kam und sagte, daß derartige seelische Erschütterungen für einen Mann seiner geschwächten Gesundheit nicht gut seien.

»Wenn Edith nur auftauchen wollte«, sorgte sich Mrs. Lincroft, »dann würde es ihm sofort bessergehen.«

*

Ich ging hinaus, um nach Edith zu suchen. Ich glaubte nicht daran, daß sie aus einer seltsamen Anwandlung heraus fortgegangen war. Ich konnte mir nur vorstellen, daß sie spazierengegangen war und einen Unfall gehabt hatte.

Genau so mußte es gewesen sein, als Roma verschwunden war. Und was für ein unheimliches Zusammentreffen, daß zwei Frauen am selben Ort verschwunden sein sollten.

Ich fürchtete mich, fürchtete mich vor etwas Nebelhaftem, nicht Greifbarem, denn immer wieder zogen mir Gedankenfetzen durch den Sinn.

Meine Schritte führten mich zu dem Wäldchen, wo Edith sich in der verfallenen Kapelle mit ihrem Geliebten getroffen hatte. Ich stand da – die gespenstischen Mauern um mich herum; durch diese Spalte hatte das Licht geschienen. War es Ediths Liebhaber gewesen, der ihr Zeichen gab? Nein. Sie waren ein so einfaches, unkompliziertes Paar. Nie hätten sie derartige Umstände kennenlernen sollen. Sie hätten sich unter glücklicheren Vorzeichen treffen, sich verlieben und heiraten sollen. Edith hätte eine gute Pfarrfrau abgegeben – sanft und gutherzig wie sie war. Sie hätte sich mitfühlend die Nöte der Pfarrkinder ihres Mannes angehört, doch statt dessen war ihr ein tragisches Geschick aufgezwungen worden, dessen sie nicht Herr zu werden verstand.

»Edith!« flüsterte ich. »Roma! Wo seid ihr?«

Angstvolle Gedanken schossen mir durch den Kopf; Napiers Gesicht dicht vor dem meinen, von Leidenschaft gezeichnet. »Es muß einen Weg geben«, hatte er gesagt.

Und Roma . . . was war mit Roma? Was hatte Roma mit Edith zu tun?

Irgend etwas – ich klebte an diesem Gedanken. Irgend etwas mußte es sein. Es konnten doch nicht zwei Menschen an ein und demselben Ort verschwinden. An Roma konnte Napier kein Interesse gehabt haben.

Damit hatte ich es also zugegeben. Glaubte ich wirklich, daß Napier etwas über Ediths Verschwinden wußte? Es war absurd. Edith hatte einen Unfall gehabt. Sie mußte irgendwo liegen.

»Edith!« Meine Stimme klang dünn und kraftlos. »Wo sind Sie, Edith?«

Keine Antwort . . . nur das Echo meiner eigenen Stimme.

Ich verließ das Wäldchen. Es war ein böser Ort. Schreckliche Gedanken waren mir dort gekommen. Ich ging durch die Gärten auf die Straße zu den römischen Ausgrabungen und dem leeren Häuschen, in dem ich mit Roma gewohnt hatte. Wenn Edith vielleicht dorthin gegangen war? Warum nicht? Angenommen, Jeremy Brown hatte sich dort mit ihr getroffen? Angenommen, er war gekommen, ehe er England verließ, um ihr Lebewohl zu sagen, und nachdem er fort war, fiel sie die Treppe hinunter und lag jetzt dort, mit schwacher Stimme um Hilfe rufend? Die Stiege dort war gefährlich.

Meine Wünsche waren es, die mir die Geschichte eingaben. Alles andere, nur nicht, daß Napier . . .

Ich öffnete die Tür des Häuschens. »Edith . . . Edith, sind Sie hier?«

Keine Antwort. Kein verkrümmter Körper am Fuße der Stiege. Ich lief hinauf. Durch das eine kleine Zimmer in das nächste. Leer!

Auf dem Wege zurück zum Haus kam ich an dem kleinen Laden vorbei. Mrs. Bury stand in der Tür.

Sie nickte grüßend.

»Eine schreckliche Sache«, sagte sie. »Daß Mrs. Stacy jetzt . . .«

»Ja«, sagte ich.

Sie musterte mich mit zusammengekniffenen Augen auf eine mir höchst unbehagliche Weise.

»Wo um alles in der Welt kann sie bloß hingeraten sein? Die Leute sagen, sie hat einen Unfall gehabt und liegt jetzt irgendwo.«

»Das scheint die einleuchtendste Erklärung zu sein.«

Sie nickte. »Komische Sache. Erinnert mich an diese Miß, hm, wie hieß sie gleich.« Sie wies mit dem Kopf in die Richtung der Ausgrabungsstätte. »Das ist doch auch eine komische Sache. Sie ging davon, nicht . . . und wir haben nie gehört, was aus ihr geworden ist. Und jetzt ist es Mrs. Stacy. Wissen Sie was? Ich glaube, es tut nicht gut . . . Dinge so aufzustöbern.« Wieder die Kopfbewegung. »Ich glaub', das bringt Unheil.«

»Meinen Sie wirklich?«

»Fürs Geschäft wär's gut, das sage ich immer noch. Und dann die Leute, die kommen, um sich das alles anzusehen. Wir haben viel mehr Leute hier als früher. Da oben in Lovat Stacy geht's jetzt wohl mächtig her, was?«

Ich nickte.

»Wissen Sie was, ich könnte schwören, daß ich Sie schon mal gesehen hab'.«

»Das sagten Sie schon.«

»Und . . . mit ihr. Sind mit ihr mitgekommen. *Die* vergißt man nicht so schnell. 'ne ganz Energische war das. Wußte genau, was sie wollte. Ich brauche dies, brauche das ... als ob wir alle in die Knie gehen sollten, nur weil sie hergekommen war, um uns zu erzählen, daß es hier römische Ruinen gibt.«

Ich lächelte.

»O ja, ich hätte schwören können.«

»Es heißt, daß jeder Mensch Doppelgänger hat.«

»Sie ganz bestimmt, meine Liebe. Sie bestimmt.«

Ich schickte mich an zu gehen, als sie sagte: »Ein nettes, kleines Ding, die Miß Edith. Tat mir immer irgendwie leid. Hoffe, daß ihr nichts zugestoßen ist.«

»Das hoffe ich auch.«

Ich fühlte, wie ihre Augen mir folgten, als ich die Straße hinunterging.

*

Im Torweg kam mir Sybil Stacy entgegen. Sie trug einen großen, blauen Strohhut, mit Margeriten und blauen Bändern garniert.

»O Mrs. Verlaine«, rief sie, »was halten Sie nur davon?«

»Ich weiß nicht, was ich denken soll.«

Sie gluckste grimmig »Ich wohl. Ich weiß.«

»Sie wissen?«

Sie nickte, wie ein kleines Mädchen, das ein Geheimnis hat und weiß, daß es nicht dichthalten kann.

»Sie dachten, sie könnten Beau ersetzen. Als ob je einer ihn ersetzen könnte. Das läßt er nicht zu.« Sie lief rot an; sie stampfte mit den Füßen und stand breitbeinig vor mir, einen Augenblick lang regelrecht kriegerisch. »Natürlich war das nicht möglich. Sie hätten das Kind Beaumont getauft. Es gibt nur einen Beau. Er würde dafür sorgen ... und ich auch.«

»Sie auch?«

Sie zog einen Schmollmund, wieder ganz das kleine Mädchen. »Sie hätten ihn Beaumont nennen können, aber für mich wäre er niemals Beau gewesen. Ich hätte ihn Nap genannt. Nap. Nap. Nap.« Ihr Gesicht verzog sich. »Es war nie mehr wie früher, seit Beau nicht mehr ist . . . und es wird nie wieder so sein.«

Ich war zu aufgewühlt, um ihr zuzuhören, und machte einen Ansatz, auf das Haus zuzugehen, doch sie ergriff meinen Arm.

Ihre kleinen Hände waren wie Klauen; ich fühlte sie durch meinen Ärmel brennen.

»Sie wird nicht wiederkommen«, sagte sie. »Sie ist für immer fort.«

Beinahe zornig drehte ich mich zu ihr herum. »Wie wollen Sie das wissen?«

Sie warf mir einen listigen Blick zu und kam mit ihrem Gesicht so nahe an das meine, daß die Runzeln deutlicher wurden, das einfaltige Lächeln unheildrohender. »Weil ich es weiß«, sagte sie.

Ich wich ein wenig vor ihr zurück. »Wenn Sie etwas wissen, sollten Sie es der Polizei sagen oder Sir William oder –«

Sie schüttelte den Kopf. »Sie würden mir nicht glauben.«

»Wollen Sie damit sagen, daß Sie wirklich wissen, wo Edith ist?«

Sie nickte lächelnd.

»Wo denn? Bitte, sagen Sie es mir . . . wo?«

»Sie ist nicht hier. Sie wird nie wieder hier sein. Sie ist fort – für immer.«

»Sie wissen etwas!«

Wieder dies weise Nicken, das listige Lächeln. »Ich weiß, daß sie nicht hier ist. Ich weiß, daß sie nie wieder hier sein wird. Ich weiß es, weil . . . ich weiß solche Dinge. Ich fühle es. Edith ist fort. Wir werden sie nie wieder sehen.«

Ich fühlte Ungeduld in mir aufsteigen, weil ich einen Moment lang geglaubt hatte, daß sie tatsächlich etwas wußte.

Ich murmelte eine Entschuldigung und ging ins Haus.

*

Später, am selben Tage, ereignete sich etwas höchst Beunruhigendes. Mrs. Rendall erschien in Lovat Stacy, Sylvia hinter sich her zerrend. Das Mädchen war in Tränen, offenbar widerstrebend und in heller Aufregung. Mrs. Rendall war kriegerisch wie immer.

Ich befand mich mit Mrs. Lincroft in der Halle, und wir sprachen von Edith, wie das jeder zu der Zeit tat, überlegend, was man noch tun könnte, um das Rätsel zu lösen. Zwei Tage waren vergangen, seit sie verschwunden war. Jack Withers hatte allen im Hause viele Fragen gestellt und war der Meinung, daß er die Angelegenheit, da er nicht weiterkam, an seine vorgesetzte Stelle abgeben sollte. Sir William war dagegen.

Mrs. Lincroft erklärte es mir: »Er scheut sich davor, es an die Öffentlichkeit dringen zu lassen. Man wird sich an die alte Sache mit Beau erinnern, und es wird wieder heißen, daß ein Fluch auf dem Hause liegt. Er glaubt, daß Edith früher oder später nach Hause kommen wird, und er möchte ihr die Gelegenheit geben, es still und unauffällig zu tun. Je weniger Wirbel, um so schneller wird die ganze Sache vergessen sein . . . wenn sie erst einmal wieder da ist.«

In diesem Augenblick platzte Mrs. Rendall herein, Sylvia vor sich her scheuchend.

»Eine sehr traurige und beunruhigende Sache. Ich bin gleich herübergekommen. Sie sollten es meiner Meinung nach sofort wissen. Bringen Sie mich auf der Stelle zu Sir William.«

»Sir William hat die ganze Angelegenheit so mitgenommen, Mrs. Rendall, daß ich nach Dr. Smithers schicken mußte«, hielt Mrs. Lincroft ihr vor. »Sir William hat ein Beruhigungsmittel bekommen und schläft jetzt, und Dr. Smithers hat angeordnet, daß er nicht gestört werden darf.«

Mrs. Rendall schürzte die Lippen und blickte Mrs. Lincroft von oben herab an, die das gleichmütig hinnahm. Sie war es wahrscheinlich gewöhnt.

»Dann warte ich«, sagte die Pastorsfrau. »Denn dies ist

von äußerster Wichtigkeit. Es handelt sich um Mrs. Edith Stacy.«

»Vielleicht sollten Sie es mir sagen ... oder Jack Withers.«

»Ich wünsche es Sir William zu sagen.«

»Er ist ein kranker Mann, Mrs. Rendall«, erwiderte Mrs. Lincroft, »und wenn Sie mir bitte sagen möchten ...«

»Wenn es so sehr wichtig ist –«, begann ich, doch Mrs. Rendall schnitt mir das Wort ab; ihre Art und Weise ließ deutlich erkennen, daß sie sich weder von einer Haushälterin noch von einer Musiklehrerin Vorschriften machen zu lassen gesonnen war. Gleichzeitig brannte sie jedoch darauf zu erzählen, was sie entdeckt hatte.

»Na, schön«, sagte sie schließlich. »Sylvia ist mit einer unerhört schrecklichen Geschichte zu mir gekommen. Ich muß sagen, ich hätte das nie geglaubt. Doch er ... Natürlich hat er den Herrn Pastor im Stich gelassen, und wer das fertigbrachte – nach allem, was wir für ihn getan haben – folglich überrascht es mich nicht. Doch wer hätte gedacht, daß wir soviel Verderbtheit ... soviel Hinterhältigkeit ... in unserer Mitte hatten.«

»Sprechen Sie von dem Vikar, Mr. Brown, Mrs. Rendall?« fragte Mrs. Lincroft. »Was hat er getan?«

Mrs. Rendall wandte sich ihrer Tochter zu, nahm sie beim Arm und schüttelte sie. »Sag's ihnen, was du mir erzählt hast.«

Sylvia schluckte und sagte: »Sie trafen sich heimlich, und sie hat sich gewünscht, sie wäre mit ihm verheiratet.«

Sie stockte und blickte hilfeflehend auf ihre Mutter. »Weiter, Kind, weiter.«

»Sie haben sich spätabends getroffen ... und sie hatte Angst, als ...«

Wieder der hilfeflehende Blick zur Mutter, die sagte: »In all den Jahren als Pfarrfrau, in allen Gemeinden, in denen ich gearbeitet habe, ist mir solche verlogene Bosheit noch nicht vorgekommen. Und daß das unser Vikar gewesen sein soll. Ich habe ihn ja nie leiden können. Ich habe zum Pastor gesagt – und der wird es Ihnen bestätigen, es ist die Wahrheit – zum Pastor habe ich gesagt: ›Ich traue ihm nicht.‹ Und als er fortging, wie er gesagt hat ... um den Heiden zu predigen, hat er gesagt ... und während der ganzen Zeit hatte er vor, mit der Frau eines anderen Mannes auf und davon zu gehen. Daß sich die Himmel nicht auftun! Daß ihn nicht der Schlag trifft!«

Mrs. Lincroft war blaß geworden. Sie stammelte: »Wollen Sie sagen, daß Edith und Mr. Brown zusammen fortgelaufen sind ... durchgebrannt?«

»Genau das will ich sagen. Und Sylvia wußte es ...« Sie kniff die Augen zusammen, musterte ihre Tochter drohend, und ich hatte noch nie im Leben ein so verängstigtes Mädchen gesehen wie Sylvia. Was tat diese Frau nur, wunderte ich mich flüchtig, um soviel Schrecken zu verbreiten? »Sylvia wußte es und sagte nichts ... nichts ...«

»Ich dachte, ich darf nicht«, wimmerte Sylvia, nervös die Hände zu Fäusten ballend und wieder öffnend. Dann begann sie, an den Nägeln zu kauen.

»Laß das«, sagte Mrs. Rendall streng. »Du hättest sofort zu mir kommen müssen.«

»Ich – ich dachte, das ist petzen.« Sylvia warf mir einen flehenden Blick zu, und ich sagte schnell: »Ich glaube, du hast getan, was du für das Richtige hieltest, Sylvia. Du wolltest nicht petzen, und jetzt bist du gekommen und hast gesagt, was du wußtest. Das war richtig.«

Mrs. Rendall maß mich einigermaßen erstaunt: Die Musiklehrerin nahm ihr doch nicht etwa die Gewalt über ihre Tochter aus der Hand? Doch ich spürte Sylvias Dankbarkeit und beschloß, dem Mädchen zu helfen, sofern ich die Gelegenheit dazu hatte. Eine solche Mutter konnte den Charakter eines jungen Menschen verbiegen, daran zweifelte ich nicht. Arme Sylvia! Ihr Problem war nicht minder brennend als Allegras.

Mrs. Rendall warf ihren Basiliskenblick in meine Richtung. »Sie haben noch nicht alles gehört. Erzähl weiter, Sylvia.«

»Sie bekam ein Baby ... und ... sie hatte Angst, weil ...«

»Weiter, Sylvia, weil was?«

»Weil«, sagte Sylvia, die mich anschaute und dann plötzlich die Augen senkte. »Weil ... es Mr. Browns Baby war und jeder dachte ... es war's nicht.«

»Hat sie dir das erzählt?« fragte Mrs. Lincroft ungläubig. Sylvia nickte. »Dir? Und den anderen Mädchen nicht?«

Sylvia schüttelte den Kopf. »Es war an dem Tag bevor sie weglief. Alice schrieb einen Aufsatz, und Allegra hatte Klavierstunde, und wir waren allein, und plötzlich fing sie an zu weinen und erzählte es mir. Sie sagte, sie würde nicht hierbleiben. Sie wollte davonlaufen mit ...«

»Mit diesem Schuft!« rief Mrs. Rendall.

»Also verließ sie einfach das Haus«, fuhr Mrs. Lincroft fort, »und nahm nichts mit. Wohin ist sie gegangen? Wie ist sie zum Bahnhof gekommen?«

Sylvia schluckte krampfhaft und starrte an uns vorbei zum Fenster. »Sie sagte, er warte auf sie. Sie wollten dann sofort weg, und sie wollte nicht, daß man nach ihr suchte, denn sie wollte nie wiederkommen. Sie sagte, ich dürfe es keinem erzählen. Sie ließ mich schwören, zwei Tage lang nichts zu sagen, und das habe ich auf der Bibel geschworen, und ich hab's auch gehalten, und jetzt ist die Zeit um, und ich konnte es nicht mehr länger für mich behalten.«

Den letzten Teil ihrer Rede rasselte sie so ausdruckslos herunter, als habe sie die Sätze auswendig gelernt – was wahrscheinlich der Fall war, denn wenn es die Wahrheit war, mußte es eine große Belastung für das arme Mädel gewesen sein, ein solches Geheimnis angesichts der Fragerei der letzten Tage zu bewahren.

Ich, die ich die Liebenden in der verfallenen Kapelle gehört und ihr gegenseitiges Verhalten wahrgenommen hatte, akzeptierte Sylvias Geschichte ohne weiteres. Sie erschien glaubhaft.

Mrs. Lincroft schien das auch zu denken. Mit sehr bekümmertem Gesicht sagte sie: »Ich gehe sofort zu Sir William und sehe nach, ob er wach ist. Wenn ja, sollte er Sie und Sylvia meiner Meinung nach gleich empfangen, Mrs. Rendall.«

*

Es war unerhört, es war ein Skandal; doch skandalöse Dinge waren hierorts schon öfter geschehen.

Und doch war es die plausibelste Erklärung. Junge Ehefrauen pflegten nicht ihr Heim zu verlassen und einfach spurlos zu verschwinden. Irgendwo mußte sie sein. Und Edith hatte der Pastorstochter in der Tat gestanden, daß sie vorhatte, mit ihrem Geliebten durchzubrennen.

Wer hätte das gedacht! Die junge Mrs. Stacy und der Vikar! Ausgerechnet der Vikar. Nun, solche Dinge kamen vor.

»Die Stillen sind die Schlimmsten«, sagte Mrs. Bury zu mir. Sie hatte sich angewöhnt, wie durch ein Wunder stets in ihrer Tür zu erscheinen, wenn ich vorüberkam; und fast jedesmal schüttelte sie den Kopf und erklärte von neuem, daß ich einer dieser Ausgrabungsdamen wie aus dem Gesicht geschnitten sei. Sie vergaß doch nie ein Gesicht.

»Und mit *ihm* verheiratet«, sagte sie. »Sie tut mir leid. So ein nettes Mädelchen war Miß Edith. Nichts Hochgestochenes an ihr ... nicht wie Miß Allegra. Die hätte mal 'ne ordentliche Tracht Prügel nötig. Aber Miß Edith und Miß Alice – immer höflich und wohlerzogen, alle beide. Sie tat mir so leid, daß sie so einfach verheiratet wurde. Alles wegen dem Geld. Nun, Geld ist nicht alles, nicht wahr? Wenn sie keine Erbin gewesen wäre, die Kleine, hätte man sie nicht mit diesem Mr. Nap verheiratet ... und sie hätte sich verlieben und Mr. Brown heiraten können; wäre alles nett und in Ehren gewesen.«

Das ganze Dorf dachte wie sie. Allen tat die arme kleine Edith leid, und Mr. Brown, erinnerten sie sich, war ein so netter junger Mann gewesen, zugänglicher als der Herr Pastor, und hatte seine Nase nicht in anderer Leute Angelegenheiten gesteckt und ihnen unerwünschte Ratschläge gegeben, wie die Frau Pastor das tat.

Sir William hatten die Enthüllungen sehr mitgenommen. Zu sehen bekam ich ihn nicht, denn während dieser Zeit spielte ich nicht für ihn.

Mrs. Lincroft vertraute mir an: »Es ist ihm sehr nahegegangen. Der Gedanke an ein Enkelkind wirkte Wunder für ihn, gab ihm neuen Auftrieb – und nun ist sie fort, und es sieht aus, als ob das Enkelkind am Ende gar nicht seines gewesen wäre. Es hat ihn verwandelt; er sagt, er will sie nie wieder im Hause haben. Er will sie auch nicht ausfindig machen, und er will, daß das Gerede aufhört. Er möchte das alles vergessen. Er möchte so tun, als wäre Edith niemals hiergewesen. Er will ihren Namen nicht hören und möchte, daß die Nachforschungen eingestellt werden.«

»Aber«, protestierte ich, »man kann doch unmöglich so tun, als ob etwas so Bedeutsames nie geschehen wäre. Napier ist hier, und der Zweck seines Heimkommens war es, Edith zu heiraten.«

»Sir William wünscht es so«, sagte Mrs. Lincroft, als ob das alles erklärte.

*

Sylvias Enthüllung führte eine entscheidende Veränderung herbei. Für die meisten Leute war die Angelegenheit erledigt. Edith hatte getan, was andere vor ihr auch getan hatten, wenn sie in einer unerwünschten Ehe gefangensaßen; sie war mit ihrem Liebhaber davongelaufen.

Niemand wußte, wie das Schiff hieß, auf dem Mr. Brown nach Afrika gefahren war.

»Ich habe ihn nie danach gefragt«, erklärte Mrs. Rendall. »Ich wollte nie teilhaben an seinen hirnverbrannten Plänen. Und er muß auch wohl aus der Kirche ausgetreten sein, denn wenn wir solche Leute drinlassen, wo kommen wir dann hin?«

Napier fuhr nach London und verbrachte eine Woche mit Nachforschungen nach Jeremy Brown. Er kam zurück mit der Nachricht, daß sich ein Mr. und eine Mrs. Brown auf der *M. S. Claverine* nach Afrika eingeschifft hatten, doch ob es sich dabei um Jeremy und Edith handelte, war nicht sicher. Vielleicht war nach der Ankunft des Schiffes mehr zu erfahren. Dann würde sich durch die Missionsgesellschaft feststellen lassen, ob Jeremy an seinem Bestimmungsort eingetroffen war.

Napier kam also nur wenig klüger wieder, als er fortgefahren war. Ich ging ihm aus dem Wege und war erleichtert, weil auch er mir auszuweichen schien. Zuzeiten dachte ich, daß es für mich das Klügste gewesen wäre, mich still davonzumachen, während er in London war, und so unwiderruflich zu verschwinden, wie Edith und Roma es anscheinend getan hatten.

Doch schon in der nächsten Minute hielt ich mir vor, daß ich hergekommen war, das Rätsel um Romas Verschwinden zu lösen, und daß Ediths mich nur in diesem Vorsatz bestärkte. Ich hatte von Napier Stacy nichts zu befürchten, versicherte ich mir – nicht von ihm noch von irgendeinem anderen Mann. Wenn der Grund für Ediths Verschwinden tatsächlich die Bucht mit ihrem Geliebten war, bestand nicht die geringste Verbindung zu Roma – und doch blieb es ein seltsamer Zufall, daß zwei Frauen an ein und demselben Ort verschwunden sein sollten.

Der Glaube an die Ursache der kummervollen Ereignisse wurde verstärkt, als Alice und Allegra mit ihren Geständnissen bei Mrs. Lincroft herausrückten.

Allegra bekannte, die Liebenden mehr als einmal bei ihren Stelldicheins gesehen zu haben. Sie hatte niemandem etwas gesagt, weil sie nicht petzen wollte. Alice gestand, einmal einen Zettel mit einer Nachricht von Edith zu Mr. Brown getragen zu haben.

Also war Edith fort. Alle glaubten bereitwillig, daß sie mit ihrem Liebhaber auf und davon gegangen war. Ich aber war nicht völlig überzeugt ich mußte ständig an Roma denken.

8

WÄHREND DER FOLGENDEN Wochen, in denen ich Napier weiterhin aus dem Wege ging, schien es mir, als ob alle die Erklärung für Ediths Verschwinden zu sehr als gegeben hinnahmen, und ich wunderte mich darüber. Mrs. Lincroft war einzig damit beschäftigt, Sir William zu pflegen. Vielleicht war es sogar Mrs. Lincroft, die alle dazu drängte, die Erklärung zu akzeptieren, weil sie die Angelegenheit abgetan und vergessen wissen wollte – um Sir Williams willen natürlich. Aber die Mädchen wisperten ständig darüber. Oftmals, wenn ich unvermutet dazukam, hörte ich Ediths Namen; sie sahen dann ein wenig verlegen aus und sprachen schnell von etwas anderem.

Im Dorf gingen die Gespräche über Ediths Verschwinden weiter, doch alle waren ebenfalls davon überzeugt, daß sie mit ihrem Liebhaber durchgebrannt war. Im Laufe der Wochen wurde die Geschichte ausgeschmückt.

Ich hörte Mrs. Bury mit einer Kundin flüstern. »Sie soll einen Zettel dagelassen haben, auf dem stand, daß sie mit diesem Nap nicht mehr leben konnte. Das arme Ding!«

Erstaunlich, wie diese Gerüchte, die jeder Grundlage entbehrten, aufkommen konnten.

»Das war der Fluch, der auf diesem Hause liegt«, hörte ich Mrs. Bury bei einer anderen Gelegenheit sagen. »Von Rechts wegen hätte es doch Mister Beau gehören sollen, wissen Sie. Und Mr. Nap kam zurück und nahm seinen Platz ein. Oh, ich weiß, daß sie mit dem Vikar durchgebrannt ist.

So was nennt man vorbestimmt ... ist ein Teil des Fluchs, wissen Sie.«

Wo immer jemand aus dem Haus auftauchte, setzten sich die Zungen in Bewegung. Einmal sah ich die drei Mädchen in Mrs. Burys Laden, und sie sprach wahrscheinlich mit ihnen über den Fluch, der auf Lovat Stacy lag, und über Ediths Verschwinden. Sie sahen allesamt sehr nach schuldbewußter Verschwörung aus.

Ich dachte sehr viel über Napier und jene Unterhaltung nach, in der er mir sagte, daß ich ihm nicht gleichgültig sei. Ich fragte mich, wie ehrlich er diese Worte gemeint haben mochte. Er schien aufrichtig, doch das konnte sehr wohl eine Annäherungsmethode sein. Ich war eine Frau und Witwe, lebenserfahren. Er war nicht frei, um sich ehrenhaft zu erklären – jetzt ebensowenig wie seinerzeit. Doch er hatte sich in gewisser Weise erklärt, und wenn ich klug wäre, würde ich aufhören, an ihn zu denken. Aber es traf zu, daß ich mich aus meinem eigenen Morast von Verzweiflung herauskämpfte, ebenso wie er wahrscheinlich ... wenn ich ihm glauben konnte ... und zum Teil war er der Verantwortliche dafür. Was immer ich von ihm hielt, er hatte mir ein neues Interesse am Leben gegeben, und weil ich nicht mehr zu jeder Stunde des Tages an Pietro dachte, war es, als sähe ich ein schwaches Licht am Ende eines dunklen Tunnels, durch den ich mich seit langem vorwärts arbeitete – voller Angst vor dem, was mich im Licht erwarten würde.

Ich hatte mir geschworen, mich nie wieder mit Haut und Haaren zu engagieren. Wenn ich mir ein neues Leben vorgestellt hatte, Ehe, Kinder, ein eigenes Heim, dann war mir der dazugehörige Mann nur schattenhaft erschienen. Ich würde ihn gern haben, doch ich würde ihm niemals die Macht zugestehen, mich zu verletzen, wie Pietro mich verletzt hatte. Nicht nur dadurch, daß er starb und mich allein zurückließ, sondern auch in unserem gemeinsamen Leben. Ja, ich gab sie jetzt zu, die Kränkungen, die erbarmungslose Vernichtung meiner Karriere um der seinen willen. Dieses Eingeständnis war neu, und – zwecklos, es leugnen zu wollen – es war geboren aus meiner Beziehung zu Napier. Aber Kinder ... ich sehnte mich nach Kindern. Mit ihnen konnte ich ein neues Leben aufbauen. Möglich, daß ich mich von meiner Vergangenheit befreite, Napier dagegen war an die seine gekettet, ebenso fest wie zu der Zeit, als Edith noch im Hause gewesen war.

Die Erinnerung an sie war lebendiger, als sie selbst es gewesen war. Im Schrank hingen noch ihre Kleider, und ihr Zimmer war so, wie sie es verlassen hatte. Jetzt gab es Beaus Zimmer und Ediths Zimmer; mit dem Unterschied, daß Ediths kein Heiligtum sein würde wie Beaus. Sicher würde etwas unternommen werden, sobald Mrs. Lincroft Sir William gesund gepflegt hatte.

Und dann traf der neue Vikar ein, und alle hatten etwas Neues, worüber sie reden konnten. Ediths »Durchbrennen mit dem Vikar« war zwar noch ein Gesprächsthema, doch nicht mehr von überragender Wichtigkeit. Mr. Godfrey Wilmot hatte sie abgelöst.

*

Mrs. Rendall kam nach Lovat Stacy herüber, um Mrs. Lincroft und mir von Mr. Wilmot zu erzählen. Sie war offenbar entzückt von ihm.

»Welch großes Glück! Ich bin froh, daß wir diesen – diesen –, na, einerlei, los sind. Jetzt ist Mr. Wilmot da. Ein reizender Mensch, und der Pastor mochte ihn auf Anhieb.«

Armer Pastor, dachte ich. Etwas anderes wird er kaum wagen.

»O ja«, fuhr Mrs. Rendall fort, »Sie werden mir gewiß zustimmen, daß wir mit Mr. Wilmot einen guten Griff getan haben. Ein so liebenswürdiger junger Mann!« Sie strahlte uns beide an und flüsterte: »Er ist dreißig. Eine sehr gute Familie. Sein Onkel ist Sir Laurence, der Richter. Natürlich wird er später eine sehr gute Pfarre haben. Wenn er sie jetzt noch nicht hat, so ist das nur deshalb, weil er sich erst spät für die Kirche entschloß. Lange werden wir ihn nicht haben, fürchte ich.« Sie lächelte etwas geziert. »Obwohl ich mein Bestes tun werde, es ihm so angenehm zu machen, daß er gar nicht fort will von uns. Sie müssen herüberkommen ins Pfarrhaus und ihn kennenlernen. Übrigens wird er sich mit Freuden am Unterricht für die Mädchen beteiligen.«

Mrs. Lincroft versicherte, wie gern sie den neuen Vikar kennenlernen wolle und wie erfreulich es sei, daß er Mrs. Rendalls Anforderungen so umfassend genüge.

»Ich glaube«, erklärte Mrs. Rendall, »daß Mr. Browns Fortgang sich letztlich als Segen erweisen wird.«

*

Die Mädchen kamen mit glühenden Berichten über Mr. Wilmot aus dem Pfarrhaus zurück.

»Sieht der gut aus!« seufzte Allegra. »Der wird niemals Sylvia heiraten wollen.«

Sylvia errötete und sah wütend aus.

Ich kam ihr zu Hilfe. »Vielleicht würde Sylvia ihn gar nicht heiraten wollen.«

»Sie würde keine andere Wahl haben«, gab Allegra zurück. »Und er auch nicht, wenn er hierbleibt. Mrs. Rendall ist fest entschlossen.«

»Was für ein Unsinn«, sagte ich.

Alice und Allegra wechselten einen Blick.

»Du lieber Himmel«, rief ich, »der arme Mann ist doch gerade erst angekommen.«

»Aber Mrs. Rendall findet ihn wunderbar«, murmelte Alice.

»Die Ankunft eines neuen Menschen hier hat alle aus dem Häuschen gebracht.«

Es stimmte, die Leute sprachen über den neuen Vikar. »Ganz anders als dieser Mr. Brown.« – »Sein Vater soll ja ein Lord oder so was sein.« – »Sehr gut sieht er aus . . . und was er für gute Manieren hat.«

Solche und ähnliche Bemerkungen hörte ich im ganzen Dorf in den Tagen, ehe ich ihn kennenlernte und inzwischen gespannt war, die Bekanntschaft dieses Mustermannes zu machen. Zumindest rückte seine Ankunft Ediths Verschwinden aus dem grellen Scheinwerferlicht allgemeinen Interesses. Nicht, daß Edith vergessen gewesen wäre.

Als ich den Polizisten im Dorf traf, blieb ich stehen und sprach mit ihm.

»Der Fall ist noch keineswegs abgeschlossen, Mrs. Verlaine«, sagte er. »Solange nicht endgültig erwiesen ist, daß sie mit diesem jungen Mann ausgerückt ist, halten wir die Augen offen.«

Ich fragte mich, was sie wohl unternahmen, doch als ich ihn fragte, blickte er lediglich geheimnisvoll.

*

»Kommen Sie ins Wohnzimmer«, begrüßte Mrs. Rendall uns. »Mr. Wilmot ist mit dem Pastor im Studierzimmer.«

Wir folgten ihr alle ins Wohnzimmer, wo Sylvia am Fenster stand.

»Bitte, Mrs. Verlaine, setzen Sie sich, und ihr auch.« Damit winkte sie den Mädchen. »Sylvia, steh nicht so dumm rum.« Forschende mütterliche Blicke musterten Sylvia. »Wie siehst du unordentlich aus! Die Haarschleife ist entschieden zerdrückt. Geh sofort und binde dir eine andere ein.«

Ich sah den Blickwechsel zwischen Allegra und Alice und mußte denken, wie scharf – und kritisch – die Jugend beobachtet.

»Und halt dich gerade«, rief Mrs. Rendall der entschwindenden Sylvia nach, die vor Verlegenheit errötete. »Nimm die Schultern zurück.« Erbittert fügte sie hinzu: »Mädchen!«

Dann redete sie über Sir Williams Krankheit und das Wetter, bis Sylvia mit einem blauen Band im Haar wiederkam.

»Hm«, meinte Ihre Mutter. »Jetzt geh ins Studierzimmer und sag dem Pastor und Mr. Wilmot, daß Mrs. Verlaine hier ist.«

Sie betrachtete ihre Tochter forschend, doch vielleicht erschien mir das nur so wegen der Bemerkungen der Mädchen.

Wenige Augenblicke später trat der Pastor ein, gefolgt von Mr. Wilmot, der wirklich ein besonders ansehnlicher junger Mann war – etwas mehr als mittelgroß und mit einem sehr liebenswürdigen und offenen Gesichtsausdruck. Er besaß regelmäßige weiße Zähne, die beim Lächeln sehr deutlich zu sehen waren, und sein Auftreten war ungezwungen. Ein beträchtlicher Gegensatz zu dem schüchternen Mr. Brown.

»Ah, Mr. Wilmot!« Noch nie hatte ich Mrs. Rendall so lieblich gurren hören. »Ich möchte Sie mit Mrs. Verlaine bekannt machen. Sie werden mit ihr über den Unterricht sprechen wollen. Sie gibt den Mädchen Klavierstunden.«

Er kam auf mich zu. »Mrs. Verlaine«, sagte er, »das ist ein sehr berühmter Name.«

Er nahm meine Hand; seine warmen braunen Augen blickten in die meinen.

»Sie sprechen von meinem Mann«, antwortete ich.

»Oh, Pietro Verlaine . . . welch ein Künstler!« Seine Miene bewölkte sich. Ihm fiel offenbar ein, daß ich Witwe war. Plötzlich hellte sich sein Gesicht jedoch wieder auf »Oh«, fuhr er fort, »ich kannte Ihre Schwester. Hier . . .«

Es gelang mir nicht, meine Fassungslosigkeit zu verbergen. Ich war entlarvt. Früher oder später mußte das kommen. Pietro war zu bekannt; und Roma in ihren Kreisen ebenso. Eines Tages mußte jemand mich mit ihnen in Verbindung bringen.

Mein angstvoller Gesichtsausdruck war ihm anscheinend nicht entgangen, denn er sagte schnell: »Vielleicht irre ich mich . . .«

»Meine Schwester ist tot«, hörte ich mich stammeln.

»Wie traurig«, sagte Mrs. Rendall. Damit wandte sie sich Mr. Wilmot zu. »Mrs. Verlaines Vater war Professor. Es ist traurig, daß sie ihre einzige Schwester verloren hat ... vor noch nicht langer Zeit, glaube ich.«

Mr. Wilmot kam mir ritterlich und geschickt zu Hilfe. »Natürlich. Verzeihen Sie, Mrs. Verlaine, daß ich etwas berührte, das ihnen schmerzlich sein muß.«

Ich schwieg, doch er konnte meine Dankbarkeit sicher aus meinen Augen lesen.

»Mr. Wilmot interessiert sich sehr für unser kleines Dorf«, sagte Mrs. Rendall aalglatt.

»O ja«, erklärte der neue Vikar, »ich finde die römischen Ruinen faszinierend.«

»Sie sind, glaube ich, einer der Gründe, weshalb Sie sich entschlossen, hierherzukommen.«

Er lächelte liebenswürdig. »Sie bilden nur eine zusätzliche Attraktion.« Er wandte sich mir zu. »Ich bin Amateurarchäologe, Mrs. Verlaine.«

Ich schluckte und sagte: »Wie interessant.«

»Ich wollte früher einmal einen Beruf daraus machen. Doch dann ... unverhältnismäßig spät ... beschloß ich, in den Dienst der Kirche zu treten.«

»Zu unserem großen Glück«, dröhnte Mrs. Rendall. »Ich wünschte, Sie könnten Sylvia bewegen, sich ein wenig für unsere Ruinen zu interessieren, Mr. Wilmot.«

»Versuchen kann ich es«, lächelte er.

Der Pastor bemerkte: »Ah, ... sehr interessant!« Ich sah, wie es ihn freute, denn nun der Vikar Interesse für die römischen Überreste bekundete, hatte auch Mrs. Rendall ihre Anziehungskraft entdeckt.

»Ich glaube nicht, daß unsere Stunden sich überschneiden werden«, sagte ich, die Unterhaltung auf das Thema bringend, um dessen willen wir gekommen waren.

»Gewiß nicht.«

Mir war sofort klar, daß ich sein Interesse weckte, und es wunderte mich nicht. Er mußte sich fragen, warum mir so viel daran lag, ihn an der Feststellung zu hindern, daß ich Romas Schwester war.

*

Ich hatte Sylvia ihre Klavierstunde gegeben und ging durch den Pfarrhausgarten zurück nach Lovat Stacy, als ich meinen Namen rufen hörte und Mr. Wilmot mit seinem gewinnenden Lächeln hinter mir herlaufen sah.

»Ich habe den Mädchen Arbeiten aufgegeben«, sagte er. »Ich mußte Sie sprechen.«

»Wegen meiner Schwester?«

Er nickte. »Ich habe sie nur ein- oder zweimal getroffen. Sie sprach von Ihnen. Sie machte sich Sorgen um Sie wegen Ihrer Heirat. Sie meinte, sie würde nicht gut sein für Ihre Karriere.«

»Danke, daß Sie geschwiegen haben«, sagte ich.

Sein fragender Blick traf den meinen. »Offenbar weiß hier niemand etwas von der Verwandtschaft.«

Ich schüttelte den Kopf. »Lassen Sie es mich erklären. Sie wissen, daß meine Schwester . . . verschwand.«

»Ja. Das ist einer der Gründe, weshalb ich nicht widerstehen konnte, die Gelegenheit zu ergreifen – als sie sich bot, hierherzukommen. Das . . . und die Ausgrabungen. Und Sie?«

»Ich kam her, um den Mädchen Klavierstunden zu geben und zu versuchen herauszufinden, was mit meiner Schwester geschehen ist.«

»Und Sie beschlossen, Ihre Verbindung zu ihr geheimzuhalten?«

»Vielleicht war das dumm von mir, aber ich fürchtete, man würde mich nicht nehmen, wenn man es wüßte. Roma war hergekommen, obwohl man sie und ihre Gruppe nicht haben wollte. Und dann zog sie durch ihr Verschwinden unliebsam das Interesse der Öffentlichkeit hierher. Ich wollte herausfinden, was aus meiner Schwester geworden ist . . . so kam ich her.«

Er seufzte tief auf. »Wie bin ich dankbar, daß Sie mich rechtzeitig zum Schweigen gebracht haben. Wie leicht hätte ich es erwähnen können, wissen Sie, wenn ich Ihren Namen gehört hätte, ehe ich Sie kennenlernte.«

»Ja. Es ist nicht leicht, anonym zu bleiben, wenn man mit einem berühmten Mann verheiratet war.«

Er nickte. »Es ist sehr . . . interessant.«

»Es ist unheimlich und rätselhaft. Und jetzt ist auch Edith verschwunden.«

»Oh, diese unselige Geschichte. Sie ist ihrem Mann davongelaufen, wie ich hörte.«

»Ich bin nicht sicher. Ich weiß nur, daß sie verschwand und daß Roma verschwand.«

Er blickte mich mit zusammengekniffenen Augen an. »Ich verstehe Ihre Gefühle. Gibt es etwas, womit ich behilflich sein könnte?«

»Zumindest weiß nun jemand, wer ich bin . . .«, setzte ich an.

»Und Sie können gewiß sein, daß es durch mich niemand erfährt.«

»Ich danke Ihnen.«

Er lächelte. »Ich sah den Schrecken auf Ihrem Gesicht. Wir müssen uns darüber unterhalten. Als Archäologe . . . wenngleich völliger Amateur . . . könnte ich vielleicht von Nutzen sein. Im übrigen liebe ich Musik. Ich spiele Orgel.«

Mich umwendend sah ich, wie sich der Spitzenvorhang am Wohnzimmerfenster leise bewegte. Wir wurden beobachtet – von Mrs. Rendall wahrscheinlich. Sie würde sich wundern, warum ihr ansehnlicher Vikar wohl aus dem Hause gekommen war, um mit mir zu reden.

*

Binnen kürzester Zeit wurden Godfrey Wilmot und ich Freunde. Es war unvermeidlich. Unsere gemeinsame Liebe zur Musik hätte uns sowieso zusammengebracht, doch ein noch stärkeres Band war die Tatsache, daß er wußte, wer ich war. Ich war ihm zutiefst dankbar für die geschickte Art, in der er mich aus einer mißlichen Situation befreit hatte.

Wir trafen uns bei den Ruinen, und beim Umherwandern sprachen wir von Roma.

»Sie wäre eine unserer führenden Archäologinnen geworden, wenn sie . . .«

»Am Leben geblieben wäre«, sagte ich. »Ich glaube, ich habe mich mit der Gewißheit abgefunden, daß Roma tot ist.«

»Es könnte noch andere Erklärungen geben.«

»Ich wüßte keine. Roma wäre niemals fortgegangen, ohne mich zu verständigen. Dessen bin ich sicher.«

»Aber was kann ihr zugestoßen sein?«

»Sie ist tot. Ich weiß es.«

»Meinen Sie, daß sie einen Unfall hatte?«

»Das scheint die plausibelste Erklärung, denn wer sollte ein Interesse daran gehabt haben, Roma umzubringen?«

»Eben das müssen wir herausfinden.«

Mir wurde warm uns Herz, als er auf solche Weise »wir« sagte. Impulsiv erklärte ich: »Es ist nett von Ihnen, mein Problem zu dem Ihren zu machen.«

Plötzlich lachte er – ein unerhört ansteckendes Lachen.

»Es ist nett von Ihnen, daß Sie es mir erlauben. Ich muß sagen, es ist eine sehr verwickelte Angelegenheit. Könnte es ein Unfall gewesen sein?«

»Die Möglichkeit besteht natürlich. Aber wo ist sie? Das möchte ich wissen. Es müßte doch eine Spur von ihr zu finden sein. Überlegen Sie mal. Sie war hier . . . packte ihre Sachen . . . ging spazieren und kehrte nie zurück. Was *könnte* geschehen sein?«

»Sie mag schwimmen gegangen und ertrunken sein.«

»Hätte es dafür nicht irgendwelche Anhaltspunkte gegeben? Außerdem war sie keine sehr begeisterte Schwimmerin. Es war ein kalter Tag. Und hätte es nicht einen Hinweis dafür gegeben?«

»Die andere Möglichkeit ist, daß jemand diesen Hinweis verbarg.«

»Warum?«

»Weil jemand ein Interesse daran hatte, daß er nicht gefunden wurde.«

»Aber warum . . . warum, *warum*? Manchmal denke ich, daß jemand Roma *ermordete*. Aber warum?«

»Ein neidischer Archäologe. Jemand, der wußte, daß sie ein Geheimnis entdeckt hatte, das er – oder sie – als eigene Entdeckung auszugeben wünschte.«

»Oh, das ist sehr weit hergeholt.«

»Es gibt so etwas wie Berufsneid; auf diesem Gebiet wie auf anderen.«

»Oh, aber das ist nicht möglich.«

»Menschen, die in die Vergangenheit tauchen, werden von vielen Menschen für etwas verrückt gehalten.«

»Immerhin, man sollte jede Linie verfolgen. Sie verließ das Häuschen und . . . verschwand. Lassen Sie uns darüber nachdenken.«

Wir schwiegen eine Weile, bis ich sagte: »Und dann Edith.«

»Die Dame, die mit ihrem Liebhaber entschwand?«

»Das wird allgemein angenommen.«

Er erinnerte mich an Roma – diese völlige Vertiefung, dies plötzliche Stehenbleiben, um ein Stück Pflasterung zu untersuchen, das seine Aufmerksamkeit erregt hatte. Dann ließ er sich etwas darüber aus.

»Die Archäologie hat in den letzten Jahren so schnelle Fortschritte gemacht«, erklärte er mir. »Vordem war es wenig mehr als eine Schatzsuche. Ich weiß noch, wie ich meinen ersten *Tumuli* in Angriff nahm. Das war in Dorset. Ich zittere heute bei dem Gedanken, wie unvorsichtig ich war und welchen wahren Schatz ich hätte zerstören können.«

Ich erzählte ihm von meinen Eltern und der Atmosphäre, in der wir aufgewachsen waren. Wie ich es ihm so berichtete, klang das alles sehr lustig, und wir lachten häufig.

Plötzlich sagte er: »In diesen Mosaiken ist ein immer wiederkehrendes Motiv. Ich frage mich, was es bedeuten mag. Ein Jammer, daß sie so wenig gut erhalten sind. Ob man sie nicht etwas säubern könnte? Ihre Schwester und ihre Kollegen hätten das aber sicher getan, wenn es möglich wäre. Welch ein Jammer, daß die Zeit die Farben zerstört. Diese Steine müssen ursprünglich sehr lebhaft in den Farben gewesen sein. Weshalb lächeln Sie?«

»Sie erinnern mich an Roma. Sie ... vertiefen sich völlig in dies alles.«

Er lächelte sein offenes, gewinnendes Lächeln. »Vergessen Sie nicht«, antwortete er, »wir suchen nach Fingerzeigen.«

*

»Junge Witwen«, sagte Allegra, »sollen sehr anziehend sein.«

Die Mädchen saßen im Unterrichtszimmer in Lovat Stacy beisammen, und Sylvia war für ihre Klavierstunde herübergekommen. Ich war eingetreten, um Allegra zu erinnern, daß es Zeit für ihre Stunde sei. Sie war nie pünktlich. Sie saßen am Tisch und sahen bei meinem Eintritt recht erschrocken aus.

»Wir sprachen gerade über Witwen«, sagte Allegra kühn.

»Ihr hättet lieber an eure Stunden denken sollen. Habt ihr geübt?«

»Nein«, erwiderte Allegra.

»Und du, Alice, und du, Sylvia?«

»Ja, Mrs. Verlaine.«

»Das sind die artigen Mädchen«, spöttelte Allegra.

»Die tun immer, was sie sollen.«

»Das ist oft das Klügere«, warf ich ein. »Komm jetzt, Allegra.«

Allegra räkelte sich auf ihrem Stuhl. »Gefällt Ihnen Mr. Wilmot, Mrs. Verlaine?«

»Ob er mir gefällt? Natürlich gefällt er mir. Ich halte ihn für einen sehr guten Vikar.«

»Ich glaube, er mag Sie.« Ein vernichtender Blick streifte Sylvia. »Und dich mag er überhaupt nicht. Er findet, daß du ein dummes kleines Mädchen bist. Stimmt's, Mrs. Verlaine? Ihnen hat er wahrscheinlich gesagt, was er von Sylvia denkt.«

»Ich bin nicht deiner Meinung, und er hat Sylvia mir gegenüber nie erwähnt. Ich bin sicher, er mag sie sehr gern. Sie gibt sich zumindest Mühe mit ihren Aufgaben, und das ist mehr, als man von gewissen Leuten sagen kann.«

Allegra wollte sich ausschütten vor Lachen, Sylvia und Alice sahen verlegen aus.

»Natürlich mag er keine dummen kleinen Mädchen. Er mag Witwen.«

»Ich sehe, daß du versuchst, deine Stunde hinauszuschieben. Das ist völlig zwecklos. Komm jetzt.«

Allegra stand auf. »Wie dem auch sei«, sagte sie, »Witwen *sind* anziehend. Da bin ich ganz sicher. Das kommt, weil sie einen Ehemann gehabt und ihn verloren haben. Ich werde sehr froh sein, wenn ich einen Ehemann gehabt habe.«

»Was für ein Unsinn!«

Ich ging voraus ins Musikzimmer und spürte die drei Augenpaare forschend auf mich gerichtet.

Wie oft mochten diese drei Augenpaare mich beobachten, wenn ich es nicht merkte.

Auf der breiten Treppe, die in die Halle führte, stand ich plötzlich Napier gegenüber. »Ich sehe Sie jetzt kaum – seit Edith fortging.«

»Nein«, antwortete ich.

»Ich möchte mit Ihnen sprechen.«

»Was wünschen Sie mir zu sagen?«

»Nicht hier. Nicht in diesem Haus.« Seine Stimme war nur noch ein Flüstern. »Reiten Sie heute nachmittag zum ›Hunters Knoll‹. Wir treffen uns dort um halb drei.«

Ich wollte schon widersprechen, doch er sagte: »Ich warte dort«, und ging weiter.

Ich wurde mir der Stille des Hauses ringsum bewußt. Und

ich fragte mich, ob jemand es gesehen hatte, wie wir uns trafen und auf der Treppe ein paar Worte miteinander wechselten.

*

Er erwartete mich.

»Sie sind also gekommen«, waren seine ersten Worte.

»Hatten Sie geglaubt, ich würde es nicht tun?«

»Ich war nicht sicher. Was haben Sie in diesen letzten Wochen gedacht?«

»In der Hauptsache habe ich mir den Kopf darüber zerbrochen, was aus Edith geworden sein mag.«

»Sie ist mit ihrem Liebhaber davongelaufen.« Eine kühle, sachliche Feststellung; ohne Groll, ohne Gefühlsregung.

»Glauben Sie daran?«

»Was kann ich sonst glauben?«

»Es könnte andere Erklärungen geben.«

»Diese erscheint am wahrscheinlichsten. Ich möchte Ihnen etwas sagen ... wahrscheinlich weil ich nicht will, daß Sie zu schlecht von mir denken. Als ich sie heiratete, glaubte ich, daß wir aus unserer Ehe etwas würden machen können. Ich möchte, daß Sie wissen, daß ich es versuchte. Sie ebenfalls, glaube ich. Aber es war einfach nicht möglich.«

Als ich schwieg, fuhr er fort: »Ich hatte den Verdacht, daß sie den Vikar liebte. Ich mache ihr keinen Vorwurf. Sicher war ich derjenige, der Vorwürfe verdiente. Aber ich möchte nicht, daß Sie mich für gefühllos halten – für berechnend ... jedenfalls nicht ganz und gar. Sie konnte ihr Leben hier nicht ertragen. Ich verstehe das. Also ging sie fort. Lassen Sie uns davon ausgehen.«

Ich war froh, daß er es gesagt hatte, denn ich glaubte ihm. Er war nicht unfreundlich zu ihr gewesen, wie ich zuerst gemeint hatte. Er hatte lediglich – und vielleicht unbeholfen – mit einer unmöglichen Situation fertig zu werden versucht.

»Was wünschen Sie mir zu sagen?« fragte ich.

»Daß Sie mir nicht so aus dem Wege gehen sollen, wie Sie es getan haben.«

»Habe ich das? Es ist mir nicht bewußt geworden. Ich habe Sie einfach nicht gesehen. Ebenso könnte ich sagen, daß Sie mir aus dem Wege gingen.«

»Wenn ich das getan habe, kennen Sie den Grund. Aber jetzt haben wir ja Mr. Wilmot.«

»Was ist mit ihm?«

»Er ist nach allem, was ich höre, ein sehr attraktiver junger Mann.«

»Mrs. Rendall scheint der Meinung zu sein, und sie ist nicht leicht zufriedenzustellen.« Ich sprach in bewußt leichtem Ton, doch er folgte mir darin nicht.

»Ich habe gehört, daß Sie beide schnell gute Freunde geworden sind.«

»Er interessiert sich für Musik.«

»Und Sie haben beide Ihre Leidenschaft für die Archäologie entdeckt.«

»Mrs. Rendall ebenfalls.«

Er war fest entschlossen, jede Leichtigkeit im Ton zu vermeiden. »Er ist zweifellos charmant.«

»Zweifellos.«

»Sie müssen es ja wissen.«

»Wir kennen uns zwar erst kurze Zeit, aber ja, ich würde sagen, er könnte ein sehr reizender Gefährte sein.«

»Ich hoffe, Sie werden nichts . . . Vorschnelles tun . . . sich nicht binden . . .«

»Wie soll ich das verstehen?«

»Ich meine, Sie sollten nicht impulsiv handeln, Caroline. Haben Sie Geduld.«

Beide hörten wir das Geräusch von Pferdehufen, und unmittelbar darauf kamen drei Reiterinnen in Sicht. Allegra, Alice und Sylvia.

Sie müssen gesehen haben, daß ich ausritt, und sind mir gefolgt, dachte ich.

Allegra bestätigte es. Sie rief herüber: »Wir sahen Sie fortreiten, Mrs. Verlaine, und wollten gern mit Ihnen kommen. Ist es Ihnen recht?«

*

Alice war durch die Etüde von Czerny gestolpert und blickte mich erwartungsvoll an.

»Nicht schlecht, aber es ist noch genügend Raum zum Bessermachen.«

Sie nickte traurig.

»Nun«, fuhr ich tröstend fort, »du gibst dir große Mühe und machst Fortschritte.«

»Danke, Mrs. Verlaine.« Auf ihre Hände niederblickend, sagte sie: »Die Lichter sind wieder da.«

»Was?«

»Die Lichter in der Kapelle. Gestern abend habe ich sie gesehen. Es ist das erste Mal ... seit Edith ... fort ist.«

»Nun, ich würde mir an deiner Stelle nicht zu sehr den Kopf darüber zerbrechen.«

»Das tue ich nicht, Mrs. Verlaine. Ich habe nur ein bißchen Angst.«

»Dir wird nichts geschehen.«

»Aber es scheint doch wirklich ein Fluch auf dem Haus zu liegen, meinen Sie nicht?«

»Ganz gewiß nicht.«

»Aber alle diese Todesfälle. Es fing damit an, daß Mr. Napier Beau erschoß. Halten Sie es für wahr, daß Beau ihm nie vergeben hat?«

»Was für ein Unsinn. Und ich wundere mich über dich, Alice. Ich hatte dich für vernünftiger gehalten.« Alice sah beschämt aus. »Nur ... alle sagen das.«

»Alle?« wiederholte ich.

»Die Dienstboten. Und die Leute im Dorf. Sie sehen das Licht und sagen es. Sie sagen, es wird nicht eher Ruhe geben, als bis Mr. Napier wieder fortgeht. Ich finde das lieblos, Sie nicht auch? Ich meine, Mr. Napier wäre sicher sehr traurig, wenn er das hörte ... und ich glaube, er hat es gehört, denn er sieht traurig aus, finde ich. Aber vielleicht denkt er an Edith.«

»Du scheinst den ganzen Kopf voll von dummem Geschwätz zu haben«, erklärte ich. »Kein Wunder, daß du keine Fortschritte auf dem Klavier machst.«

»Aber Sie haben doch gesagt, daß ich Fortschritte mache, Mrs. Verlaine.«

»Mehr Fortschritte«, sagte ich.

»Sie glauben also nicht daran, daß Beau in der Kapelle spukt?«

»Natürlich nicht.«

»Ich weiß, was Mrs. Verlaine glaubt.« Das war Allegra, die – ausnahmsweise einmal pünktlich – zu ihrer Stunde kam. »Sie denkt, ich mache es. Nicht wahr, Mrs. Verlaine? Sie meinen doch, ich treibe Schabernack.«

»Ich hoffe, du wirst nie etwas so Törichtes tun.«

»Aber Sie verdächtigen mich doch, nicht? Wissen Sie, was ich bin? Ich bin ein Verdachtsobjekt.«

»Ich weiß, daß es nicht Allegra ist«, sagte Alice. »Ich habe das Licht auch schon gesehen, wenn Allegra bei mir war.«

Allegra schnitt mir eine Grimasse.

»Wir werden es Ihnen zeigen«, sagte sie.

»Und jetzt«, fuhr ich fort, »wirst du mir vielleicht zeigen, wie gut du geübt hast.«

*

Die Gelegenheit, es »mir zu zeigen«, kam ein wenig zu früh für meinen Seelenfrieden. Am selben Abend war ich in meinem Zimmer, als Allegra hereingeplatzt kam. Sie war sehr aufgeregt. »O Mrs. Verlaine. Alice und ich haben das Licht gerade eben gesehen.«

Alice erschien in der Tür. »Darf ich hereinkommen, Mrs. Verlaine?«

Ich erlaubte es, und beide Mädchen standen vor nur.

»Gerade eben«, rief Allegra. »Wir könnten es von Ihrem Fenster aus sehen, aber von Alices Zimmer aus ist es besser.«

Ich folgte ihnen die Treppe hinauf in Alices Schlafzimmer; sie entzündete eine Kerze und hielt sie ins Fenster. Sie stand einige Augenblicke da, bis ich sagte: »Stell die Kerze fort, Alice, du zündest sonst die Gardinen an.«

Gehorsam setzte sie sie ab und entzündete eine andere. Während sie damit beschäftigt war, griff Allegra nach meinem Kleiderärmel und flüsterte. »Sehen Sie. Da ist es.«

Sie hatte recht. Das Licht flammte kurz auf und verschwand wieder.

»Ich gehe nachsehen, wer dort ist«, sagte ich.

Jetzt ergriff Alice mich am Ärmel, mit schreckgeweiteten Augen. »O nein, Mrs. Verlaine.«

»Irgend jemand spielt faule Streiche, dessen bin ich sicher. Wer kommt freiwillig mit mir?«

Alice blickte Allegra an, sichtbar erblassend. »Ich hätte eine Todesangst«, sagte sie.

»Ich auch«, antwortete Allegra.

»Solange wir nicht herausfinden, wer diesen Schabernack treibt, werdet ihr weiter Angst haben.«

Ich ging zur Tür. Auf keinen Fall würde ich zugeben, daß mir auch nicht eben wohl zumute war. In mir war plötzlich ein bestürzender Gedanke wachgeworden. Was war, wenn in diesem Hause etwas so Geheimnisvolles vor sich ging, daß ich mir keine Vorstellung davon machen konnte? Ich erlebte in diesem Augenblick etwas, das nur mit Vorahnung zu beschreiben ist, und es war, als sei es Roma selbst, die mich warnen wollte.

»Sei vorsichtig. Du weißt, wie impulsiv du schon immer warst.«

Ähnliches hatte sie mir bei vielen Gelegenheiten gesagt, und ich hörte in Gedanken deutlich ihre Stimme. Ich besaß jetzt einen Freund, einen Verbündeten. Würde es nicht klüger sein, mir Godfrey Wilmot zu Hilfe zu holen, ehe ich versuchte, den Grund für diese seltsame Erscheinung zu finden?

Eine der Kerzen verlosch plötzlich; dann folgte die andere; das Zimmer lag fast im Dunkeln.

Alice sagte mit schriller Stimme: »Das ist ein Zeichen, Mrs. Verlaine. Es ist eine Warnung, daß die Kerzen so ausgehen, obwohl kein Zugwind war.«

»Du hast sie ausgeblasen.«

»Das habe ich nicht, Mrs. Verlaine.«

Ich wandte mich um zu Allegra. »Sie hat's auch nicht getan«, erklärte Alice. »Sie sind ganz von allein ausgegangen. In diesem Hause geschehen merkwürdige Dinge, wissen Sie. Das kommt von allem, was in den vergangenen Jahren geschehen ist. Es war eine Warnung. Wir dürfen nicht zur Ruine gehen. Sonst würde etwas Schreckliches passieren.«

Als sie die Kerzen wieder anzündete, sah ich ihre Hände flattern.

»Alice«, sagte ich, »deine Phantasie geht schon wieder mit dir durch.«

Sie nickte finster. »Ich kann nichts dafür, Mrs. Verlaine. Mir kommen diese Ideen. Ich wünschte auch, es wäre nicht so . . . und dann denke ich, was sein könnte, und manchmal bekomme ich Angst dabei.«

»Du müßtest in einem kleinen Haus wohnen, wo noch nie was passiert ist«, bemerkte Allegra.

»Nein, nein. Ich will hier wohnen. Macht mir gar nichts, wenn ich dann und wann mal Angst habe, solange ich nur hier wohnen kann.«

Damit wandte sie sich um zum Fenster und blickte hinaus. Ich trat neben sie.

Beide beobachteten wir das Wäldchen; doch das Licht erschien nicht wieder.

Die Kerzen brannten stetig, und Alice, sich umwendend, betrachtete sie zufrieden.

»Sehen Sie, jetzt sind sie ganz in Ordnung. Es war eine

Warnung. O Mrs. Verlaine, gehen Sie nie allein im Dunkeln nach der Ruine.«

»Ich würde dieser dummen Sache aber gern auf den Grund gehen«, sagte ich. Ich war jedoch erleichtert, daß es nicht Allegra war, die diesen Schabernack trieb; und dabei fiel mir ein, daß es einer der Diener sein konnte, der einem der Dienstmädchen Zeichen gab.

Ich hatte mich mit Godfrey in dem Häuschen in der Nähe der Ausgrabungen getroffen. Wegen seines Interesses für Archäologie war er häufig dort, und so hatten wir diesen Treffpunkt gewählt.

Ich saß auf der Treppe, und er hockte auf der Tischkante, während wir von Roma sprachen. Ich erzählte ihm, wie gern sie dies Häuschen hatte, weil es so nahe an der Fundstätte lag, und wie ich während meines Aufenthaltes hier versucht hatte, ein wenig häusliche Behaglichkeit zu schaffen.

»Nicht daß man viel kochen konnte«, sagte ich, »aber draußen in dem kleinen Schuppen war ein Petroleumofen. Er roch abscheulich – doch vielleicht war das auch hauptsächlich der Kanister mit Petroleum, den sie dort aufbewahrte. Oh, was ist es für eine Erleichterung, über Roma sprechen zu können!«

»Was könnte geschehen sein?« fragte er. »Lassen Sie uns alle Möglichkeiten durchdenken. Gehen wir sie eine nach der anderen gründlich durch.«

»Das habe ich seit dem Augenblick getan, als ich von ihrem Verschwinden hörte. Ich gehe einem Gedanken nach und verwerfe ihn dann wieder. Was war das?«

Ich war sicher, daß das Zimmer sich plötzlich verdunkelt hatte. Beide, Godfrey und ich, kehrten dem winzigen Fenster den Rücken zu. Es war so klein, daß nie viel Licht ins Innere fiel, doch einen Moment lang war es noch wesentlich dunkler gewesen als sonst.

»Jemand war am Fenster«, flüsterte ich.

In Sekundenschnelle waren wir an der Tür, doch es war niemand zu sehen.

»Sie haben ja tatsächlich Angst«, sagte Godfrey.

»Es ist der Gedanke, daß jemand herumspioniert . . . während ich es nicht merke.«

»Nun, wer immer es war, er kann nicht weit weg sein.«

Wir liefen rund um das Häuschen, ohne eine Spur zu finden.

»Es muß eine Wolke gewesen sein, die an der Sonne vorbeizog«, meinte Godfrey.

Ich blickte zum Himmel auf. Kaum eine Wolke war zu sehen.

»Niemand hätte so schnell davonlaufen können«, fuhr er fort. »Natürlich, Romas Verschwinden hat an Ihren Nerven gezerrt. Dadurch sind Sie so schreckhaft.«

Das gab ich ohne weiteres zu. »Ich werde keinen Augenblick wirklich Ruhe haben, bis ich weiß, wo sie ist«, sagte ich.

Er nickte. »Gehen wir hinaus, und machen wir einen Spaziergang. Dabei spricht es sich genausogut.«

So gingen wir und sprachen weiter; und nach einiger Zeit sagte ich: »Wir haben nicht im Schuppen nachgesehen. Da hätte sich jemand verstecken können.«

»Beim Hineingucken hätten wir wahrscheinlich nur Ihren alten Petroleumofen gefunden.«

»Aber ich habe ein merkwürdiges Gefühl . . .«

Ich vollendete den Satz nicht. Ich sah wohl, daß ich mir nach seiner Meinung den Schatten am Fenster pur eingebildet hatte.

*

Einige Tage darauf wurde die erschreckende Sache bekannt. Ich hatte mich mit Godfrey am Häuschen getroffen, dort eine Weile mit ihm gesprochen und dann einen Gang über die Ausgrabungsstätte gemacht.

Godfrey kam immer mehr zu der Überzeugung, daß der Schlüssel für Romas Verschwinden hier zu finden sein würde. Mit Entzücken studierte er bis ins einzelne die Bäder und Pflasterungen, wobei er, wie er sagte, nach Fingerzeigen suchte. Ich wußte aber sehr wohl, daß es ihm Freude machte, sich da hinein zu vertiefen. Ich erwähnte ihm gegenüber das Licht in der Kapellenruine und wie ich den Gedanken gehabt hatte, daß Roma womöglich dorthin gegangen war, um der Sache auf den Grund zu kommen.

Aber Roma war an einem Nachmittag verschwunden. Zu der Zeit konnte das Licht nicht aufgetaucht sein. Doch war das wirklich so? Vielleicht war sie am Nachmittag fortgegangen, auf einen Spaziergang – und bei Dunkelheit zurückgekommen, hatte das Licht gesehen und war dorthin gegangen.

»Möglich ist es«, pflichtete Godfrey mir bei. »Wir müssen einen Abend nach der Ruine gehen und warten, bis der Lichtanzünder auftaucht.«

Das konnte etwas peinlich sein angesichts der Bemerkungen, welche die Mädchen bereits gemacht hatten; außerdem behielt Mrs. Rendall mich sicher genau im Auge und argwöhnte wahrscheinlich, daß ich mich anschickte, »den Vikar einzufangen«, wie sie es ausdrücken würde.

Ich sagte jedoch nichts zu dem Vorschlag, und als ich mich von Godfrey verabschiedete, waren wir der Lösung des Rätsels um Romas Tod um keinen Schritt nähergekommen.

Zurück in Lovat Stacy, beim Betreten der Halle, hörte ich Schritte hinter mir. Ich fuhr herum und sah mich Napier gegenüber. Er sah sehr müde und gedrückt aus. »Ich komme gerade aus London«, sagte er. »Ich bringe Nachrichten mit.«

»Von Edith?« fragte ich.

»Sie ist nicht bei Jeremy Brown.«

»Nicht . . .?« Ich starrte ihn an.

»Jeremy Brown ist in Ostafrika angekommen – allein.«

»Aber . . .«

»Wir befanden uns völlig im Irrtum mit unserem Verdacht,

daß Edith mit einem Liebhaber durchbrannte«, sagte er. »Sie hat nichts dergleichen getan.«

»Was aber dann?«

Er sah mich mit leerem Blick an. »Wer weiß?« flüsterte er.

*

Es gab jedoch Leute, die viel zu sagen hatten. Das Geheimnis war sehr bald in aller Munde, und das ganze Dorf klatschte. Der Vikar erhielt einen Brief von Jeremy Brown, in dem er schrieb, daß er heil angekommen war und sich in die Arbeit gestürzt hatte. Eine weitere Bestätigung dafür, daß er allein war. Edith hatte ihn nicht begleitet. Wo aber war sie?

Wieder richteten sich aller Augen auf Lovat Stacy. Das unselige Haus, auf dem ein Fluch lag, wie viele sagten. Und warum war es verflucht? Weil ein Mann seinen Bruder getötet hatte. Den Fluch des Kain nannten sie es. Und weil er seinen Bruder tötete, war seine Mutter gestorben, und nun war seine Frau verschwunden. Wo konnte sie hingegangen sein? Wer wollte es wissen? Vielleicht gab es aber jemanden, der es wußte.

Wenn einer Ehefrau etwas zustößt, ist der erste Verdächtige der Mann.

Ich merkte das wachsende Mißtrauen gegenüber Napier wohl, und es beunruhigte mich zutiefst – anscheinend mehr als ihn selbst.

Überall gab es wilde Vermutungen. Ich bemerkte die Art, in der alle Napier aus dem Wege gingen. Mrs. Lincroft bekam einen ganz anderen Gesichtsausdruck, wenn sie von ihm sprach; ihre Lippen preßten sich zusammen. Ich wußte, sie dachte daran, wie Ediths Verschwinden auf Sir William gewirkt hatte, und sie war Napier gram deswegen.

Die Mädchen redeten untereinander ständig über die Sache, obwohl sie sich mir gegenüber ziemlich zurückhielten.

Ich fragte mich, welche Auslegung sie den Dingen geben mochten.

Allegra sagte bei einer Gelegenheit: »Wenn Sir William stürbe, und das käme von dem Schrecken, weil Edith verschwunden ist ... dann wäre das, als ob sich die Geschichte wiederholte. Wissen Sie, erst starb Beau und dann seine Mutter ...«

Scharf fragte ich: »Wer hat gesagt, daß Edith tot ist?«

»Nein«, rief Alice heftig. »Sie wird wiederkommen.«

»Das hoffe ich«, sagte ich mit Inbrunst; und wie ich es hoffte! Seit Pietros Tod hatte ich nichts so sehnlich gewünscht wie Ediths Rückkehr. Ich versuchte, mir alle möglichen Gründe für ihr Verschwinden vorzustellen. Amnesie? Warum nicht? Sie wanderte irgendwo umher, weil sie ihr Gedächtnis verloren hatte. Was wäre das für ein Glück! Ich wollte nicht, daß Napier ein Mörder war. Und wenn Edith ermordet worden war ...

Ich weigerte mich, das hinzunehmen. Aber was war mit Roma?

Von neuem überfiel mich das Seltsame dieses schrecklichen Zusammentreffens. Zwei junge Frauen verschwanden auf genau die gleiche Weise. Beide gingen davon, sagten nichts, nahmen nichts mit.

Es war schrecklich und beängstigend – zum Fürchten.

Es ging mir sehr nahe. Eine der beiden Frauen war meine Schwester, die andere Napiers Frau.

Ich mußte Bescheid wissen. Meine Entschlossenheit in diesem Punkte hatte sich noch verstärkt; und gleichzeitig dachte ich an die beiden – keine zwei Frauen konnten verschiedener gewesen sein; die arme Edith mit ihrer Untüchtigkeit, ihren Ängsten; und Roma, die Energische, Furchtlose, die Frau, die genau wußte, wohin sie ging ... ausgenommen vielleicht jenes eine Mal. Einerlei, wohin es mich führt, sagte ich mir, ich werde es herausfinden.

»Sei vorsichtig, Caro.« Das war Romas warnende Stimme. »Es könnte Mord sein.«

Aber ich wollte nicht wahrhaben, daß es Mord war, auch wenn andere so dachten. Ich fühlte die Mauer des Verdachts emporschießen – wie Bambus im Dschungel.

*

Ich wünschte, ich hätte jenen Streit zwischen Sir William und Napier nicht gehört. Ich war hinaufgegangen, um wieder für Sir William zu spielen, da Mrs. Lincroft der Auffassung war, daß meine Musik ihn beruhigte. Ich ging nicht durch Sir Williams Zimmer, sondern direkt zum Klavier nebenan, weil Mrs. Lincroft gesagt hatte, er schlummere womöglich und habe es gern, mich beim Aufwachen spielen zu hören.

So hörte ich beim Betreten des Zimmers zornige Stimmen: Sir Williams und Napiers.

»Ich wünschte zu Gott«, hörte ich Sir William sagen, »daß du dort draußen geblieben wärst.«

»Und ich kann dir versichern«, gab Napier zurück, »daß ich nicht die Absicht habe, wieder fortzugehen.«

»Du wirst gehen, wenn ich es will, und das eine laß dir gesagt sein, hier gibt es nichts für dich.«

»Da irrst du dich. Ich habe ein Recht, hier zu sein.«

»Hör zu. Wo ist sie, wie? Was ist mit ihr geschehen? Mit einem Vikar davongelaufen. Ich wußte, daß sie das niemals tun würde. Wo ist sie also? Antworte mir.«

Ich hätte mich leise davonmachen sollen. Aber ich brachte es nicht fertig. Ich war zu sehr beteiligt. Ich mußte dort stehenbleiben und zuhören.

»Wieso meinst du, daß ich es weiß?«

»Weil du sie nicht gewollt hast. Du hast sie geheiratet, weil es keine andere Möglichkeit gab zurückzukommen. Das arme Kind!«

»Du warst doch derjenige, der sie geopfert hat, oder nicht? Das sieht dir ähnlich, erst auf der Heirat bestehen und dann mir die Schuld zu geben. Ich habe mein Bestes getan, etwas aus dieser Ehe zu machen.«

»Ehe! Ich spreche nicht von der Ehe! Ich frage dich, was du mit ihr gemacht hast.«

»Du bist verrückt. Was willst du etwa sagen ...«

»Mörder ...«, schrie Sir William. »Beau ... deine – deine Mutter ...«

»Mein Gott«, rief Napier. »Glaube nur nicht, daß du mich mit deinen Lügen um mein Erbe bringen kannst.«

»Wo ist sie? Wo ist sie? Man wird sie finden, und dann –«

Ich ertrug es nicht länger. Ich ging zur Tür und eilte leise in mein Zimmer.

Mir war übel vor Angst.

Sir William glaubte von seinem eigenen Sohn, daß er Edith ermordet hatte.

»Es ist nicht wahr«, flüsterte ich vor mich hin. »Ich glaube es nicht.«

Und in diesem Augenblick gelobte ich mir, das Rätsel um Ediths Verschwinden zu lösen sowie das um Roma. Es war für mich von größter Bedeutung.

*

Ich konnte den Argwohn nicht ertragen.

Im Dorf flüsterten sie. »Ist doch klar. Er hat sie geheiratet. Und als er ihr Geld hatte, wollte er sie los sein. Da ist ein Fluch auf Lovat Stacy ... und der wird dauern, solange dieser böse Mann da ist.«

Gelegentlich sah ich Sybil; der listige, wissende Blick und gleichzeitig ihre Einfalt waren grotesker als sonst. Ich fragte mich, ob wohl insgeheim die Nachforschungen weitergingen. Es war festgestellt worden, daß Edith nicht mit Jeremy Brown zusammen war. Was würde man sonst noch herausfinden?

Warum entledigte sich ein Ehemann seiner Frau? Dafür gab es viele Gründe. Weil er sie nicht liebte. Weil er jetzt ihr Geld hatte; weil er jetzt, da er wieder in die Familie aufgenommen und wieder zum Erben seines Vaters eingesetzt war ... Da hielt ich inne im Gedanken an den Streit, dessen Ohrenzeuge ich geworden war. Sir William haßte Napier. Warum nur hegte er ein so unnatürliches Gefühl? Und nun Edith verschwunden war, hatten sie erbittert miteinander gestritten. Vielleicht würde Sir William seinen Sohn enterben, ihn in die Verbannung schicken wie schon einmal.

Warum mußte das alles geschehen?

Napier hatte Edith nicht geliebt. Daraus hatte er kein Geheimnis gemacht. Und während der letzten Wochen ... Ich dachte an unsere Gespräche, und in mir kroch die Angst hoch. Hatte ich seine Andeutungen mißverstanden? Hatte er mir wirklich zu verstehen gegeben, daß er, wäre er frei gewesen, *mir* einen Heiratsantrag gemacht haben würde?

Es war eine höchst beunruhigende Situation. Ich dachte an die drei jungen Augenpaare, die mich beobachteten. Wie tief war ich in dies alles verstrickt?

Und gleichzeitig verspürte ich den brennenden Wunsch, allen diesen Leuten zu beweisen, daß sie sich in Napier irrten. Ich hätte am liebsten laut gerufen: »Es ist nicht wahr. Er wird jetzt verleumdet – wie schon einmal. Soll er wegen dieses Unfalles in seiner Jugend auf ewig der Sündenbock sein?«

Was war mit mir geschehen? Es gab jetzt in meinem Leben nichts Wichtigeres, als Napiers Unschuld zu beweisen.

Mrs. Lincroft blickte mich über den Tisch stirnrunzelnd an.

»Das hat Sir William entsetzlich aufgeregt«, sagte sie. »Ich mache mir große Sorgen um ihn. Ich wünschte so sehr, daß wir etwas von Edith hörten.«

»Was, glauben Sie, ist mit ihr geschehen?« fragte ich eindringlich.

»Ich wage es nicht auszudenken.« Sie wich meinem Blick aus. »Ich fürchte sehr, er bekommt wieder einen Schlaganfall. Es wäre besser, wenn Napier fortginge.«

»Wenn er fortginge«, machte ich geltend, »würden böswillige Leute sagen, daß er davonläuft.«

Sie nickte; dann meinte sie: »Er wird womöglich kaum eine Wahl haben. Sir William erwähnte, daß er den Anwalt der Familie kommen lassen will. Sie können sich denken, was das bedeutet.«

»Er scheint immer zu urteilen und zu verurteilen, ohne Beweise zu haben. Er sehnte sich nach einem Enkelkind. Und jetzt . . .«

»Vielleicht kommt Edith zurück.«

»Aber wo ist sie?«

Ich erläuterte meine Lieblingstheorie vom Gedächtnisverlust.

»Es ist sehr lieb von Ihnen, ein solches Interesse an den Angelegenheiten der Familie zu nehmen, Mrs. Verlaine, aber Sie sollten sich nicht zu sehr . . . verstricken.«

»Verstricken!« wiederholte ich.

Sie blickte mich einige Sekunden durchdringend an, und in dieser kurzen Zeitspanne schien ihr ganzes Wesen sich zu wandeln. Die sanfte Frau, für die ich sie immer gehalten hatte, verblaßte, und eine andere Persönlichkeit, der, die ich kannte, völlig fremd, trat an ihre Stelle. Selbst ihre Stimme war anders. »Es ist manchmal nicht klug, sich für andere Leute Angelegenheiten zu interessieren. Man wird gefangen.«

»Aber natürlich interessiere ich mich. Eine junge Frau . . . meine Schülerin . . . verschwindet. Sie werden doch wohl kaum erwarten, daß ich das als ein alltägliches Ereignis nehme.«

»Niemand könnte das als ein alltägliches Ereignis ansehen. Aber sie ist verschwunden; wir wissen nicht, wohin . . . noch nicht. Vielleicht werden wir es nie wissen. Die Behörden versuchen herauszufinden, wo sie sich aufhält. Ist Ihnen schon einmal der Gedanke gekommen, Mrs. Verlaine, daß – sofern es wahr ist, was manche Leute vermuten – Ihre Wißbegierde Sie irgendwann in Gefahr bringen könnte?«

Ich war erstaunt. Ich hatte keine Ahnung, daß man mir

meine Entschlossenheit, die Wahrheit herauszufinden, anmerken konnte.

»Gefahr? Was für eine Gefahr?«

Es entstand eine Pause. Wieder die Veränderung. Das war jetzt die Mrs. Lincroft, die ich seit meiner Ankunft in Lovat Stacy gekannt hatte, ein wenig vage, etwas zerstreut: »Wer will das wissen? Aber ich an Ihrer Stelle würde mich den Dingen fernhalten.«

Sie warnt mich, dachte ich. Will sie sagen, daß ich mich nicht mit einem Mann einlassen soll, der im Verdacht steht, beim Verschwinden seiner Frau die Hand im Spiel gehabt zu haben? Oder bedeutet sie mir, daß ich mein Leben in Gefahr bringe, wenn ich mich einmische?

»Was die Gefahr angeht«, fuhr sie mit einem kleinen Lachen fort, »so messe ich dem wahrscheinlich etwas zuviel Gewicht bei. Früher oder später wird diese Sache aufgeklärt werden. Edith wird zurückkommen.« Mit etwas erzwungener Überzeugung fügte sie hinzu: »Ich bin ganz sicher.« Ich wollte etwas sagen, doch sie fuhr hastig fort: »Sir William hat mir gesagt, wie sehr er den Schubert neulich abend genossen hat. Ihr Spiel hat ihm zu einem tiefen Schlaf verholfen; genau das, was er nötig hatte.«

Dankbar lächelte sie mir zu. Wer Sir William beruhigen konnte, war ihr Freund.

*

Das Schreckliche geschah zwei Tage später. Ich ging in das Zimmer neben Sir Williams. Mrs. Lincroft war da. Sie flüsterte mir zu: »Es geht ihm heute nicht sonderlich gut. Er dämmert in seinem Stuhl vor sich hin. Wie ist es dunkel. Den ganzen Tag hat es nur geregnet. Ich dachte, es würde sich etwas aufhellen, doch jetzt ist es wieder so schlimm wie vorher.«

Die Noten lagen für mich bereit . . . die Stücke, die Sir William ausgesucht hatte. Ich warf einen Blick auf das oberste Blatt, es war Beethovens Mondscheinsonate.

»Ich glaube, ich zünde lieber die Kerzen an«, sagte Mrs. Lincroft.

Ich pflichtete ihr bei, sie tat es, und ich setzte mich ans Klavier, während sie auf Zehenspitzen aus dem Zimmer huschte.

Während ich spielte, dachte ich an Napier und fühlte wachsenden Zorn in mir aufsteigen wegen der Art und Weise, in der er angeklagt wurde, ehe ihm etwas nachgewiesen war.

Ich beendete die Sonate. Das nächste Stück war zu meiner Überraschung der *Danse Macabre* von Saint-Saëns, eine sehr ungewöhnliche Wahl, wie ich meinte. Ich begann zu spielen. Ich dachte an Pietro, der es immer verstanden hatte, dieses Stück so zu spielen, daß es einem kalt über den Rücken lief. Er pflegte zu sagen, wenn er es spielte, sehe er den Musikanten als eine Art Rattenfänger, der, anstatt Kinder in die Berge zu locken, Menschen aus ihren Gräbern auferstehen und um den Pfeiler herumtanzen ließ ... in einem Totentanz.

Draußen war es dunkler geworden, und das Licht der Kerzen reichte fast nicht mehr aus; doch ich brauchte es kaum, um die Noten zu lesen.

Und dann plötzlich war ich nicht mehr allein. Zuerst dachte ich, mein Spiel habe tatsächlich einen Geist beschworen, denn die Gestalt in der Tür sah aus wie ein Leichnam.

»Geh weg ... geh weg ...«, schrie Sir William. Er starrte mich mit leeren Augen an, wie versteinert. »Warum ... bist du ... zurückgekommen?«

Ich erhob mich, und er schrie voller Entsetzen auf; im nächsten Augenblick sah ich ihn auf dem Fußboden liegen.

Ich rief verzweifelt nach Mrs. Lincroft, die glücklicherweise nicht weit fort war.

Sie starrte ihn schreckerfüllt an.

»Was ... ist geschehen?«

»Ich spielte den *Danse Macabre*«, setzte ich an ...

Weiter kam ich nicht, da ich glaubte, sie würde ohnmächtig.

Doch sie faßte sich sofort wieder. »Wir müssen nach dem Arzt schicken«, sagte sie.

*

Sir William war in der Tat sehr krank. Er hatte einen weiteren Schlaganfall gehabt, und mehrere Arzte bemühten sich um ihn. Man rechnete damit, daß er nicht genesen würde.

Ich berichtete ihnen, wie ich gespielt und ihn dann plötzlich hatte in der Tür stehen sehen. Da er kaum gehen konnte, mußte es eine große Anstrengung für ihn gewesen sein, die nach Meinung der Ärzte den Grund für seinen Zusammenbruch gebildet haben konnte.

Nach ein oder zwei Tagen sah es so aus, als werde er doch nicht sterben, und Mrs. Lincroft war sehr erleichtert.

Sie sagte zu mir: »Jetzt wird Napier doch hierbleiben. Ich bin sicher, daß Sir William nicht mehr weiß, was mit Edith geschehen ist. Ihm verschwimmt alles ein bißchen, und er wähnt sich immer in der Vergangenheit.«

*

Es war ein feuchter Juli; einige Tage regnete es, und der Himmel war bedeckt.

Sybil Stacy kam in mein Zimmer, um sich mit mir zu unterhalten. Obwohl es erst später Nachmittag war, mußte ich die Kerzen anzünden. Sybil trug ein dunkellila Kleid mit schwarzen Schleifen und lila Haarschleifen; eine Farbe, die ich an ihr noch nie gesehen hatte.

»Trauer«, flüsterte sie.

Ich fuhr von dem kleinen Tisch in die Höhe, an dem ich gesessen und meine Stunden vorbereitet hatte.

Sie drohte mir albern mit dem Finger. »Für Edith«, sagte sie. »Aber wieso sind Sie so sicher?«

»Ich *bin* sicher. Wenn sie nicht tot wäre, würde sie zurückgekommen sein. Außerdem deutet alles daraufhin. Finden Sie nicht?«

»Ich weiß nicht, was ich denken soll, doch ich ziehe vor zu glauben, daß sie am Leben ist und eines Tages hereinkommen wird.« Damit wandte ich mich zur Tür, als ob ich sie erwartete. Auch Sybil drehte sich um und blickte erwartungsvoll.

Dann schüttelte sie den Kopf. »Nein, sie kann nicht zurückkommen. Sie ist tot, das arme Kind. Ich weiß es.«

»Sie können nicht sicher sein«, wiederholte ich.

»In diesem Hause geschehen merkwürdige Dinge«, fuhr sie fort. »Spüren Sie das nicht?«

Ich schüttelte den Kopf.

»Sie sagen nicht die Wahrheit, Mrs. Verlaine. Sie spüren es *doch*. Sie sind empfindsam. Ich weiß es. Das werde ich auch in mein Bild legen, wenn ich es male. Es geschehen *wirklich* merkwürdige Dinge hier ... und Sie wissen es.«

»Ich wünschte ..., oh, ich wünschte, daß Edith zurückkommen möge!«

»Sie würde, wenn sie könnte. Sie war immer so nachgiebig und tat, was andere wollten. Sie wissen, was geschehen ist ... mit William?«

»Ich fürchte, er ist sehr krank.«

»Ja, und das alles, weil er sehen wollte, wer spielte.«

»Er wußte, daß ich spielte.«

»O nein, das tat er nicht, Mrs. Verlaine. Eben da irren Sie sich. Er dachte, es sei jemand anders.«

»Wie konnte er das? Ich spiele oft für ihn.«

»Er suchte die Noten für Sie aus, nicht wahr?«

»Ja.«

»Ich weiß. Er suchte die Stücke aus, die er gern hört, Stükke, die ihn an angenehme Dinge erinnern. Und jetzt, weil das passiert ist, wird Napier hierbleiben. Wenn es nicht geschehen wäre, hätte Napier wohl gehen müssen, glaube ich. Für Napier ist also gut, was schlecht für Sir William ist. Was dem einen sein Leid, ist des anderen Freud', so sagt man. Wie wahr! Hören Sie den Regen. Am St.-Swithins-Tag regnete es auch. Sie wissen doch, was das bedeutet, Mrs. Verlaine. Jetzt wird es vierzig Tage und Nächte regnen ... und das alles, weil es am St.-Swithins-Tag regnete.« Sie löschte die Kerzen. »Ich mag das Halbdunkel«, sagte sie. »Es paßt zu allem, finden Sie nicht? Sagen Sie mir, was Sie spielten, als Sir William in der Tür erschien.«

»Dance Macabre.«

Sie schauderte in sich zusammen. »Der Totentanz. Nun, beinahe war er es, nicht wahr? Für Sir William. Es ist ein unheimliches Musikstück. Fanden Sie es nicht merkwürdig, daß er es aussuchte?«

»Ja, das tat ich.«

»Und Sie hätten es noch merkwürdiger gefunden, wenn Sie gewußt hätten, daß es das letzte war, das Isabella an jenem Tage spielte. Sie saß den ganzen Vormittag am Klavier und spielte es immer wieder. Und William sagte: ›Hör um Gottes willen auf, das traurige Ding zu spielen!‹ Da hörte sie auf, ging in den Wald und erschoß sich. Seitdem wurde es in diesem Hause nie wieder gespielt ... bis Sie sich ans Klavier setzten.«

»Es war bei den Noten, die er für mich hingelegt hatte.«

»Nur, daß er es nicht hingelegt hatte.«

»So? Und wer tat es?«

»Wenn wir das wüßten, wären wir um vieles klüger. Es war jemand, der wollte, daß Sir William es hörte ... damit er dachte ... daß Isabella zurückgekommen und ihm als Geist erschienen sei. Es war jemand, der hoffte, er würde aufstehen und Sie dort spielen sehen ... denn es war doch dunkel, nicht wahr ... so dunkel wie jetzt. Es war jemand, der wollte, daß er hinfiel und sich verletzte. Es war jemand, der ihm sagen wollte, daß sie Bescheid wußten.«

»Aber wer würde so etwas tun? Das war roh.«

»In diesem Hause sind schon rohere Dinge geschehen. Was meinen Sie, wer das tun würde? Es könnte jemand gewesen sein, der fürchtete, fortgeschickt zu werden – was nicht geschehen konnte, wenn Sir William tot war, denn, Sie wissen ja, er hätte sterben können. Es könnte allerdings auch jemand anders gewesen sein.«

Ich war zutiefst aufgewühlt. Ich wünschte, daß sie gehen möge, damit ich mit meinen Gedanken allein sein konnte.

Sie schien es zu fühlen. In jedem Falle hatte sie gesagt, was sie sagen wollte.

»Wie können wir sicher sein, Mrs. Verlaine?« fragte sie.

Und traurig den Kopf schüttelnd, ging sie zur Tür.

*

Sylvia kam zur Stunde, die Zöpfe um den Kopf gewunden zum Zeichen, daß sie erwachsen wurde. Herr im Himmel, dachte ich, versucht ihre Mutter tatsächlich, Godfrey Wilmot als Mann für ihre Tochter einzufangen? Arme Sylvia, sie sah sehr verlegen aus. Das war sie eigentlich immer. Sie machte auf mich den Eindruck, daß sie ausgeschickt worden war, etwas Unangenehmes zu erledigen, und daß sie keine Ruhe bekommen würde, solange sie nicht ihre Pflicht getan hatte.

Sie war sechzehn – noch ein Jahr, bis sie das Alter erreicht hatte, in dem es üblich war, das Haar aufzustecken.

Wie ein Papagei erledigte sie ihre Aufgabe. Was konnte ich sagen? Nur eines: »Versuche, ein wenig mehr Ausdruck hineinzulegen, Sylvia. Versuche zu fühlen, was die Musik sagen will.«

Sie blickte mich verdutzt an. »Aber sie sagt doch nichts, Mrs. Verlaine.«

Ich seufzte. Wirklich, dachte ich, seit Edith fort war, lohnte sich meine Arbeit nicht mehr. Aus Edith hätte ich eine tüchtige Pianistin machen können, jemanden, der seine Gäste entzückte. Ich hätte sie lehren können, Trost und große Freude aus der Musik zu gewinnen. – Aber Sylvia, Allegra und Alice . . .

Ihre Hände lagen im Schoß, die rechteckigen Finger mit

den Nägeln, die sich jammervoll mühten zu wachsen. Auch jetzt hob sie die Hand an den Mund und ließ sie hastig wieder sinken, als sie die bittere Aloe schmeckte, die ihre Mutter sie darauf zu pinseln zwang.

»Der Jammer ist, daß du so geistesabwesend bist, Sylvia. Du denkst nicht an das, was du spielst. Du denkst an etwas ganz anderes.«

Plötzlich erhellten sich ihre Züge. »Ich dachte an eine schreckliche Geschichte, die Alice geschrieben hat. Sie wissen doch, sie schreibt immerfort Geschichten. Mr. Wilmot sagt, ihre Aufsätze zeigen eine richtige Begabung. Alice sagt, sie möchte Geschichten schreiben wie Wilkie Collins ... so richtige Gruseldinger.«

»Sie muß mir ein paar von ihren Geschichten zeigen. Ich möchte sie gern lesen.«

»Manchmal liest sie uns welche vor. Dann müssen wir bei einer Kerze in ihrem Zimmer sitzen, und sie macht die passenden Bewegungen dazu. Da kriegt man richtig Angst. Sie könnte auch Schauspielerin werden. Aber sie sagt, am liebsten möchte sie über Leute schreiben.«

»Wie war die Geschichte denn, an die du dachtest?«

»Über ein Mädchen, das verschwindet. Niemand weiß, wo sie geblieben ist. Aber kurz bevor sie verschwand, grub jemand ein Loch in einem Wäldchen in der Nähe ihres Hauses. Ein paar Kinder sahen das Loch im Wald. Sie fielen beim Spielen beinahe hinein, gingen näher und sahen einen Mann. Der bemerkte sie und sagte, er grabe eine Falle für einen menschenfressenden Löwen, weil es dort nämlich Löwen gebe. Aber sie glaubten ihm nicht, weil man für Löwen keine Fallen gräbt, sondern sie erschießt. Das konnte er natürlich nur den Kindern sagen, den Erwachsenen erzählte er, daß er jemandem die Felder umgraben helfe. Aber er brachte das Mädchen um und begrub es in dem Wäldchen, und alle dachten, sie sei mit ihrem Liebhaber davongelaufen.«

»Keine sehr erfreuliche Geschichte«, sagte ich:

»Dabei stehen einem die Haare zu Berge«, erklärte Sylvia.

Meine standen entschieden zu Berge, als mir plötzlich einfiel, wie ich Napier mit Gartengeräten in die Ställe hatte kommen sehen. Er hatte Mr. Brancot geholfen, seinen Garten umzugraben – hatte er gesagt.

*

Als ich das nächste Mal allein ausritt, lenkte ich mein Pferd in Richtung auf Mr. Brancots kleines Haus. Der Garten sah gepflegter aus als beim letzten Mal. Ich zog die Zügel an und besah ihn mir. Ich hatte Glück, denn noch während ich mir einen Vorwand überlegte, um hier einen Besuch zu machen, kam der alte Mr. Brancot aus dem Hause.

»Guten Tag«, sagte ich.

»Guten Tag, Miß«, antwortete er.

»Ich bin Mrs. Verlaine – die Musiklehrerin oben in Lovat Stacy.«

»O ja, ich habe von Ihnen gehört. Wie gefällt es Ihnen hier bei uns?«

»Ich finde die Gegend wunderschön.«

Er nickte zufrieden. »Möchte selber auch nicht fort«, sagte er. »Und wenn Sie mir hundert Pfund dafür gäben.«

Ich erwiderte, daß ich nicht die geringste Absicht habe, und fügte hinzu, daß sein Garten sehr gut gehalten sei.

»O ja«, antwortete er. »Jetzt sieht er fein aus.«

»Sehr viel besser als ich ihn beim letzten Mal sah. Er ist umgegraben worden.«

»Umgegraben und bepflanzt«, sagte er. »Jetzt ist er leicht in Ordnung zu halten.«

»Das muß viel Arbeit gewesen sein. Haben Sie das alles selbst gemacht?«

Er grinste und flüsterte mir zu: »Na, unter uns gesagt, ich hatte etwas Hilfe. Sie werden es nicht glauben, aber eines Nachmittags ist Mr. Napier gekommen und hat mir geholfen.«

Ich war unsinnig glücklich. Hatte ich doch eine Riesenangst gehabt, daß er sagen würde, er habe es selbst gemacht.

*

Als ich zurückritt, kam mir die Unterhaltung mit Sylvia wieder in den Sinn. Es war nur natürlich, daß die Mädchen sich für alles interessierten, was vorging, und weil sie – in diesem Zwischenstadium, in dem sie weder erwachsen noch Kinder waren – mit unreifen Augen in die Welt blickten, ordneten sie nicht alles richtig ein. Warum hatte Alice eine solche Geschichte geschrieben? Wieweit nährte sich die Phantasie von Tatsachen? War es möglich, *daß* sie jemanden gesehen hatte, der im Wäldchen ein Loch grub? Oder hatte Alice es sich ausgedacht? Vielleicht hatte sie – oder eines der anderen Mädchen – Napier mit den Gartenwerkzeugen heimkommen sehen. Das hätte genügt, um Alices Phantasie in Gang zu setzen; und wegen der Ruine im Wäldchen und dem Licht dort wurde es ein Ort voller Geheimnisse. Jemand, der im Wäldchen grub? Was grub? Die Phantasie lieferte sofort die Antwort: ein Grab.

War Alices Vorstellung so zustande gekommen? Hatte sie das Gefühl, sie sollte es erzählen, und fürchtete sie sich davor? Sie machte auf mich den Eindruck eines schüchternen Kindes. Sicher hatte ihre Mutter ihr immer wieder vorgehalten, wie wichtig gutes Benehmen sei, damit sie beide in Lovat Stacy bleiben könnten. Allegra erinnerte Alice ständig an ihre untergeordnete Stellung als Tochter der Haushälterin und daran, daß sie nicht unangenehm auffallen dürfe. Lieblose Allegra! Und doch war auch sie unsicher, und man sollte sie daher nicht zu hart beurteilen.

Ich kam zu dem Schluß, daß Alice Napier mit den Gartenwerkzeugen gesehen hatte, sich verpflichtet fühlte, das festzuhalten, doch Angst hatte, anzuecken; folglich schrieb sie eine Geschichte, die größtenteils auf Einbildung beruhte, die jedoch etwas von dem sagte, was ihrer Meinung nach gesagt werden mußte. Alice wollte das Rechte tun, das heißt, erzählen, was sie wußte; doch da es sich nur um einen Verdacht handelte, scheute sie sich, es offen auszusprechen. Das war die Antwort.

Doch angenommen, Edith war im Wäldchen begraben. Und Roma? Wo war Roma? Irgendwo mußten sie beide sein.

Wenn jemand im Wäldchen ein Grab gegraben hatte, müßten nicht Spuren zu sehen sein? Das Gras würde an einer solchen Stelle nicht richtig nachgewachsen sein, also konnte es nicht schwierig sein, ein Stück frisch gegrabener Erde ausfindig zu machen.

Dies alles wurde nicht nur finster, sondern regelrecht grauenhaft. Mir fiel Mrs. Lincrofts versteckte Warnung ein. Mischen Sie sich nicht ein. Einmischung könnte in Gefahr bringen.

Edith war ermordet worden, und wenn ihr Mörder merkte, daß ich entschlossen war, ihn ausfindig zu machen, dann war ich in Gefahr. Aber ich konnte nichts dafür. Ich mußte die Antwort finden.

Am Wäldchen angekommen, stieg ich ab und band mein Pferd an einen Baum.

Ich blickte mich um. Welche Stille! Wie unheimlich! Aber kam das nicht von meinen Gedankenverbindungen? Durch die Bäume konnte ich die graue Ruine sehen und steuerte instinktiv darauf zu.

Die Sonne fiel durch die Bäume und warf ein wechselndes Muster auf den Waldboden. Wieder dachte ich: Wenn die Erde kürzlich umgewühlt worden wäre, würde man es sehen.

Ich starrte auf das in unregelmäßigen Büscheln wuchernde Gras zu meinen Füßen.

Wenn jemand ein Grab auszuheben wünschte, wäre dies ein idealer Platz. Hier wäre man durch die Bäume verdeckt und könnte vielleicht auch die Schritte jedes Herankommenden hören. Und würde man mit dem Spaten in der Hand angetroffen: »Oh, ich habe für jemanden gegraben, der das selbst nicht kann . . .«

»Nein!« sagte ich und war erstaunt, daß ich es laut und heftig gesagt hatte.

An der Ruine angekommen, streckte ich eine Hand aus und berührte leicht die steinernen Mauern. Eines Tages, gelobte ich mir, wenn das Licht wieder auftaucht, werde ich herunterkommen und nachsehen, wer diesen Schabernack treibt.

Ich trat durch die steinerne Öffnung, wo die Tür gewesen war, und blickte durch das geborstene Dach hinauf zum Himmel. Meine Schritte verursachten ein leises Geräusch auf den zerbrochenen Platten des Fußbodens, das mich zusammenschrecken ließ. Ja, sogar bei Tage fürchtete ich mich ein wenig.

Es kam mir vor, als ob diese grauen, rauchgeschwärzten Wände mich einschlössen; schnell wandte ich mich um und ging hinaus ins Wäldchen.

Wenn jemand ein Loch gegraben hatte, könnte er – oder sie – das nicht in der Nähe dieser Mauern getan haben, weil sie, die den Ruf hatten, von Geistern heimgesucht zu werden, von den Menschen gemieden wurden? Vielleicht war es genau die Stelle, um ein Grab für sein Opfer zu graben. Und das Licht? Sollte das vielleicht die Leute von hier fernhalten? Ich mußte ganz einfach einen Grund für all diese merkwürdigen Vorkommnisse finden.

Ich untersuchte den Erdboden in der Nähe der Mauer. Da war eine Stelle, auf der kein Gras wuchs. Ich kniete mich hin, um sie genauer zu untersuchen. Und dann . . . ein Knakken im Unterholz – über mir ein großer Schatten.

»Suchen Sie etwas?«

Ich schnappte nach Luft, sprang auf und blickte in Napiers Gesicht. In seiner Stimme lag Spott, doch seine Augen blickten tödlich ernst, und ich wußte, daß er böse war.

»Ich . . . ich habe Sie erst in diesem Moment gehört.«

»Was um alles in der Welt machen Sie hier? Beten Sie? Oder haben Sie etwas verloren?«

»Meine Brosche . . .«, sagte ich.

Er berührte die Kamee an meinem Kleid. »Da ist sie doch ... fest angesteckt.«

»Oh, ich dachte ...«

Ich stellte mich sehr ungeschickt an, doch ich konnte ihm unmöglich sagen, daß ich – wie alle anderen – ihn verdächtigte, seine Frau ermordet zu haben. Nein, ich verdächtigte ihn nicht, korrigierte ich mich hastig. Ich wollte beweisen, daß er unschuldig war, trotz aller Verleumdungen.

Er stand da, das bittere Lächeln auf dem Gesicht, und half mir mit keinem Wort aus meiner Verlegenheit.

»Ich sah Sie von ferne an Brancots Häuschen.«

»Ich habe Sie nicht gesehen.«

»Ich weiß. Brancot sagte mir, daß Sie ihm Komplimente gemacht haben wegen seinem Garten und wie er Ihnen erzählte, daß ich ihm geholfen habe. Erinnern Sie sich ... wie Sie mich mit dem Spaten zurückkommen sahen?«

»Ich erinnere mich.«

Er lachte. »Sehr tapfer von Ihnen, hierherzukommen. Der Ort hat einen bösen Ruf«

»Am hellichten Tage?« fragte ich, meine Fassung wiedergewinnend.

»Nun, wenn man allein ist ...«

»Das bin ich ja nicht.«

»Wenn Sie es genau betrachten, ist es die Furcht, *nicht* allein zu sein, die den Menschen angst macht.«

»Sie fürchten sich vor Gespenstern, meinen Sie?«

»Sie sahen sehr erschrocken aus, als ich Sie hier kniend fand. Vielleicht sind Sie auch jetzt etwas unruhig.« Er nahm mein Handgelenk und legte mir mit spöttischem Lächeln den Finger auf den Puls. »Etwas zu schnell, würde ich sagen«, erklärte er.

»Ich gebe zu, daß ich mich erschrocken habe. Sie waren so plötzlich da.«

»Sie suchten nicht nach der Brosche, nicht wahr? Zuerst würden Sie sie wohl an Ihrem Halse suchen, und da ist sie auch.« Er legte seine Hände auf die Brosche; dabei stand er ganz dicht vor mir. Ich hielt den Atem an . . . genauso, wie er es beabsichtigt hatte. Keine Spur von Freundlichkeit mehr. Er wußte, was ich gedacht hatte, und ich glaube, er haßte mich.

»Wir sollten offen miteinander sein«, sagte er vorwurfsvoll und ließ die Hände sinken.

»Natürlich.«

»Aber Sie waren es nicht, oder? Sind Sie hierhergekommen, weil Sie glauben, daß Edith hier begraben liegt . . . in diesem Wäldchen?«

»Irgendwo muß sie sein.«

»Und Sie glauben, daß jemand . . . sie umbrachte und hier begrub?«

»Ich glaube nicht, daß das die Lösung ist.«

»Haben Sie eine andere Lösung?«

Ich sagte: »Es ist doch sehr merkwürdig, daß zwei Menschen in dieser Gegend verschwunden sind.«

»Zwei?« fragte er.

»Haben Sie die Archäologin vergessen?«

»Sie verschwand ebenfalls – ja, natürlich.« Er trat einen Schritt zurück und lehnte sich gegen die Wand der Kapelle. »Glauben Sie, daß sie auch hier begraben liegt? Und sind Sie sich auch schlüssig, wer der Mörder ist?«

»Wie kann ich das? Ich glaube allerdings, daß uns allen wohler sein würde, wenn wir die Antwort auf diese Fragen wüßten.«

»Mit Ausnahme des Mörders. Meinen Sie nicht, daß ihm sehr viel weniger wohl sein würde?«

»Ich glaube nicht, daß er – oder sie – sich derzeit sehr glücklich fühlt.«

»Warum nicht?«

»Kann jemand Leben vernichten und glücklich sein?«

»Wenn ein Mensch sich selbst für ungeheuer wichtig und alle anderen für unbedeutend hielte, würde er keinen Grund sehen, warum er nicht einen Menschen töten sollte wie eine Motte oder eine Wespe.«

»Ich nehme an, es gibt solche Menschen.«

»Ich fürchte, ja. Unser Mörder ist wahrscheinlich hochzufrieden mit sich. Er hat gewonnen. Er hat erreicht, was er sich vornahm, und die übrige Welt weiß nicht einmal, wer er ist. Er hat sie alle zum Narren gehalten. Gehen wir zusammen durchs Wäldchen, und suchen wir den Boden nach den Gräbern der Opfer ab. Hätten Sie Lust dazu?«

Ich sagte: »Auf mich wartet Arbeit. Ich muß ins Haus zurück.«

Er lächelte, als glaube er mir kein Wort, und wir gingen zurück zu unseren Pferden. Er hielt das meine, während ich aufsaß, sprang dann selbst in den Sattel und ritt neben mir zum Haus. Ich ging stracks hinauf in mein Zimmer und besah mich im Spiegel. Ich hoffte, daß mein Gesicht nicht meine Gefühle widerspiegelte, war ich mir doch selbst nicht über sie im klaren. Ich hatte schreckliche Angst und war nicht fähig, den Möglichkeiten ins Auge zu sehen, die sich mir aufdrängten. Ich würde ihnen nicht glauben, weil ich entschlossen war, es nicht zu tun.

9

GODFREY WILMOT VERSUCHTE ständig, mit mir allein zu sein. Leicht war das nicht, da Mrs. Rendall alle erdenklichen Tricks erfand, um uns möglichst wenig Gelegenheit zu geben.

Ich muß eingestehen, daß es mir ein gewisses, schadenfrohes Vergnügen bereitete, sie zu verulken in der Hoffnung, es werde dazu beitragen, mich aus der gedrückten, grüblerischen Stimmung zu reißen, die mich gefangenhielt. Ich versuchte, mir jeden Gedanken an Napier aus dem Kopf zu schlagen, und Godfreys Gesellschaft half mir dabei am besten. Er wußte, wer ich wirklich war; er liebte Musik und interessierte sich wahrhaft für die Dinge, die meiner Schwester und meinen Eltern alles bedeutet hatten und in gewisser Weise für ihren Tod verantwortlich waren. Und es war auch ein Trost zu spüren, wie meine Freundschaft zu einem liebenswürdigen Manne wuchs, der offen und aufrichtig war und frei von den Komplexen, die mich nicht nur in ihrem Bann zu halten schienen, sondern mich auch unruhig und äußerst empfindlich machten. Natürlich versuchte ich gar nicht, Godfrey aus dem Wege zu gehen, und oftmals lachten wir zusammen über Mrs. Rendalls Gebaren und planten, wie wir ihre Bemühungen durchkreuzen konnten zu verhindern, daß wir allein zusammen waren.

Manchmal trafen wir uns in der Kirche, wo Godfrey auf der Orgel zu üben pflegte. Ich schlüpfte herein, während er spielte, und das tat ich auch an dem Tage nach meinem unbehaglichen Zusammentreffen mit Napier im Wäldchen.

Die Kirche mit ihrem grauen, steinernen Turm und den efeuberankten Mauern war ein wunderschönes Beispiel für die Baukunst des vierzehnten Jahrhunderts. Ich stand an der Tür, lauschte dem vollen Orgelklang und war zutiefst berührt von Godfreys meisterhaftem Anschlag. Ich wollte ihn nicht stören, und so stand ich ganz still und blickte in die Runde: da war das bunte Glasfenster – das Beau gewidmet war; der Kirchenstuhl der Stacys; die Namen der Pfarrer, in Stein gemeißelt, vom ersten im Jahre 1347 bis zu Arthur Rendall im Jahre 1880. Der dumpfe, feuchte Geruch lang vergangener Zeiten war in der leeren Kirche deutlicher spürbar, und ich stellte mir die Generationen von Stacys vor, die hierher zum Gottesdienst gekommen waren. Ich dachte an Beau und Napier, wie sie am Taufbecken getauft worden waren, an Sybil, die davon geträumt hatte, dies Kirchenschiff hinunterzuschreiten, ihrem Bräutigam entgegen. Als die Musik ihr volltönendes, rauschendes Finale erreichte, ging ich hinüber zur Orgel.

»Ich freue mich, daß Sie gekommen sind«, sagte er. »Ich fing an, mir etwas Sorgen um Sie zu machen.«

»Sorgen um mich? Warum?«

»Der Gedanke überfiel mich plötzlich. Sie bringen sich möglicherweise in Gefahr.«

»Wie kommen Sie darauf?«

»Durch die Nachrichten über Mrs. Stacy. Solange wir dachten, daß sie mit ihrem Liebhaber auf und davon gegangen sei, erschien die Suche nach dem Verbleib Ihrer Schwester eine verhältnismäßig ungefährliche Angelegenheit. Doch wenn das Verschwinden beider in einem Zusammenhang steht, muß wohl jemand dafür verantwortlich sein. Man kann kaum zwei Menschen verschwinden lassen, ohne sie umzubringen. Daher kam mir plötzlich dieser Gedanke, daß wir einen gefährlichen Mörder in unserer Mitte haben. Er wird kaum sehr erfreut sein, wenn jemand sich eingehend für seine Sachen interessiert, nicht wahr? Und es kann sein, daß er Menschen, die ihm nicht zur Freude gereichen ... beseitigt.«

»In Ihren Augen bin ich also das nächste Opfer?«

»Gott behüte! Aber sollten Sie nicht vorsichtig sein?«

»Ich verstehe, was Sie meinen. Denken Sie an irgend jemanden im besonderen?«

»O ja.«

»An wen?«

»Den Ehemann natürlich.«

»Würde das nicht etwas zu sehr auf der Hand liegen?«

»Gütiger Himmel, dies ist kein Rätselspiel. Es ist das wirkliche Leben. Wer, außer ihrem Mann, würde Mrs. Stacy schon los sein wollen?«

»Es könnte noch andere Menschen geben.«

»Denken Sie doch an die Gründe. Soweit ich weiß, war sie eine reiche Erbin. Er bekommt ihr Geld. Und er war von Anfang an nicht sehr erpicht darauf, sie zu heiraten.«

»Aber er hatte das Geld doch schon, weshalb sollte er sie also noch ermorden?«

»Er hatte sie herzlich satt.«

»Ich mag diese Unterhaltung nicht. Sie ist . . . lieblos. Wir haben kein Recht, weiter so zu reden.«

»Aber wir müssen die Dinge vernünftig sehen.«

»Wenn vernünftig gleichbedeutend damit ist, unschuldigen Menschen Böses nachzusagen . . .«

»Woher wollen Sie denn wissen, daß er unschuldig ist?«

»Sollte man einen Menschen nicht so lange für unschuldig halten, wie seine Schuld nicht bewiesen ist?«

»Das ist die britische Rechtsprechung. Wir sind keine Richter . . . nur Amateurdetektive. Wir müssen alle Möglichkeiten erwägen.«

»Dann könnte ich auch Sie für schuldig halten und Sie mich.«

»Durchaus. Doch wo wären die Motive?«

»Es würden uns gewiß welche einfallen. Sie könnten ein verkappter Vetter sein, der Lovat Stacy erben möchte; also ermorden Sie Edith und hoffen, daß ihr Mann des Verbrechens angeklagt und aufgehängt wird, wodurch Sie der Erbe würden.«

»Nicht übel«, sagte er. »Gar nicht übel. Und Sie möchten in die Familie Stacy einheiraten; also ermorden Sie Edith und haben freie Bahn.«

»Sehen Sie«, sagte ich, »es läßt sich gegen jeden etwas finden.«

»Aber was ist mit Ihrer Schwester? Wie paßt sie in das Bild?«

»Das müssen wir herausfinden.«

In diesem Moment hatte ich das sichere Gefühl, beobachtet zu werden. Ich blickte mich voller Unbehagen um. Godfrey hatte nichts bemerkt. Was war es? Ich vermochte es nicht zu sagen.

Nur ein unbehagliches Gefühl – dieser besondere Sinn, der einem sagt, daß irgendwo, unsichtbar, jemand beobachtet . . . und Böses will.

Was war nur mit mir los? Ich konnte Godfrey dies merkwürdige Gefühl nicht erklären. Es klang so abwegig. Ich hörte nichts. Ich sah nichts; ich spürte es nur. Schon in dem Häuschen hatte er gedacht, daß ich mir etwas einbildete.

»Seien Sie vorsichtig«, sagte er. »Vergessen Sie nicht, daß wir womöglich einen Mörder unter uns haben.«

Ich blickte über meine Schulter, und es überlief mich kalt.

»Was ist los?« fragte er.

»Oh . . . nichts.«

»Ich habe Ihnen angst gemacht. Gut! Das wollte ich auch. Sie werden künftig sehr vorsichtig sein müssen.« Ich mußte noch immer an Napier im Gehölz denken, und mein Herz weigerte sich, die Schlußfolgerung zu akzeptieren, die mein Verstand mir aufzwingen wollte. »Ich bin fest entschlossen herauszufinden, was mit meiner Schwester geschehen ist«, sagte ich hitzig.

»Das werden wir beide tun«, versicherte er mir, »aber wir werden vorsichtig zu Werke gehen. Wir werden zusammenarbeiten. Jeder kleine Hinweis, den einer von uns entdeckt, muß dem anderen mitgeteilt werden.«

Ich sagte nichts von Alices Geschichte, die mich so verstört hatte; ich sagte nichts von meiner Begegnung mit Napier im Wäldchen.

Er fuhr fort: »Ich kann mir nicht helfen, ich habe das Gefühl, die Antwort liegt irgendwo auf der Ausgrabungsstätte. Es ist wegen Ihrer Schwester. Sie war die erste. Ich glaube, wir werden die Antwort dort finden.« Ich ließ ihn diesen Gedanken weiterspinnen – mir war alles recht, was ihn aufhören ließ, Napier einen Verdacht anhängen zu wollen.

Wir fuhren hoch, als hinter uns ein leises Hüsteln ertönte. Sylvia kam lautlos das Kirchenschiff herunter auf die Orgel zu. »Mama hat mich nach Ihnen geschickt, Mr. Wilmot. Sie läßt sagen, ob Sie wohl zum Tee im Wohnzimmer kommen möchten.«

*

Die Mädchen hatten mich gebeten, mit ihnen auszureiten.

Ich sagte mit Freuden zu, und wir machten uns auf den Weg.

»Auf der Dreiackerwiese sind Zigeuner«, berichtete Allegra. »Eine hat mit mir gesprochen und gesagt, sie heißt Serena Smith. Mrs. Lincroft war nicht sehr erfreut, als ich es ihr erzählte.«

»Sie war nicht erfreut, weil sie weiß, daß Sir William es auch nicht sein wird«, verteidigte Alice ihre Mutter schnell.

Allegra ritt kurze Zeit vorneweg und rief über die Schulter: »Ich gehe hin.«

»Meine Mutter sagt, sie sind eine Schande für die ganze Gegend«, sagte Sylvia.

»Klar, daß sie das sagt!« gab Allegra zurück. »Sie haßt alles, was . . . vergnüglich ist. Ich mag Zigeuner. Bin ja selbst eine halbe.«

»Kommen sie oft hierher?« erkundigte ich mich im Gedanken an Mrs. Lincrofts Reaktion, als sie vom Eintreffen des fahrenden Volkes hörte.

»Ich glaube kaum«, antwortete Alice. »Sie reisen im Lande umher und bleiben nirgends lange. Stellen Sie sich das bloß vor, Mrs. Verlaine. Es muß recht aufregend sein, nicht?«

»Ich für meinen Teil bleibe lieber an einem Ort.«

Sie bekam träumerische Augen, und ich fragte mich, ob sie wohl eine Geschichte über Zigeuner schreiben würde. Ich mußte mir einige Ihrer Geschichten eines Tages ansehen. Es konnte sehr wohl sein, daß sie zwar nicht für Musik, wohl aber literarisch begabt war. Sie las viel; sie war sehr fleißig und besaß Phantasie. Vielleicht sollte ich mit Godfrey über sie sprechen.

Allegra rief uns zu, wir sollten nicht bummeln, und so fielen wir in einen leichten Trab. Nach kurzer Zeit erreichten wir den Lagerplatz.

Auf der sogenannten Dreiackerwiese standen vier lustig buntbemalte Wohnwagen. Von Zigeunern war nichts zu sehen.

»Nicht zu nahe heran«, warnte ich Allegra.

»Warum denn nicht, Mrs. Verlaine? Die tun uns doch nichts.«

»Sie mögen es vielleicht nicht, wenn man sie anstarrt. Du solltest ihr Privatleben respektieren.«

Allegra blickte mich erstaunt an. »Die haben kein Privatleben, Mrs. Verlaine. Wer in Wohnwagen lebt, kann das nicht erwarten.«

Der Klang unserer Stimmen mußte bis hinüber zum Lager zu hören gewesen sein, denn noch während wir da standen, kam eine Frau aus einem der Wohnwagen und hielt auf uns zu.

Ich vermochte nicht zu sagen, was es war, doch irgend etwas an ihr schien mir vertraut. Ich hatte das Gefühl, sie schon einmal gesehen zu haben, ohne sagen zu können, wo. Sie war untersetzt, und die rote Bluse spannte sich bis zum Zerreißen über der vollen Brust; der Rock war am Saum etwas ausgefranst, Beine und Füße waren nackt und sehr braun. In den Ohren schaukelten große, goldfarbene Kreolen-Ohrringe. Ihr Lachen klirrte durch die Stille, und so laut und heiser es klang, ließ es doch erkennen, daß sie das Leben vergnüglich fand. Sie hatte einen dunklen Lockenschopf und war auf eine derbe, üppige Art schön.

»Hallo«, rief sie. »Seid ihr gekommen, die Zigeuner anzusehen?«

»Ja«, sagte Allegra.

Ich sah weiße Zähne aufblitzen. »Du magst die Zigeuner, du da mit dem schwarzen Haar. Soll ich dir sagen, warum? Du bist fast selbst eine Zigeunerin.«

»Wer hat Ihnen das gesagt?«

»Ah . . . das verrate ich nicht. Aber ich werde dir sagen, wie du heißt. Hast einen hübschen Namen. Allegra.«

»Sagen Sie mir die Zukunft?«

»Vergangenheit, Gegenwart und Zukunft.«

»Ich denke, wir sollten weiterreiten«, warf ich ein.

Die Mädchen schenkten mir keine Beachtung, die Zigeunerin ebensowenig.

»Allegra vom großen Haus. Verlassen von Ihrer bösen Mutter. Mach dir nichts draus, Kind. Dich erwartet ein schöner Prinz und großes Glück.«

»Wirklich?« sagte Allegra. »Und wie ist es mit ... den anderen?«

»Mal sehen ... da ist die junge Dame vom Pfarrhaus und die andere aus dem großen Haus ... wenn sie auch nicht direkt dort hingehört. Zeig mir deine Hand, mein Kind.«

»Wir haben kein Geld mit«, sagte ich.

»Von manchen brauch' ich kein Geld, Madame. Zeig her.« Alice hielt die Hand hin, die sehr weiß und klein in der braunen Hand der Zigeunerin aussah.

»A ...«, sagte die Zigeunerin. »Alice – so heißt sie.«

»Sie sind wunderbar«, sagte Allegra atemlos.

»Kleine Alice wohnt im großen Haus und gehört nicht ganz hin ... sie wird aber eines Tages hingehören, denn jemand mit viel Macht wird dafür sorgen.«

»Oh«, rief Alice, »wie wunderbar.«

»Ich glaube, jetzt müssen wir aber zurück«, sagte ich wieder.

Die Zigeunerin betrachtete mich, die Hände in die Hüften gestützt.

»Mach mich mit der Dame bekannt«, sagte sie in aufreizendem Ton.

»Sie ist die Musiklehrerin«, begann Allegra.

»Oh, können Sie ihr nicht auch ... wahrsagen?« rief Alice.

»Die Musiklehrerin, tralala ...«, sagte die Zigeunerin. »Vorsicht die Dame. Vorsicht vor einem Mann mit blauen Augen ...«

»Und was ist mit Sylvia?« rief Alice.

Sylvia lief rot an und sah aus, als wollte sie Reißaus nehmen. »Sie ist die Tochter vom Pastor und hat mit uns Unterricht«, erklärte Allegra.

»Das brauchst du doch nicht zu sagen«, hielt Alice ihr vor. »Sie weiß das auch so.«

Die dreiste Zigeunerin wandte sich Sylvia zu. »Du wirst immer tun, was deine Mutter dir sagt, nicht wahr, mein Täubchen?«

Sylvia wurde noch röter, und Allegra flüsterte: »Sie weiß . . . Das sind besondere Kräfte. Zigeuner haben so was.«

Ich sagte: »Das ist alles sehr interessant, und jetzt müssen wir gehen.«

Allegra begann zu protestieren, doch ich machte Alice ein Zeichen, ihr Pferd zu wenden, was sie folgsam tat.

»So ist's recht«, sagte die Zigeunerin. »Im Zweifelsfalle immer weglaufen.«

Alice und ich lenkten unsere Pferde vom Lagerplatz fort. Sylvia folgte, doch Allegra zögerte.

Ich dachte: Könnte diese Frau Allegras Mutter sein? Die Ähnlichkeit war überraschend, und wenn ich recht hatte mit meiner Vermutung, würde es erklären, daß sie wußte, wer die Mädchen waren.

Quellend üppig und sinnlich wie sie jetzt war – vor fünfzehn Jahren, selbst kaum älter als fünfzehn, mußte sie sehr anziehend gewesen sein.

Mich fröstelte.

Möchte ich wirklich in die Angelegenheiten des Hauses Stacy verwickelt werden? Das fragte ich mich, als wir zurückritten zum Haus.

Wieder einmal erschien Mrs. Rendall in Lovat Stacy wie ein General auf dem Wege in die Schlacht, und Mrs. Lincroft empfing sie in der Halle. Ich war gerade mit Mrs. Lincroft zusammen, doch von meiner Gegenwart nahm Mrs. Rendall keine Notiz. »Es ist schändlich«, sagte sie. »Zigeuner hier. Ich erinnere mich noch an das letzte Mal, als sie hier waren. Machten alle Wege und Felder unordentlich. Überall sind sie mit ihren Körben und Wäscheklammern . . . und halten immer die Hand auf. Ich habe zum Pastor gesagt: ›Es muß etwas geschehen, je eher, desto besser.‹ Schließlich ist es Sir Williams Grund und Boden, und er ist derjenige, der ihnen befehlen muß, einzupacken. Deswegen möchte ich Sir William sprechen, Mrs. Lincroft . . . also sagen Sie ihm bitte,daß ich hier bin, und bringen Sie mich so bald wie möglich zu ihm.«

»Es tut mir leid, Mrs. Rendall, aber Sir William ist sehr krank. Er ruht gerade.«

»Ruht! Zu dieser Tageszeit. Er wird aber doch sicher wissen wollen, daß die Zigeuner hier sind? Er kann sie auf seinem Grund und Boden nicht leiden. Das hat er doch wohl sehr deutlich zum Ausdruck gebracht.«

Ich stand auf und wollte gehen, doch Mrs. Lincroft bedeutete mir durch ein Zeichen zu bleiben.

»Ich bedaure, Mrs. Rendall«, sagte sie sehr bestimmt, »aber Sir William geht es so schlecht, daß er mit diesen Dingen nicht behelligt werden darf. Sie sollten sich an Mr. Napier Stacy wenden. Er hat jetzt alles in der Hand, wissen Sie.«

»Mr. Napier Stacy!« rief Mrs. Rendall. »Ganz gewiß nicht. Ich will Sir William sprechen und wäre dankbar, Mrs. Lincroft, wenn Sie ihm das sagten.«

»Er würde mir nicht dankbar sein, Mrs. Rendall. Und der Arzt auch nicht, der angeordnet hat, daß Sir William nicht gestört werden darf.«

»Der Pastor und ich sind entschlossen, daß etwas geschehen muß.«

»Dann sollten Sie mit Mr. Napier Stacy über die Sache sprechen.« Mrs. Rendall warf uns beiden giftige Blicke zu und marschierte hinaus.

*

Zwei Tage später fand ich in meinem Zimmer einen verschlossenen Umschlag, der an mich adressiert war. Ich öffnete ihn und las:

»Liebe C.

würden Sie heute abend um 6.30 zum Häuschen kommen? Ich habe Ihnen etwas Wichtiges zu sagen.

G. W.«

Kurz und bündig, dachte ich. Und ohne Umschweife. Es war das erste Mal, daß ich einen Brief von Godfrey erhielt, und er hatte wohl gedacht, daß halb sieben eine passende Zeit sein würde, mit genügend Muße für einen ruhigen Plausch, ehe wir zum Abendessen zurück sein mußten – er im Pfarrhaus und ich in Lovat Stacy.

Ich schlüpfte aus dem Haus und war einige Minuten vor der festgesetzten Zeit da. Es war sehr still, und auf dem Wege dorthin sah ich keinen Menschen. Schon da fiel mir auf, daß es eine der ruhigsten Tageszeiten war, zwischen Tagesende und Abendbeginn.

Ich ging in das Häuschen, und weil Godfrey noch nicht da war, stieg ich hinauf in die oberen Zimmer, um nach ihm Ausschau zu halten, wenn er kam.

Ich stand an dem kleinen, bleiverglasten Fenster, blickte hinüber zu den Ausgrabungen und dachte an Roma, an viele hundert Begebnisse aus unserer Kindheit, und versuchte mir nach allem, was ich von ihr wußte, vorzustellen, was sie nur an dem Tage getan haben mochte, an dem sie verschwand.

Die Zeit schlich dahin. Es war fünf Minuten nach halb, und es sah Godfrey gar nicht ähnlich, sich zu verspäten, hatte ich doch festgestellt, daß er der Pünktlichsten einer war. Ich mußte lächeln bei der Vorstellung, wie er im Begriff stand, das Pfarrhaus zu verlassen und von Mrs. Rendall aufgehalten wurde.

Die Minuten vergingen. Zehn Minuten über die Zeit. Wie ungewöhnlich für ihn. Keine Vorahnung warnte mich, bis ich den schrecklichen, beißenden Brandgeruch wahrnahm. Und auch dann noch dachte ich zuerst, es sei draußen. Ich versuchte, das Fenster zu öffnen, doch der Riegel war verrostet und ließ sich nicht bewegen. Dann hörte ich Flammen knistern und wußte, daß das Feuer nicht draußen, sondern im Innern des Häuschens war.

Ich ging durch den Nebenraum und sah – obwohl es mir nicht sofort auffiel –, daß die Tür zur Treppe geschlossen war, obwohl ich sie offen gelassen hatte. Ich drückte auf die Klinke, doch die Tür ließ sich nicht öffnen.

Da erst begriff ich vollen Umfanges das Entsetzliche meiner Lage. Die Tür war verschlossen. Jemand war im Häuschen gewesen, als ich hereinkam, oder war mir gefolgt, war die Treppe hinaufgeschlichen, während ich am Fenster stand, und hatte mich eingeschlossen ... und dann hatte der Betreffende das Häuschen angezündet.

Ich hämmerte an die Tür. »Laßt mich raus!« schrie ich. »Wer ist da?«

Ich rannte ans Fenster und versuchte verzweifelt, es zu öffnen. Es ging nicht und wäre auch unnütz gewesen. Ich hätte niemals hindurch gekonnt. In einer Ecke stand ein Besen. Ich versuchte, damit die bleigefaßten Scheiben einzustoßen, ohne Erfolg.

Im Zimmer lag jetzt ein dunstiger Rauchschleier, und ich begann zu husten und nach Luft zu ringen. Ich konnte die Hitze unter meinen Füßen fühlen. Dies war kein Zufall. Jemand hatte mich absichtlich eingeschlossen und den Brand gelegt.

Godfrey! dachte ich. Aber nein ... niemals – und doch war der Zettel von ihm gekommen. Ich war hierher gelockt worden, um ihn zu treffen. Ich konnte es nicht glauben. Nicht Godfrey.

Wieder nahm ich den Besen, und mit der Kraft der Verzweiflung gelang es mir, eine der kleinen Scheiben zu zertrümmern.

»Hilfe!« schrie ich. »Feuer! ... Feuer!«

Mein Angstschrei verhallte ungehört – draußen blieb alles still.

Ich ging wieder zur Tür ... dieser schweren, nagelbeschlagenen Tür, die Roma so entzückt hatte. Ich hämmerte dagegen. Ich drehte am Griff und rüttelte daran. Doch die schreckliche Tatsache blieb bestehen. Ich war eingeschlossen in einem brennenden Haus. Eingeschlossen!

Wieder rannte ich ans Fenster und rief; zurück zur Tür

und rüttelte an der Klinke. Ich konnte jetzt kaum mehr sehen, und der dichte Qualm drohte mich zu ersticken.

Doch im nächsten Augenblick tat mein Herz einen Freudensprung – von unten hörte ich lautes Rufen.

Ich schrie: »Hier. Ich bin hier oben.«

Und dann überwältigten mich Rauch und Hitze ... ich fühlte, wie mir der Atem versagte.

Plötzlich schien ich nicht mehr allein zu sein. Etwas wurde mir über das Gesicht gelegt. Eilige Hände zerrten an nur.

»Schnell! Laufen Sie mit ihr. Ich kann Sie nicht tragen.«

Das war Alices Stimme. Alices Hände ... und ich wurde durch eine fast nicht mehr erträgliche Hitze geschleift.

*

Ich lag draußen in der kühlen Luft und hörte Stimmen. »Es ist alles in Ordnung. Es ist alles in Ordnung.«

Dann wurde ich wohl in einen Wagen gehoben, denn ich vernahm undeutlich das ferne Klipp-Klapp von Pferdehufen.

*

»Was wäre nur aus Ihnen geworden, wenn Alice nicht gewesen wäre«, sagte Mrs. Lincroft.

Ich lag im Bett; der Arzt war dagewesen, hatte mir ein Beruhigungsmittel gegeben und Mrs. Lincroft Anweisung, mich schlafen zu lassen.

Alice hatte sich neben mein Bett gesetzt wie ein Schutzengel, fest entschlossen, mein Leben, das sie mir gerettet hatte, nun auch weiter zu beschützen.

»Sie brauchen nur Ruhe«, fuhr ihre Mutter fort. »Sie haben einen bösen Schock erlitten.«

Ich gehorchte, lag da und dachte an Godfreys Brief und an Roma, die aus dem Häuschen gegangen und nie zurückgekehrt war ... und wie ich dorthin gelockt und eingesperrt worden war, damit ich umkommen sollte.

Godfrey! dachte ich wieder, und ich sah sein Gesicht, und es trug Napiers Züge . . . und beide standen wie neben meinem Bett und lachten mich aus. »Traue niemandem«, sagte eine Stimme in meinem Innern. »Niemandem.«

»Jetzt ist alles gut, Mrs. Verlaine«, flüsterte Alice. »Es ist alles vorüber. Sie liegen sicher in Ihrem Bett.«

Alice war die Heldin des Tages. Sie sah richtig gehoben aus.

Doch es war nicht nur das; ihre Augenbrauen waren ein wenig angesengt und die linke Hand etwas verbrannt, mit der sie die Flammen erstickte, die mein Kleid erfaßt hatten.

»Sie hat eine bewundernswerte Geistesgegenwart bewiesen«, sagte Mrs. Lincroft, Tränen in den Augen. »Ich bin so stolz auf mein kleines Mädchen.«

Alice sagte: »Ich habe nichts getan, was ein anderer an meiner Stelle nicht ebenso getan hätte. Ich war auf dem Wege ins Pfarrhaus, um mein Geschichtsbuch zu holen. Ich brauchte es für meine Hausaufgaben. Was für ein Glück, daß ich es am Vormittag vergessen hatte. Und ich sah das Häuschen brennen, da lief ich hin . . . und dann hörte ich Mrs. Verlaine rufen . . .«

John Downs, einer der Gärtner von Lovat Stacy, war auch in der Nähe gewesen. Er hatte Alice »Feuer« rufen hören und war hinter ihr her zum Häuschen gelaufen, wäre aber zu spät gekommen, um mich zu retten, obwohl er mit Hand anlegte, als er sah, wie Alice mich ins Freie zerrte.

»Gerade noch zur rechten Zeit«, sagten sie alle.

»Weiß Gott, diese Mrs. Verlaine hat Glück gehabt. Und die kleine Alice Lincroft, die hat eine Medaille verdient.«

Ich stand unter Schockeinwirkung und hütete mehrere Tage das Bett, obwohl ich nicht verletzt war. Ich war dem Feuer wie durch ein Wunder entkommen. Alice hatte mir das Leben gerettet.

Sie saß in jenen Tagen an meinem Bett wie ein Leibwächter. Wenn ich aus meinem unruhigen Hindämmern aufwachte, sah ich ihr klares Gesicht neben mir. Sie strahlte; sie war offenbar beglückt über die Rolle, die sie bei meiner Rettung gespielt hatte.

Doch es gab andere Dinge zu bedenken.

Ich bekam Besuch, auch von Napier und Godfrey. Napiers Augen verfolgten mich noch, als er schon lange wieder fort war. Er hatte so besorgt ausgesehen, und die Erinnerung daran war wie eine heilende Medizin. Godfrey . . . Auch er zeigte große Teilnahme, doch als ich ihn sah, erinnerte ich mich wieder, daß sein Brief es gewesen war, der mich bewogen hatte, hinauszugehen zu dem Häuschen.

Er saß neben meinem Bett, und ich sagte zu ihm: »Warum schickten Sie mir die Nachricht?«

»Welche Nachricht?« fragte er.

»Den Brief, in dem Sie mich baten, Sie im Häuschen zu treffen.«

Er blickte sich hilflos fragend um.

»Die arme Mrs. Verlaine hat einen furchtbaren Schrekken gehabt«, sagte Mrs. Lincroft. »Der Arzt sagt, sie muß ein paar Tage Ruhe haben. Sie hat von Zeit zu Zeit . . . Zwangsvorstellungen. Das würde jedem so gehen.«

Godfrey sah verstört aus, und als ich weiter nach dem Brief fragte, wechselte er das Thema.

*

Nach knapp einer Woche hatte ich mich erholt, obwohl ich immer noch von dem Häuschen träumte; beim Einschlafen überkam mich oftmals die Vorstellung, oben in dem Zimmer zu sein . . . eingeschlossen . . . während unten ein Ungeheuer lauerte, um mich zu vernichten. Manchmal schrie ich in meinen Träumen laut auf und erwachte in kalten Schweiß gebadet.

Der Arzt sagte, das sei natürlich. Der Schock sei furchtbar gewesen, doch die Alpträume würden nachlassen. In der

Zwischenzeit sollte ich versuchen, nicht mehr an mein grauenhaftes Erlebnis im Häuschen zu denken.

Ich hatte nach Godfreys Brief gesucht und konnte ihn nicht finden; aber ich bat Godfrey noch einmal um eine Erklärung.

»Ich habe keinen solchen Zettel geschrieben«, erklärte er.

»Aber ich sah ihn doch. Er war der Grund, daß ich zum Häuschen ging.«

Er schüttelte den Kopf.

Verzweifelt fuhr ich fort: »Er war an mich adressiert, und soweit ich mich erinnere, lautete er: ›Liebe C. Würden Sie heute abend um 6.30 zum Häuschen kommen? Ich habe Ihnen etwas Wichtiges mitzuteilen. G. W.‹«

»So etwas hätte ich niemals geschrieben.«

»Wer aber hat es dann getan?«

Er starrte mich voll Entsetzen an. »Wo ist dieser Zettel?« fragte er.

»Ich weiß es nicht. Mag sein, daß ich ihn in meinem Zimmer liegen ließ. Vielleicht habe ich ihn auch in die Tasche gesteckt. Jetzt kann ich ihn jedenfalls nicht finden.«

»Schade«, sagte er. »Aber Sie kennen doch meine Handschrift.«

»Es war das erste Mal, daß Sie mir etwas schrieben. Ich habe Ihre Handschrift schon gesehen, aber mir ist gar nicht der Gedanke gekommen, daß Sie das nicht geschrieben haben könnten.«

»Caroline, wenn jemand meine Handschrift fälschte . . .«

»Wenn?« unterbrach ich ihn heftig. »Wollen Sie damit sagen, daß es diesen Zettel nie gegeben hat?«

»Nein . . . nein . . . natürlich nicht.« Er war etwas verlegen. »Aber . . . wenn . . . ich meine, jemand muß Ihnen den Brief geschickt haben, um Sie zum Häuschen zu locken.«

»Diese Schlußfolgerung liegt auf der Hand.«

»Was bedeutet das?«

»Es könnte bedeuten«, sagte ich, »daß ich als das nächste Opfer auf der Liste stehe.«

»Caroline!«

»Nun, und wenn Alice nicht gewesen wäre; hätte das geklappt.«

Er nickte. »Aber, meine liebe Caroline, das ist ... das ist *beängstigend.*«

»Ganz Ihrer Meinung«, sagte ich kühl, denn ich konnte ihm nicht verzeihen, daß er auch nur andeutungsweise hatte verlauten lassen, ich könnte mir den Brief eingebildet haben. »Roma ... Edith ... und jetzt ich. Wo ist die Verbindung? Liegt sie darin, daß die Person, die für das Verschwinden der beiden anderen verantwortlich zeichnet, weiß, daß ich die Gründe dafür herauszufinden suche?«

»Aber *wer* weiß, daß Sie danach suchen?« fragte er. »Nur ich. Und Sie glauben doch nicht, daß ich ...«

Ich lachte, wurde jedoch sofort wieder sachlich. »Aber Godfrey, jemand versucht, mich umzubringen. Was soll ich tun?«

»Sie könnten fortgehen von hier.«

»Fortgehen!« Ich stellte mir mein einsames Leben vor, fern von Lovat Stacy, nicht wissend, was in diesem Hause vorging, das der Angelpunkt meines neuen Lebens geworden war. Was immer auch geschehen mochte, das wollte ich nicht, dessen war ich sicher.

»Ich werde nicht fortgehen«, sagte ich heftig. »Ich werde sehr vorsichtig sein, und wenn ich das nächste Mal einen Brief bekomme, in dem ein Treffort vorgeschlagen wird, werde ich darauf bestehen, es mir in Gegenwart von Zeugen bestätigen zu lassen.«

»Tun Sie das um Himmels willen.«

»Godfrey, ich frage mich aber, wie dieser Zettel zu mir gelangte.«

»Und in meiner Handschrift ... zumindest mit meinen Initialen unterzeichnet.«

Mich überlief es kalt, und ich schauerte gegen meinen Willen zusammen. Wo war der Zettel? Ich war sicher, daß ich ihn nicht vernichtet hatte. Meines Wissens hatte ich ihn in meinem Zimmer gelassen. Und da war das Rätsel der verschlossenen Tür. Alice hatte gesagt sie habe sich nur schwer öffnen lassen; sie habe gemeint, daß die Klinke nicht in Ordnung war.

»Aber«, hatte sie gesagt, »ich hatte solche Angst, daß ich nicht genau achtgegeben habe. Ich wußte nur, daß ich Mrs. Verlaine herausholen mußte. Ich riß die Tür mit aller Kraft auf. Genau erinnere ich mich nicht. Als ich erst einmal drin war im Häuschen, sagte ich mir immer wieder vor: ›Ich muß Mrs. Verlaine herausholen ...‹, und ich weiß nicht mal mehr, wie ich die Treppe hinaufgerannt bin.«

Alle sagten, das sei unter den Umständen verständlich, und daß die Tür sich wahrscheinlich verklemmte, nach all dem Regen, den wir hatten, und als ich sie nicht aufbekam, hielt ich sie für verschlossen, was gar nicht möglich gewesen sei. Ich hatte vor Angst den Kopf verloren, das war die allgemeine Ansicht, obwohl niemand es aussprach. Ich hatte geglaubt, in einer brennenden Hütte eingeschlossen zu sein; das genügte, um jeden Menschen in Panik geraten zu lassen.

Und die Ursache des Feuers? Roma hatte zum Kochen Petroleum verwendet, und im Schuppen hatte ein Kanister gestanden, in dem offenbar noch Reste gewesen waren. Man nahm an, daß ein Landstreicher im Häuschen geschlafen und irgendwo eine glühende Zigarette oder Pfeife liegengelassen hatte. Ein Brand konnte so leicht entstehen.

»Landstreicher«, sagte Godfrey. »Da haben wir die Lösung. Und erinnern Sie sich nicht an den Tag, als Sie einen Schatten am Fenster zu sehen meinten? Das war womöglich einer von denen, und er versteckte sich im Schuppen, als wir herauskamen.«

Das war eine plausible Erklärung, doch irgendwie glaubte ich sie nicht. Ich war sicher, daß der Vorfall klug und teuflisch geplant war.

Erwähnte ich es, würden die Leute sagen, daß meine Phantasie mit mir durchgehe. Ich war überzeugt, daß Godfrey unter dem Eindruck stand; und wenn er das glaubte, der um meine Beziehung zu Roma wußte, und daß ich hergekommen war, ihr Verschwinden aufzuklären, wieviel eher würden andere es tun, die nicht wußten, daß es einen besonderen Grund für mein Hiersein gab.

Ich wußte, daß ich ohne Alices Eingreifen elendig verbrannt wäre – ermordet wie meine Schwester und Edith – dessen war ich jetzt sicher – vor mir.

10

ES DAUERTE EINIGE Wochen, bis ich mich von dem überstandenen Schrecken erholt hatte. Alle waren sehr besorgt um mich, was natürlich schmeichelhaft war, doch ich vermochte nicht das Gefühl loszuwerden, daß einer dieser Menschen, die sich jetzt so teilnahmsvoll nach meinem Befinden erkundigten, mich vorsätzlich zu töten versucht hatte. Doch ich behielt meine Gedanken für mich; ich tat, als akzeptierte ich die Theorie, daß ein Landstreicher den Brand durch Nachlässigkeit verursachte, der wahrscheinlich schon seit Stunden im Schuppen schwelte und sich dann durch eine Tücke des Schicksals einige Minuten, nachdem ich das Häuschen betreten hatte und nach oben gegangen war, zu einer Feuersbrunst entfachte, die auf das ganze Untergeschoß übergriff; und die Tür war nicht verschlossen gewesen, sondern nur verklemmt. Das war die beruhigende Theorie.

Napier ging ich aus dem Wege. Ich konnte es nicht ertragen, ihm ins Gesicht zu sehen, aus Angst, dort etwas zu lesen, das ich fürchtete. Ich mußte noch immer an unser Zusammentreffen im Wäldchen denken, das mich bis in meine Träume verfolgte.

Mrs. Lincroft schlug vor, mir etwas freie Zeit zu nehmen.

»Sie werden sich um so schneller erholen«, sagte sie. »Es

war ein grauenhafter Schock für Sie. Und den Mädchen wird es nicht schaden, eine Zeitlang ihre Musikstunden zu versäumen. Üben können sie in jedem Falle.«

Das Klavier war wie ein großer Trost. Stundenlang saß ich und spielte Chopin und Schumann in dem Versuch, jeden Gedanken an die fürchtbaren Augenblicke zu verbannen, als mir bewußt wurde, daß ich in dem Häuschen gefangen saß. Eines Tages hörte ich die Mädchen über den Brand sprechen. Allegra stützte die Ellenbogen auf den Tisch und blickte träumerisch in die Ferne. Ich lauschte, während ich meine Noten sortierte.

»Du wirst doch wohl eine Geschichte über das Feuer schreiben«, sagte Allegra.

»Ich lese sie euch vor, wenn sie fertig ist.«

»Wird natürlich von einer mutigen Rettung handeln«, sagte Sylvia. »Ich wünschte, ich könnte eine mutige Rettungstat vollbringen.«

»Ich weiß«, spottete Allegra. »Du möchtest Mr. Wilmot aus einem brennenden Haus retten. Dann mußt du dir ein anderes finden ... mit diesem geht es nicht mehr.«

»Komisch«, überlegte Sylvia. »Mama sagt, es war sonderbar ...«

»Na«, mokierte sich Allegra, »dann muß es ja wohl auch sonderbar sein.«

»... daß es zweimal gebrannt hat. Einmal in der Kapelle im Wäldchen und im Häuschen. Das macht doch zwei, nicht?«

»Du wirst merklich besser im Rechnen«, sagte Allegra. »Eine Eins im Addieren. Zwei ist richtig.«

»Ich sage nur, daß es ein Zusammentreffen ist, und das stimmt. Zwei Brände und zwei verschwundene Damen. Das finde ich sehr merkwürdig.«

»Zwei Damen?« fragte Allegra.

»Sag bloß nicht, daß du die Archäologin vergessen hast«, warf Alice ein.

»Und beinahe wären es drei gewesen«, flüsterte Sylvia.

»Aber Mrs. Verlaine ist nicht *verschwunden*«, machte Alice geltend.

»Angenommen, niemand hätte gewußt, daß sie zum Häuschen gegangen war, und man hätte sie einfach dort gefunden. Das wären drei Damen gewesen.«

»Aber man hätte ihre . . . Überreste gefunden«, sagte Alice.

In diesem Moment wurden sie sich meiner Gegenwart bewußt und schwiegen.

*

Ich stand am Grabmal der Stacys auf dem Friedhof, wo ich mich mit Godfrey traf. Es hatte keinen Zweck mehr, sich in der Kirche zu treffen, wenn er Orgel übte; man hatte uns entdeckt, und Mrs. Rendall schickte unweigerlich Sylvia, entweder, um ihn zu holen oder um dabeizusitzen und die Musik zu »genießen«.

»Sylvia hat Orgelmusik von jeher *geliebt*«, hatte Mrs. Rendall gesagt. »Ich glaube, es wäre richtiger für sie, Orgelstunden zu nehmen statt Klavierunterricht. In der Richtung macht sie entschieden keine großen Fortschritte, obwohl sie fleißig übt. Vielleicht ist es nicht Sylvias Schuld, denn wenn manche *Leute* sich mehr für andere Dinge interessieren, ist es kaum überraschend, daß die Schüler darunter leiden.«

Obwohl sie nach dem Brand – wie alle anderen – mir gegenüber freundlicher geworden war, wegen Godfreys Interesse an mir hatte sie mich unter ihre vielen Angriffsziele eingereiht, und da er und ich dies wußten und auch den Grund kannten, waren die Möglichkeiten, die sich unserer Freundschaft boten, recht beengt. Als er auf mich zukam, sich zwischen den Grabsteinen hindurchschlängelnd, die Sonne auf dem Haar, fiel mir auf, wie gut er aussah – nicht schön, gewiß nicht, aber mit einem besonders gewinnenden Ausdruck, der sicher von seinem Wesen herrührte; und ich mußte denken, wie glücklich ich daran war, einen solchen Freund gefunden zu haben. Es konnte kein Zweifel bestehen, daß die Freundschaft zwischen uns sich sehr schnell vertiefte.

Der Vorfall mit dem Brand hatte uns noch enger zusammengeschlossen, und ich fand seine Sorgen um mich sehr rührend. Besonders beunruhigte es mich, daß ich das Häuschen auf eine Nachricht hin aufgesucht hatte, die angeblich von ihm gekommen sein sollte. Das war meiner Meinung nach die unheimlichste Seite der Sache. Ich war *hingelockt* worden.

Außer ihm hatte ich niemandem von dem Brief erzählt, und obwohl er zuerst mit der Erwiderung reagierte, daß ich einen Schock erlitten und es mir eingebildet habe, war er jetzt schwer beunruhigt. Ich überredete ihn, Stillschweigen zu bewahren. Ich hielt es für möglich, daß die Person, die den Brief geschrieben hatte, ihr Wissen auf irgendeine Weise verraten würde; doch nichts dergleichen geschah. Was Godfrey betraf, so drängte er mich ständig, fortzugehen, weil es hier für mich nicht mehr sicher sei. Ich könnte doch Urlaub nehmen, sagte er, und ihn bei seiner Familie verbringen. Die würde hocherfreut sein, mich aufzunehmen.

»Und was ist mit Roma?« erkundigte ich mich.

»Roma ist tot, dessen bin ich sicher. Und wenn das so ist, werden Sie sie durch nichts zurückbringen.«

»Aber ich muß es herausfinden, wie es auch . . .«

Er verstand mich, blieb aber sehr in Sorge. Ich auch. Ich hatte mir angewöhnt, ständig über die Schulter zurückzublicken, wenn ich allein war. Ich achtete, daß meine Zimmertür nachts verschlossen war. Zumindest war ich auf der Hut.

Godfrey lächelte jetzt, als er meiner ansichtig wurde. »Ich bin dem Wachhund entwischt«, sagte er. »Man glaubt, ich bin zum Orgelspielen gegangen. Keiner weiß, daß ich auf dem Friedhof umherschleiche in Gesellschaft dieser Musiklehrerin, die es nicht fertigbrachte, aus Sylvia Rendall eine Clara Schumann zu machen.«

»Sie sehen heute morgen sehr zufrieden mit sich aus.«

»Ich habe auch recht gute Nachrichten.«

»Darf man sie wissen?«

»Aber gewiß. Mir ist eine Pfarre angeboten worden.«

»Dann werden Sie also fortgehen.«

»Sie sehen erschrocken aus. Wie wunderbar schmeichelhaft. Es hat noch ein halbes Jahr Zeit. Ah, und jetzt sehen Sie erleichtert aus. Auch wieder schmeichelhaft. In sechs Monaten kann eine ganze Menge geschehen.«

»Haben Sie es den Rendalls schon gesagt?«

»Noch nicht. Wenn ich es tue, wird Frau Pastor die starken Geschütze auffahren, fürchte ich. Bisher weiß es niemand. Ihnen wollte ich es zuerst sagen – obwohl ich es dem Pastor natürlich morgen mitteilen muß. Ich muß ihm genügend Zeit geben, einen Ersatz für mich zu finden. Und wenn er vor der Zeit jemanden findet, werde ich mich natürlich mit Anmut und Würde zurückziehen.«

»Das wird Mrs. Rendall niemals zulassen.«

Er lächelte. »Sie haben sich noch gar nicht nach den Einzelheiten erkundigt.«

»Dazu hatte ich noch nicht viel Gelegenheit. Bitte, erzählen Sie.«

»Eine ganz bezaubernde Pfarre ... auf dem Lande ... nicht zu weit von London, so daß es möglich ist, häufig hinzufahren. Ein idealer Platz. Ich kenne den Ort gut. Mein Onkel amtierte dort eine Zeitlang als Pastor, ehe er Bischof wurde. Ich bin in meiner Kindheit viel dort gewesen.«

»Das klingt wirklich ideal.«

»Das ist es auch, kann ich Ihnen versichern. Ich möchte gern, daß Sie es sich ansehen.«

»Und was glauben Sie, wie lange Sie dort bleiben, bis Sie Bischof werden?«

Er blickte mich vorwurfsvoll an. »Das hört sich an, als wollten Sie mich zum Ehrgeizling stempeln.«

Ich legte den Kopf schief. »Einige sind zu hohen Ehren

geboren, andere verdienen sie, und anderen werden sie nachgeworfen.«

»Das Zitat stimmt nicht ganz, aber der Sinn ist klar. Glauben Sie daran, daß manche Menschen, wie man zu sagen pflegt, mit einem silbernen Löffel im Mund geboren werden?«

»Vielleicht. Aber es ist möglich, sich einen solchen Löffel zu erwerben, auch wenn man nicht damit geboren wurde.«

»Wieviel Mühe erspart man sich, wenn er bereits vorhanden ist. Sie glauben, das Leben macht es mir zu leicht.«

»Ich glaube, das Leben ist so, wie wir selbst es gestalten . . . für uns alle.«

»Obwohl einige von uns Glück haben.« Sein Blick fiel auf einen marmornen Engel. »Wir brauchen gar nicht weit zu suchen. Da ist der arme Napier Stacy, dessen Leben eine falsche Wendung nahm durch einen schrecklichen Unfall. Er nahm ein Gewehr in die Hand, das zufällig geladen war, und tötete seinen Bruder. Wenn das Gewehr nicht geladen gewesen wäre, hätte sein Leben von diesem Zeitpunkt an einen anderen Verlauf genommen. Unvorstellbar, nicht?«

»Glücklicherweise ist das Schicksal nicht immer so grausam.«

»Nein. Armer Napier!«

Es sah ihm ähnlich, in seiner gegenwärtigen Hochstimmung einen Gedanken für Napier übrig zu haben – denn hochgestimmt war er ganz gewiß. Er blickte voller Eifer in die Zukunft, und das konnte ich durchaus verstehen. Obwohl er es zur Zeit ganz zufrieden war, ohne viel Kraftaufwand dahinzuschlendern, sich über Mrs. Rendalls Pläne zu amüsieren – wie konnte sie nur denken, daß Sylvia eine passende Frau für einen solchen Mann abgeben würde? –, sich mit mir zu unterhalten und sich gelinde für das rätselhafte Verschwinden zweier Frauen zu interessieren.

Es steckte jedoch mehr dahinter. Er beschäftigte sich ebenso ernsthaft mit mir wie ich mit ihm.

Herr im Himmel! dachte ich. Ich glaube gar, er erwägt,

mich zu bitten, dieses angenehme künftige Leben mit ihm zu teilen. Natürlich nicht sofort. Godfrey würde niemals impulsiv handeln. Vielleicht war das der Grund für seinen Erfolg. Doch es schwang etwas zwischen uns. Im Augenblick war es eine herzliche Freundschaft, die gefördert wurde durch unsere gemeinsamen Interessen und unseren Wunsch, dem Geheimnis auf die Spur zu kommen. Ich war mir bewußt, daß das Leben mir die Chance bot, etwas aufzubauen.

»Ich möchte bitten, daß Sie sich den Ort einmal ansehen«, fuhr er warm fort. »Ich hätte gern Ihre Meinung gehört.«

»Ich hoffe, Sie werden ihn mir zeigen . . . eines Tages.«

»Dessen können Sie sicher sein.«

Vor meinen inneren Augen stand es ganz deutlich: ein freundliches Haus mit einem herrlichen Garten. Mein Zuhause? Mein Wohnzimmer würde auf den Garten gehen, und da würde ein Flügel stehen. Ich konnte häufig spielen, aber nicht von Berufs wegen; Musik würde mein Vergnügen und mein Trost sein, aber ich würde es nicht mehr nötig haben, hoffnungslose Schüler zu unterrichten.

Ich würde Kinder haben. Ich sah sie deutlich vor mir . . . schöne Kinder mit zufriedenen, glücklichen Gesichtern – die Jungen wie Godfrey, die Mädchen wie ich aussehend, nur jung, unschuldig und von keinen Sorgen gezeichnet. Ich wünschte mir Kinder jetzt so, wie ich es mir einst gewünscht hatte, die Welt mit meiner Musik in Erstaunen zu setzen. Der Wunsch nach Ruhm auf dem Konzertpodium war vergangen. Jetzt wünschte ich mir Glück, Sicherheit, ein Heim und eine Familie.

Und obwohl Godfrey noch nicht so weit war, sich zu erklären, und ich noch nicht so weit, ihm eine Antwort zu geben, war es doch, als sei ich nun wirklich an das Ende jenes dunklen Tunnels gelangt und blicke auf die sonnigen Wege, die sich vor mir ausbreiteten.

*

Als Mrs. Rendall Godfreys Neuigkeit vernahm, war sie nicht sonderlich niedergeschlagen. Sechs Monate war eine lange Zeit, und – wie Godfrey sagte – bis dahin konnte viel geschehen. Sylvia mußte erwachsen werden; Sylvia mußte sich vom häßlichen Entlein in einen Schwan verwandeln. Deshalb mußte sie mehr Wert auf ihr Äußeres legen. Es wurde nach Miss Clent, der Schneiderin vom Lovat Mill, geschickt, die neue Garderobe für Sylvia anfertigte.

Mrs. Rendall sah nur einen Grund, warum ihre Pläne schiefgehen konnten. Eine gewisse, ränkeschmiedende Abenteuerin, meinte sie, habe ein Auge auf die Beute geworfen.

Ich war im Bilde durch die Mädchen, deren Bemerkungen – manchmal offen, manchmal versteckt – mir zu verstehen gaben, wie ich eingeschätzt wurde. Godfrey und ich lachten darüber, und manchmal hatte ich das Gefühl, er halte es für nur natürlich, daß wir zu gegebener Zeit in die Art von Beziehung hineingleiten würden, die ich nach Mrs. Rendalls Überzeugung ansteuerte.

Manchmal fand ich Alices ernste Augen auf mir ruhen.

Sie begann, einen Kissenbezug »für die Hamstertruhe« zu sticken, wie sie sagte.

»Für deine?« fragte ich; da schüttelte sie den Kopf und blickte geheimnisvoll.

Sie war so fleißig, und wann immer sie einen Augenblick zur Verfügung hatte, holte sie ihre Stickerei hervor, die sie in einem mit bunter Wolle bestickten Beutel mit sich umhertrug – auch eine eigene Handarbeit, die ihre Mutter sie gelehrt hatte.

Ich wußte, daß der Kissenbezug für mich bestimmt war, da sie naiv genug war, mich um meine Meinung zu fragen.

»Gefällt Ihnen dieses Muster, Mrs. Verlaine? Ich könnte es leicht ändern.«

»Es gefällt mir sehr gut, Alice.«

»Alice hängt sehr an Ihnen, seit . . .«, begann Mrs. Lincroft.

»Seit dem Brand, ja.« Ich lächelte. »Das kommt daher, daß sie mir das Leben gerettet hat. Ich glaube, sie ist jedesmal hochbefriedigt, wenn sie mich anschaut.« Mrs. Lincroft wandte sich ab, um eine der für sie so seltenen Gefühlsregungen zu verbergen. »Ich bin so froh, daß sie da war, so . . . so stolz . . .«

»Ich werde ihr stets dankbar sein«, sagte ich sanft.

Auch die anderen Mädchen hatten angefangen, Kissenbezüge zu sticken.

»Es ist gut, von allem einen reichlichen Vorrat zu haben«, sagte Alice mit einem fast mütterlichen Blick auf mich.

Alices Arbeit war sauber und ordentlich wie sie selbst – Allegras sah sehr schnell schmuddelig aus. Ich glaubte sowieso nicht, daß sie sie beenden würde. Und was Sylvia anging, so war ihre auch nicht gerade ein Erfolg. Arme Sylvia, dachte ich, muß mithelfen, die Hamstertruhe für die künftige Braut des Mannes zu füllen, den ihre Mutter für *sie* ausgesucht hat!

Ich beobachtete sie, wie sie da saßen, die Köpfe über die Arbeit gebeugt, und ich fühlte Zuneigung für sie alle; sie waren so sehr Teil meines Lebens geworden. Ihre Unterhaltungen waren immer unerwartet, oftmals amüsant und nie langweilig.

Alice schrie auf, weil Sylvia sich in den Finger gestochen und einen Blutfleck auf dem Kissenbezug hinterlassen hatte.

»Als Näherin würdest du dir nie deinen Lebensunterhalt verdienen können«, schalt sie vorwurfsvoll.

»Das möchte ich auch gar nicht.«

»Aber vielleicht müßtest du es«, warf Allegra ein. »Angenommen, du wärst kurz vorm Verhungern, und die einzige Art, etwas zu verdienen, wäre durch Nähen. Was würdest du dann machen?«

»Verhungern wahrscheinlich«, sagte Sylvia.

»Ich würde mit den Zigeunern ziehen«, sagte Allegra.

»Die arbeiten nicht, und spinnen tun sie auch nicht.«

»Das sind die Lilien auf dem Felde«, erklärte Alice.

»Zigeuner arbeiten. Sie machen Körbe und Wäscheklammern.«

»Das ist doch keine Arbeit. Das ist Vergnügen.«

»Das ist doch . . .« Alice machte eine Pause und fuhr dann mit Kraftanstrengung fort: »bildlich gemeint.«

»Gib nicht an«, fuhr Allegra auf sie los. »Ich würde nicht nähen. Ich würde eine Zigeunerin sein.«

»Leute, die Hemden nähen, verdienen sehr wenig«, sagte Alice. »Sie arbeiten Tag und Nacht bei Kerzenlicht und sterben an der Schwindsucht, weil sie nicht genügend zu essen und keine frische Luft bekommen.«

»Wie schrecklich!«

»So ist das Leben. Thomas Hood hat ein wunderschönes Gedicht darüber geschrieben.«

Und mit tiefer Grabesstimme begann Alice aufzusagen:

»Stich, Stich, Stich,
Näh in Armut, Hunger und Schmutz,
mit doppeltem Faden zur gleichen Zeit
Hemd und Leichengewand.«

»Leichengewand«, kreischte Allegra. »Dies sind keine Leichengewänder, dies sind Kissenbezüge.«

»Nun«, meinte Alice kühl, »die dachten auch nicht, daß sie Leichengewänder nähten. Die hielten es für Hemden.«

Ich schaltete mich ein und meinte, welch gespenstische Unterhaltung das doch sei. Ob es nicht Zeit wäre, daß Alice ihren Kissenbezug nebst Leichengewand einpackte und ans Klavier käme?

Sie faltete ihre Arbeit ordentlich zusammen, warf das Haar zurück und erhob sich folgsam.

*

Lovat Stacy war tatsächlich behext – von der Zigeunerin

Serena Smith. Ich sah sie oft in der Nähe des Hauses und ein paarmal durch den Garten schlendern. Sie tat dies nicht etwa verstohlen, sondern so, als sei es ihr gutes Recht, und ich war mehr und mehr davon überzeugt, daß sie Allegras Mutter war. Das würde die Selbstverständlichkeit und Unverfrorenheit erklären, mit der sie sich benahm.

Eines Tages hörte ich beim Betreten des Hauses ihre Stimme – schrill und durchdringend.

»Überleg's dir lieber, nicht?« sagte sie. »Würdest doch wohl nicht gegen mich angehen wollen, wie? Ha. Gibt eine ganze Menge Leute hier, die was dagegen hätten, wenn ich was über sie erzählte, aber du doch vor allem, denk' ich. So sehe ich das an. Also nichts da von wegen ›Weg mit den Zigeunern‹. Die Zigeuner sind da und werden bleiben . . . basta!«

Dann war Schweigen, und ich dachte mit wehem Herzen: Napier, o Napier. Was hast du dir aufgeladen. Wie konntest du dich mit einer solchen Frau einlassen!

Dann wieder die Stimme: »O ja, Amy Lincroft . . . Amy *Lincroft.* Ich wüßt' schon ein paar Geheimnisse über dich und deine kostbare Tochter zu erzählen, was? Und das wär dir gar nicht recht.«

»Amy Lincroft.« Nicht Napier!

Ich stand im Begriff davonzugehen, als Serena Smith herauskam. Sie rannte, ihr Gesicht war gerötet, und die Augen blitzten. Wie ähnlich sie Allegra war – Allegra in mutwilliger Laune!

»Oh«, rief sie, »das ist doch die Musikdame! Mit dem Ohr am Boden, was, meine Dame . . . oder am Schlüsselloch?« Sie wollte sich ausschütten vor Lachen, und ich konnte nichts anderes tun, als in die Halle hineingehen.

Sie war leer, und ich hätte gern gewußt, ob Mrs. Lincroft die Bemerkungen gehört hatte. Wahrscheinlich. Doch sie war wohl zu verlegen, um mit mir zu sprechen.

*

Beim Abendessen war Mrs. Lincroft kühl und beherrscht wie immer. »Ich hoffe, Sie mögen das Rindfleisch auf diese Art zubereitet, Mrs. Verlaine. Alice, bring Sir William seine Fleischbrühe hinauf, ja? Und wenn du herunterkommst, werde ich fertig sein aufzulegen.«

Alice trug das leckere Tablett hinaus, und ich machte eine Bemerkung, was sie doch für ein gehorsames Kind sei.

»Es ist mir ein großer Trost, daß sie so ist«, sagte Mrs. Lincroft. Meine Gedanken gingen zurück zu dem, was die Zigeunerin gesagt hatte; und wieder fragte ich mich, ob es je einen Mr. Lincroft gegeben hatte, oder ob Alice das Resultat einer Jugendsünde war. Das war gut möglich –, denn einen Mr. Lincroft hatte ich nie erwähnen hören.

Mrs. Lincroft schien meine Gedanken zu lesen, denn sie sagte: »Ich wünschte wirklich, Mrs. Rendall würde nicht so ein Aufhebens von den Zigeunern machen. Sie tun niemandem etwas.«

»Sie scheint tatsächlich entschlossen, sie zu vertreiben.«

»Wenn sie nur so freundlich und friedliebend wäre wie ihr Mann, wieviel angenehmer wäre das Leben für uns alle.«

»Und besonders für den Pastor und Sylvia.«

Mrs. Lincroft nickte.

»Sie haben wahrscheinlich erraten, wer Serena Smith ist. Sie haben ja inzwischen einiges von der Familiengeschichte gehört.«

»Sie wollen sagen, sie ist Allegras Mutter?«

Mrs. Lincroft nickte. »Es ist alles so unglückselig. Wieso sie damals überhaupt hierherkommen durfte, ist mir ein Rätsel. Sie arbeitete in der Küche – das heißt, arbeiten tat sie wenig. Und dann ließ sie sich mit Napier ein . . . und das Ergebnis war Allegra. Es kam alles unmittelbar nach Beaumonts Tod heraus, als Napier im Begriff stand fortzugehen. Sie blieb hier, bis das Kind geboren war, und dann ging sie.«

»Arme Allegra!«

»Ich kam zurück und kümmerte mich zur rechten Zeit

um sie ... Mir paßte es gut, weil ich Alice mitbringen konnte.«

»Ja«, sagte ich mitfühlend.

»Und nun ist sie wieder da ... bereit, Ungelegenheiten zu machen, wenn wir den Zigeunern nicht erlauben hierzubleiben. Es wäre nichts dagegen zu sagen. Sie bleiben niemals lange. Aber diese schreckliche Frau, die sich in alles einmischen muß, ruht nicht eher, bis sie darüber einen Streit vom Zaune gebrochen hat. Ich glaube, ihr *gefällt* es, Unruhe zu stiften.«

In diesem Moment sah Mrs. Lincroft ehrlich beunruhigt aus; sie hatte die Stirn gerunzelt und biß sich mit gesenkten Augen auf die Lippen.

Alice kam zurück; mit etwas gerötetem Gesicht und strahlenden Augen.

»Er ißt sie, Mama. Er sagt, sie schmeckt sehr gut, und daß niemand außer dir sie so zu machen versteht.«

»Dann geht es ihm besser.«

»Und das ist nur dir zu verdanken, Mama«, sagte Alice.

»Komm zu Tisch, Kind«, sagte Mrs. Lincroft, »damit ich das Essen auftragen kann.«

Ich dachte, wie reizend es doch sei, die Zuneigung zwischen diesen beiden zu beobachten.

*

Sir William ging es ein wenig besser, denn am folgenden Tag sagte mir Mrs. Lincroft voller Freude, daß er den Wunsch geäußert habe, mich spielen zu hören. Den Brand hatte man ihm verschwiegen. Warum ihn aufregen, sagte Mrs. Lincroft, und ich hatte ihr zugestimmt. Seit jenem unseligen Tage, als ich den *Danse Macabre* spielte, hatte ich das Zimmer neben dem seinen nicht mehr betreten. Ich konnte mir sehr wohl vorstellen, warum nicht. Jede Erinnerung an den Tag mußte sehr bedrückend für ihn sein. Daß er jetzt nach mir schickte, um ihm vorzuspielen, war ganz offenbar ein gutes Zeichen.

»Irgend etwas Leichtes und nicht Aufregendes, das Sie schon früher gespielt haben«, sagte Mrs. Lincroft. »Er hat nichts ausgesucht. Dazu geht es ihm noch nicht gut genug. Aber Sie werden es schon richtig machen.«

»Schumann, würde ich sagen«, erwiderte ich.

»Sicher haben Sie recht. Und nicht zu lange . . .«

Ich war etwas nervös im Gedanken an das letzte Mal; doch kaum daß ich angefangen hatte zu spielen, wurde mir besser. Nach einer halben Stunde hörte ich auf, und als ich vom Klavier aufstand, erschrak ich zu Tode: jemand war im Zimmer – eine Frau, die mir den Rücken zukehrte. Sie trug einen schwarzen Spitzenhut mit rosa Rosen, und sie blickte zu Beaus Bild empor. Einen Augenblick dachte ich tatsächlich, es sei die verstorbene Isabella. Dann hörte ich ein Lachen, und es war Sybil, die sich zu mir umwandte.

»Ich habe Sie erschreckt«, flüsterte sie.

Ich gab es zu. »Wenn Sir William Sie gesehen hätte«, sagte ich, »er hätte womöglich . . .«

Sie schüttelte den Kopf. »Er kann nicht aus seinem Stuhl aufstehen. Und es war *Ihr* Spiel, das ihm den Schock versetzte.«

»Ich spielte nur, was für mich bereitgelegt worden war.«

»Oh, ich weiß. Ich weiß. Ich mache Ihnen keinen Vorwurf, Mrs. Verlaine.« Sie lachte. »Sie dachten also, Sie hätten meine Schwägerin tatsächlich durch ihr Spiel aus dem Grabe gelockt? Gestehen Sie.«

»Sie wollten, daß ich das glaube, nicht wahr?«

»Nein, natürlich nicht. *Ihnen* würde ich doch keinen Schrecken einjagen wollen. Ich habe einfach nicht daran gedacht. Ich setzte den Hut auf, weil ich die Absicht hatte, in den Garten zu gehen. Statt dessen kam ich dann hierher. Sie hörten mich nicht. Sie waren so sehr in ihr Spiel vertieft. Jetzt haben Sie doch keine Angst mehr, nicht vor mir, nicht wahr? Wissen Sie, Sie sind sehr gelassen, selbst nach dem, was in dem Häuschen passierte. Sie sind wie Mrs. Lincroft. Die muß sich kühl geben, nicht wahr, damit sie sich nicht verrät. Liegen die Dinge bei Ihnen ebenso?«

»Ich verstehe nicht ganz, was Sie meinen.«

»Wirklich nicht? William schläft jetzt, ihm fehlt also nichts. Ihre Musik hat ihn beruhigt. ›Musik besitzt den Zauber, die wilde Brust zu sänftigen.‹ Jetzt ist er nicht mehr wild, aber er war es. Kommen Sie mit hinauf in mein Atelier. Ich möchte Ihnen etwas zeigen. Ich habe Ihr Porträt angefangen.«

»Das ist sehr freundlich von Ihnen.«

»Freundlich! Ich bin nicht freundlich. Aus Freundlichkeit tue ich das nicht. Nein – weil Sie anfangen, dazuzugehören ... Teil des Hauses zu werden. Ich habe die Augen offengehalten.«

»Ich bin hierhergekommen, um für Sir William zu spielen.«

»Aber er schläft. Gehen Sie nachsehen.«

Ich ging zur Tür und warf einen Blick in sein Zimmer. Sie hatte recht. Er schlief fest.

»Wenn Sie weiterspielen, würden Sie ihn womöglich aufwecken.«

Sie legte mir die Hand auf den Arm ... diese kleine Hand mit den langen, schmalen Künstlerfingern, die einst den Ring getragen hatten, den sie später ins Meer warf.

»Kommen Sie«, schmeichelte sie. So ging ich mit.

Im Atelier erkannte ich mich auf dem Porträt sofort, wenn es mich auch etwas entsetzte. Sah ich wirklich so kühl und welterfahren aus, wie sie mich wiedergegeben hatte? Es waren zweifellos meine Züge – die leichte Himmelfahrtsnase, die großen Augen und das schwere, dunkle Haar. In den Augen lag sogar ein Anflug jener Romantik, wegen der Pietro mich immer aufgezogen hatte. Doch lag nach meinem Gefühl über dem allen ein Hauch von beinahe überheblicher Selbstsicherheit, die ich nicht zu besitzen meinte.

Sie beobachtete mein leises Unbehagen mit einem Anflug von boshaftem Entzücken.

»Sie erkennen sich«, bohrte sie.

»O ja, natürlich. Kein Zweifel, wen das darstellen soll.«

Sie legte den Kopf schief und blickte mich scharf an. »Wissen Sie«, sagte sie, »Sie fangen an, sich zu verändern. Das macht das Haus. Es tut das mit jedem. Ein Haus ist ein lebendiges Wesen, finden Sie nicht auch, Mrs. Verlaine?«

Da es aus Steinen und Mörtel bestehe, sehe ich das nicht ein, erwiderte ich.

»Sie stellen sich absichtlich stumpf, ich weiß es wohl. Häuser *sind* lebendig. Denken Sie doch nur, was die alles gesehen haben. Freuden, Tragödien ...« Ihr Gesicht verzog sich. »Diese Mauern haben mich weinen und weinen sehen, bis ich keine Tränen mehr hatte ... und dann sahen sie mich wiedererstehen wie Phönix und ein neues Glück in meiner Malerei finden. Das widerfährt großen Künstlern manchmal, Mrs. Verlaine. Und ich bin eine Künstlerin ... nicht nur im Malen. Sybil! So haben meine Eltern mich getauft. Wissen Sie, daß das soviel bedeutet wie ›weise Frau‹?«

Ich nickte.

»Nun, ich beobachte und lerne ... so werde ich weise. Diese Mrs. Rendall ... die sollte ich eigentlich auch malen. Aber bei ihr weiß man sowieso, wie sie ist. Jeder kann das sehen. Es braucht niemandem erst gesagt zu werden. Andere Menschen sind weniger leicht zu erkennen. Amy Lincroft zum Beispiel. Oh, das ist ein ganz tiefes Wasser. Und jetzt macht sie sich Sorgen ... ich fühle es. Sie meint, ich weiß es nicht. Aber sie verrät sich durch ihre Hände. Die heben Dinge auf und legen sie wieder hin, planlos. Sie hat Übung darin, ihr Gesicht zu beherrschen ... das hat sie lange genug geübt. Aber jeder Mensch hat seine Besonderheit, durch die er sich verrät. Bei Amy Lincroft sind es die Hände. Sie hat Angst. Sie lebt in Furcht. Sie hat ein Geheimnis ... ein schwarzes, schwarzes Geheimnis, und sie ist eine Frau in Angst. Aber sie hat mit der Angst gelebt und meint zu wissen, wie sie sie in Schach halten kann. Aber ich wurde nicht umsonst Sybil getauft, folglich weiß ich Bescheid.«

»Arme Mrs. Lincroft. Ich halte sie für eine sehr gute Frau.«

»Sie sehen nur, was an der Oberfläche ist. Sie sind keine Malerin. Sie sind nur Musikerin. Aber wir sind nicht hergekommen, um über Mrs. Lincroft zu reden, nicht? *Lincroft*! Ha, ha! Wir sind hier, um über *Sie* zu sprechen. Gefällt Ihnen dieses Bild?«

»Es ist sicher ganz vorzüglich.«

Wieder lachte sie. »Sie machen mir Spaß, Mrs. Verlaine. Ich hatte Sie nicht gefragt, ob es vorzüglich ist. Ich sagte: ›Gefällt es Ihnen?‹«

»Ich . . . ich weiß nicht.«

»Vielleicht sind Sie es heute noch nicht . . . aber bald.«

»Wie meinen Sie das?«

»Ich male Sie so, wie Sie werden, Mrs. Verlaine. Sehr selbstsicher . . . ganz und gar die Hausherrin im Pfarrhaus . . . die sich darauf vorbereitet, die Frau des Bischofs zu sein. Sehr erfolgreich . . . sie wird dem Bischof auf jede mögliche Art helfen, und alle Welt wird sagen: ›Was hat der liebe Bischof doch für ein Glück. Wieviel verdankt er seiner tüchtigen Frau.‹«

»Ich glaube beinahe, Sie haben Unterricht bei den Zigeunern genommen.«

»Wie klug Sie Konversation zu machen verstehen. Nie in Verlegenheit! Das kommt dem lieben Bischof unendlich zugute, wissen Sie.« Sie zog ihren Schmollmund. »Ich mag die Frau des Bischofs nicht besonders, Mrs. Verlaine. Aber das macht nichts, denn ich brauche sie ja nicht zu sehen, nicht wahr? Ich stelle sie mir am Frühstückstisch vor, wie sie über das Leinentuch ihrem Mann zulächelt. Oh, das ist erst in vielen Jahren, und sie sagt: ›Ach wie hieß doch noch der Ort, wo wir uns kennenlernten? Lovat, Irgendwas? Alles so merkwürdige Leute! Was wohl aus denen allen geworden sein mag!‹ Und der Bischof zieht die Stirn kraus, versucht sich zu erinnern, und es gelingt ihm nicht. Aber sie weiß es noch. Sie wird in ihr Schlafzimmer gehen und nachdenken, nachdenken, und es wird sie schmerzen, weil ... weil ... Aber Sie wollen nicht, daß ich fortfahre.«

Sie lachte laut und nahm mit schnellem Schwung die Leinwand von der Staffelei, so daß darunter das Bild der drei Mädchen sichtbar wurde.

»Arme, arme Edith! Wie mag sie jetzt aussehen. Aber es ist nett, sich an sie zu erinnern, als sie alle zusammen waren. Einen Moment. Ich habe noch ein anderes Bild von ihnen.«

»Von mir? Sie arbeiten aber schnell.«

»Nur wenn meine Hände geführt werden.«

»Wer führt sie denn?«

»Wenn ich Ihnen sagen würde, daß ich von Inspiration, Intuition und Genie geleitet werde, würden Sie mir nicht glauben, nicht wahr? Also erwähne ich es lieber nicht. Aber hier haben wir Sie noch einmal. Da.«

Sie hatte ein Bild auf die Staffelei gestellt, auf dem ich zu erkennen war, obwohl es gänzlich anders war als das erste, das noch eben dort gestanden hatte. Mein Haar fiel offen herab; das gemalte Gesicht zeigte einen Ausdruck hingebungsvollen Entzückens; meine Schultern stiegen nackt aus einem seegrünen, hemdartigen Gewand auf. Es war ein zauberhaftes Bild. Ich sog scharf die Luft durch die Zähne und konnte meine Augen nicht abwenden.

Sie krähte vor Vergnügen, und die Hände zusammenpressend, stand sie auf einem Fuß wie ein Kind.

»Gefällt es Ihnen?«

»Es ist ein wunderschönes Bild. Aber ich sehe nicht so aus.«

»Sie gleichen auch der Frau auf dem anderen Bild ... *noch* nicht.«

Ich blickte von einem Bild zum anderen, und sie flüsterte: »Ich habe es Ihnen gesagt ... Ich habe es Ihnen gesagt ...« Dann fuhr sie fort: »Diese Frau ist glücklich und traurig ... und sie lebt. Die andere ist ruhig und wird im Laufe der Jahre immer zufriedener. Kühe sind auch zufrieden, wenn sie wiederkäuen. Wußten Sie das, Mrs. Verlaine? Sie senken die Köpfe und sehen das üppige grüne Gras. Mehr wollen sie nicht, denn sie sehen nichts anderes.«

»Nun, und welches bin ich? Beides kann ich nicht sein.«

»Aber niemand ist nur eine einzige Person. Ich hätte Frau und Mutter sein können, wenn Harry mich nicht betrogen hätte, und wenn er nicht ein reiches Mädchen getroffen hätte, würde er mich trotzdem betrogen haben, nur hätte ich es dann nicht gewußt, nicht? Es geht nicht so sehr um das, was wir wissen, als um das, was wir glauben. Ich bin neugierig, ob Sie mir recht geben. Wenn nicht jetzt, so gewiß später einmal. Ihnen sind zwei Wege offen, Mrs. Verlaine. Sie werden Ihre Wahl treffen. Sie haben schon einmal gewählt. O Mrs. Verlaine, Sie sind nicht so weise, wie Sie tun. Einst hatten Sie eine schwerwiegende Entscheidung zu treffen ... und Sie entschieden sich nicht für Ihre Musik. War das richtig ... oder war es falsch? Das können nur Sie wissen, denn das, was Sie für sich für richtig halten, wird das Richtige für Sie sein. Vielleicht meinen Sie, daß Sie einst unklug handelten. Sie haben Glück. Nicht alle bekommen wir eine zweite Chance ...« Ihr Gesicht verzog sich. »Ich weinte und weinte ...« Sie trat nahe an mich heran. »Ich glaube, dieses Mal werden Sie die Sicherheit wählen, Mrs. Verlaine. Ja, ich glaube, das werden Sie tun.«

Sie verwirrte mich. Ganz gewiß war sie verrückt, und doch ... Sie schien eine unheimliche Gabe zu besitzen, meine Gedanken zu lesen, denn jetzt sagte sie: »Natürlich bin ich verrückt, Mrs. Verlaine. Mein Unglück verwirrt mir den Geist, aber es gibt für alles einen Ausgleich. Blinde werden zu Philosophen. Warum sollten Blinde nicht auch etwas haben? Manche entwickeln besondere Kräfte, besondere Einsicht. Sie sehen manchmal Dinge, die anderen entgehen. Das ist ein guter Gedanke, nicht wahr, Mrs. Verlaine? Es gibt für alles einen Ausgleich.«

»Das ist, finde ich, eine sehr tröstliche Philosophie.«

Sie lachte laut auf. »Wie diplomatisch. Ja, ich glaube, es

wird die Frau des Bischofs sein. Aber es zeigt, daß Sie sich verändert haben, nicht wahr? Die Frau des Bischofs hätte die Musik gewählt.«

Wieder veränderte sich ihr Gesichtsausdruck; er wurde verschlagen, boshaft.

»Aber«, sagte sie, »vielleicht werden Sie weder das eine noch das andere, wenn Sie sich nicht heraushalten. Und Sie mischen sich ein.« Dann gewann das Kindische erneut die Oberhand; strafend erhob sie den Finger. »Geben Sie es zu, Sie wissen, was mit denen geschieht, die zuviel herauszufinden versuchen, wenn böse Menschen in der Nähe sind.« Sie lachte. »Sie sollten es wissen. Beinahe ist es Ihnen doch passiert, nicht wahr?«

Sie stand mitten im Zimmer, nickend wie ein Mandarin, eine Gestalt, die nicht hierher paßte, mit ihrem blumenbesteckten, femininen Hut, der ihr zerknittertes Gesicht beschattete, und den irren Augen, in denen eine listige Weisheit lag.

Ich stellte mir vor, wie sie den Zettel geschrieben hatte, damit verstohlen in mein Zimmer gehuscht war, sich im Schuppen verborgen und gewartet und dann den Boden mit dem restlichen Petroleum aus dem Kanister besprenkelt hatte.

Aber warum?

Wie konnte ich wissen, welche Geheimnisse dieses alte Haus verbarg, und in welcher Weise die verschiedenen Bewohner mit ihnen verwoben waren?

Roma, dachte ich, was hattest du entdeckt?

*

Sybil hatte mich mehr beunruhigt, als ich es mir eingestehen wollte.

Alle schienen davon überzeugt zu sein, daß zwischen Godfrey Wilmot und mir ein Einverständnis heranreifte, und in gewisser Weise traf das auch zu. Wenn ich wollte, konnte ich von einer friedvollen Zukunft träumen, und das tat ich; aber wenn ich träumte, sah ich nicht Godfrey vor mir, sondern meine Kinder. Das ist natürlich, sagte ich mir. Jede Frau wünscht sich Kinder; und wenn sie in reifem Alter ist und nicht mehr erwartete, welche zu haben, dann ist diese Aussicht wirklich etwas sehr Schönes. Und doch . . . aber warum noch Zweifel? Ich hatte Glück, wie Sybil sagte. Ich erhielt eine zweite Chance. Oder besser, ich könnte sie bekommen – wenn ich vorsichtig war und mich nicht einmischte.

Wenn ich mit Godfrey zusammen war, verging die Zeit schnell und angenehm, doch es gab Zeiten, zu denen ich seine Gesellschaft nicht wollte. Ich war gern mit meinen Gedanken allein, und einer meiner Lieblingsplätze war der kleine, mauerumschlossene Garten. Vielleicht, weil sie ein Persönchen mit ausgeprägter Beobachtungsgabe war, wußte Alice dies. An diesem Nachmittag kam sie in den kleinen Garten und fragte bescheiden, ob sie mich störe.

»Natürlich nicht, Alice«, sagte ich. »Hast du schon geübt?«

»Ja, Mrs. Verlaine, und ich wollte gern mit Ihnen sprechen.«

»Das ist aber nett von dir. Setz dich einen Augenblick. Es ist sehr hübsch hier.«

»Sie mögen diesen Garten besonders gern, nicht wahr? Ich habe Sie schon oft hier gesehen. Es ist so still und friedlich, nicht? Sicher werden Sie sich in Ihrem neuen Heim auch einen solchen Garten anlegen.«

»Meinem neuen Heim?«

»Wenn Sie verheiratet sind.«

»Meine liebe Alice, ich bin einmal verheiratet gewesen, und ich bin nicht verlobt, ein zweites Mal zu heiraten.«

»Sie werden es aber bald tun.« Sie kam mit ihrem Gesicht so dicht an das meine, daß ich die Sommersprossen auf ihrer Nase sehen konnte. »Ich glaube, Sie werden sehr glücklich werden.«

»Danke dir, Alice.«

»Ich finde Mr. Wilmot ganz reizend. Er wird gewiß ein guter Ehemann werden.«

»Woran erkennst du denn einen guten Ehemann?«

»Das ist in diesem Fall doch ganz einfach. Er sieht gut aus und ist reich, glaube ich . . . sonst würde Mrs. Rendall ihn gewiß nicht für Sylvia haben wollen. Und er ist nett und würde nicht roh mit Ihnen sein, wie manche Ehemänner es sind.«

»Deine Kenntnis erstaunt mich, Alice.«

»Nun«, sagte sie bescheiden, »ich habe doch hier mit Edith und Napier gelebt. Er war nicht gut zu ihr. Ich hatte doch ein Beispiel in nächster Nähe.«

»Wie kannst du so sicher sein, daß er nicht gut zu ihr war?«

»Sie weinte viel. Sie sagte, er sei roh mit ihr.«

»Das hat sie dir erzählt?«

»Ja. Sie vertraute mir viel an. Das kam daher, daß wir beide schon als kleine Mädchen zusammen waren.«

»Du hast keine Ahnung, warum sie . . . fortging?«

»Doch, weil sie fort wollte von ihm. Ich glaube, sie ist nach London gegangen und Erzieherin geworden.«

»Wie kommst du auf die Idee? Du dachtest doch, sie sei mit Mr. Brown auf und davon.«

»Das dachten alle. Aber das war dumm. Sie konnte doch gar nicht mit ihm davonlaufen, nicht? Ebensowenig wie eine verheiratete Frau mit Mr. Wilmot fortlaufen könnte, denn er ist Vikar, und Vikare brennen nicht mit Frauen durch, die sie nicht heiraten können.«

»Du meinst also, sie ist allein davongegangen. Oh, Alice, als ob sie das tun würde! Du kennst doch Edith. Sie würde niemals in der Lage sein, auf ihren zwei Beinen zu stehen.«

»Wissen Sie was, Mrs. Verlaine, wenn jetzt ein Tiger in diesen Garten käme, würden Sie und ich rennen wie nie in unserem Leben. Wir würden dann besondere Kraftreserven entwickeln. Ist das nicht interessant? Und es ist wahr, ich habe es irgendwo gelesen. Das ist die Vorsorge, welche die

Natur trifft. So ist das. Nur, Edith mußte fort von hier, und so gab die Natur ihr die Kraft, es zu tun.«

»Du bist wirklich ein kleiner Weisheitsprediger.«

»Weisheitsprediger«, wiederholte sie. »Das Wort habe ich noch nie gehört. Ich finde es hübsch. Weisheitsprediger. Das klingt, als wäre ich sehr klug.«

»Wenn du irgend etwas über Edith weißt, solltest du es sagen, Alice.«

»Ich weiß nur, daß sie davongelaufen ist. Ich glaube nicht, daß man sie je finden wird, weil man es nicht möchte. Was sie jetzt wohl tut. Irgendwelche Kinder unterrichten, nehme ich an ... in einem Haus wie Lovat Stacy. Ist das nicht seltsam, Mrs. Verlaine?«

»Zu seltsam, um glaubhaft zu sein«, sagte ich. »Ich bin sicher, Edith würde so etwas nicht tun. Es wäre unrecht und schlecht.«

»Aber solange er eine Frau hat, kann Napier niemand anderen heiraten. Ich habe eine Geschichte darüber geschrieben, Mrs. Verlaine. Da geht es um eine Frau, die mit einem schlechten Mann verheiratet ist, und sie kann nicht los von ihm, also läuft sie davon und versteckt sich. Sehen Sie, nun hat sie keinen Mann, und er hat keine Frau, und solange sie sich verborgen hält, kann er sich keine Frau wieder nehmen. Das ist ihr großes Opfer. Sie bleibt verborgen, bis sie eine alte Frau ist. Und dann ist sie einsam, weil sie keine Enkelkinder hat. Aber es war das Opfer, das sie brachte.«

»Du mußt mir ein paar von deinen Geschichten zeigen, Alice.«

»Oh, sie sind nicht sehr gut. Ich muß noch viel besser werden. Soll ich Ihnen ein Geheimnis verraten, Mrs. Verlaine? Das wird Sie wahrscheinlich entsetzen.«

»So leicht entsetze ich mich nicht.«

»Mr. Lincroft war nicht mein Vater.«

»Wie?«

»Sir William ist mein Vater. Ja, das ist wahr. Ich habe sie darüber reden hören – meine Mutter und Sir William. Deshalb bin ich hier ... und wohne in diesem Haus. Ich bin das, was man ein Kind der Liebe nennt. Irgendwie finde ich das etwas sehr Schönes. Kind der Liebe. Wie Allegra. Sie ist auch eines. Ist das nicht seltsam, Mrs. Verlaine, daß wir zu zweit sind? Zwei Kinder der Liebe ... in demselben Haus und wachsen gemeinsam auf.«

»Alice, du dichtest schon wieder.«

»Nein, tue ich nicht. Nachdem ich sie reden gehört hatte, fragte ich meine Mutter, und sie gab es zu. Sie hat Sir William geliebt und er sie ... und dann ging sie fort, weil sie dachte, es sei nicht recht, hierzubleiben. Dann bekam sie mich und heiratete Mr. Lincroft, ... um mir einen Namen zu geben. Deshalb heiße ich Alice Lincroft, aber in Wirklichkeit bin ich Alice Stacy. Sir William hat mich sehr gern. Eines Tages, glaube ich, wird er mich rechtmäßig anerkennen. Das kann man machen, wissen Sie. Ich werde eine wunderschöne Geschichte schreiben über ein Mädchen, dessen Vater es als ehelich anerkennt, aber die hebe ich mir noch auf. Das wird die beste werden, die ich je geschrieben habe.« Als ich das ernsthafte kleine Gesicht neben mir betrachtete, war ich durchaus geneigt, ihr zu glauben.

Die Verhältnisse wurden mit jeder neuen Enthüllung verwickelter.

*

Es hatte den ganzen Tag über heftig geregnet. Die Mädchen waren von ihrem Vormittag im Pfarrhaus völlig durchnäßt zurückgekommen, und Mrs. Lincroft bestand darauf, daß sie sich von Kopf bis Fuß umzogen, um in trockenes Zeug zu kommen. Als ich sie so energisch die Dinge in die Hand nehmen sah, mußte ich denken, was sie doch für ein ausgeprägtes Pflichtgefühl besaß und daß sie damit wohl ihren Fehltritt wiedergutmachen wollte. Ich stellte mir vor, wie sie ins Haus gekommen war, als Gesellschafterin für Isabella – sie mußte ein bezauberndes Geschöpf gewesen sein, mit ihrer ruhigen Anmut und Schönheit. Was mußte es für bittere Spannungen gegeben haben, als Sir William und sie sich ineinander verliebten, und Isabella ... die arme, unglückselige Isabella, die es plötzlich gewahr wurde.

Kein Wunder, daß ich die Traurigkeit in ihrem Zimmer spürte.

Und als Mrs. Lincroft ein Kind erwartete, ging sie fort, und dann, aber das war vielleicht später – heiratete sie Mr. Lincroft um des Kindes willen. Ich dachte auch über diesen Mr. Lincroft nach, der so passend das Zeitliche gesegnet hatte, daß seine Frau nach Isabellas Tod zurückkehren konnte nach Lovat Stacy.

Mir kam es immer vor, als lebe sie in der Vergangenheit; irgendwie umgab sie ein Hauch von »Tagen, die gewesen«. Das drückte sich in diesen Chiffonblusen und den langen, fließenden Röcken aus, die sie bevorzugte – in dem Grau, dem matten Blau ... alles unbestimmte, verwischte Farben ... geisterhaft, mußte ich denken und gleichzeitig lachen über das Wort.

Nach dem Tee gab ich den Mädchen eine Musikstunde.

»Arme Sylvia! Sie verpaßt ihre«, sagte Alice.

»Wofür sie dem Regen von Herzen dankbar sein wird«, erklärte Allegra. »Hört nur ... es gießt. Die Zigeuner werden alle in ihren Wohnwagen sein und Wäscheklammern und Körbe machen, so schnell sie nur können. Das ist allerdings ein Grund, weshalb ich nicht gern Zigeunerin wäre. Zum Körbeflechten hätte ich nicht die geringste Lust.«

»Du magst ja sowieso überhaupt nicht arbeiten. Du möchtest ja immer nur in der Sonne liegen.«

»Wer ist das, der das Streben scheut
und sich sonnt die ganze Zeit?«

trällerte Alice. »Die Antwort heißt – Allegra. Aber bist du wirklich ganz ohne Streben? Ich glaub's nicht recht. Sag, wonach strebst du? Von Mrs. Verlaine weiß ich es.«

»Was?« fragte ich.

»Sie möchten in einem wunderschönen Haus leben, weit fort von hier . . . mit einem hübschen Mann und zehn Kindern.«

»Das ist kein sehr ungewöhnliches Streben.«

»Ich habe in gewisser Weise wohl das gleiche – indem ich immer in einem Haus wie diesem wohnen möchte. Nur, was den Mann angeht, da bin ich nicht so sicher. Ich weiß noch nicht, was ich von den Männern halte. Dafür bin ich noch zu jung.«

»Ha!« lachte Allegra. »Jetzt gibt sie an.«

»Tu ich gar nicht«, sagte Alice. »Hört bloß den Regen. Bei solchem Wetter geht niemand nach draußen. Nicht mal Gespenster.«

»Bei solchem Wetter würden sie gerade kommen«, widersprach Allegra. »Meinen Sie nicht auch, Mrs. Verlaine?«

»Ich meine, daß überhaupt keine kommen.«

»Ihr werdet sehen, heute abend ist das Gespenst in der Kapelle«, sagte Allegra.

Alice schüttelte sich leicht.

»Ich passe auf«, erklärte Allegra.

»Du kannst doch nicht die ganze Nacht aufpassen«, hielt Alice ihr entgegen.

»Nein, aber ich werde immerfort hinsehen. Es ist heute so dunkel, daß man das Licht gut aufblitzen sehen wird.«

»Und jetzt reden wir lieber über etwas Vernünftiges«, schlug ich vor. »Alice, von dir würde ich gern das Menuett noch einmal hören. Das hast du beim letzten Mal recht ordentlich gemacht. Es läßt sich aber noch wesentlich verbessern.«

Alice stand bereitwillig auf und setzte sich ans Klavier. Während ich auf die Finger sah, die mit Fleiß und Sorgfalt die Melodie zusammensuchten, mußte ich denken, daß das Zusammenleben für beide Mädchen gut war, weil sie so grundverschieden waren. Alice wirkte ausgesprochen mäßigend auf Allegras Wildheit; und Allegra lockerte Alices Sprödigkeit auf. Die zwei jungen Kinder der Liebe.

*

Am nächsten Morgen gab es nur noch hin und wieder Regenschauer, und es kündigte sich ganz offenbar besseres Wetter an. Am Vormittag machte ich mich mit den Mädchen auf den Weg zum Pfarrhaus.

»Ich hatte recht, Mrs. Verlaine«, sagte Allegra, als wir das Haus verließen und den Kirchpfad entlanggingen. »Wir haben das Licht gestern abend gesehen, nicht wahr, Alice?«

Sie nickte. »Und es war ganz hell, Mrs. Verlaine, wegen der Dunkelheit.«

»Alice wollte eigentlich kommen und es Ihnen sagen, aber dann haben wir es gelassen, weil Sie ja nicht daran glauben.«

»Es war höchstwahrscheinlich ein Wagen oder dergleichen auf der Straße«, sagte ich.

»O nein, Mrs. Verlaine. Die Landstraße ist dort nicht.«

»Dann muß derjenige, der bei derartigem Wetter seinen Schabernack treibt, nicht ganz bei Trost sein.«

»Oder tot. Den Toten würde der Regen nichts ausmachen, oder?«

»Nun, wir haben heute morgen eine ganze Menge Arbeit vor uns. Ich glaube, ich werde zuerst Sylvia vornehmen.«

Wir waren am Pfarrhaus angekommen, und als wir den Weg hinaufgingen, erschien Mrs. Rendall in der Tür, die Arme verschränkt, eine für sie nicht ungewöhnliche Haltung.

»Sylvia«, sagte sie, glatt durch mich hindurchsehend, »steht heute für den Unterricht nicht zur Verfügung. Es geht ihr nicht gut. Ich habe nach dem Arzt geschickt.«

»Das tut mir aber leid«, erwiderte ich. »Hoffentlich geht es ihr bald wieder besser.«

»Ich verstehe nicht, was mit ihr los ist. Sie friert und

niest . . . ganz gehörig erkältet.« Damit wandte sie sich um, und wir folgten ihr ins Haus. »Ah!« sagte sie dann in wesentlich sanfterem Ton, denn Godfrey kam die Treppe herunter. »Die Schülerinnen sind hier«, fügte sie hinzu. »Ich erklärte gerade, daß Sylvia, das liebe Kind, ein paar Tage im Bett bleiben muß.«

»Befehl vom Arzt?« fragte Godfrey.

»Meiner. Das Kind wollte gestern unbedingt ausgehen und der armen Mrs. Cory etwas Suppe bringen. Ich sagte, es sei zu naß, aber das gute Kind bestand darauf und sagte, es mache überhaupt nichts, wenn sie naß werde bis auf die Haut, denn wichtig sei allein, daß Mrs. Cory ihre Suppe bekomme.«

»Was ist sie doch für eine kleine Heilige!« warf Godfrey leicht hin, und Mrs. Rendall lächelte beglückt.

»Sie ist so erzogen, immer erst an andere zu denken. So viele Menschen heutzutage . . .« Sie warf mir einen düsteren Blick zu, und ich wäre am liebsten laut herausgeplatzt; Godfrey ging es ganz offenbar ähnlich.

Ich sagte, da Sylvia ihre Klavierstunde nicht nehmen könne, sei es sinnlos für mich zu bleiben. Allegra und Alice könne ich ihre Stunden auch ebensogut in Lovat Stacy geben. Diese Feststellung schien Mrs. Rendall mächtig zu freuen, und sie schenkte mir ein beinahe gnädiges Lächeln.

Auf dem Rückweg dachte ich an die arme Sylvia und überlegte, ob sie sich ihre Erkältung vielleicht im Wäldchen geholt hatte, als sie in der ausgebrannten Kapelle ein Licht blinken ließ. Nein, dazu würde sie niemals den Mut haben. Wirklich nicht? Sie war ein seltsames Mädchen – und diejenige, von der ich am wenigsten wußte.

*

Godfrey stand gegen die Familiengruft der Stacys gelehnt. Es war am Nachmittag desselben Tages, und mein Spaziergang hatte mich hierher geführt. Es war uns zur Gewohnheit geworden, uns zu gewissen Tageszeiten an dieser Stelle einzufinden für den Fall, daß der andere auftauchen sollte. Das Grab stand hoch zwischen den Grabsteinen, und es gab Bäume, die das Fleckchen verhältnismäßig ungestört machten.

»Wie geht es der Kranken?« fragte ich.

»Arme Sylvia! Nicht sehr gut. Der Arzt sagt, sie hat Fieber und muß ein paar Tage im Bett bleiben.«

»Halten Sie es für möglich, daß sie es sich geholt hat, weil sie so durchgeregnet ist?«

»Sie ist schon seit einigen Tagen erkältet. Das ist sie oft, das arme Mädchen.«

»Wie denken Sie über Sylvia?«

»Ich denke überhaupt nicht an sie.«

»Schande über Sie, nachdem sich ihre Mutter so anstrengt. Sie tut mir leid, und ich frage mich, was für eine Wirkung es auf sie hat.«

»Es?« fragte er. »Meinen Sie die Mama?«

»Eben die. Sylvia macht immer einen so geknechteten Eindruck. Halten Sie es für möglich, daß jemand, der so behandelt wird wie sie, nach einer Möglichkeit suchen könnte, sich selbst zur Geltung zu bringen?«

»Ich bin sicher, daß sie sich zur Geltung bringen würde, wenn sie es könnte.«

»Indem sie beispielsweise zur Kapellenruine ginge und eine Laterne schwenkte?«

»Als Gespenst, meinen Sie? Aber Gespenster sind so anonym. Wo bleibt da der Ruhm?«

»Der liegt darin, daß ihretwegen jeder sich fürchtet, dorthin zu gehen; daß sie weiß, sie ist diejenige, die allen Angst einjagt.«

Er zuckte die Achseln. »Ich sehe trotzdem nicht, wo da der Glanz und der Ruhm sein soll.«

Ich betrachtete ihn mit einiger Ungeduld. »Natürlich nicht. Sie haben es auch noch nie nötig gehabt, die Menschen auf sich aufmerksam zu machen. Sie sind so ... so normal.«

Er lachte laut auf. »Sie tun beinahe, als wäre das etwas Unanständiges.«

»Nein, zu anständig. Aber ich bemühe mich, Sylvia zu verstehen.«

»Das ist ganz einfach. Sie ist ein Mädchen wie eine Maus mit einem großen, dicken Kater von Mutter. Und der Kater sitzt immer vor dem Mauseloch und lauert ihr auf.«

Ich lachte. »Eher Dogge als Kater würde ich sagen. Und ich glaube, wir haben beide unrecht, sie zu vermännlichen. Die Weibchen jeder Gattung sind stets todbringender als die Männchen.«

»Glauben Sie das wirklich?«

»Im Falle Herr und Frau Pastor ganz gewiß. Aber ich möchte Sylvia verstehen. Wissen Sie, es würde mich nicht erstaunen, wenn sie diejenige ist, die hier Gespenst spielt. Eine unterdrückte Maus . . . die nach Selbstbestätigung sucht . . . nach einem Ausdruck ihrer eigenen Persönlichkeit . . . nach einer Möglichkeit, Macht auszuüben. Das ist es: Macht. Sie, die so häufig die Leidtragende ist, hat jetzt die Möglichkeit, anderen Unbehagen zu verursachen. Das paßt genau. Übrigens, wie ist sie krank geworden? Indem sie hinausging in den Regen, als sie bereits eine Erkältung hatte.«

»Moment«, sagte Godfrey nachdenklich. »Als ich gestern abend von meinem Besuch bei Mrs. Cory zurückkam . . .«

»Dieselbe, die zuvor durch Sylvias Mildtätigkeit ihre Suppe bekommen hatte?«

»Eben diese. Als ich von dem Besuch bei ihr zurückkam und meinen Mantel in der Garderobe aufhängte, sah ich Sylvias Stiefel dort stehen . . . klitschnaß.«

»Also war sie auch draußen gewesen. Hätte sie das ohne Wissen ihrer Eltern tun können?«

»Ja, wenn sie sich früh ins Bett zurückgezogen hat, wie sie das – da sie ja eine Erkältung hatte – möglicherweise tat, dann hätte sie noch einmal hinausschlüpfen können.«

»Wir kommen allmählich von der Stelle«, sagte ich. »Also

ist es Sylvia, die Geltungsdrang hat, und nicht jemand, der versucht, Napier zu vertreiben. Bei der nächsten sich bietenden Gelegenheit werde ich das Mädel erwischen.«

»Mr. Wilmot, Mr. Wilmot . . .« Das war Mrs. Rendalls süß flötende, doch irgendwie keinen Widerspruch duldende Stimme.

»Gehen Sie lieber und trinken Sie mit ihr Tee«, sagte ich. »Tun Sie es nicht, sucht sie Sie so lange, bis sie Sie findet.« Er grinste mich an und ging.

Ich stand noch einige Zeit, betrachtete Beaus Grabmal und dachte, wie froh ich sein würde, wenn es sich herausstellte, daß es Sylvia und ihr Geltungsbedürfnis war.

*

Als ich durch das hohe Gras davonging, rief eine Stimme: »Hallo!« Und wie aus dem Erdboden gewachsen stand die Zigeunerin vor mir. Sie hatte im Grase gelegen, und ich mußte denken, ob sie mein Gespräch mit Godfrey wohl mit angehört hatte.

Sie grinste mich an.

»Wo kommen Sie denn her?« fragte ich.

Sie machte eine Handbewegung. »Ist doch mein Recht, nich'? Hier haben die Toten und die Lebendigen freien Zutritt . . . Klavierlehrerinnen und Zigeunerinnen.«

»Sie erschienen so plötzlich.«

»Ich wollte mal mit Ihnen reden.«

»Mit mir?«

»Sie sehen ganz erstaunt aus. Warum denn nicht? Ich möchte gern wissen, was sich da oben so tut.« Dabei wies sie mit dem Kopf in die Richtung von Lovat Stacy. »Wie gefällt es Ihnen, da zu arbeiten? Ich hab' da mal in der Küche gearbeitet. Die Köchin damals . . . hetzte mich ganz schön rum . . . hat's zumindest versucht. Ich war nie da, wenn's 'toffeln zu schälen gab.

Hab ich noch nie ausstehen können, 'toffeln schälen. Fauler Nichtsnutz, sagte die alte Köchin immer von mir.« Sie kniff mir ein Auge. »Hatte was Besseres zu tun als 'toffeln schälen.«

»Das will ich gern glauben«, sagte ich kühl und wandte mich zum Gehen.

»Heh, nicht so schnell. Wollen Sie nich' mit mir reden über die da oben ... über Nap zum Beispiel?«

»Ich glaube kaum, daß Sie mir etwas erzählen könnten, das ich wissen möchte.«

Sie brach in lautes Gelächter aus. »Wissen Sie was«, sagte sie, »irgendwie mag ich Sie. Sie erinnern mich an mich selber. Ja, da spitzen Sie die Ohren, wie? Wie kann eine feine Musiklehrerin wie eine Zigeunerin sein? Das müssen Sie nicht mich fragen. Fragen Sie Nap.«

»Wenn Sie mich entschuldigen wollen, ich habe zu tun ...«

»Aber ich entschuldige Sie nicht. Wissen Sie nicht, daß es unhöflich ist, eine Dame wegzustoßen, wenn sie sich mit Ihnen unterhalten möchte? Erzählen Sie mir von Allegra. Sie ist eine kleine Schönheit, finden Sie nicht? Ein bißchen anders als diese Alice. Ich möchte Allegra nicht für Alice tauschen, nicht um einen ganzen Topf voller Goldstücke. Vier habe ich jetzt ... Mädchen ... alles Mädchen. Komisch, nicht? Manche haben nur Mädchen und kriegen keine Jungens. Ich bin so eine. Hab's jedesmal in den Karten gesehen. ›Wird wieder ein Mädchen‹, sag' ich, und so war's dann auch. Aber Allegra ... sie spielt wunderschön Klavier, nicht? Sie ist mir aus dem Gesicht geschnitten, wie ich in dem Alter war. Nur daß ich gewitzter war als sie. Mußte ich sein. Ich war eine erwachsene Frau in ihrem Alter. Warum ich dann hingegangen bin und in der Küche gearbeitet habe ... Wie ich dazu kam? Möchten Sie das nicht wissen? Und ob Sie das wissen möchten! Aber das können Sie sich wohl denken ... wenn Sie auch vielleicht das Verkehrte denken.«

Ich hatte kein Verlangen danach, diese Unterhaltung fortzuführen, also setzte ich eine gleichgültige Miene auf und blickte auf meine Uhr.

Sie kam näher und sagte: »Ich hab' Sie eben gesehen, mit dem feinen Herrn vom Pfarrhaus. Netter und freundlicher Mann. Hab' auch da reden hören, wie der Wind weht. Viel Glück, sag' ich. Warum greifen Sie sich das Glück nicht und machen sich davon, solange es noch Zeit ist? Sie sind doch gewarnt, meine Dame. Haben Sie das Zeichen nicht verstanden?«

»Wovon reden Sie?«

»Das sollten Sie doch wohl wissen, nachdem Sie beinahe weggeblieben sind in dem alten Häuschen. Ohne Miß Alice wär's aus gewesen mit Ihnen. Amy Lincroft war sicher mächtig stolz auf ihre Tochter an dem Tag.« Sie lachte laut. »O ja, sehr stolz.«

»Wenn Sie etwas wissen, würde ich Sie bitten, es mir zu sagen.«

»Zigeuner! Die sind so unwissend. Haben keine Ahnung, aber sie möchten Sie warnen. Schon mal was von der Zigeunerwarnung gehört?«

»Was wissen Sie über den Brand in dem Häuschen?«

»Ich war nicht da. Wie sollte ich was wissen? Aber ich sage Ihnen das eine: Die Menschen sind nicht so, wie sie scheinen. Amy Lincroft zum Beispiel. Warum machen Sie nicht, daß Sie von hier wegkommen? Warum heiraten Sie nicht seine Lordschaft und gehen fort? Aber das wollen Sie nicht, wie? Noch nicht. Mutig sind Sie. Sie wollen Bescheid wissen. Aber erzählen Sie mir von Allegra.«

Ich dachte: Sie redet wie eine echte Zigeunerin, tut so, als habe sie das zweite Gesicht, das wir alle nicht haben – und eine Frau, die mit knapper Not dem Tode entronnen ist, bildet sicher ein ergiebiges Thema.

Im Grunde war sie eine Mutter, die danach lechzte, etwas über ihr Kind zu hören.

»Allegra ist ein sehr intelligentes Mädchen, aber sie ist ziemlich faul und will sich nicht konzentrieren. Wenn sie das täte, könnte sie eine ganze Menge lernen.«

Sie nickte und fuhr fort: »Sie sehen doch, wie die Dinge

im Hause stehen, Sir William, mag er sie? Wird er einen Mann für sie suchen?«

»Sie ist ja noch so jung.«

»Jung! In ihrem Alter habe ich . . . na, lassen wir das. Mag er sie leiden?«

»Seitdem ich im Haus bin, ist Sir William leidend. Ich habe ihn und Allegra noch nie zusammen gesehen.«

Plötzlich wurde sie heftig. »Er darf sie nicht beiseite schieben. Schließlich ist sie seine Enkelin.«

»Er wird sie sicher nicht vergessen.«

»Nicht aus dem Ehebett«, sagte sie. »Das macht viel aus. Aber trotzdem ist sie seine Enkelin . . . daran kommt er nicht vorbei. Ich will Ihnen sagen, wovor ich Angst habe: vor Amy Lincroft. Das ist eine ganz Schlaue. Die wird versuchen, ihre Alice rein- und meine Allegra rauszuboxen.« Ihre Augen wurden schmal und böse. »Wenn sie das tut, dann . . . dann . . . dann soll es sie reuen, daß sie je geboren wurde, und ihre Alice ebenso.«

»Mrs. Lincroft könnte gar nicht freundlicher zu Allegra sein.«

»Freundlich! Wenn sie versucht, Allegra beiseite zu schieben um ihre Alice! Das soll sie nur bleiben lassen.«

»Ich glaube nicht, daß hier irgend jemand beiseite geschoben wird. Ich bin sicher, daß für beide gesorgt werden wird, für Alice ebenso wie für Allegra.«

Ich trat ungeduldig von einem Fuß auf den anderen und fragte mich innerlich, wie ich eigentlich dazu kam, auf dem Friedhof zu stehen und mit einer Zigeunerin zu diskutieren.

»Aber nehmen Sie mal an, Nap sollte wieder rausgedrängt werden?«

»Rausgedrängt?«

»Na, wie schon einmal. Weggeschickt. Sir William konnte ihn nicht mehr sehen. Damals wurde geredet, daß er ihn enterben wollte, weil er Beau erschossen hatte. Na, und wer würde dann erben? Wenn Nap hinausgeworfen ist? Er hat eine Enkelin, meine Allegra. Also . . .«

»Ich muß jetzt wirklich gehen.«

»Hören Sie!« Ihre Augen bettelten, und sie war plötzlich schön. In diesem Augenblick sah ich, warum Napier der Versuchung erlegen war. »Halten Sie ein Auge auf Allegra, ja? Sagen Sie es mir, wenn jemand ihr weh tun will.«

»Ich werde ganz sicher alles tun, was in meiner Macht steht, um sie vor Bösem zu bewahren. Und jetzt muß ich gehen.«

Sie lächelte mich an und nickte langsam.

»Ich werde aufpassen«, sagte sie. »Niemand wird mich wegjagen. Das wagen sie nicht. Ich hab's ihnen auch gesagt. Weder Nap – und der wäre froh, wenn ich verschwände – noch Amy Lincroft. Beiden hab' ich es gesagt, und sie wissen, daß ich es ernst meine.«

»Guten Tag«, sagte ich knapp und ging in Richtung auf das Friedhofstor und die Straße davon.

*

Am Abend dieses Tages sah ich das Licht wieder. Alice war in mein Zimmer gekommen, um mir den ersten der Kissenbezüge zu bringen, die sie stickte.

»Ich wollte sehen, ob Ihnen diese Blume gefällt. Das sind Stiefmütterchen. Stiefmütterchen sind für Gedanken, sagt man. Sie können aber auch andere Blumen haben. Vielleicht wäre es hübsch, wenn Sie lauter verschiedene Blumen auf den Bezügen hätten.«

»O Alice«, sagte ich, »das hast du aber wunderhübsch gemacht.«

Sie lächelte erfreut. »Ich bin so froh, daß es Ihnen gefällt, Mrs. Verlaine. Sie sind so lieb zu mir und Mama gewesen. Erst neulich noch hat Mama gesagt, wie froh sie ist, daß Sie hierhergekommen sind.«

»Und du hast mir das Leben gerettet«, erwiderte ich. »So etwas vergißt man nie.«

Errötend sagte sie: »Aber ich war doch ganz zufällig dort. Jeder andere an meiner Stelle hätte das gleiche getan.«

»Es war sehr mutig von dir, in das brennende Haus zu gehen.«

»Daran habe ich gar nicht gedacht. Ich dachte nur, daß Sie drinnen waren, und wie schrecklich es sein würde ... Aber meine Mutter sagt, wir sollen nicht mehr davon sprechen. Für Sie ist es besser, nicht wieder daran zu denken ... wenn Sie können. Allegras Kissenbezug wird jetzt auch sehr hübsch. Sie gibt sich Mühe, wissen Sie – aber manchmal, glaube ich, denkt sie, daß sie einfach ungezogen sein muß. Das kommt von ihrer unglückseligen Geburt. Meine war ja in gewisser Weise ebenso unglückselig. Es wäre viel schicklicher gewesen, wenn Mama und Sir William gewartet ... und dann geheiratet hätten. Aber sehen Sie, er hat sie nie geheiratet. Das kommt davon, daß sie ihm vorher nachgegeben hat; aber Sie dürfen deshalb nicht schlecht von ihr denken. Sie liebt ihn nämlich. Darf ich mich auf Ihren Fenstersitz setzen? Ich mag diese Fensternischen so gern. Hier im Haus gibt es so viele. Was haben Sie für eine wunderhübsche Aussicht über das Wäldchen.«

»Ja, die Aussicht ist sehr schön. Ich bin deiner Mutter sehr dankbar, daß sie ... mir dieses Zimmer gegeben hat.«

»Die Zimmer sind alle schön, aber Mama wollte natürlich, daß Sie das beste bekamen. Arme Sylvia! Hoffentlich geht es ihr besser. Sie sah recht krank aus, als wir bei ihr waren. Sie konnte kaum sprechen, und der Arzt hat gesagt, sie muß mindestens drei Tage im Bett bleiben. Ich werde ihr morgen ein paar Bücher bringen.«

»Liest sie denn gern?« fragte ich zweifelnd.

»Nein. Aber das ist doch ein Grund mehr, ihr Bücher zu bringen, nicht? Dann bekommt sie Spaß daran, und es wird ihrem Verstand guttun.« Alice sog scharf die Luft ein. Ich machte einen Schritt zum Fenster und sah das Licht aufblitzen.

»Da!« rief sie. »Da ist es wieder.« Sie stand auf. »Möchten Sie mit in mein Zimmer kommen, Mrs. Verlaine?«

»Nein, danke, Alice«, antwortete ich.

Sie nickte mit angespanntem Gesicht und ging zur Tür. »Ich bin froh, daß Sie es heute abend gesehen haben«, sagte sie, »denn Sie meinten, glaube ich, daß Sylvia es macht. Und jetzt wissen Sie, daß sie im Bett liegt . . . also kann sie es nicht sein, nicht wahr?«

»Es ist jemand irgendwo auf der Straße.«

»Aber die Straße läuft doch nicht . . .« Sie unterbrach sich und lächelte mich etwas traurig an. »Ich möchte hinaufgehen und sehen, ob es noch einmal blitzt. Ich denke immer, daß ich vielleicht sonst noch etwas sehen kann.«

»Dann geh nur«, sagte ich, und sie verschwand.

Kaum daß sie draußen war, schlüpfte ich in einen Mantel und lief schnell die große Treppe hinunter, durch die Halle und hinaus in den Garten.

Vielleicht kam ich gerade noch rechtzeitig. Sylvia war es also nicht, wer aber dann? Jemand, der das Märchen vom Gespenst lebendig halten wollte und damit die Geschichte von dem unseligen, tödlichen Schuß. Jemand, der hoffte, Napier vertreiben zu können.

Der Boden unter mir war noch durchweicht vom Regen, und das Gras im Wäldchen war sehr naß. Meine Schritte verursachten ein quietschendes Geräusch, das mich verraten konnte. Eile war das Entscheidende. Ich mußte die Ruine erreichen, ehe derjenige, der dort Gespenst spielte, Zeit hatte zu verschwinden.

Es schien kein Mond, doch der Himmel war wolkenlos, und die Sterne schienen hell genug, um mir den Weg zu zeigen. Ich muß gestehen, daß mich plötzlich Todesangst befiel, als ich die grauen Mauern der Kapelle vor mir sah.

Ich eilte weiter und wünschte, ich hätte vorher das Schuhzeug gewechselt, denn ich trug nur Hausschuhe und spürte bereits, daß sie völlig durchnäßt waren. Ich streckte eine Hand aus, tastete nach der Mauer, und während mir das Herz vor Angst im Halse schlug, ging ich in die Ruine hinein. Es war drinnen etwas dunkler als draußen, weil ein

Teil des Daches noch erhalten war, doch als ich einen Blick nach oben warf, konnte ich ein Stückchen Sternenhimmel sehen – ein tröstlicher Anblick.

Drinnen war nichts. Niemand zu sehen.

»Wer ist da?« flüsterte ich.

Keine Antwort. Aber hatte ich nicht ein leises Geräusch gehört, als liefen Füße über nasses Gras?

Es drängte mich, wieder hinauszukommen, diesen Mauern zu entfliehen, und als ich hinaustrat und zum Himmel aufblickte, wurde ich plötzlich von hinten gepackt und festgehalten wie in einem Schraubstock. Seit meinem Erlebnis in dem brennenden Häuschen hatte ich kein solches Entsetzen mehr verspürt, und es schoß mir durch den Kopf, wie töricht ich doch gewesen war, hierherzukommen. Ich war gewarnt worden – die Zigeunerin und Sybil Stacy hatten es mir beide gesagt. Ich konnte nicht damit rechnen, noch einmal ein solches Glück zu haben.

»Nun«, sagte eine Stimme, »Sie wollten doch schon immer dem Geist von Beaumont Stacy begegnen.«

»Napier!« japste ich und versuchte, mich seinem Griff zu entwinden, doch er gab mich nicht frei.

»Sie kamen doch her, um Beaumont zu treffen, nicht wahr?« Damit ließ er mich los, doch als ich mich umdrehte, packte er mich bei den Schultern.

»Was tun Sie hier?«

»Sie haben mir einen furchtbaren Schrecken eingejagt.«

»Sie haben nicht zufällig mit Lichtern gespielt?«

»Ich bin herausgekommen, um zu sehen, wer das tat.«

»Mein Gott, haben Sie Ihre Lektion noch nicht begriffen?«

»Meine Lektion?«

Er blickte mich sonderbar an; und ich mußte daran denken, wie er mit dem Spaten in den Stall gekommen war, wie er mich hier im Wäldchen aufstöberte, als ich nach einem Grab suchte. Kurz darauf war ich in dem Häuschen in die Falle gegangen – und jetzt fragte er mich, ob ich meine Lektion nicht begriffen hätte! Und ich war hier im Wäldchen mit ihm. Es war dunkel, und niemand wußte, daß ich hierhergegangen war.

Ich hörte mich stammeln: »Ich ... ich sah das Licht. Alice war bei mir. Ich sagte, ich würde gehen und nachsehen ...«

»Ganz allein?« höhnte er. »Was sind Sie für eine mutige Frau. Erst kürzlich ...« Seine Stimme klang plötzlich heiser; der Griff um meine Schultern verstärkte sich. »Sie waren da oben ... und konnten nicht heraus. Geben Sie doch um Gottes willen acht auf sich.«

»So etwas passiert einem nur einmal im Leben.«

»Es gibt Menschen, denen das Unheil nachläuft.«

»Ohne Grund, meinen Sie?«

»Vielleicht ist der Grund nicht sichtbar.«

»Das klingt sehr mysteriös.« Ich begann, mich von meiner entsetzlichen Angst zu erholen. Ich konnte mir nicht helfen, aber in seiner Gegenwart wurde mir immer so leicht und frei zumute, daß alle Furcht verflog. Ich sagte: »Sind Sie heruntergekommen, um die Ursache für den Lichtschein festzustellen?«

»Ja«, sagte er.

»Und Sie haben nichts gefunden?«

»Das ›Gespenst‹ war zu flink für mich. Ich komme jedesmal zu spät.«

»Und haben Sie einen Verdacht, wer es sein könnte?«

»Nur den, daß es jemand ist, der mich vertreiben möchte.«

»Wie wäre das möglich?«

»Dadurch, daß die Dinge hier für mich so unbehaglich werden, daß ich es vorziehe, woanders zu leben.«

»Ich kann mir wirklich kaum vorstellen, daß Sie ein Mann sind, der sich vertreiben läßt, weil er sich unbehaglich fühlt.«

»Da haben Sie recht. Immerhin, es läßt die alte Geschichte wiederaufleben. Und es sorgt dafür, daß mein Vater sie nicht vergißt. Er könnte derjenige sein, der entscheidet, daß ich zu gehen habe. Das hat er schon einmal getan. Ich bin hier tatsächlich nicht sehr beliebt, Mrs. Verlaine.«

»Es ist ein Jammer.«

»Oh, bedauern Sie mich nicht. Ich bin daran gewöhnt. Es macht mir nichts aus.«

Mitgefühl schoß heiß in mir auf, wußte ich doch, daß er nicht die Wahrheit sagte. Natürlich machte es ihm etwas aus.

»Finden Sie es richtig, daß wir uns unterhalten?« sagte ich. »Wir verscheuchen womöglich den Geist.«

»Meinen Sie nicht, daß er – oder sie – für heute nacht mit dem Spuken fertig ist?«

»Ich weiß nicht, wie er – oder sie – arbeitet. Warten wir noch ein wenig . . . ganz ruhig.«

Er nahm meinen Arm, und wir traten in den Schutz des verfallenen Gemäuers. Eine kaum mehr bezwingbare Erregung hatte von mir Besitz ergriffen. Ich stand gegen die kalte, feuchte Wand gelehnt und betrachtete sein Profil. Es sah streng aus, scharf umrissen in dem Halbdunkel – zerquält und traurig; und meine Gefühle waren so vielfältig, daß ich sie selbst nicht zu begreifen vermochte. Ich wußte nur, daß ich sein Gesicht, so, wie ich es in dieser Nacht gesehen hatte, niemals vergessen würde und daß die Sehnsucht, ihm zu helfen, so inbrünstig war, wie meine Liebe zu Pietro es gewesen war. Vielleicht war dieses Gefühl dem anderen nicht ganz unähnlich – die Sehnsucht zu umsorgen, zu schützen vor der Welt.

Ich wünschte so sehr, daß der Mensch, der den faulen Zauber mit den Lichtern in Szene setzte, wieder erscheinen möge. Ich wünschte mir, daß wir ihn packen und als das Gespenst entlarven, daß wir diesem Versuch, eine alte Wunde offenzuhalten, ein Ende machen könnten.

Ich wünschte, Napier in Lovat Stacy wirklich zu Hause zu sehen und eine Arbeit tun, die ihm so sehr lag. Ich wünschte mir, ihn glücklich zu sehen.

Plötzlich blickte er auf mich nieder und flüsterte: »Ich glaube, Sie haben *doch* Mitleid mit mir.«

Ich brachte keine Antwort heraus, die Kehle war mir wie zugeschnürt.

»Warum?« flüsterte er weiter. »Warum?«

»Sch«, sagte ich. »Sonst hört's das Gespenst und kommt nicht wieder. Vergessen Sie nicht, daß wir es fangen wollen.«

»Es ist mir sogar noch wichtiger zu wissen, warum Sie Mitleid mit mir haben, als das Gespenst zu fangen.«

»Es war so ungerecht«, sagte ich. »Alles war so ungerecht. Ein unglücklicher Zufall, und Ihr Leben ... vernichtet.«

»Das ist ein zu hartes Wort«, sagte er.

»Nein«, antwortete ich mit Nachdruck. »Es war so grausam, Ihnen die Schuld zu geben ... Sie von zu Hause fortzuschicken.«

»Nicht jeder hat ein so weiches Herz wie Sie.«

Ich lachte. Ich dachte nicht mehr daran, daß ich ein Gespenst fangen wollte. Auch mir erschien es wichtiger zu sein, daß wir uns verstanden.

»Sie waren so jung.«

»Siebzehn ist gar nicht mehr so jung. Ich war alt genug zu töten ... und deshalb auch alt genug, dementsprechend behandelt zu werden.«

»Bitte, sprechen Sie nicht davon, wenn es Sie aufregt.«

»Warum soll es mich nicht aufregen? Schließlich nahm ich ihm das Leben, nicht wahr? Eben noch war er herrlich jung und lebendig und dann ... tot. Und hier bin ich, lebe, und habe dreizehn Jahre Leben gehabt, die ihm versagt blieben. Und dann sagen Sie, es sollte mich nicht aufregen.«

»Es war ein Unfall. Bringen Sie das nicht in Ihren Kopf? Schafft das niemand?«

»Wie heftig Sie sind. Frau Verteidigerin!«

»Und wie leichtfertig Sie daherreden. Aber Sie täuschen mich nicht. Sie sind nur so, weil es Ihnen nahegeht.«

»Es macht mich sehr glücklich, daß Sie mich mit so viel Vehemenz verteidigen. So erwächst aus dem Unheil doch noch etwas Gutes.«

Wir standen dicht beieinander, und plötzlich nahm er meine Hand.

»Danke«, sagte er.

»Ich wünschte, ich verdiente Ihren Dank.«

»Ich hätte ihn nicht ausgesprochen, wenn ich nicht der Meinung wäre, daß Sie ihn verdienen.«

»Ich sehe nicht, was ich getan habe.«

Sein Gesicht war dicht vor dem meinen, als er sagte: »Sie sind hier.«

Voll Befangenheit erwiderte ich: »Vielleicht sollten wir jetzt lieber hineingehen. Die Gespenster kommen sicher nicht mehr wieder, nachdem sie uns sprechen gehört haben.«

»Ich habe jetzt selten Gelegenheit, mit Ihnen zu sprechen.«

»Ja . . . es hat sich geändert, seit Edith . . . fortging.«

»Sehr. Sie sind voller Zweifel. Wie könnte es auch anders sein? Doch zumindest sind es Zweifel. Sie urteilen nicht. Und Sie werden es nicht eher tun, als bis Sie Beweise dafür haben, daß Ihre Vermutungen gerechtfertigt sind.«

»Das dürfen Sie nicht von mir denken. Ich hasse Menschen, die über andere zu Gericht sitzen. Wie kann man bis ins einzelne um die Dinge wissen, die zu einer Katastrophe führten . . . und es sind Kleinigkeiten, die oftmals so wichtig sind.«

»Ich denke oft an Sie«, sagte er. »Eigentlich . . . immer.«

Als ich schwieg, fuhr er fort: »Es steht so viel zwischen uns. Sie wissen doch, daß viele Leute glauben, daß ich Edith beseitigt habe. Es überrascht mich nicht. Mir wurde sehr bald klar, wie hoffnungslos es mit uns war und ihr auch. Ich wußte natürlich, daß sie den Vikar liebte, und wahrscheinlich verachtete ich sie, weil sie sich zwingen ließ, mich zu heiraten – ebenso wie ich mich selbst verabscheute. Aber ich versuchte, etwas aus unserer Ehe zu machen – auf ganz verkehrte Weise natürlich. Ich versuchte, aus ihr eine Frau zu machen, die ich bewundern konnte. Ihre Sanftmut irritierte mich . . . ihre Schüchternheit, ihre Ängste. Es gibt keine Entschuldigung. Ich habe mich abscheulich benommen. Aber Sie wissen, was für eine Art Mann ich bin. Nicht gerade tugendhaft, fürchte ich. Aber warum versuche ich, das alles zu erklären?«

»Ich verstehe.«

»Und verstehen Sie auch, daß ich Sie nicht in all dies hineinziehen will ... nicht jetzt?«

»Wieso könnte das geschehen?« fragte ich scharf.

»Die Leute beschmutzen mit ihren Gedanken ... mit ihrem bösartigen Gerede. Ich muß Ihnen beweisen – Ihnen und der Welt –, daß ich nichts mit Ediths Verschwinden zu tun hatte ... jedenfalls nicht direkt.«

»Wollen Sie damit sagen, daß Sie indirekt verantwortlich sein könnten?«

»Das, fürchte ich, liegt auf der Hand. Das arme Kind – denn das war sie – hatte Angst vor mir. Das wußte jeder. Folglich ... bin ich als Ediths Mörder gebrandmarkt.«

»Sagen Sie so etwas nicht.«

»Warum nicht, wenn es doch wahr ist? Ich dachte, Sie würden die erste sein, mir beizupflichten, daß es nie falsch ist, die Wahrheit zu sagen. Ich sage Ihnen, warum Sie sich Ihr Mitleid für mich sparen sollten. Sie können eine ganze Reihe von Leuten fragen, und alle werden Ihnen die gleiche Antwort geben. Sie werden Ihnen ausnahmslos versichern, daß Ihr Mitleid an mich verschwendet ist. Und noch mehr. Sie werden Sie warnen. Denken Sie daran, was man mir alles vorwirft. Ist es da wohl klug, mit mir in einer behexten Kapelle zu verweilen?«

»Bitte, seien Sie ernst. Dies ist eine ernste Angelegenheit.«

»Mir ist todernst zumute. Sie sind in Gefahr. Sie, meine schöne, kühle Witwe, befinden sich in unmittelbarer Gefahr.«

»Wie und durch wen?«

»Möchten Sie das wirklich wissen?«

»Natürlich möchte ich das.«

Statt jeder Antwort wandte er sich mir mit einer schnellen Bewegung zu und nahm mich in die Arme. Er hielt mich so eng an sich gepreßt, daß ich sein Herz klopfen hörte und wußte, er fühlte das meine ebenso. Er drückte sein Gesicht an meinen Kopf, und ich erwartete, daß er mich küssen würde; doch er tat es nicht. Er stand nur ganz still und hielt mich fest, und ich rührte mich nicht in seinen Armen, hatte ich doch nur den einen, unwiderstehlichen Wunsch, dort zu verharren.

Nach einer ganzen Weile sagte ich: »Das ist . . . unklug.«

Bitter auflachend antwortete er: »Eben das sagte ich Ihnen. Höchst unklug. Sie wollten ja wissen, wieso Sie sich in Gefahr befinden. Und ich habe es Ihnen gesagt.«

»Und Sie möchten mich vor dieser Gefahr bewahren?«

»O nein. Ich möchte Sie stracks hineinführen. Aber ich bin pervers. Ich möchte, daß Sie sehenden Auges hineingehen . . . sich der Gefahr bewußt sind . . . sie erkennen . . . ich möchte, daß es Ihre freie Wahl ist.«

»Sprechen Sie in Rätseln?«

»Rätsel, auf die wir beide die Antwort wissen. So könnte man es ausdrücken. Ich werde meine Absichten erklären, die kaum ehrenhaft zu nennen sind. Sehen wir uns die Tatsachen an. Ich habe meinen Bruder ermordet.«

»Ich bestehe auf der Wahrheit«, unterbrach ich ihn. »Sie haben Ihren Bruder durch einen Zufall erschossen.«

». . . als ich siebzehn war. Meine Mutter brachte sich deswegen um. Damit hatte ich zwei Tode auf dem Gewissen.«

»Ich bin anderer Meinung. Es war nicht Ihre Schuld.«

»Süßer Anwalt«, sagte er. »Süßer, leidenschaftlicher Verteidiger. Während der Zeit in Australien sehnte ich mich nach Hause . . . aber als ich zurückkam, stellte ich fest, daß das, wonach ich mich gesehnt hatte, nicht mehr da war. Ich hatte von meinem Zuhause geträumt, wie es vor dem Unfall war. Wie anders war es jetzt. Ich war verheiratet. Deswegen hatte man mich schließlich zurückgeholt. Meine Frau war ein Kind . . . ein verängstigtes Kind, das sich vor mir fürchtete, und ich kann ihr das nicht verübeln. Sie liebte einen anderen. Was konnte ich mit einer solchen Ehe anfangen? Kaum, daß ich sie eingegangen war, begann ich mich bereits zu fragen, ob es nicht für uns alle besser gewesen wäre, wenn ich draußen geblieben wäre.«

»Aber Sie lieben Lovat Stacy.«

Er nickte.

»Es ist Ihr Zuhause . . . Sie sind hier verwurzelt.«

»Und manchen Menschen fällt es nicht leicht, diese Wurzeln zu lösen. Sehen Sie, nun übernehme ich Ihre Rolle . . . ich verteidige mich, und gerade das darf ich nicht. Es gibt keine Verteidigung. Ich erschoß meinen Bruder. Das werde ich niemals vergessen.«

»Aber Sie müssen . . . Sie müssen vergessen.«

»Bitte seien Sie nicht so energisch. Das macht mich hilflos. Noch nie hat jemand bisher versucht, mich zum Helden zu stempeln.«

»Ich . . . ich soll einen Helden aus Ihnen machen? Ganz gewiß nicht. Ich möchte nur, daß Sie die Tatsachen so sehen, wie sie sind . . . daß Sie erkennen, wie falsch es ist, über vergangene Tragödien nachzugrübeln . . . ganz besonders, wenn es unglückliche Umstände sind, wie sie jedem von uns widerfahren können.«

»O nein«, sagte er. »Könnte so etwas zum Beispiel Ihrem Freund Godfrey Wilmot passieren?«

Ich war betroffen, und er spürte es wohl. Wie sehr wir doch einer um den anderen wußten!

»Jedem könnte ein solcher Unfall zustoßen«, erklärte ich streng.

»Wissen Sie von jemandem, außer mir?«

»Nein, aber . . .«

»Natürlich nicht. Und da ist Godfrey Wilmot, der junge Mann im heiratsfähigen Alter, der so viel zu bieten hat. Vielleicht hat er es bereits angeboten und ist erhört worden.«

»Ich fürchte, hier haben sehr viele Leute vorschnelle Schlüsse gezogen.«

»Woraus ich entnehmen darf, daß es zu keiner offiziellen Verlobung gekommen ist.«

»Es ist peinlich, wenn man mit einem jungen Mann befreundet ist und alle Welt versucht, einen mit ihm zu verheiraten.«

»Die Menschen halten sich gern für Propheten.«

»Dann wünschte ich nur, sie würden ihre Prophezeiungen nicht auf mich ausdehnen.«

»Haben Sie nicht daran gedacht, wieder zu heiraten? Das kommt daher, daß Sie noch immer an Ihren verstorbenen Mann denken. Aber Sie haben sich verändert«, fügte er leise hinzu. »Ich habe die Veränderung wohl bemerkt. Wissen Sie, daß Sie häufiger lachen als früher? Sie scheinen einen neuen Lebensinhalt gefunden zu haben. Den hat Lovat Stacy Ihnen gegeben.«

Als ich schwieg, fuhr er fort: »Kann er ihnen so viel bedeutet haben, da Sie ihn so schnell vergessen können?«

»Ihn vergessen!« fuhr ich auf. »Ich werde Pietro niemals vergessen.«

»Aber Sie sind jetzt bereit, sich ein neues Leben aufzubauen. Wird er immer da sein . . . der schattenhafte Dritte? Er wird mit jedem Jahr vollkommener werden. Er wird niemals altern. Wie könnte jemand mit ihm konkurrieren?«

Ich schauerte in mich zusammen und erwiderte: »Die Nachtluft ist kühl. Und ich habe nasse Füße.«

Er bückte sich, hob meinen Fuß und streifte den Schuh ab. Dann hielt er meinen Fuß in der Hand und sagte: »Sie hätten nicht so ein dünnes Ding anziehen sollen.«

»Es war keine Zeit. Ich wollte das Gespenst erwischen.«

»Sie wollten wissen, wem so sehr daran gelegen war, den Tod meines Bruders nicht in Vergessenheit geraten zu lassen.«

»Ja, das stimmt.«

»Sie sind eine sehr wißbegierige junge Dame.«

»Ich fürchte, ja.«

»Und sehr impulsiv.«

»Das ist wahr.«

»Sie sind einmal Ihrem Impuls gefolgt. Vielleicht werden Sie es ein zweites Mal tun.« Er zog mir den Schuh wieder an. »Sie zittern ein wenig. Ist das die Nachtluft? Ich habe noch eine Frage an Sie. Sie trafen einmal eine Entscheidung. Nüchtern betrachtet war es eine sehr törichte Entscheidung. Sie gaben Ihre Karriere auf . . . um eines Mannes willen. Sie müssen sehr mit sich zu Rate gegangen sein, als Sie das taten. Stimmt's?«

»Nein.«

»Sie haben also nicht sehr mit sich gekämpft?«

»Nein.«

»Sie waren wie immer impulsiv und glaubten, daß die Entscheidung die richtige sei . . . die einzig mögliche?«

»Ja.«

»Und jetzt bereuen Sie es.«

»Ich bereue nichts.«

»Sie faßten einst einen sehr mutigen Entschluß.« Sein Ton klang beinahe sehnsüchtig. »Ich frage mich, ob Sie das je wieder tun würden.«

»Vielleicht habe ich mich gar nicht so sehr verändert.«

»Vielleicht werden wir feststellen, wie sehr. Ich bin froh, daß Sie nichts bereuen. Menschen, die das tun, bemitleiden sich oftmals selbst, und Selbstmitleid ist eine wenig anziehende Eigenschaft. Ich versuche, sie zu vermeiden.«

»Das tun Sie . . . mit großem Erfolg.«

»Aber ich fürchte, ich bemitleide mich oftmals selbst. Ich sage mir ständig: ›Wie anders hätte es sein können, wenn . . . ‹ Und ich habe das noch viel öfter gesagt, seit Sie hier sind. Sie wissen, warum. Es steht so sehr viel zwischen Ihnen und mir«, sagte er. »Arme Edith. Arme Edith . . . im Tode soviel bedeutender als im Leben.«

»Im Tode?« fragte ich scharf.

»Ich denke an sie als eine Tote. Oh, wie mißtrauisch Sie doch sind. Sie zweifeln an mir. Und doch haben Sie vor kurzem . . . O ja, Sie zweifeln an mir, und in gewisser Weise wollte ich das sogar. Ich möchte mir sagen können ... Ihren Zweifeln zum Trotze ... Sehen Sie, dann wären Sie ebenso mit Blindheit geschlagen wie schon einmal. Ohne im geringsten zu überlegen.«

Ich unterbrach ihn: »Ich muß Ihnen sagen, daß ich Ihren Streit mit Ihrem Vater mit angehört habe ... teilweise zumindest. Ich hörte, wie er sagte, daß er Sie fortschicken wollte.«

»Und Sie hörten, daß ich mich weigerte zu gehen.«

»Und kurz darauf spielte ich das Musikstück, das jemand zu den Noten gelegt hatte, die er für mich ausgesucht hatte.«

»Und Sie denken, ich habe es hingelegt.«

»Nur wenn Sie mir das sagen.«

»Dann will ich Ihnen sagen, daß ich es nicht war. Und Sie werden mir glauben?«

»Ja«, sagte ich. »Ich glaube Ihnen.«

Er nahm meine Hand und küßte sie.

»Bitte«, sagte ich, »sagen Sie mir immer die Wahrheit. Wenn ich von irgendwelchem Nutzen sein soll, muß ich die Wahrheit wissen.«

»Sie machen mich sehr glücklich«, entgegnete er, und ich war zutiefst gerührt, denn noch nie hatte ich seine Stimme so leise, so zärtlich klingen hören.

»Das möchte ich auch«, erwiderte ich ohne zu überlegen. Und fügte schnell hinzu: »Jetzt muß ich zurück ins Haus.«

Ich setzte mich in Bewegung. Mit einem Schritt war er neben mir und sagte plötzlich: »Zwischen uns bestand von Anfang an ein Band. Uns hing beiden die Vergangenheit an. Ich tötete meinen Bruder; und Sie liebten zwar nicht vernünftig, aber zu sehr.«

»Ich glaube, Liebe ist nie unvernünftig, und man kann gar nicht zu sehr lieben.«

»Sie bieten also dem Dichter Trotz?«

»Das tue ich. Ich bin ganz sicher, daß man nicht zu sehr lieben kann ... zuviel geben kann ... denn das größte Glück im Leben ist ganz gewiß, zu lieben und zu geben.«

»Mehr als lieben und empfangen?«

»Ganz sicher.«

»Dann müssen Sie sehr glücklich gewesen sein.«

»Das war ich.«

Wir überquerten den Rasen, und vor uns lag schattenhaft der Garten.

»Wir haben das Gespenst also nicht gefunden«, sagte ich.

»Nein«, erwiderte er, »aber vielleicht haben wir etwas viel Wichtigeres entdeckt.«

»Gute Nacht«, sagte ich. Damit ließ ich ihn draußen stehen und ging ins Haus.

11

ICH WARF EINEN Blick in Mrs. Lincrofts Wohnzimmer, um ihr zu sagen, daß ich an diesem Vormittag nicht ins Pfarrhaus gehen werde und daß Sylvia, nun sie sich von ihrer Krankheit erholt hatte, für ihre Klavierstunde mit den Mädchen zurückkomme.

Die Tür stand spaltbreit offen, und ich klopfte leicht. Da keine Antwort erfolgte, rief ich leise Mrs. Lincrofts Namen und schob die Tür auf.

Zu meinem Erstaunen war sie da, saß am Tisch und hatte eine Zeitung vor sich ausgebreitet. Sie hatte mich nicht gehört, was ich seltsam fand.

»Mrs. Lincroft«, sagte ich, »fehlt Ihnen etwas?«

Da blickte sie auf, und ich sah, wie blaß sie war und daß ihre Augen merkwürdig glänzten, wie von ungeweinten Tränen.

Ihr Ausdruck veränderte sich fast augenblicklich.

»O Mrs. Verlaine, bitte, kommen Sie herein.«

»Fühlen Sie sich nicht wohl?« fragte ich eintretend.

»Oh . . . hm . . . ja, ich bin recht müde. Ich habe vergangene Nacht nicht gut geschlafen.«

»Oh, das tut mir leid. Ist das bei Ihnen etwas Ungewöhnliches?«

Sie zuckte die Achseln. »Ich habe seit Jahren nicht mehr gut geschlafen.«

»So etwas ist schlimm. Ich hoffe, es sind nicht irgendwelche Sorgen daran schuld.«

Sie blickte mich einigermaßen aufgeschreckt an und legte unwillkürlich die Hand auf die Zeitung, als wollte sie sie vor mir verbergen.

»Sorgen? Oh . . . nein, gewiß nicht.«

Klang das nicht etwas zu nachdrücklich, fragte ich mich.

Sie lachte, doch es war ein schrilles Lachen. »Seitdem ich hierher zurückkam, habe ich ein sehr angenehmes Leben gehabt. Ohne die geringsten Sorgen. Ich kann nicht sagen, was das bedeutet, wenn man ein Kind hat.«

»Ich kann mir vorstellen, daß es schwer ist für eine Frau, ein Kind allein aufzuziehen.«

Etwas Farbe kehrte in ihr Gesicht zurück, und ich fuhr fort: »Und Sie haben es bewundernswert geschafft.«

»Die liebe Alice. Als sie unterwegs war, wollte ich sie nicht, doch als sie geboren wurde . . .« Plötzlich sagte sie: »Alice hat Ihnen erzählt, wer ihr Vater ist, ich weiß. Sie hat es mir gestanden. Ich glaube beinahe, sie neigt dazu, sich damit zu brüsten. Und ich kann es ihr kaum verübeln. In gewisser Weise ist es unselig, daß sie es weiß, aber es ist schwer, solche Dinge geheimzuhalten . . . besonders vor einem Mädchen wie Alice. Sie schien die Wahrheit zu spüren.«

»Ich glaube, sie ist stolz auf ihre Herkunft, was entschieden besser ist, als wenn sie sich schämen würde.«

»Kaum etwas, um stolz darauf zu sein«, sagte Mrs. Lincroft. Sie spreizte die Hände über die Zeitung. »Sie sind eine Frau von Welt, Mrs. Verlaine. Sie haben im Ausland gelebt und sind gereist, und ich bin sicher, Sie verstehen eher als viele andere, wie solche Dinge geschehen können. Ich möchte, daß Sie mich und Sir William – nicht zu hart verurteilen. Seine Ehe war nicht glücklich, und ich konnte ihn trösten. Ich weiß nicht, wie es geschah, aber man stolpert in eine solche Situation wohl hinein.«

»Natürlich«, sagte ich. Ich hatte den Eindruck, daß sie wie unter einem Zwang weiterredete und nicht aufhören konnte.

»Meine Mutter pflegte zu sagen, daß es auf jeder Türschwelle einen schlüpfrigen Stein gibt. Sie war Schottin, und diese Redensart stammt von dort oben. Es bedeutete natürlich, daß jeder von uns ausrutschen kann, wenn er nicht achtgibt . . . und in gewisser Weise stimmt es.«

»Ganz sicher.«

»Als ich hierherkam, war ich sehr jung. Ich war einige Monate Erzieherin gewesen und kam dann als Gesellschafterin für Lady Stacy ins Haus. Ich mußte bei ihr sitzen, ihr vorlesen, sie frisieren. Eine sehr angenehme Stellung; denn sie war sehr freundlich, sehr gütig, was es irgendwie nur schlimmer macht. Sie erinnerte mich etwas an Edith. Vielleicht hatte Sir William deshalb solche Vorliebe für Edith.«

Während sie sprach, sah ich das Bild deutlich vor mir; die schöne junge Frau, denn schön mußte sie gewesen sein, ehe sie so kummervoll und verblaßt aussah. Wie reizvoll mußte sie gewesen sein mit ihrer schlanken, biegsamen Gestalt, dem bezaubernden Gesicht und den tiefliegenden, graublauen Augen. Und Isabella Stacy . . . Mutter zweier Buben, des angebeteten Beau und Napiers, der nie ganz mit seinem Bruder mithalten konnte. Ich sah es so deutlich vor mir: Isabella, die vielleicht innerlich etwas grollte, weil sie ihre Karriere der Ehe wegen aufgegeben hatte, eine Frau, der es nicht gelungen war, sich die Zuneigung ihres Gatten unumschränkt zu erhalten. Und dann erschien dieses reizvolle Geschöpf auf der Bildfläche und Sir William verliebte sich in die Zofe seiner Frau.

Sie fuhr fort: »Ich war hier, als der Unfall geschah. Den Tag werde ich nie vergessen.«

»Wie war Napier zu der Zeit? Der Unfall muß ihn sehr verändert haben.«

»Er war ein ganz normaler Junge. Wenn er nicht zwangsläufig ständig mit seinem älteren Bruder verglichen worden wäre, hätte man Nap kaum bemerkt. Nap, so nannten wir ihn damals. Er war etwas wild ... wie Jungen so sind. Ich glaube, daß er wohl ebensoviel dummes Zeug ausheckte wie andere Jungen seines Alters. In der Schule war er mit knapper Not durchs Examen gekommen, wogegen Beau brillant abschnitt. Beau war im Umgang und im Lernen der Erfolgreichere; sein Charme war unwiderstehlich. Niemand konnte Beau beschreiben. Man mußte ihn sehen und kennen, um es zu glauben. Er hatte ein so sonniges Wesen; nichts konnte ihn aus dem Gleichgewicht bringen; ich habe ihn nie schlechter Laune erlebt, wogegen Nap zu Stimmungen neigte. Vielleicht war es Eifersucht ... daß er stets versuchte, es Beau gleichzutun, und es nie schaffte. Ich glaube, deshalb wurden ihm so bittere Vorwürfe gemacht. Sir William glaubte nie ganz daran, daß es nichts als ein Unfall war.«

»Das ist ungerecht.«

»Das Leben ist ungerecht. Ich war da, als das Zigeunermädchen damit herauskam, daß es ein Kind erwartet und daß Nap der Verantwortliche sei. Zu dem Zeitpunkt war es bereits beschlossene Sache, daß er fortgeschickt werden sollte.«

»Der Zustand der Zigeunerin wurde also vor seiner Abreise bekannt.«

Sie nickte. »Ich ging auch fort, weil ich es für das Richtige hielt. Die Situation wurde unerträglich. Lady Stacy war vor Kummer ganz gebrochen. Ich wollte nicht noch dazu beitragen, also ging ich fort. Ich stellte fest, daß ich ein Kind bekam. Ich hatte Glück. Ich besaß einen alten Freund, der die Umstände kannte und mich heiratete. Ich dachte, daß ich ein ruhiges Leben führen, meinem Kind ein Zuhause geben und es niemals wissen lassen würde, daß mein Mann nicht sein Vater war. Dann beging Lady Stacy Selbstmord.«

»Was für eine entsetzliche Tragödie.«

»Es war wie eine ganze Serie von Explosionen. In gewisser Weise war jede Tragödie mit der anderen verknüpft. Alice wurde geboren, und ich verlor meinen Mann. Ich war verzweifelt. Ich hatte kein Geld und ein Kind zu versorgen. So schrieb ich an Sir William und schilderte ihm meine Lage. Er schlug mir vor zurückzukommen in der Stellung, die ich heute habe, und es war ein großes Glück für mich. Es gibt nicht viele Stellungen, in denen man arbeiten und gleichzeitig ein Kind großziehen kann.«

Ich nickte.

»So war ich in der Lage, für Alice zu sorgen, und als Allegra geboren und von ihrer Mutter verlassen wurde, kümmerte ich mich um beide Kinder. Dann kam noch Edith ins Haus, und ich weiß, daß ich zumindest zu etwas nütze gewesen bin. Das tröstet über alle Sünden der Vergangenheit hinweg. Das verstehen Sie doch, Mrs. Verlaine.«

»Ich kann mir nicht vorstellen, was alle hier ohne Sie getan hätten.«

»Ich weiß nicht, warum ich Sie mit alledem langweile.«

»Es ist durchaus nicht langweilig.«

»Ja, Sie interessieren sich sehr für Menschen, nicht wahr? Das ist mir schon häufig aufgefallen. Sie nehmen großen Anteil am Schicksal anderer . . . wie es nur wenige Menschen tun.«

»Das stimmt wohl.«

»Also brauche ich mich nicht zu entschuldigen, daß ich so viel erzählt habe. Normalerweise neige ich auch nicht zu diesem Fehler. Nehmen Sie einen Kaffee?«

»Gern«, sagte ich.

Sie ging, ihn zuzubereiten, und meine natürliche Neugierde drängte mich, mir die Zeitung anzusehen; hatte ich doch das Gefühl, daß etwas darin sie womöglich so verstört hatte.

Im Unterhaus hatte es einen Tadelsantrag gegen die Regierung gegeben. Das nahm den meisten Raum ein; auf der Strecke nach Brighton waren zwei Züge zusammengestoßen; eine Mrs. Brindell war dabei erwischt worden, wie sie ihre siebzehnjährige Tochter zum Ladendiebstahl anleitete; ein Mann war aus einem Gefängnis und ein weiterer aus einer Irrenanstalt ausgebrochen; eine ganze Familie war bei einem Brand ums Leben gekommen; eine Mrs. Linton hatte im Alter von siebzig Jahren einen fünfundsiebzigjährigen Mr. Grey geheiratet! Linton! überlegte ich; das hat eine gewisse Ahnlichkeit mit Lincroft.

Nein, dachte ich dann, die Zeitung hatte damit nichts zu tun. Ich hatte Mrs. Lincroft ganz einfach in einer sehr ungewöhnlich mitteilsamen Stimmung nach einer schlechten Nacht angetroffen.

Bis wir ihren köstlichen Kaffee tranken, hatte sie ihr Gleichgewicht völlig wiedergefunden.

Beim Gehen fragte ich, ob ich mir die Zeitung ausleihen dürfe. »Bitte, gern«, sagte sie. »Es steht aber wenig Interessantes darin.«

*

Alice saß am Tisch im Unterrichtszimmer und las laut aus der Zeitung vor. Es war dieselbe, die ich von ihrer Mutter mitgenommen hatte. Allegra hörte mit halbem Ohr zu, während sie Pferde auf einen Briefblock malte. Sylvia, die für eine Klavierstunde herübergekommen war, stützte die Ellenbogen auf den Tisch, kaute an den Fingernägeln und sah mit leerem Blick ins Nichts. Ich war hereingekommen, um meine Noten zu holen und Sylvia ihre Stunde zu geben.

Alice blickte auf, lächelte mir zu und fuhr mit dem Zeitunglesen fort.

»Mrs. Linton und Mr. Grey kannten sich seit sechzig Jahren. Sie hatten sich schon in früher Jugend geliebt; doch durch Widerstände, die sich ihrer Liebe entgegenstellten, heirateten sie jeder jemand anderen. Jetzt kam die Romanze . . .«

»Man stelle sich bloß vor, heiraten mit fünfundsiebzig«, sagte Allegra. »Das ist doch eher die Zeit zum Sterben.«

»Glaubt denn irgend jemand je, daß es für ihn Zeit zum Sterben ist?« meinte Sylvia.

»Nein, aber vielleicht gibt es andere Leute, die es wissen«, fügte Alice hinzu.

»Wer will sagen, ob die Zeit gekommen ist?« fragte Allegra.

»Wenn sie sterben, ist ganz offenbar die Zeit gekommen«, trumpfte Alice auf. »Jetzt hört euch dies an: Harry – Anführungsstriche, der Gentleman – Terrall ist erneut aus Broadmoor entwichen, wo er seit achtzehn Jahren einsaß. ›Gentleman‹ Terrall ist ein Mörder.«

»Was ist das?« fragte Allegra.

»Das bedeutet, er bringt Menschen um.«

»Und der ist geflohen?«

»Er ist in Freiheit. Das steht hier oben. ›Gentleman‹ Terrall ist höchst gefährlich, weil er durchaus normal erscheint und mit größter Liebenswürdigkeit auftritt. Er sieht sehr gut aus und wirkt besonders auf Frauen, die dann seine Opfer werden. Er entwich bereits zweimal und ermordete während einer dieser Zwischenspannen, als er sich auf freiem Fuß befand, Miß Anna Hassock. Er ist jetzt Mitte Vierzig und besitzt bestechende Umgangsformen, die ihm seinen Namen eintrugen.«

»Gentleman Terrall«, hauchte Allegra. »Ob er wohl hierherkommt?«

»Dann werden wir ihn erkennen«, warf Sylvia ein. »Wenn wir einen Mann mit guten Manieren sehen . . .«

»Wie Mr. Wilmot«, fügte Alice hinzu.

»Meinst du, daß Mr. Wilmot . . .«, begann Sylvia.

»Dumme Trine!« schnaubte Allegra. »Dieser Mann ist doch gerade erst entkommen, und Mr. Wilmot ist seit einer Ewigkeit hier. Außerdem wissen wir, wer Mr. Wilmot ist. Er ist mit einem Lord und einem Bischof verwandt.«

»Klingt logisch«, sagte Alice. »Aber dieser Gentleman muß

etwa wie Mr. Wilmot aussehen, nur, daß er älter ist. Also wie Mr. Wilmots Vater, wenn er einen hat . . . das heißt, natürlich hat er einen. Aber es ist aufregend. Man stelle sich vor, jetzt schleicht der Gentleman umher und hält nach Opfern Ausschau.«

»Vielleicht war Edith eins«, meinte Allegra.

Im Nu herrschte Stille rund um den Tisch.

»Und«, fügte Sylvia hinzu, »wie ist das mit dieser Miß . . . äh . . . Brandon. Vielleicht war sie auch eins.«

»Dann muß er hier gewesen sein . . .«, flüsterte Allegra, scheu um sich blickend.

»Aber was hat er mit den Leichen gemacht?« rief Alice triumphierend.

»Das ist einfach. Er hat sie vergraben.«

»Wo?«

»Im Wäldchen. Erinnert ihr euch nicht, daß wir gesehen haben . . .«

Jetzt mischte ich mich ein: »Diese Unterhaltung wird zu grausig. Außerdem sind das alles Schaum und Seifenblasen.«

»Schaum und Seifenblasen«, kicherte Allegra.

»Es rührt alles von einem Zeitungsartikel her, und ihr habt den größten Unsinn geredet.«

»Der hat Ihnen aber gefallen, glaube ich«, bemerkte Alice mit Unschuldsmiene, »denn Sie haben erst gesagt, daß wir aufhören sollten, als wir anfingen, vom Wäldchen zu sprechen.«

*

Alice und Allegra brüteten über einem Buch am Tisch im Unterrichtszimmer.

Beim Nähertreten sah ich, daß es ein Modeheft war, aufgeschlagen die Seite mit Jungmädchen-Kleidern.

»Mir gefällt dieses«, rief Allegra.

»Da ist zu viel dran.«

»Die du magst, sind immer so langweilig.«

Alice lächelte zu mir empor. »Wir bekommen neue Kleider und suchen uns Muster aus. Mama hat es uns erlaubt. Dann fahren wir nach London, Stoffe kaufen. Das tun wir einmal im Jahr.« »Ich glaube, ich nehme dies rote«, verkündete Allegra. »Du wirst wohl das blaue haben wollen.«

Ich setzte mich zu ihnen, besah mir die Kleider, und wir unterhielten uns über die Stoffarten, die ihnen am besten stehen würden.

*

Ich traf Godfrey auf dem Friedhof beim Grabmal der Stacys. Ich hatte mich hier nie wieder ganz so unbefangen und sicher gefühlt, seit die Zigeunerin aus dem Grase aufgetaucht war; seither kam ich mir hier stets auf unerklärliche Weise beobachtet vor. In der Tat hatte ich seit dem Brand an einsamen Orten oftmals unbehagliche Momente. Angesichts meiner Zweifel und bösen Vermutungen eine nur natürliche Reaktion.

Godfrey kam auf mich zu. Er war zweifellos ein erfreulicher Anblick, und ich mußte sofort an Gentleman Terrall denken. Wie absurd! Die leichtfertige Unterhaltung der Mädchen hatte doch tatsächlich bewirkt, daß ich mir den entwichenen Wahnsinnsmörder wie Godfrey vorstellte.

Er schien etwas in Gedanken zu sein.

»Hallo«, rief ich ihm entgegen. »Ist irgend etwas geschehen?«

»Geschehen? Was sollte geschehen sein?«

»Sie sehen mir so ungewöhnlich nachdenklich aus.«

»Ich war unten bei den Ausgrabungen. Diese Mosaiken sind sehr interessant . . . das immer wiederkehrende Motiv. Ich komme jedoch nicht darauf, was es bedeuten soll.«

»Nur ein Muster?«

»Nun, man kann nie wissen . . . Mag sein, daß es etwas bisher Unbekanntes über die Römer aussagt.«

»Aha.«

»Warum sprechen Sie so enttäuscht? Es ist interessant ... wirklich. Sie sollten hingehen und es sich anschauen. Natürlich ist die Farbe der Steine so verblaßt, daß man das Muster nicht erkennen kann, aber die Ähnlichkeit ist überall auf dem Pflaster und in den Bädern zu sehen.«

»Ich war nicht dort seit ...«

»Nein. Natürlich widerstrebt es Ihnen. Aber ich dachte an Roma.«

»Inwiefern?«

»Angenommen, sie fand dort etwas ... irgendeine Anregung, die ihr eine Idee gab, und sie erzählte es jemandem, der das weiterverfolgen wollte ...«

»Sie halten doch tatsächlich noch immer an der Theorie vom mißgünstigen Archäologen-Kollegen fest.«

»Sicher sollte man keine Theorie verwerfen, solange nicht erwiesen wurde, daß sie falsch ist.«

»Aber das würde nicht Ediths Verschwinden erklären.«

»In Ihrer Vorstellung ist das Verschwinden beider fest miteinander verknüpft. Vielleicht irren Sie sich damit.«

»Aber dieses merkwürdige Zusammentreffen!«

»So etwas kommt hin und wieder vor.«

»Ob Roma wohl je hierhergekommen ist ... auf diesen Friedhof«, sagte ich unvermittelt.

»Warum sollte sie? Hier gibt es nichts von archäologischem Interesse.«

Ich blickte über meine Schulter.

»Sie sind heute nervös. Warum?«

»Ich habe ganz einfach das unbehagliche Gefühl, beobachtet zu werden.«

»Hier sind nur die Toten.« Er nahm meine Hand und hielt sie mit festem Druck umschlossen. »Kein Grund, sich zu ängstigen, Caroline.« Und sein Lächeln wollte sagen: So wird es immer sein, solange ich da bin und für unser beider Leben Sorge trage. Und ich mußte denken, wie recht er hatte; und ich sah deutlich jene Zukunft vor mir, an die ich ab und an gedacht hatte: der Frieden, die Geborgenheit, von denen ich nicht wußte, ob ich sie mir wirklich wünschte.

Vielleicht war auch er nicht ganz sicher. Er würde nie impulsiv handeln. Er würde unserer Freundschaft die Möglichkeit geben zu wachsen; er würde niemals etwas erzwingen. Deshalb würde seine Entscheidung, wenn er sie traf, die rechte sein ... von seinem Standpunkt gesehen.

Ich sagte: »Ich werde in der nächsten Zeit einmal hingehen und mir die Motive ansehen.«

»Ja, tun Sie das.«

Wir gingen über den Friedhof zum Tor, und als wir ankamen, stand dort Mrs. Rendall. Sie sah unheilverkündend aus wie ein Racheengel, bis sie Godfrey süß zulächelte. Mich übersah sie.

Ich ließ sie zusammen zurück.

*

Ich ging an den römischen Bädern entlang und meinte Roma neben mir zu haben, so deutlich sah ich sie. Wie aufgeregt sie gewesen war, als sie mir diese Funde gezeigt hatte!

Ich wollte nicht in die Richtung des ausgebrannten Häuschens schauen, doch meine Augen wanderten unwillkürlich hinüber. Wie gespenstisch es aussah – eine rauchgeschwärzte, leere Hülle, wie die Kapelle im Wäldchen.

Roma schien mir an diesem Tage sehr nahe zu sein. Ich spürte beinahe, daß sie versuchte, mir etwas zu sagen. Gefahr lauerte in der Nähe; ich fühlte sie rund um mich herum. Ich versuchte, das Empfinden abzuschütteln, aber es war töricht von mir, hierherzukommen. Es lag dem Schauplatz meines entsetzlichen Erlebnisses zu nahe. Der Ort war zu einsam, und es bevölkerten ihn zu viele Geister aus der Vergangenheit.

Reiß dich zusammen, schalt ich mich. Bilde dir nicht so abwegige Dinge ein. Sieh dir die Mosaiken an und versuche, das Muster zu erkennen.

Die Farbe war dunkel vom Schmutz der Jahrhunderte. Die gute Roma, wie hatte sie sich bemüht, nach Pietros Tod ein neues Interesse am Leben in mir zu wecken, und weil sie in dem Glauben war, daß die Archäologie das Allheilmittel für alle Leiden sei, hatte sie mich als Handlanger für diejenigen angestellt, die das Mosaik zusammensetzten. Natürlich würde das Bild auf dem Mosaik ein Teil des Musters sein, das Godfrey so interessierte. Ich hatte das Gefühl, daß Roma mir Beifall klatschte. Ich hatte bei den Arbeiten an dem Mosaik mitgeholfen. Ich mußte es Godfrey so schnell wie möglich erzählen.

Ich ging schnurstracks zum Pfarrhaus.

Ich mußte ihn auf irgendeine Weise wissen lassen, daß ich da war, und ich hatte das Glück, daß eines der verschüchterten, kleinen Hausmädchen gerade den messingnen Türklopfer putzte, so brauchte ich nicht zu klopfen.

»Mrs. Rendall ist im Destillierraum«, sagte sie von sich aus. »Vielen Dank, Jane«, erwiderte ich. »Ich möchte nur schnell hinaufgehen ins Unterrichtszimmer. Ich habe dort Noten vergessen.«

Ich ging nach oben, wo Godfrey seine Lateinstunde gab. Er merkte sofort auf, als er mich sah.

Die Mädchen blickten mich überrascht an. Ich wußte, ihnen entging so leicht nichts.

»Ich glaube, ich habe Noten hier liegen gelassen«, sagte ich und ging durch den Raum an eine Schublade, wo ich ein Heft mit leichten Etüden aufbewahrte.

»Kann ich Ihnen behilflich sein?« Damit war Godfrey neben mir, den Mädchen den Rücken zuwendend.

Ich fingerte an dem Notenheft herum, nahm einen Bleistift und schrieb darauf: »Friedhof in zehn Minuten.«

»Ist es das, was Sie suchten?« fragte Godfrey.

»Ja, es tut mir leid, daß ich die Stunde unterbrochen habe. Aber ich brauchte dies hier.«

Ich verließ das Unterrichtszimmer und spürte, wie drei Augenpaare mir folgten. Hinunter und durch den Flur, eilig, um Mrs. Rendall nicht aus ihrer Brennerei auftauchen zu sehen, und hinaus auf den Friedhof, wo ich wartete.

In weniger als zehn Minuten war Godfrey da. »Vielleicht dramatisiere ich es«, sagte ich, »aber mir ist etwas eingefallen. Als ich damals herkam und einige Tage bei Roma war, setzten sie gerade das Mosaik zusammen. Es war zu kostbar, um es zu transportieren, sagte Roma, und einige ihrer Leute arbeiteten daran. Ich sollte helfen . . . natürlich tat ich nichts Besonderes, es sollte mich nur beschäftigen.«

»Weiter – weiter«, sagte er und zerstreute damit alle meine Zweifel, ob es wirklich von Bedeutung sei, was ich ihm erzählte. »Nun, das Mosaik war, glaube ich, Teil dieses Musters. Ich bin dessen eigentlich sicher.«

»Wir müssen es uns ansehen«, bestimmte er.

»Wo ist es denn?«

»Wenn es mit Erfolg zusammengesetzt wurde, muß es im Britischen Museum sein. Wir müssen es bei nächster Gelegenheit ansehen.«

»Wann können Sie fahren?«

»Es würde übel vermerkt werden, wenn ich mir zur Zeit einen freien Tag nähme. Wie ist es mit Ihnen? Sie sind schon geraume Zeit hier und haben noch keinen freien Tag gehabt, nicht wahr?«

»Nein, aber . . .«

»Ich werde keine Ruhe haben, bis einer von uns hinfährt.«

»Soweit ich weiß, will Mrs. Lincroft in Kürze mit den Mädchen nach London, um Kleiderstoffe einzukaufen.«

»Das ist die Gelegenheit. Sie fahren mit, und während die anderen Stoffe kaufen, gehen Sie ins Museum und sehen zu, ob Sie das Mosaik finden können.«

»Gut«, sagte ich. »Wenn ich vor Ihnen Gelegenheit habe, gehe ich hin.«

»Wir kommen von der Stelle«, sagte Godfrey, die Augen leuchtend vor Erregung. Er ging zurück ins Unterrichtszimmer, und ich eilte nach Lovat Stacy, wo ich in der Halle auf Mrs. Lincroft traf. »Sie kommen später als gewöhnlich«, bemerkte sie.

»Ja. Ich mußte deswegen zurückgehen.« Damit schwenkte ich das Notenheft, wobei es mir aus den Fingern glitt. Sie hob es mir auf, und ich sah deutlich das »Friedhof in zehn Minuten« auf dem Umschlag. Ob sie es bemerkt hatte?

*

Die Mädchen waren voller Aufregung, als wir im Zug nach London saßen.

»Wie schade, daß Sylvia nicht mitkommen konnte«, sagte Alice.

»Sie würde sich niemals ihren Stoff selbst aussuchen dürfen«, bemerkte Allegra.

»Arme Sylvia! Sie tut mir recht leid«, sagte Mrs. Lincroft und seufzte. Ich wußte, daß sie daran dachte, wie Alice und Allegra zur Welt gekommen waren – beide unter dramatischen und keineswegs normalen Umständen, und doch war es ihr gelungen, ihnen ein glücklicheres Heim zu schaffen, als Sylvias solides Zuhause es war. Mir fiel ihre Bemerkung vom schlüpfrigen Stein wieder ein, und ich dachte: Diese Frau hat alles getan, was in ihrer Macht stand, um ihren Fehltritt wiedergutzumachen.

»Arme Mrs. Verlaine«, fuhr Alice fort. »Sie kauft sich keinen Stoff für ein neues Kleid.«

»Vielleicht doch«, meinte Mrs. Lincroft.

»Sie geht ins Britische Museum«, setzte Allegra hinzu, mich forschend betrachtend. Ich verspürte leises Unbehagen, da ich ihnen nichts von meiner Absicht gesagt hatte, ins Britische Museum zu gehen. »Ich habe gehört, wie Sie es zu Mr. Wilmot sagten, Mrs. Verlaine«, fuhr Allegra fort.

»Oh«, stammelte ich, etwas aus der Fassung. »Ich dachte, ich schaue mal hinein. Ich wohnte früher ganz in der Nähe und war häufig dort.«

»Weil Ihr Vater Professor war«, setzte Alice hinzu. »Er

hat Sie sicher mächtig arbeiten lassen, und deshalb spielen Sie jetzt so gut Klavier.« Sie blickte Allegra an, die sagte: »Ich möchte auch gern ins Britische Museum. Gehen wir doch alle hin.«

Ich war so bestürzt, daß ich ein paar Sekunden nichts zu sagen wußte. Dann meinte ich: »Ich dachte, ihr könnt es nicht abwarten, eure neuen Stoffe auszusuchen.«

»Wir haben doch immer viel Zeit, nicht, Mama?« sagte Alice eifrig, »und manchmal gehen wir in den Park. Aber ich würde lieber ins Britische Museum gehen.«

»Ungefähr eine Stunde könnten wir dafür durchaus erübrigen«, meinte Mrs. Lincroft. »Wann hatten Sie vor zu gehen, Mrs. Verlaine?«

»O bitte, ich möchte Sie nicht dazu zwingen.«

»Von Zwang kann wohl kaum die Rede sein«, erwiderte sie lächelnd. »Ich will Ihnen sagen, wie wir es machen. Wir gehen sofort ins Museum, dann essen wir in Browns Hotel, danach suchen wir die Stoffe aus und nehmen den Zug um vier Uhr dreißig zurück.«

Damit saß ich völlig in der Klemme, doch es sollte noch schlimmer kommen. Während ich, zurückgelehnt auf meinem Platz, die Felder und Hecken vorüberhuschen sah, versuchte ich, auf einen Ausweg zu sinnen, um sie vom Britischen Museum abzulenken, während ich mich gleichzeitig bemühte, keinen zu auffallend beunruhigten Eindruck zu machen. Wie hatte Allegra mein Gespräch mit Godfrey hören können? Wir mußten sehr unachtsam gewesen sein.

Am Ende kam ich zu dem Schluß, daß ich gar nichts anderes tun konnte, als sie mitzunehmen ins Museum, wo ich dann versuchen mußte, sie zu verlieren und mir allein meinen Weg in die römische Abteilung zu suchen.

Das Glück war mir nicht hold an diesem Tage. Wir waren gerade der Droschke entstiegen, die uns vom Bahnhof zum Museum gebracht hatte, als ich meinen Namen rufen hörte.

»Oh . . . aber das ist doch . . . ja, sicher, Mrs. Verlaine.«

Glücklicherweise waren die anderen ein Stückchen hinter mir; ich ging mit wenigen, schnellen Schritten auf den Betreffenden zu, den ich sofort als einen Kollegen meines Vaters erkannte.

»Schlimm, die Sache mit Ihrer Schwester«, sagte er kopfschüttelnd. »Wie hing das eigentlich alles zusammen?«

»Das . . . das haben wir nie herausgefunden.«

»Ein schwerer Verlust«, sagte er. »Wir sagten immer, daß Roma Brandon es sogar noch weiter bringen würde als Ihre Eltern. Arme Roma . . .«

Was hatte er für eine durchdringende Stimme. Mrs. Lincroft war nahe genug, um jedes Wort gehört zu haben, doch die Kinder schienen nicht Obacht zu geben. Alice stand mit dem Rücken zu mir und zeigte Allegra irgend etwas auf der Straße. Aber Mrs. Lincroft mußte es gehört haben.

»Sie müssen uns einmal besuchen. Noch dieselbe Adresse.«

»Danke«, sagte ich. »Vielen Dank.«

Er lüftete den Hut, verbeugte sich leicht und ging davon.

Mrs. Lincroft sagte: »Ich bin noch nie hiergewesen. Wir nutzen unser Museum nicht sehr, nicht wahr?«

Mein Herz klopfte wie wild. Vielleicht hatte sie doch nichts gehört. Vielleicht hatte ich es mir nur eingebildet, daß seine Stimme ungewöhnlich weit schallte. Sie war doch nicht so nahe gewesen, wie ich dachte, und ihre Gedanken waren bei den Kleiderstoffen für die Mädchen.

»Nein«, sagte ich nervös auflachend. »Das tun wir wirklich nicht.«

»Aber jetzt nutzen wir es.« Alice war mit Allegra herangekommen. »Wie feierlich das alles aussieht! Wie bedeutend.«

Mit diesen und ähnlichen, staunenden Bemerkungen gingen sie neben mir her zum Eingang. Ich dachte an die alten Zeiten, als ich so oft hiergewesen war, als meine Eltern glaubten, es könnte für ein Kind keine größeren Freuden geben als in diesen Mauern.

Ich war ihnen entkommen. Ich hatte sie bewundernd über ein beleuchtetes Manuskript aus dem zwölften Jahrhundert gebeugt verlassen und mich schleunigst über den Steinfußboden davongemacht. Nun war ich hier, wo ich so oft mit Roma gewesen war.

Ich fragte einen der Wächter, wo die römischen Ausgrabungen von Lovat Stacy zu finden seien und erhielt sofort Auskunft.

Zu meiner großen Freude entdeckte ich es dort unter den anderen Funden. Das gleiche Mosaik, so ähnlich dem zerbrochenen und unansehnlichen, das Godfrey und ich so sorgfältig untersucht hatten. Und es war nicht nur das eine. Das hatte ich nicht gewußt. Roma hatte nur eins erwähnt, aber vielleicht war das Restaurierungsergebnis so gut gewesen, daß sie sich noch an weiteren versucht hatte. In der Vitrine mit den Mosaiken befand sich ein gedruckter Zettel mit einer Erläuterung und einer Beschreibung der Restaurierungsmethode. Das erste zeigte eine Gestalt – wahrscheinlich einen Mann –, der keine Füße zu haben schien, denn er stand auf Stümpfen, die wohl Beine darstellen sollten. Seine Arme waren ausgestreckt, als wollte er nach etwas greifen, das nicht da war. Ich betrachtete das zweite Mosaik. Die Farben waren blasser, und die Darstellung wies Lücken auf, die mit einer zementähnlichen Masse ausgefüllt waren; aber es war das Bild eines Mannes, dessen Beine bis zum Knie abgeschnitten waren. Da ging mir auf, daß er in etwas stand; auf dem letzten Bild war nur der Kopf des Mannes sichtbar, und er war offensichtlich lebendig begraben worden.

Ich konnte die Augen nicht abwenden.

»Oh, das sind ja unsere«, sagte eine Stimme neben mir. Ich wandte mich um. Zu meinen beiden Seiten standen Allegra und Alice.

»Ja«, sagte ich, »sie wurden in der Nähe von Lovat Stacy gefunden.«

»Oh, das macht sie besonders interessant, nicht wahr?« sagte Alice.

Mrs. Lincroft kam auf uns zu.

»Schau, Mama«, sagte Alice, »was Mrs. Verlaine gefunden hat.«

Mrs. Lincroft betrachtete die Mosaiken mit einem, wie mir schien, flüchtigen Interesse. »Sehr hübsch!« bemerkte sie.

»Aber Sie haben nicht richtig hingesehen«, protestierte Allegra. »Es sind unsere.«

»Was?« Mrs. Lincroft blickte genauer hin. »Na, so was!« Sie lächelte mir entschuldigend zu. »Jetzt müssen wir aber sehen, daß wir zum Mittagessen kommen.«

Ich stimmte ihr zu. Meine Mission war erfüllt, wenn ich auch nicht sicher wußte, mit welchem Erfolg. Ich würde Godfrey jedenfalls viel zu erzählen haben.

Vor dem Museum nahmen wir eine Droschke zu Browns Hotel, während die Mädchen darüber berieten, was sie essen wollten und was für Stoffe sie sich wünschten.

Beim Herauskommen hörten wir die Zeitungsjungen aufgeregt schreien: »Gentleman Terrall geschnappt. Verrückter in Sicherheit.«

»Das ist unser Gentleman Terrall«, sagte Alice.

»Was meinst du mit . . . ›unser‹?« fragte Mrs. Lincroft scharf.

»Wir hatten uns über ihn unterhalten, Mama. Wir sagten, er muß ein bißchen so sein wie Mr. Wilnot.«

»Wie um alles in der Welt kommt ihr darauf?«

»Weil er ein *Gentleman* war. Da dachten wir, er sieht sicher genauso aus wie Mr. Wilmot, nicht, Allegra?«

Allegra nickte.

»Ihr solltet gar nicht über solche Dinge nachdenken«, Mrs. Lincrofts Stimme klang sehr ärgerlich, und Alice nahm es bedrückt zur Kenntnis.

Niemand erwähnte die Mosaiken. Und was noch beruhigender war: Niemand ließ erkennen, daß meine Unterhaltung vor dem Museum womöglich mit angehört worden war. Langsam kehrte meine Sicherheit zurück, und als wir die

Stoffe gekauft hatten und uns anschickten heimzufahren, war ich überzeugt, daß meine wahre Identität noch immer ein Geheimnis war.

*

Godfrey fand meine Entdeckung im Museum sehr aufregend. »Das bedeutet sicher etwas«, erklärte er.

Wir waren an den drei Bädern entlanggegangen, und er bückte sich, um das Mosaik aus nächster Nähe zu betrachten, als ob er, wenn er es nur lange genug ansehe, verstehen könnte, was es womöglich bedeutete.

»Meinen Sie nicht, daß sie es herausgefunden hätten, wenn es eine Bedeutung gäbe?« fragte ich.

»Wer, die Archäologen? Sie sind womöglich gar nicht darauf gekommen. Aber ich habe das Gefühl, daß etwas dahintersteckt.«

»Na, und was haben Sie vor? Wollen Sie ins Britische Museum gehen und diese Information den dortigen Allgewaltigen unterbreiten?«

»Die würden mich wahrscheinlich auslachen.«

»Weil sie es nicht selbst herausfanden, meinen Sie? Da hätten wir eine weitere Version der Theorie von der Mißgunst der Archäologen. Sie ist zwar faszinierend, bringt uns der Lösung des Rätsels um Romas Verschwinden jedoch um keinen Schritt näher.«

Ich hörte ein leises, warnendes Husten, und als ich mich umwandte, sah ich die drei Mädchen auf uns zukommen.

»Wir wollten uns die Mosaiken ansehen«, verkündete Alice. »Wir haben sie nämlich im Museum gesehen, wissen Sie. Mrs. Verlaine hat sie uns gezeigt.«

»Mir gefiel das, auf dem nur noch der Kopf rausguckte«, sagte Allegra. »Es sah aus, als hätten sie ihm den Kopf abgehackt und ihn auf die Erde gesetzt. Das war richtig schaurig.«

»Mir wurde ganz übel dabei«, bemerkte Alice.

Godfrey richtete sich auf und blickte hinaus aufs Meer. Meiner Ansicht nach wollte er das Thema wechseln, als er sagte: »Wie klar es ist. Das soll ja wohl Regen bedeuten.«

»Das stimmt«, nickte Allegra. »Wenn man die Masten auf den Goodwins sehen kann, bedeutet es oft, daß wir Regen kriegen.«

Godfrey sog scharf die Luft durch die Zähne; er schien die Gegenwart der Mädchen vergessen zu haben. »Jetzt eben kam mir der Gedanke«, sagte er. »Diese Mosaiken . . . sie sollen jemanden darstellen, der lebendig begraben wird.«

»Der im Treibsand versinkt, meinen Sie?«

Godfrey war ganz offenbar Feuer und Flamme. »Es war wahrscheinlich eine Art Warnung. Zur Strafe wurden Menschen auf den Goodwins ausgesetzt, wo sie dann langsam versanken.«

»Das wäre doch nicht möglich gewesen, oder?« fragte ich.

Er sah enttäuscht aus. »Kaum. Aber es mag noch andere Sandbänke gegeben haben.«

»Wo?«

»Irgendwo.« Er machte eine vage Handbewegung.

»Aber ich bin sicher, das soll es bedeuten.«

»Oh, wie . . . entsetzlich«, sagte Sylvia schaudernd.

»Man stelle sich vor, wenn man . . .«

Godfrey wippte auf den Hacken, elektrisiert von seiner Idee. Wirklich aufgeregt hatte ich ihn bisher noch nie erlebt.

»Stell dich doch nicht so albern an, Sylvia«, schalt Allegra.

»Wir dürfen Miß Clent nicht warten lassen«, sagte Alice. Und zu mir gewendet: »Wir sollen heute unsere Kleider anprobieren.«

»Oje«, seufzte Allegra. »Hätte ich doch bloß nicht dies matte Erdbeerrot genommen. Das Burgunderrot wäre viel besser gewesen.«

»Hab' ich dir doch gleich gesagt«, meinte Alice mit sanftem Vorwurf. »Jedenfalls dürfen wir Miß Clent nicht warten lassen.«

Sie gingen und überließen uns der Diskussion über die Wahrscheinlichkeit der Theorie, die Godfrey hinsichtlich der Mosaiken entwickelt hatte.

»Alice hat eine Geschichte über das Mosaik geschrieben«, erzählte Allegra. »Die ist wirklich gut.«

»Das ist beachtlich«, sagte ich. »Die mußt du mir aber zeigen, Alice.«

»Ich möchte warten, bis ich wirklich damit zufrieden bin.«

»Aber Allegra und Sylvia hast du sie doch schon gezeigt.«

»Ich wollte nur sehen, wie sie auf sie wirkt. Außerdem sind sie ja bloß Kinder ... Na, ja. Viel mehr sind sie doch nicht. Erwachsene würden kritischer sein, nicht wahr?«

»Ich wüßte nicht, warum.«

»O doch. Sie haben Welterfahrung, und wir müssen noch soviel lernen.«

»Du willst mir diese Geschichte also nicht zeigen?«

»Doch, eines Tages ... wenn ich sie vervollkommnet habe.«

»Sie handelt vom Mann im Treibsand«, sagte Allegra.

Alice seufzte und warf Allegra einen Blick zu, die mürrisch die Achseln zuckte.

»Ich dachte, du bist stolz darauf«, sagte sie. Alice ignorierte sie und erklärte, zu mir gewandt: »Sie handelt von den Römern. Wenn jemand etwas Böses tat, taten sie ihn in den Treibsand, und der verschluckte ihn ganz langsam. Sehr allmählich ging das. Deshalb machten sie es so. Es gibt Treibsand, der schnell schluckt ... deshalb wird er auch Quicksand genannt. Aber dies war ein langsam saugender Sand ..., damit dauerte es länger, und so war die Strafe noch härter. Der Sand saugt und zieht ... wissen Sie ... und das Opfer kommt nicht mehr frei. Deshalb wurden bei den Römern die Verbrecher diesem Sand überlassen. Das war eine gute Strafe. Und in meiner Geschichte kommt ein Mann vor, der mußte ein Mosaik davon machen, wie er selbst von dem Sand verschluckt wird ... ehe es ihm tatsächlich widerfuhr. Das nannte man eine ausgeklügelte Tortur. Das war viel schlimmer, als ihn einfach in den

Sand zu stecken und versinken zu lassen . . . weil er die ganze Zeit, während er das Mosaik machte, schon wußte, was ihm blühte. Und weil er all das fühlte, machte er ein so wunderschönes Mosaik . . . besser, als irgend jemand anders es gekonnt hätte, den es nicht so persönlich angegangen wäre.«

»Alice, was hast du nur für Ideen!«

»Finden Sie das gut?« fragte sie angelegentlich.

»Sicher, sofern du deiner Phantasie nicht ganz die Zügel schießen läßt. Du solltest sie auf *erfreuliche* Dinge richten.«

»Ach so, ich verstehe«, sagte Alice. »Aber man muß sich doch an die Wahrheit halten, nicht, Mrs. Verlaine? Ich meine, man darf die Augen nicht vor der Wahrheit verschließen.«

»Ganz gewiß nicht, aber . . .«

»Ich mußte nur denken, warum sie diese Mosaik-Bilder denn gemacht haben, wenn sie an erfreuliche Dinge dachten? Ich glaube kaum, daß es angenehm ist, in dem Sandsog zu stecken. So heißt meine Geschichte: Der *saugende Sand.* Als ich es schrieb, war mir zumute, als steckte ich drin in dem Sog. Den Mädchen ging es ebenso, als ich die Geschichte vorlas. Aber ich werde versuchen, meine Phantasie auf erfreuliche Dinge zu lenken.«

*

Als ich aus meinem Zimmer kam, lief ich direkt in Sybil hinein, die anscheinend draußen herumgelungert und auf mich gewartet hatte.

»Ach, Mrs. Verlaine«, sagte sie, als sei ich die letzte, die sie aus meiner eigenen Zimmertür zu kommen erwartet hätte. »Welche Freude, Sie zu sehen! Es scheint so lange her zu sein, seit dem letzten Mal. Aber Sie haben ja auch sehr viel zu tun gehabt.«

»Nun ja, da sind die Stunden«, antwortete ich vage.

»Oh, die meinte ich nicht.« Sie spähte mit aufgeregt glänzenden Augen in mein Zimmer. »Ich würde gern mit Ihnen sprechen.«

»Möchten Sie in mein Zimmer kommen?«

»Das wäre reizend.«

Sie ging auf Zehenspitzen, als wären wir Partner einer Verschwörung, und sah sich genau im Zimmer um.

»Hübsch«, meinte sie. »Sehr freundlich. Ich würde meinen, Sie waren hier recht glücklich, Mrs. Verlaine«, sagte sie. »Es würde Ihnen leid tun fortzugehen.«

»Ja, das würde es . . . wenn ich fortginge.«

»Ich habe Sie mit dem Vikar gesehen. Manche Leute würden ihn einen sehr gut aussehenden jungen Mann nennen.«

»Das würden manche Leute wohl tun.«

»Und Sie, Mrs. Verlaine?« Ihr schalkhaftes Gerede ging mir auf die Nerven.

»Ja, ich wohl auch.«

»Wie ich höre, bekommt er bald eine sehr gute Pfarrstelle. Nun, das war zu erwarten. Er hat die nötigen Beziehungen. Er wird es weit bringen. Die passende Frau ist genau das, was er braucht.«

Sie mochte den Anflug von Ungeduld auf meinem Gesicht gesehen haben, denn sie sagte: »Ich habe eine Vorliebe für Sie. Ich möchte nicht gern, daß Sie fortgehen. Sie scheinen ein Teil des Hauses geworden zu sein.«

»Vielen Dank.«

»Natürlich ist jeder hier ein Teil des Hauses. Sogar Menschen wie Edith – die nicht viel eigene Persönlichkeit besaß, das arme Mädchen –, auch sie hatte ihre Wirkung, nicht wahr? Und eine ganz erhebliche sogar. Armes Kind!«

Ich wünschte, ich hätte sie nicht hereingebeten. Im Korridor hätte ich leicht die Flucht ergreifen können.

»Und es war natürlich Ihr Klavierspiel«, fuhr sie fort, »das William so erschreckte und ihn krank machte.«

Einigermaßen zornig erwiderte ich: »Ich habe Ihnen schon einmal gesagt, daß ich nur spielte, was mir hingelegt worden war.«

Ihre Augen wurden plötzlich ganz hell – glitzernde, blaue Lichter inmitten all der Runzeln.

»O ja . . . aber wer hatte Ihnen gerade dieses eine Stück gegeben, was meinen Sie, Mrs. Verlaine?«

»Ich wünschte, ich wüßte es«, sagte ich.

Sie war jetzt so quicklebendig, daß ich wußte, sie würde mir im nächsten Moment das enthüllen, um dessentwillen sie gekommen war.

»Ich erinnere mich an den Tag, als sie starb . . .«

»Wer?« fragte ich.

»Isabella. Sie spielte den ganzen Tag. Es war ein neues Stück. Sie hatte gerade den Klaviersatz dafür gefunden. *Danse Macabre.*« Sie begann es in einer falschen Tonart zu summen, was der Melodie etwas Unwirkliches verlieh. »Tanz des Todes . . .«, sagte sie nachdenklich. »Und die ganze Zeit, während sie das spielte, dachte sie an den Tod. Dann nahm sie das Gewehr und ging in den Wald. Deshalb konnte er nicht ertragen, das Stück zu hören. *Er* hätte die Noten niemals für Sie hingelegt, verstehen Sie?«

»Irgend jemand tat es aber.«

»Wer wohl?«

Sie fing an zu lachen, und ich fragte: »Wissen Sie es?«

Ihr Chinesennicken. »O ja, Mrs. Verlaine. Ich weiß es.«

»Es war jemand, der wollte, daß Sir William sich aufregte . . . sich zutiefst erschrak. Und er ist ein kranker Mann!«

»Warum nicht?« sagte sie. »Warum soll er tun dürfen, als wäre er so tugendhaft? Das war er nicht, glauben Sie mir. Warum also sollte er sich nicht tüchtig erschrecken?«

»Es hätte sein Tod sein können. Er darf sich nicht aufregen.«

»Sie dachten, Napier war es. Die beiden hatten einen Streit, und er drohte Napier, er werde ihn wieder fortschikken. Stellen Sie sich das vor. Dann gäb's hier keine Aufregungen mehr. Warum sollte Napier gehen müssen? Warum sollte Sir William tun können, als sei er wer weiß wie gut? Es gab eine Zeit . . .«

»Miß Stacy«, sagte ich, »haben Sie das Musikstück zwischen die Noten getan, die für mich bereitlagen?«

Sie zog die Schultern in die Höhe wie ein gescholtenes Kind und nickte.

»Sehen Sie«, bedeutete sie mir, »Sie sollten also nicht zu schlecht von Napier denken!«

Sie ist verrückt, dachte ich, verrückt und gefährlich. Und doch war ich in diesem Augenblick froh, daß sie in mein Zimmer gekommen war. Zumindest trug er in diesem Punkt keine Schuld.

*

Meine Gedanken kamen nicht von dem Mosaik los, und mir wollte die Idee nicht aus dem Kopf, daß wir etwas Wichtiges entdeckt hatten. Ich ging wieder zur Ausgrabungsstätte, wanderte umher, dachte an Roma und versuchte, mich an das zu erinnern, was sie mir erzählt hatte. Eines Morgens traf ich dort auf Napier.

»Sie haben wieder angefangen, hierherzukommen«, sagte er. »Ich nahm an, daß ich Sie einmal hier treffen würde.«

»Also haben Sie mich gesehen?«

»Oft.«

»Ohne daß ich es bemerkte? Es ist etwas beunruhigend, beobachtet zu werden, ohne daß man es weiß.«

»Das sollte es nicht sein«, gab er zurück, »wenn Sie nichts zu verbergen haben.«

»Wer von uns ist schon so tugendhaft.«

»Es ist nicht unbedingt eine Frage der Tugendhaftigkeit. Man könnte beispielsweise einem durchaus ehrenhaften Unternehmen nachgehen, das jedoch . . . Anonymität erfordert. In dem Falle wäre es beunruhigend, sich insgeheim beobachtet zu wissen.«

»Wie beispielsweise . . .«

»Wie beispielsweise inkognito irgendwo hinzukommen, um das rätselhafte Verschwinden der Schwester aufzuklären.«

Ich hielt den Atem an und sagte: »Sie wissen es!«

»Das war nicht so schwierig herauszufinden.«

»Wie lange wissen Sie es schon?«

»Seit kurz nach Ihrer Ankunft.«

»Aber . . .«

Er lachte. »Ich sagte schon, es war ganz einfach. Ich wollte so viel über Sie wissen, und die Tatsache, daß Sie einen berühmten Mann hatten, vereinfachte die Dinge beträchtlich. Ein berühmter Mann, eine Schwester, die in bestimmten Kreisen sehr bekannt war. Kommen Sie, Sie müssen zugeben, daß es kein sehr schwieriges Unterfangen war.«

»Warum haben Sie es mir nicht gesagt?«

»Es hätte Sie unsicher gemacht, und ich wollte lieber, daß Sie mir selbst sagen sollten, wer Sie sind.«

»Aber man hätte mir niemals erlaubt, hierherzukommen, wenn ich es gesagt hätte.«

»Mir gesagt«, betonte er. »Keinem anderen.«

»Und was werden Sie jetzt tun?«

»Genau das, was ich bisher getan habe.«

»Sind Sie mir böse?«

»Warum sollte ich das mit einemmal sein, nachdem ich es doch schon die ganze Zeit weiß?«

»Lachen Sie mich aus?«

»Ich bewundere Sie.«

»Weswegen?«

»Weil Sie hierhergekommen sind . . . weil Ihre Schwester Ihnen so lieb ist, daß Sie sich ihretwegen in Gefahr begeben.«

»Gefahr! Wieso sollte ich mich in Gefahr befinden?«

»Wer versucht, das Schicksal eines Menschen zu klären, der möglicherweise einem Mord zum Opfer fiel, begibt sich oftmals in Gefahr.«

»Wer sagt denn, daß sie ermordet wurde?«

»Ich sagte ›möglicherweise‹. Sie können nicht das Gegenteil beweisen.«

»Roma wäre die letzte gewesen, die irgend jemand hätte umbringen wollen.«

»Das glaubt man von den meisten Mordopfern. Aber wie wollen Sie wissen, was sie für Geheimnisse hatte? Sie konnten unmöglich alles über ihr Leben wissen.«

»Ich wußte eigentlich sogar sehr wenig.«

»Sehen Sie. Es kann also durchaus sein, daß Sie sich waghalsig in Gefahr begaben, und dafür bewundere ich Sie ... unter anderem natürlich.«

Er war einen Schritt näher gekommen und blickte mich so verlangend an, daß alles in mir ihm entgegenstrebte.

»Es ist Ihnen aufgefallen«, fuhr er fort, »daß hier zwei Menschen verschwanden ... einer zuviel, als daß es noch Zufall sein könnte.«

»Diese Schlußfolgerung liegt auf der Hand«, sagte ich. »Die ist mir nicht eigens aufgefallen.«

»Was ist Ihrer Ansicht nach mit Ihrer Schwester geschehen?«

»Ich weiß es nicht, ausgenommen, daß sie niemals davongegangen sein würde, ohne zu sagen, wohin.«

»Und Edith?«

»Edith ebenso.«

»Und Sie haben das Gefühl, daß eine Verbindung zwischen beiden besteht?«

»Das sieht so aus.«

»Ist Ihnen schon der Gedanke gekommen, daß Edith etwas herausgefunden haben könnte ... irgendeinen Hinweis, der ein Licht auf den Tod Ihrer Schwester geworfen hätte? Wenn dem so wäre ... was ist dann mit Ihnen, die Sie so kühn versuchen, das gleiche zu tun? Sollten Sie sich nicht in acht nehmen? Sie sollten nicht allein auf die Jagd gehen ... aber nein, natürlich, Godfrey Wilmot jagt mit Ihnen, nicht wahr?«

»So kann man das kaum nennen.«

»Aber er weiß, wer Sie sind.«

Ich nickte.

»Ihm haben Sie es erzählt, obwohl Sie es vor uns übrigen geheimhielten.«

Ich schüttelte den Kopf. »Er wußte gleich beim ersten Mal, als wir uns sahen, wer ich war.«

»Und gestand es? Natürlich, er ist ein franker, freier Charakter . . . nicht so wie manche andere.«

»Es war alles ganz spontan. Er erkannte mich sofort, und ich war ihm dankbar, daß er mich nicht verriet.«

»Ich habe mein Wissen für mich behalten. Sind Sie mir auch dankbar?«

»Ich danke Ihnen.«

»Sie wissen«, sagte er, mir tief in die Augen sehend, »daß ich alles tun würde, um Ihnen zu helfen.« Als ich nicht antwortete, fuhr er drängend fort: »Glauben Sie das?«

»Ja.«

»Das macht mich froh. Wenn wir unsere Rätsel lösen könnten, gäbe es vieles, was ich zu Ihnen sagen könnte. Wissen Sie das auch? Und daß es deshalb für mich ebenso wichtig ist . . . vielleicht sogar noch wichtiger . . . die Antworten auf diese Rätsel zu finden.«

Plötzlich hatte ich Angst vor dem, was er womöglich als nächstes sagen würde, und vielleicht hatte ich Angst vor meiner Antwort. Wenn ich mit ihm zusammen war, faszinierte er mich; nur wenn er nicht da war, konnte ich ihn kühl und leidenschaftslos sehen.

Er schien es zu spüren, denn er verfolgte das Thema nicht weiter und fuhr fort: »Ich habe Ihre Schwester ein- oder zweimal gesehen. Sie ging völlig in ihrer Arbeit auf. Sie wohnte ganz allein draußen in dem Häuschen.«

»Ich war einige Tage bei ihr zu Besuch.«

»Wie seltsam! Sie waren so nahe, und wir trafen uns nicht.«

»Kaum seltsam zu nennen. Es gab gewiß eine ganze Reihe von Leuten bei der Ausgrabung, die Sie nicht sahen.«

»Ich dachte nicht an eine ganze Reihe von Leuten . . . sondern an Sie. Und Sie sind der Aufklärung ihres Schicksals um nichts näher gekommen als zu dem Zeitpunkt Ihrer Ankunft hier?«

»Godfrey Wilmot meint, sie machte vielleicht irgendeine phantastische archäologische Entdeckung, die einer der anderen Archäologen ihr neidete. *Ich* halte das für sehr weit hergeholt.«

Er blickte mich ernst an. »Sie müssen es mir sagen, wenn Sie etwas herausfinden, von dem Sie meinen, daß es Sie der Lösung näherbringt. Lassen Sie mich Ihnen behilflich sein. Vergessen Sie nicht, wenn das Verschwinden dieser beiden Menschen in einem Zusammenhang steht, ist es von größter Bedeutung für *mich*, diesen Zusammenhang herauszufinden.«

»Nichts würde mich glücklicher machen, als die Wahrheit zu entdecken.«

»Dann darf ich also hoffen, daß wir zusammenstehen ... in diesem Unternehmen?«

»Ja«, sagte ich. »Lassen Sie uns hierin zusammenstehen.«

Er streckte die Hand aus, als wollte er mich berühren, doch ich wandte mich ab, als bemerkte ich es nicht, und sagte, ich müsse zurück zum Haus.

*

Sybil hatte sich wegen der Zigeuner in einen leidenschaftlichen Zorn hineingesteigert. Sie redete von nichts anderem mehr und schien sogar ihre Malerei vergessen zu haben. Sie pirschte durchs Haus und murmelte vor sich hin, was sie angeblich alles anstellten.

Sir Williams Befinden hatte sich während der letzten Wochen gebessert. Ich erwartete ein erneutes Aufflammen des Streites zwischen ihm und Napier, doch ich hörte nichts, und ich nahm an, daß Sir William erkannte, wie nützlich Napier für den Betrieb war, und beschlossen hatte, das Beste aus dem bestehenden Zustand zu machen. Keine sehr erfreuliche Sachlage, doch immer noch besser als heftige Auseinandersetzungen.

Mein umfriedeter Garten war ein Lieblingsplatz Sir Williams, und ich hielt mich ihm daher jetzt fern. Meist saß er jeden Morgen eine Stunde lang dort. Mrs. Lincroft brachte ihn hinaus, hüllte ihn in Decken, und genau eine Stunde später kam sie wieder, um ihn zurückzubringen ins Haus.

Als ich ihn das erste Mal dort entdeckte, war Sybil bei ihm. Ich hörte sie mit ihm sprechen.

»Du mußt dafür sorgen, daß sie von hier verschwinden«, schrillte sie. »Sie bringen nichts Gutes. Denke doch an das letzte Mal, als du ihnen erlaubt hast zu bleiben. Das Mädchen kam und arbeitete in der Küche, und du siehst ja, was es uns eingetragen hat.«

»Ruhig, Sybil«, sagte Sir William, »schrei nicht so.«

»Du hast immer gesagt, du willst sie hier nicht noch einmal haben. Was gedenkst du zu tun?«

»Sybil . . . still doch. Sei still.«

Ich wandte mich zum Gehen und fand mich Mrs. Lincroft gegenüber. Sie warf mir einen hastigen Blick zu und lief in den umfriedeten Garten.

»Miß Stacy«, sagte sie, »bitte, regen Sie Sir William nicht auf. Dafür geht es ihm nicht gut genug.«

»Und wer sind Sie?« schrie Sybil. »Sie brauchen es mir nicht zu erzählen. Ich weiß Bescheid. Es ist abscheulich. Sie betrachten sich als Dame des Hauses, nicht wahr? Aber merken Sie sich eines, Sie mögen wohl seine Dame sein, die Dame des Hauses sind Sie deshalb noch lange nicht. Sie ermuntern diese Zigeunerin, hierzubleiben. Warum? Weil das Mädchen Serena zuviel weiß, deshalb.«

Ich ging davon und dachte: Sie ist verrückt. Warum nur habe ich mir den Unsinn je angehört, den sie erzählte? Ich habe mich törichterweise von ihr beeinflussen lassen, und dabei lebt sie die ganze Zeit in einer ihr eigenen Phantasiewelt.

Ein paar Minuten später sah ich Mrs. Lincroft Sir Williams Rollstuhl ins Haus schieben, das Gesicht gerötet, und mit niedergeschlagenen Augen.

Aber Sir William hörte auf seine Schwester. Er erklärte, daß er auf seinem Grund und Boden kein Zigeunerlager wünsche, und zu Sybils Entzücken befahl er ihnen, einzupakken und weiterzuziehen.

Napier hatte sich auf Mrs. Lincrofts Seite gestellt, und es hatte eine laute Auseinandersetzung gegeben, über die ich die Mädchen reden hörte.

»Sie werden abziehen«, sagte Allegra, »weil Großvater das gesagt hat. Er ist hier der Herr. Mein Vater und Mrs. Lincroft sind beide dagegen.«

»Meine Mutter meint, sie sollen abziehen«, sagte Sylvia. »Sie sagt, es ist ein Ärger für die ganze Umgebung. Sie verschandeln die Landschaft und stehlen Hühner, und sie müssen fort.«

»Na, *ich* finde das eine Schande«, erklärte Allegra.

Alice zuckte gleichmütig die Achseln und meinte, die Zigeuner könnten einen anderen hübschen Platz finden, um ihr Lager aufzuschlagen, und daß es für alle besser sein würde, wenn sie erst fort wären.

Später, als ich mit Sylvia allein war, blickte sie sich verstohlen um und flüsterte mir zu: »Meine Mutter sagt, die beiden einzigen, die die Zigeuner hierbehalten wollen, sind Mrs. Lincroft und Mr. Napier, und zwar weil diese Zigeunerin sie erpreßt.«

»Ich würde an deiner Stelle kein solches Gerücht verbreiten, Sylvia«, sagte ich schnell.

»Ich verbreite es nicht. Ich erzähle es nur Ihnen, Mrs. Verlaine. Aber das hat meine Mutter gesagt. Diese Frau war früher mal Napiers Geliebte, und sie ist Allegras Mutter. Meine Mutter findet das sehr bedauerlich und sagt, solche Dinge dürften nicht passieren. Und was Mrs. Lincroft angeht . . . meine Mutter sagt, sie ist ein Rätsel, und sie glaubt nicht, daß es je einen Mr. Lincroft gegeben hat.«

»Auch das würde ich lieber für mich behalten, Sylvia«, sagte ich; und gleichzeitig mußte ich denken, daß sie doch das am wenigsten angenehme von den drei Mädchen war. »Nun komm schon, wir vergessen dein Klavierspiel.«

*

Der Kampf mit den Zigeunern ging weiter, und Sir William hatte sich jetzt für den Angriff entschieden. Mrs. Lincroft war dabei ebensowenig wohl wie Napier; und ich fing an zu glauben, daß die Zigeunerin ihnen mit Enthüllungen gedroht hatte für den Fall, daß sie sich nicht dafür einsetzten, daß ihrem Stamm auf dem Grund und Boden von Lovat Stacy Gastrecht gewährt wurde.

Und dann kam der Morgen der Offenbarungen.

Ich hielt mich in dem umfriedeten Garten auf, als Mrs. Lincroft Sir William heranrollte. Ich war im Begriff zu gehen, doch er hielt mich zurück und forderte mich auf, ihm ein wenig Gesellschaft zu leisten. Ich sollte mit ihm über Musik sprechen.

So setzte ich mich neben ihn, und Mrs. Lincroft blieb dabei, während wir uns unterhielten. Er wollte mir gern sagen, wieviel Freude ihm mein Spiel auf dem Flügel der verstorbenen Lady Stacy machte. Gewiß, oftmals schlafe er, wenn ich mit Spielen aufhörte; doch das bedeute nur, daß mein Spiel ihn entspannt und daß er es voll genossen habe.

So plauderten wir friedlich, als ich plötzlich bemerkte – einen Sekundenbruchteil vor den anderen –, daß jemand in den Hof gekommen war. Es war Serena, die Zigeunerin.

Dann sah Mrs. Lincroft sie. Mit einem kleinen Aufschrei in die Höhe fahrend, fragte sie: »Was tun Sie hier?«

»Ich will Sir William sprechen. Guten Tag, Sir William. Ist nicht leicht, an Sie ranzukommen, aber dafür können Sie schließlich nichts, was?«

»Was will diese Frau?« fragte Sir William.

»Wissen Sie, wer sie ist?« flüsterte Mrs. Lincroft.

Ich stand auf und wollte gehen, doch die Zigeunerin rief:

»Nein, Madam, Sie bleiben hier. Sie sollen es auch hören. Hab' meine Gründe.«

Ich blickte verstohlen auf Mrs. Lincroft, die nickte, und so setzte ich mich wieder. Sir Williams Gesicht war beängstigend pupurfarben angelaufen.

»Wollen Sie jetzt also aufhören, uns von Ihrem Land zu jagen, Herr?«

»Nein, das werde ich nicht«, erwiderte Sir William. »Bis morgen abend seid ihr verschwunden, oder ich hole die Polizei.«

»Das glaube ich kaum«, sagte Serena herausfordernd. Sie stand, die Hände in die Seiten gestützt, etwas breitbeinig, den Kopf zurückgeworfen. »Wird Ihnen leid tun, wenn Sie den Befehl nicht sofort zurücknehmen, das versichere ich Ihnen.«

»Leid tun?« fragte er kalt. »Soll das eine Erpressung sein?«

»Sie! Sie wollen von Erpressung reden, Sie alter Gauner! Sind ja auch nicht besser als wir anderen.«

Mrs. Lincroft erhob sich. »Ich kann nicht zulassen, daß Sir William aufgeregt wird.«

»Sie können nicht? Und daß Sie sich selbst aufregen, können Sie auch nicht zulassen, wie? Aber ihr müßt tun, was ich will, oder ihr werdet euch aufregen. Oh, ich weiß, ich bin arm. Ich weiß, daß ich nicht hier im Herrschaftshaus wohne, aber ich hab' ein Recht, da zu leben, wo ich will, wie jeder andere auch . . . und wenn ihr versuchen wollt, mich dran zu hindern, wird es euch leid tun . . . euch allen beiden.«

Mrs. Lincroft blickte mich an. »Ich bringe Sir William jetzt ins Haus«, sagte sie.

Ich stand auf, doch die Zigeunerin hielt uns mit einer Handbewegung zurück.

»Sie wollen den Befehl also nicht zurücknehmen?« fragte sie.

»Nein«, erklärte Sir William. »Ihr verschwindet vor Ende der Woche. Ich habe geschworen, keine Zigeuner auf meinem Boden zu dulden, und es ist mir ernst damit.«

»Ich geb' Ihnen noch eine Chance.«

»Mach, daß du wegkommst.«

»Na gut. Sie haben es nich' anders gewollt. Ich werde Ihnen ein paar Dinge erzählen, die Ihnen gar nicht schmekken werden. Da ist mein Mädel, Allegra, Ihre Enkelin . . .«

»Das ist leider so«, sagte Sir William. »Wir haben für das Kind gesorgt. Sie hat hier ihr Zuhause. Damit ist unsere Pflicht erfüllt.«

»O ja . . . und Napier ist angeblich ihr Vater. Das paßt euch, wie? Aber wenn ich nun sage, daß er das gar nicht ist, wie? Das sage ich nämlich, und das werden Sie überhaupt nicht mögen. Einer Ihrer Söhne war der Vater meines Kindes, aber nicht Nap! O nein, es war Ihr allerliebster Beau . . . der, dem Sie Tempel gebaut haben.«

»Das glaube ich nicht«, rief Sir William.

»Das dacht' ich mir doch. Aber ich müßt' ja schließlich wissen, wer der Vater zu meinem eigenen Kind ist.«

»Das sind Lügen«, sagte Sir William. »Alles Lügen.«

»Hören Sie nicht auf diese Frau«, beruhigte Mrs. Lincroft, stand auf und legte die Hände auf den Rollstuhl.

»Ja, hören Sie lieber auf die Frau da!« höhnte die Zigeunerin. »Die wird Ihnen alles sagen, was Sie wissen wollen. Die sagt ja, ja, ja . . . wie schon immer.« Serena stieß den Kopf vor und grinste frech: »Von Anfang an, nich' . . . sogar als die arme Lady Stacy noch lebte. Und warum hat sie sich umgebracht, was meinen Sie wohl? Weil ihr Sohn per Zufall seinen Bruder erschossen hatte? Weil sie ihren Jungen verloren hatte? Vielleicht, aber doch hauptsächlich deswegen, weil sie keinen Mann hatte, der sie tröstete und ihr beistand in ihrem Kummer. Sie war dahintergekommen, daß es ihn viel mehr interessierte, die hübsche Gesellschafterin zu trösten.«

»Aufhören«, rief Mrs. Lincroft. »Aufhören . . . sofort.«

»Aufhören! Aufhören!« äffte die Zigeunerin ihr nach. Dann wandte sie sich zu mir. »Manche Leute mögen die Wahrheit nicht hören. Kann man's Ihnen übelnehmen? Ich nicht.

Denn die Wahrheit ist nicht sehr schön. Armer, alter Nap! Er war der Sündenbock. Er hatte seinen Bruder erschossen, und da war's ja leicht, ihm alles in die Schuhe zu schieben. Wenn ich gesagt hätt', daß Beau der Vater von dem Kind war, das ich bekam, dann hätten sie mich weggejagt. Hätt' mir doch keiner geglaubt. Also sagte ich, 's war Nap. Das glaubten sie mir alle und nahmen die Verantwortung an, und ich hab's um des Kindes willen getan. Hab' gelogen deshalb ... weil ich wußte, daß ich nur so ein Zuhause für sie kriegte ... und als Lady Stacy sich umbrachte und einen Brief zurückließ, warum sie es tat ... Nicht nur, weil sie ihren hübschen Jungen verloren hatte, sondern weil ihr Mann ihr untreu war, unter ihrem eigenen Dach ... da haben sie auch das dem Nap in die Schuhe geschoben und ihn weggeschickt. So wurde das alles ganz einfach. Nur ein Bösewicht statt drei.«

»Sie regen Sir William auf«, sagte Mrs. Lincroft.

»Soll er sich doch aufregen. Soll er doch hinter Naps Rükken vorkommen. Soll er doch aufhören sich einzureden, daß er keine Schuld hat am Selbstmord seiner Frau. Und vergeßt nicht ... wenn die Zigeuner weggeschickt werden, dann erfahren alle, was ich eben gesagt habe, nicht nur Madam Musik hier.«

Mrs. Lincroft blickte mich flehend an. »Ich muß Sir William ins Haus bringen«, sagte sie. »Und ich glaube, wir sollten den Arzt verständigen. Würden Sie das bitte übernehmen, Mrs. Verlaine?«

*

Ich ging hinunter zu den Ställen, wohl wissend, daß Napier um diese Zeit hereinkommen würde. Kaum daß ich seiner ansichtig wurde, sagte ich: »Ich muß Ihnen etwas sagen. Hier können wir nicht reden.«

»Wo?« fragte er.

»Im Wäldchen. Ich gehe hin und warte auf Sie.«

Er nickte; meinem Gesicht mußte er ansehen, daß es sich um etwas Wichtiges handelte.

Ich ging durch die Gärten zum Wäldchen. Ich mußte mit ihm über das sprechen, was ich am Morgen gehört hatte; und selbst als ich an diesem hellen, sonnigen Tag über die Rasenflächen ging, fühlte ich mich beobachtet. Es gelang mir nicht mehr, mich von diesem Gefühl zu befreien, daß alles, was ich tat, beobachtet wurde, daß jemand auf den geeigneten Augenblick wartete, zum Schlage gegen mich auszuholen. Diesmal würde es kein Flammentod sein. Aber es gab noch andere Möglichkeiten. Und eben der Mensch, der mich nicht aus den Augen ließ, der meine Vernichtung plante, war – das spürte ich tief im Innern – derselbe, der Edith und Roma tötete.

Ich befand mich in Gefahr, doch ich lernte schnell; und was ich heute morgen gehört hatte, waren Dinge, die – wenn sie stimmten – mich überglücklich machten. Ich konnte es nicht abwarten, Napier zu erzählen, was ich wußte.

Ich wartete im Wäldchen in der Nähe der Ruine. Vom Feuer vernichtet . . . wie das Häuschen. Das war das erste Feuer gewesen. Ich lehnte mich gegen die Mauern und lauschte. Schritte im Wald. Wie töricht von mir, allein hierherzukommen. Was konnte mir in diesem Wäldchen alles passieren, an diesem verhexten Ort, den die Leute mieden, weil sie Angst vor Gespenstern hatten.

Aber Napier würde ja gleich da sein.

Ich blickte voller Unbehagen über meine Schulter. Das Knacken im Unterholz hatte mir Angst eingejagt, und ich hatte das Gefühl, daß irgendwo . . . zwischen diesen Bäumen . . . feindliche Augen mich beobachteten. Jemand fragte sich, was will sie hier? Ist dies der rechte Augenblick?

Von Entsetzen gepackt rief ich: »Sind Sie das, Napier?« Keine Antwort. Nur Blättergeraschel . . . und wieder das Knacken im Unterholz, das sich anhörte wie ein Schritt.

Und dann kam Napier auf mich zu.

»Wie freue ich mich, Sie zu sehen.«

Ich streckte ihm die Hände entgegen, die er mit festem Druck umschloß.

»Ich habe die Wahrheit über Allegra erfahren«, sagte ich. »Ihre Mutter hat sie vorhin Sir William ins Gesicht geschleudert. Ich mußte Sie sprechen. Ich mußte Ihnen . . .«

Er wiederholte: »Die Wahrheit über . . . Allegra?«

»Daß Beau ihr Vater war.«

»Das hat sie ihm gesagt?«

»Ja. Vorhin, im Hof. Er drohte, die Zigeuner wegzuschikken, und da kam sie zu ihm und sagte ihm, daß sein treuer Beau Allegras Vater war und daß sie Ihnen die Verantwortung zuschob, weil man sonst gesagt hätte, daß sie nicht die Wahrheit sagte und sie davongejagt haben würde, weil sie Beau beschuldigte.«

Er schwieg, und ich sagte: »Und Sie haben zugelassen, daß man das glaubte.«

»Ich hatte ihn getötet«, sagte er. »Und ich dachte, damit könnte ich es etwas gutmachen. Ihm wäre es schrecklich gewesen, wenn sie das mit der Zigeunerin erfahren hätten. Ihm hatte so viel an der guten Meinung anderer gelegen.«

Er hielt noch immer meine Hände in den seinen, und ich blickte lächelnd zu ihm auf.

»Ich ging sowieso fort«, fuhr er fort. »Es schien nicht darauf anzukommen. Eine Missetat mehr . . . wo schon so viele waren.«

»Und Ihre Mutter . . . sie brachte sich um, weil sie entdeckte, daß Ihr Vater und Mrs. Lincroft ein Liebespaar waren. Sie tat es nicht nur, weil sie Beau verloren hatte.«

»Das ist alles lange vorbei«, sagte er.

»Das ist es nicht«, widersprach ich leidenschaftlich, »wenn es sich immer noch auf Gegenwart und Zukunft auswirkt.«

»Wie Sie sehr wohl wissen.«

Ich senkte den Blick. Noch nie war Pietro mir so fern gewesen wie in diesem Augenblick.

»Sie sind ein Narr, Napier«, sagte ich.

»Haben Sie bis jetzt gebraucht, um das festzustellen?«

»Wir sind alle töricht. Aber Sie haben zugelassen, daß man Ihnen die Verantwortung zuschob.«

»Ich tötete ihn«, sagte er. »Wenn Sie ihn gekannt hätten ... Sie hätten ihn geliebt wie alle anderen.«

»Er war ganz gewiß nicht vollkommen.«

»Er war jung, männlich, voller Leben.«

»Also verführte er das Zigeunermädchen.«

»Er war so voller Lebenskraft, und wäre er am Leben geblieben, hätte er sich niemals der Verantwortung entzogen. Er hätte sie irgendwo untergebracht, für sie gesorgt – und niemand hätte etwas erfahren. An dem Tage, als ich ihn erschoß, wünschte ich von ganzem Herzen ... und ganz ehrlich ... daß er es gewesen wäre, der den ersten Schuß getan hätte. Dann wäre die Tragödie nicht so groß gewesen. Ihm hätten sie verziehen.«

»Waren Sie eifersüchtig auf ihn?«

»Natürlich nicht. Ich bewunderte ihn. Ich wünschte mir, zu sein wie er. Ich versuchte, es ihm gleichzutun, so sehr wie irgend möglich. Aber neidisch war ich nicht auf ihn. Ich liebte ihn, wie alle ... vielleicht noch mehr. Für mich war er vollkommen.«

»Und so nahmen Sie seine Schuld auf sich.«

»Das war das mindeste, was ich tun konnte, nachdem ich ihm das Leben genommen hatte.«

»Wenn Sie ihn absichtlich getötet hätten, hätten Sie nicht teurer dafür zahlen können.«

»Wirklich?«

»Es ist vorbei. Sie müssen es aus Ihren Gedanken verbannen.«

»Und Sie meinen, daß ich das je könnte?«

»Ja, das meine ich. Und Sie werden es.«

»Vielleicht gibt es einen Menschen, der mich dazu zwingen könnte ... einen Menschen auf der Welt. Und Sie ... haben Sie Ihre Vergangenheit vergessen?«

»Vielleicht gibt es einen Menschen, der mich dazu bringen könnte.«

»Und Sie sind nicht sicher ...«

»Ich werde mit jedem Tag sicherer.«

Wir standen da, mit eng verschlungenen Händen, doch weit voneinander, denn noch stand Edith zwischen uns.

Aber ich gelobte mir, nicht zu ruhen, bis ich herausgefunden hatte, was mit Edith geschehen war. Ich mußte es klären. Er war frei von dem Vorwurf, die Zigeunerin verführt und den Selbstmord seiner Mutter verschuldet zu haben, es blieb der Verdacht zu beseitigen, daß er etwas mit Ediths Verschwinden ... oder Tod ... zu tun hatte, ehe wir, der eine wie der andere, jener Zukunft entgegengehen konnten, die uns beiden so begehrenswert zu erscheinen begann.

12

Es war Nachmittag ... Stunde der Stille. Sir William war vom Arzt Ruhe verordnet worden, und Mrs. Lincroft hatte sich hingelegt. Sie fühle sich sehr bekümmert, vertraute sie mir an; und ich sah das Schuldgefühl in ihren Augen, denn sie vermochte mich kaum anzublicken.

Ich wollte über alles nachdenken. Ich wollte Minute für Minute das Gespräch mit Napier durchgehen. Ich mußte über ihn und über Godfrey nachdenken.

Doch tief im Herzen brauchte ich mich nicht mehr zu entscheiden. Ich wußte ... ebenso wie ich gewußt hatte, als ich so tat, als überlegte ich noch, ob ich meine Karriere um der Ehe mit Pietro willen aufgeben sollte, daß ich stets meinem Herzen folgen würde. Wenn Roma jetzt hier wäre, würde sie mich für verrückt erklären, um Napiers willen eine Ehe mit Godfrey auszuschlagen. Godfrey bot Sicherheit ... und das behagliche, das leichte Leben. Und Napier? Ich war nicht sicher, wie das Leben mit ihm aussehen würde. Ich glaubte nicht daran, daß der Schatten von Beaumonts Tod plötzlich geschwunden war. Ich konnte nicht darauf hoffen, ihn so leicht zu vertreiben. Wenn man ihn am wenigsten erwartete, würde er immer wiederauftauchen; es würde noch auf viele Jahre ein Schatten über Napiers Leben liegen. Und Pietro? Würde ich ihn je vergessen?

Mit ungefähr einer Stunde freier Zeit vor mir, würde ich an diesem sonnigen Nachmittag in den umfriedeten Garten gehen und nachdenken.

Als ich ankam, fand ich zu meiner Überraschung Alice dort sitzen, sittsam, die Hände im Schoß gefaltet.

»Ich dachte mir, daß Sie herkommen würden, Mrs. Verlaine«, sagte sie.

»Wolltest du mit mir sprechen?«

»Ja. Ich möchte Ihnen etwas erzählen . . . Ihnen etwas zeigen, das ich entdeckt habe, und ich möchte eigentlich nicht hier darüber sprechen.«

»Ja, warum denn nicht?«

»Weil es sehr wichtig sein könnte.« Sie stand auf. »Könnten wir nicht einen kleinen Spaziergang machen?«

»Aber gewiß.«

Als wir uns vom Hause entfernten, blickte sie mehrmals über die Schulter zurück.

»Was ist denn los, Alice?« fragte ich.

»Ich will mich nur vergewissern, daß uns niemand folgt.«

»Nimmst du das denn an?«

»Das denke ich immer – seit dem Brand.« Ich schauerte zusammen, und sie fuhr fort: »Sie doch auch, Mrs. Verlaine?«

Ich gestand, mich oftmals unbehaglich zu fühlen. »Natürlich«, meinte Alice. »Es könnte jedem passieren, in einem brennenden Haus gefangen zu sein. Aber seither habe ich immer das Gefühl gehabt, Sie besonders beschützen zu müssen.«

»Das ist sehr lieb von dir, Alice. Und ich fühle mich dadurch auch besonders umsorgt.«

»Das möchte ich auch.«

»Es ist sehr beruhigend, einen Schutzengel zu haben.«

»Ja, das muß es wohl sein. Nun, Sie haben jetzt einen, liebe Mrs. Verlaine.«

»Wohin gehen wir, und was willst du mir zeigen?«

»Wir biegen hier ab und gehen hinunter zum Strand.«

»Also ist es da unten?«

»Ja, und ich glaube wirklich, es könnte sehr wichtig sein.«

»Du machst es sehr spannend.«

»Eigentlich nicht, Mrs. Verlaine. Ich weiß nur nicht, wie ich es beschreiben soll. Ich glaube, es könnte von archäologischer Bedeutung sein.«

»Du lieber Himmel, Alice, meinst du nicht, wir sollten . . .«

»Es jemand anderem erzählen? O nein, noch nicht. Lassen Sie uns diejenigen sein, die es entdecken.«

»Du tust sehr geheimnisvoll.«

»Sie werden es bald wissen.« Wieder blickte sie über die Schulter.

»Was ist los?«

»Ich hatte gerade ein Gefühl, als folge uns jemand.«

»Ich sehe niemanden.«

»Sie könnten sich in diesem Gebüsch verstecken.«

»Das glaube ich kaum. In jedem Falle sind wir zu zweit. Wir dürfen nicht so nervös sein.«

Alice ging voran, den gewundenen Klippenpfad hinunter zum Sandstrand.

Auf halbem Wege blieb sie stehen und sagte: »Horchen Sie.«

Wir standen still und lauschten. »Hier kann man Schritte sehr deutlich hören . . . auch wenn die Leute noch weit weg sind.«

»Alles in Ordnung«, sagte ich. »Ich bin diesen Weg schon einmal gegangen.«

»Ja, und ich warnte Sie, vorsichtig zu sein, damit Sie nicht durch die Flut abgeschnitten werden. Wissen Sie noch? Vielleicht habe ich Ihnen damals auch das Leben gerettet.« Der Gedanke freute sie offenbar. »Das scheint meine Mission zu sein.«

Wir waren am Strand angekommen, und kurz vor uns lag die kleine Bucht mit dem überhängenden Fels, wo sie mir damals gesagt hatte, daß man bei auflaufendem Wasser so leicht abgeschnitten werden könnte.

Zielsicher, unruhig um sich blickend, ging sie vor mir her.

»Hier, Mrs. Verlaine.« Sie war in einer Felsöffnung verschwunden.

»Was ist das, Alice?«

»Eine Art Höhle. Kommen Sie herein.«

Ich folgte ihr, und sie sagte: »Dieser Teil hier ist eine ganz einfache Höhle. Aber ich glaube, in einer inneren Höhle habe ich Zeichnungen an den Wänden entdeckt. Sie sind sehr roh . . . so, wie die Menschen sie vor Hunderten von Jahren machten. Zur Steinzeit wahrscheinlich. Mr. Wilmot hat uns davon erzählt. Oder vielleicht zur Bronzezeit.«

Ich mußte an Roma denken. Höhlenzeichnungen! Hatte Godfrey recht gehabt? Hatte sie eine große Entdeckung gemacht und war deswegen ermordet worden?

»Ich glaube, es ist von ganz großer Bedeutung«, fuhr Alice fort.

»Aber wo . . .« Ich sah mich in der dämmrigen Höhle um und konnte nichts erkennen.

Sie lachte, nachsichtig fast. »Wenn es leicht zu sehen wäre, hätte man es schon lange entdeckt. Sehen Sie.« Sie ging tiefer in die Höhle hinein. »Hier ist ein großer Geröllblock. Den müssen Sie beiseite rollen . . . und auf die Idee ist wohl vor mir noch niemand gekommen. O Mrs. Verlaine, das ist wirklich meine Entdeckung. Vielleicht werde ich damit berühmt.«

»Es hängt davon ab, was du gefunden hast, Alice.«

»Etwas Wunderbares. Und ich werde es Ihnen zeigen.« Sie hatte den Geröllblock beiseite gewälzt, und dahinter gähnte eine weitere Höhle. »Schauen Sie«, sagte sie. »Sie müssen sich hier durchquetschen . . . das ist nicht ganz einfach. Ich gehe vor, und Sie kommen hinterher.«

»Alice, ist das auch nicht gefährlich?«

»O nein . . . das sind doch nur Höhlen. Ich habe sie schon untersucht. Sie glauben doch nicht, daß ich Sie hier hereinlassen würde, wenn es gefährlich wäre? Kommen Sie.« Sie war verschwunden, und ich konnte nur ihr weißes Kleid schimmern sehen. Ich folgte ihr in die nächste Höhle.

Alice holte eine Kerze aus der Tasche und entzündete sie mit einem Streichholz. »Da!« Die Höhle wurde jetzt schwach erhellt, und ich stieß einen erstaunten Ausruf aus, denn als meine Augen sich an das Dämmerlicht gewöhnten, erkannte ich eine Fülle von Stalagmiten und Stalaktiten, in geradezu überirdisch schönen Formationen. Sie bildeten alle möglichen Figuren und Formen, und selbst bei diesem Licht waren die zauberhaften Farben zu erkennen – Kupfer hatte dies Grün hervorgebracht, Eisen das Braun und Rot, und Braunstein das bezaubernde Rosa. Es war wie in einer Märchenwelt.

»Alice!« rief ich aus. »Das ist ja eine wunderbare Entdekkung . . .«

Sie lachte vergnügt. »Ich wußte, daß Sie das sagen würden. Ich konnte es kaum abwarten, es Ihnen zu zeigen.«

»Aber wir müssen zurück. Wir müssen es erzählen. Es ist wie die Höhlen von Cheddar. Man stelle sich nur vor . . . das war die ganze Zeit hier . . . und niemand wußte es.«

»Sie sind ganz aufgeregt, Mrs. Verlaine.«

»Es ist eine großartige Entdeckung.«

»Da ist aber noch etwas, das ich Ihnen zeigen möchte . . . dies ist noch nicht alles. Geben Sie mir Ihre Hand, hier müssen Sie vorsichtig gehen.« Sie nahm mich bei der Hand, während ich im gleichen Moment fast stolperte. Sie war ängstlich. »O Mrs. Verlaine, seien Sie vorsichtig. Es wäre schrecklich, wenn Sie hier hinfallen würden . . .«

»Ich sehe mich vor, Alice. Aber laß uns jemanden holen. Mr. Wilmot wird außer sich sein vor Freude.«

»Erst möchte ich es *Ihnen* zeigen, Mrs. Verlaine. O bitte, lassen Sie es mich zuerst Ihnen zeigen.«

Ich lachte. Dann sagte ich: »Horch! Ich höre Wasser plätschern.«

»Ja. Die nächste Höhle ist noch sehr viel aufregender. Kommen Sie jetzt, und sehen Sie sie sich an. Ich kann es gar nicht abwarten. Da ist eine Art Wasserfall. Das ist wohl ein unterirdischer Fluß, der durch die Höhlen läuft und irgendwo draußen ins Meer mündet. Da sind die Felszeichnungen . . . und das ist, glaube ich, das Interessanteste, Mrs. Verlaine.«

»Der Sand hier ist ganz feucht«, sagte ich.

»Das macht der Fluß und der Wasserfall.« Sie holte noch eine Kerze hervor. »Für jeden eine«, sagte sie. »Ich dachte, Sie möchten vielleicht auch gern eine haben. Ist das nicht alles aufregend? Ich nenne dies meine Höhle. Sie ist auf Stacyschem Grund und Boden, und der ganze Strand gehört Sir William und seinen Erben.«

Ich konnte die Augen nicht von den prachtvollen Formationen wenden; sie waren wirklich phantastisch, und wenn ich daran dachte, wie sie langsam im Laufe von Jahrtausenden gewachsen waren, war ich so überwältigt, daß ich nur stehen und starren konnte.

Aber Alice war ungeduldig, mir die übrigen Wunder zu zeigen. Ich folgte ihr durch einen Felsspalt, und wir befanden uns in einer dritten Höhle. Ich konnte das Wasser jetzt deutlich hören und sah es über die Felsen rieseln. Ich spähte mit zusammengekniffenen Augen nach vorn.

Alice sagte: »Die Zeichnungen an den Wänden sind wie die, die wir im Britischen Museum gesehen haben.«

»Alice«, schrie ich auf. »Das ist ja herrlich.« Das war es, was Roma entdeckt hatte, dessen war ich jetzt sicher. Konnte es sein, daß an Godfreys Theorie vom mißgünstigen Archäologen letztlich doch etwas Wahres war?

»Jetzt können Sie selbst sehen«, sagte Alice. »Dort drüben.«

Als ich weiterging, sanken meine Füße in den feuchten Sand, und das Gehen war mühsam. Ich bewegte mich vorwärts, die Kerze in die Höhe haltend, die Augen auf die Felswand gerichtet. Alice war stehengeblieben und beobachtete mich.

»Das ist . . . wie ein Wunder!« begann ich und dann plötzlich begriff ich.

Ich wandte mich zu Alice um. »Alice«, schrie ich, »bleib, wo du bist.«

Sie stand in der Höhlenöffnung, die Kerze hoch über den Kopf erhoben.

»Ja, Mrs. Verlaine«, sagte sie sanft.

»Alice . . . ich . . . kann . . . meine Füße . . . nicht bewegen. Alice . . . Alice . . . ich versinke.«

»Es ist ein *langsamer* Quicksand, Mrs. Verlaine«, sagte sie. »Es dauert lange, bis Sie ganz verschwunden sind.«

»Alice!« gellte ich. Aber sie stand einfach da und lächelte mich an.

»Du!« schrie ich.

»Ja«, erwiderte sie. »Warum nicht? Weil ich jung bin? Ich bin gescheit, Mrs. Verlaine. Ich bin gescheiter als ihr anderen alle. Dies sind meine Höhlen. Dies ist mein Sand, . . . und ich werde niemals zulassen, daß jemand sie mir wegnimmt.«

»Nein«, murmelte ich dumpf, völlig verwirrt. Ich konnte es nicht glauben. Es war ein Alpdruck, ein Traumgespinst. Gleich würde ich daraus erwachen.

Sie stand da und beobachtete mich, während sie die Kerze hoch über den Kopf hielt – und sie wirkte um so teuflischer, als sie so sanft, so bescheiden aussah. Meine Kerze entglitt meinen Fingern; ich starrte auf sie, wie sie ungefähr eine Sekunde auf dem Sand lag, ehe er sie in sich hineinsog.

Alice hatte sich bewegt; ich sah, wie sie sich umdrehte, und dann hielt sie ein Tau in die Höhe . . . eines von der dicken Sorte, wie ich sie beim Festmachen der Boote am Strand gesehen hatte.

Sie würde mich retten. Sie hatte mich foppen wollen. Oh, was für ein gefährliches und grausames Spiel sie sich ausgedacht hatte!

»Wenn ich Ihnen dies zuwerfen würde, Mrs. Verlaine, könnte ich Sie vielleicht herausziehen . . . vielleicht auch nicht . . . denn der Sand hat viel Kraft. Er sieht so weich aus ... aber er hält fest und will seine Opfer nicht wieder hergeben. Alles nur kleine Sandkörnchen! Ist das nicht faszinierend, Mrs. Verlaine? Aber die Natur ist überhaupt faszinierend. Das sagt der Vikar immer.«

»Alice, wirf mir das Tau zu.«

Sie schüttelte den Kopf.

»So was nennt man eine ausgeklügelte Folter, Mrs. Verlaine. Sie denken immerzu, daß ich Ihnen das Tau vielleicht doch zuwerfen werde, und das macht es noch schlimmer. Sehen Sie, wenn Sie keine Hoffnung mehr haben, resignieren Sie ... und dann lassen Sie sich sinken ... Versuchen Sie nicht, sich zu befreien. Dann sinken Sie schneller. Es sei denn, Sie ziehen das vor. Ich werde hierbleiben ... bis Sie verschwunden sind.«

»Alice ... du Teufel.«

»Ja, das bin ich. Aber ein schlauer Teufel, das müssen Sie zugeben.«

»Du hast mich mit Absicht hierhergebracht.«

»Ja, mit Absicht«, sagte sie. »Sie und die anderen.«

»Nein.«

»Aber ja! Dieser Besitz gehört mir. Ich bin Sir Williams Tochter. Es sollte alles meins sein. Napier ist sein Sohn, aber Napier hat Beau umgebracht, und Sir William haßt ihn. Er haßte Napiers Mutter, und er liebt meine. Er wird mir alles vermachen, wenn Napier fortgeschickt wird. Eben das will ich. Und wenn jemand mich stört, bringe ich ihn herunter in meine Höhle. Sie störten mich, Mrs. Verlaine. Sie sind hergekommen, um nach Ihrer Schwester zu forschen. Sie war mir im Wege, weil sie um ein Haar meine Höhle entdeckt hätte. Sie kam und suchte danach. Sie kam hier herunter, und da zeigte ich ihr, was ich gefunden hatte ... ebenso wie Ihnen.«

Der Sand reichte mir jetzt bis zu den Knöcheln. Sie musterte mich mit Kenneraugen. »Je tiefer Sie einsinken, desto schneller verschluckt er Sie«, erklärte sie mir. »Aber Sie sind groß, und dies ist ein langsamer Quicksand.«

»Hilf mir, Alice«, bat ich. »Was habe ich dir je Böses getan?«

»Sie sind zu neugierig, und Sie sind hergekommen, um herauszufinden, was aus Ihrer Schwester wurde, nicht wahr? Das war sehr schlau, so zu tun, als wollten Sie uns nur Klavierstunden geben, obwohl Sie *ihre* Schwester waren. Ich wußte es, seit Mr. Wilmot herkam. Er hat Sie verraten, nicht? Ich bin Ihnen nachgegangen und habe Sie beide reden hören. Ich wußte, daß ich Sie töten mußte, aber noch jemanden verschwinden zu lassen, schien mir zuviel, deshalb lockte ich Sie in das Häuschen, und das hätte Ihnen den Garaus gemacht, wenn der alte Gärtner nicht gewesen wäre.«

Sie lächelte – teuflisch – so beglückt über ihre Schlauheit, so eifrig bemüht, mir klarzumachen, wie geschickt sie es angefangen hatte.

»Er sah mich, und da dachte ich, womöglich komme ich in Verdacht, deshalb habe ich Sie statt dessen gerettet. Ich rettete Ihnen das Leben . . . ja, und jetzt nehme ich es Ihnen. Ich bin eine Göttin, die Macht hat über Leben und Tod.«

»Du bist verrückt«, rief ich.

»Sagen Sie das nicht«, schrie sie mich böse an.

»Alice, was ist nur mit dir geschehen?«

»Gar nichts. Es ist alles ganz leicht zu verstehen. Sie hätten sich mit Mr. Wilmot verloben und aufhören sollen, über uns nachzudenken. Aber das wollten Sie nicht, was? Sie wollten Napier heiraten, und dann wäre es Ihnen genauso ergangen wie Edith. Die mußte verschwinden, weil sie ein Baby bekam, und ich wollte hier nicht noch einen Erben haben. Deshalb brachte ich sie hierher, und sie ging dahin, wohin auch Sie gehen werden. Napier werde ich vertreiben, weil Sir William Beau liebte und Napier ihn umbrachte, und Beau wird im Hause als Geist umgehen, bis Napier fortgeht. Dafür werde ich sorgen. Dann wird Sir William seine Tochter anerkennen, und alles wird mir gehören. Sie haben mich immer für ein liebes kleines Mädchen gehalten, nicht wahr? Sie kannten mich in Wirklichkeit nicht, obwohl ich Ihnen, als Sie herkamen, gesagt habe, daß wir Sie überraschen würden. Damit hatten Sie einen Fingerzeig, aber Sie haben ihn nicht beachtet. Jetzt sitzen Sie in der Falle. Sie haben sich eingemischt. Sie haben das Motiv auf dem Mosaik gefunden, nicht wahr, und dann sind Sie ins Britische Museum gegangen. Da war ein Mann, der Sie kannte – aber da wußte ich ja schon, wer Sie sind. Nur, danach mußte es schnell vor sich gehen, weil Sie das Motiv gefunden hatten . . . und das war mein saugender Sand.«

»Hilf mir«, sagte ich, und meine Stimme gab ein dumpfes Echo in der Höhle.

»Niemand wird Sie hören, und je tiefer Sie sinken, desto fester wird der Griff.«

Dies ist das Ende, dachte ich. O Roma, was hast du empfunden in jenen Augenblicken, ehe der Sand dich verschlang? Arme Roma! Die Entdeckung der Höhlenzeichnungen wäre das größte Abenteuer ihres Lebens gewesen – und sie war hier gestorben, als man sie ihr offenbarte.

Und Edith. Was mochte Edith empfunden haben?

»Alice«, schrie ich. »Du bist verrückt . . . verrückt . . .«

»Sagen Sie das nicht. Wagen Sie nicht, das zu sagen.«

Ich war betäubt vor Angst. Dies war das zweite Mal innerhalb kurzer Zeit, daß ich einen grausigen Tod vor Augen hatte. Ich konnte den kalten Sand jetzt oberhalb meiner Knöchel fühlen, und vergeblich versuchte ich, die Füße zu befreien. Ich versuchte, die so tugendhaft aussehende, teuflische Gestalt nicht zu sehen, die am Rande des Quicksands stand, die Kerze hoch über den Kopf erhoben. Ich versuchte zu überlegen, was ich tun könnte.

»Hilf mir! Hilf mir!« schluchzte ich.

Und ich konnte fühlen, wie der unerbittliche Sand mich langsam, aber sicher hinabzog.

*

Plötzlich war noch jemand in der Höhle. Ich hörte eine Stimme rufen: »Guter Gott!« Und es war Godfreys Stimme. »Caroline! Caroline!«

»Kommen Sie nicht näher«, schrie ich laut. »Ich versinke ... versinke im Sand.«

Alice sagte kühl: »Bitte, gehen Sie. Dies ist meine Höhle.«

Godfrey tat einen Schritt vorwärts. Ich kreischte: »Nein. Treten Sie nicht auf den Sand. Bleiben ... Bleiben Sie, wo sie ist ...«

»Wir brauchen ein Seil.« Er wandte sich zu Alice. »Geh und hole eins, ... schnell.«

Stumm blieb sie stehen. Ich rief: »Sie hat ein Seil hier. Das ist für die ausgeklügelte Folter. Sie ist eine Mörderin. Sie hat Roma ... und Edith ermordet.«

Dann war Napier da, und in seinen Händen hielt er ein Seil.

*

Der Alpdruck jener Höhle lebt noch in mir. Die Felsenzeichnungen, die Bilder, das Wissen, daß vor Hunderten von Jahren Menschen dorthin gebracht wurden, um zu sterben ... Und Alice ... die seltsame Alice ... hatte ihre Feinde dort hingelockt, um sie auf die gleiche Weise sterben zu lassen. Roma ... Edith und mich.

Ich griff nach dem Seil. Sie riefen mir zu, es mir um die Mitte zu binden. Sie würden mich retten ... diese beiden Männer, die mich beide liebten, sie würden mich retten.

Ich hörte Alices Stimme – fremd, irrsinnig, singend. »Eil dich, mein saugender Sand. Nimm sie ... nimm sie hin wie die anderen.«

Ich hielt die Augen auf die beiden Männer geheftet.

»Wir schaffen es«, hörte ich Napier sagen.

Und ich wußte, sie würden es schaffen.

*

Ich lag im Bett, von Angstvorstellungen gepeinigt. Immer wieder fuhr ich aus meiner Bewußtlosigkeit empor und fühlte den sanften, unerbittlichen Griff um die Knie. Es war nur das Bettzeug. Ich wurde verfolgt von der Erinnerung an eine gespenstisch drohende Gestalt mit einer Kerze in der Hand . . . ein Gesicht, das sich mir in all seinem Grauen enthüllte, das noch größer wurde durch die Unschuldsmaske, die mir so vertraut gewesen war.

Napier war an meinem Bett; Godfrey ebenfalls.

»Versuche zu schlafen«, sagte Napier; und der Druck seiner Finger an meinem Handgelenk löste den Krampf in mir, verscheuchte den Alpdruck und brachte mich zurück in die Wirklichkeit.

»Jetzt ist alles gut«, sagte Godfrey.

Dann konnte ich schlafen.

*

Ich hatte großes Glück gehabt an jenem Tage. Godfrey war nach Lovat Stacy gekommen, um mir Bilder römischer Mosaiken in einem Buch zu zeigen, das er in einem Antiquariat in Dover entdeckt hatte.

Er sah mich mit Alice den Klippenpfad hinuntergehen. Sie hatte recht gehabt mit ihrer Befürchtung, daß uns jemand folgte.

Was Napier betraf, so glaubte er, daß ich die Absicht hatte, Godfrey zu heiraten, und von Eifersucht geplagt, in dem Glauben, daß Godfrey sich mit mir treffen wollte, war er ihm gefolgt. Eine Verquickung von Umständen, die sie beide in die Höhle brachte, wo die Kraft zweier Männer nötig war, um mich zu retten.

Ja, ich hatte zweifellos Glück gehabt an jenem Tage.

Ich lag im Bett und dachte darüber nach, und immer wieder sagte ich mir: Jetzt sind die Schranken gefallen. Jetzt ist der Weg vor uns frei.

Und Alice? Warum hatte dies seltsame Mädchen das alles getan? Welches Krebsgeschwür hatte ihre Seele zerfressen?

Die Mädchen wurden befragt ... sie, die so viel enger mit ihr zusammengelebt hatten als irgendeiner von uns und die soviel von ihr wußten.

Allegra berichtete: »Sie zwang uns zu tun, was sie wollte. Es fing schon vor langer Zeit an. Sie fand Dinge heraus, die wir getan hatten, und zwang uns dadurch, ihr zu gehorchen ... um zu zeigen, daß sie Macht über uns besaß. Wir mußten so tun, als wäre sie eine Art Göttin und wir nur gewöhnliche Sterbliche. Zuerst waren es Kleinigkeiten, wie Miß Elgin eine Grimasse schneiden, wenn sie uns den Rükken zukehrte, oder den Henkel einer Tasse abbrechen oder Rosen im Garten pflücken, wo wir nicht durften, oder in Beaus Zimmer gehen und sein Bild veralbern. Dann wurde es mehr. Wir mußten Gespenst in der Kapelle spielen. Manchmal mit Kerzen, manchmal mit einer Laterne. Es sollte den Anschein erwecken, daß Beau seinen Bruder hier nicht dulden wollte und deshalb spukte. Eines Tages brannte ich dann die Altardecke an, und sie ging in Flammen auf. Ich lief fort, und so begann der Brand. Danach mußte ich alles tun, was sie von mir wollte, weil sie sonst gesagt hätte, was ich angestellt hatte. Ich hatte Angst, daß Großvater mich fortschicken würde. Also haben wir abwechselnd in der Kapelle gespukt ... und als Mrs. Verlaine eine von uns verdächtigte, mußte die andere es tun, während diejenige, die Mrs. Verlaine in Verdacht hatte, mit ihr zusammen war. Und dann, als sie fand, daß Napier anfing, Mrs. Verlaine gern zu mögen, taten wir so, als hätten wir ihn im Wäldchen ein Loch graben sehen ...«

Sylvia sagte: »Ich mußte auch mittun beim Spuken. Ich hatte immer Hunger und nahm mir zu Hause Sachen aus der Speisekammer. Sie sagte, sie werde meiner Mutter sagen, ich sei eine Diebin. Und sie wußte, daß Edith sich mit Jeremy Brown traf, deshalb mußte Edith auch tun, was sie ihr befahl. Dann ging Jeremy fort, und Edith sagte, nun sei

Schluß, und sie wollte der Erpressung durch Alice ein Ende machen ... so nannte sie es ... Erpressung. Ja, und dann ... verschwand sie.«

Kein Wunder, daß wir uns fragten, welches zersetzende Gift in diesem jungen Kopf am Werke sein mochte.

*

Und was sollte nun mit Alice geschehen?

Als sie aus der Höhle zurückgebracht worden war, hatte sie wieder ihr sittsames Betragen zur Schau getragen. Ich fühlte tiefes Erbarmen mit Mrs. Lincroft, die wie eine Schlafwandlerin durchs Haus ging.

Seltsamerweise war ich es, der sie ihre Geschichte erzählte. Ich war in meinem Zimmer, nachdem der Arzt mir für die nächsten zwei Tage absolute Ruhe verordnet hatte, um meinen Schock zu überwinden. Ich lag dort, als diese seltsame Frau hereinglitt und sich neben mein Bett setzte.

»Mrs. Verlaine«, begann sie, »was soll ich Ihnen sagen? Meine Tochter hat zweimal versucht ... Sie zu töten.«

Ich sagte: »Quälen Sie sich nicht, Mrs. Lincroft. Ich bin jetzt in Sicherheit.«

»Ja, aber ich habe schuld«, versicherte sie mir, »ich ganz allein. Was werden sie mit meiner kleinen Alice tun? Sie werden sie nicht bestrafen. Es liegt nicht an ihr. Ich und nur ich habe schuld.«

Sie ging in meinem Zimmer umher – eine merkwürdig schattenhafte Gestalt in ihren langen Röcken und der Chiffonbluse mit den am Handgelenk zusammengehaltenen, weiten Ärmeln.

»Ich bin die Mörderin. Ich ... Mrs. Verlaine ... nicht Alice.«

»Bitte, Mrs. Lincroft, versuchen Sie, sich nicht zu grämen«, sagte ich. »Es ist eine schreckliche Sache. Aber die Ärzte werden wissen, was mit Alice zu tun ist. Wo ist sie jetzt?«

»Sie schläft. Sie sah so seltsam aus, als man sie zurückbrachte. Sie tat, als wäre nichts geschehen. Sie war lieb und sanft . . . wie immer.«

»Alice leidet an irgend etwas Schrecklichem.«

»Ich weiß«, sagte sie. Und dann: »Ich weiß, woran meine Tochter leidet.«

»Sie wissen es?«

»Ihr lag so sehr daran, hier zu wohnen; es bedeutete ihr so viel, Sir Williams Tochter zu sein . . . sie wollte den ganzen Besitz haben . . .«

»Aber wie könnte sie das?«

»Sie würde niemals eine Niederlage hinnehmen. Selbst jetzt . . . tut sie es nicht. Sie benimmt sich, als wäre nichts geschehen, als ob sie uns . . . mit der Zeit überzeugen wird.«

Nach kurzem Schweigen fuhr Mrs. Lincroft fort: »Ich werde jetzt die Wahrheit sagen müssen . . . die ganze Wahrheit. Vielleicht hätte ich sie schon vor Jahren sagen sollen. Aber ich bewahrte mein Geheimnis. Ich bewahrte es gut, und niemand wußte Bescheid. Keine Menschenseele . . . Alice schon gar nicht. Ich hielt es für sehr wichtig, daß niemand es wußte . . . nicht nur um meinet-, hauptsächlich um ihretwillen. Aber Sie sollen Ruhe haben. Vielleicht sollte ich es Ihnen nicht erzählen. Es wird Sie nur aufregen. Eine solche Geschichte würde jeden aufregen.«

»Erzählen Sie, Mrs. Lincroft, bitte. Ich möchte es wissen.«

»Sie wissen bereits, daß Sir William mein Geliebter war und daß ich als mittelloses Mädchen hierherkam, als Gesellschafterin für seine Frau. Sie wissen, wie die Dinge zwischen uns standen; Sie wissen von Beaus Tod und wie Lady Stacy sich bald darauf erschoß. Die Zigeunerin sagte die Wahrheit. Es geschah unseretwegen . . . wegen Sir William und mir. Es gab eine Szene, als sie uns ertappte, und das, zusammen mit ihrem Schmerz über Beaus Tod, war mehr, als sie ertragen konnte. Als sie starb, ging ich fort. Wir hielten es für das Beste – für eine Weile. Ich war sehr unglücklich. Ich meinte, daß Sir William mich nicht zurückkommen lassen würde, und mir ging die Tragödie nach, für die wir verantwortlich waren ... ich würde ihn ja nur daran erinnern. Er hat sich im Laufe der Jahre selbst einzureden versucht, daß sie sich aus Schmerz über Beaus Tod das Leben nahm – aber im Herzen wußte er, daß das nicht stimmte. Sie tat es aus Kummer über seine Untreue. Wenn die nicht gewesen wäre, hätte er ihr über die Tragödie mit Beau hinweghelfen können. Aber Sir William *wollte* glauben, daß Beaus Tod der Grund war. Er gab Napier die Schuld; und jedesmal, wenn er seinen Sohn sah, wurde er daran erinnert, was er getan hatte. Deshalb ... konnte er Napiers Anblick nicht ertragen. Er gab Napier an allem die Schuld, um sich selbst keine Vorwürfe mehr machen zu müssen. Es geschieht oft, daß Menschen diejenigen hassen, die sie ungerecht behandelt haben.«

»Ich weiß, daß das so ist«, sagte ich. »Armer Napier.«

»Napier wußte das. Aber er konnte nicht darüber hinwegkommen, daß er seinen geliebten Bruder tötete, und es schien, als wollte er, daß man ihm die Schuld aufbürdete. Sehen Sie, er übernahm ja auch die Verantwortung für Allegras Vorhandensein.«

»Die Beweggründe der Menschen sind so vielfältig ... so schwierig zu ergründen.«

Sie nickte und fuhr fort: »Ich hatte Angst, als ich von hier fortging. Ich wußte, daß ich mir eine neue Stellung suchen mußte. Doch vorher machte ich noch etwas Ferien.« Sie schauerte in sich zusammen, und man sah ihr an, daß es sie große Mühe kostete, weiterzusprechen. »Da traf ich einen Mann. Er war charmant, aufmerksam ... und ich fühlte mich sehr zu ihm hingezogen ... und er zu mir. Er sprach von Heirat, und binnen vierzehn Tagen wurden wir ein Liebespaar. Er ließ mich in der Pension, wo wir wohnten, und sagte, er fahre zurück in seine Wohnung nach London und wolle mich in ungefähr einer Woche nachkommen lassen. Dann wollten wir dort heiraten. Statt dessen wurde er verhaftet, und ich erfuhr, daß mein Geliebter ein irrsinniger

Mörder war, der bereits drei Frauen umgebracht hatte. Er war aus Broadmoor entwichen, und in seinen lichten Momenten schien er völlig normal zu sein. Wäre er nicht verhaftet worden, hätte er mich wohl auch demnächst ermordet. Vielleicht wäre es das Beste gewesen. Ich war völlig verstört. Ich reiste überstürzt aus der Pension ab und versuchte, in London unterzutauchen. Und dann stellte ich fest, daß ich ein Kind erwartete: ›Gentleman‹ Terralls Kind.«

Ich hielt den Atem an. Jetzt verstand ich, warum sie so entsetzt gewesen war, als sie las, daß der Mann geflüchtet war, und wie erleichtert, als man ihn wieder ergriff. Dieser Mann war ... Alices Vater!

»Ich war verzweifelt!« fuhr sie fort. »Was hätten Sie an meiner Stelle getan, Mrs. Verlaine? Was hätte jede andere Frau getan? Sagen Sie es mir. Ich stand allein auf der Welt ... und erwartete ein Kind von einem Wahnsinnigen. Was konnte ich tun? Ich dachte mir einen Plan aus. Ich schrieb an Sir William. Ich teilte ihm mit, daß ich ein Kind bekommen würde ... sein Kind. Es war ein leichtes, ihn zu betrügen, indem ich Alice sechs Monate älter machte, als sie in Wahrheit ist. Er schickte mir Geld, genug, um ohne Sorgen die schwierige Zeit zu überbrücken. Und als Alice zwei Jahre alt war, kam ich als Mrs. Lincroft hierher zurück, eine Witwe mit Kind, und das bin ich seither geblieben.«

»O Mrs. Lincroft, wie tun Sie mir leid.«

Sie wiegte sich leicht hin und her. »Was für Tragödien wir hinter unseren Masken verbergen«, murmelte sie. »Und man baut sich einen kleinen Hafen und fühlt sich sicher, aber da ist die schlüpfrige Stufe ... vor jedermanns Tür.«

»Und nun?« fragte ich.

»Wer weiß?« antwortete sie. »Jetzt wird man sie mir wohl wegnehmen. Ich muß die Wahrheit sagen. Mein armes Kind ... Sie war ihm so ähnlich ... ich hielt stets Ausschau nach den Anzeichen. Er war ebenso sanft wie sie. Er wollte so gern gut sein, dessen bin ich sicher.«

Ich konnte nur leise mitfühlende Worte murmeln. Mehr hatte ich nicht anzubieten.

»Was wird aus uns werden?« sagte sie tonlos vor sich hin. »Was wird jetzt aus uns werden?«

Alice selbst war es, die darüber entschied.

Am Tage nachdem wir aus den Höhlen zurückgekommen waren, war sie nicht zu finden. Ihr kleines Zimmer sah adrett aus wie immer, das Bett war gemacht, die Decke glattgestrichen. Alles lag ordentlich gefaltet in den Schubladen.

Nur Alice selbst fehlte.

Ich wußte, wo sie war. Sie hatte gehört, daß sie nicht Sir Williams Tochter war, daß sie würde fortgehen müssen. Eben das hatte sie geschworen, niemals zu tun. Sie hatte beschlossen, auf immer in Lovat Stacy zu bleiben. Sie würde die Tatsache nicht hinnehmen, daß dies nicht ihr Zuhause war.

Sie dachte stets an die dramatische Wirkung. Neben dem Quicksand hatte sie ein Taschentuch fallen lassen mit einem sauber in eine Ecke gestickten »A«.

Ich stellte mir vor, wie sie dagestanden hatte, eine Kerze in der Hand. Nun würde sie auf ewig in dem Boden begraben sein, der nach ihrem Willen ihr eigener sein sollte.

*

Nichts würde wieder so sein, wie es war. Zwischen dem neuen und dem alten Leben klaffte eine nicht zu überbrückende Kluft. Die Vergangenheit war tot, die Zukunft voll pulsierenden Lebens. Soviel war sicher: Der Tod, der mir so nahe gewesen war und mich beinahe mit sich genommen hätte, lehrte mich erkennen, daß ich leben wollte. Daß ich leben wollte mit aller in mir vorhandenen Kraft. Ich wollte ein neues Leben bauen über den Ruinen, die so darunter verschwinden sollten, als hätte es sie nie gegeben.

Es gab zwei Männer, die auf mich warteten. Der eine war

kühl und liebenswürdig, seines Platzes in der Welt unbedingt sicher. Und der andere war vom Leben gezeichnet. Godfrey war so sicher, Napier so unsicher.

Beide waren sie dagewesen, als ich sie brauchte; beide hatten nach dem Brand über mich gewacht; sie liebten mich, jeder auf seine Weise. Godfrey zärtlich, gütig, sanft und vielleicht leidenschaftslos; vielleicht hatte er mich ausgesucht, weil ich eine passende Frau für ihn abgeben würde. Und Napier: wild, besitzergreifend, verzweifelt.

»Heirate Godfrey«, sagte mir mein Verstand. »Geh fort von hier und vergiß diesen Alptraum. Lebe ruhig und behaglich ... erziehe deine Kinder unter idealeren Bedingungen ... leicht und bequem.«

»Aber«, sprach mein Herz, »hier gehörst du her.« Alpträume, vielleicht. Erinnerungen. Teufel zu bekämpfen, seine und die eigenen. Pietro, der sich lustig machen wird, weil du wieder einmal dem Ruf deines Herzens gefolgt bist.

Und als Napier zu mir kam und meine Hände in die seinen nahm, ein anderer jetzt, ein freier Napier, sagte er: »Nun meinst du wahrscheinlich, du solltest Godfrey heiraten und dich in deiner Landpfarre niederlassen, während du auf die Bischofswürde wartest. Aber das wirst du nicht tun.« Er lachte, und ich stimmte ein in sein Lachen. »Du wirst töricht sein, Caroline. Jeder wird dir sagen, daß du töricht bist.«

»Nicht jeder«, erwiderte ich.

Und ich war voller Vertrauen. Mein Herz würde immer siegen.

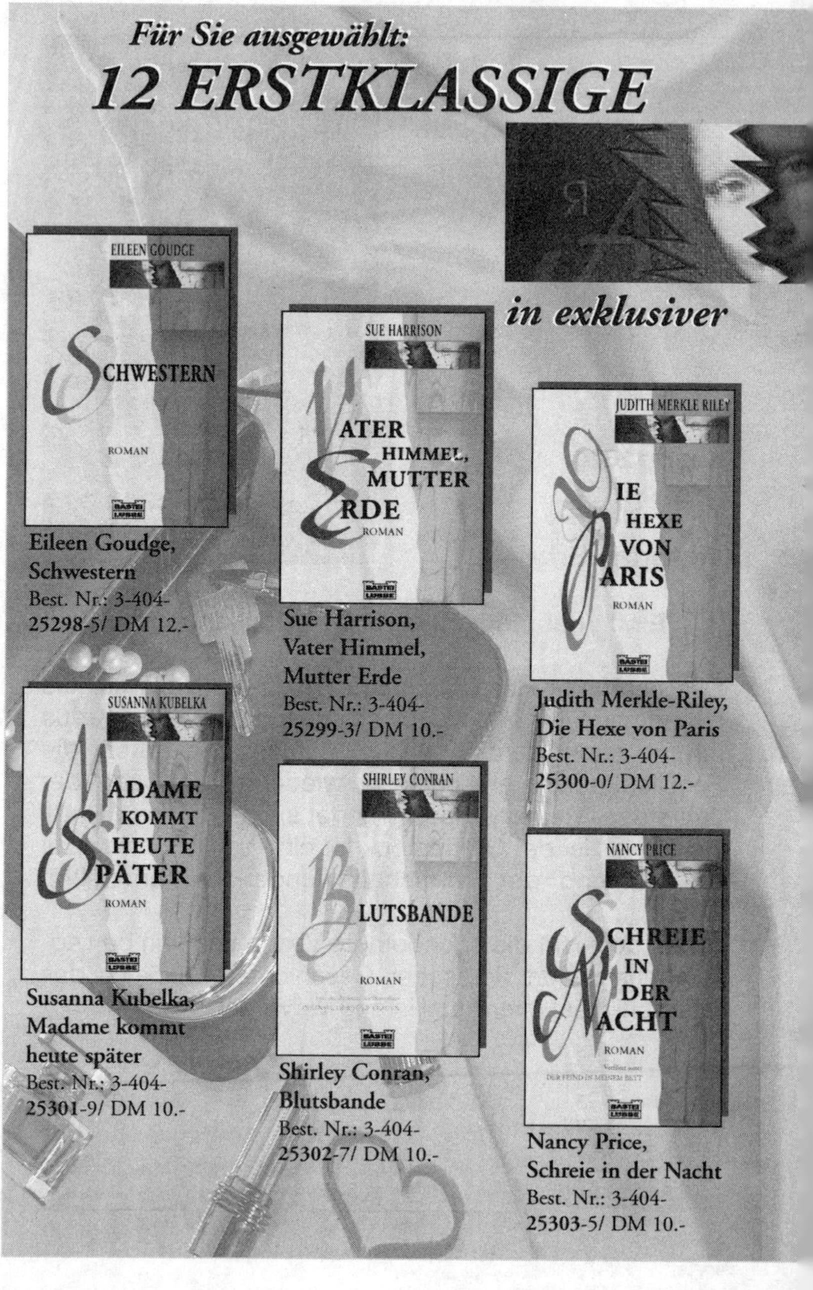
Für Sie ausgewählt:
12 ERSTKLASSIGE
in exklusiver
EILEEN GOUDGE
SCHWESTERN
ROMAN
Eileen Goudge,
Schwestern
Best. Nr.: 3-404-
25298-5/ DM 12.-
SUE HARRISON
VATER HIMMEL, MUTTER ERDE
ROMAN
Sue Harrison,
Vater Himmel,
Mutter Erde
Best. Nr.: 3-404-
25299-3/ DM 10.-
JUDITH MERKLE RILEY
DIE HEXE VON PARIS
ROMAN
Judith Merkle-Riley,
Die Hexe von Paris
Best. Nr.: 3-404-
25300-0/ DM 12.-
SUSANNA KUBELKA
MADAME KOMMT HEUTE SPÄTER
ROMAN
Susanna Kubelka,
Madame kommt
heute später
Best. Nr.: 3-404-
25301-9/ DM 10.-
SHIRLEY CONRAN
BLUTSBANDE
ROMAN
Shirley Conran,
Blutsbande
Best. Nr.: 3-404-
25302-7/ DM 10.-
NANCY PRICE
SCHREIE IN DER NACHT
ROMAN
Verfilmt unter:
DER FEIND IN MEINEM BETT
Nancy Price,
Schreie in der Nacht
Best. Nr.: 3-404-
25303-5/ DM 10.-